亨利·詹姆斯 小说系列

专使
The Ambassadors

〔美〕亨利·詹姆斯 著

李和庆 译

人民文学出版社
PEOPLE'S LITERATURE PUBLISHING HOUSE

Henry James
The Ambassadors

图书在版编目(CIP)数据

专使/（美）亨利·詹姆斯著；李和庆译. —北京：
人民文学出版社，2021（2022.3 重印）
（亨利·詹姆斯小说系列）
ISBN 978-7-02-014871-4

Ⅰ.①专… Ⅱ.①亨… ②李… Ⅲ.①长篇小说-美
国-近代 Ⅳ.①I712.44

中国版本图书馆 CIP 数据核字(2019)第 015979 号

责任编辑　朱卫净　邱小群　刘佳俊
封面设计　钱　珺

出版发行　人民文学出版社
社　　址　北京市朝内大街 166 号
邮政编码　100705

印　　刷　上海盛通时代印刷有限公司
经　　销　全国新华书店等

开　　本　890 毫米×1240 毫米　1/32
印　　张　14.625
字　　数　405 千字
版　　次　2021 年 1 月北京第 1 版
印　　次　2022 年 3 月第 2 次印刷

书　　号　978-7-02-014871-4
定　　价　85.00 元

如有印装质量问题，请与本社图书销售中心调换。电话：010－65233595

序 一

◎李维屏

亨利·詹姆斯（Henry James，1843—1916）是现代英美文坛巨匠，西方现代主义文学运动的先驱。这位出生在美国而长期生活在英国的小说家不仅是英美文学从十九世纪现实主义向二十世纪现代主义转折时期一位继往开来的关键人物，而且也是大西洋两岸文化的解释者。自二十世纪八十年代以来，詹姆斯的小说创作和批评理论引起了我国学者的高度关注，相关研究成果层出不穷。他那形式完美、风格典雅的作品备受中国广大读者的青睐。近日得知吴建国教授与李和庆教授主编的"亨利·詹姆斯小说系列"即将由著名的人民文学出版社出版，我感到由衷的高兴，便欣然命笔，为选集作序。

亨利·詹姆斯是少数几位在英美两国文坛都拥有举足轻重地位的文学大师之一。今天，国内外学者似乎获得了这样一个共识，即詹姆斯的小说创作代表了十九世纪末开始流行于欧美文坛的一种充满自信、高度自觉并以追求文学革新为宗旨的现代艺术观。如果我们今天仅仅将詹姆斯看作现代心理小说的杰出代表或现代小说理论的创始人，这显然是远远不够的。如果我们将他的艺术主张放到宏观的西方文学革新的大背景中加以考量，将他的小说创作同一百多年前那场声势浩大的现代主义运动互相联系，那么我们不难发现，詹姆斯的创作成就、现代小说理论体系以及他在早期现代主义运动中的引领作用，完全奠定了他在现代世界文坛的重要地位。正如与他同时代的著名小说家约瑟夫·康拉德所说："凭借其作品和力量，詹姆斯是一位艺术的英雄。"著名诗人 T. S. 艾略特也曾感慨地说过："随着福楼拜和詹姆斯的出现，（传统）小说已经宣告结束。"我以为，詹姆斯小说的一个最重要的特征也许是他的国际视野。他所追求的国际视野不仅体现了他早期现代主义思想的开拓性，而且也成为第一次世界大战前后一批自我流放的现代主义者追踪国际文化和艺术前沿的风向标。君不见，詹姆斯创建的遐迩闻名的"国际主题"（the international theme）在大力倡导文化交流、文明互鉴、探索"人类命运共同体"的今天依然具有重要的启示作用。

"亨利·詹姆斯小说系列"分别收录了詹姆斯的六部长篇小说、四部中篇小说和两部共由十八个高质量的故事组成的短篇小说集。《一位女士的画像》《华盛顿广场》《鸽翼》《金钵记》《专使》和《美国人》等长篇小说不仅代表了詹姆斯创作的最高成就，而且早已步入了世界经典英语小说的行列。《螺丝在拧紧》《黛西·米勒》《伦敦围城》和《在笼中》等中篇小说以精湛的技巧和敏锐的目光观察了那个时代的生活，而詹姆斯的短篇小说则像一个个小小的摄像头对准各种不同的场合，生动记录了欧美社会种种世态炎凉、文化冲突以及现代人的精神困惑。毋庸置疑，这套詹姆斯小说选集的作品是经编选者认真思考后精心选取的。

"亨利·詹姆斯小说系列"的出版为我国的读者提供了一个全面了解詹姆斯的创作实践、品味其小说艺术和领略其语言风格的契机。我相信，这套选集的问世不仅会进一步提升詹姆斯在我国广大读者中的知名度，而且会对国内詹姆斯研究的发展产生积极的影响。

2018 年 1 月于上海外国语大学

开创心理现实主义小说先河的文学艺术大师

——"亨利·詹姆斯小说系列"序二

◎吴建国

一 引 言

"我们在黑暗中奋力拼搏——我们竭尽全力——我们倾情奉献。我们的怀疑就是我们的激情，而我们的激情则是我们的使命。剩下的就是对艺术的痴迷。"亨利·詹姆斯短篇小说《中年岁月》里那位小说家在弥留之际的这句肺腑之言，也是亨利·詹姆斯本人的座右铭。

詹姆斯的创作凝结着厚重的历史理性、人文精神和诗学意义，他的主题涵盖大西洋两岸的人们在社会、历史、文化、伦理、婚姻乃至意识形态等诸多方面的交互影响和碰撞，即所谓"国际题材"。他殚精竭虑地探索的问题是：什么是真实的生活，什么是理想的生活，更为重要的是，如何在艺术上再现这种生活。他强调人性、人情、人道，以及人的感性、灵性、诗性对人类生存的重要意义。在刻画人物的内心世界和社交活动时，常运用边界模糊甚至互为悖反的动机和印象展现人物的精神风貌，通过"由内向外"的描写反映变幻莫测、充满变数的大千世界和人的生存价值。他的叙事艺术和语言风格独树一帜，笔意奇崛，遣词谋篇精微细腻，具有高度的实验性，对人物、情节和场景的描摹颇具印象派绘画的特性，甚而有艰涩难解、曲高和寡之嫌。他是欧美现实主义向现代主义创作转型时期重要的小说家和批评家，是美国现代小说和小说理论的奠基人，是开创二十世纪西方心理现实主义小说先河的文学艺术大师。他曾三度（一九一一年、一九一二年、一九一六年）获诺贝尔文学奖提名，并于一九一六年获得英王乔治五世授予的功绩勋章。他卷帙浩繁的著作、博大精深的创作思想和追求艺术真理的革新精神，对二十世纪崛起的西方现代派乃至后现代派文学具有深远的影响。

二　亨利·詹姆斯小传

亨利·詹姆斯于一八四三年四月十五日出生在纽约市华盛顿广场具有爱尔兰和苏格兰血统的名门世家。他的祖父威廉·詹姆斯（William James，1771—1832）于美国独立战争之后不久从爱尔兰移民美国，凭借自己的努力成为纽约州奥尔巴尼市赫赫有名的银行家和投资家。他的父亲老亨利·詹姆斯（Henry James Sr.，1811—1882）继承了其父的巨额遗产，是一位富有睿智、性情豁达的哲学家、神学家和作家，是美国超验主义哲学家兼诗人拉尔夫·爱默生（Ralph Waldo Emerson，1803—1882）和哲学家兼诗人和散文家亨利·梭罗（Henry David Thoreau，1817—1862）等大文豪的知心好友。他的母亲玛丽·沃尔什（Mary Robertson Walsh，1810—1882）出身于纽约上流社会的富裕人家。他的哥哥威廉·詹姆斯（William James，1842—1910）是美国著名心理学家、教育家和实用主义哲学的创始人，是二十世纪初最具影响力的哲学家和"美国心理学之父"。他的妹妹艾丽斯·詹姆斯（Alice James，1848—1892）是日记作家，以其发表的众多日记而闻名遐迩。

由于老亨利·詹姆斯信奉"斯威登堡学说"①，认为传统教育模式不利于个性发展，应当让子女得到世界性教育，亨利·詹姆斯幼年时的教育主要是在父母和家庭教师的指导下进行的，后来又经常跟随父母往返于欧美两地，偶尔就读于奥尔巴尼、伦敦、巴黎、日内瓦、布洛涅、波恩、纽波特、罗德岛等地的学校，并在父亲的带领下面见过

① 斯威登堡学说（Swedenborgianism），瑞典科学家和神学家伊曼纽尔·斯威登堡（Emanuel Swedenborg，1688—1772）所倡导的新的宗教思潮，认为每一个人都必须在不断悔过自新的过程中积极地彼此相互合作，从而获得个人生活和精神的升华。

狄更斯和萨克雷等英国大作家。詹姆斯自幼便受到欧洲人文思想和文化环境的熏陶，且博闻强识，尤其注重吸收科学和哲学理念，这使他从小就立下了要从事文学创作的远大志向。在一八五五年至一八六〇年举家旅欧期间，他们在法国逗留时间最长，詹姆斯得以迅速掌握了法语。詹姆斯早年说英语时略有口吃，但法语却说得非常流利，从此不再结巴。

一八六〇年，他们从欧洲返回美国，居住在纽波特。詹姆斯开始接触法国文学，系统阅读了大量法国文学作品。他尤其喜爱巴尔扎克，称巴尔扎克为"最伟大的文学大师"。巴尔扎克的小说艺术对他后来的创作影响甚大。一八六一年秋，詹姆斯在一场救火事件中腰部受伤，未能服兵役参加美国南北战争。这次腰伤落下的后遗症在他一生中仍时有发作，使他怀疑自己从此丧失了性功能，因而终身未娶。一八六二年，他考入哈佛大学法学院。但他对法学不感兴趣，一年后便离开了哈佛大学，继续追求他所钟情的文学事业。此时，他与威廉·豪威尔斯（William Dean Howells，1837—1920）、查尔斯·诺顿（Charles Eliot Norton，1827—1908）、安妮·菲尔兹（Annie Adams Fields，1834—1915）等美国文学评论家和作家交往甚密。在他们的鼓励和引导下，詹姆斯于一八六三年开始撰写短篇小说和文学评论，作品大都发表在《大西洋月刊》《北美评论》《国家》《银河》等大型文学刊物上。

他的第一部长篇小说《看护》（*Watch and Ward*）于一八七一年开始在《大西洋月刊》连载，经过他重新修润后，于一八七八年正式出版。这部小说描写主人公罗杰·劳伦斯如何收养幼女诺拉，将她抚养成人，最后娶她为妻的艳情故事：罗杰是波士顿有闲阶层的富豪，诺拉的父亲兰伯特因生活所迫，曾向他借钱以解燃眉之急，却遭到了他冷漠的拒绝。兰伯特在隔壁房间自杀身亡，罗杰深感懊悔，收养了他的女儿诺拉。诺拉时年十二岁，体质羸弱，模样也很难看。在罗杰的悉心照料下，诺拉很快成长起来。罗杰想把她抚养成人后让她做自己的新娘。岂料，诺拉出落成如花似玉的美少女后，却被另外两个男人疯狂追求：一个是风流成性、心怀叵测的乔治·芬顿，另一个是罗杰的表弟、虚伪的牧师休伯特·劳伦斯。涉世未深的诺拉经历了一系列富有浪漫色彩的冒险之后，终于上当受骗，落入芬顿设下的圈套，在纽约身陷囹圄。罗杰在危急关头挺身而出，挽救了诺拉，两人终成眷属。

《看护》展现了詹姆斯早期朴直率性的写作风格和他对言情小说的喜爱。这部小说的情节看似错综复杂、扑朔迷离，但对诺拉由丑小鸭成长为美天鹅的发展过程写得过于平铺直叙，对卑鄙下流的恶棍芬顿的刻画显然囿于俗套，故事的叙事进程也平淡无奇，甚至不乏隐晦的色情描写，皆大欢喜的结局也缺乏应有的审美张力。詹姆斯一八八三年在选编他的作品选集时，不愿把《看护》收录其中。但小说却把艳若天仙的美少女诺拉刻画得栩栩如生、魅力四射，令人赏心悦目，对纽约社会底层生活场景的描摹也入木三分，显示出作者对社会和伦理问题细致入微的关注。小说的语言也优美流畅、睿智幽默，富有诗情画意，深得读者喜爱。《看护》预示着一位文学大师即将横空出世。

由于发现美国太讲究物质利益，缺乏文化底蕴，不利于艺术创新，詹姆斯于一八六九年离开美国，开始了他人生第一次在海外自我流放的生活。在一八六九年至一八七〇年间的十四个月里，他游历了伦敦、巴黎、罗马等欧洲大都市。一八六九年侨居在伦敦时，他结识了约翰·拉斯金、狄更斯、马修·阿诺德、威廉·莫里斯、乔治·爱略特等英国著名作家和文学评论家，与他们过从甚密。此外，他还与麦克米伦等出版机构建立了长期的合作关系，由出版商先预付稿酬分期连载他的作品，而后再结集成书出版。鉴于这些分期连载的小说主要面向英国中产阶级的女性读者，出版商希望他创作出适合年轻女性阅读口味的作品。尽管必须满足编辑部提出的种种苛求，但他在创作中仍坚持严肃的主题和审美标准。此时的詹姆斯虽然蛰居在伦敦的出租屋里，却有机会接触政界和文化界的名流雅士，常去藏书量丰富的俱乐部与朋友们交谈。在此期间，他结交了亨利·亚当斯（Henry

Brooks Adams，1838—1918）、查尔斯·盖斯凯尔（Charles George Milnes Gaskell，1842—1919）等欧美学者和政要。在遍访欧洲各大都市期间，他对罗马尤为喜爱，想在罗马做一名自食其力的自由作家，后来成了《纽约先驱报》驻巴黎的特约记者。由于事业不顺等原因，他于一八七〇年回到纽约市，但不久后又重新返回伦敦。一八七四年至一八七五年间，他发表了《大西洋两岸随笔》(*Transatlantic Sketches*，1875)、《狂热的朝香者和其他故事》(*A Passionate Pilgrim and Other Tales*，1875)、长篇小说《罗德里克·赫德森》(*Roderick Hudson*，1875)，以及若干中短篇小说。在这一阶段，他的作品具有美国小说家纳撒尼尔·霍桑的遗响。

　　《罗德里克·赫德森》写成于詹姆斯侨居罗马的那段日子里。詹姆斯自认为这才是他真正意义上的第一部长篇小说。这是一部心理成长小说（Bildungsroman），描写血气方刚、才华横溢、豪情满怀的美国马萨诸塞州年轻的法学生、雕塑爱好者罗德里克·赫德森如何在意大利迷失在各种情感纠葛、物欲诱惑，以及理性与现实的矛盾和冲突之中，渐渐走向成熟，后又死于非命的故事。小说以罗马为背景，以生动的笔触描写了这座名人荟萃的艺术大都会的社会风貌、文化气息、人情世故和美不胜收的雕塑艺术馆，鞭辟入里地揭示了欧美两地价值观的冲突，探讨了金钱与艺术、爱情和精神追求之间的关系。小说中所塑造的欧洲最美丽的姑娘克里斯蒂娜·莱特，后来又再次成为他的长篇小说《卡萨玛西玛王妃》(*The Princess Casamassima*，1886)中的女主人公。

　　一八七五年秋，詹姆斯离开伦敦前往巴黎，居住在位于塞纳河左岸的拉丁区。在此期间，他结识了福楼拜、屠格涅夫、莫泊桑、左拉、都德等大作家，与他们结下了深厚的友谊。在巴黎生活了一年之后，他于一八七六年再次返回伦敦。在此后的四十年里，除了偶尔返回美国和出访欧洲外，他大都生活在英国。他勤于思索，对文学艺术已有自己独到的见解，且潜心于笔耕，保持着旺盛的创作势头，写出了长篇小说《美国人》(*The American*，1877)、《欧洲人》(*The*

Europeans，1878），评论集《论法国诗人和小说家》（*French Poets and Novelists*，1878）、《论霍桑》（*Hawthorne*，1879），以及《国际插曲》（*An International Episode*，1878）等一系列中短篇小说。一八七八年出版的中篇小说《黛西·米勒》（*Daisy Miller*）奠定了他在文学界的崇高声望。这部小说之所以在大西洋两岸引起巨大轰动，主要是因为小说所着力刻画的女主人公的行为举止和个性特征已经大大超出当时欧美两地传统的社会准则和伦理规范。他的第一部重要长篇代表作《一位女士的画像》（*The Portrait of a Lady*，1881）也创作于这一时期。

一八七七年，他首次参观了好友盖斯凯尔的家园、英国什罗普郡的文洛克寺。这座始建于公元七世纪的古寺历尽沧桑的雄姿及其周围的广袤原野激发了他的创作灵感，寺内神秘的浪漫气氛和寺院后宁静修远的湖泊，成了他日后所创作的哥特式小说《螺丝在拧紧》（*The Turn of the Screw*，1898）的基本背景和素材。在这一时期，詹姆斯仍遵循法国现实主义小说家，尤其是左拉的创作思想和叙事风格。霍桑对他的影响已日渐减弱，取而代之的是乔治·爱略特和屠格涅夫。他自己的创作思想和艺术风格业已日渐成熟。一八七九年至一八八二年间，詹姆斯相继发表了长篇小说《一位女士的画像》、《华盛顿广场》（*Washington Square*，1880）和《信心》（*Confidence*，1880），游记《所到各地图景》（*Portraits of Places*，1883），以及《伦敦围城》（*The Siege of London*，1883）等中短篇小说，这些作品大多为"国际题材"小说。

一八八二年至一八八三年间，詹姆斯遭受了数次痛失亲朋好友的打击：他母亲于一八八二年病逝，他父亲也于数月后离世。他们家族的老友和常客、著名思想家和文学家拉尔夫·爱默生也于一八八二年逝世。他的良师益友屠格涅夫于一八八三年与世长辞。

一八八四年春，詹姆斯再次离开伦敦前往巴黎，常与左拉、都德等作家在一起切磋交谈，并结识了法国著名自然主义小说家龚古尔兄弟。詹姆斯似乎暂时放下了"美国与欧洲神话"，开始潜心研究法国现实主义和自然主义文学，发表了他的文学评论集《论小说的艺术》（*The Art of Fiction*，1884）。一八八六年，他出版了描写波士顿女权主义运动的长篇小说《波士顿人》（*The Bostonians*）和以伦敦无政府主义者的革命故事为题材的长篇小说《卡萨玛西玛王妃》。这两部社会小说融合了法国自然主义文学的思想倾向和叙事方法，但当时的评论界和图书市场对这两部作品的接受状况并不令人满意。在这一时期，詹姆斯不仅博览群书，而且结交了欧美文坛诸多卓有建树的文学艺术家，不少人成了他的知心好友，如英国小说家兼诗人罗伯特·史蒂文森（Robert Louis Stevenson，1850—1894）、旅欧美国画家约翰·萨金特（John Singer Sargent，1856—1925）、旅欧美国女小说家兼诗人康斯坦斯·伍尔森（Constance Fenimore Woolson，1840—1894）、英国诗人兼文学评论家埃德蒙·高斯（Sir Edmund Gosse，1849—1928）、法国漫画家兼作家乔治·杜·莫里哀（George du Maurier，1834—1896）、法国小说家兼文学评论家保罗·布尔热（Paul Bourget，1852—1935）等人，并与美国女作家伊迪丝·华顿（Edith Wharton，1862—1937）保持着长期的友谊，还发表了文学评论集《一组不完整的画像》（*Partial Portrait*，1888）。

一八八九年冬，詹姆斯开始着手翻译都德的著名三部曲《达拉斯贡的达达兰历险记》（*Les Aventures prodigieuses de Tartarin de Tarascon*，1872）中的第三部《达拉斯贡港》（*Port Tarascon*）①。这部译著于一八九〇年开始在《哈泼斯》连载，被英国《旁观者周刊》誉为"精品译作"，并由桑普森出版公司于一八九一年在伦敦出版。十九世纪八十至九十年代末，詹姆斯曾数次跨过英吉利海峡，在法国、德国、奥地利、瑞士等欧洲国家搜集创作素材。一八八七年，他在意大利居住了很长一段时间。他的著名中篇小说《反射器》（*The Reverberator*，1888）和《阿斯彭文稿》（*The Aspern Papers*，1888）

① 这部小说主要描写达拉斯贡人被取消宗教团体所激怒，决定到澳大利亚建立一个以达拉斯贡命名的移民区，却遇到了一连串的困难和阻挠。小说中所塑造的主人公达达兰是一个虚荣心很强、爱好吹牛的庸人，是对无能而又好大喜功的法国社会风气的辛辣讽刺。

即写成于这一年。

　　除上述作品外，詹姆斯在这一时期发表的主要作品还有：短篇小说集《三城记》(*Tales of Three Cities*，1884)，中篇小说《大师的教诲》(*The Lesson of the Master*，1888)，短篇小说集《伦敦生活及其他故事》(*A London Life and Other Tales*，1889)，长篇小说《悲惨的缪斯》(*The Tragic Muse*，1890)，短篇小说《学生》(*The Pupil*，1891)，短篇小说集《活生生的东西及其他故事》(*The Real Thing and Other Tales*，1893)，短篇小说集《结局》(*Terminations*，1895)，短篇小说《地毯上的图案》(*The Figure in the Carpet*，1896)、《尴尬》(*Embarrassment*，1896)，长篇小说《波英顿的珍藏品》(*The Spoils of Poynton*，1897)、《梅芝知道的东西》(*What Maisie Knew*，1897) 等。尽管詹姆斯在这一时期仍遵循以左拉为代表的法国自然主义文学流派的表现手法，但他更关注社会和政治问题，作品的基调和主题思想更接近都德的小说。他的创作在这一时期的突出特点是：中短篇小说较多，而且在多方面、多维度进行实验，他认为这种叙事方法更适合于传达他的艺术观。但这些作品当时并没有得到评论界的好评，销路也不佳。于是，他开始尝试剧本创作。一八九○年至一八九五年间，他一连写出了《盖伊·多米维尔》(*Guy Domville*) 等七个剧本，上演了两部，但都不太成功。这使他从此对剧本写作心灰意冷。然而戏剧实践却为他后来的小说创作提供了戏剧表现手法、场景布设安排以及书写人物对话的技巧。

　　一八九七年至一九一四年，詹姆斯从伦敦搬迁至英国东南部萨塞克斯郡风景秀丽的海滨小镇莱伊 (Rye)，居住在他自己出资购置的古色古香的兰姆别墅 ①，在这里潜心创作，写出了他构思精巧、极具艺术张力的名篇《螺丝在拧紧》和中篇小说《在笼中》(*In the Cage*，1898)。一八九九年至一九○一年间，他出版了长篇小说《左右为难的时代》(*The Awkward Age*，1899)、《圣泉》(*The Sacred Fount*，

---

①　如今，这座别墅已归英国国家信托基金会管辖，成为英国"作家博物馆"。

1901）和短篇小说集《软边》(*The Soft Side*，1900）。一九〇二年至一九〇四年间，他连续发表了三部具有开创意义的心理分析小说：《鸽翼》(*The Wings of the Dove*，1902）、《专使》(*The Ambassadors*，1903）和《金钵记》(*The Golden Bowl*，1904），以及若干中短篇小说，如《丛林猛兽》(*The Beast in the Jungle*，1903），短篇小说集《更好的一类》(*The Better Sort*，1903）等。

一九〇四年，詹姆斯应邀回到美国，在全美各高校讲授巴尔扎克等法国作家及其作品，并在《北美评论》《哈泼斯》《双周书评》等文学刊物发表了一系列文学评论和杂文。他的《美国景象》(*The American Scene*）于一九〇五年至一九〇六年陆续在《北美评论》等杂志连载了十章，并于一九〇七年结集成书出版。《美国景象》真实记录了他一九〇四年至一九〇五年在美国的观感，严厉抨击了他亲眼所见的处于世纪之交的美国狂热的物质至上主义、世风日下的伦理价值体系和名不副实的社会结构，以及种族和政治等问题，引发了广泛的批评和争议。他在这本书中所论及的美国移民政策、环境保护、经济发展、种族与地区冲突等热点话题，至今仍有可资借鉴的现实意义。一九〇六年至一九一〇年间，他的游记《意大利时光》(*Italian Hours*，1909）、长篇小说《呐喊》(*Outcry*，1910）以及若干中短篇小说也相继发表在《北美评论》等文学刊物上。此外，他还亲自编辑出版了"纽约版"二十四卷本《亨利·詹姆斯作品选集》。他为书中的几乎每一篇（部）作品都撰写了序言，追溯了每一部小说从酝酿到完成的过程，并对小说的写法进行了严肃的探讨。这些序言既是他的"审美回忆"，也是富有真知灼见的理论阐述。一九一〇年，他哥哥威廉·詹姆斯去世，他回国吊唁，但不久后再次返回英国。由于他在小说创作理论和实践上所取得的突出成就，哈佛大学于一九一一年授予了他荣誉学位，牛津大学于一九一二年授予了他荣誉文学博士称号。自一九一三年开始，他撰写了三部自传：《童年及其他》(*A Small*

Boy and Others，1913）、《作为儿子和兄弟的札记》（*Notes of a Son and Brother*，1914）和《中年岁月》（*The Middle Years*，1917）①。

一九一四年第一次世界大战爆发后，詹姆斯做了大量宣传鼓动工作支持这场战争。由于不满美国政府的中立态度，他于一九一五年愤然加入了英国国籍。一九一六年，英王乔治五世亲自授予他功绩勋章。由于过度劳累，健康每况愈下，数月后突发中风，后来又感染了肺炎，詹姆斯于一九一六年二月二十八日在伦敦切尔西区溘然长逝，享年七十三岁。按照他的遗嘱，他的骨灰被安葬在美国马萨诸塞州的剑桥公墓，墓碑上铭刻着"亨利·詹姆斯：小说家、英美两国公民、大西洋两岸整整一代人的诠释者"。一九七六年，英国政府在伦敦威斯敏斯特教堂的"诗人墓园"为他设立了一块纪念碑，以缅怀他的丰功伟绩。

三 屹立在欧美文学之巅的经典小说家

詹姆斯辛勤耕耘五十余载，发表了二十二部长篇小说、一百一十二篇中短篇小说、十二个剧本，以及多篇（部）文学评论和游记等作品。他的小说大多先行刊载在欧美重要文学刊物上，经他亲自修润后，再正式结集成书。他精通小说艺术，笔调幽默风趣，人物塑造独具匠心，心理描写精微细腻，作品中蕴含着深厚的历史理性和人文情怀，是欧美现代文学史上最伟大的小说家之一。我们精心选取翻译的这六部长篇小说、四部中篇小说和两辑短篇小说，是詹姆斯在他漫长、多产的文学生涯中不同时期所创作的最具代表性的优秀作品，希望我国读者对这位多才多艺的文学巨匠有更深入、更全面的认识和了解。

（一）长篇小说

《美国人》是詹姆斯第一部成功反映"国际题材"的长篇小说，

---

① 这部未完成自传与亨利·詹姆斯发表于 1893 年的短篇小说《中年岁月》同名，在他去世一年后出版。

描写英俊潇洒、襟怀坦荡、不善交际的美国富豪克里斯托弗·纽曼平生第一次游历巴黎时亲身经历的种种奇遇和变故。小说以纽曼对出身高贵、年轻漂亮的寡妇克莱尔·德·辛特雷夫人由一见钟情到热烈追求，到勉强订婚，直至幻想破灭、孑然一身返回美国的过程为主线，深刻揭示了封闭保守、尔虞我诈、人心险恶的欧洲与朝气蓬勃、乐观向上、勇于开拓创新的美国之间的差异和冲突。纽曼在亲眼见证了欧洲文明灿烂美好的一面和阴暗丑陋的一面之后，终于明白，欧洲并不是他所期望的理想之地。

《美国人》是一部融合了喜剧和言情剧元素的现实主义小说。作者以优美鲜活的笔调和起伏跌宕的情节将巴黎的生活图景和世相百态淋漓尽致地展露在读者眼前。故事虽然以恋爱和婚姻为主线，但作者并没有刻意渲染两情相悦的性爱这一主题。纽曼看中克莱尔，只是因为她端庄贤淑，非常适合做他这样事业有成的富豪的配偶。至于克莱尔与她第一任丈夫（比她年长很多）之间究竟发生过什么，读者并不知情，作者也未过多描写她对纽曼的恋情。小说中唯有见钱眼开的诺埃米小姐是性感迷人的女性，但作者对她的描写也较含蓄，且多为负面。即使按维多利亚时代的伦理准则来看，詹姆斯在性爱问题上如此矜持的态度也令人困惑不解。美国公共电视网一九九八年再次将《美国人》改编拍摄为电视剧时，在剧情中添加了纽曼与诺埃米、瓦伦汀与诺埃米的性爱场面。

詹姆斯创作这部小说的初衷原本是为了回应法国剧作家小仲马的《外乡人》①，旨在告诉读者：美国人虽然天真无知，但在道德情操方面远高于阴险奸诈的欧洲人。小说中所塑造的主人公纽曼是一位充满自信、勇于担当、三十岁出头的美国人，他的诚实品格和乐观精神代表着充满活力、蓬勃向上的美国形象，因而深受历代美国读者的青睐。纽曼与克莱尔的弟弟瓦伦汀·德·贝乐嘉之间的友谊描写得尤为真挚

---

① 小仲马剧作《外乡人》(*L'Étrangère*，1876) 中所展现的美国人大多为缺少教养、粗野无礼、声名狼藉的莽汉。

感人，作者对巴黎上流社会生活方式的描摹也栩栩如生，令人回味无穷。在当今语境下读来，《美国人》依然散发着清新的艺术魅力，比詹姆斯的后期作品更易接受。

《一位女士的画像》是詹姆斯早期创作中最具代表意义的经典之作，描写年轻漂亮、活泼开朗、充满幻想的美国姑娘伊莎贝尔如何面对一系列人生和命运的抉择，最终受骗上当，沦为老谋深算的奸究之徒的牺牲品的悲情罗曼史。伊莎贝尔在父亲亡故后，被姨妈接到了伦敦，并继承了一大笔遗产。她先后拒绝了美国富豪卡斯帕·古德伍德和英国勋爵沃伯顿的求婚，却偏偏看中了侨居意大利的美国"艺术鉴赏家"吉尔伯特·奥斯蒙德，不顾亲友的告诫和反对，一意孤行地嫁给了他。但婚后不久，她便发现，丈夫竟然是个自私、贪财、好色、心胸狭窄的猥琐小人，"就像花丛中隐藏起来的毒蛇"，奥斯蒙德与她结婚只是为了得到她所继承的七万英镑的遗产。她继而又发现，他们这桩婚姻的牵线人梅尔夫人原来是奥斯蒙德的情妇，还生了一个女儿（潘茜），而且梅尔夫人和奥斯蒙德正在密谋策划利用伊莎贝尔把潘茜嫁给沃伯顿。伊莎贝尔阻止了他们的阴谋。她本可逃出陷阱，因为沃伯顿和古德伍德仍深爱着她，但她还是强忍内心的痛苦，对外人隐瞒了自己不幸的婚姻，毅然返回了罗马。

《一位女士的画像》展现的依然是詹姆斯历来所关注的欧美两地的文化差异和冲突，并深刻探究了自由、责任、爱恋、背叛等伦理问题。天真无邪、向往自由和高雅生活的伊莎贝尔尽管继承了一大笔遗产，却没能躲过工于心计的奥斯蒙德和梅尔夫人设下的圈套，最终失去了自由，"被碾碎在世俗的机器里"[①]。故事的结尾尤为引人深思：伊莎贝尔在得知真相后仍毅然返回罗马的举动，究竟是为了信守婚姻的诺言而做出的高尚的自我牺牲，还是为了兑现她对潘茜所作的承诺，要拯救她所疼爱的这个继女脱离苦海，然后再与奥斯蒙德离婚？这个悬念给读者留下了无限的思索空间。

---

① 董衡巽：《美国文学简史》，北京：人民文学出版社，2003 年，第 141 页。

　　在这部小说中，詹姆斯将心理分析推向了新的高度。他将大量笔墨倾注在人物的内心世界，着重描写人物的理想、愿望、思绪、动机、欲望和冲动，人物的行为则是这些思想和意识活动的结果和外化，人与人之间的关系和故事情节的发展变化也是通过这一中心人物的思维活动表现出来的。读者只有在伊莎贝尔彻底认清她丈夫的本质后，才对奥斯蒙德和梅尔夫人的真实面目有了全面的了解，而伊莎贝尔也在层层递进的内省和反思中获得了对周围世界的感知，在心理和性格上逐渐走向了成熟。詹姆斯对人物内心世界的探索（尤其在第四十二章中）采用的是理性的内心独白，既没有突兀的变化，也没有时空倒错，不同于后来的意识流写法。此外，他善用精湛的比喻来描绘人物的心理，这些比喻十分贴切，具有艺术形象的完整性，而且与故事情节密切联系，优美流畅的语言和对欧洲风情的生动描写也使经受过詹姆斯冗长文体考验的读者格外喜爱这部小说。如果说詹姆斯是心理现实主义小说的创始人，那么《一位女士的画像》则是心理现实主义小说的典范。

　　《华盛顿广场》主要讲述的是憨厚、温柔的女儿凯瑟琳与她那才气横溢、感情冷漠的父亲斯洛珀医生之间的分歧和冲突。小说以第三人称全知叙事视角审视了凯瑟琳的一生。凯瑟琳是一个相貌平平、才智一般、纯洁可爱的姑娘，始终生活在与她最亲近的人的利己之心的团团包围之中：她的恋人莫里斯·汤森德只觊觎她的万贯家财；她的姑妈只会爱管闲事地乱点鸳鸯谱；她的守护神父亲则用讽刺挖苦和神机妙算来回报女儿对他的热爱和钦佩之情。故事以凯瑟琳出人意表地断然将莫里斯拒之门外而告终。

　　《华盛顿广场》是一部结构紧凑的悲喜剧。故事最辛辣的讽刺是英明干练、功成名就的斯洛珀医生对莫里斯的准确评判，以及他为保护涉世未深的爱女而阻挠这桩婚事所采取的严厉措施。倘若斯洛珀看不透莫里斯是个游手好闲的恶棍，他骗财骗色的行为未免会落于俗套。斯洛珀虽然头脑敏锐，智略非凡，但自从他那美丽聪慧的妻子去世后，他就变成了一个冷漠无情、清心寡欲的人。凯瑟琳终于渐渐成熟起来，能实事求是地看待自己的处境：从她自己的角度来看，在她的人生经历中，重要的事实是莫里斯·汤森德玩弄了她的爱情，还有她的父亲隔断了她爱情的源泉。没有什么能够改变这些事实，它们永远都在那儿，就像她的姓名、年龄和平淡无奇的容貌一样。没有什么能够消除错误或者治愈莫里斯给她造成的创伤，也没有什么能够使她重新找回年轻时代对父亲怀有的情感。她虽不及父亲那样出色，但她学会了擦亮眼睛看世界。

《华盛顿广场》张弛有度的叙事技巧、晓畅优雅的语言风格、对四个主要人物形象鲜明的刻画，历来深受读者喜爱，甚至连围绕着"遗嘱"而展开的老套、简单的故事情节都盎然有趣，耐人寻味。凯瑟琳由百依百顺成长为具有独立精神和智慧的女性的过程，是这部小说的一大亮点，赢得了评论家和读者的普遍赞誉。尽管詹姆斯自己对这部小说不太满意，没有将它编入"纽约版"《选集》，但它一直是詹姆斯最脍炙人口的佳作之一，曾多次被改编拍摄成舞台剧、电影和电视剧。

《鸽翼》描写的是一场畸形的三角恋爱。女主人公米莉·西雅尔是一位清纯美丽的美国姑娘，是庞大家族巨额财产的唯一继承人，因身患不治之症来欧洲求医和散心。英国记者默顿·丹什和凯特·克罗伊是一对郎才女貌、倾心相爱的英国情侣。因苦于没钱而不能成婚，凯特竟策划并唆使默顿去追求米莉，以图在她死后继承遗产。米莉在得知他们的阴谋后在意大利凄凉去世，但她在临终前还是原谅了他们，把全部财产给了默顿。事实上，默顿在米莉高尚品质的感化下已逐渐悔悟，虽然继承了米莉的遗产，却无法再与凯特共同生活下去。这部扣人心弦的小说揭示了人在面对爱情与金钱、真诚与背叛、生与死等伦理问题时所经受的严峻考验和他们最后的抉择。

《鸽翼》是詹姆斯后期作品中最受欢迎的经典之一。小说通过对人的内心世界深入细致的剖析，尤其是米莉对围绕在她身边的各色人物所具有的感化力，将男女主人公塑造得活灵活现、真实可感，令人不得不紧张地关注他们各自的命运和归属。米莉丰富细腻的心理活动，很像多愁善感的林黛玉，米莉客死他乡的场景与林黛玉魂归离恨天的情景也颇为相像，凯特也颇似工于心计的薛宝钗。据说连素来不太喜欢詹姆斯作品的英国名作家弗吉尼亚·伍尔夫也对这部小说十分青睐，一口气读完了《鸽翼》，并因此大病一场①。美国"现代文库"于一九九八年将《鸽翼》列为"二十世纪百部最佳英语小说"第二十六位。

《金钵记》是詹姆斯后期作品中最受评论界关注的"三部曲"之一。小说以伦敦为背景，描写一对美国父女与他们各自的欧洲配偶之间错乱的人伦关系，全面透彻地审视了婚姻、通奸等伦理问题。故事中这位腰缠万贯、中年丧偶的美国金融家和艺术品收藏家亚当·魏维尔和他的独生女玛吉都具有十分高尚的道德情操，而且心地纯洁，处事谨慎。他们在欧洲分别结婚后，却发现继母夏洛特和女婿阿梅里戈（破落的意大利王子）之间早就存在不正常的关系。父女两人不露痕迹地解决了这个矛盾：亚当把妻子带回美国；阿梅里戈发现自己的妻子具有这么多的美德，从此对她相敬如宾。小说高度戏剧化地再现了婚姻生活中令人难以承受的各种重压和冲突，颂扬了这对父女在自我牺牲中所表现出的哀婉动人的单纯和忠诚。

《金钵记》的篇名取自《圣经·旧约全书·传道书》第十二章：银链折断，**金罐**破裂，瓶子在泉水旁损坏，水轮在井口破烂，尘土仍归于地，灵仍归于赐灵的上帝。传道者说，虚空的虚空，凡事都是虚空。②从广义上说，《金钵记》是一部教育小说：玛吉由幼稚纯真的少女逐渐成长为精明强干的女性，并以巧妙的手段解决了一场随时有可能爆发的婚姻危机，因为她已清醒地认识到自己不能再依赖父亲，而应承担起成年人应尽的职责；阿梅里戈虽然是一个见风使舵、道德败坏的欧洲破落贵族，但他由于玛吉忍辱负重地及时挽救了他们的婚姻而对妻子敬重有加；亚当尽管蒙在鼓里，但他对女儿的计策心领神会，表现得非常明智；夏洛特原为玛吉的闺蜜，是一个美丽迷人、自

① 刘海平、王守仁：《新编美国文学史》(第二卷)，上海：上海外语教育出版社，2002年，第84页。
② 《圣经·旧约全书·传道书》第12章第6—8节。

作聪明的女性，但她最终却不再泰然自若，反而变得利令智昏。詹姆斯对这四个人物特色鲜明的刻画，尤其对玛吉和阿梅里戈意识活动深刻、精湛的描述和分析，赋予了这部小说以强烈的艺术感染力和对幽闭恐怖症的特殊感受。故事中的许多场景和人物对话均显示出詹姆斯最成熟的叙事艺术，能给读者带来情感冲击力和美学享受。美国"现代文库"于一九九八年将《金钵记》列为"二十世纪百部最佳英语小说"第三十二位。

《专使》是一部颇有黑色幽默意味的喜剧，是詹姆斯后期重要代表作之一，描写主人公兰伯特·斯特雷特奉其未婚妻纽瑟姆夫人之命，前往巴黎去规劝她"误入歧途"的儿子查德回美国继承家业的过程。斯特雷特来到欧洲，完全被"旧世界"的文化魅力所打动，继而发现查德与其情人玛丽亚的交往并不像他母亲所说的那样有伤风化，查德在这位法国女人的影响下，已由粗鲁的少年成长为举止儒雅、文质彬彬的青年。这位"专使"非但没有劝说查德回国，反而谆谆嘱咐他"不要错过机会"，继续在法国"尽情地生活下去"。这与斯特雷特所肩负的使命和查德母亲的愿望恰恰相反，于是，她又增派了几个专使来到巴黎，其中一个是能够吸引查德的美少女，第二批专使似乎能完成这一使命。最后，斯特雷特只身返回了美国。

如果说《鸽翼》和《金钵记》颂扬的是美国人的单纯、真诚和慷慨大度，表现了美国人的道德情操远胜于欧洲人的世故奸诈，那么《专使》的主题则相反，表现的是具有深厚文化素养的欧洲人远胜于庸俗、急功近利、物质利益至上的美国人。詹姆斯在"纽约版"前言中称《专使》是他"从各方面讲都最完美的作品"，这不仅就主题思想而言。这部小说始终贯彻了詹姆斯著名的"视角"（Point of View）论，以斯特雷特的"视角"展开，以这位"专使"为"意识中心"，其他人物的性格特征和故事的发展进程都通过他的视野呈现出来，作者则隐身在幕后，读者的了解和感悟跟随着这个中心人物的了解和感悟。这种写法突破了传统小说的"全知叙事视角"，对二十世纪的小说创作产生了很大影响。《专使》也突出表现了詹姆斯的文体特色：句子结构形式多样，比喻和象征俯拾皆是，人物的对话富有戏剧意味，但詹姆斯在力求精细、准确地反映内心深处的思想感情的同时，文句也越写越冗长，附属的从句和插入的片语芜杂曲折，读者须细细品味，方可厘清来龙去脉，揣摩出蕴藏在字里行间的悬念和韵味。《专使》自出版以来，一直深受评论家的广泛关注。美国"现代文库"于一九九八年将这部小说列为"二十世纪百部最佳英语小说"第二十七位。

（二）中篇小说

《黛西·米勒》是詹姆斯的成名作，描写清纯漂亮、活泼可爱的美国姑娘黛西·米勒在欧洲游历、最终客死他乡的遭遇。黛西天真烂漫、热情开朗，然而她不拘礼节、落落大方地出入于社交场合和与男性交往的方式，却为欧洲上流社会和长期侨居欧洲的美国人所不能接受，认为她"艳俗""轻浮"，"天生是个俗物"。但故事的叙述者、爱慕黛西并准备向她求婚的旅欧美国青年温特伯恩却对"公众舆论"不以为然。黛西死后，温特伯恩参加了她的葬礼，并了解到黛西虽然与"不三不四"的意大利人来往，但她本质上是一个纯洁无瑕、心地善良的好姑娘。小说真实展现了欧洲风尚与美国习俗之间的矛盾冲突，鞭辟入里地揭露了任何传统文化中都司空见惯的种种偏见，并力图对所谓的品德教养做出公正的评判。

《黛西·米勒》既可视为对一个怀春少女的心理描写，又可视为对社会传统观念的深入分析，不谙世故的黛西其实就是"社会舆论"的牺牲品。小说将美国人的天真烂漫与欧洲人的老于世故进行了对比，以严肃的笔调审视了欧美两地的社会习俗。小说优美流畅的语言代表着詹姆斯早期的文体特色，男女主人公的名字也具有象征意义：黛西（Daisy）原意为"雏菊"，象征"漂亮姑娘"，故事中的黛西也宛如迎风绽放的鲜花，无拘无束，洋溢着青春的气息，而温特伯恩（Winterbourne）的原意是"间歇河，冬季多雨时节才有水流而夏季干涸的小溪"。鲜花到了冬季便香消陨灭，黛西后来果然在温特伯恩与焦瓦内利正面交锋之后不久在罗马死于恶性疟疾。詹姆斯虽然一生未婚，却很擅长写女性，对女主人公的形象和心理的描写非常娴熟。这部小说一出版便赢得了空前广泛的赞誉，成为后来各类小说选集的首选作品之一，并多次被改编拍摄为电影、广播剧、电视剧和音乐剧。

《伦敦围城》描写一位向往欧洲文明的美国佳丽试图通过婚姻跻身于英国上流社会的坎坷经历。故事的女主角南希·黑德韦是个野心勃勃、意志坚定、行事果敢的女子，尽管有过多次结婚、离婚的辛酸史，但她依然风姿绰约，性感迷人，是"得克萨斯州的大美人"。她竭力掩盖自己不堪回首的往事，施展各种手段向英国贵族阶层发起了一次次进攻，终于俘获了涉世未深的英国贵族青年亚瑟·德梅斯内的爱情。德梅斯内的母亲始终怀疑这个未来的儿媳是个"不正经的女人"，千方百计地想查清她的身世和来历。然而知道内幕的人只有南希的美国朋友利特尔莫尔，但他对此讳莫如深，没有泄露她不光彩的隐私。南希向来对人生的各种机缘持非常现实的态度，而且一旦认准目标就勇往直前。她深知亚瑟是她跻身欧洲上流社会的最后机会，便处心积虑地实施着她的既定计划。亚瑟终于正式与她订婚，两人即将走向婚姻的殿堂。

《伦敦围城》是詹姆斯早期作品中优秀的中篇小说之一。作者以幽默的笔调讽刺了英国上流社会的生活方式和浮华之风，展现了思想开放的美国人与封建保守的英国人之间的道德和文化冲突。故事画龙点睛的一大看点是：尽管利特尔莫尔自始至终都在维护南希的名声，对她的罗曼史一直守口如瓶，但他最终还是出人意料地向德梅斯内夫人透露了实情。他这样做只是想给傲慢、势利的英国贵族阶层一记具有爱国情怀的沉重打击，但他并没有明说，也非心怀歹意，他只是告诉德梅斯内夫人，即使她知道了真相，也于事无补。

《在笼中》是一篇构思奇崛的中篇小说，故事的女主人公是一个不具姓名的英国姑娘，在伦敦闹市区的一家邮政分局担任报务员。她的工作地点虽为"囚笼"般的发报室，但她常常可以从顾客交给她发报的措辞隐晦的电文中破译出他们不可告人的隐私，窥看到上流社会各种鲜为人知的风流韵事。久而久之，这位聪慧机敏、感情细腻、记忆力超强、想象力丰富的报务员终于发现了一些她本不该知道的秘密，并身不由己地"卷入"了别人的爱情风波。她最终同意嫁给她那个出身于平民阶层的未婚夫马奇先生，是她对自己亲身体验过的那些非同寻常的事件深刻反省的结果。

《在笼中》所塑造的这位女主人公堪称詹姆斯式的艺术家的翻版：她能从顾客简短含蓄的电文里捕捉到常人难以察觉的蛛丝马迹，从中推断出他们私生活的具体细节，并以此为线索，勾勒出一个个错综复杂、内容完整的故事，这与詹姆斯常根据他从现实生活中捕捉到的最幽微的启发和联想创作出鲜活有趣的小说的本领颇为相似。这篇故事的主题并不在表现阶级冲突，而在于女主人公终于认识到，上流社会的青年男女也都是活生生的人，并不像她在廉价小说中所看到的那么美好。作者通过对这位不具姓名的报务员细致入微、真实可感的描绘，准确传神地再现了一个劳动阶层女性的形象，并对她寄予了深厚的同情，赢得了读者和评论家们的普遍赞誉。《在笼中》的叙述手法与《螺丝在拧紧》有异曲同工之妙，但对女主人公的塑造更立足于现实生活。

《**螺丝在拧紧**》是一篇悬念迭起、令人毛骨悚然的哥特式小说。故事的主体是一个不知姓名的年轻家庭女教师生前遗留的手稿，由一个不具姓名的叙述者听朋友讲述这份手稿引入正题。这位家庭女教师在其手稿中记述了自己如何在一幢鬼影幢幢的乡村庄园与一对恶鬼周旋的恐怖经历。她受聘来到碧庐庄园照料迈尔斯和芙洛拉这两个小学童，却看到两个幽灵时常出没于这幢充满神秘气氛的古庄园。她怀疑这对幽灵就是奸情败露、已经死去的男仆昆特和前任家庭女教师杰塞尔的亡魂，意在腐蚀、毒害这两个天真无邪的孩童。随着怀疑的加深，她继而又发现两个幼童似乎与这对恶鬼有相互串通的迹象，她自己也撞见过这两个恶鬼，这使她越发相信，事情已经到了危急关头。但女童芙洛拉却矢口否认见过女鬼杰塞尔，而且显然已精神失常，只好被送往她在伦敦的叔叔家去。家庭女教师为了护佑男童迈尔斯在与男鬼昆特交锋时，却发现这孩子已经死在了她的怀里。

《螺丝在拧紧》是詹姆斯最著名的一部哥特式小说或志怪故事。在这部小说中，詹姆斯再次对他笔下女主人公的心理和意识活动进行了深入细腻的探究，家庭女教师所看到的鬼魂其实是她在意乱情迷之中所产生的一系列幻象，并试图把这些幻觉强加给她周围的人。詹姆斯素来对志怪小说情有独钟，但他并不喜欢传统文学作品中囿于俗套的鬼怪形象。他描写的鬼魂往往是对日常现实生活中奇异诡谲的现象的延伸，具有强大的艺术张力，能够使读者有身临其境之感，甚至能左右读者的心灵。在叙事手法上，詹姆斯突破传统写法，采用了一个"不可靠叙事者"，拉近了作者、作品和读者三者之间的距离，书中所留有的许多空白可让读者根据其自身的人生经历和阅读体验去填补，因而故事可以有不同的解释。这也是这部小说自出版以来一直备受各派评论家争议的原因之一。

（三）短篇小说

詹姆斯认为中短篇小说是一种"无比优美"的文学样式。能否把多元繁博的创作思想和内容纳入这种少而精的叙事类型，简约凝练地再现出人类千姿百态的生活场面和深藏若虚而又波澜壮阔的内心世界，无疑是对作家诗学功力的一种考量或挑战。詹姆斯在他漫长的文学生涯中一直都在孜孜以求地探索中短篇小说的写作技艺，他的艺术造诣和所取得的成就几乎达到了前无古人的高度，并对后来的作家产生了深远的影响。此外，他的中短篇小说往往也是对他的长篇小说的印证或补充，大都先行发表在欧美大型纯文学刊物上，再经他反复修润、编辑后，才汇集成册出版。

我们选译的这十八篇短篇小说均为詹姆斯在不同时期所创作的具有代表性的名篇佳作。就故事性而言，这些短篇小说有的以情节取胜，有的则以描写人物的心理和意识活动见长；在主题思想上，这些篇目有的歌颂圣洁的爱情和人性的美德，有的描写美国人与欧洲人在文化修养和价值取向上的巨大差异，有的讽刺和批判欧洲上流社会的世俗偏见和势利奸诈；有的揭示成人世界的罪恶对纯真烂漫的儿童产生的不良影响或摧残，有的反映作家或艺术家的孤独以及他们执着追求艺术真理的献身精神，有的刻画受过高等教育而富有情操的主人公在左右为难的困境中表现出的虚弱和无能为力，有的描写理想与现实、物质与精神之间难能取舍的困惑；在艺术表现手法上，这些作品有的洗练明快、雅驯幽默，有的笔锋犀利或刚柔并济，有的则细腻含蓄、用典玄奥、繁芜复杂，甚而有偏离语言规范之嫌。这些短篇小说与他的长篇小说交相辉映，体现了詹姆斯的创作题材和叙事风格的多样性、实验性和现代性，表现了他对社会生活和时代特征的整体性透视与评价，每一个具体场景的展现都确切灵动地反映了他对人的本性和生存环境的洞察力和他所寄予的关怀，能使读者获得启迪和美的享受。

四　亨利·詹姆斯批评接受史简述

毫无疑问，亨利·詹姆斯是欧美现代作家群体中写作生涯最长、著述最丰厚也最具影响力的一位文学巨匠。但长期以来，他的作品及其影响主要在受过良好教育、趣味高雅的读者和评论家范围内，不如马克·吐温那样雅俗共赏。学术界对他也各执其说，莫衷一是。

詹姆斯去世后，美国有些左翼批评家对他的创作活动颇有诟病，尤其不赞成他晚期作品中的思想倾向，认为他的小说是美国垄断资产阶级的精神产物，他的创作素材主要取自他所熟悉的上层社会，他的作品大多描写的是新兴的美国富豪及其子女在欧洲受熏陶的过程。美国传记作家兼文学批评家布鲁克斯在赞许詹姆斯的艺术成就的同时，也对他长期侨居欧洲、最终加入英国国籍的做法大为不满，认为他的后期作品佶屈聱牙、左支右绌，是由于他长期脱离美国本土所致[1]。但美国文学评论家豪威尔斯则认为詹姆斯是"新现实主义文学流派的杰

① Van Wyck Brooks：*The Pilgrimage of Henry James*，New York：E.P. Dutton & Company，1925，p. vii.

出代表……他在小说艺术上与狄更斯和萨克雷为代表的英国浪漫传统分道扬镳，创立了他自已独具一格的样式"①。英国文学批评家利维斯极为赞赏詹姆斯的《一位女士的画像》和《波士顿人》，并称赞他是"举世公认、成就卓著的小说家"②。詹姆斯独特的语言风格，尤其是他后期繁缛隐晦、欲说还休的叙事话语，历来是评论家们众说纷纭的话题。例如，英国小说家 E.M. 福斯特就极不赞成詹姆斯在作品中对性爱和其他颇有争议的问题过于谨慎的处理方法，对他后期过分倚重长句和大量使用拉丁语派生词的做法也不以为然③。王尔德、伍尔夫、哈代、H.G. 威尔斯、毛姆等英国作家也都批评过他空泛而又细腻的心理描写和艰涩难懂的文风，甚至连他的红颜知己伊迪丝·华顿也认为他的作品中有不少片段令人不堪卒读④，但斯泰因、庞德、海明威、菲茨杰拉德等美国作家却对他称赞有加。美国文学评论家埃德蒙·威尔逊认为："倘若我们撇开题材和体裁的迥然不同，把詹姆斯同十七世纪的戏剧家们相比，我们就能更好地欣赏他的作品，他的文学观和表现形式与拉辛、莫里哀，甚至莎士比亚是相通的。"⑤英国小说家康拉德则盛赞他是"描写优美、富有良知的史学家"⑥。

英国当代著名语言学家利奇和肖特以詹姆斯的短篇小说《学生》为例，深入讨论了他的作品的思想性和文体艺术特色，发现"詹姆斯更关注人的生存价值和相互关系……似乎更愿意使用非常正式、从拉丁语派生出来的语汇……詹姆斯的句法是奇特的，同时也是有意义的，需要联系作者对心理现实主义的关注加以评估。作者试图捕捉'丰富、复杂的心理时刻及其伴随条件'……詹姆斯对不定式从句的使用尤其引人瞩目……由于不定式从句的所指往往不是事实，所以詹姆斯更多地用来编制心绪之网的，并不是已知的事实，而是可能性和

---

① Paul Lauter: *A Companion to American Literature and Culture*, MA: Wiley-Blackwell, 2010, p.364.
② Frank Raymond Leavis: *The Great Tradition*, New York: New York University Press, 1969, p. 155.
③ E. M. Forster: *Aspects of the Novel*, London: Penguin Books, 1980, pp.153—163.
④ Edith Wharton: *The Writing of Fiction*, New York: Scribner's, 1998, pp. 90—91.
⑤ Lewis Dabney, ed. *The Portable Edmund Wilson*, London: Penguin Books, 1983, pp. 128—129.
⑥ 《中国大百科全书·外国文学》第二卷，北京：中国大百科全书出版社，1982 年，第 1241 页。

假设"①。他们对詹姆斯文体风格的精湛分析同样也适用于评析他的其他作品。

事实上，自美国"第二次文艺复兴"，尤其是"新批评"流派出现后，评论界已开始重新认识詹姆斯，给予了他很高的评价，尊奉他为"作家中的作家"，是心理现实主义小说大师，是过渡到现代主义文学的一座桥梁。就思想性而言，詹姆斯在创作中的价值取向始终是颂扬人的善良与宽容，始终把优美而淳厚的道德品质和自由精神置于物质利益甚至文化教养之上。从艺术创作角度说，他一反当时盛行的粉饰和美化生活的浪漫小说，把人性的优劣和善恶作为对比，探索人的心理活动的复杂性。他的作品反映了具有深厚文化教养的知识分子的人文主义倾向，而不是人们所熟悉的对劳苦大众的人道主义同情。他的语言风格与他所要表现的内容、与他本人的思想境界和审美取向也是一致的，他力求以这种方式精微、准确、恰如其分地揭示和反映人的心灵深处最真实的思想和情感。如今，人们对这位文学大师的研究兴趣仍在与日俱增。

五　继往开来的一代宗师

亨利·詹姆斯的创作上承欧美现实主义、自然主义和超验主义，下启欧美现代主义，是现代文学史上继往开来的一代宗师。他不仅精通小说艺术，而且致力于小说艺术的革新。他创造性地拓展了传统小说的表现形式，使小说叙事实现了由"物理境"（Physical Situation）向"心理场"（Psychological Field）的转入，成功开辟了小说创作的新天地，同时也在现代小说的叙事方法和语言风格上烙上了他独特的印记。他破解了旅欧美国人的神话，并以工细的笔触将这种神话具象化地再现在他众多的"国际小说"中。他通过对人的内心世界和意识活

① Geoffrey N. Leech and Michael H. Short：《小说文体论：英语小说的语言学入门》（*Style in Fiction: A Linguistic Introduction to English Fictional Prose*），北京：外语教学与研究出版社，2001 年，第97—111 页。

动的深湛分析和描摹，为读者创造了一个心理现实与客观现实交互映射的艺术世界。

詹姆斯不仅是一位卓越的小说家和语言艺术家，也是一位富有真知灼见的文学批评家。他强调文学创作要坚持真善美的统一。他主张作家在表现他们对历史和现实的看法时应当享有最大限度的自由。他认为小说文本首先必须贴近现实，真实再现读者能够心领神会的生活内容。在他看来，优秀的小说不仅应当展现（而不是讲述）动态的社会风貌和生活场景，更重要的是，应当鲜活有趣、引人入胜，能使读者获得具有美学意义的阅读快感。他倡导作家应当运用艺术化的语言去挖掘人的心理和道德本性中最深层的东西。他认为一部作品的优劣与否，完全取决于作者的优劣与否。他在《论小说的艺术》等一系列专论中提出的很多富有创造性的观点丰富和发展了欧美文学创作和文学批评，具有重要的理论意义和深远影响。他率先提出并运用在自己的创作实践中的"意识中心"论、"叙事视角"、"全知视角"、"不可靠叙事者"等文学批评术语，已成为当代叙事学的组成部分。我们在当今文化语境下重读詹姆斯的作品，更能深切体味到这位文学大师的创作观、人文情怀、审美取向、伦理精神，以及他独特的语言艺术的魅力，并能从中参悟人生，鉴往知来。

2019 年 2 月 15 日

翻译底本说明

长篇小说《专使》写成于一九〇一年，但因故迟至一九〇三年才开始在美国《北美评论》（*North American Review*）杂志进行连载，同年九月，由梅休因出版公司（Methuen & Company）在英国伦敦出版单行本。亨利·詹姆斯在单行本中增补了两章内容。两个月后，其美国版单行本由哈珀兄弟出版公司（Harper & Brothers）在纽约推出。一九〇七年至一九〇九年间，亨利·詹姆斯对这部小说进行了修订，并将其收入由他本人亲自编订的二十四卷本小说作品集（即"纽约版"）中。

迨至一九五〇年，始有美国学者研究发现，上述单行本及"纽约版"《专使》后补入的一章（即本译本第十一部第二章，在上述版本中被误作该部第一章）插入位置有误，实际应与其后一章调换位置。斯克里伯纳出版社于六十年代再版"纽约版"时改正了这一错误。

为忠实反映作者的晚期写作风格及最终修订成果，"美国文库"版亨利·詹姆斯全集在收录本小说时采用了一九〇九年"纽约版"，但改正了上述章节位置错误。本译本系从"美国文库"版译出。

第一部

一

　　一到旅店，斯特雷特便打听有没有他朋友韦马什的消息，服务员告诉他，韦马什要晚上才能到。听到这个消息，他并没有表现得过分不安。服务员递给他一封电报，内容是预定一个房间，"只要不吵就行"。电报是他此前发来的，而且预付了回电报的费用。由此可见，两人在切斯特 ① 而不是利物浦见面的约定仍然有效。说心里话，斯特雷特并不特别希望韦马什到码头来接他，因此两个人见面的时间也就往后推迟了几个小时。正是他心里的这种想法在作怪，才让他觉得，即便自己继续等，也不会失望，两个人起码可以一起吃晚饭。鉴于对老韦马什的尊重（即便不是尊重他，起码也应该对得起自己的良心），他也不用担心，因为他们以后有的是时间见面。对刚下船的斯特雷特来说，刚才提到的那种念头完全是发自内心的，是耳聪目明的结果，因为突然看到久别重逢的故人固然非常高兴，但如果轮船在欧洲"刚"靠岸，第一眼看到的居然是老朋友的面孔，那他的差事就有点儿搞砸了。斯特雷特本来担心的就是，在他见识欧洲的整个行程中，他的这位老友会动不动出现在自己的视野之中。

　　由于安排妥当，这种见识从头一天下午就让他感受到了多年来从未有过的逍遥自在，让他深刻体会到了变化，体会到此时此刻他根本不用去想什么人、什么事。如果他这次来欧洲所抱的希望不是太轻率、太天真的话，那他肯定会从从容容地取得成功。在船上，他无拘无束地——如果迄今为止能用"无拘无束"这个词来形容的话——跟人厮混，但这些人多半一上岸就汇入人潮，直奔伦敦了。有的人邀请他到小酒馆去坐一坐，甚至自告奋勇为他当向导，带他去"看看"利

---

① 切斯特（Chester）：英格兰柴郡（Cheshire）首府，位于英格兰西北部，与威尔士交界处，是英国著名的文化遗产保护城市之一，保留了多处完整的古罗马遗址和城墙。

物浦的美景，但他一概婉拒，既没有赴约，也没有再结交什么人。很多人都恭维他说，能"碰见"他，真是三生有幸，但他持一种淡然的态度，一个人无拘无束、自由自在地悄然避开别人，利用下午和晚上的时光，去欣赏眼前能感受到的美景。他在默西河①畔待了整整一个下午和一个晚上，领略当地的风光，虽然看到的景物有限，但至少是原汁原味的欧洲风光。说心里话，一想到韦马什可能已经到了切斯特，他就不知不觉地皱了皱眉。他在想，如果让他解释为什么这么早就"到了"，那么，他到达切斯特却没跟韦马什见面的这段时间，就很难说是让人充满期待了。尽管如此，他仍然像一个人得意地发现口袋里比平时多了些钱，在没有想好如何花之前，慢悠悠、美滋滋地数弄着一样。他不准备对韦马什说船是什么时间靠岸的，他很想见到韦马什，但又很想推迟见面的时间。可以想象，这种矛盾的心态从一开始就预示着自己跟差事之间的关系可能一点儿都不简单。我们最好从一开始就说明，可怜的斯特雷特一直被这种稀奇古怪的矛盾心态所困扰：热情中有一分超然，淡然中又有一分好奇。

玻璃隔板后面的年轻女子，隔着柜台一边递给他一张写着他朋友名字的淡粉色便笺，一边清脆地念出他朋友的名字。随后，他转过身来，突然发现大厅里一个女子正盯着他看。她看上去虽然不怎么年轻，也算不上眉清目秀，但整体上非常协调，看上去很顺眼，让他觉得好像最近在哪儿见过。两个人站在那里对视了片刻，他突然想起来，昨天曾经见过她，在他之前住的那家旅店见过她，当时——也是在大厅里——她在跟和他同船来的几个人寒暄。其实，他们俩当时并没有交谈，他也说不上来当时她脸上究竟是有什么特征，让他第二次见到她时马上就能认出来。但不管怎么说，她好像也认出他来了——这未免让他更摸不着头脑了。不过，此时此景，她开门见山地对他说，因为偶然听到他在打听什么人，所以想冒昧地问一下，他打听的是不是康涅狄格州米罗斯来的韦马什先生——美国律师韦马什先生。

———————————

① 默西河（the Mersey）：英格兰西北部的一条河流，流经兰开夏郡和柴郡的边界地区。

"哦，没错。"他回答道，"我大名鼎鼎的朋友。他从莫尔文 ① 来，跟我在这里碰头。我原以为他已经到了，可他要晚些时候才到，幸好没有让他等我。你认识他吗？"斯特雷特一口气把话说完。

说完，斯特雷特才意识到自己说得太多了，因为她回答时的语气，还有脸上的异样表情——原本焦躁不安的表情之外所表现出来的某种表情——似乎说明了这一点。"我在米罗斯见过他——很久以前，我时不时会到米罗斯住一阵子。我在那儿有些朋友，这些朋友也是他的朋友，所以我去过他家。我说不准他是不是还认得我，不过，我倒是很乐意见见他。"斯特雷特刚结识的这位朋友接着说道，"也许，我会很乐意再见到他，因为我会在这里住一阵子。"就在斯特雷特仔细琢磨这番话的意思时，她稍微停顿了一下，那样子就好像两个人已经聊了很久似的。她说完后，彼此淡然一笑，斯特雷特告诉她，要见韦马什先生并不难。不过，他的话倒是让女子觉得，她说话似乎有失含蓄、口无遮拦。"哦，"她说，"他才不在乎呢！"她马上又说，她觉得斯特雷特认识芒斯特夫妇，在利物浦时，他曾经看到过她跟一对夫妇在一起，那就是芒斯特夫妇。

很不巧，他与芒斯特夫妇并无深交，根本够不上两个人之间的谈资，所以他们的谈话就好像一张刚铺好的餐桌，她所提到的熟人，不仅没有给餐桌多上一道菜，反而撤走了一道菜，同时又没有其他什么菜可以上。尽管如此，他们还是摆出一副不愿意离开餐桌的架势，结果就是，双方虽然没有进行初步的介绍，却表现得像是已经相互认识了。两个人在大厅里一起走动，斯特雷特的同伴随口说，这家旅店的好处是有一个花园。直到这时，斯特雷特才意识到，自己已经陷入了奇怪的自相矛盾之中：在船上，他尽量避免与人过往甚密，也尽量不让韦马什感到不快，但此刻突然发现自己早将这两点抛在脑后了。他甚至连自己的房间都没进，便跟这位不请自来的保护神走进了旅店的花园。十分钟后，他又答应她，在洗漱更衣之后，再跟她在花园见

① 莫尔文（Malvern）：位于英格兰中西部地区的伍斯特郡，是著名的温泉疗养胜地。

面，而这一切安排得是那么得心应手。他想到镇上去看一看，于是两个人便一同走出了旅店。她好像完全掌握了主动权，把他当成了客人。她对这儿很熟悉，俨然表现得像女主人一样。斯特雷特难过地看了一眼玻璃隔板后面的女子，看样子她的角色很快被人取代了。

一刻钟后他下楼来时，女主人那双明显带着善意的眼睛，看到的是一个略过中年的男子——一个五十五岁的男子，中等纤瘦的身材，样子有点儿散漫。他给人最直观的印象是，面色黝黑得看不到血色；标准美国式的浓髭又黑又壮，自然下垂；依然浓密的头发已经染上了点点霜白；鼻梁既饱满又挺拔，大有顶天立地之势。这只近乎完美的鼻梁上永远架着一副眼镜，一条特别深、特别明显的面纹，犹如岁月留下的笔痕，随着垂髭从鼻孔直达下颚，给这张面孔的完美抹上了浓浓的一笔。明眼人会发现，斯特雷特给对方留下了非常深刻的印象。她正在花园等他，此时此刻，她正在往手上戴一副既清爽又柔软且富有弹性的手套，表现得非常坦然。就在他踏过一小片修剪整齐的草地、沐浴着英格兰和煦的阳光朝她走去时，他觉得，相比自己仓促而就的穿着，她的这份坦然在这种场合下堪称典范。女子所表现出的那种平易近人，那种高贵的谦恭和得体，是他根本不敢妄议的，但他强烈感受到的而且被深深打动的是她身上表现出来的那种他从未见识过的气质。还没等走到她跟前，他便在草地上停下脚步，装作从搭在手臂上的风衣中翻找什么貌似遗忘的东西，但这样的举动只不过是在为自己赢得一点儿时间而已。此刻，斯特雷特的自我感觉要多奇怪有多奇怪，这种感觉跟过去不同，而是此时此景才产生的。其实，在楼上，当他站在穿衣镜前，发现本来就已经阴暗的房间，再加上穿衣镜莫名其妙地遮挡了窗户，使得房间更加阴暗时，当他破天荒地认真审视自己"穿着打扮"的种种细节时，这种感觉就已经有了。当时他就觉得自己穿着打扮的种种细节根本不合自己的意，但退一步又想，细节上的不足到万不得已时，还可以去设法补救。他准备到伦敦去，所以帽子和领带的问题还可以等等再说。就像在一场打得酣畅淋漓的球赛中，球直接朝他抛来，而他也眼明手快地接住一样，他现在直接面对的是,他眼前刚刚结识的这位朋友有一种说不出来的气派,这种气派所表现出来的某种东西,不知怎么搞的,总让他感到自惭形秽。他用他们刚结交时表现出来的率直和坦诚,在心里简明扼要地概括了自己对她的印象:"呃,还是她更有教养!"紧跟着这句话的如果不是"比谁更有教养",那只是因为他在骨子里已经意识到是在跟谁比了。

不管怎么说,她身上明显表现出来的——虽然她是那种经常看到的美国同胞,说起话来也完全是美国同胞的口气,所以根本谈不上什么神秘,只不过跟牢骚满腹的韦马什有那么点儿关系而已——正是更深厚的修养所带给人的兴致。他停下来,假装在风衣口袋里翻找什么东西。其实,那不过是为了重拾信心,好让自己好好打量她一番,就像她打量他一样。她给他的印象是出奇的年轻,不过,如果生活惬意,一个三十五岁的女子仍然可以给人这样的印象。但像他一样,她显然也面无血色。当然,他不可能知道,旁边如果有人打量他们的话,很可能会觉得这两个人长得很像。在旁观者眼里,他们的长相简直不可思议:两个人都皮肤黝黑,都身材纤细,都面带皱纹,都戴着眼镜,鼻子都大得出奇,头发都或多或少地已经斑白,多少让人觉得他们是亲兄妹。不过,要说是亲兄妹,两个人又略有不同。妹妹对哥哥表现出久别重逢的喜悦,而哥哥对妹妹则表现出一种惊喜。说心里话,就在斯特雷特站在那里欣赏自己的朋友,看着她一边整理手套一边打量他时,她的眼神中并没有表现出什么喜悦。那双眼睛直截了当地上下打量着他,那样子就好像知道该如何打量一个人,又好像他是被画了半截的人体素描。可以说,这双眼睛的主人真的是行家里手,能够凭借丰富的经验,日理万机,兼收并蓄,就像排字工人拆版后将散乱的铅字分门别类地存放一样,轻松自如地将凡人进行分门别类,排列存放。她在这方面的特长,正是斯特雷特的短板,两个人刚好相反,如果他对此早有察觉,也许就不会让她这么打量他了。但他既然已经觉察到这一点,在略感顿悟之后,他索性欣然让她去打量了。说心里话,她知道些什么,他多少有所感觉。他感觉到她知道的东西要比他多。虽然他一般情况下不会在女人面前甘拜下风,但此刻也只好放下包袱，欣然接受了。在那副永远不会摘下来的夹鼻眼镜背后，他的眼睛平静到虽有似无，对他的面部表情全然没有影响，因为他的表情，尤其是他表现出来的敏锐，主要是靠脸庞、纹理和轮廓等别的方面来表现的。转眼间，他走到她身边，顿时感到通过刚才短暂的交流，她对他的的了解要比他对她的了解多得多。就连他没告诉她、也许永远不会告诉她的隐私，她都知道了。他很清楚，他告诉她的已经够多了，不过，那些并不是真正的隐私，但她知道的恰恰是真正的隐私。

两个人再次穿过旅店的大厅，快要走到大街时，她突然停下脚步，问了他一个问题。"你查过我的名字了？"

他也停下脚步，笑着说："你查过我的了？"

"哦，没错——你刚离开，我就查过了。我去前台问的。你该不是也到前台问的吧？"

他不解地问："坐在玻璃隔板后的女子眼睁睁地看着我们已经自来熟了，我再去打听你的高姓大名？"

他这话虽然是开玩笑，但也透出一种警觉，她禁不住笑了起来。"那你就更应该去问问，是不是？如果你担心我的名誉会受到影响——让人看到我在跟一位先生一起散步，而他连我姓甚名谁都不知道——那我告诉你，我一点儿也不在乎。"她接着说道，"给，这是我的名片。我还有别的事要对前台说，所以你可以趁我不在这会儿，赶紧看看。"

她从皮夹子里掏出一张小小的纸片，递给他后便走开了。趁她还没有回来，他从皮夹子里也掏出自己的名片，准备跟她交换。他看到名片上只简单地印着"玛丽亚·戈斯雷"几个字。在名片的一角印着街名和门牌号码，大概是巴黎的街道，读起来像外国的街名，除此以外，没有其他明显的标识。他把名片放在背心口袋里，同时把自己的名片拿在手里。他倚在门柱上，突然走了神，心想旅店前的视野居然这么开阔，忍不住笑了。玛丽亚·戈斯雷是谁，他一点儿都不知道，可他居然已经把她的名片收了起来，想起来实在滑稽。不知怎么搞

的，他确信对刚刚塞到口袋里的那张作为身份象征的小纸片，他应该
小心翼翼地保存好。他一边恋恋不舍而又心不在焉地看着旅店前的景
色，一边思考自己这样做究竟有什么意义，同时扪心自问，如果有人
认为这样做是不忠，他是不是真的会觉得很自责。这种事来得太快，
甚至来得太早，如果有人看到他脸上的这种表情，肯定会这么想。可
是，要是他做"错"了，那他为什么不赶紧脱身呢？对此，可怜的家
伙，他已经——甚至在没见到韦马什之前——盘算好了。他自信自
己能够把握好度，但这个度还不到三十六个小时就已经打破了。玛丽
亚·戈斯雷回到他身边，高高兴兴、干干脆脆地说了声"搞定了"，
然后带着他走出旅店。这时，他更强烈地感觉到，在待人接物上，甚
至在道德上，他打破的度究竟有多大。他一只胳膊上搭着大衣，另一
只胳膊夹着雨伞，食指和拇指僵硬地捏着自己的名片，走在她身边。
这时，他忽然觉得，相比之下，在这个社会里，他简直就是一个初生
的牛犊。此时此刻，他从走在身边的同伴身上所感受到的"欧洲"，
跟他在利物浦见识的"欧洲"不同，也跟昨晚见识过的那些既令人恐
惧又让人兴奋、给人深刻印象的街道不同。两个人一起走了几分钟
后，他才察觉到她在不停地斜视他，于是他心想，她是不是在提醒他
戴上手套？就在这时，她笑着向他提出一个颇具挑战性的问题，差一
点儿让他停下了脚步。"很高兴看到你把我的名片一直拿在手上，这
倒是可以理解，不过，你为什么不把它收起来呢？如果你带着不方
便，我倒是很乐意收回来。印名片可是要花不少钱的！"

这时，他才发现，他一边拿着原本准备送给她的名片一边走路的
样子，让她想到别的地方去了，可他根本没有察觉。原来是她把他手
里的名片误以为是她给他的那张了。听她这么一说，他便做出一副归
还的样子，把名片递给她。但一接过名片，她马上感到了异样，两眼
看着名片，立刻停下脚步，表示歉意。她说："你的名字，我喜欢。"

"哦，你不会听说过我的名字！"他答道，但有足够的理由相信她
也许听说过。

哎呀！这也太显眼了！她好像从来没见过似的，又把名片看了一

遍。"路易斯·兰伯特·斯特雷特先生。"她念出声来的语气听上去很随便，跟读陌生人的名字没什么差别。但她又说她喜欢这个名字。"尤其是路易斯·兰伯特，是巴尔扎克一本小说的名字①。"

"哦，这我知道！"斯特雷特说。

"不过，那本小说写得糟透了。"

"这我也知道，"斯特雷特笑着说，接着，他又貌似不相干地说，"可我是马萨诸塞州伍勒特人。"

听他这么说，她忍不住呵呵笑了起来，也许在她看来，这话讲得也太风马牛不相及了吧。巴尔扎克曾经描写过许多城市，但没有描写过马萨诸塞州的伍勒特。"看你说话的样子，"她答道，"就好像要别人马上就往最坏处想似的。"

"哦，我想，你肯定已经看出来了，"他说，"这一点我能感觉到。我的外表、我的言谈，还有，用我们那里的话说，我的'举止'，肯定都表现出来了。这一点在我身上表现得特别明显，你第一眼看到我时，肯定就看出来了。"

"你是说，最坏处？"

"哦，我是说我是哪里人这一点。不管怎么说，事实就是这样。所以，万一出了什么状况，你可别说我没跟你说实话。"

"我懂了。"戈斯雷小姐似乎对他的话产生了浓厚的兴趣，"可是，你觉得会出什么状况呢？"

斯特雷特虽然不腼腆（这倒是有点儿反常），但他的目光还是四下游离，不敢正视她。在跟人谈话时，他经常会有这种举动，但这似乎根本不影响他说话的效果。"怕你发现我太没出息。"说完，两个人又继续往前走。她边走边说，一般来说，她最喜欢的正是同胞中那些最"没出息"的人。在他们边走边聊的过程中，还发生了许多令人愉快的小事——事情虽小，对他却很重要。不过，对将来许多事情具

---

① 此处"路易斯·兰伯特"的原文为 Lewis Lambert，而巴尔扎克的哲理小说是 *Louis Lambert*（一般译为《路易·兰伯特》）。

有深远影响的还是这场谈话本身，所以，对这些小事，这里就不赘述了。但有两三件事，如果不说明一下，读者将来很可能会感到遗憾。弯弯曲曲的城墙——虽然小城的膨胀早已把城墙碎尸万段，但由于当地人的精心呵护，有一半还保存完好——犹如窄窄的腰带，蜿蜒于被一代又一代生活在和平时期的人们抹平了的城垛之间。时不时会看到被拆除的城门或架设着桥梁的裂口，城墙时高时低，时上时下，稀奇古怪的拐弯，稀奇古怪的连接，使人得以俯视朴实无华的街道和山形墙的屋檐，眺望教堂的钟楼和水滨的田野，饱览拥挤不堪的英国城镇和整齐划一的英国乡野。这一切给斯特雷特带来无法用语言形容的喜悦，不过，跟这种喜悦交织在一起的是深深烙在他心中的印象。很久以前，二十五岁那年，他曾经来过这里，这非但没有让他扫兴，反而助长了他现在的兴致，把这次故地重游当成足以跟他人分享的快乐。他本该跟韦马什分享这种快乐，现在却剥夺了本来属于韦马什的东西，真觉得有些对不住他。他不停地看表，就在第五次看表时，戈斯雷小姐发话了。

"你在做自己觉得不该做的事。"

她的话一语中的，让他脸色大变，笑声也近乎尴尬起来。"我让你那么扫兴吗？"

"我觉得，你好像有点儿心不在焉。"

"呃……"他若有所思地回应道，"还请多多包涵。"

"哦，这不是包涵不包涵的问题！跟我没有关系。这是你自己的问题。你的欠缺是全方位的。"

"哦，你说得很对！"他哈哈笑着说，"欠缺在于伍勒特。那才是全方位的。"

"我是说，"戈斯雷小姐解释道，"你不会享受，这是一种欠缺。"

"完全正确。在伍勒特，人们都认为人不应该享受。如果伍勒特人认为应该享受，他们是会享受的。"斯特雷特接着说，"可是很可怜，没有人教伍勒特人如何去享受。不过，我不一样，我有人教。"

两个人沐浴着午后的阳光，时走时停，饱览身边的美景。此时此刻，斯特雷特靠在城墙旧石槽高壁上，一边休息一边抬头仰望教堂的塔楼。从他们站立的地方，可以将教堂一览无余。教堂是一座雄伟的红褐色建筑，整个建筑布局呈正方形，点缀着尖塔和卷叶式凸雕①，虽累经修缮，仍魅力四射，首批归燕正绕着教堂自由自在地飞翔。他好久没有看到这样的建筑了。戈斯雷小姐在他身边不慌不忙地踱来踱去，表现出一副深知万事皆有因果的样子，当然，事实越来越清楚地证明，她持这种态度也不为过。"你的确有人教。"她先是深表认同，接着又说道，"但愿你肯让我教你。"

"哦，我可怕你呀！"他高兴地说道。

她的目光透过自己的眼镜，又穿过他的眼镜，和蔼而又敏锐地盯着他看了一会儿。"呵，得了，才不是呢！幸亏你一点儿也不怕。如果你怕我的话，我们就不会这么快就走到一起了。"她惬意地说道，"我觉得，你信得过我。"

"我想是的！不过，这也正是我害怕的。如果我信不过你，那倒罢了。在短短二十分钟的时间里，我就这样把自己彻底交给了你。"斯特雷特接着说道，"我敢说，这种事对你来说完全是驾轻就熟，可我从来没有过什么奇遇。"

她含情脉脉地看着他，说道："这就是说，你已经看出我来了——这倒是不错，挺稀罕的。你看清了我的本来面目。"可他微笑着摇了摇头，对她的话表示反对。看到他的这种反应，她又进一步解释道："只要你继续观察，你早晚都会看出来的。我自己的命运太过曲折，我已经认了。你知不知道，我只是个普通的导游——游览'欧洲'的导游。我等客人来，带领他们游览欧洲。我把他们接上，再把他们安顿好。从某种意义上说，我就是一种高级'导游'，充其量是个旅伴。就像我刚才跟你说的，我带着人到处转。这种事，我从来不刻意去求，而是找到我头上的。这就是我的命，一个人必须认命。在

---

① 卷叶式凸雕（crocketed）：哥特式建筑的尖塔或山形墙侧面上的雕刻装饰图案，一般为植物的叶、芽和动物图案。

这个万恶的世界上，说这种话是要不得的，但我确信，就像你看到的，没有我不知道的。什么商铺里什么价钱，我全知道——不过，我还知道更差劲的事。我背负着我们民族意识的沉重包袱，换句话说，我还背负着我们整个民族。但我背负的这个民族，除了是由形形色色的男女组成的以外，还能有什么呢？要知道，我做这种事不图任何利益。比方说，我这样做不是为了钱。你知道，有些人是为了钱。"

斯特雷特只能好奇地听着，与此同时，心里在掂量该如何插话。"不过，你对许多客人都这么好，你敢说这样做不是为了寻找真爱？"他停了停，问道，"我们该如何酬谢你呢？"

她也犹豫了片刻，不知说什么好，最后只说了句"不用谢"，然后示意他继续往前走。两个人继续前行，几分钟后，他心里虽然还在想着她刚才说的话，但还是机械地、不知不觉地又把表掏了出来，那样子就好像她那种稀奇古怪而又愤世嫉俗的智慧让他兴奋、让他紧张一样。他虽然看了看时针，其实根本没有看见。紧接着戈斯雷小姐又说了些什么，让他再一次停下脚步。"你真的怕他。"

他笑了笑，笑得自己都觉得尴尬。"你现在明白我为什么怕你了。"

"因为我能够察言观色？哦，这都多亏了你帮忙。"她又说，"我刚才就告诉过你了。你好像觉得这有什么不对劲儿。"

他再一次后退一步，倚靠在城墙上，似乎准备听下去。"那就帮我一把，不要让我再这样下去！"

听到他的请求，她面露喜色，但表现出一副正在思考的样子，就好像这是个需要立即采取行动的问题。"是不再等他？……还是根本不要见他？"

"哦，不——我不是这个意思，"斯特雷特表情凝重地说，"我必须等他——而且，我也很想见他。但不是在担惊受怕中见他。刚才你的确说到点子上了。虽说担惊受怕无处不在，但在特定场合下，这种感觉特别明显。我现在就有这种感觉。我总是在想别的事。我是说别的事，而不是眼前的事。我怕的正是我老想着别的事。比方说，此时此刻，我想的不是你，而是别的事。"

她含情脉脉地听他把话说完后，说道："哦，可别这样！"

"我不得不承认我有这个毛病。帮我改掉吧。"

她一边思考一边说："你不是在'命令'我吧？——要我接受这项任务？你愿意听我的？"

可怜的斯特雷特叹了口气，说道："但愿吧！不过，活见鬼——我永远做不到。不，我做不到。"

但她并没有灰心丧气。"但你起码有这个愿望？"

"哦，那还用说！"

"这样的话，你不妨试一试！"就这样，她当场接受了她所说的"任务"，信心十足地说道："相信我吧！"说完，两人又继续往前走，而他也乖乖地伸出手挽起她的胳膊，那样子有点儿像一个需要依靠的慈父想要对年轻人表现得"殷勤"一点儿。在快要走到旅店时，他把手抽回来，因为在深入交谈之后，双方的年龄，至少是双方的阅历——就这一点来说，阅历已经多多少少发挥过作用了——让他觉得自己需要重新调整心态。不管怎么说，在快走到旅店大门时，两个人幸亏保持了一定的距离。此时此刻，他们出门时看到的玻璃隔板后面的那个女子正站在门口张望，看样子是在等他们。站在她身边的男子看上去也在等他们。一看到这个人，斯特雷特又像我们一再提到的那样，立即下意识地止住了脚步。不过，他没有开口，而是让戈斯雷小姐用她那虚张声势的腔调，叫了声："韦马什先生！"如果没有她，这种事就该由他来做——这一点，从他第一眼看见两个人站在门口等候的情形，就强烈地感受到了。虽然距离较远，但他已经感觉到，韦马什先生一脸的不高兴。

二

当天晚上，斯特雷特不得不向韦马什坦白说，他对她几乎一无所知。两个人又在她的陪同下招摇地用过晚餐，然后又一起散步，欣赏月光下的教堂。经过接触，再加上她适时地暗示和提醒，韦马什依稀回忆起往事，虽然承认自己认识芒斯特夫妇，但在他这个米罗斯人的脑海里，硬是找不到戈斯雷小姐的影子。她又问了韦马什两三个关于他认识的几个人的问题，但据斯特雷特观察，韦马什对这些问题，跟他自己的直接感受一样，毫无反应，一切似乎只有这个怪女人知道。真正让他觉得有趣的是他发现韦马什跟她的关系很一般，甚至不值一提，而且他还特别注意到，在韦马什身上，这一点表现得尤为明显。这更让他觉得，自己跟她走得太近了，让他觉得以后还可能会走得更近。他立即断定，不管韦马什和她熟悉到什么程度，从她那里似乎都得不到什么好评语。

寒暄过后，三个人在大堂里聊了五分钟，然后戈斯雷小姐暂行告退，两个男人便来到花园。随后，斯特雷特陪韦马什来到他预定的房间，但在出门前，他把房间又小心翼翼地查看了一遍。半小时后，他同样小心翼翼地离开了韦马什，径直回到自己的房间，但马上感觉到，待在房间里浑身不舒服。两个人久别重逢后第一次见面的结果还不错，他很喜欢。突然间，以前觉得足够大的房间，现在觉得太小了。他曾怀着近乎羞于承认的内疚心情等待这次会面，同时也希望这种心情最终会因见面而得到缓解。但奇怪的是，两个人见面后，他反而更加兴奋。兴奋——他一时间也说不清楚这种兴奋是什么——之余，他再一次下楼来，漫无目的地徘徊了几分钟。他又一次朝花园走去，同时朝会客室扫了一眼，看到戈斯雷小姐正在那里写信，于是便退了出来。他漫无目的、心烦意乱地踱来踱去打发时间，最后决定今夜还是跟韦马什再深入交谈一次。

斯特雷特跟韦马什在楼上谈了一个小时，才决定回房休息。时间已经很晚了，但他的心情久久不能平静。在斯特雷特眼里，晚饭以及晚饭后的月下散步，犹如一场充满浪漫色彩的梦，只不过掺杂着一丝只恨夜寒衣薄的感觉罢了。两个人之所以选择在半夜谈话，是因为韦马什（用他自己的话说，在他们甩掉了那位时髦的朋友之后）觉得，他不太想在吸烟室谈，也不太想睡觉。韦马什最常说的一句话是"他有自知之明"，而这句话用于今晚的场合，那就是他自知今晚肯定睡不着。除非在睡觉前把自己搞得筋疲力尽，否则他一整夜都会徘徊不定，这一点他心知肚明。为了把自己搞得筋疲力尽，他拼命拖住斯特雷特聊天，一直聊到半夜。不过，此时此刻，我们的朋友韦马什给人的感觉有点儿矜持。他穿着长裤和衬衫坐在床边上，长腿前伸，佝偻着宽大的脊背。有很长一段时间，他一会儿抚弄着自己的胳膊肘，一会儿拨弄着自己的络腮胡子。这让斯特雷特觉得，韦马什在故意把自己搞得极不舒服，但在斯特雷特看来，从在旅店门口第一眼看到他那副窘迫的样子起，他不明显就是这个样子吗？从某种程度上说，这种不舒服是有传染性的，还可以说是不合时宜的，而且是毫无缘故的。所以，斯特雷特认为，如果他不能安之若素，或者韦马什不能安之若素，那就会对他自己所持的、已经确定的舒适感构成威胁。在两个人第一次上楼走进斯特雷特为他挑选的房间后，韦马什先对房间查看了一番，虽然没有说话，却轻轻叹了一口气。在斯特雷特看来，这声叹息即便不是习惯性地表示不以为然，至少也表示了某种失望。他的这副表情再一次提醒斯特雷特，这是他以后察言观色的关键。韦马什努力从这些细节上去理解"欧洲"，但到目前为止，根本谈不上理解。他还没有踏准"欧洲"的节拍，而在三个月后，他基本上已经不再指望与"欧洲"合拍了。

此时此刻，韦马什坐在那里，两眼直勾勾地盯着煤气灯，那样子真有点儿不达目的誓不罢休的感觉。不知怎么搞的，这似乎在传递某种信息：既然没搞懂"欧洲"的原因是多方面的，那么，单纯从某一方面去矫正是没有用的。他有一颗英俊气派的大脑袋，一张苍白而又皱皱巴巴的大脸庞，相貌仪表堂堂，长着一副政坛领袖才有的浓眉，一头浓密的散发，一双像煤球一样的黑眼睛。就连那些审美标准业已不同的人，一看就会想起雕塑和半身像中常见的那些上世纪中叶初期的民族英雄。韦马什具备早年"国会大厅"里培养出来的美国政治家的气质，正因如此，斯特雷特年轻时就认为他将来大有作为。后来大家都说，他的下半截脸因为有点儿疲软和扭曲，使他的脸破了相，所以他才留起了胡子，但不知情的人都会认为，留胡须似乎破坏了这张脸的整体美。韦马什甩了甩浓密的头发，用他那双令人羡慕的眼睛盯着斯特雷特。他没戴眼镜，目光咄咄逼人，就像议员盯着自己的选民，看起人来既令人生畏，又令人备受鼓舞。他对待你的态度，就像是你敲门之后只有得到他的许可才能进去。斯特雷特已经很久没有见到韦马什了，所以，此刻看着他，有一种耳目一新的感觉，但这种理想化的判断可能是他从未有过的。就韦马什所从事的职业而言，头用不着长这么大，眼睛用不着长这么帅，但这只能说明，他的职业本身就具有表现力。而在此时此刻的午夜时分，在切斯特这间被煤气灯照得通亮的卧室里，这颗头颅的主人在光阴似箭的多年之后，整个精神差一点儿就崩溃了。但这也说明了他生活得很充实——米罗斯人心目中的那种充实，不过，在斯特雷特看来，只要韦马什能做到无牵无挂，这种充实的生活本应不成问题。但不幸的是，他坐在床边上，一直保持本不该坚持这么久的矜持姿态，丝毫没有表现出无牵无挂的样子。这让斯特雷特想起了他一直看不惯的举动——明明是独自一人坐火车，上身却一直前倾。可怜的韦马什正是以这样的姿态游历欧洲的。

由于事务繁忙、工作紧张，以及各自对生活的投入和窘境，两个人多年来都没有享受过这种突如其来又近乎令人手足无措的闲暇。他们在国内从没像今天这样能聚上一整天，这也从某种程度上说明，在斯特雷特眼里，韦马什的诸多特征是多么明显。早年那些已经被遗忘的特征，现在又重新回忆起来，而那些永远不可能忘记的特征就像不拘礼节的一家人，团团围坐在门口，等候他的到来。房间又窄又长，韦马什坐在床边上，穿着拖鞋的两只脚伸得老远，以至于斯特雷特每次从椅子上站起来，焦躁不安地来回踱步时，基本上是不得不从这两只脚上迈过去。他们虽然是朋友，但有些话能说，有些话不能说，这一点两个人都心如明镜。他们之间不能谈的话题，就像粉笔敲打在黑板上那样，尤其明显。韦马什是三十岁时结的婚，与妻子分居已有十五个年头，但在刺眼的煤气灯照耀下，两个人心里都清楚，斯特雷特是不能问及韦马什妻子的。他知道他们仍在分居，还知道她也在欧洲旅行，所到之处都是住旅店，打扮得妖里妖气，而且还时不时写信骂自己的丈夫，当然，倒霉的丈夫对每封信都会仔细看。不用说，对韦马什的这点儿隐私，斯特雷特采取了尊重的态度。当然，这种隐私原本就是秘不示人的，韦马什也从来不说。斯特雷特向来都是尽量客观地评价韦马什，特别钦佩他的这种缄默，经过深思熟虑之后他甚至认为，在他熟悉的人中，韦马什应该算得上是成功人士，而这种缄默正是他成功的根本。虽然韦马什因劳累过度而身心疲惫、身体瘦弱，虽然他妻子不断地写信骂他，虽然他不喜欢欧洲，但他确实功成名就。要是斯特雷特能在他自己的事业上也有些许这种缄默的美德，那他就不会觉得自己太没有出息了。离开韦马什夫人那样的女人虽然不是什么难事，但他那种被妻子抛弃而处之泰然的态度，无疑让人敬服。更何况她丈夫不仅始终保持沉默，而且收入颇丰，这些都是斯特雷特特别羡慕的。斯特雷特自己也很清楚，他自己也有不愿为外人道的隐私，但这是另外一回事儿。再说，他的收入还远没有高到让他傲视一切的程度。

"我不知道你来干什么。你好像没有什么不对劲儿嘛。"韦马什终于开口说话了，他指的是欧洲。

斯特雷特尽量附和着说："呃，既然已经来了，我倒没觉得有什么不对劲儿。不过，临行前，精神确实不在状态。"

韦马什郁郁寡欢地抬起头，说道："你跟平常不还是一样吗？"

他这样问并不是不相信他的话，相反，倒是有点求他说真话的味道，但在斯特雷特的耳朵里，似乎听到了米罗斯的乡音。说到米罗斯的乡音和伍勒特的乡音之间的差别，他心中早就一清二楚了——只是从来不敢说出来罢了。他认为，只有米罗斯的乡音才属于真正传统意义上的东西。他过去一听到米罗斯的乡音，常常就会陷入短暂的困惑，但此时此刻，不知怎么搞的，他又突然陷入困惑之中。虽然这种困惑让他再一次支吾搪塞，但他可不能等闲视之。"人家辛辛苦苦来看你，你这样说，好像不太公平吧？"

韦马什茫然地盯着洗面台，一言不发，这位米罗斯的化身似乎在以这样的态度，接受伍勒特人出人意料的恭维，而斯特雷特觉得自己也成了伍勒特的化身。"我是说，"韦马什又发话了，"你看上去不像过去那么糟糕。跟我们上次见面相比，你现在的气色要好很多。"但韦马什的眼睛并没有盯着看他的气色，两个人似乎都本能地恪守着基本的交往礼仪。他盯着洗面台，接着又说："你倒是发福了。"这句话产生了更强烈的效果。

斯特雷特哈哈大笑起来。"大概是吧。一个人能吃就会胖。我不但能吃，而且是撑着肚子大吃。坐船的时候，我累得简直像狗一样。"言语中透出异常的兴奋。

韦马什回答道："我到的时候累得才像狗呢。到处找住处，简直要了我的命。其实，斯特雷特，终于能在这里跟你说说话，心里真痛快。不过，我真的不知道，我为什么要等到现在才说。我在火车上已经跟人说过——实际上，这个国家根本不是我喜欢的那种。我在这里看到的国家，好像没有一个是我喜欢的。哦，我并不是说，这里没有什么好看的地方或是古迹。问题是，不管走到哪里，我总觉得浑身不自在。这大概就是我没有长胖的一个原因吧。别人告诉我，在欧洲我可以重新焕发身心，可我连焕发身心的影子都没看到。"说到这儿，他一本正经地脱口说道："听我说，我想回去了。"

此时此刻，韦马什直勾勾地盯着斯特雷特的眼睛。有的人在谈论自己的事情时喜欢盯着对方的眼睛，韦马什就是这种人。斯特雷特也同样直勾勾地盯着他，而且在他的心目中看上去立刻占了上风。"对一个专程来看你的人来说，你这话听起来太让人欣慰了！"

听到这话，韦马什不但没有面露喜色，相反还是板着脸问道："你是专程来的？"

"呃……差不多吧。"

"看了你的信，我觉得背后还有什么事儿。"

斯特雷特迟疑了一下，说道："你是说我想见你的背后？"

"让你劳神的背后。"

因为心里有鬼，斯特雷特勉强笑了笑，摇了摇头，说："原因都在这里了！"

"就没有什么最让你劳神的吗？"

斯特雷特终于发自内心地回答道："有，有一个。我这次出来跟一件事有很大关系。"

韦马什等了一会儿，说道："不能说的私事？"

"不，对你来说，不算什么私事。只不过一两句话说不清楚。"

"呃，"韦马什又等了片刻说，"在这儿，我可能会失去理智，可我倒不见得已经糊涂。"

"哦，以后我会全告诉你，但今晚不行。"

韦马什坐在那里，姿势看上去更僵硬，双肘也抱得更紧了。"为什么？反正我也睡不着。"

"因为，老兄，我能睡得着！"

"那让你劳神的是什么？"

"没什么，我能一觉睡上八个小时。"

紧接着，斯特雷特又说，韦马什的体重之所以没有"增加"，是因为他不肯睡觉。听自己的朋友这样说，韦马什表示愿意接受他的建议，准备上床睡觉。斯特雷特略施一种善意的胁迫手段，帮助他达成了心愿，同时又把灯光调暗，帮韦马什盖好毛毯，这些细致入微的小动作显然又增加了他在两个人关系中的分量。他像牧师一样，伺候韦马什上了床，帮他掖好毛毯。此时此刻，韦马什躺在被窝里，显得出奇地大，出奇地黑，再加上毛毯一直盖到下巴，简直跟躺在医院病床上的病人没什么两样。斯特雷特不无怜悯地在房间里踱来踱去，这时，躺在被窝里的韦马什发话了。"她真的在追你？这就是背后的原因吗？"

韦马什考虑问题的方式让斯特雷特感到一丝不安，但他还是故弄玄虚地说了句："你是说我出来的原因？"

"让你劳神或者什么别的原因。要知道，给人的感觉是，她追你追得很紧啊。"

斯特雷特说话向来都是直来直去。"哦，你以为我真的是在逃避纽瑟姆夫人？"

"我不知道你在干什么。斯特雷特，你这个人很有魅力。"韦马什说，"楼下那个女子想干什么，你心里很清楚。要不就是你追她。"他半挖苦、半担心地继续说道，"纽瑟姆夫人也在这里吗？"说到纽瑟姆夫人，他似乎流露出一种令人啼笑的恐惧感。

听他这么说，斯特雷特淡淡一笑。"哦，没有！她老老实实在家待着呢。现在想起来，幸亏她在家待着。她是想来的，可后来变卦了。从某种意义上说，我是代她来的——你说得没错——可以说我是为她的事来的。所以，你瞧，关系很复杂吧。"

韦马什还在刨根问底。"自然也包括我刚才说的那层特殊关系喽？"

斯特雷特在房间里又走了一圈，拽了拽韦马什的毯子，最后朝门口走去。他感觉自己就像个护士，只有把病人安顿好之后，自己才能去休息。"这里面牵扯的事太多，一时间不知道该从哪里说起。不过，别担心——我会全告诉你的。到时候，没准儿你也会跟我一样，觉得毫无头绪。只要我们在一起，我会随时向你请教，了解你对有些事的看法。"

面对这番恭维，韦马什并没有像往常那样直截了当地做出回应。"你的意思是说，你觉得我们不会一直在一起？"

"我只是觉得有这种可能。"斯特雷特用慈父般的口吻说，"听你吵着闹着要回去，我觉得你好像在准备干傻事儿。"

韦马什就像一个受到训斥的大孩子，一声不吭地听着。"那你要我干什么？"

斯特雷特自己曾经问过戈斯雷小姐同样的问题，他不知道自己当时的语调是不是一模一样。但他至少可以做出明确回答。"我要你马上跟我一起去伦敦。"

"哦，我去过伦敦了！"韦马什嘟囔着说，"斯特雷特，在伦敦我根本没什么事可做。"

斯特雷特不急不躁地说："哎呀！你可以帮我做点儿事嘛。"

"这么说，我一定得去？"

"哦，何止去伦敦呢！"

韦马什叹了口气，说道："得了，就听你的。不过，不管带我去哪儿，你能不能告诉我……"

斯特雷特既觉得好笑，又有些后悔。他不知道当天下午面临同样挑战时，自己是否也是这样任人摆布的。他一时间没有跟上韦马什的思路，又一次迷失了方向。"告诉你什么？"

"哎呀！把你知道的告诉我嘛。"

斯特雷特犹豫了一下："哦！这种事我就是想瞒你也瞒不住。"

韦马什愁眉不展地盯着他，说道："你这次如果不是专程为她来的，还能是为什么？"

"为纽瑟姆夫人？你说得没错，当然。"

"那你为什么说是专程为我来的呢？"

斯特雷特不耐烦地用力拉了拉门闩，说道："原因很简单。为你们两个。"

韦马什哼了一声翻过身去。"得了！我又不会嫁给你！"

"说到这个，你们俩都不会！"说完，斯特雷特哈哈笑着逃出了房间。

三

此前，斯特雷特曾告诉过戈斯雷小姐，他跟韦马什很可能乘下午的火车走。第二天早上，戈斯雷小姐告诉他说，她已经决定乘坐较早的一班车走。斯特雷特走进咖啡厅时，她已经用过早餐。不过，因为韦马什还没露面，他便抓住机会，提醒她别忘了他们的约定，还对她说她太过谨慎了。刚刚勾起别人的欲望，她肯定不会弃之而去。他碰到她时，她正从靠窗的一张小桌旁站起身来，桌上放着晨报。他对她说，此情此景，她让他想起了彭登尼斯少校在俱乐部用早餐的情景 ①——对这种恭维话，她表示由衷的感谢。他一再挽留她，就好像他心里很清楚——这显然是头天晚上发生的事在作怪——没有她，他什么事情也干不成。无论如何，她必须在离开之前，教他按照欧洲人的方式叫早餐，她还必须特别耐心地教他如何替韦马什叫早餐。韦马什刚才已经隔着房门，歇斯底里地高声派着他一个光荣而又神圣的任务，帮他叫牛排和橘子。这个任务就交给动作麻利、思维敏捷的戈斯雷小姐去干吧。过去，她曾经帮过旅居欧洲的同胞改掉一些习惯，相比而言，早餐点牛排只不过是小事一桩。看在过去回忆的分上，她也不能半路打退堂鼓。不过，在深思熟虑之后，她还是坦言在这种情况下可以采取截然不同的方式。"你知道，有时还得照他们的意思行事。"

在等早餐的过程中，两个人又一起来到花园。此刻，斯特雷特才发现她比之前更动人了。"哦，那该怎么办？"

"如果不能把问题搞简单一点儿，那就把问题给他们搞得复杂一点儿，问题就迎刃而解了。这样一来，他们就想回去了。"

"你要他们回去！"斯特雷特欣然说道。

"我一直希望他们回去，而且是尽快把他们打发走。"

"哦，我懂了——你要把他们送到利物浦。"

"情况紧急的话，什么港口都行。除了其他的事务，我还帮人办理回国的事宜。我想让人们回到我们业已千疮百孔的国家。否则，我们国家成什么样子了？我要劝其他人不要留在这里。"

置身于布置整齐的英式花园中，呼吸着清新的空气，斯特雷特的心情非常舒畅。他喜欢听脚下潮湿致密的砂砾发出的声音，悠闲自在地望着平整碧绿的草地和弯曲的小径。"其他人？"

---

① 彭登尼斯少校（Major Pendennis）：威廉·萨克雷自传体小说《彭登尼斯》中的人物。小说一开头描写了彭登尼斯的叔叔彭登尼斯少校往常吃早餐的情景。少校打开嫂子的一封来信，信中请他快来"挽救"自己的侄子，免得他要比他大 12 岁的女戏子。这与斯特雷特所看到的情景形成了对照。

"其他国家。其他人——没错。我要鼓励我们自己人。"

斯特雷特不解地问:"叫他们别来?那你为什么要'接待'他们呢?这好像不是在阻止他们嘛。"

"哦,现在叫他们别来,实际上是办不到的。我要做的是叫他们快来快回。我之所以接待他们,是为了让他们在欧洲待的时间越短越好。我虽然阻止不了人们来欧洲,但有办法让他们尽快回去。这是我的小伎俩。"玛丽亚·戈斯雷说,"如果你想知道的话,这是我自己的秘密,也是埋藏在我内心深处的使命和作用。表面上看来,我好像只是在给人遣怀解闷,但我早已成竹在胸,一直在暗中行事。我不可能把我的办法全告诉你,但事实证明,我的办法是行得通的。在把你弄得筋疲力尽之后,我再把你打发走。你就不想再来。只要经过我的手……"

"我们就不会再来了?"她越说,他就越能体会她的深意,"我不想知道你的办法。我昨天就说过,我已经领教过你的城府。把我们搞得筋疲力尽!"他重复了一遍她的话,"如果你在用这种办法巧妙地向我发出警告,那我要谢谢你。"

在这充满诗情画意的环境中,一切都是明码标价的,不过,既然是身在异乡的异客,还是既来之则安之吧。两个人会心地相视而笑,大约有一分钟。"你说我的办法巧妙?其实,这种办法平淡无奇。不过,对你就另当别论了。"

"哦,另当别论——是心肠软吧!"更有甚者,她心肠软到居然推迟行期,愿意与两位先生同行,不过为了显示自己的独立性,可能会单独坐到另一节车厢去。但是,午饭后她还是一个人先走了,而他们又逗留了一晚。临行前,他们俩跟她约定,到伦敦后三个人同游一天。那天早上她与斯特雷特无话不谈,事后他回忆起当时的情形,预感到那番话充满了暖人心扉的暗示,以及他称之为崩溃的先兆。其中谈到的一件事是,她说她这辈子时时刻刻都在"遵时守约",但为了他,她不妨失信一回。她还说,不管走到哪里,她总有接不完的断线,续不完的情缘。她一到,就会突然冒出屡见不鲜、压抑已久的饕餐胃口，哪怕暂时给她一块饼干都能得到满足。在别出心裁地替他叫了早餐，试探着让他尝到了以前不曾吃过的东西之后，她觉得，让韦马什也得到这种享受就成了体面的任务。事后，她对斯特雷特夸口说，她让韦马什享受到了跟彭登尼斯少校在懒兽俱乐部 ① 中一样的享受，只不过他自己不知道而已。她让他像绅士一样用早餐，还强调说，跟她此后让他做的事相比，这根本算不了什么。她强拉硬拽着他又到大街上悠闲地去散步（在斯特雷特看来，这一天过得太充实了），她还利用自己的聪明才智让他觉得无论是在城墙上还是在购物长廊 ② 中，他都能随意发表自己的看法。

　　三个人一起漫步、游览、闲聊，或者说，最少有两个人是这样。仔细观察，我们会发现，另一位同行者默不作声，其实是心里不痛快。说心里话，在斯特雷特看来，这种沉默无异于无声的抱怨，不过，他表面上还是把韦马什的这种态度当成一种心平气和的表示。他不愿意提出过多的要求，因为那样会让人难堪，但他也不愿意沉默不语，因为那样意味着放弃。韦马什的沉默让人琢磨不定，既像若有所悟，又像全无理会。有时候，在有些地方（例如，低檐画廊中最阴暗的地方、对面山形墙上最诡异的地方，以及任何最引人瞩目的地方），别人会发现他在注视着某个没有多大意思的东西，有时甚至不知道他在看什么，那样子就好像他在静默养神。每逢这种时候，他的目光与斯特雷特的目光一旦相遇，脸上就会露出愧疚的神情，不敢直视对方，随后便露出某种退缩的态度。斯特雷特没有给他看该看的东西，因为担心那样会激起他彻底的逆反心理，相反，觉得应该让他看不该看的东西，因为这样会让他以胜利者的姿态表达不屑的态度。有时候，他自己都觉得不好意思承认这种闲情漫步所带来的美妙，有时候，他突然觉得，自己跟身边这位女士的谈话，传到韦马什的耳朵

---

① 懒兽俱乐部（the Megatherium）：在萨克雷小说《纽克姆一家》（The Newcomes）中，彭登尼斯少校经常光顾的俱乐部。
② 购物长廊（the Rows）：英格兰柴郡首府切斯特独一无二的步行商业街，由建筑和商店或两层的低矮住宅组成，大部分建筑保留了中世纪的风貌。

里，颇似伯奇尔先生坐在普丽姆罗丝博士的火炉旁，倾听伦敦来客的奇谈怪论①。一些最不起眼的小事引起了他浓厚的兴趣，让他兴致大增，以至于他反复辩解说，这些细节让他想起了以前生活的种种艰辛。同时，他也清楚，跟韦马什相比，自己的艰辛根本算不了什么，但为了掩饰自己的无聊，他一再说，他这样做是为了弘扬自己以前的美德。但不管他做什么，他以前的美德还在。这种美德似乎在透过商店的橱窗盯着他，但这里的橱窗与伍勒特商店的橱窗不同，因为伍勒特的橱窗总是想要他买一些买了之后不知拿来干什么的东西。此时此刻，这种美德以最诡异、最莫名其妙的方式让他就范；这种美德断然采取的方式便是让他觉得自己有更多的需要。实际上，初到欧洲的几次散步像是一个可怕的暗示，预示着此次旅行的结果会是什么。多年之后，在他临近暮年的时候再次回到欧洲，难道就是为了感受这些吗？不管怎么说，跟韦马什一起观看商店橱窗，他心里还是非常轻松的。不过，韦马什的注意力主要放在实用的工艺品上，否则，斯特雷特会觉得更轻松。韦马什表情严肃、不动声色地盯着摆放在玻璃橱窗里的五金工具和马具，而斯特雷特则在炫耀自己与印花信笺商及领带商的关系如何如何好。事实上，斯特雷特一再光顾裁缝店，真是有失风雅，而韦马什最看不上的正是裁缝。这让戈斯雷小姐逮住了机会，支持韦马什跟他作对。这位疲惫的律师确实懂得着装之道，但也正是因为他过于讲究着装，反倒造成了一些不良后果。斯特雷特不知道，此时此刻，韦马什到底认为戈斯雷小姐不太时髦，还是兰伯特·斯特雷特更时髦，因为两个人对路人从身材到相貌和气质进行评头论足的样子，在某种程度上似乎在表明他们俩都在模仿"上流社会"的谈话方式。

----

① 伦敦来客（visitors from London）：指的是奥利弗·哥尔德斯密斯（Oliver Goldsmith）的伤感小说《威克菲尔牧师传》（*The Vicar of Wakefield*）中的一个情节，说的是伦敦来的两个妓女冒充时尚女郎，蒙蔽了牧师普丽姆罗丝博士一家，但没能骗过同样伪装的伯奇尔先生。在创作《专使》前不久，詹姆斯曾为哥尔德斯密斯的这部小说写过导言，其中就对这一情节大为推崇。普丽姆罗丝博士对自己的败家女奥利维亚一直紧追不放，想法让她摆脱灯红酒绿的放荡生活，这一情节与《专使》中所描写的斯特雷特的情形大体相似。

　　此刻在他身上发生的一切，难道不就是过去一再发生过的：一个时髦女子把他推进"上流社会"，而自己的老朋友却被抛在一边，眼睁睁看着这股潮流勇往直前？在这个时髦女子带斯特雷特去逛伯灵顿拱廊商场①之前，最多只让他买双手套，而不允许他买领带什么的。这种发号施令，飘到敏感者的耳朵里，简直就是对他明目张胆的指责。身为时髦女子，戈斯雷小姐眼睛都不需要眨一下，就能安排客人去逛伯灵顿拱廊商场。在敏感的韦马什看来，斯特雷特只要对手套表示什么异议，那就说明他对什么事不置可否，而这很显然无异于放肆。他心里很清楚，斯特雷特已经把他们的这位新朋友当成了穿裙子的耶稣会教士，当成天主教网罗教徒的代表。而韦马什把天主教视为仇敌，视为面目狰狞、魔爪远布的妖魔。在韦马什看来，天主教就是"上流社会"，就是没完没了的道德说教，就是对其他人种和语言的歧视，就是切斯特古老而又邪恶的购物长廊，就是封建主义。一言以蔽之，天主教就是欧洲。

　　就在他们返回旅馆吃午饭之前，发生了一件事，由此我们可以略窥一斑。差不多有一刻钟的工夫，韦马什一直板着脸一言不发。与此同时，两个同伴倚在购物长廊边缘的旧栏杆上，看着弯弯曲曲而又拥挤不堪的街道。三分钟后，不知什么原因（斯特雷特也没搞清楚是什么原因），他似乎再也忍不住了。斯特雷特心想："他以为我们矫揉造作，他以为我们俗不可耐，他以为我们老奸巨猾，他把我们全当成怪物了。"在短短两天的时间里，韦马什便顺理成章地把他的两个同伴看成同穿一条裤子了，其中的门道实在令人费解。斯特雷特的这种揣测让韦马什突然板着脸直奔到马路对面的商店。他的这个行为来得太突然，两个同伴最初还以为他看到了什么熟人，赶过去打招呼呢。但他们随即看到他走进一家开着门的珠宝店，消失在璀璨夺目的橱窗后面。他这样做，似乎在向他们示威，让这两个人都面露难色。紧接

---

① 伯灵顿拱廊商场（the Burlington Arcade）：伦敦的一个拱廊商业街，位于皮卡迪利街到伯灵顿花园之间，是英国最古老、历史最悠久的购物广场，一直深受名流贵胄的青睐。

着，戈斯雷小姐哈哈大笑起来。"他这是怎么啦？"

"哦，"斯特雷特说，"他受不了。"

"受不了什么？"

"任何东西。欧洲。"

"逛珠宝店能管用？"

从他们所处的位置，斯特雷特一眼望去，透过陈列有序的手表和悬挂得密密麻麻的便宜货，似乎看出了端倪。"等着瞧。"

"哎呀！这正是我担心的。如果他买东西，那肯定不是什么好货色。"

不过，斯特雷特倒是想得开。"他可能样样都买。"

"那我们该不该跟着他？"

"千万不要。再说，我们也不可能跟着他。我们毫无办法。我们只能惊讶地面面相觑，或是气得浑身发抖。要知道，关键是我们已经'意识到'他在争取自由。"

她虽然有些不解，但还是笑了。"哎呀！这样争取自由，代价太大了！再说，我给他准备的要便宜多啦。"

"别，别。千万别这么说。"斯特雷特听了，觉得非常有趣，于是接着说道，"你贩卖的那种自由太贵了。"然后又解释道："我不是在用自己的方式尝试这种自由吗？没错，正是如此。"

"你是说，在这儿，跟我在一起？"

"没错，还有，像我这样跟你谈话。我认识你才几个小时，但认识他已经一辈子了。所以，我跟你这样随便议论他，如果不是什么好事，"想到这儿，他停顿了一下，"那就是有点儿卑鄙了。"

"肯定是好事！"戈斯雷小姐斩钉截铁地回答道，"你该听听，"接着又说，"我跟韦马什先生是怎么随便议论你的，而我也喜欢这种随便。"

斯特雷特想了想。"议论我？哦，那可不一样。如果韦马什议论我，对我进行无情地剖析，那倒扯平了。不过，他才不会这么做呢。"这一点他很清楚，"他绝不会对我进行无情地剖析。"他的话说得那么肯定，她不得不信服。"他才不会跟你说我的事呢。"

她认真倾听和体会着他的这番话，不过，片刻之后，她的理智，她那鼓噪的讥讽个性，又占了上风，于是回答道："他当然不会。你以为什么人都善于言辞、都对别人进行无情剖析吗？没有多少人像你和我。原因只有一个，那就是，他太笨了。"

这句话引起了斯特雷特的质疑，同时还导致了抗议，因为他和韦马什毕竟是多年来相互信任的朋友。"韦马什笨？"

"跟你比，确实是笨。"

斯特雷特两眼仍然注视着珠宝店，片刻之后，他回答道："他的成功我永远都赶不上。"

"你是说他赚了不少钱？"

"我觉得他很能赚钱，"斯特雷特说，"虽然我的背都有点儿驼了，但一事无成。我是个不折不扣的失败者。"

说完后，他马上担起心来，怕她问他是不是在说自己很穷。幸好她没有问，因为他真的不知道，如果她知道他很穷，会做出什么反应。不过，她只接受了他的说法。"幸亏你是个失败者——这也正是我看重你的原因。这年头，除了这个，什么都是丑陋的。看看周围的人，看看那些成功人士。说实话，你愿意做那种人吗？"她接着说，"再看看我。"

两个人对视了片刻，斯特雷特答道："我懂了。你也不属于那种人。"

"你在我身上看到的胜人一筹的东西，只说明我一无是处。"她附和着说了句。接着，她叹了一口气，说道："要知道，年轻时我可是怀揣梦想的！不过，现实让我们走到了一起。我们就是难兄难弟。"

他对她欣然一笑，接着又摇了摇头。"但实际情况是，跟你在一起，代价太昂贵了。你已经花掉了我……"

不过，他没有说下去。"花掉了你什么？"

"我的过去呀，一下子全花掉了。"他哈哈大笑起来，"不过，没关系。我愿意花得一个子儿都不剩。"

令人遗憾的是，就在这时，韦马什已经从珠宝店走了出来，她的注意力也随即转移到韦马什身上。"我希望他没有花得一个子儿都不剩。"她说道，"不过，我相信他为人很好，对你也很好。"

"哦，不，不是这样！"

"那就是对我好喽？"

"也不是。"此时此刻，韦马什已经快步走到两个人跟前，斯特雷特差不多都可以看得到他的表情，不过，韦马什似乎并没有注意到什么异样。

"那么是为了他自己？"

"不为任何人，也不为任何事。只为自由。"

"这跟自由有什么关系？"

斯特雷特并没有直接回答。"是为了跟你和我一样好，但又不一样。"

她不慌不忙地看了看韦马什的脸。做这种事她向来轻车熟路，只要看一眼，她便一目了然。"不一样，没错。不过，是要比我们好得多！"

与其说韦马什性情忧郁，倒不如说他生性严肃。他什么都没对他们讲，也没有解释离开的原因。他们俩虽然知道他肯定买了什么东西，但不知道是什么。他只是自负地盯着旧山形墙的墙顶。"这是神圣的愤怒。"斯特雷特不慌不忙地说。后来为方便起见，两人便把韦马什这种周期性的发作称之为"圣怒"。最后，斯特雷特承认，让他比两个人强的正是这种"圣怒"。不过，此时此刻，戈斯雷小姐心里清楚，她可不想比斯特雷特强。

第二部

一

　　斯特雷特在米罗斯来客身上看到的"圣怒"确实在间歇性发作，不过，同时，斯特雷特也正忙着给从未见过的其他许多事物起名字。在伦敦逗留的第三个晚上，他便开始忙着给新鲜事物起名字，在他的记忆中，这还是他这辈子第一次。那天晚上，他是跟戈斯雷小姐在一家剧院度过的。他未经举手之劳，只是略表好奇，就被戈斯雷小姐带去看戏了。她熟悉那家剧院，熟悉那场戏，正如三天来她扬扬得意地表现出无所不知、无所不晓一样。对斯特雷特来说，不管戈斯雷小姐感不感兴趣，当天晚上的演出，虽然时间不长，却给他带来极大的乐趣。韦马什没有一起去看戏，他说在斯特雷特来之前他看的戏已经够多了。经斯特雷特一再追问，韦马什说他曾看过两场戏和一场马戏，由此可见，他的话一点儿也不虚。你要是问他看过什么戏，还不如问他没看过什么戏，因为他对看过的戏总喜欢评头论足。不过，斯特雷特问戈斯雷小姐，如果对没看过的一无所知，又怎么能对看过的评头论足呢？

　　戈斯雷小姐跟斯特雷特在他入住的旅馆里共进了晚餐，两个人在一张小餐桌前相向而坐，桌上点着蜡烛，上面罩着玫瑰红灯罩。玫瑰红灯罩、小餐桌，还有戈斯雷小姐身上散发出来的淡淡甜香——他以前感受到过这种甜香吗？——汇集在一起，清晰地营造出一个令人销魂的世界，而这个世界是他此前很少遇到的。在波士顿，他曾陪纽瑟姆夫人去看戏，甚至去听歌剧，而且好几次只有他们两人一起去，但从来没有面对面坐在一起吃过饭，也没有粉红色的烛光，更没有淡淡的甜香作为幽会的前奏。因此，面对此情此景，他未免有些追悔，带着嘶哑的乡音扪心自问，为什么当初没有这种情调。他还注意到，戈斯雷小姐的穿着打扮也完全不同。她的衣裙在两肩及前胸的位置上被"剪掉了半截"（他觉得这种说法非常恰当），所以衣裙的式样与纽瑟姆夫人的衣服大不相同。此外，她脖子上围了一条宽宽的红色天鹅绒丝巾，丝巾前面坠着一颗古色古香的珠宝——他非常得意地认定这颗珠宝绝对是古董。纽瑟姆夫人的衣裙从来不会"剪掉半截"，脖子上也从来不会围上一条红色天鹅绒丝巾。再说，即便纽瑟姆夫人像戈斯雷小姐这样穿着打扮，就能让他心醉神迷吗？

说得好听一点儿，如果他此刻不是陷入了天马行空的感慨之中，那么，他仔细琢磨戈斯雷小姐脖子上围的那条丝巾的效果，未免显得荒唐可笑了。如果不是天马行空的感慨，戈斯雷小姐的丝巾又怎么能让她的仪容——她的微笑、她的姿态、她的双颊、她的双唇、她的牙齿、她的眼睛、她的头发——更加艳丽呢？当然，一个心里只装着工作的男人，与红色天鹅绒丝巾又有何干？他绝不会暴露自己的感情，告诉戈斯雷小姐他多么喜欢她的丝巾。可是，他还是流露出喜欢丝巾的样子，这无疑暴露了自己的轻浮和愚蠢，而且大出自己的预料。不仅如此，这条丝巾还让他心猿意马、胡思乱想。他突然想起了，纽瑟姆夫人围丝巾的方式虽然别具一格，但在很多方面居然与戈斯雷小姐围丝巾大同小异。在听歌剧时，纽瑟姆夫人总是穿一条黑丝裙（很漂亮，他知道那条裙子"很漂亮"），再配上一件饰品。在他的印象中，那件饰品是一条褶带。说心里话，那条褶带曾让他浮想联翩，不过褶带营造出的效果真的没有那么浪漫。有一次，他曾对纽瑟姆夫人说（这是他对她说过的"最放肆"的话），拉夫领 [1] 配上其他东西，让她看上去就像伊丽莎白女王 [2]。事实上，在这之后，他一直以为对方欣然接受了自己借此传递出来的柔情蜜意，他才越来越频繁地赞赏纽瑟姆夫人的穿着。他坐在那里胡思乱想，觉得把纽瑟姆夫人比作伊丽莎白女王，让人多少有些可怜，但他的感觉就是这样。此时此景，感到可怜已经算是不错的了。不管怎样，这种感觉确实存在，因为他此刻似

---

[1] 拉夫领（ruff）：16 至 17 世纪在欧洲贵族中流行的一种轮状皱领。

[2] 伊丽莎白女王（Queen Elizabeth）：此处指英国"黄金时代"的伊丽莎白女王一世（1533—1603）。斯特雷特把戈斯雷小姐比作伊丽莎白的表侄女苏格兰女王玛丽·斯图亚特。玛丽女王因觊觎英格兰王位而策动谋反，于 1587 年被伊丽莎白一世处死。

乎突然意识到，在伍勒特，像他这个岁数的男人是不会把像纽瑟姆夫人这种比自己小不了几岁的女人比作伊丽莎白女王的。

　　事实上，此时此刻，他心里似乎在想着许多事，这里实难尽述。比如，他心想，戈斯雷小姐也许有些像玛丽·斯图亚特。兰伯特·斯特雷特敢于想象，而且经常因打这种比方而沾沾自喜。他心想，从前没有——绝对没有——哪个女人敢在大庭广众之下跟他一起去吃饭，然后再去看戏。对斯特雷特来说，在此时此地抛头露面确实非同寻常，这种事对他的影响无异于保护隐私对一个有不同经历的男人的影响。多年前，他结婚时年纪尚轻，所以失去了在波士顿带女孩子去看博物馆①的天赐良机。甚至在他经历了两次失去亲人（先是失去爱妻，十年后又失去了儿子）、有意看淡人生的凄苦中年之后，他也的的确确没有带什么人出过门。虽然警报已经拉响，红灯已经亮起，但他想到更多的，首先是他身边的这些人，而不是他这次出来要办的差事。是她，他的朋友，直截了当地道出了对这些人的印象——她不经意地一语道破：“哦，没错。这些人可谓五花八门！”既然有了这种印象，无论是在静静观看四幕戏上演期间，还是在幕间休息闲聊时，他都充分地去观察。今晚便是一个由五花八门的人组成的世界。更重要的是，在这个世界中，台下的人与台上的人，无论是形体还是容貌，都混为一体，相互变换。

　　他觉得，这场戏，连同邻座上那只赤裸的胳膊，似乎都一同渗入了他的身心。他的邻座是一个牛高马大、袒胸露臂、模样标致的红发女子，正拖着不着调的双音节，与身边的男子聊着什么。不过，听到他耳朵里，这些双音节只不过是些杂音，根本辨不出什么意义。当然，在舞台灯光的背后，他也看到了他喜闻乐见的英式生活的活力。他时不时陷入意乱情迷之中，弄不清演员和观众到底哪个更真实，不过，这样的困惑每次都会因获得新的体验而告终。不管他对自己的使命抱什么态度，他必须面对“五花八门的人”。他身边的这些人与伍

————————

① 此处指波士顿美术博物馆。

勒特人不是同一个类型。说到类型，他觉得，在伍勒特，人大概只分为男人和女人两类。即便个体上有差异，但准确地说只有这两类人。但这里的人不同，除了个体差异和性别差异之外，他们身上无形中还表现出许多深深的烙印。在他看来，观察这些烙印，就像是观察摆放在桌上玻璃盒前的一枚枚勋章，有金的，有铜的，各不相同。在戏中，正好有一个身穿黄色罩袍的坏女人，唆使一个永远身穿晚礼服而又英俊文弱的青年做尽坏事。总的来说，斯特雷特觉得自己并不害怕那个穿黄色罩衫的女人，但对那个深受其害的英俊青年渐生好感，这让他略感不安。他提醒自己，他这次来，对查德威克·纽瑟姆 ① 不能太仁慈，或者说根本就不能仁慈。查德也总是身穿晚礼服吗？不知怎么搞的，他倒是希望查德总穿着晚礼服，因为晚礼服会让舞台上的这个年轻人看上去更服管教。他还想，自己是不是也应该穿上晚礼服，给他来个以毒攻毒？（这想法差一点儿把他自己吓了一跳。）再说，舞台上的年轻人似乎远比查德容易对付——至少在他眼里是这样。

他认为有些事戈斯雷小姐可能听到过。经过他反复的追问，她说什么是她听到的，什么是像现在这样贸然猜到的，连她自己也说不清楚。"说到查德，既然一定要说，我想大概可以这样说：他是个年轻人，在伍勒特，他被寄予厚望，但被一个坏女人缠住不放，所以他的家人派你到这儿来挽救他，而你则受命将他跟那个坏女人一刀两断。你们真的以为那个坏女人对他很坏吗？"

他的反应表明她的这番话让他很惊讶。"那是当然。换了你，难道不会这样想吗？"

"哦，我不知道。一个人怎么可能会事先知道呢？这种事只能具体情况具体分析。我不太了解你的情况。实际上，我压根儿就不知道。所以，我倒是想听你自己说说。如果你觉得自己没有错，那也就罢了。我是说，如果你确信自己有把握，确信不会……"

"他再不会过这种生活？那还用说！"

---

① 查德威克·纽瑟姆（Chadwick Newsome）即后文的查德（Chad）。

"哦，要知道，我不了解他的生活，你也没有跟我说起过。也许她很有女人味，让他欲罢不能！"

"有女人味？"斯特雷特眼睛一动不动地看着前方说道，"她是大街上那种下贱的、有钱就能买到的女人。"

"这我懂。那他呢？"

"查德，坏小子？"

趁着斯特雷特口无遮拦，她追问道："他是哪种类型、哪种脾气的人呢？"

"呃……生性偏强。"他似乎还想说下去，但突然打住了。

这可不是她想听到的。"你喜欢他吗？"

这一次，他立刻回答道："不。怎么可能呢？"

"就因为他成了你的累赘？"

"我在为他母亲着想，"斯特雷特停顿了片刻，"他把她本来让人羡慕的生活搅得一团糟。"他一脸严肃地说，"他母亲都愁死了。"

"哦，这么说，确实可恶。"她停顿了一下，好像要着重强调这一点似的，最后却换了副腔调。"她的生活很让人羡慕？"

"那还用说。"

他口气中传递出的信息量非常大，戈斯雷小姐不得不再次停下来，仔细琢磨。"他只有她一个人？我不是说巴黎的那个坏女人。"她紧接着补充道，"你放心，我最不能接受的是他脚踏几条船。他家里只有母亲吗？"

"还有一个姐姐，已经结婚了。他妈妈和姐姐人都很不错。"

"你是说，都很漂亮？"

他没能料到她这么快就做出了反应，这个突如其来的问题让他顿时手足无措，但他很快就镇定下来。"我觉得，纽瑟姆夫人虽然很漂亮，但毕竟已经不是年轻姑娘，而是一个有二十八岁的儿子和三十岁女儿的母亲了。不过，她结婚很早。"

"就她这个年纪来说，还是很不错的吧？"戈斯雷小姐问。

面对这种咄咄逼人的追问，斯特雷特似乎有些心烦。"我不敢说她很不错。"但马上又说，"或者的确可以这样说。她真的——很不错。"他又解释道，"我不是说她的长相，不过，她长得确实很漂亮。我说的是其他许多方面。"他似乎准备列举出一些方面来，但突然回过神来，于是赶紧换了个话题。"说起波科克夫人，大家可能会有不同的看法。"

"'波科克'？是她女儿的姓？"

"是她女儿的姓。"斯特雷特实话实说。

"你是说，大家对她的美貌有不同看法？"

"她的所有方面。"

"那你喜欢她吗？"

他看了戈斯雷小姐一眼，表示他对这句话的反应。"也许我有点儿怕她呢。"

"哦，"戈斯雷小姐说，"听你这么说，我知道她是什么人了！你可能会说，我结论下得太快、太早了。不过，我已经向你说明我知道她是什么人。"接着又问，"他们家只有这个小伙子和两个女人吗？"

"没错。他父亲十年前就去世了。他没有兄弟，也没有其他姐妹。"斯特雷特说，"所以，为了他，他妈妈和姐姐会不惜一切。"

"为了她们，你也会不惜一切吗？"

他又一次闪烁其词。她的话也许过于直白，戳中了他的神经。"哦，我不知道！"

"不管怎么说，你愿意做。她们让你来做，便充分说明她们会不惜'一切'。"

"噢！她们自己来不了，两个人谁都来不了。母女俩都很忙，尤其是纽瑟姆夫人，生活得很充实。再说，她很容易激动，身体也不硬朗。"

"你是说，她是那种弱不禁风的美国女人？"

他仔细揣摩她这句话的意思。"她最不愿意别人说她弱不禁风。"他笑着说，"不过，我觉得，如果没有别的办法成为其二，她觉得成为其一也未尝不可。"

"你是说，她觉得，为了成为弱不禁风的女人，成为美国人也未尝不可？"

"不，"斯特雷特说，"正相反。不管怎么说，她体质纤弱，处事敏感，动不动就紧张。不管做什么，她都很较真儿。"

呵！这种事玛丽亚很懂！"所以，别的她再也干不了了？她肯定不干了。你这是说给谁听呢？动不动就紧张？我这辈子不也是高度紧张、到处为别人忙活吗？再说，我发现你也是这样啊。"

对她的话，斯特雷特并没有在意。"嗯！我也是到处为别人忙活！"

"嗯！"她爽快地回答道，"从现在起，我们必须联起手来，全力以赴。"接着又问道，"他们家有钱吗？"

但他只顾着想她那充沛精力的样子了，所以一时间似乎没有听到她的话。"在跟人打交道方面，纽瑟姆夫人没有你的那种勇气。"他进一步解释道，"她即使来欧洲，也只不过是想亲眼见一下那个人而已。"

"见那个女人？不过，这就是勇气啊。"

"不是勇气，而是意气，差别大着呢。"他随口说道，"有勇气的是你。"

她摇了摇头。"你这么说，不过是想抬举我，掩饰我缺乏意气风发的丑态。我既没有意气，也没有勇气。我有的只是在饱经磨难之后对生活的慵懒。"戈斯雷小姐接着说道，"我明白你的意思，如果你的朋友来了，她肯定会到处游览。可是，说白了，如果到处游览，她肯定又吃不消。"

斯特雷特虽然觉得她这种平铺直叙的概括很有意思，但还是非常赞同她的这番话。"什么事她都吃不消。"

"这么说，像你担负的这种任务……"

"她就吃不消？没错——根本吃不消。不过，只要我还能吃得消就行！"

"她的身体状况就不要紧？当然不是。我们还是不要去管它了，就顺其自然吧。不过，我觉得，你好像并不太在意她的身体状况，但这又是你的精神支柱。"

"哦，的确是我的精神支柱！"斯特雷特笑着说道。

"既然如此，别的就不要谈了。"接着，她又问道，"纽瑟姆夫人有钱吗？"

这一次他留意了。"哦，多得很，但这正是祸根。公司里有很多钱，查德可以随便用。不过，如果他能振作起来回家，就能拿到他的那一份。"

她聚精会神地听他说。"我真心希望你也能拿到你的那一份！"

对她的话，斯特雷特没有予以置评，而是接着说："他确实能得到一大笔财产。他正面临人生的岔路口。他现在可以回家干一番事业——晚了就不行了。"

"他们家是做生意的？"

"天哪！那还用说——生意很大，做得有声有色，风生水起。"

"一家大工厂？"

"没错，一家工厂，大产业，生产规模很大。公司属于制造业——这样的产业，要是妥善经营，没准儿能垄断整个市场。他们生产的是一种小东西，别人好像做不了，起码是别人做得没那么好。"斯特雷特解释道，"纽瑟姆先生很有头脑，干什么都在行，至少在他那一行中是这样。他健在的时候，让我们那里有了很大的发展。"

"你们那里自成体系吗？"

"嗯，有很多厂房，可以算得上是小产业区了。不过，关键是生产的东西。"

"生产的究竟是什么东西？"

斯特雷特环顾四周，似乎不太愿意说。就在这时，他看到戏幕即将开启，便趁机说道："等以后再告诉你吧。"可等到以后，他又说过后再告诉她——等他们离开剧院后再说。没过多久，她又旧话重提，让他根本没法专心看戏。但他一再推托，让她怀疑他所说的东西并不是什么好东西。她解释说，她的意思是他们生产的东西可能是那种上不了台面，或者非常荒唐，或者是有违社会公德的东西。不过，关于这一点，斯特雷特倒是可以满足她的要求。"不方便说出口？哦，那倒不是。我们经常随便谈起它，根本就不避讳。那东西是家里最不起眼的日用品，非常小，还有点儿可笑。那东西谈不上——该怎样说呢？呃，谈不上大气，更谈不上名贵。可是，在这里，我们身边的所有东西都是这么雍容华贵……"说到这里，他又戛然而止。

"有伤风雅？"

"没错。是低俗。"

"不会比这还低俗吧。"看到他也像她刚才那样困惑不解，她似乎有些生气，"比我们身边的一切。你觉得眼前这一切怎么样？"

"呵，相比之下，简直是超凡入圣！"

"你是说这家破烂不堪的剧院？你要是真想听心里话，那我告诉你，这家剧院简直让人受不了。"

"哦，既然这样，"斯特雷特笑了笑说，"那我就真不想听了！"

两个人沉默了片刻，但伍勒特生产的产品对她仍然是个谜，让她念念不忘，于是她又一次打破沉默，漫无边际地猜了起来。"'有点儿可笑'？是晒衣夹？碳酸氢钠①？鞋油？"

听她这么说，他转过头来。"不对——你猜的差远啦。要我说，你根本猜不到。"

"那我怎么能知道那东西多低俗呢？"

"等我告诉你的时候，你再去判断吧。"他劝她耐心点儿。但此时此刻，我们可以坦率告诉读者的是，他后来压根儿就没准备告诉她。其实，他过后根本没有告诉她。更奇怪的是，她内心有某种说不清的天性在作怪，让她放弃了刨根问底的欲望，对这个问题的态度来了一百八十度的大转弯，变成了有意装作不想知道了。正是因为不知道，倒给了她很大的自由，让她可以任意胡思乱想。她可以权当那个不知名的小东西叫不上名字来好了，也可以把它当作他们讳莫如深的

① 即小苏打，发酵粉的主要成分。

东西好了。在她随后说的话中，斯特雷特可能也感觉到了这一点。

"也许是因为你所说的产业太糟，太低俗不堪，查德先生才不愿意回去？他是不是觉得有辱名声？他躲得远远的，就是不想同流合污？"

"哦，"斯特雷特笑了笑说道，"他好像并不觉得'有辱名声'，怎么会呢？生意赚钱让他很高兴，他看重的只是钱。在这方面他一直很在意——我是说他母亲给他的零用钱。当然，她完全可以不再给他零用钱，可即便如此，他也有自己的生活来源——他外祖父留给他的钱——而且为数还不少。"

"照你这么说，他不是更我行我素了吗？他不是更有可能对收入来源——明显而公开的来源——更加挑三拣四了吗？"戈斯雷小姐问道。

对戈斯雷小姐的话，斯特雷特并没太当回事儿。"他外祖父的财富——当然也包括他那一份——来路并不很光明正大。"

"什么来路呢？"

斯特雷特想了想，说道："呃，捣鬼呗。"

"在生意上捣鬼？不光彩的手段？他是个老骗子？"

"呃，"斯特雷特刻意加重语气回答道，"我可不想对他妄加评论，也不想谈他的那些壮举。"

"天哪！你太深藏不露了！那已经去世的纽瑟姆先生呢？"

"呃，你想知道什么？"

"他跟这位外祖父一样吗？"

"不一样，他只不过是女婿，跟他不一样。"

戈斯雷小姐追问道："比他好？"

斯特雷特迟疑片刻后说道："不。"

对他的迟疑，她虽然没有说什么，但态度是显而易见的。"谢谢你。"她接着说道，"你现在难道还没搞懂小伙子为什么不回家吗？他是在洗刷自己身上的耻辱。"

"耻辱？什么耻辱？"

"什么耻辱？怎么说呢？那种耻辱！"

"可那种耻辱出在何时、何地呢？时至今日，耻辱又在哪里？"斯特雷特问道，"我所说的那两个人，他们的所作所为，跟别人没什么两样。再说，早已成了陈年旧事，只不过是以前人们的理解不同罢了。"

她马上表明了自己的理解。"纽瑟姆夫人能理解吗？"

"哦！我可不敢代她说话！"

"她参与其中，就像你说的，既然拿了好处，她还能一尘不染吗？"

斯特雷特说："哦，我可不敢对她说三道四！"

"我原认为你可以对她说三道四呢。你根本信不过我。"戈斯雷小姐想了想说道。

她的话立刻产生了效果。"噢，她把钱都花在大行善举上了，她一辈子都在诚心诚意地行善……"

"也算是赎罪？"还没等他开口，她又说道，"天哪！你让我真真切切地看到了她。"

"你能看到她，"斯特雷特随口说道，"那就够了。"

她似乎真的看到了她。"我感觉到了。撇开别的不说，她人长得真的很漂亮。"

听她这么说，他又来了精神。"你说'撇开别的不说'是什么意思？"

"呃！我指的是你呀。"说完，她赶紧改变了话题，"你说公司需要有人去料理。可纽瑟姆夫人不是在管吗？"

"她尽可能去管。她很能干，可这不是她该干的。再说，她的生活已经远超负荷了。她有许多事要去操心。"

"你也有许多事要操心？"

"哦，没错，你要是想知道，那我告诉你，我也有许多事要操心。"

"这我懂。不过，"戈斯雷小姐改口说道，"我的意思是，你也在管理公司的事？"

"哦，不。我可不去碰公司的事。"

"只管公司以外的事？"

"呃，没错，有些事。"

"举个例子？"

这回斯特雷特倒是很认真地想了一想。"呃，比方说《评论》。"

"《评论》？你们办了一份《评论》杂志？"

"没错。伍勒特有一份《评论》杂志，大部分是靠纽瑟姆夫人慷慨解囊，而我只是主编，略尽绵薄之力而已。封面上有我的名字，"斯特雷特接着说，"你好像没听说过这个杂志，真让我既失望又伤心啊。"

她并没有理会他的伤心。"哪方面的《评论》？"

此时，他已经恢复了常态。"哦，绿色的。"

"你是指欧洲人眼里的政治色彩——意识形态上的？"

"不是。我是说杂志的封面是绿色的，色彩非常漂亮。"

"封面上也有纽瑟姆夫人的名字吗？"

他迟疑了片刻。"哦，她是不是抛头露面，要靠你自己去判断。虽然杂志是她在背后掌控，但她属于那种思维缜密、做事谨慎的女人。"

这一点戈斯雷小姐完全懂。"这我相信。她肯定是这样的人。我不敢低估她。她肯定是个头面人物吧。"

"没错，她确实是头面人物！"

"伍勒特的头面人物——好极了！我喜欢这种叫法，伍勒特的头面人物。你跟她搅在一起，肯定也是个头面人物。"

"噢，不。"斯特雷特说，"实际情况并不是这样。"

可她打断了他的话。"你用不着告诉我实际情况是什么。实际情况当然是你不愿意让她抛头露面。"

"封面上印我的名字？"他显然不认可她的说法。

"可你印上名字并不是为了自己。"

"不好意思。这样做正是为了我自己。为了自己，我只能那么做。要知道，只有这样，我才能从希望与抱负的废墟中，从失望与失败的废石堆中，捡回一点点让我足可示人的自我认同。"

听他这么说，她看了他一眼，似乎有许多话要说，但末了只说了句："她喜欢看到你的名字出现在杂志封面上。"接着又说，"所以，你们两个中你的头面更大，因为你认为自己不是什么头面人物。她认为自己是头面人物。不过，"戈斯雷小姐又接着说道，"她认为你也是。不管怎么说，你是她能抓在手里的最大的头面人物。"她添枝加叶、无中生有地说道，"我不是挑拨你们的关系，不过，有朝一日，她抓住一个更大的……"斯特雷特仰起头，像是在暗自欣赏她那鲁莽而又得体的措辞似的，而她的想象力也越说越奔放起来。"所以，抓紧她！"

就在她突然打住的当儿，他问道："抓紧她？"

"免得失去机会。"

说完，两个人对视了一眼。"你说'抓紧'是什么意思？"

"还有，我说'机会'是什么意思？你把你没告诉我的事都告诉我之后，我再告诉你。那是不是她最大的爱好？"她追问了一句。

"你是指《评论》？"他似乎在琢磨该如何说是好，结果只轻描淡写地说了句："那是她对理想的追求。"

"我懂了。你们在做大事。"

"我们在做人们不待见的事，也就是说，只要我们有胆识，我们就敢做。"

"你们有胆识到了什么程度？"

"呃，她很有胆识，我就差远了。我没有她那种信心。"斯特雷特说道，"大部分信心都是从她那里来的。再说，我告诉过你，所有的钱都是她出的。"

听他这么说，戈斯雷小姐的眼前顿时浮现出光灿灿的金子，她似乎听到了光灿灿的金币"哗啦啦"倾倒下来的声音。"真希望你能从中得到很大的好处……"

"我从来没有得到什么大好处！"他立刻反驳道。

她停了停。"有人爱难道不是大好处吗？"

"得啦。我们没有人爱，也没有人恨。只是没人理我们而已，不过，这样倒好。"

她又停顿了一下："你信不过我！"她又重复了一遍先前说过的话。

"我揭开最后一层面纱，把狱室中的秘密①都告诉了你，难道这还不算信任吗？"

两个人的目光再次相遇，但她马上不耐烦地转过脸去。"你不说？我才不在乎呢！"没等他来得及分辩，她又接着说道："她真是一个道德模范。"

这话他倒是乐意接受。"没错，我觉得，你这话说得一点儿没错。"

但他的朋友又扯到完全不相干的话题上去了。"她的发型是什么样的？"

他哈哈笑着说："很漂亮！"

"这不等于没说嘛。不过，没关系，我已经知道了。肯定非常齐整，属于古板得要死的那种，而且头发很厚，至今连一根白头发都没有。肯定是这样！"

她栩栩如生的描述让他感到脸红，但对她的准确描述，他又不能不佩服。"你真是个魔鬼。"

"我还能是什么呢？我就是附在你身上的魔鬼。不过，你不用怕。对我们这种年纪的人来说，除了魔鬼，一切都是既无聊又虚幻的。就连魔鬼也不能让人完全兴奋起来。"她一口气又接着说下去，"你帮她赎罪，可你自己没有罪过，所以这件事很难办。"

"没罪的是她。我的罪孽最重。"斯特雷特答道。

———————————

① 此句出自莎士比亚悲剧《哈姆雷特》第一幕第五场。原文是哈姆雷特父亲的鬼魂托梦给哈姆雷特时说的话："若不是因为我不能违犯禁令，泄露我狱室中的秘密，我可以告诉你一些事，轻描淡写的几句话，都会吓得你魂飞魄散。"（朱生豪译，略有改动）

"呵!"戈斯雷小姐冷笑道,"你把她说得太天花乱坠啦!难道你洗劫了他们孤儿寡母?"

"我的罪孽够多了。"斯特雷特说道。

"对谁作孽?多到什么程度?"

"呃,多到现在。"

"劳驾!"就在这时,一位男士从他们的膝盖和前座靠背之间挤了过去。这个人错过了刚才的表演,此刻正回到自己的座位上去等候剧终。他打断了他们的谈话,这倒给了戈斯雷小姐足够的时间,让她在接下来的沉默之前最后对整个谈话的意义发表自己的看法。"我知道你袖子里藏着妙计呢。"虽然此时戏已经闭幕,但她最后的这句话,让两个人仍然留在座位上,好像仍有许多话要说似的。就这样,他们俩便欣然同意让别人先走,他们自己心甘情愿地等着。站在剧院大厅里,两个人发现外面夜幕下正在下雨。不过,戈斯雷小姐对斯特雷特说,他不用送她回去。他只要把她送上一辆四轮马车①,让她一个人走就可以了。她喜欢在伦敦的雨夜、在狂欢过后,独自一人乘四轮马车,在回家的路上细细品味发生的一切。她悄悄告诉斯特雷特,这是她镇定心神的最好时机。因为夜间天气不好,再加上门口争着要马车的人太多,他们无法马上出去,所以只好在剧院大厅的后面,找了张风雨吹打不到的长椅坐下来等。此时,戈斯雷小姐又打开话匣子,高谈阔论起来,不过,这倒让他可以尽情发挥自己的想象力了。"你在巴黎的年轻朋友喜欢你吗?"

隔了这么长时间,她这么一问,倒把他吓了一跳。"哦,但愿他不喜欢我。他为什么应该喜欢我呢?"

"他为什么不应该喜欢你呢?"戈斯雷小姐问道,"你大老远跑来找他,跟他喜不喜欢你没什么关系嘛。"

"在这个问题上,你看得比我透彻。"他马上说道。

"在这个问题上,我看到的是你。"

---

① 四轮马车(four-wheeler):维多利亚时代一种很大的有篷马车。

"这么说，你还能看到我身上更多的东西！"

"比你对自己的认识还深？很有可能。这是一个人的权利。"她解释道，"我在考虑的是周围的环境会对他产生什么影响。"

"哦，周围的环境！"斯特雷特觉得，自己现在对这个问题的理解，确实比三个小时前更深刻了。

"你是说他周围的人都非常醒醒？"

"这不过是我考虑问题的出发点而已。"

"没错，可你的出发点也未免太低了。他在信上是怎样说的？"

"什么都没说。他压根儿就不理我们，或者压根儿就不讨我们烦。他压根儿就不写信。"

"这我懂。"她接着说道，"考虑到他目前身处巴黎这样优越的环境，可能会发生两种截然不同的情况。一种可能是他已经沦为禽兽，另一种可能是他已经变得风雅。"

斯特雷特的眼睛都直了——这倒很新鲜嘛。"风雅？"

"哦，"她不动声色地说，"风雅的方式各不相同嘛。"

他看了她一眼，她说话的样子让他忍不住哈哈大笑起来。"你就很风雅。"

她仍然不动声色地接着说："如果说我就是风雅的标志，那恐怕再糟糕不过了。"

他心里回味着她的话，表情又认真起来。"不回他母亲的信难道算是风雅？"

她似乎有所顾忌，但最后还是说道："哦，我敢说这是最风雅的表现。"

"得了吧。"斯特雷特说道，"要我看，这是最不风雅的表现。我知道，他自以为能随便就把我给打发了。"

这话似乎触及了她的神经。"你怎么知道的？"

"哦，这一点，我敢打包票。我有预感。"

"预感他会这么做？"

"预感他自以为能这么做。不过，他会不会这么做，结果可能都一样。"斯特雷特笑了起来。

但她不以为然。"在你眼里，没有什么事的结果会跟别的事是一样的。"她似乎很清楚自己想说什么，于是又说道，"你说如果他真的与现状一刀两断了，就会回去继承家业？"

"那是当然。他现在面临一个千载难逢的好机会，任何正常的年轻人都梦寐以求的机会。公司发展良好，所以现在出现了一个空缺。要是在三年前，这样的空位置就不太会有，但现在机会来了，正等着他。他父亲在遗嘱中设定了一些条件，好让查德担任这个职位，从中得到自己应得的利益。他母亲顶着很大压力，尽可能替他保住这个位置。当然，由于这个位置在公司里举足轻重，分得的利润也很丰厚，所以他必须亲自在场，通过自己的艰苦努力，才能得到丰厚的回报。这就是我所说的他面临的机会。就像你说的，一旦错过这个机会，他会一无所获。总之，我到这里来的目的，就是让他不要错过这个机会。"

她仔细体会着他的话。"这么说，你来的目的就是要帮他个大忙喽。"

可怜的斯特雷特对她的这种说法倒是很乐意听。"哦，随你怎么说吧。"

"如果你能把他劝回家，他就会得到……"

"哦，许多好处。"对这些好处，斯特雷特显然一清二楚。

"你所说的好处肯定是指一大笔钱喽。"

"不仅是钱的问题。我这么做还有其他方面的考虑。尊重、安逸、安全——由强大的锁链牢牢锁住的安全。在我看来，他需要有人保护。我是说，他的生活需要有保障。"

"哦，说得没错！"她恍然大悟，说道，"生活有保障。你们要他回家的真正原因就是为了让他成家立业。"

"呃，差不多吧。"

"当然，"她说，"这是人之常情嘛！可是，有具体目标了没有？"

听她这么问，他若有所悟地微微一笑。"你把老底都给挖出来了。"

两个人又对视了片刻。"那还不是因为你的城府太深了嘛！"

对她的这句恭维话，他坦然接受，于是说道："和玛米·波科克结婚。"

她起初面露惊愕，但紧接着便一本正经，装作要把怪事变成能让人接受的样子，说道："他侄女？"

"哦，他们是什么关系，要靠你自己去算。他姐夫的妹子，吉姆夫人的小姑子。"

他的话似乎让戈斯雷小姐更想刨根问底了。"吉姆夫人是谁啊？"

"查德的姐姐，出阁前叫萨拉·纽瑟姆，嫁给了吉姆·波科克。这事儿我没跟你提过吗？"

"哦，提过。"她机灵地回答道。不过，他提到过许多事！接着，她又提高了嗓门，问道："到底谁是吉姆·波科克？"

"哦，萨莉①的丈夫。在伍勒特，我们就是用这种方式把人分三六九等的。"他耐心地解释道。

"做萨莉的丈夫是件很荣耀的事吧？"

他琢磨了一下，说道："依我看，没比这更荣耀的了，不过，将来的查德夫人除外。"

"那人们把你划为哪一等呢？"

"人们才不划分我呢。不过，我对你讲过，人们是通过《评论》的绿色封面来划分我的。"

两个人的目光再次相遇，她盯着他看了一会儿。"不管是绿色封面，还是什么别的封面，你都别想从我这里得到好的评语。你太会算计啦！"不过，她既然能发现真相，也就不再追究了。"玛米属于那种理想的伴侣吗？"

"噢！再理想不过了——既漂亮又聪明。"

戈斯雷小姐似乎关心起这个可怜的姑娘来。"我知道这种女孩子

---

① "萨拉"的昵称。

是什么样的人。有钱吗？"

"钱嘛，也许不是太多，不过，既然各个方面都还不错，人们就不太看重钱了。"斯特雷特接着说，"要知道，在美国，如果女孩子长得漂亮，人们一般就不会看重钱。"

"没错，"她表示认同，"但我也知道，你们有时很看重什么。"随后，她又问道，"你喜欢她吗？"

他表示说，这个问题可以从几个方面去看，但一转眼，他决定采取幽默的方式回答。"我不是说过，凡是漂亮的女孩子，我都喜欢吗？"

此刻，她对他的这个问题产生了浓厚的兴趣，容不得她丝毫松懈。于是，她紧紧抓住这个问题，继续刨根问底。"我觉得，在伍勒特，你们看重他们的——该怎样说呢？——完美无瑕吧。我是说你们那些配得上漂亮姑娘的年轻人。"

"我以前也是这么认为的！"斯特雷特坦承道，"不过，在这个问题上，你戳穿了一个有趣的事实——伍勒特也能顺应时代潮流，礼仪举止也日渐开明。一切都在变。我认为，我们伍勒特的情况完全可以称得上是时代的变迁。我们真的希望他们能完美，但我们只能让他们尽量完美。时代潮流和日渐开明的态度让越来越多的年轻人跑到巴黎……"

"所以你才来把他们带回去。其实，他们肯来欧洲，并不是什么坏事！"她又一次以点概面地做了概括，但思考片刻之后说道，"可怜的查德！"

"哦，"斯特雷特高兴地说，"玛米会救他！"

她的目光虽然转到别处，但仍在沉思。接着，她有些不耐烦地说下去，似乎他根本没有听懂她的话。"你会救他。救他的是你。"

"哦，不过，那要有玛米帮忙才行。除非你的意思是说，"他接着说道，"有你的帮忙，我才能大功告成。"

听到这话，她终于转过头来看着他。"你会马到成功，因为你比我们所有人捆在一起还强。"

"我想，我是在认识了你以后才强大起来的。"斯特雷特信心十足地回答道。

此时的剧院大厅里，随着人群渐渐散去，人流渐渐稀少，最后一批观众正悄然离去。两个人也随着人群走到门口，找到一个服务生，斯特雷特便叫他帮戈斯雷小姐叫辆车。不过，这又多给了他们俩几分钟的时间，而她显然是不会放过这几分钟的。"你跟我讲过，如果你大功告成了，查德先生会得到什么好处。可你没有跟我说你会得到什么好处呀。"

斯特雷特轻描淡写地说："哦，我没有别的什么好处。"

她觉得他的回答太敷衍了。"你是说，你已经全'搞定'了？你事先已经拿到报酬了？"

"哦，还是不要谈报酬吧！"他嘟囔了一句。

听他这么说，她的精神头又上来了，因为服务生还没有回来，所以她还有机会，于是换了一种方式问道："如果不成功，你有什么损失吗？"

但他还是不想说。"没有！"他理直气壮地说道。就在这时，服务生回来了，于是两个人便一起往外走，他趁机撂下了这个话题。他们沿街走了几步，在一盏路灯下，他扶她坐上四轮马车。这时，她问他能不能请服务生也帮他叫辆车。趁着车门没关，他回答道："你不想让我跟你一起走？"

"那可不行。"

"那我就走回去了。"

"淋着雨走回去？"

"我喜欢在雨中散步，"斯特雷特说道，"再见！"

他扶着车门，她迟迟不说再见，让他等了片刻。紧接着，她又旧话重提，算是作为对他道别的回应。"你会有损失吗？"

此时此刻，斯特雷特总觉得这个问题让他有一种说不出来的感觉，但他只回答了一句："那就什么都没了。"

"我想也是。所以你一定会成功。我愿意为你效劳。"

"啊，亲爱的小姐！"他高兴地叫道。

"至死方休！"玛丽亚·戈斯雷说道，"再见。"

二

到达巴黎后的第二天早晨，斯特雷特便按照信用证上的地址，来到斯科利布街的银行 ①，陪同他去的是两天前与他从伦敦一起来巴黎的韦马什。虽然两个人在到达巴黎的当天早晨就赶到斯科利布街，但斯特雷特并没有拿到原本希望拿到的信件，一封也没有。他原来并没有指望在伦敦收到信，但以为到巴黎后总该有几封信才对。所以现在，在失望之余，他只好垂头丧气地回到马勒塞尔布大街 ②，转眼又觉得，刚开始没收到信未尝不是件好事。他站在街边，打量着这条赫赫有名、充满异国风情的大街，心想，这种精神上的小小打击倒是可以让他开始着手办事。他的想法是马上着手办事，所以他一整天满脑子都有很多事在等着他去办。但直到晚上，除了一再问自己如果不是幸亏有这么多事要处理，他该如何是好之外，他什么事都没办。不过，他是在不同的环境下与不同的人打交道过程中问自己这个问题的。他有一个让人佩服的论调，那就是：他能做的事与他现在要办的这桩大事多多少少都有些关系，如果他有什么顾虑，那他做的事都白费了。受这个论调的驱使，他才到处奔波。他现在的确有顾虑，那就是：在没有拿到信之前不应该采取行动，但他的这个论调让他轻而易举地打消了这种顾虑。他之前只在切斯特和伦敦稍作休息，所以他觉得，如今偷闲一天也不为过。再说，正像他私下里时常对人说的那样，既然到了巴黎，他就该把刚到巴黎时感觉新鲜的几个小时花在游览这座城

---

① 此处概指斯科利布街（Rue Scribe）的芒罗银行。斯科利布街位于塞纳河右岸，距离歌剧院广场（Place de l'Opéra）不远。

② 马勒塞尔布大街（Boulevard Malesherbes）：位于巴黎第八区塞纳河右岸的一条时尚而又现代的大街。

市上。这几个小时让他越来越觉得巴黎非常伟大，巴黎这样的城市不能不让人觉得它很伟大。于是，直到晚上很晚，他完全忘掉了自己，一整天都沉浸在这座城市之中。在晚上到剧院看完戏后回去的路上，又沿着灯火通明、人潮涌动的马勒塞尔布大街，细细品味巴黎的蒸蒸日上。这一次陪他去看戏的是韦马什，他们首先从竞技剧场走到豪富酒家 ①，挤进酒家人头攒动的"临街座位"上吃了夜宵。此时子夜已过，或者说已是凌晨，因为子夜的钟声已经响过，夜风和煦撩人，客人熙熙攘攘。韦马什和斯特雷特激烈争论了一阵子之后，现在已经放松下来，这是他品德中最突出的一面。两个人慢慢地品了半小时淡而无味的啤酒，其间韦马什给人的印象是，他已经与他那固执的本性最大限度地达成了妥协。他虽然以严肃的沉默来表现他的轻松，但在"临街座位"耀眼的灯光下，他那固执的本性仍若隐若现。两个同伴彼此经常动不动就不说话了，甚至到达歌剧院广场时，因为夜游巴黎的问题，两个人仍然板着脸不说话。

今天早上他确实拿到了信。这些信显然是在斯特雷特出发的当天发出，跟斯特雷特同一天到达伦敦，然后又慢悠悠跟着他转到巴黎来的。他本想在银行接待室里拆阅信件，但接待室让他想起了伍勒特的邮局，让他有一种看见越洋大桥桥肩的感觉。于是，他克制着冲动，欣然自得地把信塞进他灰色大衣的口袋里。韦马什昨天收到过信，今天又收到了，但他仍丝毫没有克制冲动的意思。很显然，他最不愿意让人看到他来斯科利布街的行程就这样草草收场。斯特雷特昨天就把他一个人撂在这里，他想看收到的信件，照韦马什的说法，他连续几小时都在看信。韦马什轻描淡写地说，此时他可恶的处境是自己完全被蒙在鼓里，根本不知道事情的来龙去脉，但他又强调说，这家银行倒是一个极佳的观察点。在他的脑子里，欧洲可以称得上是一台构造复杂的机器，这使得自我封闭的美国人根本学不到必要的知识。因

---

① 竞技剧场（Gymnase）位于博纳努韦勒大道，以上演戏剧著称。富豪酒家（Café Riche）是竞技剧场附近意大利人街（Boulevard des Italiens）的一家高档餐馆，也称"比尼翁"酒家。在第九部中，韦马什和萨拉·波科克也会在这里用餐。

此，只有在这些偶尔看到的避风港里，才能呼吸到徐徐袭来的西风，才能勉强忍受欧洲的生活。此时此刻，斯特雷特的口袋里有了可以让他心安的东西，所以又开始往前走。事实上，他虽然很想收到这捆信件，但自从看清口袋里多数信件上的名址之后，他心里越来越不安起来。因此，这种不安立刻变成暂时的行动指南。他心里明白，一旦找到最合适的地方，他就应该马上坐下来去阅读他的主要通信人寄来的信件。在此后的一小时中，他时不时浏览沿街商店的橱窗，试图寻找合适的地方。他沿着阳光明媚的和平街①走去，穿过杜伊勒里宫遗址和塞纳河，不止一次在码头边的书摊前驻足，那样子就好像他已经下定决心似的。在杜伊勒里宫花园，他在两三处驻足观看，似乎巴黎的大好春光让他流连忘返一样。巴黎的清晨犹如轻快的乐章——和风徐徐，刚洒过水的花园路面透着清新的气息，一队没戴帽子的少女背着扣紧的长方形盒子，快步如飞地从花园里走过，一帮省吃俭用的老人一大早就靠在温暖的矮墙上晒太阳，一群身份卑微的环卫工身着配有铜徽章的蓝色工装在扫地刨土，还有一个教士一边迈着方步一边在虔诚地沉思，一个穿着白靴红裤的士兵在东张西望。他望着小巧而又轻盈的身影，这些移动的身影犹如巴黎大时钟嘀嗒作响的秒针，不慌不忙地从一个点向另一个点移动。空气中弥漫着艺术的气息，让人觉得大自然宛如头戴白帽的大厨。王宫已不复存在，斯特雷特还记得王宫原来的样子。他凝视着已经一去不复返的王宫遗址时，沧桑之感顿时油然而生。在巴黎，这种情绪时常会戳中一个人赤裸的神经，让人备感疼痛。他对巴黎标志性的景物多少还有些印象，于是便凭借这些模糊的印象去逐个游览。突然间，一群白色的石像映入他的眼帘，他可以坐在石像脚下铺着草垫的椅子上看信。可是不知道为什么，他继续漫步到对岸，沿着塞纳街，一直走到卢森堡公园。

在卢森堡公园中，他终于找到一个比较隐蔽的地方，便止住脚

---

① 和平街（Rue de la Paix）：从歌剧院广场通往卢浮宫附近的杜伊勒里宫花园。杜伊勒里宫（Tuileries）为巴黎旧王宫，位于塞纳河右岸，于 1871 年 5 月被巴黎公社烧毁，现为公园。

步，在一张租来的椅子①上坐了下来，望着一座座露台、一条条小径、一处处园景、一口口喷泉、一盆盆绿色木桶中的盆栽，还有戴白帽的小巧女人，嬉笑打闹的女孩们，这一切都沐浴在和煦的阳光下，"勾勒出"一幅美妙的画卷。他在那里坐了一个小时，印象之杯似乎真的要溢出来了。从下船到现在仅仅过去一周，但他脑海里装的东西，绝非短短数日的体验能说清楚的。在此期间，他不止一次地感觉到有人在告诫自己，而在今天早晨，这种告诫尤为明显。这种告诫采取的是前所未有的提问方式，问他如何面对这种逃避现实的强烈感觉。在他看完信件之后，这种感觉更强烈了，正因如此，回答这个问题的愿望也更强烈了。信件中有四封是纽瑟姆夫人写来的，每一封都很长。她丝毫不耽搁时间，他走到哪里，她的信就写到哪里，而且明确告诉他，他现在可以推算出大概几天能收到她的一封信。她的信似乎每周都会有几封，他甚至相信，每一次收到的邮包中，她的信可能都不止一封。虽然他昨天早上很不开心，但今天早上有机会开心了。他把其他的信放回衣袋，然后一封接一封地慢慢看她的来信，看完后又把这几封信放在腿上，久久不舍得放开手。他拿着这几封信，陷入沉思，似乎在尽量体会这些信带给他的感觉，或者起码要搞清楚这些信明确传达的信息。纽瑟姆夫人的信写得令人佩服，她的口气更多的是通过气势而非声音表达出来的。此时此刻，他似乎觉得，只有相隔如此遥远，才能领悟出信中传达的意思，但他能充分认识到其中的差异本身就完全说明了两个人的关系日益密切了。这种差异是因为他身处巴黎所思所感造成的，差异之大他做梦都想不到，正是这种差异促成了他逃避现实。结果，他坐在那里沉思默想的居然是一套怪逻辑：他突然觉得自己是那么自由。他觉得自己有责任想清楚自己的状况和事情的因果关系。实际上，当他一步一步去推敲，然后把所有步骤拼凑在一起时，便勾勒出一幅完整的轮廓。说心里话，他从来没有指望自己重获青春，此时此刻，他想弄清楚的正是过去的岁月和发生的那些

---

① 在巴黎的公园里，租用椅子只象征性地收费。

事情是怎么把他搞成这个样子的。这些问题他必须搞清楚，才能放下顾虑。

这一切都源于纽瑟姆夫人的美意，她让他只关心自己的任务，不要为任何事烦心。她一直认为，他应该放下一切负担，充分享受她为他的自由而提供的休息，而把一切都交给她自己去做。直到现在，斯特雷特都没有搞明白她为什么要大包大揽，他能想到的是他自己的情形——可怜的兰伯特·斯特雷特只用了一天的时间，就被海浪冲到阳光普照的沙滩上；可怜的兰伯特·斯特雷特有幸得到了喘息的机会，一边喘息一边挺直了腰杆。现在，既然他已经身在欧洲，他的各个方面或者神情体态不会受到别人的非议。如果他看见纽瑟姆夫人朝他走过来，他肯定会本能地赶紧躲开一点儿。但他会再转过身勇敢地朝她走去，不过，他首先得镇定自己的心神才行。她在信中讲的全是家里发生的新闻，并一再表明，他不在的这段时间，她把一切安排得妥妥当当，还告诉他，他走后谁接替他办这事，谁接替他办那事，一五一十地告诉他一切都不会出差错。他周围的空气中充满了她的这种口气，但在他听来，却好似空洞无物的嗡嗡声。他要搞清楚的正是这种空洞无物的嗡嗡声，在终于弄明白之后，虽然表面上看上去一脸凝重，但内心里还是感到由衷的高兴。他之所以感到高兴，是因为他已经清楚地认识到，就在两周前，他自己还身心疲惫——如果有谁感到身心疲惫，这个人就是斯特雷特。不正是因为他身心疲惫，他家乡的挚友才非常体贴地安排他这次出来吗？此时此刻，他似乎觉得，只要自己紧紧把握这一事实，从某种意义上说，他就有了行动的指南针与舵轮。他现在最想知道的是如何把问题简单化，而最简单的方式莫过于跟过去做个了断。在这种情况下，如果他还能在自己的生命之杯中发现青春的残渣，那也只是他的计划表面上露出的瑕疵。他确实已经身心俱惫，所以他正好可以利用这一点。如果他的计划能再往后拖延一些时日，那他就可能去做他想做的事。

再说，他想要的只不过是实实在在的东西——再普通不过但又很难做到的随遇而安的本领。他认为，自己在年富力强的时候，曾追求过那些不现实的生活方式，但在时过境迁之后的此时此地，这种埋藏心里已久的苦痛也许终于可以得到解脱了。他心里明白，自己一旦抱定了命中注定要失败的看法，最后就只剩下种种托词和回忆了。哦，如果他真能把这些托词和回忆写出来，恐怕没有一块石板能容得下！在他自己看来，他这辈子一事无成，所有的人际关系都一团糟，虽然他喜欢自吹自擂，但干过的五六种工作都一败涂地。正因如此，他现在才一无所有，不过，他的过去倒是非常充实。虽然没有什么成就，但他这辈子所受的煎熬可不轻，走过的路也不短。此时此刻，他的眼前仿佛出现了一幅往日的画面，一条曲折不平的漫漫长路，他孤寂的身影呈现一片灰色。这种孤寂是一种可怕的、愉悦的、社交性的孤寂，是人生在世自我选择的孤寂。尽管他在生活中与之打交道的人不少，但真正能走进他生活的只不过三四个人而已，韦马什就是其中一个——想到这里，他觉得这真是创纪录了。另一个是纽瑟姆夫人。现在突然有迹象表明，戈斯雷小姐有可能成为第三个。站在他们身后的是他年轻时的模糊身影，怀里搂着两个比自己更模糊的人影，一个是他早年痛失的少妻，一个是他稀里糊涂失去的幼子。他一遍又一遍地对自己说，当年如果不是几近失心地去痛悼亡妻，他那个有点儿愚钝的幼子就不会因为在学校染上急性白喉而死去，他也就不会失去儿子。让他最懊悔的是，那个孩子很可能并不愚钝，只是因为父亲在不知不觉中过于自私，才显得愚钝，才被听之任之，才被疏于照顾。这无疑是他内心深处的痛，虽然时间已慢慢将这种痛冲淡，但痛还在，每当看到苗壮成长的英气少年，他都会不由自主地想起自己的丧子之痛，因此精神上会加倍痛苦。到最后，他经常扪心自问，世上还有人像他这样损失了这么多、付出了这么多，收获却这么少吗？就在昨天，他耳边又响起这个冷酷的问题，究其原因应该是多方面的。他之所以让自己的名字出现在绿色封面上，都是因为纽瑟姆夫人，这无疑会让世人——伍勒特以外的世人——不得不去弄清他的身份，而他也不得不去反复做出解释，这真是滑天下之大稽。他之所以是兰伯特·斯特雷特，是因为杂志封面上有他的名字，而不是像功成名就的人一样，他的名字之所以会出现在杂志封面上，是因为他是兰伯特·斯特雷特。只要有机会，他愿意为纽瑟姆夫人做任何事，即便是再可笑的事，他也愿意干。这就是说，已经五十五岁的他，能拿出来示人的只有这种听天由命的心态。

　　他认为自己可以拿出来示人的东西很少，因为确实很少。既然少得可怜，就不可能把它无限放大。他天生就不懂得如何充分利用自己努力的成果，即便曾经一次又一次地努力过（除了他自己，没人知道他努力过多少次），那也似乎是说，如果不善加利用，努力又能有什么用呢？过去的种种尝试像挥之不去的幽灵一样又缠上了他：过去的种种辛劳、妄想和厌恶，过去的种种沉浮起落，过去的种种狂热追求以及随之而来的烟消云散、美好理想的破灭和对世事的怀疑，所有这一切冒险的尝试最后多半都变成了教训。昨天不断跳出来挑逗他神经的动力让他一再想起——频率之高让他自己都感到惊讶——他在一次旅行后曾发过但从未履行过的誓言。今天让他记忆最深刻的是年轻时发过的誓。当时战争 ① 刚刚结束，他刚结婚，虽然经历了战争的洗礼，但年纪还是太轻。当时，他跟一位比他年轻许多的女子一起到欧洲朝圣观光，在旅途中他曾草率地对女子发过誓。那次出游是一次胆大妄为的率性之举，因为他们把留作家用的钱作为旅费，但当时两个人都认为那次旅行在各个方面都堪称神圣，尤其是他个人信誓旦旦地认为，这次观光是接触更先进文明的大好时机，而且就像他们在伍勒特时所说的那样，肯定能取得巨大的收获。在归航途中，他仍然相信此次旅行收获很大，他当时的想法是要想保存、珍爱、延续这种收获，而且还为此制定了一个详细而天真的计划：多读书、多领悟，甚至每隔几年再回来一次。不过，就获得更珍贵的心得而言，这样的计划往往是无疾而终。正因如此，他忘记了那几粒种子，也就不足为奇

---

① 此处指 1861 年至 1865 年美国的南北战争。这就是说，如果斯特雷特在 1865 年（或稍后）结婚时 25 岁，而他现在是 55 岁，那么小说的时代背景应该是 1895 年之后不久。

了。但不管怎么说，多年来一直埋藏在阴暗角落里的那几粒种子，在他到达巴黎不到四十八小时的时间里，居然又发芽了。昨天的经历让他感受到，早已抛在脑后的各种关系又死灰复燃、全部活跃起来。斯特雷特甚至据此突然产生了种种联想，突然想起了卢浮宫的画廊，透过剔透的玻璃，如饥似渴地注视着像长在树上的柠檬一样的黄色书卷①。

有时候，他会扪心自问，既然他根本留不住什么，那他冥冥之中是不是注定要守候。倘若如此，至于他守候的东西，他不能去揣测，也不敢去揣测。这种东西既让他彷徨又让他畅想，既让他欢笑又让他叹息，既让他前进又让他退缩，让他因冒进的冲动多少感到羞愧，更因等待的冲动而感到畏惧。比如，他回想起十九世纪六十年代回国的情景，当时他满脑子都是柠檬黄的书，行李箱里也装了十几本专为妻子选的书。在他看来，只有这些书才能表明他对自己追求高雅的努力很有信心。那十几本书现在还在家里放着（虽然已经破旧不堪，但从没有重新装订过），但它们所代表的奋发进取的精神到哪里去了？现如今，这些书所代表的只是高雅殿堂大门上业已泛黄的油漆，他曾经梦想构筑这样一座殿堂，可事实上他根本没有继续筑下去。此时此刻，在斯特雷特的最高理想中，这种违背信念的行为对他来说只是一个符号，象征着他长期以来的种种煎熬，象征着他对闲暇的渴望，象征着他对金钱、对机遇、对实实在在的尊严的企求。要想重新唤醒他青年时代的誓言，那就要等到他认为所有偶发事件中的最后一件发生之后——这足以说明，他的内心堵得多么严重。如果还需要什么来证明这一点，那就是他现在已经看得很清楚，他已经不再对自己的贫乏斤斤计较了。回想起来，他的贫乏既模糊难辨又无边无际，犹如海滨初辟的村镇之外、地图上尚未标注出来的"穷乡僻壤"。在这四十八小时之内，他的内心不准他去买书，借此聊以自慰。他既不买书，也不做任何事。在没有见到查德之前，他不会采取任何行动。他在想象

———————————

① 法国平装本的小说封面一般都是柠檬色。

中盯着那些柠檬色的封面，心里清楚这些书的确对自己产生过影响，同时内心坦承，即便是在那些一事无成的岁月里，他的潜意识里还是放不下这些书。由于出版宗旨所限，伍勒特绿色封面的杂志不刊登与文学有关的文章，只关注经济、政治以及伦理等内容。经过彩饰的杂志封面摸上去很舒服，给人一种华而不实、徒有其表的感觉，这都是纽瑟姆夫人不愿意采纳他的建议的结果。因此，他站在巴黎阳光明媚的大街上，根本不知道接下来会发生什么，所以心里一直忐忑不安。这种感觉已经不是第一次出现了，否则，他此时就不会有那么多事要担心了。许多"运动"他都没能赶上，但那些"运动"，连同"运动"所带来的乐趣，不早就成过眼烟云了吗？许多一连串的事件他都错过了，而且在整个事件的发展过程中，也有很大的时间间隔：他本来是可以看到整个事件在一片黄尘中消失殆尽的。即便剧场没有关门，起码他的座位也已让别人占去了。昨天晚上他就感到不安，因为他觉得，即便要去看戏——虽然他认为，从某种意义上说，那家剧院很不错，甚至荒诞地认为，他之所以陪可怜的韦马什去看戏，是为了还他的人情债——那他也应该跟查德一起去，或者说，是为了查德才去看戏。

这让他突然想到该不该带查德看这种戏的问题，既然自己对查德负有特殊的责任，那么在选择娱乐方式时就必须考虑由此而产生的后果。其实，在竞技剧场（他认为竞技剧场比较安全），他已经想到，如果带查德来看戏，虽然剧院上演的那出戏与查德的个人舞台相比似乎更符合社会的道德规范，但那会给他的救赎使命蒙上一层诡异的色彩。毫无疑问，他来欧洲是维护道德规范的，而不是为了独自一人来观看什么不靠谱的演出的，更不会因与这个不知好歹的年轻人一同去看这种演出而有损于自己的威信。可是，难道为了这种自私的威信，他就必须放弃所有娱乐吗？放弃娱乐就能让查德觉得他道德高尚吗？因为可怜的斯特雷特一直认为世事弄人，所以这样的小问题更让他觉得不知如何是好。那么，他的处境会不会让他显得有些可笑？他该不该装模作样地认为——无论是自己还是在可怜的年轻人面前——有些东西可能会让年轻人变得更坏？反过来说，认为有些做法可能会让年轻人变好，不也是有点儿装模作样吗？眼下最让他担心的似乎是，在巴黎，他只要稍微入乡随俗，就可能会让他失去威信。今天早晨，这个浩瀚无边、光辉灿烂的巴比伦 ① 就呈现在他的眼前。它就像一个硕大无比、绚丽多姿的发光体，一块璀璨夺目、坚不可摧的宝石，根本无从辨别它的各个部分，也无从找出它的各种差异。它时而若隐若现，时而微微颤抖，时而又融为一体，眼前的一切似乎时而浮出水面，时而又沉入深渊。毫无疑问，这里正是查德喜欢的地方。如果他斯特雷特也过分喜欢这地方，两个人一旦有了共同的喜好，那还了得？当然，这要看如何衡量所谓的“过分”了，这是解开谜题的一丝亮光。不过，斯特雷特经过我们所描述的长时间思考之后，心里已经做出了大致的权衡。读者应该能够看得出，他是不会轻易放过任何深思熟虑的良机的。比方说，一个人既然可以喜欢上巴黎，难道就不能很喜欢吗？不过，他幸亏没有答应纽瑟姆夫人他不会喜欢上巴黎。在当前这种时候，他认识到，这种承诺会捆住自己的手脚。此时此刻，不用说，卢森堡公园之所以美丽无比，除了公园本身非常诱人之外，也是因为他没有做过这样的承诺。在面对纽瑟姆夫人的这个问题时，他唯一能做的承诺就是根据情况尽力而为。

没多久，他终于意识到自己在浮想联翩，于是感到些许不安。他联想到关于拉丁区 ② 的那些老掉牙的流言蜚语，联想到查德就跟在小说中和现实中的许多年轻人一样，是在这个谣言满天飞的地区开始新生活的。现在查德已经不住在拉丁区了，据斯特雷特推断，他的“家”应该在马勒塞尔布大街。此时此刻，也许是因为故地重游，斯特雷特在不违背原则的情况下，对那些司空见惯、由来已久的东西，不但能持宽容的态度，而且也不会为之烦恼了。他现在根本不怕看到

---

① 巴比伦（Babylon）：《圣经·启示录》中称巴比伦为“鬼魔的住处和各样污秽之灵的巢穴，并各样污秽可憎之雀鸟的巢穴”。故在英语中，巴比伦往往被喻为淫乱的罪恶之都。

② 巴黎的拉丁区（Latin Quarter）是塞纳河左岸一个五彩缤纷的地区，艺术家和学生经常光顾这里，因此，用维多利亚时代温文尔雅的道德标准去衡量，那是属于那种声名狼藉的地区。

查德与某个人一同招摇过市，因为，在这种气氛中，他完全可以感受到早先那种顺其自然的感觉。不过，他还是希望身边能有个人商量。他马上意识到，几天来，想象到年轻人享受的那种浪漫，真让他既羡慕又嫉妒。郁郁寡欢的米尔热，跟他的弗朗辛、米塞特、鲁道夫 ①，正在家里与那本破书为伍，那是书架上十几本散了架的平装本之一（如果不是之二或之三的话）。五年前，查德旅居欧洲半年后写信回家说，他决定既要节约生活开支，又要学到真东西。当时，根据他们在伍勒特听到的乌七八糟的说法，斯特雷特还天真地幻想在陪着他到处搬家，走过巴黎的一座座桥，再爬上圣热讷维耶沃山 ②。在信中，查德说得很清楚，在拉丁区可以用最低的花费学到最纯正的法语和其他许多东西，而且还可以结交形形色色的聪明人，还有由于种种原因侨居在这里的同胞，这些人在一起形成一个非常愉快的小圈子。那些聪明人和友善的同胞大多是青年画家、雕刻家、建筑师、学医的学生，但查德有自己的高见，自己即便不能跟他们比肩，但跟他们混在一起，总比跟歌剧院附近美国酒吧与银行里的那帮"下贱的混球儿"（这种让人大开眼界的说法，斯特雷特是不会忘记的）混在一起要好得多。在此后的信中——当时查德还偶尔给家里写信，他说，一位艺术大师门下有一帮学生，做事都很认真，他们中有些人已经把他拉了过去，每天晚上都让他跟他们一起吃饭，而且几乎不要钱。他们甚至还让他千万要注意"他身上"有跟他们一样的潜能。的确有一段时间，在他身上似乎表现出某种潜能，至少有一段时间他写信说，再过一两个月，他可能会在某个画室开始学画。当时，纽瑟姆夫人把这看成上帝的眷顾，虽然只是小恩小惠，但仍让她激动不已。母女俩都认为这是上帝在保佑，她们的游子也许是良心发现，厌倦了游手好闲、无所事

① 米尔热（Henry Mürger，1822—1861）：法国作家，以其小说《波希米亚人的生活场景》（Scenes of Bohemian Life）而著称，此书以巴黎的拉丁区为背景。弗朗辛、米塞特和鲁道夫均为这些故事中的人物，这些故事旨在宣扬波希米亚人的思想，认为波希米亚人就是那些虽然饥肠辘辘但追求性解放的艺术家和青年学子。意大利歌剧作曲家普契尼（Puccini）的歌剧《波希米亚人》就是根据米尔热的作品改编的。该歌剧于1896年首演，亨利·詹姆斯的《专使》就是以这个时间为背景的。
② 圣热讷维耶沃山（Montagne Sainte-Geneviève）：位于巴黎拉丁区的一座小山，山上有座修道院遗址，巴黎的保护神圣热讷维耶沃就葬在修道院。

事，进而产生了改弦更张的雄心壮志。毫无疑问，他的表现还算不上出色，但当时已经对两位女士俯首听命的斯特雷特，对她们的看法虽然有保留地表示赞同，但现在想起来，他当时的态度算得上非常积极了。

然而，随之而来的却是压顶的阴霾。身为儿子和弟弟的查德，并没有在圣热讷维耶沃山上待多久。他只不过是偶尔拿圣热讷维耶沃山当幌子，却很奏效，这跟他提到最纯正的法语一样，似乎都是骗人的把戏，只不过玩得有点儿粗俗而已。这种弄虚作假的表演虽然让母女俩暂时吃了颗定心丸，但毕竟不可能瞒太久。但话又说回来，这倒是为查德赢得了时间，让他在毫无约束的情况下有机会生根发芽，为下一步更直接、更过分地采取行动铺路搭桥。在斯特雷特看来，在第一次移居欧洲之初，查德还是比较单纯的。在刚开始时，由于没有发生什么特别糟糕的事，所以移居欧洲对他产生的影响并没有让人担心。根据他的推算，有三个月的时间，查德曾想尝试一下。他的确尝试过，但不够努力——他真的信心十足，但没能维持太久。他本性中的这种弱点比几乎任何做实了的坏事都要强。一个典型的例子就是，一旦他受到一系列的影响，就会采取莽撞的举动。事实证明，这些影响——虽然都来自米塞特及弗朗辛，却是被那些变本加厉者庸俗化了的米塞特及弗朗辛——非常大而且极具诱惑力。从他在信中只言片语的描述中可以看出，他当时已经跟一个又一个他很"感兴趣"的小人儿"混"在了一起。斯特雷特曾在什么地方看过一句拉丁文格言，说的是一个旅行者在西班牙看到钟表上时针的情形。这让他想起了查德的蜕变轨迹：一、二、三，问题如此排下去，会不会超过钟面上有限的数字？全皆有害，末者致命①——从道德上说，她们一个个全都有害，但最后一个会要了他的命。最后一个迷惑他的时间最长，也就是说，她摄走了可怜的查德仅有的善良本性。完全可以推测，让他决定第二次移居欧洲，花大笔钱再一次回来，再陷邪道，并以所谓最纯

_____

① 此格言源于日晷上的铭文，原文是：Omnes vulnerant，ultima necat。

正法语为代价换取伤风败俗的，并不是她，而是早在她前面的一个女人。

斯特雷特终于打起精神准备回旅店，心想今天的散步真是不虚此行。他从椅子上站起身来，在附近溜达了一会儿。对他来说，整个早上思考的结果意味着他的行动已经开始。他曾经想让自己发挥作用，如若不然，那就罪该万死了。他站在奥登歌剧院 ① 的旧拱廊下，流连在露天陈列着的古典文学和通俗文学作品之间时，这种感觉尤为强烈。他好像看到了长桌上和架子上摆满了琳琅满目、美味可口的各色美食，感觉自己在一种接着一种地喝着廉价的饮料，那感觉就好像悠然自得地坐在遮阳篷伸展到街边的咖啡座上，不过，他却背着手侧身擦着桌子走过。他到这里不是来慢悠悠品咖啡的，他是来再造一个人的。他到欧洲来不是为他自己办事，换句话说，并不是直接为自己办事，他到欧洲来是希望能有机会感受一下青春的流浪精神扬犇振彩。事实上，他能感觉到这种精神并没离他远去，他凭借内心的感觉去倾听，旧拱廊似乎在发出微弱的声音，仿佛远方有一群鸟拼命拍打着翅膀飞过。现在翅膀已不再扑动，而是奄拉在已经被埋葬的过去几代人的胸膛上，但当那些头发蓬乱、戴着宽边软帽的懒散闲人翻动书页时，仍能听到一两声鼓翼声。这些年轻人属于个性鲜明的那类人，他们的洞察力虽然苍白无力，但对种族差异有着深刻的见地和认识。他们经常拆开未开边的书卷，而且也会在紧闭的门外偷听。他想象四五年前的查德，那时的查德在四处闯荡，但那时的查德只不过（他只能这么看）是一个俗不可耐的查德，俗不可耐到不配拥有他那些特权的查德。当然，在这里能做到既年轻又快乐，肯定是一种特权。斯特雷特知道，他最大的优点就是他曾经有过这种梦想。

可是，半小时后，他自己马上要处理的问题是在马勒塞尔布大街一栋房子里的三楼上——这才是确定无疑的。他欣喜地发现，三楼的

---

① 奥登歌剧院（Theatre de l'Oden）：1782 年由法王路易十六的王后玛丽·安托瓦内特揭幕，1990 年更名为欧洲歌剧院（Theatre de l'Europe）。

窗户外面是一片相连的阳台，于是便在街对面徘徊了五分钟。有些问题他已经打定主意，其中之一就是在事情最后落在自己头上时，他需要采取的策略就是来个出其不意。此时此刻，他一边看表一边寻思，暗自窃喜自己的这个策略并没有动摇。六个月前，他曾说自己要来，至少是写信告诉查德，如果有一天他突然出现在他面前，他可不要吃惊。查德的回信只有寥寥数语，语气也淡而无味，信中不痛不痒地向他表示了欢迎。看了信后，斯特雷特心里很不高兴，觉得查德很可能把自己预先打的招呼误以为他希望查德尽地主之谊了。所以，他现在认为，最合适的补救办法就是从此不再提起这事。此外，他还请纽瑟姆夫人不要再提起他要去的事。他明确表示，如果让他去办事，他会按照自己的方法去办。在他眼里，纽瑟姆夫人身上有许多美德，其中之一就是，她的话他绝对信得过。在他了解的女人当中，就连伍勒特的那些女人算在内，她是唯一不会说谎的女人，这一点他深信不疑。比方说，她的女儿萨拉·波科克，虽然有自己的处世标准，但人们常说，萨拉在某些方面与她不同。萨拉有自己的审美情趣，但对人情应酬，向来都是毫不掩饰地耍手腕。他曾经不止一次见识过她耍这种手腕。总之，他已经从纽瑟姆夫人那里得到保证，她会彻底放弃自己的过激主张，在让查德有思想准备这个问题上，完全听从他的想法。所以，当他此刻望着雅致的连体阳台时，心想，万一事情办砸了，起码怪他自己。他站在洒满和煦阳光的马勒塞尔布大街边上，是否多少想到这一点了呢？

此时此刻，斯特雷特思绪万千。他想到的其中一点就是，用不了多久，他就会知道自己到底是见识浅薄，还是洞若观火。还有一点就是，楼上这个阳台可是不可多得的有利条件。此时此刻，可怜的斯特雷特才意识到，在巴黎不管你在什么地方停下脚步，想象力都会情不自禁地做出反应。如果你停下脚步，这种连绵不断的反应会让你付出代价，带来的后果是各种各样的，让你觉得几乎无处落足。比方说，在这种节骨眼上，他怎么会喜欢查德住的房子呢？对房子他算得上是专家，眼前的这栋房子又高又大，色彩明快，一看就知道修得可圈可

点，但同时也让斯特雷特觉得有些别扭，因为用他自己的话说，这栋
房子感觉就好像向他"扑面而来"。三月的阳光正照在三楼的窗户上，
要是有人碰巧从窗户里看到他，这倒是对他有利的开端，不过他还是
打消了这种念头。片刻之后，他发现，那栋"扑面而来"的建筑，其
美感来自尺度与平衡，以及局部与局部、空间与空间的和谐，再加上
大胆而又巧妙的装饰，以及被日常生活暖化和抛光的冷灰色漂亮石
头，的确格外引人注目，让他感觉到一种意想不到的挑战，但这又有
什么用呢？不过，他希望发生的偶然机会——阳台上有人碰巧能看到
他的机会——现在变成了现实。两三扇窗户迎着弥漫着紫罗兰香气的
春风大开，就在斯特雷特打断思绪、准备过街之前，一个年轻人走到
阳台上，向外张望。年轻人点了一支烟，把火柴梗弹到楼下，倚在阳
台护栏上，一边吸烟一边俯视楼下的行人。看到这一幕，斯特雷特又
停下了脚步。结果，斯特雷特很快发觉，上面的人也注意到了他。年
轻人察觉有人在看他，于是也开始盯着斯特雷特看。

故事发展到这一步，变得越来越有趣了。可惜阳台上的年轻人不
是查德，这让故事的趣味性大打了折扣。刚开始，斯特雷特还纳闷，
会不会是查德改变了模样，后来才发现，查德即使改变了模样，变
化也不可能这么大。这个年轻人样子更消瘦，看上去更有朝气、更机
敏，一举一动都更得体，绝不是矫情的人能装出来的。在斯特雷特的
脑海里，查德虽然有些矫情，但还不至于认不出来。他觉得，自己有
足够的理由修正刚才的想法，楼上的男子应该是查德的朋友。楼上的
男子太年轻，非常年轻，年轻得显然不会引起楼下观察他的长者的什
么兴趣，年轻得甚至不会去看看楼下那位长者发觉别人在看自己后会
有什么反应。这就是年轻人的做派，在阳台上赖着不走也是年轻人的
做派。此时此刻，在斯特雷特眼里，除了他自己要办的事以外，满眼
都是年轻人的做派。一想到查德也是年轻人，他一下子高度警觉起
来。在斯特雷特看来，这个阳台，这栋建筑的正面，突然间表现得越
来越高大起来，它把整个事件置于非常务实的层面上，置于下一刻他
得意地认为自己完全可以办好的层面上。年轻人还在看着他，他也在

看年轻人。此时，他的思绪很快发生了转移，心想，在他看来，生活在楼上这种私密的地方也算得上是最大的享受了。在他看来，这种私密的地方也是开放的。此情此景，他对这种地方只有一个看法，那就是在这个具有讽刺意味的大都市中，这是他略可染指的唯一住所，是唯一可以偎依的炉边之窝。戈斯雷小姐曾经告诉过他，她有自己的炉边可以偎依。毫无疑问，她的火炉正等着他去偎依。不过，戈斯雷小姐还没有来，她可能还要等好几天才能到。要想冲淡他无家可归的感觉，唯一的办法就是想象自己身处和平街旁小街上那家公认的二流小旅店①，那是她为体谅他的钱袋子而帮他订的旅店。这家旅店给他的印象是，庭院加装了玻璃顶棚，室内冷飕飕，楼梯滑溜溜，正因如此，韦马什才动不动就跑到银行里待着。在举步之前，他突然觉得，此时此刻，韦马什，也只有韦马什，那个不但没有淡去反而越来越清晰的韦马什，才能取代阳台上的年轻人。但当他真的举步时，反而要摆脱这种想法了。最后，他走过街，穿过供车辆通行的大门，急匆匆走了进去，仿佛故意要把韦马什丢在外面似的。不过，他过后会把这一切全告诉他的。

---

① 下文中的门房暗示，斯特雷特所住的廉价旅店可能是道努街（Daunou）的查塔姆旅馆（Hotel Chatham）或嘉布遣街（Capucines）的卡利斯旅馆（Hotel de Calais）。

第三部

一

当天晚上，斯特雷特在旅店里与韦马什一起吃晚饭时，把一切都告诉了他。他心里很明白，如果他不愿意因为在一起吃晚饭而牺牲难得的机会，那他大可不必这么做。正因为他对韦马什提到了这种牺牲，才打开了他的话匣子。或者干脆说，正因为他对韦马什给予了充分的信任，他才敞开心扉，坦诚相告。他坦率地告诉韦马什，他已经被征服了，但尽管如此，他还没有答应对方到底在哪里吃饭。他之所以这么做，是因为他担心韦马什没办法跟他一起吃晚饭。他的另一个担心是，他自己能不能带客人来吃晚饭。

韦马什喝完了汤，对斯特雷特的这一大堆担心似乎很感兴趣。斯特雷特没想到自己会给韦马什留下这样的印象，所以觉得有些意外。不过，既然他吃不准他的客人愿不愿意跟他们一起吃饭，这一点倒是比较容易理解。这位客人是个年轻人，是他当天下午费尽周折寻找另外一个人时认识的。要不是他刚结识的这位朋友，他的寻找肯定会一无所获。"哦，"斯特雷特说，"我有许多事要告诉你！"他说话的样子似乎在告诉韦马什，听他讲这些事情是一件赏心悦目的事。他一边喝酒一边等鱼端上来，一边靠在椅背上悠闲地捋着自己的长胡髭。看着从他们身旁挤过去两个英国女子，他本来想开口跟她们打招呼，但人家根本没有理睬他。所以，他只好趁着鱼端上来的工夫，大声说了声："谢谢，弗朗索瓦！"眼前的一切是那么称心如意，那么应时应景，那么完美无瑕，只是不知道韦马什会作何感想。打过蜡的小餐厅泛着淡黄色的幽光，洋溢着温馨的气氛。既是服务生又是好弟兄的弗朗索瓦满面堆笑，迈着舞步，在餐厅里忙来忙去。高肩膀的女管事不时地搓着高高抬起的双手，那样子就像是在对什么没有说出口的事表示完全赞同似的。总之，在斯特雷特眼里，巴黎的夜，犹如浓汤那么甘美，犹如他欣然想到的美酒那么醇香，犹如织纹餐巾那么可人，犹如咬碎厚皮面包时发出的声音那么动听。所有这一切都与他的坦诚相告配合得天衣无缝，他坦诚相告的是他已经答应年轻人第二天中午十二点跟他一起出去吃早饭——只要韦马什别大惊小怪，一切都会顺顺当当。他不知道具体在哪里吃早饭，只记得他那位新朋友说："等着瞧吧。我会带你去个地方！"事情妙就妙在这里，年轻人似乎并不想把什么事都告诉斯特雷特。此时此刻，坐在韦马什对面，斯特雷特突然产生了夸大其词、添油加醋的冲动。过去在对别人讲什么事时，他也有过这种反常的冲动。韦马什如果认为什么事不好，至少应该有理由表达出自己的不快，所以斯特雷特便把这种不好的事尽量往坏处说。不过，说心里话，他现在真的有点儿蒙了。

查德目前不在马勒塞尔布大街，他根本就不在巴黎。斯特雷特是从门房那里得知这一消息的，但他仍然上了楼，而且是在一种情不自禁、内心醒醒的好奇心驱使下上了楼——这是唯一的解释。门房告诉他，现在住在三楼的是那位房客的朋友。斯特雷特便以此为借口，瞒着查德上楼一探究竟，想看看查德究竟在干什么。"我在楼上见到了他的朋友，他在替查德看房子，用他说的话，替查德暖房子。查德自己好像在南方。一个月前他去了戛纳，过几天才能回来。你瞧，我原本可以等一周。得知这个重要消息，我本可以马上走人。但我没有走，相反，留下来，因为闲来无事，所以只好到处逛逛，倒是把这里看了个遍。总之，我看过了，还有，该怎样说呢？我也闻过了。其实，都是些鸡毛蒜皮的小事，不过，这里好像有什么东西，非常好的东西，倒是值得去闻一闻。"

韦马什的表情告诉他，他的心思早就跑到九霄云外去了。但斯特雷特发现，他居然还能跟得上自己说的话，多少有些惊讶。"你是说气味？什么气味？"

"一种迷人的香气，可我不知道是什么香气。"

韦马什似乎明白了什么，随口咕哝了一句。"他跟一个女人住在一起？"

"我不知道。"

韦马什等了片刻，然后问道："他带她一起去了？"

"他会带她回来吗？"斯特雷特也问了一句，但他最后还是说了一句，"我不知道。"

他用这样的话敷衍他，再加上他又一次微仰后靠，又喝了一口里奥维尔酒 ①，又抹了一把胡髭，又夸奖了一次弗朗索瓦，显然让韦马什心里不痛快。"那你究竟知道什么呢？"

"呃，"斯特雷特差不多是兴高采烈地说，"我好像什么都不知道！"他这么高兴，可能说明了这样一个事实：在他眼里，他现在的状况，与之前在伦敦的剧院中跟戈斯雷小姐谈论此事时的状况差不多，但有扩大的趋势。此时此刻，这种扩大的趋势多多少少——需要韦马什自己去心领神会——也体现在他接下来的回答之中。"这就是我从年轻人那里打听到的。"

"我原以为你说过你什么都没打听到呢。"

"除了我什么也不知道这一点外，真的什么都不知道。"

"这对你有什么用呢？"

斯特雷特说："这正是我请你来帮我搞清楚的。我是说关于这里的一切。在楼上，我就能感觉到这一点。我时不时会产生这种感觉，而且非常强烈。再说，年轻人，查德的朋友，虽然嘴上不说，但实际上已经告诉我了。"

"实际上已经告诉你说，你什么都不知道？"韦马什说话的样子就像是看着一个已经把一切都告诉他的人一样。"他多大了？"

"呃，大概不到三十岁。"

"可你还是听他那一套？"

"哦，在很多问题上，我都听他的。再说，我告诉过你，我答应他一起出去吃早饭的。"

"那种可恶的饭，你也去吃？"

"你也跟我一起去吧。要知道，他也想让你去。我跟他提到过你。

---

① 里奥维尔酒（Lèoville）：法国波尔多庄园产生的一种红酒。

他给了我一张名片，"斯特雷特接着说，"他的名字很有意思。居然叫什么约翰·小·比尔汉姆①。他说，因为他长得身材矮小，所以大家就把'小'字连同他的姓一起叫了。"

"哦，"韦马什对这种鸡毛蒜皮的小事没有什么兴趣，但还是问道，"他在那里干什么？"

"照他自己说，他'只不过是个小艺人'。我觉得他说的一点儿没错。不过，他还在学习。要知道，巴黎可是名副其实的艺术殿堂，他在这里已经好几年了。他是查德的好朋友，眼下住在查德家里，因为查德的房子太舒服了。"斯特雷特补充说道，"他待人很和蔼，也有点儿古怪，不过，他不是波士顿人。"

韦马什的表情说明他已经很厌恶他了。"他是哪里人？"

斯特雷特想了一下，说道："这个，我也不知道。但用他自己的话说，他不是'臭名远扬'的波士顿人。"

"得了吧！"韦马什刻薄地教训道，"并不是所有的波士顿人都臭名远扬。"然后又问道，"他有什么古怪的呢？"

"也许古怪就古怪在这儿！"斯特雷特又说，"不过，说实在的，什么都古怪。你见到他就知道了。"

"哦！我可不想见他。"韦马什不耐烦地顶了一句，"他为什么不回国呢？"

斯特雷特犹豫了片刻。"呃，因为他喜欢待在这里吧。"

看样子韦马什再也无法容忍了。"那他应该感到羞愧才对。既然你自己也觉得他行为古怪，为什么还要把他扯进来呢？"

斯特雷特又一次不慌不忙地回答道："也许我是有这种想法，但我没有承认啊。我一点儿都拿不准——这也是我想搞清楚的。我喜欢他，你能喜欢一个人吗？但不管怎样，"他站起身来，"我倒是想让你来骂我，骂我个狗血喷头。"

---

① 约翰·小·比尔汉姆（John Little Bilham）：中间名字 little 在英文中的字面意义为"小"，但作为人名一般译为"利特尔"，由于小说情节需要，故译该词的字面意义。

　　韦马什正在吃第二道菜，但这道菜并不是他刚才看见送到两个英国女子桌上的那道菜，这未免让他突然走了神。不过，他很快回过神来，说道："他们住的地方挺气派吧？"

　　"哦，太气派了，里面全是又漂亮又值钱的东西。我还从来没见过这么漂亮的房子呢。"斯特雷特的思绪又回到房子上，"对一个小艺人来说……"他真不知道该怎么说才好。

　　但此时此刻，韦马什貌似有话要说。"说呀！怎么样？"

　　"哎呀！小日子过得不能再好了。还有，他在帮忙管事。"

　　韦马什问道："这么说，他在替你那对宝贝看家？小日子过得不能比这更好？"他见斯特雷特默然不语，似乎若有所思，便接着问道，"他知不知道她是什么人？"

　　"我不知道，我没有问他，也不可能去问他。不可能。换了你，你也不会问吧。再说，我根本就不想问。你也会这样吧。"斯特雷特一口气把话说完，"在这里，你不可能去搞清楚别人知道什么吧。"

　　"那你来干什么？"

　　"哦。我要靠自己去观察——不要别人帮忙。"

　　"那你为什么要我帮忙？"

　　"哦，"斯特雷特哈哈大笑起来，"你跟他们不一样！你知道的，我都知道。"

　　但是，听到斯特雷特的最后一句话，韦马什使劲儿瞪了他一眼，这分明表示他对斯特雷特的话表示怀疑，所以让斯特雷特觉得自己的理由根本站不住脚。就在这时，韦马什说了句："喂，斯特雷特，别来这一套。"听了这话，斯特雷特更觉得自己的话站不住脚了。

　　斯特雷特满心狐疑地微微一笑。"你是说我的口气？"

　　"不是，去你的口气吧！我说的是你拿鼻子到处乱拱。把整个事丢一边去吧。让他们自食其果去吧。别人在利用你，让你去干你根本干不了的事。人们是不会拿细齿梳子去给马梳毛的。"

　　"我是细齿梳子？"斯特雷特哈哈大笑起来，"我可从来没管自己叫梳子！"

"反正你就是把细齿梳子。虽然你已经一把年纪了,可细齿还没掉呢。"

针对韦马什的打趣,他说道:"那你要小心点儿,不要让我梳到你身上!韦马什,你会喜欢家里我那两位朋友的,你会打心眼儿里喜欢她们。再说,我知道……"这句话虽然有点儿跑题,但他还是煞有其事地说道,"我知道,她们会喜欢你的!"

"得了!别往我身上推!"韦马什咕哝了一句。

斯特雷特双手插在衣兜里,俨然一副不达目的誓不罢休的样子。"要我说,非得把查德弄回去不可,这是责无旁贷的。"

"对谁责无旁贷?对你?"

"没错。"斯特雷特干脆地回答道。

"因为你把他搞定,就等于把纽瑟姆夫人搞定了?"

对这个问题,斯特雷特根本用不着躲躲闪闪。"没错。"

"如果搞不定他,那你就搞不定她喽?"

这个问题可能有点儿无情,但他并没有退缩。"我想这可能对我们两个的默契有点儿影响。就生意来说,查德举足轻重,或者可以说,只要他愿意,他就很容易发挥重要的作用。"

"对他母亲的丈夫来说,生意才是举足轻重的吧?"

"呃,我未来的老婆想要的,我当然也想要。里面能有自己人,当然更好啦。"

韦马什说:"换句话说,如果里面有你们的自己人,你自己就能娶到更多的钱喽。据我所知,她现在已经很有钱了,但如果生意能按照你制定的路线蓬勃发展下去,她会更有钱。"

"我可没有制定什么路线,"斯特雷特马上回答道,"纽瑟姆先生非常精明,早在十年前就制定好了。"

哦,好吧!韦马什摇了摇脑袋,似乎表示谁制定的路线并不重要。"不管怎么说,你非常渴望生意能蓬勃发展下去。"

斯特雷特沉默了片刻,心里在掂量这句话的分量。"我觉得,我可能会受别人的影响,甚至会违背纽瑟姆夫人本人的意愿,但还谈不上非常渴望。"

对他的话，韦马什认真推敲了好一阵子。"我懂了。你是怕被人收买了，"他又说，"不过，反正都一样，你就是个骗子。"

斯特雷特立刻表示抗议。"你怎么能这么说呢！"

"没错。你让我保护你，因为这样你可以引起别人的关注。可你又不肯接受我的保护。你不是说你希望让我骂你个狗血喷头……"

"哦，可别这么轻易骂我！"斯特雷特说道，"我已经告诉你了，你难道不知道我关心的是什么吗？那就是不要被人收买。如果我被收买了，我还能娶她吗？如果我的差事办砸了，我的婚姻也就砸了。如果我的婚姻砸了，一切就全砸了。我也就彻底完蛋了。"

韦马什无动于衷地听他把话说完。"你完蛋了，关我什么事呢？"

两个人对视了一会儿。"真的非常感谢你！"斯特雷特最后说道，"可你难道没想过她对这事持什么态度？"

"应该让我满意？不会。"

两个人再一次你瞧瞧我，我瞧瞧你。最后，斯特雷特又哈哈大笑起来。"你冤枉她了。你真的应该了解了解她。明天见。"

第二天，他和比尔汉姆先生一起吃早饭，出人意料的是，韦马什居然也赫然在座。韦马什在最后一刻才郑重其事地对他说：真该死！他别无选择，只好跟他一起去，这倒让斯特雷特吃了一惊。于是，两个人一同前往，悠然自得地迈开步子朝马勒塞尔布大街走去，对他们来说，这种心情倒是少有。跟每天成千上万的人一样，此时此刻，他们俩完全被巴黎的巨大魅力所陶醉。他们时而大步前行，时而逍遥漫步，对周围的一切赞叹不已，在不知不觉中融入了巴黎大都市的氛围之中。斯特雷特已经多年没有感觉到时间这么宽松了，此时此刻，他觉得时间就像一袋金币，可以随时随地取用。他心想，办完跟比尔汉姆先生的这桩小事之后，还有一段大好时光，可以任由他支配。挽救查德并不是什么十万火急的事。半小时后，斯特雷特已经坐在查德的红木餐桌旁了，他的一边坐着比尔汉姆先生，另一边坐着比尔汉姆先生的一个朋友，而对面坐着的则是牛高马大的韦马什。窗外阳光明媚，巴黎的都市喧嚣透过窗户（他昨天曾从下面好奇地望着这几扇窗户）隐约飘了进来。这声音听在斯特雷特的耳朵里是那样柔美、那么甜蜜。此时此刻，他最强烈的感受差不多立竿见影有了结果，快得让他无法仔细去体会。其实，斯特雷特已经感觉到，他的命运即将发生突如其来的变化。昨天，他站在大街上时，无论是对事还是对人，他都无从得知，但此刻，他的所感所思，难道不是与每个人、每件事都有关吗？

"他在搞什么花样？他在搞什么花样？"对这个小比尔汉姆，斯特雷特满脑子都是这种疑问。但在搞清楚事情的原委之前，在他眼里，所有的人和所有的事，都像主人和坐在左边的那位小姐现在的表现一样，显得那么相得益彰。左边的那位小姐很惹人眼球，用她自己的话说，她是临时被忽悠来"见见"斯特雷特先生与韦马什先生的。在很大程度上，正是由于她的缘故，斯特雷特才不断地问自己，这顿饭是不是充满了诱饵、大讲排场的陷阱。之所以说"充满了诱饵"，是因为早餐的风味是如此丰美，让人垂涎欲滴；之所以说"大讲排场"，是因为巴拉丝小姐（这是她的芳名）瞪着一双巴黎人独有的肿眼泡，透过长玳瑁柄的眼镜，盯着他们看，让周围的一切看上去就应该有气场。巴拉丝小姐亭亭玉立，浑身上下透着成熟女性的魅力。她面带笑容，穿着高雅，待人随和，而且毫不掩饰自己的异见。这让斯特雷特想起了上世纪一幅漂亮的肖像画，只不过头发上没有扑金粉而已。至于巴拉丝小姐为什么会让他联想到"陷阱"，斯特雷特一时半会儿也说不清，但他相信将来他会知道其中的原因，而且还能知道得很清楚。他还强烈地感觉到，其中的原因他应该去弄清楚。斯特雷特在想，面对眼前的这两位新朋友，他究竟应该持什么态度，因为年轻人，查德的密友兼代表，在安排这次饭局时手法非常巧妙，这让他始料未及。尤其是巴拉丝小姐，并没有像人们熟悉的那样低调行事，而是招摇过市、惹人注目，而周围的一切显然是经过一番周密安排的。有趣的是，他发现自己此刻面对的是新的行为尺度、新的道德标准、新的人际关系。他还发现，眼前的这对年轻人显然都是乐天派，对事物的看法跟他和韦马什也完全不同。他万万没有想到，自己现在居然跟韦马什成了一路人。

　　韦马什很出色——至少巴拉丝小姐私下是对他这么说的。"哦，你的朋友属于一种人，一流的美国大佬——该怎样说来着？希伯来先知以西结 ①、耶利米 ②？小时候我家住在蒙田巷 ③ 时，常有这样的人来看我父亲，一般都是些美国驻杜伊勒里宫或别的什么宫的公使。我已经好多年没见过这样的人了。一见到他，我这颗可怜而又凉透了的小心肝就一下子又暖和起来。这种人堪称神奇。只要把他放在适当的环境中，他就会功成名就 ④。"对话锋的这种突如其来的变化，斯特雷特虽然能沉着冷静地去应对，但还是忍不住问她什么样的环境才算是适当的。"哦，艺术家聚居区，或诸如此类的地方喽。比方说，这里，你已经看到了。"他正准备顺着她的话接着问："这里？这里是艺术家聚居区？"就在这时，她将眼镜的玳瑁柄轻轻一挥，随口说了声"带他来见我"就把他的问题给打发了。他马上意识到，他根本不可能带他去见她，因为在他看来，多半是因为可怜的韦马什的观点和态度，当时的气氛已经变得非常凝重和紧张了。与斯特雷特相比，韦马什已经陷得更深，但与斯特雷特不同的是，他并没有努力去适应环境，而这正是他一脸严肃的原因。巴拉丝小姐根本就不知道，正是自己的有失检点才惹得韦马什一脸的不高兴。来的时候，斯特雷特和韦马什原以为比尔汉姆先生会带他们去一个能体现巴黎淳厚民风的好地方。倘若如此，两个人就有充分的理由坚持自己买单了。来之前，韦马什提出的唯一条件是，不要让别人帮他买单。但随着事态的发展，他突然发现，他所到之处，别人都乐意为他买单，这让斯特雷特心里嘀咕，他已经在盘算如何报答别人了。坐在餐桌对面的斯特雷特知道韦马什

① 以西结（Ezekiel）：希伯来先知之一，被称为犹太教之父，在《圣经·旧约》中有"以西结书"。
② 耶利米（Jeremiah）：犹太教和基督教的先知之一，见《圣经·旧约》中的"耶利米书""耶利米哀歌"。
③ 蒙田巷（Rue Montaigne）：巴黎现在的让-梅尔莫兹街（Rue Jean-Mermoz）。
④ 原文为法语：succès fou。

在想什么。在他们俩一起回到昨天晚上他多次提到的小酒馆时，斯特雷特就知道他在想什么了。在两个人走出房间，走到只有怪物才不会认为是悠闲回味的最佳处所的阳台上时，斯特雷特尤其明白他在想什么了。对巴拉丝小姐来说，接连吸了几支上好的香烟之后，更加深了她对这些东西的享受。她自己也承认，这些香烟是查德留下的好东西。斯特雷特自己也轻率且几近疯狂地尽情享受这些香烟。他干脆一不做二不休，来了一次彻底的自我放纵。他知道，他平时很少表现得如此轻率，这也算是变相地为巴拉丝小姐加油助威吧。不过，他的自我放纵与巴拉丝小姐相比，简直是小巫见大巫了，这一点韦马什不可能看不出来。韦马什从前抽烟，而且烟瘾很大，但现在已经戒掉了。这就让他在那些上口容易戒掉难的人面前，说话有了分量。斯特雷特从来没有抽过烟，他认为自己之所以能在朋友面前炫耀自己不抽烟是有原因的。此时此刻，他才搞明白，这个原因就是过去没有女人陪他抽烟。

　　巴拉丝小姐的在场给整个场面平添了诡异而又放纵的氛围。也许正是因为有她在场，吸烟才成了她的种种放纵行为中最无足轻重的了。她每次说话时，尤其是跟比尔汉姆说话时，斯特雷特如果能在节骨眼儿上听懂她在说什么，那他没准儿还能琢磨出她说话的其他部分的意思，因而会对这些话蹙眉皱额。他知道韦马什也会对她的话蹙眉皱额。但事实上，他常常是对她的话茫然不解，只能听懂大概的意思，甚至有好几次，他即便是连蒙带猜也没能搞懂她的意思。他很想搞明白他们在说什么，但每当他听到他们在谈论什么事时，他都会无端去猜测："哦，不，不是这个意思！"这对他来说只不过是一种状况的开始，我们会发现，正是因为这一点，他后来才振作起来。他必须牢记，此时此刻只不过是整个振作过程的第一步。经过反复推敲和分析之后，他认识到，这种氛围的核心问题恰恰是由于查德的行为不当所造成的，而其他人只是玩世不恭地围着他转而已。既然他们都把查德的境况视为理所当然，既然与查德有关的一切在伍勒特也被视为理所当然，那么，这事他对纽瑟姆夫人也就绝口不提了。这就是这种事太糟糕、根本说不出口的缘故，也是他深刻领会到这种事糟糕程度的结果。因此，可怜的斯特雷特意识到，糟糕的根源最终、甚至是狂放地归结到他眼前的这一幕。正因如此，他也就无法避免在任何情况下都会看这种糟糕的余波。他心里很清楚，这种情况既然有其可怕的必然性，那他只能认为，这充分说明了查德过着非正常的生活。

非正常的生活对比尔汉姆和巴拉丝小姐的影响却不易察觉，而且是非常微妙的。比尔汉姆自己也承认，他们与这种非正常的生活保持着若即若离的关系，因为如果不这样，他的言行举止就会暴露出那种低级下流的东西。不过，这种若即若离的态度，居然能跟欣然享受查德所有的一切保持步调一致，倒是给人留下了深刻的印象。两个人一再说起查德，说他口碑很好，说他性格随和，但对斯特雷特来说，最让他不解的是，他们每次说起他时，都是在为他大唱赞歌，赞美他的慷慨大方，称许他的审美品位。每当这时候，斯特雷特都会觉得，他们似乎在土肥花艳的天堂中坐享其成。让斯特雷特最感到为难的是，此时此刻，他自己也跟他们一起坐享其成，与他的堕落相比，韦马什则岿然不动，让他觉得高不可攀。但有一点是确定无疑的——他明白自己必须痛下决心。他必须接触查德，必须等他、应付他、控制他，但同时还要保持明辨是非的判断力。他必须让查德来找自己，而不是自己跑去找他。如果因一时的权宜必须继续对他持包容的态度，那他起码应该知道自己要包容的究竟是什么。除了令人费解的东西之外，更多的细节还有什么？比尔汉姆与巴拉丝小姐都没有向他透露。既然如此，也就只好作罢了。

二

一个星期后，戈斯雷小姐一到巴黎，便通知了斯特雷特。他立刻去见她，直到这时，他才再一次想起要紧紧抓住这次纠正自己错误认识的机会。不过，幸运的是，当他跨过马伯夫区 ① 那栋夹层小楼 ② 的门槛时，他就已经有了这种想法。就是在这栋夹层小楼里，用她的话说，她用自己在千百次满世界到处飞的过程中凭一时心血来潮海淘来的东西，营造了这么一个安乐窝。他马上意识到，在这里，也只有在这里，他才能大饱他第一次登上查德的楼梯时想享受到的眼福。要不是戈斯雷小姐在场帮他壮胆，他可能会自以为已"深陷重地"而有些担惊受怕呢。她的这个安乐窝虽然不大，再加上多年海淘来的东西把整个房子塞得满满当当，使整个房间略显幽暗，但乍看上去，整个布局和摆设倒是相映成趣、相得益彰。游目所及，到处都是旧象牙制品或旧锦缎饰物，他真不知道自己该往哪儿坐，唯恐坐错了地方。他突然觉得，女主人的物质生活要比查德或巴拉丝小姐丰足得多。虽然他最近长了不少见识，见到的"东西"可谓应有尽有，但眼前的一切还是让他眼界大开。由此看来，大饱眼福和生活排场真该把这儿当庙堂才对。这儿是庙堂中最隐秘的角落，像海盗的巢穴一样昏暗。昏暗之中，隐约闪烁的是道道金光；昏暗之中，若隐若现的是层层紫雾。光线透过低矮的窗户和窗纱，洒在房间里的稀世藏品上。除了知道这些藏品异常珍贵以外，斯特雷特对它们一无所知。这些藏品犹如一朵朵傲娇的鲜花，在他的鼻子下面肆意撩拨他，不停地刷新他的无知。不过，在仔细看了一眼女主人之后，他才知道自己最关心的是什么了。两个人站在一个充满生活气息的小天地里，所以彼此之间的所有问题只能在这里落地生根。两个人一开口说话，一个问题就已经在等着他去回答了，而他也是干净利索地笑着回答道："哦！我真是大开眼界了！"刚开始，他们聊到的内容基本上是他这句话的延伸。见到她，斯特雷特打心眼儿里感到高兴。他毫不掩饰地告诉她，她向他展示了最难得一见的东西，那就是人也许很多年都会身在福中不知福，但在

---

① 马伯夫区（Quartier Marboeuf）位于塞纳河右岸香榭丽舍大道以南，在 19 世纪 90 年代是一个非常时髦的地区。

② 原文为法语：entresol。下同。

不到三天的时间里终于弄明白这个道理之后，就会永远离不开它，永远珍惜它。此时此刻，她就是那份让他离不开的福。没有她的这几天，他已经迷失了自我，这不是最好的证明吗？

"你什么意思？"她的话虽然是质问，但语气中丝毫没有惊讶的意思，而且她还纠正他的说法，就好像他说错了她某件藏品的"年代"。不但如此，她还让他觉得，她在迷宫里如何游走自如，而他只不过是刚开始踏入迷宫的大门而已。"你打着波科克一家的旗号，到底做了些什么？"

"咳，一件错得没边儿的事。我结交了小比尔汉姆这个疯狂的朋友。"

"噢。既然要办差，这种事是免不了的，这从一开始就能料得到。"说完之后，她才不经意地问起小比尔汉姆究竟是谁。不过，当她得知小比尔汉姆是查德的一个朋友，在查德外出期间住在查德家里，一举一动就好像是查德的灵魂附体，代查德处理事务，这时她才表现出浓厚的兴趣。"我想见见他，怎么样？就一次。"她补充说道。

"哦，次数见得越多越好。他这个人很有趣——很特立独行。"

"他没把你吓着吧？"戈斯雷小姐脱口问道。

"怎么会呢！我们这种人已经不知道什么叫害怕了！我觉得，主要原因肯定是我对他一知半解，不过，这倒不会影响我们的活法。"斯特雷特接着说道，"你要见他，那就跟我一起吃饭吧。到时候，你就见识了。"

"你请客？"

"没错，我就是这个意思。"

她无不体贴地说："你要花很多钱？"

"噢！那倒不是，花不了几个钱。不过，我这样做是针对他们。我应该拖延一点儿时间才对。"

她又想了想，随后笑了起来。"你居然觉得花不了几个钱！不过，我可不去掺和，我可不想让人看见我。"

他的表情顿时表明她的话让他非常失望。"你不想见他们了？"那意思就好像她忽然间出人意料地谨慎起来。

她犹豫了一下。"首先，他们是谁？"

"哦，首先是小比尔汉姆。"他暂时把巴拉丝小姐撂在一边，"还有查德，等他回来，你肯定是要见的。"

"那他什么时候回来？"

"等比尔汉姆抽时间给他写信告诉他我来了，再等查德回信之后吧。不过，"他接着说，"比尔汉姆在信中会帮我们说好话，说得让查德觉得中听。这样，他就不会害怕回来了。所以，你瞧，我还特别需要你帮我撑门面呢。"

"得了。你自己就够撑门面的了，"她不慌不忙地说，"照你现在的做法，根本用不着我开口。"

"可我根本没有发表什么意见呀。"斯特雷特说。

她想了想，说道："你就没有碰到过让你发表意见的场合吗？"

听她这么说，虽然心里很不情愿，但他还是把实情告诉了她。

"到现在为止，我根本没有什么发现。"

"就没有什么人跟他在一起吗？"

"我来这儿要调查的那种人？"斯特雷特想了想，"这我哪能知道啊？再说，这跟我有什么关系呢？"

"呵！呵！"她呵呵笑了起来。事实上，看到自己的玩笑话居然引得她发笑，斯特雷特自己都感到惊讶。此时，他也知道自己是在说笑。不过，虽然她没有说出口，但还是发现了其中的端倪。"你真的就没有什么发现？"

他仔细琢磨着说道："呃，他有一个漂亮的家。"

"哦，"她马上接过话，"在巴黎这说明不了什么，或者应该说，反证不了什么。他们，我是说，跟你的使命相关的那些人可能帮他张罗的。"

"一点儿没错。当时让我和韦马什坐在那里大饱眼福的正是他们的手笔。"

"哎呀！在巴黎，如果你不去饱览各种各样的手笔，那你就很容易饿死了。"说完，她冲他微微一笑，"以后你还会见识到比这更糟的呢。"

"嗨。我已经什么都见识过了。不过，据我们判断，这些东西肯定都不错。"

"本来就是嘛！"戈斯雷小姐说，"你瞧，你并不是没有发现嘛。"接着又说道，"其实，这些东西以前是不错。"

看来对什么事有个比较清醒的认识最终还是有点儿用处的，而且还能激起记忆的浪花。"此外，年轻人还承认，我们那位朋友最感兴趣的就是这些东西。"

"他是这样说的？"

斯特雷特又仔细回忆了一遍。"不，不全是。"

"更生动？还是没有这么生动？"

他弯着腰，透过眼镜低头看着博古架上的古董。听她这么说，他直起腰来。"他只不过是暗示而已，不过，因为我当时事事留心，所以给我的印象很深。'要知道，查德太猛了！'——这是比尔汉姆的原话。"

"'要知道，太猛了'？哦！"戈斯雷小姐反复琢磨着这句话，但她似乎很满意，"呃，你还想知道什么？"

他又瞅了瞅一两件小摆设，但根本没看懂。"不过，他们好像要打我个措手不及。"

她觉得很惊讶。"然后呢？"

"呃，就像我说的。举止谦恭。他们可以用这个或者别的什么东西搞得你晕头转向。"

"哦，那你会清醒过来的！"她说，"我一定要亲自分别会一会他们。我是说，比尔汉姆先生和纽瑟姆先生，当然，先会一会比尔汉姆先生。只见一次，每人只见一次；这就够了。不过，是面对面地见——半个小时。"她接着又问道，"查德先生在戛纳做什么？体面的人是不会带……呃……带你说的那种女人去戛纳的。"

听到她喜欢有体面的人，斯特雷特顿时来了兴致，于是问道：

"是吗？"

"没错。别的地方都可以去，就是不会去戛纳。戛纳跟别的地方不同。戛纳要比别的地方好。戛纳是最好的地方。我是说，在戛纳，你一旦认识了那儿的人，那儿的所有人便都成了你的熟人。如果他认识那儿的什么人，那就另当别论了。他肯定是一个人去的。她不可能跟他一起去。"

斯特雷特心虚地承认："我一点儿也不知道。"她的话似乎很有道理，但过了没多久，他便帮助她实现了获得更直接印象的机会。他没费什么周折，便安排戈斯雷小姐与小比尔汉姆在卢浮宫的大画廊中见了面。他正在打过蜡的、金碧辉煌的长廊里，跟戈斯雷小姐欣赏提香的一幅名画——那是一幅气势恢宏的肖像画[1]，画的是一个年轻人，长着一双蓝中带灰的眼睛，戴着一只奇形怪状的手套。这时，他转头看到了赴约的小比尔汉姆，从长廊尽头走过来，心里这才踏实下来。早在切斯特的时候，他就跟戈斯雷小姐说好了，要在卢浮宫游览一个上午。在小比尔汉姆陪同他游览卢森堡博物馆[2]时，小比尔汉姆也向他提出过同样的建议，所以，把两个计划合并在一起并非难事。此时，斯特雷特再一次感觉到，只要跟小比尔汉姆在一起，一般问题都能迎刃而解。

"哦，他人还不错——跟我们是一路人！"跟小比尔汉姆寒暄了几句之后，戈斯雷小姐马上找了个机会，悄悄地把自己的看法告诉了斯特雷特。看到两个人走走停停，没说几句话，谈得就很投机，斯特雷特马上明白了她的意思，而且把这当成自己开展工作的另一个信号。让他更得意的是，他不妨把现在的这种悟性看成是刚刚学到的本领。甚至就在昨天，他还不可能明白她的意思——他猜想，她的意思是不是说，只要聚在一起，就成了重感情的美国人。他努力去改变

---

① 提香（Tiziano Vecelli, 1488/1490—1576）：意大利文艺复兴后期威尼斯画派的代表画家。此处提到的是其《戴手套的男子肖像》，因为画中描写的是一个英俊、富有的年轻人，所以才引起斯特雷特的注意。

② 卢森堡博物馆（museum of the Luxembourg）：位于巴黎的卢森堡公园。与卢浮宫不同，这里的藏品都是现当代艺术家的作品。

自己，让自己适应这一新观念，把自己变成像小比尔汉姆一样重感情的美国人。年轻人是他学习的第一个榜样，这个榜样曾经让他无所适从，现在却让他看到了一线光明。最初影响他的正是小比尔汉姆的从容洒脱，但他本能的小心谨慎难免会让他觉得，这正是毒蛇留下的踪迹，说得通俗点儿，正是欧洲沉沦堕落的体现。但戈斯雷小姐看了一眼之后便很快得出结论，说那只是他们再熟悉不过的老一套表现方式而已。这让他马上改变了看法，认为这一切都是合理的。他希望自己能问心无愧地喜欢自己的榜样，这个愿望倒是完全得到了满足。此前让他不解的正是这个小艺人身上表现出来的做派，比任何人都更彻底美国化的做派，但斯特雷特此时可以怡然自得地去欣赏这种做派。

就像刚开始给斯特雷特留下的印象一样，这个和蔼可亲的年轻人在用毫无偏见的目光去看世界。小比尔汉姆眼下最缺少的是一般人认可的那种职业偏见，但他有职业，只不过是一般人不认可罢了。不过这并没有让他惊慌失措，也没有让他忧心忡忡，更没有让他懊恼后悔，正因如此，他才给人从容洒脱的印象。他到巴黎来是学习绘画的，就是说，是来深入探索绘画奥秘的。但如果有什么东西能够要人命的话，学习已经要了他的命。尽管他的知识越积越多，创造力却成反比地越来越枯竭。从他身上，斯特雷特看得出，在查德家中见到他时，除了赏心悦目的聪明才智与根深蒂固的巴黎积习以外，他已经破落得一无所有。在谈到聪明才智和巴黎积习时，他同样抱着一颗平常心，很显然，对他来说，作为他的看家本领，这两点仍然是他身上最宝贵的东西。自从他们一起游览卢浮宫那一刻起，他身上的这些品质就深深吸引了斯特雷特。在斯特雷特看来，这些品质已经成为卢浮宫多姿多彩的氛围中不可或缺的东西，也给卢浮宫增添了一份魅力，让它大放异彩，也让大师们的作品锦上添花。无论走到哪里，年轻人身上的这些品质都表露无遗。在游览卢浮宫第二天的一次散步中，这些品质也都如影随形地跟着一行人的脚步。他请他们俩跟他穿越塞纳河，主动提出请他们去看看他自己住的穷地方。尽管他住的地方确实很穷，却给他的这种特质——他身上处处体现出来的那种满不在乎和特立独行的个性，一直让斯特雷特觉得很新鲜——赋予了神奇而又诱人的尊严。他住在一条小巷的尽头，从小巷可以走到一条距离不长、铺着鹅卵石的老街，从老街可以走到一条新修的通衢大道。不过，无论是大道还是老街和小巷，所到之处无不满目疮痍和破败不堪。他把他们带进一间既阴冷又空无一物的画室，在他出去潇洒的这段时间，他把画室赁给了一个伙伴。这个伙伴也是一位率真的同胞，小比尔汉姆曾发电报通知他，"无论如何"要备些茶点招待他们。这顿"无论如何"要准备的茶点，这第二位天真朴实的同胞，这种超凡脱俗、权宜凑合的生活方式，连同这种生活所赋予的嬉笑怒骂、精美的绘画、三四张椅子，再加上无处不在的艺术品位和信念——除此以外几乎一无所有——都赋予了这次拜访无穷的魅力，也让斯特雷特佩服得五体投地。

他喜欢这些天真朴实的同胞——没过多久，又来了两三位。他喜欢这些精美的绘画和他们无拘无束的品评——其中既有引经据典的评述，也有鼓励的赞许和毫不留情的批评，这一切都让他正襟危坐地去静听。他尤其喜欢他很快就从这些人身上看到的他们那种乐道安命、互帮互助、其乐融融的传奇式生活态度。他认为，这些天真朴实的同胞所表现出来的率真甚至超过了伍勒特人。他们红发长腿，既古雅又古怪，既可爱又可笑。他们让美国的土语方言响彻于巴黎的上空。他从来没有想到，美国的土语方言居然可以明白无误地讨论当代艺术。他们可以激情四溢地拨弄美学的里拉琴 ①，去演奏美妙悦耳的乐章。在这方面，他们的生活是那么单纯、那么让人羡慕。他时不时去看一眼玛丽亚·戈斯雷，看她对此有什么反应。但就跟昨天一样，在整整一小时的时间里，她根本没有给他任何暗示，只顾得应付这帮年轻人，对每个人、对每件事，她都能用老巴黎的手段得心应手地去应付。因为她对那些精美的绘画充满了好奇，因为她精于烹茶之道，因为她信赖那些椅子腿，也因为耽于回忆那些过往的人物，有名有姓的、屈指

---

① 里拉琴（lyre）：古希腊的一种七弦竖琴。

可数的、被刻画讽刺的、曾几何时飞黄腾达的或一败涂地的，退出历史舞台的或登上历史舞台的，她又一次怀着极大的慈悲心肠，听了小比尔汉姆的第二堂课。昨天下午小比尔汉姆离开他们后，她对斯特雷特说，既然还有机会增加她对他的了解，那她会先保留自己的意见，待进一步观察后再做评论。

事实证明，进一步观察的机会一两天后就来了。斯特雷特没多久就收到玛丽亚的一封短信，大意是说，第二天晚上在法兰西喜剧院 ①，有人让给她一个位置非常好的包厢。每逢这种时候，她好像总能受到这样的礼遇。在斯特雷特看来，她凡事总是提前付出，所以总能得到回报。这一切让他觉得，在这种熙熙攘攘、铺天盖地的交往中，彼此间的这种价值交换是他根本办不到的。他知道，必须有包厢，她才去看法国戏，否则就不看，正如她看英国戏必须要坐正厅的前排一样。在这种节骨眼儿上，他只好下定决心不惜血本请她坐包厢了。不过，在这方面，她倒是很像小比尔汉姆，在一些大是大非的问题上，她也总像是有先见之明。这种先见之明让她始终走在他的前面，搞得他只有扪心自问的份儿：将来有一天，他们的这笔账该如何了结呢？即便是现在，他还在努力想把这笔账搞清楚一点儿，所以才打定主意，如果他接受邀请，那就应该先请她吃饭，但那样的话，第二天八点钟，他和韦马什就要站在剧院的圆柱门廊下等她。她没有和他一起吃饭，两个人之间的关系的一个特点就是她能让他在完全不明就里的情况下接受她的拒绝，并始终让他觉得她对安排所做的重新调整是再周到不过的。比如，按照她的调整，为了给他再一次亲近小比尔汉姆的机会，她建议斯特雷特让年轻人坐到他们包厢来。为此，斯特雷特寄了一封蓝色快信 ② 到马勒塞尔布大街，但直到他们走进剧院大门，他也没有收到回音。不过，即便是他们在包厢里舒适坐定之后，他仍然觉

---

① 法兰西喜剧院（the Français）：法国最古老的剧院，是詹姆斯最喜欢去的剧院之一，他在包括《巴黎的舞台》和《法兰西喜剧院》的数篇评论中都描述过该剧院。在其小说《悲惨的缪斯》（The Tragic Muse）中，法兰西喜剧院也是一个主要场景。

② 蓝色快信（small blue missive）：通过巴黎的气动运输管道投递的一种信，之所以这么叫，是因为在 1897 年至 1902 年这种信是写在蓝色纸上的。另参阅第十二部第一章的"蓝色小信封"脚注。

得，小比尔汉姆既然对这里的情况了如指掌，自然会在适当的时候走进来的。再说，他暂时不露面倒是给了戈斯雷小姐一个方便。直到今晚，斯特雷特一直在等机会，想听听她对他的印象和看法。如他们所说，她原本只准备见小比尔汉姆一次，可现在她已经见过他两次，却未予置评。

与此同时，韦马什坐在斯特雷特的对面，戈斯雷小姐则坐在两个人的中间。说到她自己，戈斯雷小姐说，自己是年轻人的导师，向自己的学生们介绍过一部文学名著。幸好这部名著无懈可击，学生们倒也率真，而她既然是识途的老马，唯一的任务就是呵护他们的率真。不过，她后来还是提到了没有露面的小比尔汉姆，说他显然不会来了。"要么就是他没有收到你的信，"她说，"要么就是你没有收到他的信，要么就是他让什么给绊住了。如果是这样，要知道，人们一般是不会为坐包厢看戏之类的小事写信的。"她的神色和说话的口气告诉斯特雷特，给小比尔汉姆写信的好像是韦马什，而不是斯特雷特，因为韦马什此时正板着脸，一脸不高兴。不过，她紧接着又说道："要知道，他超凡脱俗，是他们中的佼佼者。"

"小姐，谁们中的佼佼者？"

"哦，一大串人——少男少女，有时候也许还有年长一些的，这么说吧，他们是我们国家的希望。年复一年，他们从这里走过，但没有一个人是我真正想留住的。我觉得我想留住小比尔汉姆，你不想吗？他那个样子正符合要求。"她继续对韦马什说，"他太讨人喜欢了。但愿他不要糟蹋自己这方面的品质。可是他们总要糟蹋，以前是，现在仍然是。"

过了一会儿，斯特雷特说："韦马什大概不明白，让比尔汉姆去糟蹋的究竟是什么。"

"如果这样，那就不是出色的美国人，"韦马什的回答并没有绕弯子，"因为我觉得，小伙子在这方面不会有多大的成就。"

"唉！"戈斯雷小姐叹了口气说，"出色美国人的名声容易得到，也容易失去！首先，怎样才算得上是出色的美国人呢？其次，为什么要这么急着下结论呢？从来没有哪件如此重要的事会这么模棱两可、界定不清。说实话，这样的道理就好比必须先有食谱才能做菜一样。再说，这些乳臭未干的年轻人有的是时间！"接着又说，"我经常看到被糟蹋的是乐天的心态，是信仰，还有……该怎么说？审美情趣。"这时，她把目光转向斯特雷特，"你对他的看法很准。这些品质小比尔汉姆身上都有，而且很有魅力，所以我们必须让小比尔汉姆守住这些品质。"紧接着，她又对韦马什说，"有的人做梦都想干一番事业，而且还真的干出了一番事业，这样的例子比比皆是。但在干出一番事业之后，就完全变了。不知怎么搞的，魅力就不在了。我觉得他肯定不会。哪怕是一丁点儿，他也不会变。我们可以继续欣赏他的本色。不——他很出色，什么都看得透，而且一点儿也不忸怩作态。他有一般人求之不得的所有勇气。只要想一想他会做些什么就够了！我们真的应该去呵护他，免得出什么岔子。就在此时此刻，他没准儿就会出什么岔子，谁知道呢？我过去曾经失望过——这些可怜的年轻人从来就不让人放心，除非你一直盯着他们。你不能完全相信他们。我们心里总是觉得不自在，这大概也是我现在对他放心不下的原因。"

她在欢声笑语中结束了她这番添枝加叶、无中生有的高论，她的神色告诉斯特雷特，此时此刻她很得意，但在这个节骨眼儿上，斯特雷特还是希望她不要去招惹韦马什。他自己多多少少明白她的意思，但她不该当着韦马什的面拿腔作调地说他啥都不懂。斯特雷特可能生性怯懦，但为了维持包厢里其乐融融的气氛，他不愿让韦马什看到他多么聪明睿智。她看出了他的心思，泄露了他心中的秘密，所以没等她谈到他和那事件，就会让他更难堪。倘若如此，他该怎样办？他看了一眼坐在包厢对面的韦马什，两个人四目对望，无言地交换了一下信息，某种奇怪而又费解的信息。这种信息既然与眼下的情形密切相关，那还是不要戳穿得好。哦，对了！这种眼神交流在斯特雷特身上产生的直接结果就是，他突然做出反应，这种反应也是最后他对自己逆来顺受的零容忍。这样下去，他的下场会怎么样？有时候，沉默的瞬间比深思熟虑后突发高论更能解决问题。沉默的唯一例外是斯特雷特突然发出无声的呐喊："岂有此理！"这句无声的呐喊表明，他终于忍无可忍，准备破釜沉舟了。从深思熟虑的角度上看，他的舟只不过像贝壳一样微不足道，但在他与戈斯雷小姐说话时，起码表明了他已经举起斧头的决心。"这么说，这是在捣鬼了？"

"你是说两个年轻人在捣鬼？得了吧！我不敢说自己有未卜先知的能耐，"她随口回答道，"不过，如果说我还明事理，我敢说，他今晚正在帮你做事。我不知道他怎么做，但我有预感。"说到最后，她看了他一眼，那样子好像是在说她的话虽然不多，但他应该懂得她的意思。"这只是我个人的看法。既然他已经明白了你的意思，就不可能不去做。"

"今晚帮我做事？"斯特雷特不解地问，"但愿他不要做坏事吧。"

"他们已经对你了如指掌了。"她一本正经地回答道。

"你是说他在……？"

"他们已经对你了如指掌了。"她没有回答，只是重复了刚才说过的那句话。虽然她不承认自己有未卜先知的能力，但在这个时候，在他眼里，她就是传达神谕的女祭司。她两眼放着光，说道："现在，你必须去面对现实。"

他马上面对现实了。"他们已经安排……？"

"这次游戏的每一步。他们从一开始就已经安排好了。他每天都收到从戛纳拍来的简短电报。"

听她这么说，斯特雷特睁大了双眼。"你知道这事？"

"我何止知道，还亲眼看到了呢。在见到他之前，我还在纳闷，我能不能亲眼看到。可等我一见到他，我就不再怀疑了，第二次见到他之后，我就确信无疑了。我把他识破了。他在逢场作戏，他仍在按照他每天收到的指令演戏。"

"这么说，整件事都是查德干的？"

"哦，不，不是整件事。有些是我们干的。你和我，还有'欧洲'。"

"欧洲——没错。"斯特雷特陷入沉思。

"亲爱的老巴黎。"她似乎想加以解释。而且还不仅如此，她话锋一转说道："还有亲爱的老韦马什，也有你的份儿。"

韦马什正襟危坐着说道："小姐，有我的什么份儿？"

"哦，当然是住在巴黎的我们这位朋友的良好感觉了。你也在用自己的方式，变相地帮助他游荡到现在的地步。"

"那么，他现在到底到了什么地步？"

她笑着把问题转给了斯特雷特。"斯特雷特，你到底到了什么地步？"

斯特雷特说话的样子就好像他刚才一直在想这个问题似的。"哦，看样子，好像都在查德的掌控之中。"说到这儿，他又想起了一件事，"他会不会都是通过比尔汉姆来达到自己的目的？都是他出馊主意。由查德出馊主意！"

"那又怎么样？"她打断了他的臆想，问道。

"呃！该怎样说呢？查德是个怪胎？"

"哦，随你怎么想吧！不过，你所说的出馊主意还不是他最好的。他还有更好的。他不会完全通过小比尔汉姆来达到自己的目的。"

她的话听起来好像希望已经化成了泡影。"那会通过谁呢？"

"我们走着瞧吧！"可是，正说着，她突然转过头去，斯特雷特也跟着转过头去，因为领座员"哗啦"一声推开了包厢的门，一个他们都不认识的男子快步走了进来。陌生男子随手关上门，虽然他们的面部表情示意他，他走错了地方，但他还是摆出一副完全有把握的样子。就在这时，大幕已经再次拉起，整个剧场也随之安静下来。斯特雷特默不作声地询问对方，但这位身份不明的访客连打招呼的意思都没有，只是微笑着轻描淡写地冲在场的人挥了挥手。他毫不矫揉造作地表示自己愿意站着等。这些举动，连同戈斯雷小姐一眼看到的他的面部表情，突然间让她恍然大悟。她把这一切都跟斯特雷特刚才的问题联系起来了。这时，她转身看着斯特雷特，以此向他表示这位身材魁梧的陌生人就是他那个问题的答案。她直截了当地向他介绍了这位不速之客。"哦！通过这位先生！"其实，男子同时也做了差不多的解释，斯特雷特听他说出一个简短的名字。斯特雷特念叨着这个名字，结果发现，戈斯雷小姐说的一点儿没错。站在他们面前的男子正是查德。

事后，斯特雷特会一再回想起当时的情景——他会在两个人在一起时，而且是连续三四天在一起时，回想起当时的情景，那就是：在头半个小时里发生的事犹如石破天惊，让后来发生的一切都显得无足轻重了。其实，在他随即搞清了男子的身份后，当时的感觉是他这辈子少有的。用他的话说，他以前从未有过这种千头万绪一起涌来的感觉。那种感觉虽然盘根错节而又模糊不清，却持续了很久。由于当时大家在包厢里都很有礼貌地保持沉默，所以为他的那种感觉提供了掩护，但也让他的那种感觉越来越强烈。由于怕打扰楼下包厢里的观众，他们当时无法交谈。这让斯特雷特联想到（他总是胡乱联想），这是高度文明的附带产物，是必须遵守的礼仪规范，也是经常碰到的非同一般的场面，但要想得到解脱就必须耐心等待。对那些王侯将相、喜剧演员等诸如此类的人来说，要想解脱并不是轻而易举的事。即便你自己不属于这类人，但在生活的重重压力之下，或许多少也能体会到他们的这种感受。在既漫长又紧张的那一幕戏中，斯特雷特紧挨着查德坐在包厢里，感觉自己过的正是这种压力重重的生活。眼前的场景占据了他的全部心思，而且在那半小时里也控制了他的全部知觉，但他不可能要做什么表示而又不给别人带来不便——其实，这已经算是幸运的了。如果他做出什么表示，他能表示的也只有某种情绪，混乱的情绪，但他从一开始就一再提醒自己，这种情绪在任何情况下都不能表露出来。对他来说，身边突然坐下来一个人，其中的变化来得太突然、太彻底，让他之前已经展翅翱翔的想象力顿时失去了用武之地。他曾经设想过各种可能发生的情况，但就是没有想到查德会在最不可能现身的场合现身。他此刻所面对的正是这种情况，所以只好羞红着脸，强作笑颜地去应付眼前的场景。

他扪心自问，在他做出某种表态之前，他是否可心安于眼前的新情况，或者说，能否接受眼前非比寻常的现实。可是，眼前的现实也太非比寻常了。难道还有比自我认同的这种突然断裂更非比寻常的吗？跟一个人打交道时，你是在跟他本人打交道，而不是把他当成别人来与之打交道。再说，在这种情况下，要想知道对方对你的看法都很难，更别说寻求自我安慰了。既然你不可能完全不让他知道，那他就不可能一点儿都不知道。简单地说，这就是时下人们常说的那种情况，一个极具说服力的情况，一个难以克服的突变情况。在这种情况下，唯一的希望就是，极具说服力的情况常常受外力的左右。他，斯特雷特本人，也许是唯一能明白这个道理的人。就连戈斯雷小姐，虽然说得头头是道，也未必明白，对不对？再说，他也从来没见过像现在正怒视着查德的韦马什那样不明事理的人。他的老朋友对人情世故熟视无睹，让斯特雷特不得不重新审视他，要想直接从他那里得到什么帮助，基本上是不可能了。想到这里，斯特雷特自己都觉得丢脸。有些问题他了解的要比戈斯雷小姐多，不过，他不知道自己能不能从中得到一点儿补偿。这样说来，他目前的境遇也算是一个情况。此时此刻，他非常感兴趣，内心也异常兴奋，因为他已经预见到等过后把这一切告诉她时会是多么有趣。在这半个小时里，她没有给他提供任何帮助。老实说，他之所以这么难堪，多少应该怪她连看都没有看他一眼。

在一见面的头几分钟，他就压低声音介绍了查德，当着陌生人的面，她也从来不表现得一本正经、扭怩作态。不过，她的眼睛一直没有离开舞台，而且还时不时以舞台上赏心悦目的精彩片段为借口，请韦马什一同欣赏。韦马什随声附和的能力从来没有受到过如此严峻的考验。斯特雷特认为她是在故意不理睬他和查德，好让他们随便聊，但正因如此，韦马什所感受的压力就更大了。与此同时，他跟查德的交流也只不过是年轻人对他诚恳友好地投以目光、报以微笑而已，连露齿而笑的表情都没有。内心异常活跃的斯特雷特未免担心起来，自己的一举一动是不是像个傻瓜。他觉得自己表现得肯定像个傻瓜，否则自己怎么会有这样的感觉呢。此外，最糟糕的是，他意识到这种让他心烦意乱的感觉正是一种征兆。他心想："如果我不喜欢自己给年

轻人留下的印象，那我就白来了。那样的话，还不如趁没开始就赶紧
收手呢。"很显然，这种远见卓识对他下定决心保持头脑清醒似乎并
没有产生什么影响。他对什么都能保持清醒的认识，唯独对他有用的
东西却不能。

后来在夜不能寐时，他才想起来，他本来可以在查德走进包厢
一两分钟后，便提议他和查德一起到剧院大厅的休息室里去聊。可
他这样的建议非但没提，而且当时根本就没想到。他就像一个不肯
错过一分钟演出的小学生一样，待在包厢里一动没动。其实，当时
舞台上演的究竟是什么，他完全没心思去看。大幕落下之后，他根
本说不出刚才演了些什么。因此，进一步说，他当时丝毫没有注意
到，对他的尴尬，查德不仅表现出极大的耐心，而且因此更显得谦恭
礼让。在这种节骨眼儿上，难道他是那么愚蠢、那么迟钝，居然没有
看出小伙子在包容他吗？年轻人宅心仁厚、为人谦和——起码懂得
什么时候该不失时机地抓住机会。一个人应该有自知之明，凡事应顺
势而为。如果我们要把斯特雷特在夜不能寐时的所思所想全部记录
在案，恐怕笔都要写烂了。不过，我们这里倒是可以记录一两件事
来证明他记得多么清楚。他记得两件荒唐事，如果他当时方寸大乱
的话，多半都跟这两件事有关。他这辈子从没看见一个年轻人会在
晚上十点钟闯进别人的包厢，假如有人事先问起他对这种行为的看
法，那他也很难立刻说出这种事还有什么其他做法。不过，尽管如
此，有一点他很清楚，那就是查德自有他的漂亮做法。我们完全可以
想象，这件事的意义在于，查德已经学会了该怎么做，所以知道该怎
么做。

至此，已经取得了丰硕成果。查德出于一片好心，当场开导斯
特雷特：即便是处理这样微不足道的小事，也会有各种不同的方
法。同理，他所做的远不止这一点。他只是摇了一两下头，斯特雷
特就发现，他身上的最大变化就是，原本浓密的黑发已经明显夹杂
了丝丝白发，这对他这个年纪的人说来是少有的。有意思的是，这
种外貌特征对他倒很适合，不仅让他看上去更有个性，而且更端庄

儒雅，正好弥补了他以前的不足。不过，斯特雷特认为，自己必须承认，根据目前的情况综合判断，要想明确说出查德身上过去缺什么并不是一件容易的事。比方说，也许某个正直的鉴定家仍然抱着陈腔老调，认为儿子长得像妈妈肯定会比较幸福，不过，现在已经没有人相信这种看法了。这种看法毫无根据，实际上，儿子长得根本就不像妈妈。就面相和神态来说，跟其他年轻人相比，查德更不像他身在新英格兰①的妈妈。这只不过是明摆着的事实，可斯特雷特仍然陷入那种挥之不去的心理混乱之中，这让他对一切都失去了判断力。

时间一天天过去了，斯特雷特越来越觉得应该尽快跟伍勒特联系，但只有电报才算得上快。其实，他之所以这么想，是因为他一直想把事情安排得妥妥当当，免得出什么纰漏。关键时刻，没有人能解释得更清楚，也没有人能诚心诚意地去汇报实情。一想到要向伍勒特作出解释，他的心情就十分沉重，原因大概就是这种良心上的重负。他头脑中最清楚的一点就是生命的天空中容不得有一丝解释的阴云。不管他对此有没有高见，但他认为，要想跟任何人解释清楚实际上是不可能的。跟别人空做解释无异于浪费生命。人与人之间的关系，要么建立在双方完全理解的基础上，要么建立在双方即使不理解也不在乎的基础上，也许后一种情况会好一些。如果一个人不理解但又很在乎，那就会活得很累。一个人一旦活得很累，可能就会千方百计去寻求自我解脱，让生活不生痴心妄想的杂草。痴心妄想的杂草很容易疯长，只有大西洋海底电缆能够跟它赛跑。大西洋海底电缆每天都会向他作证，哪些东西是伍勒特认可的。此时此刻，他不是很有把握，是不是因为明天——没准儿今晚——会充分意识到危机的存在，才决定应该发个简短的电报。"终见之，可是，天哪！"等诸如此类的权变措辞似乎总是在他脑海里挥之不去。之所以挥之不去，是因为这种措辞可以让母女俩对各种可能发生的情况有个心理准备，但让她们为什么

---

① 新英格兰（New England）：美国东北部地区，伍勒特所在的马萨诸塞州就属于该地区。

做好心理准备呢？如果他想说得更简明扼要，他可以在电报中只写四个字："甚老，灰发。"在他们沉默不语的半小时里，他一再想起查德的这一外表特征，就好像还有更多的东西他在电报中没能说清楚。他所能说的，最多只是："如果他要让我觉得年轻……"不过，这句话的意思已经足够了。这就是说：如果斯特雷特觉得自己年轻，那只是因为查德觉得自己老了，那么，一个年事已高、满头灰发的罪人跟这场阴谋就没什么瓜葛了。

　　散戏后，两个人走进歌剧院大街 ① 一家咖啡馆，坐定后谈到的第一个问题自然是查德私生活中真正得意的时光。戈斯雷小姐及时做了妥善的安排，她很清楚他们俩心里想的是什么——直接找个地方聊一聊。斯特雷特甚至觉得戈斯雷小姐知道他想说什么，知道他在安排马上聊一聊。换了平时，她会装腔作势地说韦马什肯定希望单独送她回家，不过，这次她并没有故作姿态，而是直接让韦马什送她回去。咖啡厅里灯火辉煌，查德径直挑了张桌子，一眼就能看出，这张桌子明显与周围的桌子不同。斯特雷特跟查德相向坐定后才发现，戈斯雷小姐似乎在听他说话，似乎在一英里之外，坐在他熟悉的夹层小楼里侧耳静听他说什么。他还发现，这种想法让他很得意。出于同样的理由，他还希望纽瑟姆夫人也能听到他在说什么。于是，他打定主意，当务之急就是一时、一刻、一秒都不能再耽搁，要勇往直前，直奔主题。他曾经料想，小伙子很可能满脑子都是巴黎的那一套生活方式，所以自己应该当机立断，必要时甚至发动夜袭，以免贻误战机。刚才从戈斯雷小姐的话中他已经充分了解到查德才思敏捷，所以他更不能懈怠。再说，如果别人把他当成毛头小伙子来看，那么他在被别人看成毛头小伙子之前，起码应该给对方来一记重拳。出拳之后，他的双臂可能会被捆住，但至少记录上会显示他已经五十岁，已经过了战之能胜的年龄。在离开剧院之前，他就已经认识到这一点很重要，这让

_____

① 歌剧院大街是从法兰西歌剧院（Theatre Francaise）到歌剧院广场的一条街。有学者认为，小说中提到的咖啡馆可能指歌剧院大街 31 号的圣洛克咖啡馆（Café St-Roch）或者指 41 号的巴黎咖啡馆（Café de Paris）。

他感到非常不安，敦促他抓紧时机。甚至在他们步行的过程中，他就已经迫不及待，差一点儿不顾体面，在大街上就提出这个问题。他急匆匆往前赶路——事后他也是愤愤不平地这么说的——那样子就好像眼下的机会一旦失去，就不会再有第二次似的。直到他坐在咖啡馆紫色长沙发上，敷衍了事地要了杯啤酒，把自己想说的话全掏出来之后，他才觉得这次机会总算没有失去。

第四部

一

"你知道，我来是为了让你彻底摆脱现在的处境，直接把你带回家。所以，你还是马上考虑考虑，表示同意为好！"斯特雷特在坐下来面对面跟查德交谈时，这几句话几乎是一口气说出的。刚说完后，他自己都觉得很紧张，这是因为查德当时听他这么说后的态度显得那么沉着冷静，就好像他在静待一个风尘仆仆地跑了一英里来送信的信使。在说完话的几秒钟里，斯特雷特觉得自己的确就像个信使，甚至自己的额头上不知不觉全是汗。他之所以会产生这种感觉，是因为在他紧张的时候，年轻人一直在用等候信使的目光看着他。那种目光暴露出了他瞬间的惊慌失措，而且讨厌的是那种目光还流露出某种羞涩的亲切，这让斯特雷特开始担心，查德可能会因为可怜他，干脆来个"一不做，二不休"——把心里的话全掏出来。这种担心——管它什么担心呢！——让人心里不痛快。不过，事事都让人心里不痛快。奇怪的是，怎么突然变得事事都让人心里不痛快了呢？但是，斯特雷特不能听之任之、放任自流，于是决定来个奋勇前进，乘胜追击。"当然，如果你要顽抗到底，这个闲事我就管不了。不过，我之所以这么做，是因为自打你穿夹克衫和灯笼裤①的时候，我就认识你、照顾你。没错，我这个爱管闲事的还记得，是灯笼裤。我还记得，当时你还很小，两条小短腿胖乎乎的。呃！我们希望你能摆脱现在的状况。你母亲对你的事一直放心不下。不过，她的理由很充分。我并没有帮她拿主意——不用我告诉你她根本用不着别人帮她拿主意吧。不过，你必须承认，我既是她的朋友，也是你的朋友，所以，她的那些理由我也非常认同。这样的理由我用不着去凭空捏造，也用不着挖空心思去想。不过，这些理由我都懂，我觉得自己也能解释清楚——我是说，

---

① 这里指的是维多利亚时代美国儿童的装束，当时未成年的孩子一般都穿比较宽松的夹克衫和灯笼裤。

让你从正面去理解和对待这些理由。这就是我到这儿来的原因。你最好尽快搞清楚最糟糕的情况，赶紧跟现在的一切一刀两断，打道回府。之前，我这个人太过自负，幻想可以用糖块引诱你把药吃下去。不管怎么说，我对你的事非常关心。离开家之前，我就一直关心，现在不妨告诉你，虽然你变了，但既然我已经见到你，我仍然时刻把你挂在心上。你长大了……该怎么说呢……更难缠了。不过，我好像觉得，你倒是更接近我们心目中的形象了。"

斯特雷特后来会回忆起，当时查德听他这么说后问了一句："你觉得我有长进了？"

斯特雷特还会回忆起，就像伍勒特人常说的那样，他"灵机"一动，不慌不忙地回答了一句："这我哪能知道啊。"这句话让他在后来的一段时间里都很得意。有那么一会儿，他确实觉得自己当时的态度非常强硬。他本想承认，查德的外在表现确实有了长进，但话只能说到这个份儿上，他连妥协的冲动都克制住了，而且向查德毫不掩饰自己的保留意见。正因如此，他的价值观和审美观都多少受到了影响。毫无疑问，查德确实比他想象的要帅气多了，这难道不是那可恶的灰发在作怪吗？但这与斯特雷特的话完全吻合。他们并不想阻碍他的正常发展，只要他不再像以前那样无法无天、放荡不羁，他们就心满意足了。的确，现在有迹象表明，他正朝着这个方向发展。其实，斯特雷特说话时并没有搞清楚自己在说什么。他只知道，绳索在自己手里攥着，他时时刻刻在一点儿一点儿拉紧。他一口气讲了几分钟都没有被打断，仅这一点就有助于他慢慢地拉紧绳索。一个月以来，他经常考虑在这种场合下自己该说些什么，结果，事先想好的那些话他最后一句也没有说，而说的都是些事先没想过的。

但是，他已经在窗户上竖起了一面大旗。这就是他所做的，有那么一会儿工夫，他感觉自己在查德的眼皮底下大力挥舞着这面大旗，而且舞得呼呼作响，这让他觉得自己在逢场作戏。他似乎清楚，做过的事已经无法挽回，这让他暂时得到了一丝安慰，但这种自我安慰也有一个特殊原因，这个原因是在戈斯雷小姐的包厢中经由他的直接反应，再经历诧异和深刻认识才突然成为原因的，而且从那一刻起，这个原因就时刻牵动着他的神经。结果他发现要面对的是根本无从知晓的全新因素，那就是查德已经彻底变了样。情况就是这样，却至关重要。这种情况斯特雷特还是第一次见识——这或许是巴黎的一个特色吧。一个人如果目睹了整个过程，没准儿能慢慢认识到这种结果。但现实则是，他所面对的是既成事实。他曾胡乱猜想，查德对待他，有可能就像对待九柱戏 ① 中的狗，不过，他的这些胡思乱想都是根据过去的看法形成的。最初他曾想，自己应该按什么套路出牌，应该用什么口气说话，但此时此刻，这一切都已经无从谈起。他根本不知道站在他面前的年轻人，对任何问题会持什么态度，会怎样去感受，会发表什么样的高论。这种认识是斯特雷特事后为解释自己的紧张而重新演绎出来的，就像他重新演绎过查德如何迅速让他消除疑惑一样。消除疑惑所需要的时间短得异乎寻常，但疑惑一旦消除，查德的脸色和神态就一点儿负面的东西都没有了。"这么说，你跟我母亲订婚的事，用巴黎人的话说，已经是板上钉钉 ② 的了？"这句话真可谓一语中的。

哎呀！得了吧！斯特雷特在考虑如何回答但还没有回答时心里暗忖道。不过，他同时又觉得，如果迟迟不回答，对自己也不利。"是的，"他爽快地说，"不过，条件是我提出的问题能不能得到圆满解决。所以，从这一点你就可以看出我在你们家的地位了。"他又说道，"再说，我一直觉得我和你母亲的事你肯定能猜得到。"

"哦，我琢磨了很长时间，你对我说的话，让我明白了你应该想做点儿什么。我是说，你想做点儿什么，来庆祝一件——人们怎么说来着？——大吉大利的事。"他接着又说道，"我知道，你当然会觉得最好的庆祝方式就是春风得意地把我带回家，当作送给我母亲的结婚礼物。"他哈哈大笑起来，"其实，你不过是想生起庆祝胜利的火焰，把我放在上面烤罢了。谢谢你！谢谢你！"说完，他又哈哈大笑起来。

① 九柱戏（skittles）：一般认为是现代保龄球运动的前身，是当时欧洲贵族间一种颇为盛行的高雅游戏。
② 原文为法语：fait accompli。

　　在说这番话的过程中，他是那么从容不迫。这时，斯特雷特才发现，尽管他表面上露出一丝对他无伤大雅的腼腆，但在骨子里从一开始就摆出一副从容不迫的姿态。那一丝腼腆只不过是风雅得体的表现。很显然，举止得体的人，也可以表现得腼腆，腼腆就是他们手中的王牌。说话时，他身体微微前倾，两肘支在桌子上。这样的姿势让他那张不知从哪里学来的又是如何学来的、让人捉摸不透的新面孔可以更接近他的批评者。有一点让眼前的这位批评者斯特雷特觉得非常迷人，那就是如果仔细观察会发现，眼前这张成熟的脸已经不是查德离开伍勒特时的那张脸，因而颇为迷人。斯特雷特任由自己去大胆想象，他觉得这是一张深谙世故的脸（想到这儿，他多少感觉到一丝慰藉），也是一张历经沧桑的脸。原来的面目虽然时隐时现，但已非常模糊，而且稍纵即逝。眼前的查德肤色黝黑，体格健壮，过去的查德则是鲁莽粗野。难道是因为他举止得体才造成了现在的这种差别？答案很可能是因为他的一举一动、抬手投足都非常得体。这种得体是全方位的，对他的外貌特征重新进行了润饰，让他的线条更加清晰，让他的眼睛更加炯炯有神，让他的气质更加成熟稳重，让他那副漂亮的方牙更加光滑诱人——这可是他脸上主要的装饰。与此同时，这种文雅的气质还融入了他形体和外表（或者干脆说是整体），让他的声音听起来更加沉稳，口音更加明显，待人接物越来越频繁地报以微笑，说话时的肢体动作也越来越少。以前，他说话时总是手舞足蹈，要表达的效果却差强人意；现在，他基本上是不用任何动作就能表达自己想要表达的东西。总之，他就像一种内涵丰富却没有形状的东西，被放进一个坚硬的铸模里，结果被成功打造成一件产品。这种现象——斯特雷特一直把它视为一种现象，一个非常突出的个案——非常明显，简直到了触手可及的程度。最后，他伸过手去，放在查德的手臂上。"如果你能在此时此地郑重其事地答应我，跟目前的现状一刀两断，那么接下来我们大家的日子都会好过得多。这些天我虽然不动声色，但心急如焚地悬着一颗心在等你。如果你能答应，我悬着的这颗心就可以放下来，彻底放松一下了。那样的话，我也好向你道晚安，然后踏踏实实地睡觉去。"

听他这么说，查德双手插进口袋，身体又往后一靠，安坐在椅子上。虽然笑得有些勉强，但摆出这样的坐姿，让他显得更加诚恳。紧接着，斯特雷特发现查德的确有些紧张，所以斯特雷特觉得这正是他期待的好苗头。到目前为止，这种紧张的唯一表现就是查德不止一次地把宽边折叠礼帽①摘下来又戴上去。此时此刻，查德又想抬手去摘掉帽子，但他最后只是把帽子往后推了推，结果帽子就这样歪歪扭扭地扣在那浓密的少白头上。这一举动让他们的密谈变得亲切起来，不过，这种亲密来得似乎有点儿晚。多亏了这种不起眼的细节，斯特雷特才注意到了其他东西。有些细节非常微妙，微妙到很难跟其他细节区分开来，他正是通过这样的细节来判断自己的观察是否准确，不过，他的观察真的非常准确。毫无疑问，正如斯特雷特想象的那样，透过这些细枝末节，可以看出查德的真实本性。斯特雷特突然悟出了这些细枝末节所表达的真实含义。他恍然发现，查德正是女人都喜欢投怀送抱的那种类型，他身上表现出的那种尊贵、那种稳重，正像他想象的那样，让他顿时对这个年轻人肃然起敬。年轻人经验十足，表现得非常老成，歪戴着帽子，目不转睛地看着他。目光中有一种发自内心的力量，这种力量源于查德本身的质与量，并非查德虚张声势、故作姿态。女人喜欢投怀送抱的男人就是如此，女人赖以博取名声的男人也是如此。有三十秒钟的时间，斯特雷特觉得这是千真万确的真理，一分钟后，这真理便得到了印证。"你有没有想过，尽管你的口才让人佩服，但我还是会向你请教几个问题？"查德问道。

"哦，完全可以，随便问。我很乐意回答任何问题。我甚至可以告诉你一些与你关系重大、但因为你不太了解所以不会问起的事。随你的便，谈多久都没问题。不过，"斯特雷特最后说道，"现在我要睡觉去了。"

"真的？"

---

① 宽边折叠礼帽（wide-brimmed crush hat）：一种借助弹簧进行折叠的高顶礼帽。

查德惊讶的样子让他觉得很开心。"你这么折腾我，难道还不相信吗？"

年轻人琢磨了一下，说道："哦，我可没有折腾你。"

"你是说你还要接着折腾我了？"斯特雷特呵呵笑着说，"那我更有理由留一手了。"说着，他准备站起身来，那样子就好像有什么东西为他撑腰似的。

查德仍然一动不动地坐在那里，就在斯特雷特从他们那张桌子和旁边的桌子间走过去时，伸手挡住他，说道："哦，我们可以处得来！"

查德说话的语气正是斯特雷特希望听到的，查德抬头看他时的面部表情也非常和蔼可亲。美中不足的是这种语气和表情中缺少经验老到的成分。没错，如果说查德没用什么粗鲁的方式挑衅他的话，那正是在运用经验对付他。当然，从某种意义上说，经验也是挑衅，但毕竟不是粗鲁（事实上恰恰相反！），这就好多了。斯特雷特在做这番推理时觉得，查德确实老成了许多。想到这儿，他还是老练地在查德的手臂上拍了一下，随即站起身来。此时，他已经让查德充分感觉到，有些问题已经解决了。他起码已经让查德觉得问题是可以解决的，这难道不是解决了吗？斯特雷特突然发现，自己大可把查德"可以处得来"的表白当作去睡觉的理由。但在这之后，他并没有直接回旅店睡觉，两个人又一起走出咖啡馆，走进既温馨又通亮的夜色之中，周围的宁静反倒让他失去了睡意。大街上仍然有人在走动，仍然听得到人们的嘈杂声。高楼林立的大街上灯火通明，他们欣赏了一会儿街景，然后心照不宣地拐弯，朝斯特雷特的旅店方向走去。"当然，"查德突然开口说道，"当然，我母亲跟你谈起我的事是很自然的。当然，你有一万个理由照她的话去做。不过，这里面肯定也有你添油加醋的成分。"

斯特雷特停下脚步，好让查德掂量一下自己想说什么，同时也让他自己说出心里话。"哦，这个问题，我们从来没有详细谈过，再说，也没有这个必要。我们大家都很想念你，这就'添'够了。"

　　他们俩在街道拐角处的路灯下停下脚步。听到斯特雷特提到家人深念他久出不归，刚开始似乎很感动，但他还是很奇怪地追问道："我的意思是说，你八成猜测过。"

　　"猜测什么？"

　　"哎呀，肯定是坏事嘛！"

　　他的话让斯特雷特为之一愣。坏事怎么能跟眼前这个身强力壮、充满理性的形象扯在一起呢？——起码表面上是这样。但此时此刻，他必须实话实说。"没错。我们确实猜测过坏事。但如果我们没有猜错，那我们这么做又有什么不对呢？"

　　查德抬头望着路灯，在这种时候，他最能用与众不同的方式表现出他的精气神，就好像在这种时刻他是在故意表现自己似的，表现自己久经磨砺的个性、有目共睹的仪容，以及高大魁梧的男儿气概。实际上，这一切都可以看作彰显自我链条中的一环，就好像——很反常吧？——他总是不由自主地去冥思苦想这些东西，而且听之任之，任其发展似的。但在斯特雷特眼里，这是他自尊心或者力量感被扭曲的表现，某种潜在的、难以捉摸的东西，某种不祥却又让人羡慕的东西，除此以外，还能做何解释呢？这让斯特雷特突然想起一个词，这个词是他在问自己是不是在跟一个不可救药的青年"异教徒"打交道时突然想到的。他很喜欢这种叫法，打心眼儿里觉得"异教徒"这种叫法很入耳，于是他立即把它派上了用场。异教徒——没错，就是异教徒，难道不是吗？照理查德应该是异教徒。他肯定是异教徒。他就是异教徒。这种想法一下子提醒了他，不但没让前景变得暗淡无光，反而出现了一线光明。在这一闪念中，斯特雷特突然发现，异教徒或许正是当下这个重要关口伍勒特最需要的。他们可以跟异教徒相处，一个好的异教徒。他会帮这个异教徒谋到位置。此时此刻，斯特雷特甚至想象自己已经在陪同这位振奋人心的人物第一次在伍勒特亮相了。当年轻人将目光从路灯上移开时，他才略感不安，因为在短暂的沉默中，他的想法可能会被对方识破。"哦，我相信，"查德说，"你猜得已经离真相不远了。就像你所说的，细节并不重要。总的来说，我是有点儿放纵自己了。不过，我正在回头，现在我已经没有以前那么坏了。"两个人一边说话，一边继续朝斯特雷特的旅店走去。

"你是说，"快走到旅店门口时，斯特雷特问道，"你现在没有跟什么女人在一起吗？"

"请问，这有什么关系？"

"哎呀！这正是最关键的。"

"我回家这个问题的关键？"很显然，查德非常惊讶，"哦，不会吧！如果我想走，你以为有人能……"

"不让你照自己的意思去做？"斯特雷特马上接过话头，"不过，我们的看法是，迄今为止，有那么一个人，也可能有很多人，让你根本'不想走'。如果某个人绊住你，这种事就可能再会发生。"接着又说道，"你不想回答我的问题，但如果没有人绊住你的脚，那就太好了。你就可以直接回家了。"

查德思量着这番话。"要是我不回答你的问题呢？"不过，他的话里并没有露出不快，"好吧！这样的问题总是被夸大。你所谓的被女人'绊住脚'，让人搞不太懂。这话太空洞。一个人表面上看没有被绊住，其实已经给绊住了。一个人表面上看给绊住了，其实并没有被绊住。再说，别人的隐私我们不会去透露。"他似乎在心平气和地解释，"我并没有陷得不可自拔。再说，我自以为，对真正美好的东西，我从来都不担心。"听他话中有话，斯特雷特陷入了沉思。这倒给了查德继续说下去的机会。他似乎想起了一个对自己更有利的话题，于是，突然冒出来一句："你不知道我多么喜欢巴黎吗？"

这句话让斯特雷特非常惊讶。"哦，如果你所有的问题仅仅是这个……"这下该轮到他差一点儿表示不快了。

但查德坦诚的微笑足以化解斯特雷特的不快。"这还不够吗？"

斯特雷特迟疑了一下，还是说出了口："对你母亲来说不够！"不过，话虽说出口，但听上去有点儿怪，结果查德突然哈哈大笑起来。斯特雷特也跟着笑了起来，但笑的时间很短。"你要允许我们保留自己的意见才行。不过，如果你真是这么自由，这么坚强，那你就没有什么借口了。我明早就写信，"他毅然决然地补充说，"我会说我见到你了。"

他的话似乎又引起了查德的兴致。"你经常写信？"

"哦，从没间断过。"

"写得很长？"

斯特雷特有些不耐烦了。"我倒是希望，收信的人不会觉得我写得太长。"

"哦，我相信收信的人不会。你经常收到信吗？"

斯特雷特又停了一下。"该收到的时候自然就会收到。"

"我母亲写得一手好信。"查德说。

斯特雷特站在紧闭的车道大门前，目不转睛地看了他一眼。"小伙子，比你写得好！"接着又说，"不过，只要你没什么感情上的纠葛，我们有什么看法并不重要。"

查德的自尊心似乎受到了触动。"我根本没有，这一点我保证。我做事向来有自己的主见，"接着又说道，"过去是，现在仍然是。"

"那你现在为什么还待在这里？既然能走，又有什么能绊住你呢？"斯特雷特问道。

查德瞪了他一眼，反问道："你以为只有女人才能绊住男人？"他表现出的惊讶，跟语气的强硬，在静谧的大街上是那么清澈，那么响亮，倒让斯特雷特闻之胆寒。不过，他马上想起了他们好在是在用英语交谈，心里这才踏实了许多。年轻人质问道："家里人都是这么想的吗？"这个问题问得非常诚恳，让斯特雷特觉得自己说错了话，不禁脸红起来。他似乎愚蠢地传达了家里人的想法，可没等他来得及纠正，查德又开腔了："要我说，你们心里也太龌龊了！"

可恶的是，这句话与斯特雷特自己在马勒塞尔布大街上友好的氛围中萌生的想法不谋而合，这让他非常不安。如果发出指责的是他自己，而指责的对象即便是可怜的纽瑟姆夫人，那倒也无伤脾胃，但现在发出指责的是查德，而且指责得合情合理，这对斯特雷特来说，犹如护士采血时针扎的一样疼。他们的内心并不龌龊——跟龌龊也扯不上关系，但也不容否认，他们的一举一动未免有些自以为是，而这反过来又可能会动摇他们的根基。不管怎么说，查德把斯特雷特教训了一番，甚至把自己令人敬佩的母亲也教训了一番。他手腕一抖，把套索甩得老远，把沉溺于傲慢中的伍勒特一股脑儿全给套住了。毫无疑问，伍勒特人一直认为他粗俗不堪。如今，他站在沉睡的大街上，偏偏反其道而行之，对那些抱有成见的人毅然决然地采取以攻为守的策略，就好像他们硬生生地把粗俗不堪强加给他，却被他用手轻轻一拨就彻底掸掉了似的。在斯特雷特看来，这样做的不良后果在于，被查德掸掉的种种指责现在全落了在他自己身上。就在一分钟前他还在想，年轻人是不是异教徒，此刻他却在想，年轻人会不会碰巧是个正人君子。这种时候他根本没有想到，一个人不可能既是异教徒，同时又是正人君子。此时的氛围中，也看不到年轻人身上让人觉得二者不能兼有的东西，相反，在他身上似乎表现得那么相得益彰。这倒让斯特雷特更得心应手地去应付最棘手的问题，不过，也许只是用另一个问题来代替现在的问题罢了。难道是因为他学会了绅士风度，掌握了观感极佳的本领，所以才让人觉得很难跟他敞开心扉地交流？但是，问题的根本原因到底是什么呢？这么说来，斯特雷特缺少的线索就太多了，而这种线索还包括线索的线索。因此，他的总体感觉是，他不得不重新去体验无知究竟是怎么回事了。迄今为止，对自己愚昧无知的种种提示，尤其是挂在自己嘴边上的那些提示，他已经非常熟悉了。但是，他之所以忍受这些提示，首先是因为这些提示都是秘而不宣的，其次是因为这些提示对他多少带有誉美之意。他不知道什么是坏的，既然别人并不知道他是多么少见多怪，那他大可忍受他的这种愚昧无知。但在这种重要的节骨眼上，如果自己分辨不出好坏，查德至少现在已经认识到他好坏不分了。不知怎么搞的，斯特雷特有一种自己的隐私被拿来示人的感觉。其实，年轻人已经让他长时间被暴露在大庭广众之下了，这让他觉得浑身冰凉，直到他找到合适的机会，再一次用一句话，宅心仁厚地把他掩盖起来，这一招查德干得确实漂亮。但他这么做等同于用一个简单的想法来应付整个问题。"哦，我没事儿！"这句话的含义，斯特雷特直到上床睡觉前都百思不得其解。

二

　　从这以后查德的一举一动来看，他的话一点儿都不假。对母亲派来的专使，他格外殷勤。但奇怪的是，这位专使的人缘显然有越来越广的势头。斯特雷特手里拿着笔，坐在房间里给纽瑟姆夫人写信的时间虽然在不断减少，但信中汇报的内容比以前翔实了许多。而且由于他把更多的时间花在向戈斯雷小姐汇报上，所以给纽瑟姆夫人写信的时间就更少了。他向玛丽亚·戈斯雷小姐汇报的方式不同，但汇报的热情和内容的翔实程度，却跟写信向纽瑟姆夫人汇报的程度不相上下。就像他说的那样，正因为他真的有话要说，所以他才突然发现，就他所处的这种双重关系的奇特性而言，自己的认识更深了，对双方的态度也不偏不倚了。他曾详细跟纽瑟姆夫人汇报过他的那位益友戈斯雷小姐，但他开始不断想象，为了母亲而重新拿起搁置已久的笔的查德，在向母亲汇报时的内容可能会更详细。他知道，查德如果在给母亲的信中提到他，那肯定会专门提到他和戈斯雷小姐的事。两个人向纽瑟姆夫人汇报的最大差异，很可能在于查德会重点描述他跟戈斯雷小姐交往中所表现出来的种种轻浮。为了避免发生这样的不测，他坦率地向年轻人说明了他跟戈斯雷小姐之间这种令人费解的盟友关系，一五一十地说明了他们这种关系产生的前因后果。他把这种前因后果称之为"原委"，口气听起来既亲切，又爽快。他还认为，如果自己能一直严肃认真地对待这种盟友关系，那他称之为令人费解也未尝不可。他甚至因添油加醋地描绘了他与这位奇女子第一次见面时那种无拘无束的情形而扬扬得意。他毫不隐讳地说到了他们俩刚认识时的那种荒唐情景——几乎可以说是在大街上一见如故。最让他得意的笔墨是，他认为自己已经深入敌境而敌人全无察觉，这让他非常惊讶。

他一向认为，这是战争最壮观的方式，因此也就更有理由采取这种方式作战，因为在他的记忆中，他还从没有用这种壮观的方式作战。由此，他觉得既然大家都认识戈斯雷小姐，为什么查德不认识她呢？要想不认识她，是很难的，也是不可能的。斯特雷特觉得查德理应认识戈斯雷小姐，于是便让查德说出自己不认识戈斯雷小姐的理由。他这种反戈一击的语调非常奏效，因为查德似乎承认，自己虽然听说过她的大名，但一直无缘与她结识。同时，查德还强调自己所谓的人际关系网并没有像斯特雷特想象的那样遍及源源不断拥到巴黎来的美国同胞。查德还暗示说，自己交朋友的道德标准也在发生变化，所以很少到"侨居区"①去转悠。当然，目前他的兴趣已经发生了转移。按查德的说法，他的这个兴趣很浓厚，斯特雷特自己也多少能看出来，但还不知道究竟有多浓厚。但愿他知道得不要太早！他们实在搞不懂，查德喜欢的东西太多了。首先，他喜欢这位未来的继父，这倒让斯特雷特始料未及。斯特雷特原本已经做好了充分的心理准备来面对查德对他的恨，但他未曾料到年轻人的实际表现要比他想象的更棘手。他进而又认识到，因为自己心里也不知道自己究竟在多大程度上不受待见，所以还必须加倍努力才行。在斯特雷特眼里，这是弄清自己是否全力以赴的唯一办法。关键在于，如果查德认为他全力以赴的态度不诚恳，只不过是争取时间的手段，那么任何事就都可以心照不宣地了结了。

十天下来，斯特雷特得到的结果基本上是，与查德进行了多次充分的交流，把查德想知道的事都一五一十地告诉了他。在谈话过程中，查德哪怕是一分钟也没有打断过斯特雷特，他的举手投足、一言一行虽然都表明他心情沉重，甚至有些忧郁，但总体上还是很放得开的。他并没有急于表示退让，相反却非常聪明地提出了一些问题，有时会突然打探一些斯特雷特都不了解的事，借此去证实家里人对他的

---

① 侨居区（colony）：此处指当时侨居巴黎的美国人聚居区。

潜力的看法，他的一举一动都表现出他正努力去过一种堂堂正正的生活。在描述这种生活愿景的过程中，他不停地走来走去，说到兴奋处便停下来客客气气地抓起斯特雷特的手臂，不停地左看看，右看看，时不时还吹毛求疵地点点头，甚至一边吞云吐雾地抽着烟，一边对斯特雷特评头论足。斯特雷特有时为了寻找自我安慰——有时他确实需要自我安慰——便不停地重复自己说过的话。有一点不容小觑，那就是查德有自己的行为方式，但问题是这种方式用来干什么。查德的表现让斯特雷特觉得不好再问及庸俗的问题，但这并不重要，因为除了查德自己提出问题之外，所有的问题都已经被束之高阁了。查德说自己是自由之身，这已经足够了。但这种自由之身居然体现在行动难以自由，这听起来一点儿都不好笑。他业已改变的心态、温馨的家、漂亮的摆设、从容的谈吐，还有他对斯特雷特表现出来的宽宏大量，甚至是奉承，这一切显而易见的事实，如果不是自由的表现，又是什么呢？他让斯特雷特觉得，他为了展现这些赏心悦目的外表，做出了很大牺牲，这也是让斯特雷特私下里忐忑不安的主要原因。在此期间，斯特雷特一次又一次地深切感到，必须改变自己的计划。他突然意识到，自己在用懊恼的目光、羞涩追寻的目光，去看待那个对他施加影响的人，那个有血有肉的对手。那个对手的所作所为曾经让他大失所望，但她在身边又让他觉得很踏实，他正是在纽瑟姆夫人的鼓舞下，依据这种心理行事的。他曾经一两次暗地里心急如焚地表示，希望她能出来找她。

　　斯特雷特还没能让伍勒特家里的人接受这样一个事实，即年轻人的这些经历，这种不走正道的生活，从某种程度上说，也有它的道理。眼前的例子就说明，一个人喜欢交际本身无可非议，但起码需要准备一份声明，以应对别人对他的最尖锐的批评。这种批评似乎在伍勒特既干燥又稀薄的空气中回荡——清晰得犹如报刊专栏上方醒目的大字标题，在他写信时就传到他耳朵里。他可以听到纽瑟姆夫人以大字标题的语调对波科克夫人说："他说他没有女人！"在波科克夫人身上，他可以想象到只有报刊读者才有的那种反应。他还可以想象得出波科克夫人那一脸认真、全神贯注的样子，听得到她满心狐疑地犹豫了一下才说了句："那么，那边到底是什么情况？"正因如此，他也不可能听不到那位母亲断言道："当然，我们可以装作什么事都没有。"把信寄出之后，斯特雷特又把整个场景在脑子里过了一遍。在前前后后的整个场景中，他的眼睛一直盯着女儿。他能够感觉到，波科克夫人会趁机重申自己的看法，那就是：斯特雷特先生说穿了就是无能之辈，这一点他从一开始就深有体会。在他还没有启程前，她就在盯着他心灵的眼睛看，脸上明明白白地写着她根本不相信他能够找到那个女人。她不就是不相信他具备找女人的能耐吗？凭她那点小心眼儿，她甚至可能会以为，根本不是他找的她母亲，而是她母亲找的他。在这个问题上，对她母亲凭直觉做出的判断，波科克夫人持批评态度。她认为是她母亲找的这个男人。总的来说，斯特雷特的地位之所以没有人敢挑战，都怪纽瑟姆夫人，因为伍勒特人对纽瑟姆夫人的发现都是不折不扣地认同的。但在这个时候，波科克夫人肯定是蠢蠢欲动，急于想表明她对他的发现的看法，对此，我们的朋友斯特雷特心知肚明。那就是说，如果她能腾出手来办这个差，那她很快就能找到这个女人。

　　把戈斯雷小姐介绍给查德后，她给斯特雷特留下的印象是谨慎戒惧到近乎不自然的程度。刚开始斯特雷特还觉得从她那里他根本不可能得到自己想要的东西。不过，至于在这个节骨眼上他究竟想要什么，他自己也说不清楚。用她的话说，他只能傻乎乎地 ① 问她："你喜不喜欢他？"但这无助于澄清或解决问题。其实，他根本没有必要去收集对查德有利的证据，这要归功于他的直觉。他一次又一次地去敲她的门，把自己了解到的查德的最新情况告诉她，尽管他告诉她的这些情况有的不过是无关紧要的内容，但从根本上说，也算得上巨大奇迹了。他整个人全变了，这种变化太明显了，就连这位聪明的旁观者戈斯雷小姐都觉得，没有什么能——能吗？——比这明显。他说：

---

① 原文为法语：tout bêtement。

"这是场阴谋，其中有很多不为人所知的秘密。"他突发奇想。"这是个骗局！"

戈斯雷小姐似乎很喜欢他的突发奇想。"那么，是谁设的局？"

"呃！罪魁祸首八成是捉弄人的命运，命中注定的劫数。我是说，面对这种劫数，一个人是无能为力的。我拥有的只不过是可怜的自己和微薄的人力。仰仗装神弄鬼不是正人君子所为。必须全力以赴去面对、去追踪。真要命！你真的不懂？"他一脸异样的表情说道，"人都想得到稀罕的东西。就叫生活吧！"他想了想，说道，"就叫作时不时带给我们惊喜、让我们可怜兮兮而又万分珍惜的生活吧！任何东西都改变不了这样的事实，那就是这样的惊喜可以让一个人惊愕不已，起码能让人聚精会神地看着它。岂有此理！这就是一个人看到的，一个人能看到的。"

她的沉默从来就不单调乏味。"你写给国内的信上就是这么说的？"

他脱口说道："哦，没错！"

趁他在地毯上又走了一圈的当儿，她又停了一会儿，说道："搞不好，你会把她们也招来的。"

"哦，可我说过，他会回去的。"

"他会吗？"戈斯雷小姐问道。

她说话的语气很奇怪，斯特雷特停下脚步，盯着她看了良久。"我之所以付出极大的耐心，在说明一切之后，想方设法让你跟他见面，要你回答的不就是这个问题吗？我今天到这儿来的目的，不就是为了听听你对这事的看法吗？你觉得他会回去吗？"

"不，他不会。"她终于说道，"他现在不是自由之身。"

她说话的样子引起了他的注意。"这么说，你一直都知道？"

"我只知道自己看到的东西。"她有点儿不耐烦地说，"我很纳闷，你居然没看出来。跟他待一会儿就够了。"

"你是说在包厢里，对吗？"他茫然问道。

"呃，肯定能知道。"

"知道什么？"

听到这儿，她从椅子上站起身来，对他的迟钝表现出前所未有的失望。对此，她甚至稍做停顿，随后带着怜悯的口吻说道："猜猜看！"

她怜悯的口吻让他觉得有些脸红，因此，在两个人同时等着对方开口说话的当儿，他们的观点也产生了分歧。"你是说，你虽然只跟他待了一小时，却了解了他的很多情况？很好。我还没有蠢到连你的话都听不懂，或者连他的话也听不懂的地步吧。他一直在按照自己最喜欢的方式行事，这一点我们没有什么争议。他最喜欢的是什么，就目前来看，也同样不成问题。"他理性地解释道，"可我现在要说的不是他还在随便勾搭什么贱人。我要说的是，眼下有可能既有自己的立场，又有能发挥重要作用的某个女人。"

"我就是这个意思！"戈斯雷小姐说道，但她又很快说出了自己的想法。"我原以为你会认为，或者伍勒特的母女俩会认为，贱人肯定都这样。贱人不一定都这样！"她激动地说，"凡事都有相反的一面，有时候，坏女人看起来坏，其实并不坏，所以，我们要承认奇迹。这样的女人，不是奇迹又是什么？"

斯特雷特在琢磨她这话的意思。"因为事实本身就是这个女人？"

"一个女人。某一类女人。这是肯定的。"

"可是，你最起码指的是好女人。"

"好女人？"她举起双臂，哈哈大笑起来，"应该说，她是个非常优秀的女人。"

"那他为什么不承认呢？"

戈斯雷小姐想了想。"因为她好得没法让人去承认！"她接着又说，"难道你没有看出来，如何从她身上去认识他吗？"

斯特雷特显然看得越来越明白了，不仅如此，他还看到了其他东西。"可是，我们不是从他身上去认识她吗？"

"哦，确实如此。你看到的是他的处事方式。如果他做不到直言不讳，你应该原谅他。在巴黎，对这种人情债，大家都是心照不宣的。"

斯特雷特可以理解，不过，还是……"即便这个女人是好人？"

她又呵呵笑了起来。"没错，即便这个男人也是好人！"她神情严肃地解释说，"这种事总是小心为妙，免得过分暴露自己。在这里，最怕暴露的就是唐突而又不自然的善良。"

斯特雷特说："哦，这么说，你现在说的是那种不好的人。"

她回答说："听到你这么区分好人和坏人，我很高兴。"接着又问，"不过，你希望我根据这个标准、就这个问题给你提出我最明智的建议吗？压根儿就不要考虑她，也不要判断她是什么样的人。只要从查德的角度去考虑她、判断她就可以了。"

最起码斯特雷特有勇气去接受戈斯雷特小姐的那套逻辑。"原因是，如果那样，我就会喜欢她？"在他那机敏的想象中，他似乎已经喜欢上了她，但他马上发现，这与他希望的完全背道而驰。"我来就是为了这个吗？"

她不得不承认，这确实不是他来这儿的目的。不过，她的话还没有说完。"先别急着下结论。情况很复杂。你还没有看透他呢。"

这一点斯特雷特也承认，但他那敏锐的嗅觉还是让他闻到了一丝危险的气息。"没错，不过，要是我越看越觉得他好呢？"

她看出了端倪。"这有可能。不过，他不承认并不完全是在为她考虑。这里面有个小小的症结，"她直截了当地说，"他想把她雪藏起来。"

听到这里，斯特雷特皱了皱眉头。"把她'雪藏起来'？"

"哦，我是说，他的内心在挣扎，有些情况被他给隐瞒起来了。别着急，否则你会后悔的。将来你会明白的，他真的想甩掉她。"

直到这时，斯特雷特才近乎身临其境地愕然问道："她为他付出了那么多，他还想甩掉她？"

戈斯雷特小姐看了他一眼，随即嫣然一笑，说道："他可没有你想的那么好！"

这一句话他一直记在心里，这句具有警告性质的话，将来可能对他大有用处。尽管他努力从这句话中寻求精神支柱，但每次见到查德后都因别的东西让他的这种努力付诸东流。他扪心自问，让他努力付诸东流的这股力量会是什么，不就是他一而再、再而三出现的感觉，让他觉得查德确实是而且一定像他想的那样好吗？就好像自从他觉得查德并没有那么坏时起，他就不可能不那么好似的。连续好几天，每次与查德接触时，由于直接受这种想法的左右，斯特雷特满脑子都是这种感觉。小比尔汉姆再一次进入了他的视线，但从某种程度上说，小比尔汉姆已经不仅仅是影响查德的这种男女混杂关系中的众多人物之一。在斯特雷特看来，这样的结果是两三件我们还未曾说到的事情造成的。韦马什自己这次也蹚了这场浑水。这场浑水虽然只是暂时的，却把他完全吞没了。有时候，斯特雷特觉得自己就像一个游泳者，在往下沉的过程中，在水下像撞到东西一样撞到了韦马什。他们都被卷进了无底深渊，而查德的所作所为就是这个无底深渊的根源。斯特雷特觉得，他们就像不会说话的鱼，圆瞪着冷漠无情的眼睛，在深水里擦肩而过。给两个人提供这种机会的是韦马什。想到这里，斯特雷特感到一丝不安，这多少有点儿像他小时候在学校念书时，每次家里的人来学校观看表演时所产生的那种难为情。他可以在陌生人面前表演，但在家里人面前就蔫了。此时此刻，相比之下，韦马什就像家里人。他似乎听到韦马什说："开始表演！"这让他多少感觉到家里人诚恳批评的迹象。他已经开始表演，而且是使出浑身解数在表演。到目前为止，查德已经很清楚他要的是什么。在斯特雷特和盘托出自己的想法之后，跟他一起来朝圣的这位香客韦马什，还能指望他再去采取什么粗暴的行为吗？说一千道一万，可怜的韦马什想说的不外乎是："我早就告诉过你，你会丢掉你那不朽的灵魂！"不过，有一点也是不言而喻的，那就是斯特雷特也面临自己的考验，既然他们必须把问题搞清楚，那么，无论是他观察查德，还是查德观察他，都没有什么不好。因为职责所在，他才刨根问底。如果说这样做比韦马什的刨根问底还要坏，那么到底坏在哪儿？他既用不着停止拒绝和反抗，也用不着用这种方式跟敌人讨价还价。

漫步在巴黎，去看一看风景，访一访名胜，是在所难免、理所当然的事。偶尔还会有客人来访，于是便有了在三楼温馨的家中的深夜畅谈。房间里充斥着缭绕的烟雾、美妙的音乐，还夹杂着各种外语的说话声，这种让人浮想联翩的场面跟早晨和下午的聚会没有本质上的区别。斯特雷特惬意地靠在椅背上吞云吐雾，不得不承认，这种场面与其说会发生激烈的辩论，倒不如说是生动活泼的聚会。当然，这种聚会以讨论为主，斯特雷特生平从没有听到过人们讨论这么多话题，发表这么多的见解。在伍勒特，人们也在这样的聚会上发表见解，但人们的见解只集中在三四个话题上。在伍勒特，人们会把不同的观点进行比较，尽管观点不多，但肯定都非常有见地，而且人们在表达自己的观点时都非常谨慎，甚至可以说，伍勒特人到了以发表见解为耻的地步。但在马勒塞尔布大街，人们对这种事根本不在乎，他们根本不以发表自己的见解或者什么别的为耻。人们似乎经常别出心裁地发表自己的观点，免得聊天一团和气，无滋无味。在伍勒特，从来没有人这么做，虽然斯特雷特还记得自己也曾想这么做，但他并不清楚自己为什么那么做。现在，他终于明白了，他之所以那么做，只不过是想促进交流而已。

这只是些闲杂的回忆，不过，总的来说，如果他神经绷得很紧，那绝对是因为他想要跟别人争吵。每当他问自己会不会跟别人发生争吵时，差不多就是他在想该如何找茬儿了。不过，仅仅为了缓解紧张情绪而招惹是非，未免太可笑了。当初有人只是请他去吃顿饭，他就表现得扭扭捏捏，有点儿摆架子，就已经够可笑的了。在他心目中，查德究竟是个什么样的人？斯特雷特会有机会去调查，但他必须小心翼翼地悄悄去做。直到最近，实际上是在几天前，他才发现自己最初的做法比较粗暴。一旦发现有人在看着自己，他就会像把手里的违禁品赶紧掖起来一样，把回忆藏起来。在纽瑟姆夫人的信中，仍然能看到这种回忆的影子，不过，有时她的话让他情不自禁地大声说，她说的有失圆滑。当然，每当这种时候，他都会马上脸红起来，究其原因，并不是怀旧有失圆滑这个事实，而是对怀旧有失圆滑的解释。但他认识到，是他错怪了她，她无论如何都不可能像他那样很快变得圆滑起来。要想学会圆滑，她必须征服大西洋、邮政局，还有地球的大弧线等因素，到欧洲来。

一天，查德在马勒塞尔布大街请为数不多的几个人喝茶，其中就有那位快言快语的巴拉丝小姐。出门时，斯特雷特是跟他在给纽瑟姆夫人的信中提到的那位小艺人一同走的。他完全有理由把这个小艺人说成是查德的另一半，因为据他仔细观察，小艺人是查德生活中密不可分的唯一盟友。今天下午，小比尔汉姆本来跟斯特雷特并不是一路的，但他还是爽快地跟斯特雷特一起走。可是，天公不作美，开始下起雨来，他们只好跑到一家咖啡店坐下来，边聊天边避雨，这也是他仁厚善良的表现吧。在跟查德打交道的过程中，斯特雷特还从来没有像刚才的一小时里那样手忙脚乱过。他先和巴拉丝小姐聊了一会儿，她还怪他不去看她呢。更重要的是，他还想到了一个好主意，让韦马什绷紧的神经放松下来。斯特雷特发现韦马什和巴拉丝小姐相谈甚欢，看样子他很快就学会该如何讨她欢心了。看到这种情形，斯特雷特觉得很有趣，于是便放手让他去取乐。毫无疑问，巴拉丝小姐的意图非常明显。她是在帮他照顾韦马什这个可爱的累赘，虽然绝无可能，但她还是让斯特雷特觉得即便她跟韦马什没有任何交集，仍有可能酝酿出一种关系来，这样一来，他的神圣的愤怒自然会减少发作。巴拉丝小姐的意图，如果不是这个，又会是什么呢？这只不过是一种象征性的关系，尤其是当两个人在裙褶与羽饰之间，乘坐深蓝色围垫的双人马车疾驰而去时，让斯特雷特觉得这种关系如果不是象征性的，又会是什么呢？他从来没有坐在马车夫的后面乘着马车疾驰而去——至少是没有坐在双人马车里。他自己曾跟戈斯雷小姐一起坐过出租马车，有几次也跟波科克夫人一起坐过两轮敞篷马车，他还跟纽瑟姆夫人一起坐过四座马车，有时进山，则同乘平板马车①。但韦马什的这种现实版奇遇远远超过了他本人的经历。此时此景，使他马上向小比尔汉姆表示，身为总督察，刚才这段非同寻常的

---

① 这里提到了詹姆斯时代的各种马车。"平板马车"（buckboard）是一种四轮的乡村驿车。"双人马车"（coupe）是一种供两个人乘坐、有封闭式车厢的四轮马车，马车夫坐在车厢前面。"两轮敞篷马车"（buggy）是由一匹马拉的轻便马车。作者此处交代，韦马什和巴拉丝小姐乘坐更私密、更奢侈的双人马车"疾驰而去"，以调侃他们俩关系的发展速度。

经历让他深感自己的见识是多么浅薄。

"他到底在搞什么把戏呀？"斯特雷特马上说了句，他指的不是那个专心玩多米诺骨牌的胖子（因为这时他的视线刚刚转移到胖子身上），而是一小时前他们去拜访的主人。此时此刻，他坐在铺着天鹅绒垫的凳子上，置一切礼法于不顾，口无遮拦地评论起主人来。"他什么时候才能露出狐狸尾巴？"

陷入沉思中的小比尔汉姆用像父亲一样慈祥的目光看了他一眼。"你不喜欢这里？"

斯特雷特呵呵笑了起来，因为他觉得他说话的口气实在滑稽可笑，于是便直截了当地说："这有什么关系？唯一让我感到欣慰的就是我觉得我在推着他前进。所以我才问你，相不相信我正在推着他前进。"他竭力表现得他只是想弄清楚而已，"这家伙诚实吗？"

小比尔汉姆似乎明白了他的意思，因为他脸上挂着一丝淡淡的笑，问道："你说的家伙是谁？"

双方都沉默了片刻。随后，斯特雷特问道："他不是自由之身吧？既然这样的话，他又是怎么安排自己生活的呢？"

"你说的这个家伙是查德吗？"小比尔汉姆问道。

斯特雷特内心的希望虽然越来越强烈，不过此刻只是在想："我们必须一个一个地来解决。"然而他心里想的和嘴上说的却乱了方寸。"果真有女人？当然，我是说，有一个让他怕的女人，或者说，一个可以完全驾驭他的女人。"

"你以前没有问我这个问题，你真是太有意思了。"比尔汉姆随即回答道。

"哦，我根本不适合干这种差事！"

这句话虽然是斯特雷特脱口而出的，但小比尔汉姆听后立刻谨慎起来。"查德这样的人很少见！"他颇具启发意味地说道，"他的变化太大了。"

"这么说，你也看明白了？"

"他的进步？哦，没错，我觉得大家都能看得出。"小比尔汉姆说，"不过，我吃不准，我不喜欢他从前的样子。"

"这么说，他果真改头换面了？"

"没错，"小比尔汉姆迟疑片刻后回答道，"我不敢说他生性就这么好。这就像你喜欢的一本旧书的修订版，经过修修补补，虽然与时俱进了，但已经不再是你原来熟悉和喜欢的东西了。"他接着说道："但不管怎么说，我觉得他真的没有像你说的那样在搞什么把戏。我觉得他真想回去干一番事业。你知道，他有这个能力，而且也会取得更大的成绩。"小比尔汉姆继续说，"到那时，他就不再是我那本爱不释手的旧书了。当然，我这个人放荡不羁。如果这个世界真是我喜欢的那样，恐怕就滑天下之大稽了。没准儿我自己也应该回家去经商。可是，我就算去死也不愿意回去。我根本用不着绞尽脑汁地下决心不回去，去弄清楚为什么不回去，去在任何人面前为自己辩解。"他最后说道，"话虽这么说，不过我可以向你保证，我不会对他说一句反对他回去的话，我是说对查德。我觉得，对他来说，这是最佳选择。你应该看得出来，他并不快乐。"

"我看得出来？"斯特雷特惊讶地瞪大眼睛说道，"我一直以为，我看见的情况恰恰相反——一个达到平衡且保持平衡的典范。"

"哦，没这么简单。"

"哈，这就对啦！"斯特雷特大声说道，"这正是我要搞清楚的。你说你熟悉的旧书已经被改得面目全非。那我问你，编者是谁呢？"

小比尔汉姆默默地注视着前方，过了一会儿说道："他应该结婚。结了婚就好了。他也想结婚。"

"想跟她结婚？"

小比尔汉姆又沉默起来，直觉告诉斯特雷特他有话要说，但不知道他会说什么。"他希望自由。要知道，他不习惯扮演这样的好人。"年轻人浅显直白地解释道。

斯特雷特迟疑了一下，说道："那么，我可不可以根据你说的，相信他是个好人呢？"

小比尔汉姆也迟疑了一会儿，回答时声音虽然不高，却很干脆。

"相信我。"

"那他为什么不自由？他信心满满地对我说他很自由，可又不用任何行动去证明这一点，当然，他对我还是不错的。如果他不自由，那就不可能表现得很自由。我刚才问你这个问题，是因为他为人处世的方式让我觉得很奇怪。他好像并不想做出让步，目的就是想让我继续待在这儿，给我树立一个坏榜样。"

两个人说着，半小时过去了，斯特雷特买了单，服务生在点钱找零。斯特雷特把找回的零钱拿了一部分给了服务生，服务生在连声道谢之后退去。

"你给得太多了。"小比尔汉姆善意地提醒道。

"唉，我总是给得太多！"斯特雷特无可奈何地叹了口气。他似乎要尽快不去想这件事，于是接着说道："不过，你还没回答我的问题呢。他为什么不自由呢？"

买单和付小费似乎是一个信号，小比尔汉姆站了起来，侧身从桌子与长椅之间挤了出去。一分钟之后，两个人离开咖啡馆，那位称心如意的服务生殷勤地帮他们打开门。斯特雷特觉得小比尔汉姆的突然起身是一种暗示，那就是当他们走到没人的地方时，他就会回答他的问题。他们在大街上走了没几步，又拐了个弯。斯特雷特又旧话重提："如果他人不错，为什么会不自由呢？"

小比尔汉姆面对面地盯着他，说道："因为这是纯真的恋情。"

他的话暂时有效地解决了问题，也就是说，让斯特雷特在今后几天里重新燃起了生活的希望。但我们也必须指出，因为他一直习惯于摇晃着装有生活给予他的经验之酒的瓶子，所以他很快又像往常一样，尝了一口从瓶底泛起来的酒渣。换句话说，他已经在想象中对小比尔汉姆的话进行了梳理并得出结论，下一次见到玛丽亚·戈斯雷时，会一五一十地说给她听。此外，鉴于出现了新情况，他决定马上去见她。他必须马上把这个情况告诉她，一天都不能耽误。两人一见面，斯特雷特开口就说道："昨晚，我对他说，我必须告诉家里人我们启程的确切日期，至少是我启程的日期。如果他不给我一个明确的

答复，那就是我失职，我的处境就会很难堪。听我这么说，你猜他是
怎么回答的？"这一次，戈斯雷小姐回答说，她猜不到，于是他接着
说道："哎呀！他告诉我，他有两个非同一般的朋友，两位女士，是
母女俩，前段时间她们外出去了，马上就要回到巴黎。他很想让我见
见她们，认识认识她们，而且喜欢上她们。他还让我在他见到她们之
前，不要把我跟他的事弄得不可收拾。"说到这里，斯特雷特突然问
道："他会不会趁机开溜啊？"接着又解释说，"这母女俩肯定就是我
到巴黎前他去南方要见的人。她们是他最好的朋友，也是最关心他的
人。既然我是仅次于她们的好朋友，他觉得，无论如何我都应该见见
她们。他之所以到现在才提出这个问题，是因为他不知道她们什么时
候回来，其实，到现在他也不能确定她们什么时候回来。不过，他明
确向我暗示说——如果你信的话——她们很想认识我，所以会克服一
切困难赶回来。"

"她们很想见你？"戈斯雷小姐问道。

"没错，"斯特雷特说道，"毫无疑问，她们就是他纯真恋情的对
象。"跟小比尔汉姆聊过后的第二天，他去找戈斯雷小姐，把这一
消息告诉了她，两个人一起反复推敲这条消息的意义。她帮助他梳理
了整件事的前因后果，这一点小比尔汉姆并没有向他详细说明。斯特
雷特从小比尔汉姆那里得知，查德有一个心上人，虽然感到很意外，
但并没有追问这个人究竟是谁。他有一种顾虑一直挥之不去，因为他
觉得，这是他处理其他情况时不得不考虑的敏感问题。从小小的自尊
原则考虑，他当时没有让小比尔汉姆说出她的名字，因为他希望借此
表明，查德的纯真恋情不是他该管的事。刚开始时，他并没有过多地
考虑查德的尊严，但这并不等于在应该顾及查德尊严的时候丝毫不予
理会。他经常在想，对这种事他应该干预到什么程度，查德才不会认
为他是在管闲事。他觉得，自己应该尽可能表现得不去干预为好。当
然，不去干预也不能剥夺他私下里感到惊讶的权利，只不过他必须把
这种惊讶先理出个头绪来，才能拿去示人。在他最后把这件事告诉戈
斯雷小姐时，尽管她刚开始也感到很惊讶，但在认真思考过后，她会

同意他的看法，认为他描述的事情经过与已经证实的情况是一致的。当然，所有的迹象表明，就查德来说他最大的变化莫过于纯真的恋情。用法国人的话说，既然他们一直在寻找解开查德变化之谜的"字眼儿"，小比尔汉姆的消息虽然来得晚一些，但还是派上了用场。事实上，在思考了一段时间之后，戈斯雷小姐告诉斯特雷特，她越想越觉得小比尔汉姆的话能派得上用场。但她的这番话并没有让他在两人分手前不去怀疑她的诚意。她真的以为这种恋情是纯真的吗？——为了搞清她的态度，他又一次追问她这个问题。此外，他第二次向她汇报的消息，当然能够让他更准确地了解她的态度。

最初她只不过觉得很有趣。"你说有两个人？我觉得，要是迷恋母女俩，这份情感应该是纯真的。"

斯特雷特虽然认可她的说法，但也有自己的看法。"他是不是还处在不知道更喜欢母亲还是更喜欢女儿的阶段？"

她仔细想了想。"哦，他这种年纪的人，一定是更喜欢女儿。"

"很有可能。可是，关于她的情况，我们知道多少呢？"斯特雷特问道，"她够年龄了吧。"

"够什么年龄？"

"哎呀！够嫁给查德的年龄呀！也许母女俩就是这么想的。如果查德也想娶她，小比尔汉姆也希望她能嫁给查德，而就连我们万不得已可能也只好迁就了，那么只要她不阻止他回国，事办起来倒还可能一帆风顺呢。"

每次讨论问题时，他都觉得自己说的每一句话似乎都掉进深井里，必须得等一会儿才能听到微弱的溅水声，这一次也不例外。"我不明白，纽瑟姆先生既然想娶这位小姐，为什么到现在还不娶呢？为什么也不跟你说？再说，如果他既想跟她结婚，又想跟她们保持良好的关系，那他为什么还说自己不'自由'呢？"

说实在的，对这个问题，斯特雷特也感到不解。"也许女孩子不喜欢他吧。"

"那他为什么又要跟你提起她们呢？"

斯特雷特心里也在琢磨这个问题，但还是回答道："可能他跟那位母亲的关系好吧。"

"你是说，跟和女儿的关系相比？"

"没错。如果她能劝自己的女儿嫁给他，那他就更喜欢母亲了。只是，"斯特雷特脱口说道，"女儿为什么不愿意嫁给他呢？"

"哦，"戈斯雷小姐说，"也许不是每个人都像你这样欣赏他。"

"你是说，不像我这样认为他是一位'合格'的年轻人？难道我就这水平？"他故作严肃地说出了内心的想法，其实他心里也不知道自己是不是就这水平。"可是，"他接着说，"他母亲最盼望的就是他能结婚。如果成家就能让他立业，那么跟谁结婚都会有助于他立业。不是这样吗？"他已经凭空想象出一套理由："她们肯定希望他日子过得更宽裕。跟他结婚的不管是谁，都会与他抓住的机会有直接的利害关系。如果他失去了机会，起码对她也没有什么好处。"

对此，戈斯雷小姐有自己的看法。"是的，你说得很有道理！不过，这里当然不能排除伍勒特老家那边的因素。"

"哦，没错，"他若有所思地说，"这里肯定有伍勒特那边的考虑。"

她等了一会儿。"这位小姐很可能觉得无法接受这一套。她可能认为代价太大，可能会仔细权衡各方面的利弊。"

在讨论这种问题的时候，斯特雷特总会坐立不安，他又茫然转了一圈。"这要看她是什么样的人，她必须证明自己确实可以应付伍勒特那边的人。当然，在这方面，玛米就很有优势了。"

"玛米？"

听到她用这种口气说话，他便在她面前停下了脚步。他心里明白，这种口气并不意味着她茫然无措，而只是瞬间的窘态，但他还是接着说道："你该不会忘记玛米了吧！"

"嗯，我没有忘记玛米。"她微笑着说道，"不用说，玛米有许多优点。玛米是我喜欢的那种女孩子！"她直截了当地说。

斯特雷特又来回走了一会儿。"要知道，她真是太漂亮了，比我在这儿见过的所有女孩子漂亮得多。"

"这也正是我的出发点。"她也像斯特雷特那样沉思了片刻,"我真想手把手教教她。"

虽然斯特雷特觉得这种奇思妙想很有意思,但最后还是表示异议。"哦,不过,可别怀着满腔热情去找她!要知道,我最需要你,你可不能丢下我不管。"

但她仍然坚持己见。"希望她们能把她送来交给我!"

"她们要是知道你,会这么做的。"他回答道。

"啊?她们不知道我?根据我对你的了解,你肯定把我的事全告诉她们了吧?"

他又在她面前停下脚步,但随即又踱起步来。"就像你说的,没等我办完差,她们就会把她送来。"紧接着,他提出了最想提出的看法。"就好像是现在就要揭穿他的把戏似的。这也是他一直在做的——把我留在这里。他一直在等她们来。"

戈斯雷小姐抿了抿嘴说道:"你看得很透。"

"恐怕没有你看得透。"他接着说道,"你是在假装看不见……"

"呃,看不见什么?"看到他欲言又止,她追问道。

"哎呀!她们之间肯定有很多内情,从一开始就有,甚至在我来之前就有。"

她沉默了片刻,说道:"如果问题这么严重,那她们到底是什么人呢?"

"问题也许并不严重,或许很轻松呢。但不管怎么说,问题确实存在。"斯特雷特不得不承认,"只是我对她们一无所知。在小比尔汉姆把情况告诉我之后,我才觉得有些事没有必要再追问下去了,比方说,她们姓甚名谁。"

"哦,"她回答道,"如果你觉得自己可以放得下……"

说着,她哈哈大笑起来,这给他突然蒙上了一层心理阴影。"我觉得我放不下。我只是想得到片刻喘息的机会。我敢说,我还得继续。"说完,两个人对视了一眼,不一会儿,他又换了一副好心情。

"不过，我对她们姓甚名谁真的没什么兴趣。"

"对她们的国籍也没有兴趣？——美国人，法国人，英国人，波兰人？"

"我才不管她们是哪国人呢。"他微笑着说，"就算她们是波兰人，那也没什么不好。"他又赶紧补充了一句。

"太好了。"他态度的这种转变让她来了兴头。"瞧！你确实很在乎嘛。"

对这句话，他虽然不完全接受，但还是承认了。"如果她们是波兰人，我大概会在乎的。"他想了一下，"没错，要是这样，也许会让人高兴呢。"

"希望如此吧。"话一出口，她又琢磨起这个问题来，"如果女儿年龄合适，那母亲肯定就不合适了。我是指纯真的恋情。如果女儿是二十岁（不能再小了），母亲少说也有四十岁了。这样的话，就要把母亲排除了，因为对查德来说，她的年龄未免太大了。"

斯特雷特又停下脚步，想了想，说道："你觉得是这样吗？你觉得，对他来说，会有年龄太大的女人吗？我八十岁了，但我仍然很年轻。"接着又说道，"不过，可能女孩子还不到二十岁，没准儿她只有十岁，但长得非常可爱，所以才对查德有吸引力。甚至她可能只有五岁。也许这位母亲只有二十五岁，是一个让人神魂颠倒的年轻寡妇。"

戈斯雷小姐觉得他的想法很有趣。"这么说，她是个寡妇了？"

"这我怎么会知道呀！"这样的回答显然很空洞，不过，两个人还是对视了一眼，这可能是迄今为止时间最长的一次对视。接下来要做的似乎需要解释，事实上也确实如此。"我只是把自己的感觉告诉你，我总觉得事出有因。"

戈斯雷小姐展开了她想象的翅膀。"也许她不是寡妇。"

对这种说法，斯特雷特虽然不置可否，最后还是接受了。"这么说，这就是这种恋情对她来说之所以纯真的原因喽。"

但她的表情告诉他，她好像并没有听懂他的话。"既然她是自由的，既然没有任何约束，又何必维系这种纯真的关系呢？"

听她这么说，斯特雷特忍不住笑了起来。"哦，我并不是说纯真到那种程度！难道你认为只有在她不自由的情况下，才能对得起'纯真'二字？"他问道，"可在她眼里，这又是什么关系呢？"

"哦，这是两码事。"他没有说话，她马上又接着说，"不管怎么说，对纽瑟姆先生的这种雕虫小技，我觉得你的看法很对。他一直在试探你，而且还把你的事告诉了他的这些朋友。"

与此同时，斯特雷特也在仔细琢磨。"这么说，他的坦诚到哪里去了？"

"呃，就像我们说的那样，他的坦诚在拼命挣扎，在想法挣脱，在努力证明自己。你瞧！我们要支持他坦诚的那一面。我们可以帮他。"戈斯雷小姐说，"但他已经看明白你会帮他的。"

"帮他做什么？"

"哎呀！为了她们，为了这些女士①。他已经观察过你、研究过你，而且喜欢上了你，还发现她们肯定也会喜欢你。老兄，这是对你最大的恭维，因为我知道她们是很挑剔的。你出来就是为了办成事。"她高兴地说道，"瞧！你已经离成功不远了！"

斯特雷特耐着性子听她说完，然后突然转身走开。她房间里有许多好东西可供他随便观赏。他仔细地欣赏了两三件之后，说了句与这些精美的工艺品毫无关系的话。"你并不相信！"

"不相信什么？"

"不相信这种恋情的性质。不相信这种恋情是纯真的。"

但她辩解道："我并没有假装自己了解事情的一切。凡事皆有可能。我们走着瞧吧。"

"瞧？"他嘟囔了一句，"我们还没有瞧够吗？"

"我还没有呢。"她嫣然一笑。

"这么说，你觉得小比尔汉姆在说谎？"

---

① 原文为法语：ces dames。下同。

　　"这个需要你自己去进一步搞清楚。"

　　这句话几乎让他的脸色变得苍白。"还要进一步搞清楚？"

　　他沮丧地倒在沙发上，她站在他身旁，最后说了句："你出来的目的不就是要把所有的问题都搞清楚吗？"

第五部

一

　　第二周的周日，天气爽朗，查德·纽瑟姆事先就通知斯特雷特他已经做好安排。此前他说过，要带斯特雷特去见格洛里亚尼大师 ①。格洛里亚尼周日下午都会在家，他家里不比其他地方，在那里很少碰到什么讨厌鬼。不过，之前由于事出偶然，计划便没能如期执行，现在由于情况好转，才得以如愿以偿。查德着重提到这位著名的雕塑大师有一座古老的花园，非常别致，时值春光明媚、天清气爽之际，花园更是令人心驰神往。他还提到了其他两三点与众不同的东西，让斯特雷特更充满别样的期待。事到如今，对于种种引见与奇遇，他一直抱着泰然处之的态度，他觉得不管查德带他去看什么，对他来说，起码也是表现自己的机会。不过，他真心希望在做这些事的时候，查德不要只当解说员。经过多次观察，斯特雷特已经看透了查德的把戏和打算，还有人际交往中的圆滑老练。他认为，查德是在通过他心目中称为面包和马戏 ②之类的东西，来回避他们交流实质问题。斯特雷特一直身陷于鲜花丛中，因此觉得有些透不过气来，不过，他有时也会感到气愤，认为这是他那令人厌恶的禁欲思想惹的祸，让他对一切形式的美都持怀疑态度。正因为自己的反应如此强烈，他才时不时告诫自己，除非抛弃自己的积习，否则根本不可能看到事物的本质。

　　斯特雷特事先就已经获悉，德维奥内夫人和她的女儿很可能会露面，这是查德第二次提到他从南方回来的好友时给他的唯一暗示。在跟戈斯雷小姐谈论过她们母女之后，斯特雷特便打定主意，不应再打听她们的事。从他跟查德交谈的情况来看，有些事查德似乎不愿意

---

① 格洛里亚尼（Gloriani）：詹姆斯早在小说《罗德里克·赫德森》（Roderick Hudson，1875）中，就已经塑造了格洛里亚尼这个人物。在《罗德里克·赫德森》1907 年的修订版中，格洛里亚尼被描写为"有法国血统的美国雕塑家，祖上可能有意大利血统"（第六章）。

② 原文为拉丁语：panem et circenses，喻指"吃喝玩乐"。

提，所以斯特雷特觉得自己也最好避而不谈。她们身上笼罩着一种难以名状的东西：一种体谅尊重，一种特别关照。究竟是什么，斯特雷特也说不清楚。但事已至此，他只好硬着头皮去见母女俩了。在他看来，有一点确定无疑，那就是他应该让她们觉得，她们见到的是一位有头有脸的绅士。查德之所以力促此事，是因为母女俩非常漂亮，非常聪明，甚至非常善良，或者是因为其中的某一个优点？照伍勒特人的说法，他不遗余力地把她们推上前台，是不是要用她们无与伦比的优点，打他这位很少发表评论的评论家一个措手不及？不管怎么说，他这位批评家充其量只会问一问母女俩是不是法国人，他之所以这么问，也只是因为她们的名字读起来像法语而已。查德的回答是："既是，也不是！"不过，他赶紧又补充说，她们讲的英语是世界上最动听的，所以斯特雷特要想找借口不跟她们好好相处，恐怕根本办不到。其实，到了巴黎之后，斯特雷特的心情很快发生了变化，所以他觉得根本没有必要去为自己找借口。如果非要找借口，那也是在为别人找。他心里很清楚，对眼前的这些人，对他们那种逍遥自在的生活方式，他打心眼儿里喜欢。从美国到这儿来旅居的人越来越多，这些形形色色的旅居者逍遥自在，热情奔放，特立独行，与这里惬意的环境完美地融为一体。

　　格洛里亚尼大师的花园给人的印象非常深刻，花园的一角有一处造型简洁的凉亭，镶木地板擦得锃亮，精美的白色翼板和素淡的描金，亭内的陈设清雅脱俗。这地方位于圣日耳曼近郊①的中心地带，地处一片带花园的古宅边上。斯特雷特一眼就发现，这地方远离喧嚣的街道，要经过一条长长的过道和一个静寂的庭院，才能走到这里。对没有心理准备的人来说，见到这地方，犹如见到刚从地里挖出来的宝藏，会感到无比震撼。这让斯特雷特更深刻地认识到，巴黎是如此博大，仿佛有人大笔一挥，将他平生所见的那些地标和界限统统

———————————
① 圣日耳曼近郊（Faubourg Saint Germain）：巴黎塞纳河左岸的一个旧郊区，现属于巴黎第七区，在很长一段时间内曾是法国贵族最喜欢居住的地方，有许多具有贵族气派的酒店和旅馆。

抹掉。花园中已经聚集了十几个人，查德的主人不久就在这座花园里会见他们。花园很大，是一处珍贵的历史遗迹，园中的参天大树上，群鸟栖集，在明媚的春色中鸣啭。高高的界墙外，威严的府第傲然峙立，似乎在诉说着它们的古今嬗变和恩怨情仇，诉说着它们对外部世界变化无动于衷的威仪。由于春色撩人，参加聚会的人差不多都聚在院子里，此时此景，院子仿佛变成了雍容华贵的大厅。斯特雷特感觉自己好像置身于一座名副其实的修道院中，一个举行布道活动的修道院（至于因何出名，他就不得而知了），一个培养年轻牧师的地方。这里阴影斑驳，直巷和教堂钟楼随处可见，主体建筑一直延伸到修道院的一角。他感觉到空气中飘荡着许多的姓名，感觉到窗口鬼影幢幢，感觉到形形色色的符号和标志，感觉到自己有满脑子的想法，只是一时间没办法理清。

　　在与这位著名雕塑家交谈时，各种感受接踵而至，搞得他有些招架不住。在查德把格洛里亚尼介绍给斯特雷特的过程中，这位雕塑大师表现得十分自信，他那张英俊而又略显疲惫的脸，就像一封用外文写成、公开示人的信。他的双眼炯炯有神，透着才气，言谈温文尔雅，他那漫长的创作生涯，他所身负的众多荣誉和光环，在跟斯特雷特见面时专注地看他的那一眼，以及向他表示欢迎的寥寥数语，都让斯特雷特觉得对方是艺术奇才。斯特雷特曾在许多博物馆——先是在卢森堡，后来又怀着更加崇拜的心情，在亿万富豪云集的纽约——见过他的作品，也知道他最初在他的故乡罗马创过业，后来在事业发展的中期移居巴黎，在巴黎他以其灿烂的光芒在群星中大放异彩。在斯特雷特眼里，所有这一切都让他笼罩在传奇般的光环和荣誉之下。斯特雷特还从来没有亲眼目睹过这样的场面，在这幸福的时刻，他感觉到自己敞开了心扉，让自己在故土很少感受到的和煦阳光照进自己灰暗的内心。后来，他会一再想起那张像奖章一样的意大利面孔，脸上的每一根线条都是那么与众不同，岁月只是在上面添加了色彩，让人们对它更加崇拜而已。他还会专门记得，当他们面对面地站在那里短暂寒暄时，大师的双眼闪烁着深邃的光芒，像是在传递超凡脱俗的精神。他不可能随随便便就忘记那双眼睛，相反，他会时刻想起那双眼睛。因为他觉得自己从来没有像现在这样，让别人把自己的内心深处看得这么一清二楚。事实上，他内心十分珍惜这一场景，在闲暇时会一再回味这一场景，只不过他从不跟任何人谈起自己的想法，因为他很清楚，如果他跟别人提起这事，别人会觉得他是在说胡话。更大的神秘究竟是他从这场景中了解的呢，还是这场景让他产生的疑问呢？这场景是审美火炬发出的与众不同、至高无上、无与伦比的火焰，永远照耀着那神奇的艺术世界呢？还是由某个经过生活千锤百炼的人凭借自己的聪明才智挖掘而成的深井呢？当然，与艺术大师本人相比，世界上没有什么东西是更神奇的，自然也不会令人更感到惊讶的了。此时此刻，斯特雷特觉得自己就好像心甘情愿地接受了一场考验。他突然想起了格洛里亚尼脸上挂着的迷人微笑——哦，当然还有微笑背后隐藏着的沧桑！这种微笑表现的是艺术大师对人性深刻而又独到的洞察力，似乎也在考验斯特雷特的洞察力。

与此同时，查德在落落大方地把斯特雷特介绍给主人之后，更加落落大方地转身走开，去招呼在场的其他人了。无论是对艺术大师，还是对他这位寂寂无名的同胞，聪明的查德都是显得落落大方，对在场的其他人也同样如此。这又给了斯特雷特一个启示，像是一缕新曙光，作为整个事件的一个场景，让他能把玩欣赏。他虽然喜欢格洛里亚尼，但以后再也不会见到他，这一点他确定无疑。在他看来，对他们俩都很好的查德，自然就成了他与格洛里亚尼之间无望幻想的连接纽带，以及预示着各种可能的暗示——哦，一切如果不是这样，那该多好呀！无论如何，斯特雷特意识到自己已经结交了名人，而且还一清二楚地意识到他根本不会因为结交了名人而到处去显摆。斯特雷特之所以现身于这种场合，并不是专门为了欣赏埃布尔·纽瑟姆儿子的光辉形象，但这种形象很可能会在斯特雷特的心目中占据中心地位。实际情况是，格洛里亚尼好像突然想起了什么，向斯特雷特告了声失陪，便追过去跟查德说话去了。斯特雷特独自一人待在那儿，沉思默想起来。他想到的一件事便是，他既然已经接受了考验，那么他究竟有没有过关的问题。艺术大师弃他而去，是因为发现他不够格吗？他打心眼儿里觉得自己今天的表现比平时要好得多。他是不是表现得很得体，也就是说既为大师的魅力所折服，又让大师觉得他已经感觉到大师在考验他？突然，他看到小比尔汉姆从花园对面朝他走来。就在两个人目光相遇的那一刹那，他突然心血来潮，觉得小比尔汉姆已经猜到他在想什么了。那一刻，他如果有什么话最想跟小比尔汉姆讲，肯定是："我过关了吗？我知道，要想在这种地方待下去，就必须过关。"如果真是这样，小比尔汉姆会叫他放宽心，会告诉他说他想得太多了，而且还会以小比尔汉姆自己也在场为由，叫他放宽心。老实说，斯特雷特看到，在这里小比尔汉姆的行为举止也和格洛里亚尼以及查德一样从容不迫、落落大方。兴许过一会儿他自己就不再会提心吊胆，可以了解眼前这些完全另类、与伍勒特人完全不同的陌生人了。这些人或三五成群，或结对成双，分散在院子里闲聊。与男士们相比，在场的女士们更不像伍勒特人。他们都是些什么人呢？在小比尔汉姆跟他打过招呼后，他便迫不及待地提出了这个问题。

"哦，他们就是普通人——千奇百怪、五花八门。当然，我并不是说一点儿限度都没有，但这种限度可能是下限，而不是上限。都是些艺术家，在志同道合者 ① 眼里，既赏心悦目，又无与伦比。还有各种各样的大人物 ②，比方说，大使、内阁部长、银行家、将军，甚至还有犹太人，我怎么能说得清呢？尤其是总会有些丰姿卓绝的女人，当然不是太多。有时候，还会有些女演员、艺术家、表演大师等参加，不过，这些人不能过于怪异。特别是还有一些真正的社交名媛 ③。你可以想象他在这方面的经历——我觉得，简直就像传奇故事，她们总是缠着他，不肯放手。不过，他压得住她们，没有人知道他是怎么做到的。那是一种既赏心悦目又温柔和顺的手段。每次来这儿的社交名媛不是很多，人数总是恰到好处，甚至堪称完美。不管怎么说，在这儿

① 原文为法语：cher confrère。
② 原文为法语：gros bonnets。
③ 原文为法语：femmes du monde。下同。

你看不到什么讨厌鬼，从来都是这样，他有自己的秘密武器。太了不起了。你根本看不出来。他对每个人都一样。他从来不问这问那。"

"哦，是吗？"斯特雷特笑了起来。

比尔汉姆耿直地说道："否则，我怎么可能会在这里呢？"

"哦，你已经把原因告诉我了。你是堪称完美的一分子嘛。"

年轻人环顾四周。"今天好像就非常完美。"

斯特雷特也跟着环顾四周。"她们全是社交名媛？"

小比尔汉姆很有把握地说："没错。"

斯特雷特对这类女人颇有感觉，他喜欢用一种神秘而又浪漫的眼光去观察和欣赏她们身上的女性美。"有波兰人吗？"

小比尔汉姆想了想，说道："我想我能认出一个葡萄牙人。不过，我还认出了几个土耳其人。"

斯特雷特尽量不带偏见地说："她们——所有的女人——看上去倒是很融洽嘛。"

"哦，走近了看，每个人的特点就显现出来了！"斯特雷特知道走近的坏处，不过，他真的很欣赏这种融洽的氛围。"哎呀！"小比尔汉姆接着说，"要知道，即便从坏处说，也是恰到好处。如果你喜欢这样，如果你有这样的感受，那就说明你至少不是门外汉了。"他又慢条斯理地补充了一句，"不过，无论什么事，你总是能一点就通。"

这句话虽然说得有点夸张，但斯特雷特听得心里美滋滋的，于是，他无奈地嘀咕了一句："喂，别开玩笑！"

"哦，"小比尔汉姆说，"他对我们都非常客气。"

"你是说，对我们美国人？"

"哦，不是，这一点他根本不知道。这个地方的好处有一半与这个问题有关——你听不到谁谈论政治。我们不谈这个。我的意思是，不对形形色色的年轻人谈。但这里总是这么有吸引力，就好像空气中有什么东西，掩盖了我们的龌龊，让我们全部退回到上一个世纪。"

斯特雷特觉得很有趣，说道："恐怕这会推着我往前走，哦，走得很远！"

"走到下一个世纪?"小比尔汉姆问道,"你有这样的担心,不就是因为你的世界观还停留在上个世纪吗?"

"你是说上上个世纪?谢谢你!"斯特雷特哈哈大笑起来,"我向你打听一些女士的情况,并不意味着像我这种洛可可式①的人物希望讨好她们。"

"恰恰相反,她们崇拜洛可可式的人物。我们都崇拜这种人。亭子和花园,以及这儿的一切,还有比这儿更好的环境吗?这儿有许多人都收藏艺术品,"小比尔汉姆微笑着环顾四周,"你大可放心!"

他的话又一次让斯特雷特陷入沉思。有些人的表情他根本看不懂。究竟是迷人抑或仅仅是淡漠?他可以不谈政治,但他觉得其中有一两个可能是波兰人。这问题自从他见到小比尔汉姆那一刻起就一直浮现在脑海里,于是他便问小比尔汉姆:"德维奥内夫人和她女儿到了没有?"

"我还没有看到她们,不过,戈斯雷小姐已经到了。她在亭子里欣赏藏品呢。"小比尔汉姆不想得罪人地补充了一句,"看得出,她是收藏家。"

"哦,没错。她是收藏家。我就知道她会来。德维奥内夫人也是收藏家吗?"斯特雷特继续说道。

"那还用说嘛。我觉得她应该算是收藏名家吧。"说话的时候,小比尔汉姆与斯特雷特对视了一下。"昨晚我看到查德,听他说她们已经回来了,不过,昨天刚到。直到最后,他也搞不清楚她们是什么时候回来的。"小比尔汉姆接着又说,"当然,如果她们今天能来,那也是她们回来后第一次公开露面。"

斯特雷特飞快地把他的话想了一下。"查德昨晚告诉你的?在跟我一起来这里的路上,他对我可是只字未提。"

"你问过他?"

斯特雷特实话实说。"没有。"

---

① 洛可可式(rococo):18世纪上半叶法国流行的一种建筑装饰的艺术风格。

"哎呀！"小比尔汉姆说，"你这个人，如果不想知道一件事，别人就是想告诉你也难。"他心怀悲悯地接着说道，"不过，要我说，如果你想知道，那也是轻而易举的事——而且还是一件令人愉快的事。"

斯特雷特以一种与其机智相称的宽容看了他一眼，说道："这就是你闭口不谈这两位女士的真正原因吗？"

小比尔汉姆掂量着他这句话的深意。"我并没有闭口不谈呀。就在前两天，就是在查德的茶会后，我们坐在一起聊天，我还跟你说起过她们呢。"

斯特雷特话锋一转，问道："这么说，母女俩就是他所谓的纯真恋情？"

"我只能说，她们给人的感觉就是。这还不够吗？就连我们中最聪明的人也只能看到虚假的表象，对不对？"年轻人和蔼可亲地强调说，"请注意，是虚假的表象。"

斯特雷特放眼四下张望，他所看到的一张张面孔，加深了他对小比尔汉姆的话的进一步理解。"虚假的表象有这么好吗？"

"好极了！"

斯特雷特停顿了一下。"丈夫死了？"

"哦，没有。还活得精神着呢。"

"呃！"斯特雷特应了声。紧接着，就在小比尔汉姆哈哈大笑时，他又问道："这怎么能说好呢？"

"你自己会看出来的。大家都能看得出来。"

"查德爱上了女儿？"

"我就是这个意思。"

斯特雷特感到不解。"那又有什么难处呢？"

"哎呀！你和我难道就不能……想得更胆大一点儿吗？"

"哦，天哪！"斯特雷特说话的语气似乎有些怪，不过，随即似乎又平缓了，"你是说，她们不喜欢有人提起伍勒特？"

小比尔汉姆微笑着说道："这不正是你要搞清楚的吗？"

就在这时，斯特雷特注意到巴拉丝小姐正一个人无所事事地走来走去——他以前从没见过一位女性在聚会时孤零零地走来走去。此刻，她听到小比尔汉姆说的最后那句话，于是便加入了他们的谈话。她刚走到能听到他们说话的距离时，就已经开口说话了。透过长玳瑁柄眼镜，她又一次看到了她感兴趣的东西。"斯特雷特先生，你管的事未免太多了！"她眉飞色舞地说道，"不过，你可不能说我没有尽力帮你。我把韦马什先生安顿好了。我把他留在屋子里，让他跟戈斯雷小姐聊天去了。"

小比尔汉姆叫道："斯特雷特先生可真会叫女士帮他办事！他正准备再拉一个进来——你难道没有看出来吗？目标就是德维奥内夫人。"

"德维奥内夫人？嗻，嗻，嗻！"巴拉丝小姐清脆的叫声越来越响亮。斯特雷特听得出她话中有话。他做什么事都过于较真，会不会沦为别人的笑柄呢？不管怎么说，他倒是很羡慕巴拉丝小姐逢场作戏的本领。她就像一只振翼扬翚、四处啄食的小鸟，时而叽叽喳喳、满腹牢骚，时而又能迅速发现新猎物，倏然俯冲过去。面对生活，她犹如站在布满陈设的橱窗前，在对陈设指指点点、评头论足的时候，你可以清楚地听到她那副眼镜的玳瑁柄敲击玻璃的声音。"我们的确需要弄清楚，不过，幸亏做这种事的不是我。毫无疑问，刚开始，人都是这样，不过，便很快发现自己已经放弃了。那样的话，真叫人受不了，太难以接受了。"她接着对斯特雷特说，"你们都是好人，感觉不到这些，我说的是种种不确定性。你们永远感觉不到。你们能坚韧不拔地面对种种不确定性，让我从你们身上学到很多东西。"

"得啦，"小比尔汉姆不以为然地说道，"我们有什么本事呀？我们观察你们，然后告诉世人。即便是真的告诉世人，也算不上什么本事呀。"

"嗨，你，比尔汉姆先生，"她像是不耐烦地敲着玻璃回答道，"一文不值！你到这儿来是为了感化野蛮人的——我提醒你，我知道确实如此——却让野蛮人把你给感化了。"

"还没有呢！"小比尔汉姆可怜兮兮地说道，"他们还没有把我给感化。这些野蛮人，他们只是把我吃掉了，用你的话说，把我感化了，其实只不过是把我变成了食物。我现在只不过是一堆基督徒的白骨而已。"

"哎呀！这就对了！"巴拉丝小姐又对斯特雷特说道，"千万不要灰心。虽然你很快就会累得筋疲力尽，但也会得到享受。有些享受是必然的。① 我喜欢看你坚持到底。我也可以告诉你谁会坚持到底。"

"韦马什？"他已经明白了她的意思。

她察觉到他的话里透露出来的惊慌，便笑了起来。"就连戈斯雷小姐他都要防着呢。不理解人的人真是太有意思了，他真是神奇。"

"确实如此。"斯特雷特附和道，"他不肯把这档子事告诉我，只说他有一个约会，可是说的时候又拉着脸，那样子就好像要上绞架似的。后来，他又一声不吭、神不知鬼不觉地跟你一起在这儿露面。你把这叫作坚持到底？"

"哦，我倒希望这就算是坚持到底！"巴拉丝小姐说，"不过，他充其量只能容忍我罢了。他不懂——一点儿也不懂，但很讨人喜欢。他真是神奇。"她又说一遍。

"米开朗琪罗式的人物！"小比尔汉姆说出了她没有说出口的话，"他的确是个成功者。把本应画在天花板上的摩西② 画到了地板上。气势恢宏、工程浩大，而且还能移动。"

"当然，要说还能移动的话，"她回答道，"坐在马车里，他那副样子真是棒极了。他坐在我身边的角落里，看上去太好玩了。他的样子就像某个人，某个外国名人，某个流亡者③。所以，人们都纳闷，我带来的人到底是谁。真是太有意思了。我带他逛巴黎，去游览所有的地方，他却无动于衷。他就像我们在书上看到的印第安酋长，到华盛顿去见'国父'④ 时，身上裹着毛毯，面无表情地傻站在那儿。从他对

---

① 原文为法语：Il faut en avoir。
② 此处指梵蒂冈的西斯廷教堂中米开朗琪罗（1475—1564）的天顶画作品。
③ 原文为法语：en exil。
④ 国父（the Great Father）：19 世纪北美殖民地与原住民交流时使用的称呼，分别指美国的总统、加拿大的君主、西班牙的国王和法国的国王。

一切事物的态度看来，我就像是'国父'。"把自己比作国父让她颇为得意，这倒也符合她的性格，于是，她宣称，从今以后自己就叫"国父"了。"还有，他坐在我房间的犄角旮旯儿，眼睛盯着我的客人看，那样子就像要闹点儿什么动静似的！搞得客人们都一头雾水，不知道他要闹出点儿什么事来。不过，他真是堪称神奇。"巴拉丝小姐再一次强调说，"到现在为止，他还没有闹出什么动静来。"

听她这么说，她眼前的这两位朋友明白了韦马什的为人。两个人心领神会地对视了一眼，比尔汉姆权把这当作茶余饭后的谈资，可斯特雷特心里多少有些难过。斯特雷特之所以感到难过——这番景象自有其难能可贵之处——是因为他觉得，如果他本人没有身裹毛毯站在大理石大厅中，没有对国父置若罔闻、视而不见，那他根本就不像是一个威武雄壮的土著人了。但他同时又想："你们这儿的人视觉太花哨，所以都多多少少会对视觉'趋之若鹜'。有时候让人觉得，除了视觉，你们根本没有其他的感觉。"

"没有一点儿品行，"小比尔汉姆一边安静地看着花园里的社交名媛，一边客客气气说，"不过，说到品行，只有巴拉丝小姐可称为典范。"他之所以说出这样的话，既是为了迎合斯特雷特，也是为了讨好巴拉丝小姐。

斯特雷特不知道他在说什么，急忙问巴拉丝小姐："是吗？"

"哦，没什么了不起的，"他说话的语气把她逗乐了，"比尔汉姆先生真是个好人。不过，我觉得自己完全有资格说自己有德行。没错，完全有资格。你觉得我身上有那些稀奇古怪的东西吗？"她又透过玳瑁柄眼镜，饶有兴趣地盯着他。"说心里话，你们都是好人。我恐怕会让你们失望的。我还是坚持认为自己完全有德行。"她继续说道，"不过，我不得不承认，我认识一些稀奇古怪的人。我不知道是怎么认识他们的，但肯定不是有意为之。这好像就是我的命，他们好像总会来找我。真不可思议！不过，我敢说，"她一本正经地接着说，"我，还有这儿的所有人，都过分注重外表。可是，这有什么办法呢？我们都彼此盯着对方，用巴黎人的眼光，去发现事物之间的共同点。这就是巴黎眼光给我们的启示。这也是巴黎眼光的毛病，可爱的老眼光！"

"可爱的老巴黎！"小比尔汉姆附和着说。

"所有的东西、所有的人都暴露无遗。"巴拉丝小姐继续说。

"露出真面目？"斯特雷特问道。

"哦，我喜欢你们波士顿人动不动就说'真'！不过，有时候的确是这样。"

"那么，可爱的老巴黎！"就在两个人对视的那一刻，斯特雷特听天由命地叹了口气，随后问道，"德维奥内夫人也是这样吗？我是说，她也会露出真面目吗？"

她的回答很干脆。"她美丽动人。她十全十美。"

"那你刚才听到她的名字时，为什么连着说了几个'嘿，嘿，嘿'呢？"

刚才的情形她并没有忘。"呃，那只是因为……她非常特别！"

"啊，她也非常特别？"斯特雷特几乎是在叹息了。

但与此同时，巴拉丝小姐也找到了脱身的方法。"为什么不直接去问能回答这个问题的人呢？"

"别！"小比尔汉姆说，"别提出什么问题。耐心等着，自己去做判断，那样会更有意思。瞧！他来找你去见她了。"

二

就在这时，斯特雷特看到查德回到自己身边，不过，他接下来真的不知道——貌似很荒唐嘛！——即将会发生什么。他只觉得那一刻对他很重要，重要得让他难以解释。事后，他一直在想自己跟查德一起走开时，自己的脸色不知道是白还是红。让他唯一记忆犹新的一点是自己当时幸亏没说什么不得体的话，查德也像巴拉丝小姐所描述的那样，比以往任何时候表现得都要好。当时，查德的变化是那么明显，但至于为什么会发生这么大的变化，斯特雷特也没搞明白。就在两个人快要走进屋子时，斯特雷特想起了那个晚上他们第一次见面时的情景，当时，查德给他留下的印象是他懂得如何温文尔雅地走进别人的包厢。而现在，查德给他留下的深刻印象则是更懂得如何去介绍别人。这让斯特雷特的地位——或者说他自己想象中的地位——受到冲击，让可怜的斯特雷特有意无意地觉得自己被转手交给了别人，或者用他自己的话说，被查德当作礼物送给了别人。就在他们走向屋子时，一个年轻女子独自一人出现在门前的台阶上，正准备走上前来。查德跟她简单地交流了几句，从查德的话中斯特雷特马上听出，她殷勤地站在那儿是为了迎接他们。本来查德是让她待在屋子里的，但后来她走到门前台阶上来迎接他们，随后又和他们俩一起走到花园里。一开始面对这位青春佳丽，斯特雷特多少有点儿局促不安，但随即而来的强烈感受，让他感到一丝慰藉，因为他觉得眼前的这位年轻女子并不是那种在大庭广众之下让人随便胡来的女人。一经接触，他就确信她不是那种人。在查德把斯特雷特介绍给她之后，她也能够落落大方、温文尔雅地跟他说话。她的英语说得既轻柔又清晰，听上去跟其他人讲的英语都不一样。她的样子也没有忸怩作态，跟她交谈了几分钟后，斯特雷特就发现，她根本没有故作姿态。她说起话来语言优美、用词准确，但又有些奇妙，像是在警告斯特雷特，不要以为她是波兰人。但他似乎发现，只有真正碰到危险的时候，她才会发出这种警告。

后来，他会感受到更多的警告。不过，到那时他感受到的已不仅仅是警告了。她穿着一身黑色的衣裙，这身黑色衣裙给他的印象是既单薄又透明。她皮肤白皙，虽然身材颇为瘦削，脸却是圆圆的。她的两只眼睛相距较远，所以显得有点儿古怪。她笑起来总是淡淡的，让人觉得非常自然，帽子也朴实无华。他注意到她佩戴的金手链和金手镯要比他见过的其他女性多，这让他觉得她那雅致的黑色衣袖下总是叮当有声。对他们的见面，查德表现得既从容又轻松。斯特雷特巴不得自己在这种场合下也能有这种从容、这种谈吐。"两位终于见面了；

两位会合得来——不妨拭目以待 ①。祝两位成为挚友。"说完后，查德便走开了，不过，他的话似乎多少有些应验了。他之所以走开，是因为他问起"让娜"在哪里。她母亲回答说，她刚才把让娜托付给了戈斯雷小姐，所以现在大概还在屋子里。"噢，不过，要我说，"查德说，"他一定要见见她。"就在斯特雷特竖起耳朵听他说话的时候，他就抛下两个人，匆匆离开，看样子是去找让娜了。让斯特雷特惊讶的是，他突然发现戈斯雷小姐已经置身其中，于是觉得自己忽略了一个环节。但他转念一想，又觉得这样也好，他稍后可以跟戈斯雷小姐讨论一下德维奥内夫人的事。

其实，这方面的信息还不多，不过，也许正因为如此，才让他稍微降低了自己的期望值。看样子她并不富有，原来他单纯地以为她肯定很有钱。不过，现在就断定她一贫如洗，未免也太过分了。两个人离开屋子，斯特雷特看到远处有条长凳，于是便建议坐下来聊。"您的情况我听过很多。"她一边走一边说，但他的回答让她突然停下了脚步。"呃，关于您，德维奥内夫人，应该说，我基本上一无所知。"他觉得能明确表达自己想法的就只有这一句话了，因为他心里很清楚，面对接下来的差事，他应该采取一种直来直去、以诚相待的态度，而且这样做的理由也更充分。不过，对查德应有的自由，他丝毫没有窥探的意思。但就在这一刻，德维奥内夫人突然停下脚步的这一刻，他觉得仅仅采取直来直去的态度还不够，还必须小心谨慎才行。事实上，她只要冲着他微微一笑，就能让他自我检讨，看看自己的言行是否妥当。如果他突然发现，她在故意向他示好，那就说明他的言行可能欠妥。这就是他们站在那里时，彼此间产生的心灵交流，至少他事后已经不记得还发生过什么。有一点是千真万确的，那就是，他成了别人茶余饭后的谈资，这让他的心情久久不能平静，也是他根本没有预料到、也没有想象到的。她跟他解释说，关于她的问题，她具有他无可比拟的优势。

---

① 原文为法语：vous allez voir。

"戈斯雷小姐就没替我说句好话吗？"她问道。

他首先想到的是她居然把他跟戈斯雷小姐相提并论，他不知道查德是怎样向她解释他跟戈斯雷小姐的关系的。但不管怎么说，这里面肯定有什么事，只不过他无从得知罢了。"我之前甚至都不知道她认识您。"

"哦，现在她会把一切都告诉您的。您和她交朋友，我很高兴。"

两个人坐定后，斯特雷特最关心的就是当务之急戈斯雷小姐会告诉他什么样的"一切"。他关心的另一件事是，在五分钟之后，她——呃，不用说是她，没错——跟别人并没有什么不同，尤其是跟纽瑟姆夫人或者波科克夫人并没有什么不同——哎呀！起码表面上是这样。跟纽瑟姆夫人相比，她要年轻得多，但跟波科克夫人相比，她又年轻不到哪里去。由于她自身的原因（如果真有原因的话），他不可能在伍勒特见到她，可那究竟是什么原因呢？跟她坐在长凳上谈话，与本该在伍勒特游园会上畅谈，又有什么不同呢？说实话，这样的谈话只不过没有游园会上的谈话那么酣畅淋漓罢了。她对他说，据她所知，他能到巴黎来，查德特别高兴。不过，这样的恭维，伍勒特的两位夫人也会说。查德在内心深处偶尔也会眷恋故土吗？难道正是因为有这份眷恋之情，才让他一见故乡人，便怀念起故乡空气和泥土的味道？斯特雷特心想，既然如此，又何必面对社交名媛这种陌生场景而大惊小怪呢？从某种程度上说，纽瑟姆夫人也属于这类女人。小比尔汉姆曾信誓旦旦地说过，这种女人，只要近距离看就会露出真面目。不过，此时此刻，他正是从比较近的距离看，才发现德维奥内夫人所表现出来的普通人具有的人性。她确实露出了自己的真面目，这让他感到很欣慰，不过，她暴露出来的是平凡的一面。这背后可能有什么动机，但即便是在伍勒特，藏着什么动机也是司空见惯的。现在的唯一问题是，如果她对他表现出她愿意喜欢他（在这种动机驱使下，她很可能会这么做），如果她能更明显地彰显自己是外国人，那么他可能会更兴奋。啊！她既不是土耳其人，也不是波兰人！——这可能再一次让纽瑟姆夫人和波科克夫人觉得她太平淡无奇了。但就在这时，一名女子和两名男子已经走到他们坐的长凳前，他们俩的谈话便暂时中断了。

这几位相貌不俗的陌生人走过来跟德维奥内夫人打招呼，她也站起来跟他们寒暄。这时，斯特雷特注意到，由两名男子陪同的这名女子，虽然看上去要成熟得多，人也算不上漂亮，却更端庄娴雅，具备那种他做梦都想一睹尊容的诱惑力。德维奥内夫人称呼她"公爵夫人"，并开始用法语同她交谈，而对方则称呼德维奥内夫人"我的大美人"①。这些细枝末节自然是意味深长的，这引起了斯特雷特浓厚的兴趣。德维奥内夫人并没有把斯特雷特介绍给她，这让斯特雷特觉得这种做法与伍勒特的规矩和人情显然不合。这位公爵夫人给他的印象是既自信又从容，跟他心目中公爵夫人的形象不谋而合。虽然德维奥内夫人没有做介绍，但公爵夫人还是忍不住直勾勾、恶狠狠地——没错，是恶狠狠——看了他一眼。那眼神似乎在说，她很想认识他。"哦，没错，亲爱的，没关系，是我。你满脸的皱纹很有意思，还有你那鼻子也让人过目不忘（该说它漂亮无比呢，还是丑陋无双呢？），你是谁呀？"她似乎在将一把芬芳扑鼻的鲜花朝他抛过来。斯特雷特忍不住想入非非，德维奥内夫人是不是预感到了他们俩之间的这种异性相吸，所以才决定不去介绍他们俩认识呢？不管怎么说，两名男子中的一位走到德维奥内夫人身旁。他头戴一顶漂亮的大弯边帽，双排扣的长礼服扣得整整齐齐，虽然身材不高，但长得很粗壮。他的法语很快变成流利的英语，这让斯特雷特突然想起，他可能也是一个专使。他的意图很明显，那就是要独享德维奥内夫人全部的注意力，而且在一分钟内，他便大功告成了。不知道他耍的什么阴谋诡计，只三言两语就把她给带走了。眼看着四个人转身离去，对这样的社交手腕，斯特雷特只好自叹不如。

斯特雷特又一屁股坐在长凳上，眼睁睁地看着一行人离去，心里不禁再一次想起查德结交的这帮怪人。他独自一人在那里坐了五分钟，思绪万千。首先，他突然产生了被一个迷人的女人遗弃的感觉，

---

① 原文为法语：Ma toute-belle。

不过，这种感觉很快又被其他想法所淹没，事实上，可以说是瞬间消失殆尽，而他也变得漠然。他从来没有像现在这样委曲求过。如果再没有人跟他说话，他也毫不在乎。他之所以持这样的态度，是因为他就像置身于一个浩浩荡荡的游行队伍中，刚才受到的无礼待遇只不过是微不足道的小小意外罢了。再说，还会碰到各种各样的意外。就在这时，小比尔汉姆再一次来到他身边，打断了他的胡思乱想。小比尔汉姆在他面前站了一会儿，别有深意地问了声："怎么样？"一时间，斯特雷特就像被人打倒在地，思绪杂乱无章，不知道该怎样应对。他只回答了一声"呵"，表示他根本没有被人打倒。他的确没有被打倒。就在小比尔汉姆在他身边坐下时，他给人的感觉仍然是，他充其量是让人掀了一个筋斗，那也是被掀到高空中。他会借着这个空翻动作，去跟至高无上的东西来一次亲密接触，没准儿还会在空中飘一会儿。不一会儿，他仍然顺着这个思路继续说话，但这并不就等于他被人重重地摔倒在地上。"你肯定她丈夫还活着？"

"哦，没错。"

"这么说……"

"什么？"

斯特雷特想了想，说道："呃，我真为他们惋惜。"不过，斯特雷特这句话也就是说说而已。他对小比尔汉姆说，他很满意。他们没有必要去搅扰别人，老老实实地坐在那里就挺好。他已经大开眼界了，认识的已经够多的了，他不想再去认识什么人。他喜欢格洛里亚尼，用巴拉丝小姐的话说，格洛里亚尼堪称神奇。他相信自己已经认识了五六个社会名流、艺术家、评论家，哦，还有那位戏剧大师——他是很容易认出来的。不过，他不想——不，谢谢，真的不想——跟他们聊，因为跟这些人在一起真的无话可说，再说他觉得顺其自然就好。至于原因嘛，呃，一切都太晚了。听他这么说，小比尔汉姆对他表现得毕恭毕敬、言听计从，不过他在想方设法寻找最直接的办法来安慰斯特雷特，于是顺口说了句"晚做总比不去做好嘛"，但斯特雷特回了一句"晚做总没有早做好吧"。这句话随即打开了斯特雷特的话匣子，让他滔滔不绝地说了起来，而且一旦开了口，他便产生了不吐不快的感觉。他知道，心中的不快犹如水库里的水，已经积蓄到满溢的程度，而且满溢的速度要比他想象得快，只要小比尔汉姆轻轻一碰，水就会倾泻而出。该来的迟早会来，否则，就永远不会来。有感于此，他便滔滔不绝地说了起来。

"对你说来，怎么都不算是太晚。依我看，你不会坐失良机。何况，总的来说这里的人似乎都表现得无拘无束、率性而为，大家的眼睛似乎都盯着飞逝的时间。可是，别忘了，你还年轻，真是上天的眷顾！你应该为此感到高兴，不要辜负大好的青春。要尽情享受生活，否则，就大错特错了。你做什么并不重要，重要的是要享受生活。如果没有享受过生活，一辈子还有什么意义呢？虽然你可能觉得生活淡而无味，不会让人热血沸腾，但这个地方和这些印象，以及我对查德和在他那里见到的那些人的印象，已经向我传达了足够的信息，而且已经灌进了我的脑子里。我现在明白了。我以前没有尽情享受生活，可现在已经老了，明白这一切已经太晚了。哎呀！起码我还是明白了，明白的深度超出你想象，也不是我能用语言表达出来的。一切都太晚了。这就像火车在车站上一直等我，而我却傻乎乎地根本不知道火车在等我。可现在我才听到火车在几英里外渐行渐远的汽笛声。一定要记住，失去的东西不可能再找回来。毫无疑问，这种事——我是说生活——对我来说本不该有什么不同，因为生活充其量就是一具白铁铸模，要么装饰精美、凹凸有致，要么平滑整齐、朴实无华，可以把一个人的思想像柔软的果冻一样倒进去，结果正如大厨说的那样，把人的思想依照模子'铸形'，多多少少会受到模子的约束。总之，一个人只能按照自己力所能及的方式去生活。不过，一个人会对自由抱有一丝幻想，所以，千万不要像我一样，连对这种幻想的记忆都没有。我不知道自己是太愚蠢还是太聪明，在该享受生活的时候却没有享受生活。当然，我现在正在对自己的错误进行反思，不过，反思的声音无疑会大打折扣，但这并不影响我的看法，那就是你恰逢其时。一个人只要能抓住机会，任何时候都会恰逢其时。这样的机会，你有

很多。这真是太好了。就像我说的，你这么年轻，这么快乐，真让人
既羡慕又嫉妒！千万不要傻乎乎地错失良机。当然，我并没有拿你
当傻瓜，要不然我也不会说这种话来讨你嫌。想做什么就做什么吧，
千万别重蹈我的覆辙，因为我的所作所为是错误的。享受生活吧！"
斯特雷特的这番话，说得慢条斯理，平易近人，有时断断续续，有时
一气呵成。小比尔汉姆全神贯注地听着，表情也越来越严肃。结果，
由于年轻人的表情过于严肃，搞得斯特雷特觉得这有悖于自己努力营
造轻松愉快气氛的初衷。他掂量了一下自己说这番话的后果，然后把
一只手放在小比尔汉姆的膝盖上，似乎准备以开玩笑的方式，结束自
己的长篇大论。"现在就看你的啦！"

"哦，可我不知道，我到了你这个年龄，自己会不会跟你有太大
的差别！"

"呵，到那时，就做好心理准备，比我更讨人喜欢吧。"斯特雷
特说。

小比尔汉姆还在冥思苦想，不过，最后微微一笑说道："呃，依
我看，你现在就讨人喜欢。"

"如果像你说的，那就太好了。可是，对我自己来说，我属于哪
类人呢？"说着，斯特雷特站起身来，将注意力转移到花园。他看
到，在花园中间，主人正好碰上刚才跟德维奥内夫人一起从他身边走
开的那位夫人。这位夫人似乎没多久就离开她的朋友们，一边等着格
洛里亚尼急步走过来，嘴里一边说着些什么。至于说些什么，斯特雷
特根本不可能听清楚。不过，她那机智有趣的表情让斯特雷特仿佛听
见了回声。他相信她机敏干练，也相信她这次是棋逢对手。由于他明
显地感觉到公爵夫人藏而不露的那股傲慢，所以他很高兴地看到这位
艺术大师所展现出来的那种与之匹敌的气质。这一对都是那个"上流
社会"中的人吗？鉴于他自己身为旁观者的关系，此时此刻，他自己
也属于这个"上流社会"吗？倘若真是这样，这个"上流社会"就多
少有些像老虎，像丛林里袭来的一阵腥风，越过草地朝他扑过来。不
过，在这两个人中，他倒是更羡慕、更嫉妒那只光彩夺目的雄虎。他

的这些稀奇古怪的内心纠葛，卓有成效的胡思乱想，很快就在心里成熟，而且全部反映在他接下来对小比尔汉姆说的话中。"说起这一点，我倒清楚自己希望更像哪一位！"

小比尔汉姆随着他的目光去看，虽然觉得有点儿奇怪，但好像也明白了他的意思。"格洛里亚尼？"

其实，斯特雷特已经犹豫了，但这种犹豫并不是小比尔汉姆言语中含有批评意味和持保留态度的疑问造成的，而是因为他在臻于完美的图画看到了另外的一番景象，使得一种新的印象代替了原来的印象。一个身着白色连衣裙、头戴白色软羽帽的少女突然出现在他的视野之中，随即朝他们走来。他同时发现陪在她身边的那位青年人正是查德·纽瑟姆。很显然，她就是德维奥内小姐。她确实美丽动人，属于那种既聪明和顺又娇怯可人的女孩子。查德在经过精心谋划之后，正准备把她推到斯特雷特面前。最明显的则是比这更重要的一种东西，而这种东西一旦出现——难道仅仅是巧合吗？——所有模棱两可的东西全都消失得无影无踪了。这就像弹簧"喀嚓"一响，让他一下子见到了真相。此刻，他看到查德也在看着他，而且查德的目光颇有深意。就比尔汉姆提出的问题来说，答案自然就在这个真相之中。"哦，查德！"——他希望自己"像"的正是眼前的这位少有的青年才俊。那份纯真恋情即将展现在他的面前；那份纯真恋情即将乞求他送上自己的祝福。让娜·德维奥内，这个魅力四射的尤物，即将以高雅的举止，满怀激情地接受这份祝福。查德带着她径直走到他面前。查德，哦，是的，此时此刻的查德——堪称伍勒特的骄傲——甚至比格洛里亚尼还要高出一筹。他摘取了这朵鲜花，把它插在水中养了一夜，等到最后再拿起来欣赏时，对自己营造的效果感到由衷的高兴。斯特雷特之所以刚开始就感觉到这是查德精心策划的，原因就在于此。此外，斯特雷特还明白，自己注视少女的目光，在查德看来正无异于承认了他的成功。有哪个年轻人会这样无缘无故地炫耀一位花季少女呢？这时他根本没有理由去隐瞒什么。她的气质便充分说明了这一点——他们不会，也不可能让她到伍勒特去。可怜的伍勒特，遭受的损失太大了！——不过，勇敢的查德还在，所以伍勒特还是有很大收获的！但勇敢的查德刚刚做了无可挑剔的介绍。"这位是我善良的小朋友，她对你十分了解。还有，她有事想跟你说。"他转身对少女说，"亲爱的，这位是天底下最好的人，他这个人能量很大，可以帮我们大忙。你可要像我一样喜欢他、尊重他。"

她站在那里，面色娇红，略显羞怯，让人越看越漂亮，一点儿也不像她母亲。母女俩外表上唯一的相似之处就是她们看上去都很年轻。其实，这也是突然间给斯特雷特留下的印象中最深刻的一点，但这种印象让他感到彷徨、困惑，思绪不知不觉地又回到刚才跟他交谈的德维奥内夫人身上。不过，这倒提醒了他，他已经发现这女孩会更有趣。她虽然身材清瘦，充满活力，又赏心悦目，但还没有到十全十美的地步。因此，真要相信她有多么好，还需要把她想象成为她母亲的那种成熟程度，然后再去进行比较。那么，此时此刻，她会对他说些什么呢？"妈妈希望我在我们离开前告诉您，"女孩子说，"她真心希望您能尽快来看我们。她有要紧的事要跟您商量。"

"她打断了你们的谈话，"查德帮腔道，"虽然不是故意的，但她还是要为此抱歉。不过，她还是觉得你这个人很风趣。"

"哦，没关系！"斯特雷特一边讷讷地应着，一边善意地看看这个、望望那个，心里免不了又思绪万千。

"我自己也想问问您，"让娜像背祈祷文一样双手相扣，接着说道，"我自己也想问问您，您一定会来吗？"

"宝贝儿，这事就交给我，让我来处理吧。"查德愉快地主动承担了任务，而斯特雷特则连大气都不敢喘一下。女孩子实在太柔弱了，再说，他对她太缺乏了解，不适合跟她直接打交道。所以，你只能像欣赏一幅画一样，远远地站在一旁看着她。但现在，他与查德已经扯平——他完全可以应付查德。年轻人在各方面都表现得非常自信，真是让人心悦诚服。斯特雷特从查德说话的口气中听出了问题的实质，因为他说话的样子表明，他们已经亲如一家了。这不禁让斯特雷特更快地去猜想，德维奥内夫人之所以这样急不可待究竟是为什么。见到他之后，她就发现他为人谦和。她希望跟他共同商议，务必替两个年轻人想个办法，但条件是不要让她女儿移居美国。他已经在想象自己正在同这位夫人讨论查德的伴侣定居伍勒特的种种好处了。难道查德现在居然把这种事都交给她办了？而他母亲派来的专使不得不屈尊去跟他的一个"女友"打交道？想到这里，两个男人相互对视了一会儿。毫无疑问，查德在以炫耀这种关系为荣。这也是三分钟前他把她介绍给斯特雷特时表现得如此傲然自得的原因，也是斯特雷特第一眼看到他就觉得他神采飞扬的原因。总之，当他最后发觉查德在对他要手腕时，感觉自己打心眼儿里羡慕他，这一点他之前就对小比尔汉姆说过。但整场表演只持续了三四分钟，始作俑者查德很快便解释说，德维奥内夫人马上要走，所以，让娜只能匆匆一见。他们很快会再见面的，不过，斯特雷特可以留下来，好好玩一玩——"我过后再来接你。"他就像带她来时那样把她带走了，而斯特雷特耳边响起了一声轻柔的"先生，再见!"①，他此前从未听到过如此甜美的外国口音。看着他们并肩离去，他再一次感受到两人的关系是何等亲密。随后，两人在人群中消失，显然是进了屋子。于是，斯特雷特转过身来，想把自己的看法向小比尔汉姆一吐为快，但小比尔汉姆早已没了踪影。在这短短的几分钟里，小比尔汉姆已经忙自己的去了，这让斯特雷特十分感慨。

三

其实，查德这一次并没有遵守他会回来的诺言，不过没多久，戈斯雷小姐倒是跑来向他解释查德为什么没能回来。由于种种原因，他不得不跟两位女士②一起走，临行前一再叮嘱她，出面关照斯特雷特，而她也确实做到了。当她在斯特雷特身边坐下时，他觉得她的态度好

---

① 原文为法语：Au revoir, monsieur。
② 原文为法语：ces dames。下同。

得不能再好了。他刚才独自一人在长凳上坐着时，深感小比尔汉姆不辞而别，让他无法把自己的想法一吐为快，但戈斯雷小姐倒不失为更理想的倾诉对象。戈斯雷小姐刚走到他身边，他就嚷道："是那个女孩！"虽然她没有直接回答，但他还是感觉到了她听到这个真相后的感受。她默不作声，突如其来的事实真相犹如洪水汹涌而至，因此无法用一杯一盏来衡量似的。既然他已经与两位女士见过面，那么她觉得，自己难道不应该从一开始就把情况一五一十地告诉他吗？如果他事先不那么小心谨慎，而是把她们的名字告诉她，那么事情本应会容易得多。这一点恰恰说明，他独自一人坐在那儿已经琢磨了多时，却把小心谨慎全抛到九霄云外，这让她觉得非常有趣。凑巧的是，她跟这个女孩的母亲既是老同学，又是多年未见的朋友，这次偶然的机会让她们得以久别重逢。戈斯雷小姐暗示说，想到自己不用再去隔皮猜瓜，就感到如释重负。一般情况下，她不愿意去隔皮猜瓜，而是更喜欢直奔主题，这一点他大概已经看出来了。此时此刻，她已经找到了线索，所以起码不必再劳神去胡乱猜测了。"她会来看我——是为了见你，"戈斯雷小姐接着说道，"不过，我很清楚自己的轻重。"

虽说不用劳神揣测，但斯特雷特现在仍然摸不着头脑。"你是说，你知道她的轻重？"

她迟疑了片刻。"我是说，经过这一惊之后，我已经平静下来，即便是她来看我，我也不会在家。"

斯特雷特尽量装出一副若无其事的样子。"你们久别重逢，你把它叫作'这一惊'？"

她罕见地露出一丝不耐烦的神色。"这种事既让人吃惊，又让人动气。别咬文嚼字啊。她的事我不会管。"

可怜的斯特雷特拉下脸来。"她很难对付……"

"她现在比我记忆中更妩媚动人了。"

"究竟怎么回事呀？"

她不得不考虑话该怎么回答。"唉！我让人受不了。这件事让人受不了。一切都让人受不了。"

斯特雷特看了她一眼。"我明白你在说什么。一切都有可能。"两个人对视了好一会儿，然后他接着说道，"不就是因为那个漂亮的女孩子吗？"看到她仍然没反应，他又说道，"你为什么不想见她呢？"

她直截了当地回了一句："因为我不想管闲事。"

听她这么说，他轻轻地叹了一口气。"在这种节骨眼儿上，你准备丢下我不管了？"

"不，我只是准备丢下她不管。她想让我帮她对付你。这我可不干。"

"你只肯帮我对付她？那么……"原来聚集在花园里的人，因为要喝茶，大多数都进了屋子，花园里差不多就只剩下他们两个人了。日影西斜，栖息在这片豪宅以及周边古老修道院和府第花园里参天大树上的群鸟，正在做最后的晚唱，我们的两位朋友似乎在等待全部迷人的魔力出现。斯特雷特的种种印象依然没有消失，就好像出了什么事把这些印象死死地"钉在"那里，使得这些印象更加强烈一样。不过，用不了多久，也许就是当天晚上，他就会扪心自问，究竟出了什么事。他终于明白了，对第一次走进这个由大使和公爵夫人组成的"上流社会"的绅士来说，这个世界的一切也并非那么多姿多彩。如我们所知，对一个像他这样的人来说，之前的经历与现在的体验可能完全不成正比，不过，这对他根本不足为奇。因此，与戈斯雷小姐坐在长凳上，听她讲德维奥内夫人的事，根本算不上什么了不起的体验。尽管如此，此时此景，眼前发生的一切，最近发生的一切，将来可能发生的一切——连同这次谈话本身，句句在他心中引起反响，无不让这次会面充满了往昔的味道。

之所以说充满了往昔的味道，首先是因为，二十三年前让娜的母亲和玛丽亚·戈斯雷在日内瓦一起读过书，而且是好朋友。虽然两个人后来相聚的机会不多（尤其是这一次她们已经很长时间没有见过面了），倒也见过几次面。毫无疑问，二十三年后的今天，两个人都上了岁数。德维奥内夫人即便毕业后马上就结婚，眼下岁数也不可能小于三十八岁。所以，她应该比查德大十岁，在斯特雷特眼里，也比她的外表看上去大十岁，但不管怎么说，这至少是准岳母应该有的年龄。说心里话，要不是由于某种不可思议和不合情理的原因，她的容貌与她扮演的角色完全不相称，她应该是这个世界上最魅力四射的岳母。在玛丽亚的记忆中，不管扮演什么角色，她都是妩媚动人的。说心里话，虽然她现在扮演的角色不太成功，但仍然十分妩媚。对她来说，这一次还算不上真正的考验——真正的考验是什么时候来着？——因为德维奥内先生是一个人面兽心的家伙。她跟他已经分居多年（当然，这种事太讨厌了），不过，在戈斯雷小姐的印象中，即使她有意要表现得和蔼可亲，也没能改善跟丈夫的关系。她温柔的程度，任何人都无法挑剔，不过，在她丈夫眼里，就完全不是这样了。正因为他实在让人无法忍受，才让她的所有优点显得更加突出。

之所以说充满了往昔的味道，其次是因为，在斯特雷特眼里德维奥内夫人是位伯爵夫人。经过戈斯雷小姐夹枪带棒、绘声绘色的描述，他印象中的德维奥内伯爵是一个出了名的、披着绅士外衣、外表光鲜、内心龌龊的无赖，一个不为外人所知的社会阶层的产物。之所以说充满了往昔的味道，还是因为，根据戈斯雷小姐坦率的描述，这位妩媚动人的姑娘是被她那位生性自私、包藏祸心的母亲——也算得上是一位个性鲜明的人物——一手包办嫁出去。之所以说充满了往昔的味道，最主要的原因可能是，这对伯爵夫妇出于各方面的考虑根本就不想离婚。"要知道，这种人 ① 既不愿离婚，也不愿移居国外，或者公开放弃自己的国籍——在他们看来，这么做是不忠不孝，庸俗下流。"因此，这种人似乎有些与众不同。对斯特雷特这种想象力大体看来还算丰富的人而言，这一切看上去都很特别。在日内瓦读书时，德维奥内夫人就性格孤僻，但同时又特别风趣，对人也十分依恋，那时的她很敏感，性子也比较急，所以做事未免冒冒失失，但人们总是会原谅她。她父亲是法国人，母亲是英国人，母亲早寡，后来再婚——还是嫁了外国人，但母亲的婚姻显然没有给她树立什么

----

① 原文为法语：ces gens-là。

好榜样。她的英国母亲这边，家境还算显赫，只不过多少有些特立独行，以至于玛丽亚一想到他们，就会觉得他们的行为举止让人匪夷所思。不管怎么说，在玛丽亚眼里，她的这位母亲毫无道德良心，生性喜欢投机取巧，而且女儿在她心目中就是个累赘，她一心只想着赶快把女儿给打发掉。而在玛丽亚的印象中，她的法国父亲则颇有名望，与她母亲根本就不是一种人。她清楚地记得，他深爱自己的女儿，还给她留下了些许财产，但不幸的是，正因为这点财产，才让她后来成了别人垂涎的对象。在学校里，她虽然不怎么爱读书，人却非常聪明。她就像一个犹太小姑娘（哦，她当然不是！），能讲好几种语言，法语、英语、德语、意大利语。对她来说，任何语言都不在话下，只不过没拿过什么奖罢了。在学校演戏时，不管是需要背台词，还是即兴表现，什么角色她都能演。她们的同学来自五湖四海，无论种族，还是家庭背景，都很难搞清楚，所以大家也都各自吹嘘自己家世如何如何。

毫无疑问，时至今日，已经很难说她究竟是法国人还是英国人。戈斯雷小姐认为，了解她的人都知道，她是那种无需你多加解释便与你提供方便的女人，心眼儿多得犹如圣彼得大教堂①里那一排可使用多种语言的忏悔室。你可以鼓起勇气用鲁米利亚语②向她忏悔，因为就连鲁米利亚人也会犯罪。因此戈斯雷小姐以一笑掩盖了她的言外之意。斯特雷特总觉得戈斯雷小姐的描述多少有些添油加醋、耸人听闻，不过，这一笑也许同时掩盖了他的这种感觉。趁着戈斯雷小姐继续往下讲，他心里免不了嘀咕，鲁米利亚人犯的罪有什么特别之处吗？总之，戈斯雷小姐接着说，在瑞士的一个湖边，她也见过第一次结婚后的这位少妇。结婚后的头几年，她的婚姻生活似乎还算风平浪静。在戈斯雷小姐眼里，当时，夫人的样子很招人喜欢，反应敏捷，

---

① 圣彼得大教堂（St. Peter's Basilica）：又称"圣伯多禄大教堂""梵蒂冈大殿"。由米开朗琪罗设计，是梵蒂冈的天主教宗座圣殿，为天主教会的重要象征之一。

② 鲁米利亚（Rumelia）：奥斯曼帝国在巴尔干半岛的领土，包括马其顿、阿尔巴尼亚、色雷斯和1855年割让给保加利亚的东鲁米利亚自治省。

精神饱满，因为是他乡遇故人，显得非常高兴，还与她畅谈了过去的很多往事。后来，过了很久，两个人又在外省的①一个火车站偶遇，不过，只谈了五分钟，这位贵妇虽然仍然妩媚动人，但与上一次不同的是，这种妩媚多少给人一种辛酸而又略显神秘的感觉。从短暂的交谈得知，她的生活已经发生了彻底的改变。戈斯雷小姐清楚地知道究竟发生了什么，但仍然对她抱着美好的幻想，认为她自身是无可挑剔的。她虽然城府很深，但毕竟人还不坏。如果她人很坏，斯特雷特肯定会看得出来。但明眼人一眼就能看出，时过境迁，她已经不再是在日内瓦学校读书时那位天真烂漫的小姑娘。她已经变了一个人，一个被婚姻生活改造了的小女人——与美国女人相比，外国女人往往一结婚就会变。很显然，她的情况现在已经有所好转。她跟丈夫充其量可能是合法分居而已。她已经在巴黎定居，独自抚养女儿，独撑自己的小船。不过，在巴黎这样的地方，独撑小船并非易事，但玛丽·德维奥内还是勇敢面对。当然，她会有朋友，而且还是好朋友。无论如何，她还是挺过来了，这倒是很有意思。她能认识查德，至少证明她有朋友。事实也证明，他交到的是何等好的朋友。"那天晚上在法兰西剧院，我就看到了，"戈斯雷小姐说，"不到三分钟我就看到了。我看到了她，或者长得像她的什么人。"她又紧接着加了一句，"你也看到了。"

"哦，没有。没有看到长得像她的什么人！"斯特雷特哈哈大笑起来，"不过，你是说，"他紧接着又说道，"她对他的影响举足轻重？"

说着，戈斯雷小姐站起身来。他们该走了。"她是在为自己的女儿培养他。"

两个人的眼睛像往常在这种坦诚交谈时一样，透过眼镜对视了许久。然后，斯特雷特又一次纵览了一眼这个地方。这时整个院子里只剩他们两个人了。"在这种时候，她是不是有点操之过急了？"

"哦！她当然不会浪费一小时的时间。不过，一个优秀的母亲，

---

① 原文为法语：en province。

一个优秀的法国母亲就该这样。别忘了，身为人母，她是法国人，而上天总是格外眷顾法国母亲。但是，正因为她不能如愿以偿地尽早下手，所以才对别人的帮助心存感激。"

两人慢慢朝屋子走去时，斯特雷特仔细琢磨着她的这番话。"这么说，她指望通过我帮她促成美事？"

"没错，她指望你。哦，当然，"戈斯雷小姐又说，"她首先要指望自己……呃……说动你。"

"哎呀，"斯特雷特回答道，"查德这小子让她给逮着了！"

"谁说不是呢！不过，有的女人对'各个年龄的男人'都合适。这种女人真是不得了。"

她是一边笑一边说这番话的，但斯特雷特听了后随即停下了脚步。"你是说，她想捉弄我？"

"呃，我觉得，只要有机会，她也许会这样。"

"你说的机会是指什么？"斯特雷特问道，"是我去看她？"

"哎呀！你肯定要去看她喽。"戈斯雷小姐有些闪烁其词，"你不能不去。换作别的女人，你也得去看她。我是说如果有别的女人的话。你到这儿来，就是为了这件事的嘛。"

话虽这么说，但斯特雷特还是要区别对待的。"我来这儿不是为了看这种女人的。"

她意味深长地瞅了他一眼。"她没有你们想的那么坏，让你感到失望了？"

他略加思索后，十分坦率地回答道："没错，如果她比我们想的还要坏，那就好办了。那样的话，处理起来就简单多了。"

"也许吧！"她说道，"不过，这样不是更令人愉快吗？"

"哦，要知道，"他立马回答道，"我来这儿不是图愉快的。你不是因为这事还责怪过我吗？"

"的确如此。所以，我要重申一下当初说过的话。你必须随机应变。还有，"戈斯雷小姐又加了一句，"我自己也用不着担心了。"

"担心你自己？"

"担心你去看她。我相信她。她不会在你面前说起我。其实，我也没有什么可以让她说的。"

斯特雷特一头雾水——他以前根本没有想到这一层。随后，他说道："唉！你们女人呀！"

他话中有话，不免让她为之脸红。"没错，女人就是这样。我们深不可测。"最后，她微微一笑，"不过，我要冒险试她一试。"

听她这么说，斯特雷特也来了兴致。"那么，我也要试她一试！"但在两人走进房子时，他接着又说，第二天一早他要先去见查德。

第二天，见查德的事轻而易举就办到了，因为查德还没等他下楼就来到他住的旅店。斯特雷特的习惯是先在旅店餐厅里喝杯咖啡。不过，就在他准备下楼去餐厅的时候，查德立刻提议去找个清静的地方。他自己还没有吃早饭，所以他们可以找个地方一起去吃。两个人没走几步，便拐了个弯，来到马勒塞尔布大街上。为了避免引人瞩目，他们在二十个人当中坐了下来。斯特雷特看得出，查德是担心会遇到韦马什。查德如此"表明"对这个人的态度，这还是第一次，斯特雷特心里在嘀咕，此举究竟有何用意。他马上明白了，查德今天的态度比以往任何时候都要认真。这种想法让他意识到迄今为止他们俩对待认真的态度是不同的，这多少让他有些吃惊。但让斯特雷特感到高兴的是，随着他重要性的提高，事情的真相——如果这就是真相的话——似乎正在逐渐浮出水面。他没有想到真相来得这么快——查德一大早就跑来告诉他，昨天下午他给人留下的印象非常好。在他没答应再去见德维奥内夫人之前，她心里不会也不可能踏实。两个人在铺着大理石的餐桌前相向而坐，杯中浮着热牛奶的泡沫，空气中仿佛仍回响着牛奶泡沫的溅泼声。说这番话时，查德脸上挂着礼貌的微笑，这种表情让斯特雷特不由得心生疑虑，进而演变成嘴上的质问。"听我说！"不过，只此而已。片刻之后，他又说了一遍："听我说！"查德拿出自己全部的机敏来应对斯特雷特的反应，而斯特雷特又想起了第一次见到他时那种让他思绪万千的印象：一个无忧无虑的年轻异教徒，英俊帅气、坚韧不拔，但又行为古怪、放纵任性。他曾在路灯下打量他，试图看透他那不为人所知的内心世界。两个人在对视许久之后，年轻异教徒完全明白了斯特雷特的心思。此时此刻，斯特雷特已经没有必要说出后半句"我想知道我的角色是什么"，但他还是把话说了出来，而且没等查德回答，紧接着又说道："你已经答应女孩子要娶她了？这就是你的秘密？"

查德心平气和、不慌不忙地摇了摇头，每当他觉得凡事不用着急的时候，他的表现总是这样。"虽然我可以有很多秘密，但我其实并没有秘密！我根本就没有这样的秘密。我们没有订婚。没有。"

"那么，问题在哪儿？"

"你是说我为什么不早对你说？"查德先喝了口咖啡，然后给卷饼抹上黄油，看起来他正准备解释。"只要能让你留下来，无论过去还是现在，没有任何东西能阻止我让你多留些时日。这样做是为你好。"关于这一点，斯特雷特自己也有许多话要说，不过，斟酌查德说话的语气也是非常有趣的。他从来没有像现在这样深谙世故，正是查德始终陪伴斯特雷特的左右，我们才会看到一个深谙世故的人，在同周围的人打交道过程中该如何自处。在这一点上，查德表现得越来越出色了。"我的想法——让我想想①——很简单，应当让德维奥内夫人认识你，或者说你应该答应认识她。实话对你说，她既足智多谋又美丽动人，我一直都很信任她。我只求你让她跟你聊一聊。你刚才问我问题在哪儿。关于这一点，她会跟你解释清楚。如果你一定要刨根问底，那我告诉你，她就是我的问题。岂有此理！不过，"他赶紧用最谦恭的态度接着说，"你自己大概也能看得出来。做朋友，她再好不过了。该死！我是说，她对我实在太好了，以致我在离开之前不得不……不得不……"他说话吞吞吐吐，这还是第一次。

"不得不怎么样？"

"哎呀！不得不想办法安排好让我做出自我牺牲的那种该死的友谊。"

---

① 原文为法语：voyons。

"这么说，这肯定是自我牺牲了？"

"这是我有生以来最大的损失。我欠她的太多了。"

查德的这番话说得很漂亮，他提出的请求也坦白得——哦，简直是明目张胆、肆无忌惮——那么有趣。这一刻确实让斯特雷特热血沸腾。查德欠德维奥内夫人的太多了？如果是这样的话，整个谜底不就揭开了吗？既然他的改变全是她的功劳，那么，她完全有理由给他列出账单，讨要改造费。除此以外，谜底还能是什么呢？斯特雷特坐在那里，一边嚼着烤面包，一边搅着第二杯牛奶，揭开了谜底。查德那张既讨人喜欢而又一本正经的脸，不仅帮他揭开了谜底，而且还帮他解答了更多的疑惑。斯特雷特从来没有像现在这样愿意相信他。让谜底突然揭开的究竟是什么呢？是每一个人的性格，从某种程度上说，是除他以外的每个人的性格。斯特雷特觉得，此时此刻，他的性格受到了他怀疑过或相信过的所有坏事的玷污。既然这个女人有恩于查德，那么查德自然也会施恩于别人，这个女人的所作所为以及年轻人一贯的良好表现，足以让她摆脱任何"流言"的诽谤。这一切来得太快，去得也太急。不过，斯特雷特还是插了一句。"你能不能向我保证，如果我听德维奥内夫人的，那你就得听我的？"

查德紧紧握住斯特雷特的手。"亲爱的先生，我向你保证。"

查德虽然脸上表现得很高兴，但有一种让人感到窘迫和压抑的东西，这让斯特雷特坐立不安，想站起来喘口气。他示意服务生买单，这倒颇费了些时间。在把钱放在桌上、假装在计算找零（其实，毫无意义）的过程中，他充分感受到查德的兴高采烈，他的青春活力、他的所作所为、他的异教精神、他的幸福快乐、他的沉着自信、他的冲动冒失。不管是什么，他显然已经大获全胜。唉！事到如今，好在还没出什么差错。斯特雷特顿时觉得眼前的一切就像一层面纱罩在他身上，隔着这层面纱——他好像被蒙住了头——他听见查德问他，他可不可以在五点前后带他过去。"过去"是指过河去，德维奥内夫人就住在塞纳河的对面，五点是指当天下午五点。最后，两个人走出了餐馆。在出门前，斯特雷特一直没有问答查德的问题。来到大街上，斯特雷特点了一支烟，这过程又让他多拖延一会儿。不过，他心里很清楚，再拖延下去已经没有什么意义，于是问道："她准备怎么对付我？"

查德马上反问道："你怕她？"

"哦，很怕。你看不出来吗？"

"哎呀！"查德说，"她只会讨好你，不会做比这更糟的事。"

"我怕的正是这个。"

"这样的话，对我可不公平吧。"

斯特雷特迟疑了一下。"对你母亲却很公平。"

"哦，"查德说，"你怕她？"

"是的，也许会更怕。对你在家乡的利益，这位夫人持反对态度吗？"斯特雷特接着问道。

"当然并不会直接反对。不过，她更看重我在这儿的利益。"

"她觉得你在'这儿'的利益是什么呢？"

"呃，良好的关系呀！"

"跟她自己的关系？"

"跟她自己的。"

"你们关系这么好，原因究竟是什么？"

"什么？只要你答应我的请求去看她，你就能弄清楚了。"

斯特雷特眼睛一动不动地盯着他。毫无疑问，一想到还有更多的问题要"弄清楚"，他的脸未免有些苍白。"我是说，你们之间的关系究竟好到了什么程度？"

"呃，非常好。"

斯特雷特又踌躇起来，不过，只是踌躇了一瞬间而已。既然一切都安排妥了，他现在也就没什么顾虑了。"不好意思！不过，我真的需要——像开始时对你说的那样——弄清楚自己扮演的角色。她人坏吗？"

"坏？"查德也应声问道，但并没有表现出惊讶的样子。"你是说……"

"在你们关系好的时候，她坏不坏？"形势逼得斯特雷特说出这种话来，让他觉得自己不仅有点儿傻，甚至非常可笑。他这是说的什么话？那双原本盯着查德的眼睛，现在放松下来，环顾四周。但他肚子里有话，只是不知道该怎么说才好。他想到了两三种方法，特别是其中一种方法，即便是他无所顾忌，也龌龊得开不了口。不过，最后他还是找到了一种说法。"别人对她的生活没有什么非议吧？"

在想到这种说法之后，他立刻觉得这种说法既傲慢自负，又一本正经。看到查德并没有斤斤计较，他打心眼里对他充满感激之情。年轻人开门见山的回答不免让人觉得他这个人很爽快。"绝对没有非议。她过着十分美好的生活。不信，你自己去看！①"

查德的最后一句话，虽然是随便打包票，但听上去简直就是命令，容不得斯特雷特去表示同意还是不同意。不管怎么说，在分手前，两个人商定，查德会在四点三刻来接他。

---

① 原文为法语：Allez donc voir。

第六部

　　两个人在德维奥内夫人的客厅里坐了十来分钟，已经快五点半了。查德看了看表，又看了看女主人，笑眯眯地说道："我还有个约会，我知道我把他留在这儿，您不会有什么意见。他会让您很开心的。至于她，"他又对斯特雷特说，"我向你保证，绝对没有恶意，所以不要紧张。"

　　他也不管这两个人会不会因为他的这种保证而感到尴尬就离去了，甩手任由他们自己去面对。斯特雷特起初也觉得德维奥内夫人可能会感到尴尬。让他惊讶的是，他自己居然没有感到尴尬，不过事到如今，他觉得自己的脸皮已经变厚了。女主人住在碧蕾哈斯路①一栋老房子的二楼，两位访客必须穿过一个古旧而又整洁的庭院才能到达这里。庭院宽大敞亮，但仍不乏私密性，斯特雷特充分感受到这里的宁静，以及闹中取静的威严。在他纷繁的感觉中，这栋房子呈现出一种高雅古朴的建筑风格。他一直在寻找古老的巴黎——有时是让人备感亲切的巴黎，有时是让人怅然若失的巴黎——就在这里，就体现在打过蜡后擦得锃亮的宽大楼梯上，体现在他被领进来的灰白色客厅中一块块做工考究的嵌花壁板②、一尊尊圆形浮雕、一条条装饰线带、一面面镜子，还有一片片空荡荡的墙壁上。他见到她的第一印象是，她置身于一大堆物品之中，这些物品琳琅满目，不落俗套，而且都是让人垂涎的传世之宝。过了没多久，女主人跟查德随便聊起别的什么人（而不是他），他不认识的人，但他们说话的口气又好像是他认识这些人似的。趁这工夫，他环顾四周，才看清了客厅里反映主人家族背景的东西：

---

① 碧蕾哈斯路（Rue de Bellechasse）：位于巴黎塞纳河左岸圣日耳曼近郊的第七区。该路31号的那幢漂亮住宅是詹姆斯的朋友兼小说家阿尔丰斯·都德（Alphonse Daudet，1850—1897）的住所。1893年，詹姆斯曾经拜访过那里。
② 原文为法语：boiseries。

第一帝国 ① 时期的荣华富贵、拿破仑时代的光环、还有多少有些失色的家族传奇。这些元素依然体现在执政官坐过的那些椅子上，体现在充满了神话色彩的铜器和狮首上，体现在褪了色的丝条缎垫上。

他心想，这栋房子肯定在拿破仑时代以前就有了，在这里多少能看到古老巴黎的影子。但他依稀还记得，在大革命后的时代 ②，属于夏多布里昂 ③、斯塔尔夫人 ④，乃至青年拉马丁 ⑤ 的那个世界，也在这里留下了印记：各种各样的竖琴、水壶和火炬，形形色色的小物件、饰品和古玩。在他的印象中，他从来没有透过镶铜藏柜的玻璃门，看到这么多杂乱摆放在一起、体现主人与众不同身份的私藏——古老的微型彩绘、勋章、绘画，以及书脊上烫着金字、粉红色和翠绿色封面、全革装订的书籍。他怀着一种温润如水的心情注视着眼前的一切。这些东西让德维奥内夫人的客厅既不同于戈斯雷小姐那囤积便宜货的小型博物馆，也不同于查德温馨的家。看得出，客厅里的收藏是日积月累的结果，虽然藏品的数量有时会减少，但绝不是按照时下藏品收购的方式或因好奇心而收藏的东西。查德与戈斯雷小姐收藏的方式是漫无边际地去找，去买，去挑，去换，去筛选，去比较。而眼前这位女主人的收藏方式却是家传——他坚信，这些藏品都是从她父亲那一边传下来的——悄无声息、被动或欣然接受而来的。即便有时不是悄无声息，最多也是为某个家道中落者所动而买下，不露声色地做了点儿善举而已。有时因为一时之需，她和她的长辈可能会卖掉一些藏品，但斯特雷特不能想象他们之所以会卖掉旧藏品，是为了去买"更好的"藏品。也许他们根本就不区分藏品的好坏。单凭斯特雷特模糊而又混乱的想象力，他只能想象出，也许是因为移居海外，或者是在被放逐他乡时，迫于压力，迫于无奈，他们才会忍痛割爱。

---

① 第一帝国（1804—1814）：指法兰西第一帝国，又称"拿破仑帝国"，是拿破仑一世建立的君主制国家。
② 此处指发生于 1789 年的法国大革命。
③ 夏多布里昂（François-René de Chateaubriand，1768—1848）：法国作家、政治家、外交家、法兰西学院院士，法国早期浪漫主义的代表作家。
④ 斯塔尔夫人（Anne-Louise-Germaine de Staël，1776—1817）：法国评论家和小说家，法国浪漫主义文学前驱。
⑤ 拉马丁（Alphonse Marie Louis de Lamartine，1790—1869）：法国浪漫派抒情诗人、作家、政治家。

但现在看来，迫于压力——不管是什么样的压力——似乎已不太可能，因为从表面上看，她的生活过得悠闲舒适，而且种种迹象表明，她还有许多别出心裁的嗜好。而且他觉得这些强烈的小嗜好与她追求超凡脱俗和喜欢标新立异的脾性不无关系。他当时无法用语言来形容她这样做的结果，如果非要说，他觉得可以看作一种无与伦比的风雅。这种风雅虽然充满了顾影自怜的味道，但仍不失独特的魅力。这种无与伦比的风雅犹如一堵难以逾越的墙，让他冒冒失失地撞了个正着，结果碰得头破血流。其实，他此时已经意识到，在这堵墙里暗藏着各种各样的通道。当他穿过庭院时，这堵墙就在他头顶上晃悠；当他走上楼梯时，这堵墙就挂在楼梯上；在古老的门铃响起时，也能听到这堵墙发出的回声。因为这里的人很少用电，所以查德叫门时拉的是虽然很旧但很干净的铃绳。总之，在这里他呼吸到的是独一无二、清新异常的空气。一刻钟之后，他敢断定，玻璃橱中存放的是古代名将的各种刀剑；曾经挂在心脏早已停止跳动的胸前的显示功勋和官衔的各类勋章；赐给阁臣和外交使节的各种鼻烟壶；还有由作者亲笔签名、现在已成典藏的各种书籍。他感觉她完全不像他认识的那些女人。这种感觉他从昨天开始就有了，之后一想到她，这种感觉就越强烈，尤其是在早上跟查德聊过以后。总之，这一切——尤其是这栋古宅和那些古老的藏品——都使得她给人一种耳目一新的感觉。在他坐的椅子旁有一张小桌子，上面放着两三本书，不过，书的封面并不是那种柠檬黄。自从他到达巴黎的那天起，那种柠檬黄封面就不停地在他眼前晃来晃去，两周过去了，那种柠檬黄已经让他如痴似醉。在客厅对面的另一张桌子上，他看到有一本赫赫有名的《评论》杂志①。杂志的封面他很熟悉。杂志放在纽瑟姆夫人的客厅里虽然很刺眼，但在这里可算不上什么时髦的象征。当时他就感觉——后来知道他想的是对的——这都是查德一手安排的。查德利用自己的"影响力"，让

---

① 《评论》(*Revue*)：全称为《两世界评论》(*Revue des Deux Mondes*)，创刊于1829年，自19世纪60年代至1914年，一直是法国文学期刊中最受读者欢迎的期刊。詹姆斯自年轻时便是该期刊的忠实读者。

她把裁纸刀夹在《评论》杂志里。这场面要是纽瑟姆夫人看到了，会怎么想呢？不管怎么说，这种影响力真可说是用到点子上了，而且意义还远不止于此。

她坐在炉火边一张带坐垫和花边的小椅子上，这张椅子也是室内少有的几件时尚物品之一。她靠在椅背上，两手相握，放在膝上，全身静止不动，只有那张特别凸显年轻的面容时不时地出现一些细微的变化。在客厅里，朴实无华而又颇具传统风格的低悬的白色大理石壁炉架下，炉火已渐渐燃成银色灰烬。远处一扇窗开着，窗外一片温馨和宁静，偶尔可以听到庭院里传来微弱的声响。那是庭院对面马房中传来的溅水声和马蹄的践踏声，听上去让人备感亲切，恍若置身于乡间。在斯特雷特做客的整个过程中，德维奥内夫人一直端坐在那里一动也不动。"我觉得，你并没有用心去办自己的差事，"她说，"不过，话虽这么说，我还是会一如既往地认真招待你。"

"你是说，"斯特雷特直率地回答道，"你以前没有把我当回事喽！我可以告诉你，不管你怎么招待我，结果都一样。"

"得啦，"面对他的恐吓，她摆出一副勇气十足、镇定自若的架势说道，"现在唯一重要的是你必须跟我好好相处才行。"

"噢！可是，我做不到！"他回答得很干脆。

听他这么说，她停顿了一下，不过马上又重新振作精神，欣然说道："那么，你能否同意和我暂时相处得来，就当你能做得到？"

这时，斯特雷特看得出她已经下定决心委曲求全了，而且他还有一种异样的感觉，就好像她在低处的某个地方，用乞求的目光抬头仰望着他。他觉得自己好像站在门前台阶上或窗户边，而她则站在大街上。有那么一会儿，他就让她那么站着，而他自己不知道该说什么好。突然间，斯特雷特觉得很难过，就好像有一股冷风扑面而来。"我答应过查德，"他最后说道，"除了听你说，我还能做什么呢？"

"哦！"她立刻回道，"不过，我要问你的话，跟纽瑟姆先生心里想的是不一样的。"他发现，她此刻说话的样子就好像是要鼓起勇气去赴汤蹈火似的。"这是我的想法，两者完全不是一回事。"

老实说，这话虽然让可怜的斯特雷特感到不安，但也让他感到异常兴奋，因为他的大胆推测已经得到了证实。"呃！"他客客气气地说，"我刚才也在想，你肯定有自己的想法。"

她似乎仍在仰望着他，不过现在已经变得更加沉着了。"我知道你这样想，这才让我有了自己的想法。"她接着说，"由此可见，我们的确能相处得来。"

"哦，不过，在我看来，我根本不可能满足你的要求。既然搞不懂你的要求，我又怎么能答应呢？"

"你根本不必去搞懂，只要能记住就够了。只要觉得我相信你就行。其实，这也根本不是什么大事，"她嫣然一笑，"只不过是普通的礼貌罢了。"

斯特雷特沉默了许久，两个人就像这位可怜的夫人向他倾诉衷肠前那样，又面面相觑地坐着，彼此都多少有些矜持。这时斯特雷特觉得她有些可怜，因为她显然碰到了麻烦。她之所以乞求他，只有一种解释，那就是她的麻烦还不小。不过，他无能为力，这不是他的错。他什么也没有干，但她举手投足之间便把他们的邂逅发展出一种关系。严格地说，促成这种关系的并不是内因，而是外因。所谓外因就是他们坐在客厅里的那种气氛，是高冷而精致的客厅，是室外的一切以及庭院里传来的溅水声，是第一帝国时期的文物和橱柜里摆放的古玩，是那些远离现实的东西，还有其他近在咫尺的东西，比如，规规矩矩叠放在腿上的那双手，以及她定睛注视时脸上那毫不做作的表情。"你寄希望于我的，肯定不止说出来的这些吧。"

"哦，我说出来的也已经够多的了！"她为之一笑。

他突然觉得，自己真想对她说，她真像巴拉丝小姐说的那样，实在是棒极了。不过，他还是忍住没说，而是改口说道："你应该告诉我，查德是什么想法？"

"噢！他的想法只不过是男人惯有的那种——把什么事都推给女人就完了。"

"女人？"斯特雷特不慌不忙地附和道。

"他喜欢的女人……与他喜欢她的程度成正比。但推卸责任的程度则与她喜欢他的程度成正比。"

斯特雷特明白她的话，于是他突然问道："你喜欢查德喜欢到什么程度呢？"

"爱屋及乌的程度吧！包括你在内，他喜欢的我都喜欢。"但她马上把话题岔开了，"我一直战战兢兢，就好像我们之间关系的存续完全取决于你对我的看法一样。"她又巧言说道，"即便现在，我还在斗胆希望自己不会被别人觉得我是那种让人难以接受的女人。"

"不管怎么说，"他停了一下，说道，"你肯定不会认为我是这种人吧。"

"呃，"这一点她倒是没有异议，"既然你没说你不会按照我的请求对我多加包涵……"

"你这就盖棺定论了？真是好极了。不过，我搞不懂，"斯特雷特接着说，"我觉得你的要求好像太过分了。从你的角度考虑，我在最坏的情况下能做什么？从我的角度考虑，我充其量能做什么？能用的手段，我都用了。你的要求提得实在是太晚了。该做的，我都做了；该说的，也都说了。仅此而已。"

"没错，幸好如此！"德维奥内夫人笑了起来，然后换了种口气说，"纽瑟姆夫人可不认为你只能做这么一点儿啊。"

他犹豫了一下，还是把话说出了口。"好吧，那她现在该这么认为了。"

"你是说……"她也是欲言又止。

"说什么？"

她依然闪烁其词。"请原谅我谈这方面的事。可是，既然要我说，我有什么不能说的呢？而且，难道我们不该知道吗？"

她吞吞吐吐绕了个弯子后，又闭嘴不说了。他追问道："知道什么？"

她终于鼓起勇气把话说了出来。"她把你给甩了？"

当他在事后回想起自己当时是如何平心静气地应付这一场景时，

自己都觉得很惊讶。"还没呢。"他似乎有点儿失望——他原本以为她会说出更过分的话，不过，他继续说道："是不是查德告诉过你我会被甩？"

很显然，她对他的态度非常满意。"如果你想问的是我和他有没有谈过这件事，那么答案是肯定的。不过，这个问题跟我想见你没有任何关系。"

"想判断我这种男人是不是女人能够……"

"正是！"她提高嗓门说道，"先生，你真是太棒了！我的确在判断，而且我已经做出了判断。一般的女人不能。你是安全的——没有理由不安全。只要相信我的话，你就会快乐得多。"

斯特雷特沉默了片刻。随后他发现自己的话中带有一种玩世不恭的自信，就连他自己都搞不清楚这种自信是从哪里来的。"我尽量相信。"他提高嗓门说道，"不过令我惊奇的是，你是怎么知道的！"

这个问题她倒是能回答。"哦，你应该记得，在我还没见到你之前就已经从纽瑟姆先生那里知道了。他认为你是个很有毅力的人。"

"嗯，无论什么压力我基本上都能承受！"斯特雷特干脆地说道。听到他这么说，她深沉而迷人地笑了起来，目的就是让他明白她是怎么理解他这句话的。他立刻发现自己的话泄露了老底。但是平心而论，他所做的一切不都在泄露他的老底吗？有时候，他多少有些得意地认为，自己在牵着她的鼻子走，强迫她遵从自己的意愿。可是，迄今为止，他的所作所为不就是让她看到自己已经承认两个人的关系了吗？他们的关系，虽然还不深，但未来如何发展，不还是完全取决于她吗？没有什么能阻止她让这种关系变得愉快，他肯定不行。在他内心最深处有一种感觉：她——就在自己眼皮底下，活灵活现，近在咫尺——是那种十分罕见的女人。这种女人他经常听人说起，在书上读到过，自己也曾想到过，但从来没有见过。不管什么场合，只要她一出现，她的一举一动、一言一行，都会让一面之缘发展成友谊。在他眼里，纽瑟姆夫人不是这种人，因为在发挥自己影响力方面，她属于那种慢热型的女人。但此时此刻，面对德维奥内夫人，他深感自己最初对戈斯雷小姐的印象未免过于简单了。戈斯雷小姐无疑属于那种迅速成长的类型，而且世界这么大，每天都会不可避免地要学到新东西。不管怎么说，就连陌生人之间都难免会产生各种各样的关系。"当然，查德的大手笔倒是很对我的胃口，"他马上补充道，"所以，他要想利用我，基本上没有什么困难。"

她扬了扬眉，那样子就像是在替查德说他从来没做过对不起别人的事似的。"要知道，如果你有任何损失，他会多么难过。他相信你能让他母亲多点耐心。"

斯特雷特看着她，心里充满了疑惑。"我懂了，这才是你要我做的。可我该怎么办呢？也许你可以告诉我。"

"跟她实话实说就行了。"

"你所谓的实话是指什么？"

"呃，你亲眼见到的……我们大家的……所有情况。随你怎么说。"

"真是非常感谢。"斯特雷特略带刻薄地笑着说，"我喜欢你这种凡事都推给别人的方式。"

但她仍彬彬有礼地坚持自己的看法，似乎凡事都推给别人并不是什么坏事。"一定要实话实说，把一切都告诉她。"

"一切？"他莫名其妙地应声问道。

"只跟她讲实情。"德维奥内夫人再一次恳求道。

"可是，实情到底是什么呢？我现在要弄清楚的就是实情。"

她四下张望了一下，不过，马上转过脸来面对着他，说道："把我们的事原原本本地告诉她。"

在整个过程中，斯特雷特一直目不转睛地看着她。"你和你女儿？"

"没错，小让娜和我。告诉她，"她说话的声音有些发抖，"你喜欢我们。"

"这么说对我有什么好处呢？或者干脆说，"他又改口说，"我这么说对你们有什么好处呢？"

她的脸色凝重起来。"你真的觉得没有任何好处？"

斯特雷特也不甘示弱。"她派我来，可不是让我'喜欢'你们的。"

"哦，对了。"她妩媚地解释说，"她派你来是弄清事情真相的。"

他随即承认她的话有道理。"不过，在我没弄清实情是什么之前，我怎么可能去面对实情呢？"随后，他鼓起勇气问道，"你想让查德娶你女儿？"

她立刻不失高贵地摇了摇头。"不，不是这个。"

"他自己也不想吗？"

她又摇了摇头，但此时她的脸上焕发出异样的光芒。"他太喜欢她了。"

斯特雷特不解地问道："你是说，他愿意考虑带你女儿去美国的问题？"

"不仅是对她特别好，特别温柔和顺，更愿意为她做任何事。我们照管她，所以你也应该帮我们。你必须再见她一面。"

斯特雷特觉得很尴尬。"哦！我很乐意——你女儿确实十分迷人。"

听他这么说，身为母亲的德维奥内夫人便迫不及待地追问，他事后想起她的这一举动，觉得她做得倒也优雅得体。"我那宝贝真的讨你喜欢？"他欣然回答了一声"嗯！"之后，她又说："她各方面都很好。她就是我的快乐。"

"这么说，只要能多接触令爱，多了解她，我相信她也会给我的生活带来欢乐。"

"那么，"德维奥内夫人说，"就把这个告诉纽瑟姆夫人！"

他更加疑惑不解了。"这对你有什么好处？"看到她迟迟不答，他又追问道，"你女儿爱查德吗？"

"呃，"她的回答多少让人有些吃惊，"这个问题我希望你去弄明白！"

他露出一脸的惊讶。"我？一个陌生人？"

"哦，用不了多久，你就不再是陌生人了。你放心，你再见到她时，就不会有陌生感了。"

他仍然觉得这种想法有点儿离谱。"在我看来，如果连她母亲都不能……"

"唉！今天的女孩子和她们的母亲！"她前言不搭后语地插了一句，但又立即改口，说了句似乎比较切题的话。"告诉她，我对他一直很好。你不觉得是这样吗？"

这句话对他产生了强烈的震动，这种震动是他当时根本想象不到的。不过，他还是很受感动。"哦，如果这全是你……"

"呃！也许不'全'是。"她打断了他的话，"不过，在很大程度上是。千真万确。"她又补充说道，说这话时的口气让他久久难以释怀。

"那就太好了。"他冲她笑了笑，但自己都觉得笑得有点儿勉强，她脸上的表情也让他有这种感觉。最后，她也站起身来。"嗯，关于这个，你不觉得……"

"我应该拯救你？"就这样，他找到了应对她的办法，而且从在某种意义上说，也是脱身的办法。他万万没想到自己居然用了这么过分的字眼儿，也正是这个字眼儿让他最终下定决心溜之大吉。"如果我有这个能力，会尽力拯救你的。"

二

但是，十天后的一个晚上，在查德温馨的家里，他目睹了让娜·德维奥内羞涩秘密的彻底瓦解。当时，他在和这位小姐以及她的母亲，还有其他人一起共进晚餐。应查德的要求，他走进小客厅①，专门跟她聊了一会儿。查德百般恳求他说："我真的想知道你对她的看法。这正好是个机会，让你看看这位妙龄少女②——我是说她这种类

---

① 原文为法语：petit salon。
② 原文为法语：jeune fille。

型的人——的真实面貌。而且，我觉得对你这种善于察言观色的人来说，也不应该错过这样的机会。毕竟，你可以把她留给你的印象带回国——哪怕还有别的什么印象，再去跟国内的进行比较。"

斯特雷特心里很清楚，查德希望他去跟什么进行比较。对此，虽然他没有什么异议，但他总觉得查德在利用他。他时不时有这样的感觉，只是说不出口。事到如今，他仍然搞不懂其中的原因到底是什么，可他总觉得自己是在为他人作嫁衣。他只知道受益者对他的付出非常满意。说心里话，他还没有到自己认为这种付出不令人满意，或在某种程度上令人无法容忍的地步。除非下一步事态发生变化，他可以以厌恶为借口去摆脱目前的状况，否则他真的不知道该怎么办。他每天都在期盼，有朝一日自己会心生厌恶，但每天都峰回路转，出现引人入胜的新转机。因此，心生厌恶的可能性与他抵达欧洲前的那天晚上相比，已经渐行渐远。他心里很清楚，万一这种可能性变成现实，那自己的言行会前后不一，形成强烈的反差。他认为，只有当他扪心自问，在自己追求名利的生活中他到底对纽瑟姆夫人付出过多少时，才会觉得自己朝着心生厌恶的境地又前进了一小步。每当他强迫自己相信自己还没有心生厌恶时，才会想到——而且是惊讶地想到——他和纽瑟姆夫人之间书信往来的频率迄今为止还没有受到影响。随着问题日渐复杂，他们的书信往来也应该更频繁，这不是很自然的事吗？

不管怎么说，他现在经常拿这个问题来安慰自己，尤其是想起昨天那封信时，他都免不了要问自己："唉！除了这些，我还能做什么呢？除了把一切都告诉她，我还能做什么呢？"为了说服自己，无论过去还是现在，他已经把一切都告诉了她，他经常在想还有什么事没有告诉过她。偶尔他会在深夜想起自己并没有把某件事写信告知她，但经过反复琢磨之后又觉得这件事其实无关痛痒。每当他认为出现了新情况，或者此前信中提到过的事再一次发生时，他总是马上记下来，就好像如果不这样做就会漏掉什么似的。而且他时不时地自我安慰："她现在已经知道了——尽管我还在担心。"总的说来，他用不着把过去的事翻出来再解释一番，这倒是让他心里踏实了许多。再说，事情到了这个地步，他也没有必要拿出过去没有拿出来的东西，甚至是当时隐瞒或轻描淡写的东西。她现在已经知道了。这就是他今晚想到查德认识这两位女子的新情况，还有他自己认识两位女子的更新情况时的内心独白。换句话说，就在当天晚上，身在伍勒特的纽瑟姆夫人就已经知道斯特雷特本人也认识了德维奥内夫人，知道他还小心翼翼地去看过她，知道他发现她很有魅力，而且知道可能还有许多情况要告诉她。但是，她还知道，或者用不了多久就会知道，他会恪尽职守，不再去拜访她；知道查德以伯爵夫人的名义——斯特雷特心里很有数，形象地把她称之为伯爵夫人——请他定一个日子与她吃饭时，他斩钉截铁地回答说："非常感谢，但不可能。"他请查德代他婉拒，也请他理解这件事实在欠妥。在信中，他没有向纽瑟姆夫人汇报，自己曾答应"拯救"德维奥内夫人的事。不过，关于这一点，在他的记忆中，他肯定没有答应经常到她家去。对于这些，查德是如何理解的，只能根据他的言行举止去判断。再说，要想搞清楚这一点其实并不难。如果他理解，他的言行举止会表现得很镇静，即便是不理解，他的言行举止也会尽量表现得从容不迫。查德当时回答说，他会处理好，而且已经开始做了，因为查德说，如果斯特雷特对其他场合有什么顾虑，他愿意用眼下的场合代替其他场合。

他走进小客厅，格洛里亚尼夫人看他走过来，赶紧起身为他让座，这倒让他有点儿受宠若惊了。他刚一落座，让娜·德维奥内便开口说道："哦，不过，我不是外国女孩子，我是地地道道的英国人。"格洛里亚尼夫人身穿镶着白色花边的黑色天鹅绒衣裙，头发上扑着粉。一见到斯特雷特，她那略显魁梧的威严立刻变成某种平易近人但含糊其词的语言。她赶忙起身为这位不明身份的先生让座，操着令人不解的口音，客客气气地跟斯特雷特打招呼说，两周前他们曾见过面，之后她便离开了。随后，他便倚老卖老起来，说他突然发现自己要逗一个外国小姐开心，这倒让他吓了一跳。有些女孩子他并不怕，在美国女孩面前他胆子倒是很大。听他这么说，她只好将自卫进行到底——"哦，我差不多也是美国人呀。妈妈想让我成为美国人。我是说像个美国人，因为她想让我享受很多的自由。她知道自由有很多好处。"

在他眼里，她还算漂亮——犹如一幅装裱在椭圆形画框中色彩淡雅的彩笔画。他已经把她想象成悬挂在长长画廊中一幅不起眼的画像，一幅古代某位只知道她早年夭亡、其他一概不为人所知的小公主的肖像画。当然，小让娜不会夭亡，不过，别人也休想在她身上动什么心思。不管怎么说，像他这样准备插手她和一个年轻人的问题，就是对她动了心思，而这是他不愿意做的。要从她那里打听一个年轻人的事，这实在让人难以启齿，因为你不可能把她这种人当成"暗恋主人"的女仆对待。那么，年轻人，年轻人——唉！这是他们的事，不管怎么说，也是她的事。她既紧张，又兴奋，兴奋到眼中放出异彩，以至于两颊绯红，因为对她来说，外出吃饭无异于大冒险。但更大的冒险也许是，她会见到一位她肯定会认为非常非常老的老先生，一位戴着眼镜、满脸皱纹、蓄着斑白长胡髭的老先生。斯特雷特觉得她的英语讲得好听极了，他从来没有听过讲得这么好的英语，就在几分钟前，他还觉得她的法语讲得好听极了呢。他甚至异想天开地以为这么甜美的里拉琴声会不会触及人的灵魂？他不知不觉地开始心生旁骛、想入非非，最后才发现自己心不在焉、默默无语地与女孩子坐在一起。只有到了这个时候，他才觉得她已经不像刚才那么紧张，而是变得轻松自然了。她信任他、喜欢他，这是她告诉了他一些事情之后他才发现的。她终于沉浸于等待的状态，但在这种状态中既没有看到澎湃的激情，也没有发现侵人的寒意，所以只好独自在温馨的微波中荡漾，并一而再、再而三自得其乐地去沉浸在等待的状态之中。两个人交谈了不到十分钟，她给他留下的印象已经非常完整，当然这种印象是经他取舍后得到的。照她对自由的认识，她算是自由的，当然，其中的部分原因是她要向他显示自己是自由的。与她认识的其他女孩子不同，她吸收了自由的理想养分。她认为自己与众不同，但他最感兴趣的还是她吸收的东西。他很快就会发现，她吸收的只不过是高大上的理想的皮毛而已。这充分说明，不管她天性如何，她的教养——他搜肠刮肚地找这个词，终于找到了——是无可挑剔的。当然，他认识她的时间太短，不可能完全了解她的本性，但关于她很有教养的看法却深深地印在了他脑海里。在这方面，从来没有哪个女孩子给他留下如此深刻的印象。这种教养无疑是她母亲给她的，但她母亲为了避免让她的这个特点过分显眼，也教了她许多别的东西。斯特雷特觉得，在前两次见面时，这个出类拔萃的女人并没有拿出像今晚这么好的东西。小让娜是一个典型，一个家教尽善尽美的典型，而伯爵夫人——一想到这个称呼，他就想笑——也是一个典型。至于是哪方面的典型，他却很难说得清。

"我们的这位年轻人①，品位很高嘛。"这是格洛里亚尼认真观赏了房门旁边挂着的一幅小画后转身对他说的话。这位响当当的大师刚刚进门，显然是来找德维奥内小姐的。就在斯特雷特从德维奥内小姐身旁站起来的时候，大师的目光突然被那幅画吸引了过去，停留在那儿注视了良久。这是一幅风景画，虽然体积不大，但属于法国画派（这一点，斯特雷特自信还是知道的），而且是一幅佳作（至于这一点，斯特雷特就难免有些猜测了）。画框很大，跟画布根本不成比例。格洛里亚尼在认真欣赏查德收藏的画作时，鼻子近乎碰到了画布，与此同时，脑袋不停地上下左右晃动。斯特雷特从来没见过有人像格洛里亚尼这样欣赏一件艺术作品。接下来，这位艺术大师一边笑眯眯地擦着夹鼻眼镜，一边环顾四周，说了刚才那句话。总之，他以自己出场的方式和独特的一瞥，对这个地方表示了赞许，这让斯特雷特觉得许多问题迎刃而解了。斯特雷特此前从来没有想过，如果没有他，他身边的许多问题都是怎么解决的。在他看来，格洛里亚尼的微笑属于典型的意大利式微笑，笑得无比玄妙，深不可测。在用晚餐时，他们没有坐在一起，但在斯特雷特看来，他的这种微笑无非是向他打个招呼而已。但在他的微笑中，上次让他激动不已的东西不见了，就好像他

---

① 原文为法语：notre jeune homme。

们之间因疑惑而临时产生的联系突然中断了。此时此刻，他认识到了最关键的现实，那就是他们之间除了巨大的差异根本就不存在什么疑惑。更重要的是，在这种差异之上，这位大名鼎鼎的雕刻家似乎在隔着一片宽阔而又平静的水域，向他发出近乎同情的（哦，太假了吧！）信号。他好像在用貌似诱人、实则空无一物的客套，在空中搭起一座桥来让他过去，而斯特雷特却不敢上去，因为他担心这样的桥承受不起自己的重量。这样的想法虽然转瞬即逝，而且来得很晚，却能让斯特雷特感到轻松自在。就在这时，他突然听到有人说话，转头一看，发现格洛里亚尼正坐在沙发上和让娜聊天。看到这番景象，他脑海里那种模糊的印象便消失得无影无踪了。与此同时，他耳边又响起了那熟悉、亲切但意义含糊的"嘎，嘎，嘎"声。两周前，他曾问过巴拉丝小姐这种"嘎，嘎，嘎"声是什么意思，结果却无功而返。这位外表光鲜、特立独行的女子总有一种气场。很奇怪，她给他留下的印象是，她身上有一种既古典又时髦的东西——她总是喜欢复述别人对她讲过的笑话。毫无疑问，笑话虽然是老套的，但她能够用现代的语言推陈出新。就在刚才他还以为她那善意的讥讽肯定是有针对性的。一想到她凡事都不肯明说，也不愿意对他多加解释，只是表现出旁观者难以言表的愉悦，他就隐约感到不安。但他也没别的办法，只好问她韦马什怎么样了。但有一点需要补充，那就是当听她说韦马什现在正在另一个房间里跟德维奥内夫人聊天时，他立刻以为自己快要找到线索了。他心里琢磨了一下这条线索的意义，随后为了讨好巴拉丝小姐，便问道："这么说，她也感受到了他的魅力？"

"没有，一点儿也没有，"巴拉丝小姐非常干脆地回答道，"她根本瞧不上他。她对他没兴趣。她不会帮你照顾他的。"

"哦，"斯特雷特呵呵笑着说，"她也不是无所不能嘛。"

"当然不是——尽管她很棒。再说，他对她也没什么兴趣。她不会把他从我手中抢走的。就算她能，她也不会这么做，因为她还有许多事要做。"巴拉丝小姐说，"我还从来没见她让人失望过。今晚，她的表现非常出色，不过，在这种场合有这种表现，也没有什么奇怪的。甭管怎么说，就把他交给我好了。我不介意！ ^①"

斯特雷特懂得她的意思，但仍抓住自己的线索不放。"你觉得她今晚表现得非常出色？"

"一点儿不错。我几乎没见她这样过。难道你没有这样的感觉吗？哎呀！这都是为了你呀！"

他仍旧直率地问道："为了我？"

"嘿，嘿，嘿！"巴拉丝小姐还是不以为然地高声说道。

"呃！"他赶忙承认道，"她今天确实跟平常不太一样。她很高兴。"

"她是很高兴！"巴拉丝小姐呵呵笑着说，"她的肩膀很漂亮，但也没有什么不一样嘛。"

"对，"斯特雷特说，"她的肩膀是很美，但关键不在她的肩膀。"

巴拉丝小姐抽了几口烟，似乎又高兴起来，细思眼前的这一切都很滑稽，他们的谈话也特别有趣。"没错，关键不在她的肩膀。"

"那关键是什么呢？"斯特雷特煞有其事地问道。

"哎呀！这不明摆着嘛！关键是她本人。是她的心情，她的魅力。"

"关键的当然是她的魅力，但我们在说的是不一样的地方呀。"

"是的，"巴拉丝小姐解释道，"就像我们常说的，她是个很聪明的人。这就是她与众不同的地方，八面玲珑，她一个人顶得上五十个女人。"

"不过一次只能是一个女人。"斯特雷特点明了说道。

"也许吧。但五十次！"

"唉，我们不要谈这个了。"说完，斯特雷特赶紧转移话题，"你能回答我一个小小的问题吗？她会离婚吗？"

巴拉丝小姐透过玳瑁柄眼镜望着他。"她为什么要离婚？"

他示意这并不是他想要的答案，但还是回答了她的问题。"为了嫁给查德呀。"

"她为什么要嫁给查德呢？"

---

① 原文为法语：Je suis tranquille。

"因为我觉得她很喜欢他。她为他做了很多了不起的事。"

"那么，她还能为他做些什么呢？"巴拉丝小姐精明地接着说，"男婚女嫁也不是什么了不起的事。这种事任何人都会。了不起的是他们尽管没有结婚，彼此的关系却到了这种程度。"

斯特雷特琢磨了一番她的话。"你是说，我们这两位朋友保持这样的关系，是件好事咯？"

不管他说什么，都会让她发笑。"是好事。"

但他仍然坚持自己的看法。"那是因为没有私心？"

这时，她突然不愿再谈这个话题了。"没错，可以这么说吧。不过她绝不会离婚，"她又补充说，"另外，如果你听到她丈夫的什么闲话，千万不要全信。"

"他不是个无赖吗？"斯特雷特问道。

"呃，没错，但也很有魅力。"

"你认识他吗？"

"我见过他，他很和蔼 ①。"

"他对所有人都很和蔼，除了他妻子以外？"

"哦，据我所知，他对她也不错——对任何女人他都很好。"她马上改变话题，"但不管怎么说，你要感谢我照顾韦马什先生才对。"

"好吧，非常感谢！"但斯特雷特并不愿放弃原来的话题，"说一千道一万，这份爱慕之情是清白的咯。"

"我的还是他的？"她呵呵笑着说道，"唉！别把这事说得那么平淡无奇啊！"

"我是说，我们的这位朋友——迷恋我们说的那位女士。"正因为让娜给他留下的印象很好，从而在两个人之间形成间接而又密切的关联，所以他才决定话就说到这里。"这份感情是清白的，我全都看到了。"

他突然说出这样的话来，让她觉得很奇怪。她原以为他没有指名

---

① 原文为法语：bien aimable。

道姓提到的那位朋友是格洛里亚尼，所以瞅了他一眼，然后一下子全明白了。不过，斯特雷特一眼就看出了她的误会，而且在琢磨这背后的原因是什么。他已经看明白，这位雕塑家喜欢德维奥内夫人，但这种喜欢也是他们所谈论的纯真恋情吗？他可是在陌生的环境中和并不稳固的地面上行事啊！一时间，他狠狠地注视着巴拉丝小姐，但她已经开口说话了。"纽瑟姆先生觉得很好？那是当然！"她又兴高采烈地把话题扯回到她的好友身上，"我敢说你肯定觉得很奇怪，我和那头'坐牛'①老在一起，为什么没被烦死。不过，你知道，我不但没有烦死，还不嫌弃他。我能忍受，我们相处得很不错。我这个人很奇怪，我就是这样的人。我自己也说不清楚。有的人，大家都说他们怎么怎么有趣，怎么怎么出色，怎么怎么的，但这样的人让我烦得要命。而有的人，在别人眼里一无是处，但在我眼里，他们有很多可圈可点的地方。"说完，她抽了两口烟，又说道，"你知道，他让人同情。"

"知道？"斯特雷特应声道，"我难道不知道吗？我们一定会叫你感动得快要哭出来。"

"哦，可我说的不是你呀！"她哈哈大笑起来。

"那你就应该把我算在内，因为我向你发出的最糟糕信号就是，你帮不了我。这会引起其他女人的怜恤。"

"可是，我真的在帮你呀！"她高兴地说。

他再一次死死地看了她一会儿，然后说道："不，你没有！"

她系在长链子上的玳瑁柄眼镜"哗啦"一声掉了下来。"我帮你照顾那头'坐牛'。这已经算是帮大忙了。"

"哦，你说那个啊。没错。"斯特雷特迟疑了一下，"你是说他谈起过我吗？"

"你的意思是我该为你辩解？没有，绝对没有。"

"我懂了，"斯特雷特若有所思地说，"这事儿不简单。"

---

① 坐牛（Sitting Bull）：指韦马什（参阅第五部第一章关于"印第安酋长"和第七部第二章"一副坐在自家帐篷门口的架势"的描述）。

"这是他唯一的缺点，"她答道，"他做什么事都深藏不露。他一直保持沉默，只有偶尔才会打破长时间沉默，说句话。偶尔说的那么一句话，也是表达他自己的所见所想——一点儿都没有平常的那些客套话，而这可能又是别人不愿意听到的，也可能会要我的命。"她又抽了一口烟，很显然她在沾沾自喜地欣赏自己的收获，"但从来没谈过你，我们从来不谈你。我们都是不错的人吧！不过，我得告诉你他做了些什么，"她接着说，"他总是千方百计地买礼物送给我。"

"礼物？"可怜的斯特雷特应声问道，心里因为自己从来没有送过礼而感到惭愧。

"要知道，"她解释说，"坐在马车上他一直表现得很好。我经常让他在店门口等我，而且一等就是几个小时，他也喜欢等。有他在车上，我从商店里出来后远远就知道车子在什么地方等我了。不过，有时候，他也和我一起进里，那我就得费九牛二虎之力才能不让他给我买东西。"

"他想犒劳你？"斯特雷特根本没想到自己会说出这样的话，他打心眼儿里感到钦佩。"哦，他可比我传统多了。"他想了想，说道，"没错，这叫作神圣的激情。"

"神圣的激情，完全正确！"巴拉丝小姐头一次听到这个词，她戴着珠宝的双手一拍，表示她明白这个词的意思了。"现在我才算弄懂他为什么从来不讲那些客套话了。但我总是不让他买，再说，要是你看见他有时给我挑的那些东西！我替他省了好多钱呢！我只收鲜花。"

"鲜花？"斯特雷特再一次应声问道。他不禁懊悔地想，此时此刻跟她交谈的人，送过几次鲜花呢？

"不是别有用心的鲜花，他爱送多少随他的便。"她接着说道，"他送我的都是很好的花。那些最好的花店他都知道，而且是他自己找到的。他这个人真的很棒！"

"他从没告诉过我这些，"斯特雷特笑道，"他有自己的生活。"但斯特雷特又觉得，这种事他自己根本不可能做得到。韦马什根本没有韦马什太太需要去考虑，但兰伯特·斯特雷特，在内心最深处则始终放不下纽瑟姆夫人。再说，他也想知道韦马什到底在多大程度上能够恪守传统。不过，他有他自己的想法，而且用语言表达了出来。"他那神圣的激情得有多强啊！这简直就是对着干嘛。"

她虽然明白他的意思，但理解得还不够深。"我也是这么想的。不过，跟什么对着干呢？"

"哎呀！你知道，他以为我有我自己的生活。但我没有。"

"你没有？"对此，她表示怀疑，而且她的笑也证明了这一点，"嘿，嘿，嘿！"

"没有，我自己没有。我好像只为别人活着。"

"哦！为别人，也跟别人一起生活！比方说，眼下你在跟……"

"跟谁？"没等她说完，他就问道。

他的语气让她迟疑了，甚至像他猜想的那样，让她改了口。"比方说，跟戈斯雷小姐。你在帮她做什么呢？"

这句话真的让他非常不解。"什么也没做啊！"

三

就在这时，德维奥内夫人走了进来，而且离他们已经很近了。于是，巴拉丝小姐不再继续跟斯特雷特斗嘴，而是再一次透过那副长玳瑁柄眼镜，从头到脚打量起她来。从她现身那一刻起，斯特雷特就觉得，她是专门为这次聚会穿着打扮的。与前两次比，她这一次更加深了他在花园聚会上对她的印象，穿着打扮完全是社交名媛的行头 [①]。她臂膀裸露，皮肤白皙。银灰色的衣裙——他猜想，大概是丝绸和绉纱混纺的——做工别致，给人以雍容华贵的感觉。脖子上套着一件硕大

[①] 詹姆斯喜欢模仿莎士比亚的词句。此处模仿的是《哈姆雷特》第一幕第四场中，鬼魂离开王后的寝宫后，哈姆雷特对母亲说的一句话："啊，看那边！看他悄悄地走了！我的父亲呀，穿着打扮完全是他生前的行头！"（卞之琳译，略有改动）

而又古雅的绿宝石圈领，在她圆领上，绿色的基调与刺绣、化妆、缎料，以及略显华贵的物件和织物，含蓄地彼此呼应。她的头部装扮得像过节似的赏心悦目，让人不禁想入非非地联想到古代珍贵勋章上或者文艺复兴时期银币上的头像。她那苗条的身段、轻盈的身姿、焕发的容颜、喜形于色的表情，还有遇事的果断，所营造出的效果，就连诗人都会觉得她一半是神，一半是人。他可以把她看成在朝霞之中若隐若现的女神，也可以把她看成在夏日碧波之上露出半身的海妖。总之，她让他联想到，这位社交名媛——已经到臻于完美的地步——就像莎士比亚剧中的克利欧佩特拉，确实是一人千面，变化多端①。她施展自己的神秘法则，彰显出她在不同的白天与黑夜间的各种容颜、各种品质——至少包含这些。更重要的是，她还是一个天赋异禀的女人。今天她还是一个含而不露、缄默不语的女人，明天便摇身一变，变成卖弄炫耀、神通大显的女人。他觉得，今天晚上德维奥内夫人便是在炫耀卖弄、神通大显，不过，炫耀的方式未免有些拙劣，这多半是因为她走了天赋异禀的捷径，所以才让他心生反感。在用餐期间，他与查德进行过两次长时间的对视，但这种眼神的交流实际上只能再度引起斯特雷特原本就已经存在的理解上的含混——这眼神究竟是恳求，还是警告，根本无法看懂。他们的眼神似乎在告诉对方："你瞧我现在的处境。"不过，斯特雷特看不透的正是他现在的处境。但此时，他也许应该明白了。

"能不能麻烦你去救一下纽瑟姆的驾，不要让格洛里亚尼夫人老缠着他？如果斯特雷特先生不嫌弃，我想跟他说句话，问他个问题。再说，我们的主人应当招呼一下其他女士，等一会儿我就来替你。"她向巴拉丝小姐提出这条建议时的样子，就好像她突然意识到自己肩负着某种特殊使命似的。斯特雷特听后略微有些惊讶，仿佛德维奥内夫人不小心外扬了自己的家丑，不过，斯特雷特并没有把心里想的说

---

① 在《安东尼与克利欧佩特拉》中，莎士比亚将克利欧佩特拉这位埃及艳后描述为"年龄不能使她衰老，习惯也腐蚀不了她变化多端的伎俩"（朱生豪译，略有改动）。詹姆斯在这里模仿的便是此说法。

出来。这一幕，巴拉丝小姐看在眼中，也选择了三缄其口。不一会儿，巴拉丝小姐和和气气地离他们而去，这时，他又产生了许多想法。"玛丽亚为什么突然走了？你知道吗？"这是德维奥内夫人跑过来问的问题。

"恐怕我只能告诉你，原因很简单，她给我写了封短信，说她在南方的一位朋友病情突然加重，她必须去看一看。"

"哦，这么说，她一直在写信给你？"

"她走后，从来没有给我写过信。我只在她动身前收到过她的一封短信，信中说明了她离开的原因。"斯特雷特解释道，"在拜访你之后的第二天，我去看她，可是她已经走了。门房告诉我，她说如果我来找她，就告诉我她给我写了封信。我回到旅店后，才看到她的信。"

德维奥内夫人盯着斯特雷特的脸，饶有兴趣地听着，然后黯然地轻轻摇了摇她那精心梳妆的头。"她没有写信给我。"她接着又说，"我在见过你之后，马上就跑去看她。在格洛里亚尼家里见到她时，我就对她说，我一定会去看她。当时，她并没有告诉我她要离开。我站在她门口，觉得可以理解。我知道，她的朋友很多，但说句对不住她那位病重朋友的话，她之所以不辞而别，无非就是不想让我见到她。她不想再见到我。唉！"她刻意用温和态度说，"以前，我最喜欢她，最欣赏她。这一点她是知道的。也许正因如此，她才离开的。我敢说，她不会永远不见我。"斯特雷特仍一言不发。此刻，他心里想的是自己的处境，他担心自己被夹在两个女人中间，但他已经身处这样的困境。此外，他清楚地意识到，这样的暗示及告白背后另有文章，如果他信以为真，那就跟他现在在力求简单的决心自相矛盾了。不过，在他眼里，她表现出来的温情和感伤是发自内心的。就在这时，他又听她说道："只要她生活得快快乐乐，我就非常高兴了。"不过，他听完后仍然一言不发，因为他觉得，她的话虽然是花言巧语地怪罪戈斯雷小姐，但未免有些尖酸刻薄。她的言外之意是，他才是玛丽亚·戈斯雷快乐的源泉。一瞬间，他产生了驳斥这种看法的念头。他本来是想说"那你觉得我们是什么关系？"来予以反驳的，但转眼又窃喜，自己并没有说出口。任何时候，他都宁愿被人当傻瓜，也不愿被人当白痴。一想到女人——尤其是各方面都很优秀的女人——彼此间会如何看待对方，他心里不禁打了个冷颤。不管他这次来的目的是什么，他不是来掺和这种事的，所以，无论德维奥内夫人在他面前撂下什么，他绝不会主动去捡。不过，尽管几天来他一直在躲着她，让她一个人独受煎熬，去安排两个人再次见面，但她并没有表现出丝毫的不快。"现在谈谈让娜，怎么样？"她带着刚进来时的那股高兴劲儿笑着说道。他马上意识到，这才是她这次跟他见面的真正目的。但他还是在刻意引导她尽可能多道出些实情，而自己则尽可能少说话。"你看得出她有那份感情吗？我是说，对纽瑟姆先生。"

斯特雷特终于忍无可忍地愤然答道："这种事我怎么能看得出来呢？"

她的言行举止仍然表现得一团和气。"哦，不过，这些微不足道的小细节都是非常美好的。别装啦！在这个世界上，有什么事能瞒得过你呀？"她又问道，"你跟她聊过了？"

"聊过了，不过，没有聊查德。起码是没有详细聊。"

"哦，你们不需要'详细聊'！"她用安慰的口气说，但马上又转移了话题，"你那天答应我的话，希望你没有忘记。"

"像你当时说的，'拯救'你？"

"我现在仍然这样说。你会吗？"她又追问道，"你不反悔？"

他想了一下。"不反悔——不过，我一直在琢磨我当时说这话的意思。"

"你一点儿也没琢磨过我的意思吗？"她继续追问道。

"不，没这个必要吧。我只要搞明白自己说过的话是什么意思就够了。"

"到现在你还没搞明白吗？"她问道。

他又停顿了一下。"我觉得你应该让我自己来决定，"他说，"不过，给我多长时间？"

"在我看来，倒不如说，你能给我多长时间。"她继续说道，"我们这儿的那位朋友不是总把我的事讲给你听吗？"

"没有，"斯特雷特回答道，"从没跟我说起过你。"

"从来没说过？"

"从来没有。"

她在想，如果事实不像她想的那样乐观，那她就要尽量掩饰自己的想法了。其实，她马上就镇定了下来。"没错，他不会。可是，你想让他告诉你吗？"

她这个"想"字强调得非常妙，本来他的目光一直在游移，现在却定格在她身上。"你的意思我明白了。"

"我的意思你当然明白了。"

虽然她取得的胜利并不大，但说话的口气可以让铁面无私的法官恸哭流涕。"依我看，是他欠你的。"

"能承认这一点，就已经不错啦！"她说道，不过傲慢中仍带有些许谨慎。

他注意到了这一细节，但仍然实话实说。"我见到的他，是你一手培养的，不过我搞不懂的是，你是怎么做到的。"

"哦，这是另外一个问题！"她微笑着说道，"关键在于既然你了解了纽瑟姆先生，就等于了解了我，可你居然不愿意了解我，这有什么用呢？"

"要我说，"他两眼仍然盯着她，思量着说道，"我今晚就不该见你。"

她抬起握着的双手，随后又放下。"没关系。如果我相信你，你为什么就不能相信我一点呢？"她换了种口气，继续说道，"你为什么也不相信自己呢？"没等他回答，她又说道，"哦，对你，我会很随和！不管怎么说，你已经见我女儿，我很高兴。"

"我也很高兴，"他说，"但她帮不了你什么。"

"帮不了？"德维奥内夫人瞪着眼睛说道，"她可是光明的天使。"

"原因就在这里。不要为她操心了。不要刨根问底。我是说，"他解释道，"你对我说过的——她的感受。"

德维奥内夫人感到不解。"因为一个人真的不该刨根问底？"

"嗯，我请求你，看在我的面子上，别这么做。她是我见过的最楚楚动人的姑娘。因此，千万不要碰她。你不知道，你不想知道。再说……没错……你也不会知道。"

他的请求虽然来得很突然，但她还是听进去了。"看你的面子？"

"呃……就算是吧。"

"任何事，你问的每件事，"她笑着说道，"我都不想知道——永远。谢谢你。"她在转身离开时彬彬有礼地说了这一句。

这句话的余音在他耳边萦绕，让他感觉好像不小心摔了一跤。在跟她讨论他一直耿耿于怀的独立性时，迫于某种想法的驱使，他表现得自相矛盾，言谈举止显得非常笨拙。她顿时敏锐地感觉到有机可乘，仅仅用了一个词，一根小小的金针，便戳中了他内心深处的那点意图。他非但没有得到自己所追求的超然独立，反而让自己越陷越深。正当他紧张地思考眼下的处境时，另一双眼睛进入他的视线，让他觉得自己刚才心里的想法通过这双眼睛折射出来。他一眼就认出那是小比尔汉姆的眼睛，他显然是想过来跟他说话。在当时的环境下，小比尔汉姆是他可以倾诉衷肠的人。不一会儿，两个人在客厅里找了一个角落坐了下来，在他们斜对面的角落里，格洛里亚尼正与让娜·德维奥内正相谈甚欢。他们俩先是一言不发，只是善意地看着让娜。接着，斯特雷特说："我实在搞不懂，一个稍有血性的年轻人，比方说，像你这样的年轻人，看到这样的女孩子，怎么会不堕入情网呢。小比尔汉姆，你为什么不下手？"他还记得上次自己在雕塑大师的花园里聚会上，坐在长凳上吐露自己所思所想时说那番话的口气。面对眼前这位值得他提出忠告的年轻人，他的这番话算是对当时那番话的一个补充。"总该有个理由吧。"

"干什么的理由？"

"待在这里不走的理由呀。"

"向德维奥内小姐求婚？"

"哎呀！你还能找到比她更漂亮的人吗？"斯特雷特问道，"她是我见过的最可爱的小美人。"

"她确实非常好。我是说，她是地地道道的好女孩。我认为这朵粉红色的花蕾正在含苞待放，等着向某个伟大的金色太阳开放。遗憾的是，我只不过是一支小小的蜡烛。在这样的圈子里，一个名不见经传的画画的，哪有什么机会啊？"

"哦，你已经够优秀的了。"斯特雷特随口说了句。

"我当然很优秀。我认为，我们，我们这样的人①，干什么都很优秀。可她太优秀了。关键就在这儿。她们压根儿就不会正眼看我。"

斯特雷特懒散地斜躺在长沙发上，注意力仍放在女孩子身上。就在这时，她有意识地瞟了他一眼，他甚至觉得她脸上还挂着淡淡的笑呢。斯特雷特十分欣赏这样的场面，处于休眠状态的冲动终于苏醒过来。此时此刻，虽然有了新的东西供他去思考，但他还是认真琢磨起小比尔汉姆的话来。"你说的'她们'指谁？她和她母亲？"

"她和她的母亲。再说，她还有个父亲。不管他是个什么东西，但她给他创造了这么好的机会，他绝不会无动于衷。再说，还有查德呢。"

斯特雷特沉默了片刻。"哦，不过，他心里没有她——不，我是说，他们之间好像不是我说的那种感情。他并没有跟她谈恋爱。"

"没错，但他是她最好的朋友，地位仅次于她母亲。他很喜欢她。他知道该怎么让她高兴。"

"呃，真是莫名其妙！"斯特雷特无不感慨地说。

"确实莫名其妙。事情妙就妙在这里。"小比尔汉姆接着说，"那天你开导我、鼓励我时，心里想的不就是这种美妙吗？你不是劝我抓住机会，去体验一切能体验到的东西吗？你当时说话的口气，我永远都忘不了。而且要真真切切地去体验，你当时要表达的，肯定是这个意思。我受益匪浅，所以现在才努力去做。我确实要竭尽全力。"

"我也是！"片刻之后，斯特雷特说道，但随即又提出一个毫不相

---

① 原文为法语：nous autres。

干的问题。"不管怎样，查德怎么这么糊涂呢？"

"哈，哈，哈！"小比尔汉姆身体往后一仰，靠在靠垫上。

他的笑声让斯特雷特想起巴拉丝小姐，他顿时感觉到，自己再一次陷入了神秘莫测的迷宫中，但他仍然紧紧抓住自己的绳索不放。"当然，我完全明白。只是情况变化太大，有时会让我感到惊讶。在解决小女伯爵的未来问题上，查德说话居然这么有分量——不对，"他说道，"还需要更多的时间！"接着又说，"你说我们，像你我这种人，根本没有参与竞争的机会。奇怪的是，查德却不去竞争。虽然眼下容不得他这么做，但换一种场合，只要他愿意，就可以把她追到手。"

"没错，不过，那只是因为他有钱，也因为他将来可能更有钱。在她们眼里，只有门第和金钱。"

"呃，"斯特雷特说，"照这样下去，他不会有多少钱。他必须自己去挣钱。"

"这话你跟德维奥内夫人说过吗？"小比尔汉姆问道。

"没有，我没有跟她讲太多。但是，"斯特雷特接着说，"只要他愿意，他可以做出牺牲。"

小比尔汉姆停顿了片刻。"哦，他可不想做出牺牲，没准儿他认为自己做出的牺牲已经够多了。"

"哎呀！这才叫品德高尚呀！"斯特雷特决然说道。

"我也是这个意思。"过了一会儿，年轻人也说道。

听了这话，斯特雷特沉默了片刻。"我自己搞懂了，"他继续说道，"在过去的半小时里，我才真正领会了这些话的含义。总之，我终于明白了。最初你跟我讲的时候，我还不明白。查德最初跟我讲的时候，我也不明白。"

"哦，"小比尔汉姆说，"我觉得你当时并不相信我的话。"

"怎么会呢，我相信你的话，也相信查德的话。如果我不相信你的话，那我就太可恶、太没教养、也太不通情达理了吧。你骗我，对你自己又有什么好处呢？"

年轻人在想话该怎么说。"我能有什么好处呢？"

"是啊。查德也许有好处。可你呢？"

"哈，哈，哈！"小比尔汉姆大笑起来。

小比尔汉姆的笑声中好像藏着一个解不开的谜，让斯特雷特有些郁闷。但就像我们看到的那样，他深知自己扮演的角色，什么事都撼动不了他，更足以证明他已经下定决心一如既往地扮演这个角色。"如果不是亲眼所见，我根本想不到，她居然是个聪慧伶俐、精明干练的女人。更重要的是，她很有魅力。她的这种魅力，今天晚上在场的所有人肯定都领略到了。这种魅力并不是所有聪明干练的女人都会有的。事实上，有这种魅力的女人屈指可数。所以，你瞧，"斯特雷特说这话，似乎并不是专门针对小比尔汉姆说的，"我懂得，跟这种女人保持一种关系——一种纯洁无瑕的友谊——是怎么回事儿。不管怎么说，这种关系不可能庸俗粗鄙，这才是问题的关键。"

"没错，这才是问题的关键，"小比尔汉姆说，"这种关系不可能庸俗粗鄙。愿上帝保佑！真的不是！说心里话，这是我一辈子见过的最美好、最高贵的关系。"

斯特雷特坐在他身旁，也像他一样倚靠在沙发上，看了他一眼，一时间没有说话，但小比尔汉姆两眼只是注视着前方，并没有留意他的这个举动。"当然，这种关系给他带来什么好处，"过了片刻，斯特雷特说道，"当然，这种关系给他带来什么好处——也就是说，如何产生这么奇妙的结果——我无法理解，也不想不懂装懂。我只能见到什么算什么。我对他的了解就是这些。"

"这就是他！"小比尔汉姆附和着说，"她也是这样。虽然我跟他们接触的机会比较多，来往也更密切，但我也是不太了解情况。不过，跟你一样，"他又说，"虽然不太了解，但我还是欣赏他们，为他们感到高兴。要知道，我已经观察了三年，特别是最近一年。我觉得他并没有你想的那么坏……"

"哦，现在我什么都没想！"斯特雷特不耐烦地打断他的话，"也就是说，除了那些我必须去想的之外！我是说，当初她怎么会喜欢上他……"

"他身上肯定有什么特质？哦，没错，的确有某种特质，而且，我敢说，他身上的很多品质在家时都没有表现出来。"年轻人就事论事地说道，"不过，要知道，她肯定是有机可乘，而且也抓住了。她看到了机会，抓住了机会。我觉得这一手干得太漂亮了。不过，"他最后说道，"肯定是他先喜欢上她的。"

"那是当然。"斯特雷特说。

"我是说，他们最初是在某个地方，通过某种方式认识的——我觉得是在某个美国人的家里。当时，她在毫无意识的情况下，给他留下了深刻的印象。后来，随着时间的推移，两人见面的机会越来越多，他也给她留下了深刻的印象。这之后，她就变得跟他一样坏了。"

斯特雷特茫然地接过话头。"一样'坏'？"

"也就是说，她开始在意他——非常在意。虽然她独自处于一种可怕的境地，但一经开始，她发现这种关系有利可图。这种关系过去是、现在仍然是一种利害关系，而且无论过去还是将来，对她都有好处。所以，她仍然在意他。其实，"小比尔汉姆认真想了一下说道，"她比以前更在意他了。"

斯特雷特事不关己的那套理论，并没有因为他听信小比尔汉姆的这番话而产生丝毫的动摇。"你是说，她比他更在意？"听到这话，小比尔汉姆转过头来望着他，一瞬间，两个人的目光相对。"比他更在意？"他又问了一遍。

小比尔汉姆迟疑了很长时间。"你不会告诉别人吧？"

斯特雷特想了一下。"我能告诉谁呀？"

"咳！我原以为你经常汇报给……"

"给家里的人？"斯特雷特明白了，"哦，我才不会跟她们说这些呢。"

最后，年轻人把目光移开。"那好吧。现在她比他更在意。"

斯特雷特异样地说了声："哦！"

但小比尔汉姆马上又说道："难道你没有感觉到？这可是你理解他的突破口呀。"

"可我并没有理解他呀!"

"哦,听我说!"可是,小比尔汉姆说到这里打住了。

"不管怎么说,这跟我一点儿关系都没有。我是说,"斯特雷特解释说,"除了想理解他之外,别的跟我都没关系。"但他认为,跟他有关系的似乎应该是再加一句,"话虽这么说,事实上,是她拯救了他。"

小比尔汉姆只是在等着。"我原以为这是你该做的事呢。"

可是,斯特雷特早就知道该怎么回答了。"在谈论他的举止和品行、他的性格和生活时,我是连同她一起考虑的。在谈论他时,我是把他当成与之打交道、与之交谈、与之生活的一个人来谈的——是把他当成社会动物来谈的。"

"你不就想让他成为社会动物吗?"

"当然想啦。所以说,是她帮我们拯救了他嘛。"

"所以,你就顺理成章地以为你们大家也应该拯救她咯?"年轻人随口说道。

"哦,是我们'大家'——!"说着,斯特雷特忍不住笑了起来,让他把话扯回到他心里希望提到的那一点上。"虽然处境艰难,但他们并没有逃避。他们并不自由——起码她不自由,不过,他们还是接受了现实。这就是友谊,美好的友谊,是这份友谊让他们变得如此坚强。他们认为自己活得堂堂正正,所以才相互扶持。毫无疑问,正像你暗示的那样,这一点她感受最深。"

小比尔汉姆似乎在回想他暗示过什么。"感受最深的是他们堂堂正正?"

"哎呀,觉得她堂堂正正,正是这种感受给了她力量。她支撑着他,支撑着整个局面。一个人有这种能力,真是了不得。就像巴拉丝小姐说的,她非常棒,真的令人赞叹。他也相当不错。但身为男人,他有时会反抗,会认为这样做不划算。她只是给了他巨大的精神支持,但要说清楚这种支持是什么,还真不容易。我把它称为一种心结。如果要说现实中有什么心结,这就是一个。"斯特雷特抬头望着天花板,似乎在思考这种心结是什么样的。

小比尔汉姆听得入了迷。"你比我说得透彻多了。"

"哦，你知道，这事跟你没什么关系。"

小比尔汉姆想了想，说道："我原以为，你刚才说过，这事跟你也没什么关系呢。"

"嗯，德维奥内夫人的事跟我一点儿关系都没有。不过，就像我们刚才说的，我来这儿的目的不就是要拯救他吗？"

"没错，把他带走。"

"为了拯救他，把他带走。说服他，让他自己认识到最好是去接管生意，认识到他必须马上去做继承家业该做的事。"

"这么说，"片刻之后，小比尔汉姆说道，"你已经说服他了。他也确实认为这是最好的出路。一两天前，他又对我说过这种话。"

"所以你才觉得他不如她更在意对方？"斯特雷特问道。

"他不如她在意？没错，这是原因之一。不过，让我产生这种想法的还有其他因素。"小比尔汉姆继续说道，"你不觉得，在这种情况下，男人不可能像女人一样在意吗？要想让他在意，或者比女人更在意对方，需要截然不同的环境。"他最后总结了一句，"查德有自己的未来。"

"你是说生意上的未来？"

"不，恰恰相反，是另一种未来，是你恰如其分地称之为他们的心结的未来。德维奥内先生可能会一直活下去。"

"所以，他们就结不了婚？"

年轻人迟疑了片刻。"他们对未来唯一有把握的就是不可能结婚。一个女人，一个出类拔萃的女人，可以承受这种心理压力。可是，一个男人能行吗？"他质问道。

斯特雷特回答得很干脆，就好像他早就想好了答案似的。"如果没有高尚的行为信念，是根本做不到的。不过，我们认为这恰恰是查德所具备的。说到这个问题，"他若有所思地说，"即便他回到美国，又怎能减轻这种痛苦呢？这不是增加他的痛苦吗？"

"眼不见，心不念嘛！"小比尔汉姆笑着说道，并紧接着大胆地说："不是说距离可以减轻痛苦吗？"没等斯特雷特回答，他又总结说，"要知道，关键是查德必须结婚！"

斯特雷特貌似琢磨了一下他的话。"说到痛苦，你可没有减轻我的痛苦！"说完，他站了起来，问道，"他必须跟谁结婚？"

小比尔汉姆也不慌不忙地站起身来。"哎呀！可以跟他结婚的某个人——某个无可挑剔的好姑娘呗。"

就在两个人一同站在那里时，斯特雷特又把目光投向让娜。"你说的是她？"

小比尔汉姆突然做了一个鬼脸。"既然已经跟她母亲谈情说爱了，还会再跟她？不会吧！"

"可他并没有跟她母亲谈情说爱，这不是你说的吗？"

小比尔汉姆又停顿了一下。"哎呀！反正他没有爱上让娜。"

"我觉得也是。他怎么可能爱上别的女人呢？"

"哦，这个我承认。可是，要知道，严格意义上说，结婚不一定非要有爱情。"小比尔汉姆善意地提醒道。

"说到痛苦，跟这样的女人在一起，能有什么痛苦？"斯特雷特似乎在深入思考自己的问题，所以根本没有去听小比尔汉姆在说什么，而是继续自说自话，"她把他打造得这么出色，难道就是为了别人？"他似乎特别强调这一点，小比尔汉姆也看了他一眼。"如果两个人都愿意为对方做出牺牲，就不会觉得有什么损失。"接着，他又颇为大方地扔出一句，"还是让他们一起面对未来吧！"

小比尔汉姆惊讶地看着他。"你是说他不该回去？"

"我是说，如果他抛弃她……"

"会怎么样？"

"呃，他应该感到羞耻！"不过，斯特雷特说这话的语气像是在笑。

第七部

一

斯特雷特独自一人坐在空旷而又昏暗的教堂里，已经不是第一次了——只要一有机会，他就会跑到教堂来放松一下自己的神经，这就更不是头一次了。他曾经跟韦马什来过圣母院①，跟戈斯雷小姐来过，跟查德·纽瑟姆也来过。即便是有人陪他一同来，他也觉得圣母院是一个避难之所，可以让他暂时摆脱自己的烦恼。所以，每当他遇到新问题、新烦恼时，便自然而然地故地重游，以求良方，这样做虽然是权宜之计，但无疑会让他的神经暂时得到放松。他心里很清楚，这种放松虽然只是暂时的，但短暂的欣慰（如果能够称之为"欣慰"的话），对一个自认为到现在过得极不体面的人来说，仍然是非常重要的。既然已经轻车熟路，他最近便不止一次独自一人前来朝圣——趁没人注意的时候一个人悄悄去，回去见到自己的朋友，也不向他们提及。

说起朋友，他那位举足轻重的朋友戈斯雷小姐还没有回到巴黎，而且音信全无。三周快要过去了，戈斯雷小姐仍然没有回来。她从芒通②写信给他说，他肯定觉得她言而无信——也许此刻还会觉得她背信弃义。不过，在信中她让他耐心等待，先不要妄下结论。总之，请他大人不计小人过。她还郑重告诉他，她的生活也很复杂——比他想象的要复杂得多。另外，在她玩失踪前已经了解清楚他的情况，知道在她回来后不会见不到他。此外，她之所以不愿意写信打扰他，只是因为她知道他还有别的大事要处理。在过去两周里，他自己写去两封信，让她放心，她完全可以信任他的宽宏大量。但在信中他时刻提醒

---

① 巴黎圣母院（Notre Dame）：位于法国巴黎市中心西提岛上的天主教巴黎总教区的主教座堂，是法国最具代表性的哥特式教堂。

② 芒通（Mentone）：位于法国和意大利边境地中海海岸的度假胜地。詹姆斯此处采用的是这个地名的意大利语拼法，法语中拼作Menton。

自己，应当像纽瑟姆夫人写信时那样回避敏感问题。对自己的问题，他只字未提，而是去谈韦马什，谈巴拉丝小姐，谈小比尔汉姆和河对岸的那些人（他跟他们又喝过一次茶）。他还轻描淡写地提到了查德、德维奥内夫人和让娜。他在信中说，自己还会继续去看他们，他自己已然成了查德的常客。毫无疑问，年轻人同她们的关系非常密切，但他并没有向戈斯雷小姐说明他最近一段时间获得的印象，因为那样做会过多地暴露他自己的想法，而现在他要提防的正是这一点。

这种细微的内心斗争多少也是现在让他跨越塞纳河到圣母院来的同一动机所引起的，那就是：一切顺其自然，让时间去证明一切，至少让一切随着时间自生自灭。他知道自己并没有其他目的，只是不愿意到别的地方去，才到圣母院来。在这里他有一种安全感，一种神圣感。每次求助于教堂时，他都嘲讽自己又悄悄地向怯懦让了一步。圣母院虽然没有供他膜拜的圣坛，也没有向他的心灵直接发出召唤，但能让他感受到一种近乎神圣的抚慰。在这里，他能感受到在别处感受不到的东西，自己只不过是一个身心疲惫的普通人，来这里只是享受他应该享受的休息而已。他身心疲惫不假，不过他并不是普通人——这正是他麻烦和遗憾的所在。就像在教堂门外朝瞎了眼的老叫花子的罐子里丢一枚铜币一样，他完全能够把自己的问题也丢在教堂门外。他缓步走过阴暗而又狭长的中殿，在华丽的唱诗班席上坐了一会儿，又在东端一连串小礼拜堂前信步，去充分感受这座雄伟建筑的魅力。他就像一个迷恋博物馆的学生——他真希望自己在人到中年之后、置身异国他乡之际能成为这样的人。不管怎么说，眼前的这种供奉方式与其他场合的供奉方式效果是一样的，这让他彻底明白了，对真正的避难者来说，置身于圣殿可以暂时遗忘尘世的烦恼。也许，这就是怯懦——逃避现实，回避问题，不敢在外面冷酷的现实中面对问题。但他自己的遗忘太短暂，太徒劳，除了他自己，根本伤及不到任何人。对在圣母院里遇见的那些神秘而又焦虑的人，那些在他看来是在逃避公正的人，他居然产生了一种模糊和想象的好感。公正就在外面，在冷酷的现实之中，不公正也在外面冷酷的现实之中。但在这里，在一条条长廊里，在众多圣坛灯烛辉映的氛围中，既没有公正，也没有冷酷的现实。

总之，在马勒塞尔布大街德维奥内夫人携女儿参加的那次宴会过了十几天之后的一个上午，他居然鬼使神差地在一次偶遇中扮演起了一个角色，这极大地激发了他的想象力。在敛心默祷时，他有一个习惯，就是时不时在不会冒犯他人的距离之外去观察身边的信徒，去关注他们的一举一动、忏悔的神情、跪拜的姿势，以及得到上帝宽恕后一身轻松的样子。他就是用这种方式来表达他那种空洞善心的，当然，他那种空洞的善心也只能满足于这种表现方式，但从来没有像这一次这么明显过。此时，他已经缓步绕着教堂走了两三圈，但他每一次都注意到，在一处昏暗的祷告室中，有一个妇女在默默祷告，但当他再一次在教堂中信步绕行的时候，他看到那个妇女仍然一动不动地在默默祷告。看到这一幕，他不禁浮想联翩。她并没有俯拜，甚至没有低头，但她一动不动的样子很是奇怪。在他从旁边走过和停下脚步的过程中，她居然一直不动，这足以说明不管她到这里来的原因是什么，她已经完全沉浸在那个原因里。像他平时祷告时一样，她只是坐在那里，目视前方，但她是坐在神龛不远的地方，他可从来没有这样坐过。他一眼就看出，她已经进入了忘我的境界，这也是他一直求之不得的。她并不是浪迹此地、藏头缩尾的外国人，而是一个常客，对这里熟门熟路，接受圣母的庇佑，而且了解这里祷告的规矩和意义。她让斯特雷特想起了——眼下的场面给他留下的印象十有八九会唤醒他的想象力——某个古老故事中凝神专注、坚韧善良的女主人公，某个他在什么地方听人讲过或在什么书上看过的角色，如果他会写剧本，没准儿还能写出这样的角色，在这种免受伤害的敛心默祷中，重新赋予她勇气，重新赋予她清醒的头脑。她背对着他坐在那里，但他的印象告诉他，她肯定年轻漂亮、招人欢喜。即便是在神圣而又昏暗的烛光下，她的头也明显地摆出一副自信的姿态，这种姿态的言外之意，是深信自己表里如一，深信自己心安理得，深信自己不会遭到惩罚。但是，如果不是为了祷告，这样的女人为什么会来这里呢？必须承认，斯特雷特对这种事的解读总是混乱的，不过，他在想，她之所以持这样的态度，会不会是因为她享有赦免的特权，手里握着"免罪符"①。他隐约知道，在这种地方赦免大概意味着什么。不过，就在他慢慢环视四周时，他突然明白这种赦免是如何提高人们积极参与宗教仪式的热情的了。总之，仅仅是瞅了一眼跟他毫不相干的一个背影，便让他浮想联翩。但就在他正准备离开教堂时，他又遇到了一件让他意想不到、更让他心跳加速的事。

他在中殿中间的位置上找了个座位坐了下来，又一次沉浸于畅游博物馆的感觉之中，他举目仰望，试图勾勒出一幅过去的画面，试图用维克多·雨果②的语言对这幅画面进行浓缩。几天前，他突然下决心偶尔任性一下，去追求一下"生活的乐趣"，于是，便买了一套七十卷的精装《雨果全集》，而且价钱便宜得出奇，书店老板还告诉他说，单是红皮烫金字的包装就值这个钱。毫无疑问，当他戴着夹鼻眼镜在这座哥特式教堂的幽暗中漫游时，内心肯定是心怀崇敬的。但他最后突然想到的居然是他的书架原本已经塞得满满当当，该如何将这套七十卷册的《雨果全集》放上去。没准儿他可以拿这套七十卷册红皮烫金字的《雨果全集》当成他此次欧洲之行最大的收获来向伍勒特人炫耀？就在他琢磨这个问题的时候，他突然感觉到有个人已经不知不觉地来到他跟前。他转过身，看见一位夫人站在那里，看样子是想跟他打招呼。他定睛一看，结果吓了一跳，来人居然是德维奥内夫人。原来，德维奥内夫人在朝大门走去时，从他身边经过，便认出了他。她很快发现他显得很尴尬，于是便施展自己的独家本领，轻轻松松地去面对这种尴尬，并消除这种尴尬。他之所以感到尴尬，是因为他刚才一直在观察的那个妇女就是她。她就是在光线昏暗的祷告室里敛心默祷的那个女人，她根本想象不到她刚才引起了他多大的注意。

---

① 免罪符（indulgence）：中世纪天主教因十字军东征和兴建圣彼得大教堂的需要，向信徒发放债券，大肆敛财，声称为自己或是为所爱的人购买教会发售的"免罪符"，可减少停留在阴间的时间或可赦免其罪孽。

② 维克多·雨果（Victor Hugo，1802—1885）：法国浪漫主义代表作家。"生活的乐趣"（joy of life）出自威廉·阿切尔（William Archer）翻译的易卜生剧作《群鬼》（1881），这在当时是非常流行的语句。

不过，幸好他马上意识到他根本没有必要把这件事告诉她，所以对彼此也不会造成什么伤害。而她给人的直接感受是，她觉得两个人的偶遇是件快乐无比的事，她只是冲他说了一句"你也到这儿来了？"，便把诧异和尴尬给打发了。

"我常来，"她说，"我喜欢这里。不过，总的来说，只要是教堂我都喜欢去。教堂里的那些老太太都认识我，其实我自己也已经是老太太了。我早已经看透了，自己到头来还不是跟她们一样。"看见她在环顾四周，想找把椅子，他赶忙拖了一把过来。就这样，她一边和他一起坐下来，一边说了句："哦，我非常高兴你也喜欢！"

虽然她并没有说出他喜欢什么，但他还是承认自己确实喜欢。她在含糊其词中表现出来的机智和圆滑，让他深为感动，因为这说明她丝毫没有怀疑他的审美情趣。他还意识到，为了早晨这次目的地特别的散步——他断定她是走来的，这一点从她戴着比平时稍厚的面纱上就能看得出来——她刻意把自己打扮得低调朴素，虽然只是稍加妆饰，但整体效果让他觉得非常好。她穿着一身色彩庄重的套裙，黑色中隐约透着绛紫，发型简洁而动人。她戴着灰手套的双手交叉叠放在膝上坐在那里，让她更显娴静。在斯特雷特眼里，她就像是在自家敞开的大门前从从容容地向他表示欢迎，而身后便是宽敞而又神秘的庭院。一个人如果非常富有，就会表现得特别文明，这时候斯特雷特心中才算对她的家世遗风有了一定的了解。她根本想象不到，在他的心目中，她多么富有浪漫色彩。不管她多么机敏，也不会知道他此时的想法。想到这里，他心里又一次找到了一丝慰藉。说起心中的秘密，让他再一次感到不安的是，对他的不动声色她表现得特别有耐心。另一方面，他虽然表现得尽可能不动声色，但仍能应付自如。就这样，十分钟之后，他内心里的不安便慢慢消失了。

其实，他已经发现，眼前的德维奥内夫人正是在烛光摇曳的圣坛下以敛心默祷的姿势给他留下深刻印象的那个女人，这个发现激起了他特别的兴趣，所以也就给这短暂的瞬间蒙上了一层最浓重的色彩。自从他上次看见她跟查德在一起之后，便对这两个人的关系有了自己的看法，她的这种姿态与他的看法完全不谋而合，让他坚信自己当时得出的结论是正确的，因此，他下定决心要坚持自己的看法，现在看来，要坚持自己的看法并不难。如果关系双方中的一方当事人能以她这样的姿态出现，那么，这种关系肯定是无可非议的。如果他们的关系是不清不白的，那她为什么要经常到教堂来呢？——如果她是那种他自以为没有看错的女人，她决不会耀武扬威地跑到教堂来炫耀自己的罪孽。她之所以经常光顾教堂，是为了不断地寻求帮助，寻求精神的力量，寻求内心的平静——我们不妨可以理解为，她之所以经常光顾教堂，是为了寻求她日复一日能够寻求到的至高无上的精神支持。两个人低声轻谈，时不时举目四望，谈论这座雄伟的教堂，它的历史、它的美丽。德维奥内夫人说，她认为从外面欣赏这座教堂，才能真正领略到它的美。"如果你有兴趣，等我们离开的时候，可以再围着教堂走一圈，反正我也没什么急事。"她说，"再说，和你一起好好欣赏欣赏这座教堂，也是美事一桩嘛。"他谈到了那位伟大的浪漫主义作家以及那部伟大的浪漫主义小说①，谈到了他大手大脚、极不相称地买了那套七十卷红皮烫金的全集，谈到了在他的想象中这套书对他的影响。

"跟什么不相称？"

"呃，跟我在其他问题上的盲目下注。"但就在他说这句话的时候，他感觉自己正在盲目下注。既然主意已定，他便急不可耐地要到教堂外面去，因为他要说的话应该在外面说，他担心，时机一旦耽搁，就不会再来了。但她很从容，不慌不忙地拖延他们的闲聊，就好像她希望他们的见面会给她带来什么好处似的，这正好印证了他对她刚才的举动、对她的秘密的理解。就在她起身（他宁可用这个字眼儿来形容）准备就雨果的话题做出回应时，周围庄严肃穆的气氛让她的声音变得稍微有些发抖，让她说的话听上去带有一种公开场合下说话

---

① 此处指雨果及其浪漫主义小说《巴黎圣母院》(1831)。如果看到德维奥内夫人在圣母院中敛心默祷，让斯特雷特想起了"某个古老故事中凝神专注、坚韧善良的女主人公"，那么，他想到的可能就是《巴黎圣母院》中的女主人公，美丽、率真的吉卜赛女郎爱丝梅拉达。

所没有的含义。帮助改进、坚强决心、内心平静、至高无上的精神支持——她找到的这些还不够多，再多也没有他对她的信任更能让她觉得心里踏实。在长时间的极度紧张之中，哪怕是一点点信任都是有用的。如果她觉得他是可以倚靠的坚实靠山，那她无论如何是不会让他从自己手中溜掉的。在困境中，一个人往往会紧紧抓住离他最近的东西不放，再说，他至少不比那些更空洞的安慰源泉更遥远。他之所以打定主意，原因就在于此。他下定决心给她个暗示。这个暗示就是，虽然这是她自己的事，但他能够理解；这个暗示就是，虽然这是她自己的事，但她随时可以抓住他。既然她把他当作坚实的靠山——尽管他自己有时觉得自己好像在摇摆不定——那他就要尽力去当好这个靠山。

结果，半小时后，他们便在塞纳河左岸找了一家舒适、惬意的餐馆，一起坐下来吃早午餐。他们心里都清楚，因为仰慕餐馆的名气，知道这个地方的人都会忙里偷闲，像朝圣一样大老远从巴黎的另一边跑来吃饭。斯特雷特已经来过三次，第一次是跟戈斯雷小姐，第二次是跟查德，第三次是跟查德、韦马什和小比尔汉姆，但每次都是他抢着做东。当他得知德维奥内夫人还从来没来过这里时，心里由衷地感到高兴。在他们沿着塞纳河绕教堂散步时，他终于鼓起勇气把在教堂里面想好的决定付诸行动。"如果你有时间，愿不愿意跟我一起找个地方吃个早午餐？比方说，不知你知不知道，在河对面有一个地方，步行就可以轻松到达。"接着，他便说出了餐馆的名字。听他说完，她立刻止住脚步，好像马上要做出热烈响应，但又羞于开口似的。听到他的这个提议后，她觉得太吸引人了，好得简直难以置信。斯特雷特也许从来没有像现在这样喜出望外地感到自豪过——他突然发现自己居然能给这样一位无所不有的女人提供这样一个崭新的、难得的消遣机会，真是既美妙又奇特。她听说过那家诱人的餐馆，不过，她并没有急着立刻答应他的提议，而是反问他，为什么他会认为她去过那家餐馆。他回答说，他猜想查德可能带她去过，这个她马上就猜到了，这倒让他觉得有点儿尴尬。

"啊，听我说，"她微笑着说，"我从来不跟他一起抛头露面。无论是这样的机会，还是别的什么机会，从来没有。不过，我这种默默生活在洞穴里的人真的很羡慕这种事。"他能想到这一点真是太好了，不过，坦率地说，要问她有没有时间，她连一分钟也没有。但这并没有关系，她可以把其他事情都推开。家里的事、身为人母的职责，还有各种各样的应酬，都在等着她，不过，跟他一起去吃饭是头等大事。虽然她的事可能会搞砸，但一个人如果准备为之付出代价，难道就没有权利让人非议一下吗？就这样，两个人便愉快地以这种昂贵的行为不端为代价，在朝向繁忙的码头和波光粼粼、驳船穿梭的塞纳河的一个窗前，选了一张小桌子，面对面地坐了下来。在接下来的一小时里，在尽情刨根问底这个问题上，今天斯特雷特可算是体会到彻底的感觉了。在这一场合下他还会体会到许多东西，首当其冲的就是自从在伦敦看戏前与戈斯雷小姐面对面坐在粉红色烛光下一起吃饭的那个晚上以来，自己已经经历了许多事。在那时，他就觉得有许多问题自己需要解释清楚。当时他曾经想到了种种解释，而且全记在了心里。可现在，他似乎要么已经超越到这些解释之上，要么已经沉溺到这些解释之下，究竟是哪种情况，连他自己也说不清楚。他怎么也想不出一种解释，让现在的他显得更接近头脑清醒，而不是神志不清或逢场作戏。如果他此时此刻仅仅因为从敞开的窗户中能看到阳光灿烂、整齐洁净、有条不紊的河畔景色，便自以为有了充分的理由，他又怎能指望别人——不管是谁——认为他头脑清醒？仅仅因为面对洁白的桌布、番茄煎蛋卷和他们那瓶浅黄色的夏布利酒，坐在对面的德维奥内夫人，脸上挂着孩子般天真的笑，为他付出的一切向他表示感谢。她那双灰色的眼睛不时地游离出他们的谈话，浏览窗外已经让人略感暑意的暖暖春光，然后又转回头来看着他的脸，回到与众人有关的现实问题上来。

饭还没吃完，他们就已经谈到了许多与人有关的问题——问题一个接着一个，比斯特雷特之前想象的问题要多得多。他之前的那种感觉，那种不止一次出现过的感觉，那种局面正在失控的感觉，从来没有像现在这样强烈过。更有甚者，他甚至能够准确说出局面发生失控的时间。准确地说，局面失控是发生那天晚上在查德家吃完晚饭之后。他心里很清楚，变化就发生在他干预这位夫人和她女儿的事的那一刻，发生在他没事找事地去跟她讨论与她们母女密切相关的问题，而她为了自己只非常精明地用了一句意味深长的"谢谢你！"就把他们的谈话给打发了的那一刻。这之后，他又拖延了十天，但局面继续朝着失控的方向发展。事实上，他之所以采取拖延战术，正是因为局面在迅速失控。在教堂中殿认出她的那一刻，他就产生了一个想法，那就是既然精明强干和命运之神都站在她那一边，那么采取拖延战术只能是输招。如果一切的偶然都对她有利——实际看来，一切的偶然都对她大为有利——那他只能认输。正因如此，他在教堂里当时就暗下决心，建议她跟他一起去吃早餐。事实上，他这个提议的成功，除了像一匹脱缰的野马最后碰了个头破血流以外，还会是什么呢？他这次被碰得头破血流，具体就表现在两个人在河边的散步，是两个人的早午餐，是两个人吃的煎蛋卷、喝的夏布利酒，是这家餐馆和窗外的景色，是此刻两个人的谈话和谈话给他带来的乐趣，更不用说谈话给她带来的乐趣了（奇迹中的奇迹）。所以，仅就这种心情来说，即便是他认输，也没有什么不好，不过表明采取拖延战术是多么愚蠢罢了。两人一边低声倾谈，一边推杯换盏，窗外传来市井的嘈杂声和塞纳河水轻轻拍打堤岸的声音，这时，他耳边响起了一句古谚。既然做绵羊和羊羔都受罪，很显然还是做绵羊好[①]。与其饿死，倒不如战死。

　　"玛丽亚还没回来？"她一上来就问道。尽管斯特雷特知道在戈斯雷小姐离开巴黎这件事上，她话中有话，但还是坦率地做了回答。紧接着，她又问他是不是特别想念她。虽然他有很多理由回答说他也不

[①]　此处系作者仿拟英国谚语"既然偷羊羔和偷绵羊一样被绞死，为什么不偷绵羊呢？"（One might as well be hanged for a sheep as for a lamb）而作。

敢确定，但还是如她所愿地回答了一句"非常想念"。"总之，男人要是惹上麻烦，身边就离不开女人，"她说道，"不管以什么样的方式，她总会出现的。"

"凭什么说我惹上了麻烦？"

"噢，因为你给我的印象就是这样。"她一边轻柔地说，好像唯恐得罪他似的，一边坐在那里享用他慷慨邀请的早餐，"你没有麻烦？"

听到她的话后，他觉得自己的脸都红了，随即便开始憎恨自己——憎恨自己居然愚蠢到表现出很受伤的样子。居然被查德的女人伤害！可就在从圣母院走出来的时候，他还对她满不在乎呢——难道他已经到了这个地步吗？但荒唐的是，他越是沉默不语，就越证明她所猜不虚。事实上，让他惊慌失措的是，他留给她的印象不正是自己最不希望留给对方的吗？"我还没惹上麻烦，"最后，他笑着说道，"现在我还没有麻烦。"

"唉！我总是麻烦缠身。不过，这一点你已经知道得够多了。"她是那种等着上菜时只要把两肘支在桌上就能显得优雅的女人。这种仪态，纽瑟姆夫人根本做不来，但对一个社交名媛说来，却是驾轻就熟。"是的，我'现在'就有麻烦。"

"在查德家吃饭的那天晚上，你问了我一个问题。"他随后说道，"我当时没有回答，承你网开一面，后来也没再问过我。"

她立刻聚精会神起来。"当然，我知道你指的是什么。那天你来看我时，临走前说了句你会拯救我。我当时想问你这话什么意思。你当时在我们的朋友家里说，你还需要等一等，才会知道那话是什么意思。"

"没错，我当时是请你给我时间来着，"斯特雷特说，"不过，现在听你这么说，我当时说的话简直就像可笑至极的演说。"

她喃喃地说了声："哦！"完全是一副偃旗息鼓的样子。不过，她马上又有了新的想法。"既然是可笑至极，那你为什么不承认自己有麻烦呢？"

"噢！要说我有什么麻烦，"他回答道，"那也不是担心别人笑话我。我不怕这个。"

"那你怕什么？"

"什么都不怕——我是说现在。"说完，他身体往后一仰，靠在椅背上。

"我喜欢你的这个'现在'！"她隔着桌子冲他呵呵笑了起来。

"哎呀！到现在我才彻底明白了，我让你等得太久了。不过，现在我起码明白了我当时那么说的意思了。说心里话，在查德家吃晚饭的那天，我就知道了。"

"既然知道，你当时为什么不告诉我呢？"

"因为当时很难开口。其实，当时我已经帮你做了点儿事了，照着我去看你的那天所说的话做的。不过，当时我还不知道我的做法究竟重不重要，所以才没有告诉你。"

"你现在知道了？"她迫不及待地问道。

"是的，现在知道了，其实我已经为你做了当时我所能做的一切——就在你问我那个问题的时候就已经为你做了。现在想来，"他接着说道，"还可以比我当时想的更进一步。"他解释道，"在拜访过你之后，我就马上给纽瑟姆夫人写信，把你的事告诉了她。现在，我每天都在等她的回信。结果怎么样，我想答案会全在这封信里。"

她饶有兴趣地听着，表现得既有耐心，又十分优雅。"我明白——你替我说话会有什么后果。"她耐心地等着，似乎不愿意去催促他。

为了表示接受她的好意，他马上接过话去说道："你知道，当时的问题在于我应该怎么拯救你。嗯，我现在采取的办法是让她知道我认为你值得去拯救。"

"我懂……我懂。"她迫切的心情溢于言表，"我要怎么才能谢你呢？"这个问题他无法回答，所以她紧接着又问，"你自己真的这样想吗？"

他听后的第一反应是帮她把刚端上来的一道菜放到了她面前。"后来，我又写信给她——目的是让她不要怀疑我的想法。我把关于你的一切全告诉了她。"

"谢谢……我可没做什么事呀。'关于我的一切'，"她接着说，"好吧。"

"在我看来是你为他做的一切。"

"哎呀！你还可以加上在我看来的所有事！"她又笑了起来，一边笑，一边拿起刀叉，那样子就好像他的话让她吃了颗定心丸似的，"可她会是什么反应，你也没有把握吧。"

"是的，我不能假装自己有把握。"

"这就得了嘛①！"她等了片刻，"希望你能给我讲讲她的事。"

"哦，"斯特雷特笑得多少有些勉强，"你只需要知道她确实是个很了不起的人。"

德维奥内夫人似乎有些不情愿。"我只需要知道这些吗？"

但斯特雷特并没有理会她的话。"查德就没跟你谈过？"

"谈他的母亲？当然，谈过很多——无所不谈。可那不是你的看法呀。"

"他不可能说她的坏话。"斯特雷特说。

"当然不可能！他和你一样，一再对我说她真的是了不起。可是，正因为她确实了不起，才让我们的问题变得不那么简单。我绝没有说她坏话的意思。"她接着说，"不过，我觉得如果别人总对她说她欠我人情什么的，她肯定不会喜欢听。没有哪个女人喜欢欠别的女人这种人情债的。"

这种观点斯特雷特没办法表达不同意见。"可我还有什么别的办法向她表明我的看法吗？关于你的事最值得说的就是这个了。"

"这么说，她会对我好咯？"

"我也正等着瞧呢。不过，我相信她应该会的，"他又补充说，"如果她能在一个轻松愉快的场合下见到你。"

她似乎觉得这是一个令人愉快而又充满善意的想法。"哦，这能办到吗？她不愿意出来？如果你向她提出，她会不来？你跟她提过

---

① 原文为法语：voilà。

吗？"她的声音都有些颤抖了。

"哦，没有！"他回答得很干脆，"她不可能来。既然你不可能去看她，我倒是应该先回家，把你的事跟她说清楚。"

听了他的话，她立刻认起真来。"这么说，你在考虑回去？"

"哦，当然，一直在想。"

"留下来——留下来！"她嚷道，"要想搞清楚，你只有这一个办法。"

"搞清楚什么？"

"哎呀！不让他结束关系呀！你来的目的也并不是为了这个吧。"

"这要看你所说的结束关系是指什么，"斯特雷特稍微停顿了一下，"对不对？"

"哦，你很清楚我指的是什么！"

他再一次沉默下来，似乎在表明他能理解她的意思。"许多不寻常的事，你都过于想当然了。"

"的确，不过对那些庸俗的事情，我还不至于到想当然的地步。你完全知道，你出来的目的根本不是做你现在要做的事。"

"哦，这再简单不过了。"斯特雷特和蔼地解释道，"我本来只要做一件事——把我们的态度跟他说清楚。用眼下唯一可行的方式，通过个人施压，跟他说清楚。"他一板一眼地继续说道，"亲爱的夫人，你知道其实我的任务已经完成了，即便是我想多待一天，也没有充分的理由。查德已经知道了我们的态度，而且表示会认真考虑。接下来就看他的了。在这里，我已经得到了休息，享受了乐趣，重新焕发了活力。用我们伍勒特人的话说，我在这里过得很开心。不过，最开心的还是这次跟你的幸会——在这么迷人的环境中，你欣然赏光跟我一起吃饭，让我有一种功名成就的感觉，而这正是我想要的。查德等的就是让我得到这种感觉。我觉得，如果我准备走，他也会一样做。"

她摇了摇头，完全是一副深思熟虑的样子。"你还没准备走。如果你准备走了，又何必像你对我说的那样写信给纽瑟姆夫人呢？"

斯特雷特想了想，说道："没等到她的回信，我是不会走的。你对她过于害怕了。"

他的话让两个人对视了良久，彼此都没有退缩的意思。"我觉得，你并不相信……不相信我根本没有理由要怕她。"

"她为人还是很宽宏大量的。"斯特雷特紧接着说道。

"那么就请她信任我一点点。这是我唯一的要求。不管我做了什么，就请她认可吧。"

"噢，别忘了，"斯特雷特回答道，"在没有亲眼看到以前，她是不会认可什么的。让查德回去，给她看看你已经做的事。让他回家当面去跟她讲，去帮你说好话。"

她琢磨着他的这个建议。"你能用名誉担保，她一旦把查德召回去，不会千方百计让他结婚？"

听到她这么说，斯特雷特又盯着窗外的风景看了一会儿，然后才含糊其词地说道："等她亲眼看到他的样子……"

但没等他说完，她已经打断了他。"等她亲眼看到他的样子的时候，也就是她最想要让他结婚的时候。"

对她的话，斯特雷特觉得应该予以适当的尊重，所以只好暂时选择沉默，专心吃饭。"我不知道会不会发展到那一步。事情没那么简单吧。"

"他如果留在美国，就很简单——为了钱，他也会留在美国。有这种可能性，因为钱好像很多。"

"这么说，"斯特雷特说，"除了他结婚，没有什么能给你造成真正的伤害。"

她不自然地微微一笑，说："前提是撇开可能真正伤害他的事不谈。"

但是，斯特雷特看着她，那样子就好像这一层他也想到了。"你自己能给他一个什么样的未来呢？这个问题是早晚要面对的。"

这时，她尽管仰靠在椅背上，却还是正面对着他。"顺其自然吧！"

"关键是看查德能承受到什么程度。他不愿意结婚，就足以说明他能承受。"

"如果他真的不愿意——没错,"她同意他的说法,"但对我来说,"她接着说道,"问题是你如何承受。"

"噢,我什么都不用去承受。这不关我的事。"

"对不起。在这个问题上,你恰恰脱不了干系,因为你已经插手,而且已经做出承诺。我觉得你之所以要拯救我,并不是因为关心我,而是关心我们的朋友。但不管怎么说,无论是关心他,还是关心我,根本就是一回事儿。"她最后说道,"从道义上说,既然你不能丢下他不管,也就不能丢下我不管。"

她这番看似轻柔实则尖锐的言辞,在他听来,既陌生又美妙。最打动他的是,她的话居然这么认真。她丝毫没有自视傲慢的架势,但给他留下的印象是他从来没见过有谁能如此细腻而有力地表达自己的想法。天晓得,纽瑟姆夫人虽然能摆出一副认真的样子,但跟德维奥内夫人的认真根本没法比。他把她这股认真劲儿牢牢记在心里,把一切都看在眼里。"没错,"他小声说,"从道义上说,我不能丢下他不管。"

她的脸渐渐露出喜色。"这么说,你愿意帮他了?"

"我会的。"

听他这么说,她推开椅子,随即站起身来。她隔着桌子向他伸过手来,说了声"谢谢你!"就像在查德家的那次晚餐以后一样,一句普普通通的"谢谢你"从她嘴中说出来,就赋予了特殊的意义。她上一次钉进去的那颗金钉,这一次又被钉进去一英寸。不过,他事后觉得自己只是做了上一次已经下决心要做的事。从本质上说,他只不过是在上一次站的那个立场,坚定不移地站在原地没动而已。

二

三天后,他收到美国发来的电报,那是一张折叠起来用树胶密封好的蓝色纸片。电报不是由银行转交给他的,而是一个穿制服的小男孩送来的。当时，他正在旅店的小庭院中散步，小男孩在服务员的指点下，把电报亲自交到他手上。虽说已是傍晚，但时值白天漫长的季节，巴黎的风光也比任何时候都更晶莹剔透。大街上弥漫着鲜花的芳香，他的鼻子总是闻到一股紫罗兰的香气。他醉心地听着巴黎的各种声音，这些声音会让他产生各种遐想。在他看来，在这夏日近黄昏的时分，在空气中震荡的各种声音自与别处不同，这些声音似乎一股脑儿地向他袭来，不但充满了生活的气息，而且颇具戏剧色彩——远处隐约传来都市的喧嚣，近处柏油路上传来清脆的"嘚嘚"声，不知什么地方传来一声呼唤和应答，犹如舞台上的演员一样铿锵有力。他准备像往常一样和韦马什在旅店用餐——之所以在旅店用餐，一是为了省钱，二是为了省事。而此时他之所以闲庭信步，就是在等韦马什下楼。

　　他在旅店庭院里看完电报，一动不动地站了许久，然后花了五分钟仔细地把电报又看了一遍。最后，他迅速将电报揉成一团，像是要把它丢掉似的，不过最终还是攥在手里，没有扔掉。他在院子里又转了一圈，然后一屁股坐到一张小桌旁的椅子上。他手里攥着电报，然后抱紧双臂，把电报深藏起来，就这样，他坐在那里两眼直视前方，陷入沉思，就连韦马什下楼后走到他跟前都没有看到。其实，韦马什看到斯特雷特这副样子，只盯着他看了一眼，便没跟他打招呼，就转身回到阅览室 ①，仿佛他看到的景象迫使他不得不这么做似的。但这位米罗斯来的朝圣客还是不由自主地透过阅览室的透明窗玻璃，看着窗外的情形。最后，斯特雷特又把他攥在手里的电报拿出来，小心翼翼地在身边的小桌上展平，仔细看了一遍。又过了几分钟，他才抬起头来，发现韦马什正在室内看着他。两个人四目以对——有那么一会儿工夫，双方的目光都没有移开。但紧接着，斯特雷特站起身来，小心翼翼地将电报折好，放到马甲口袋里。

　　几分钟后，两位好友开始坐在一起用晚餐，但电报的事斯特雷特

---

① 原文为法语：salon de lecture。下同。

只字未提，直到两个人在院子里喝完咖啡，最后互道晚安，谁都没提电报的事。而且，斯特雷特还意识到，他们这一次说的话甚至比平时更少，似乎都在等对方先开口。韦马什本来一直就摆出一副坐在自家帐篷门口的架势①，所以，经过了这几个星期，沉默也已经成为两人和声中不可或缺的音符。在斯特雷特看来，这个音符的音色最近已经变得比以前更加圆润、更加丰满了，而且他觉得他们俩从来没有像今天晚上这样，把这个音符拖得这么长。不过，就在韦马什最后问他是不是有什么事时，他只应了一声"没什么特别的事"，然后把门"砰"的一声关上了。

但第二天一大早，他就找到机会，如实做了回答。头天晚上，吃完晚饭后，他把自己关在房里，一直想写一封长信。为此，他把韦马什丢在一边，自己一个人跑进房间，连平时的客套话都懒得说了，但直到最后，他的信也没写好，就又下楼来，也不理会韦马什人在何处，便径直走到大街上。他漫无目的地走了很久，直到半夜一点才回到旅店，借着服务员在门房外面为他留下的一支燃着的蜡烛头，上楼回到自己的房间。关上房门后，他拿起那一摞没有写完的信，看也不看，便撕成碎片，然后倒头就睡（这一撕似乎多少起了作用），睡得很香，而且这一睡就睡过了头。就这样，在九点多钟，当听到有人用手杖头叩门时，他还没有梳洗完毕。但听到查德·纽瑟姆浑厚的声音后，他立刻开门让他进来。头天晚上那张因幸免于难而更见珍贵的蓝色纸片，此时已经被重新展平，放在窗台上，压在手表下面，免得被风吹走。查德进门后，照例用他那看似无心却十分敏锐的目光四下观看，立即发现了那张蓝色纸片，而且盯着看了一会儿。随后，他把目光转向斯特雷特，说道："这么说，到底还是来了？"

听他这么说，正在打领带的斯特雷特停下了手。"你知道？你也收到一封？"

"不，我没有。我只知道自己看到了什么。我看到那张纸，就猜

---

① 此处让我们联想到第五部第一章巴拉丝小姐把韦马什形容为"印第安人酋长"的描述。

中了。"他又说，"真是来得早不如来得巧！我正好在今天早晨来约你。我原想昨天来，但没能来。"

"来约我？"斯特雷特又转身对着镜子继续打领带。

"回家，我答应你的。我准备好了。其实，这个月我就准备好了，只是在等你，这是必须的。不过，你现在好多了。你现在已经安然无恙了——我看得出来。能得的好处都得了。今天早上，你身体健壮得就跟跳蚤一样 ① 啦。"

斯特雷特对着镜子打扮完毕，听查德这么说，又仔细打量了自己一番。他真的健壮得出奇吗？在查德眼里也许多少是这样，但在过去几个小时里，他感觉自己都快要崩溃了。不过，这样的评语只会促使他痛下决心，查德不经意地证明了他的决定是明智的。很显然，他要比自己想象的更坚毅，这一点他心知肚明。说实话，当他转过身来面对着查德时，看到查德出众的仪表，他自己的那种坚毅产生了些许动摇。不过，要不是他知道仪表出众向来都是查德的人格魅力的话，情形肯定还会更糟。此时此刻，查德站在那里，浑身充满了生机勃勃的朝气——身体健壮，头发油光发亮，衣冠楚楚，举止从容，给人一种神清气爽、神秘莫测的感觉，浑身透出一种快乐、健康的神色，浓发夹杂着些许银丝，在红褐色皮肤的衬托下更显红润的嘴唇，无论说什么话都能恰如其分。在斯特雷特眼里，查德从没有像今天这样看上去仪表堂堂，倒像是为了明确表示屈膝投降，刻意装出来的一样。这种鲜明而又多少有些莫名的形象，便是他准备在伍勒特人面前表现出来的样子。斯特雷特又把他打量了一番（他总在打量他），总觉得他身上有些地方仍然让人琢磨不透。即便如此，查德的形象还是能透过其他许多模糊的东西而彰显出来。"我接到一封电报，"斯特雷特说，"是你母亲发来的。"

"我猜也是，我的朋友。希望她还好！"

斯特雷特迟疑了片刻，说道："不，她不太好。很抱歉，我不得

---

① 英国谚语：as fit as a flea。跳蚤虽然令人作呕，但身体小巧，堪称跳高高手，足见其身体健壮。

不告诉你。"

"唉！"查德说，"这一点我早有预感。这样的话，我们更应该马上动身了。"

此时，斯特雷特已经拿起帽子、手套、手杖，查德却一屁股在沙发上坐了下来，那样子好像有话要说。他盯着斯特雷特的东西，似乎在估算这些东西要多久才能收拾好。他甚至想暗示斯特雷特，他可以叫自己的用人来帮他收拾行李。"马上动身？"斯特雷特问，"你什么意思？"

"哦，坐下周的船走。这个季节，船都比较空，很容易买到铺位。"

本来，斯特雷特戴好手表后，便拿起那封电报。这时，他把电报递给查德，但查德不自在地摆了摆手，没有去接。"谢谢，我就不看了。你和母亲的通信往来是你们的私事。不管上面说些什么，我只有支持的份儿。"听他这么说，斯特雷特看了他一眼，慢慢将电报重新折好，装进口袋。之后，没等他说话，查德又问了一个问题。"戈斯雷小姐回来了吗？"

斯特雷特并没有直接回答他的问题，而是说道："要我说，你母亲并不是身体不好。总的来说，今年春天，她的身体要比往常好。不过，她很担心，很焦虑，看来最近几天她已经是忍无可忍了。我们，我和你，已经让她失去了耐心。"

"哦，不是你！"查德连忙说道。

"不好意思——是我。"斯特雷特的话虽然很温和、很忧郁，但很肯定。他的目光越过查德的头顶，注视着远方。"尤其是我。"

"那就更应该马上动身。前进，前进！①"年轻人手舞足蹈地说道。但斯特雷特仍然傻傻地待在那里，注视着远方。于是，查德把刚才的话又问了一遍。"戈斯雷小姐回来了吗？"

"回来了，两天前就回来了。"

"你见过她了？"

---

① 原文为法语：Marchons，marchons，为法国国歌《马赛曲》中的歌词。

"没有。我正准备今天去见她。"但在这种时候，斯特雷特并不想谈论戈斯雷小姐，"你母亲向我发出了最后通牒。她说，如果我不能把你带回去，就不要管你了，但我自己必须回去。"

"哦！你现在可以带我回去了。"查德坐在沙发上，急忙安慰他说道。

斯特雷特停顿了一下。"我觉得我没搞懂你的意思。一个多月前，你那么迫不及待地让我请德维奥内夫人替你说好话，究竟是为什么？"

"为什么？"查德想了想，但对这种问题，他心里早有答案了。"为什么？不就因为我知道她肯定能替我说好话吗？只有那样，才能让你少说话。这也是为你好。"他高高兴然、轻轻松松地解释道，"再说，我真的想让你认识她，让她给你留下个好印象——你已经看到了，你也从中受益了嘛。"

"可是，"斯特雷特说，"不管怎么说，我给了她机会，她才替你说好话，可是照她那么说话，只能让我觉得她很想留住你。既然她那么做你满不在乎，我真搞不懂，你为什么要我去听她的意见呢？"

"哎呀！老伙计，"查德叫道，"我很在乎！你怎么会怀疑……"

"我之所以怀疑，只是因为今天早上你跑到我这儿，告诉我要马上动身。"

查德目不转睛地看着他，紧接着哈哈大笑起来。"你不是一直在等我说这句话吗？"

斯特雷特寸步不让，不过，这次他换了一个方向。"我觉得这一个月来，最重要的是我一直在等我口袋里的这个消息。"

"你是说，你一直担心会来这样的消息？"

"我一直在按自己的方式做事。我想，你刚才说的话，"斯特雷特接着说，"大概不仅仅是因为你觉得我在等什么吧。否则，你不会把我扯进……"可是，说到这儿，他突然打住不说了。

听他这么说，查德提高嗓门说道："唉！她不想让我走，跟这没关系！她不想让我走，只是因为她担心——担心我回到家后，可能会被绊住脚。不过，她的担心是多余的。"

斯特雷特的眼睛再一次碰到查德游离的目光。"你厌倦她了？"

听到他这么问，查德摇了摇头，慢慢地露出他至今从未见过的奇怪的微笑。"永远不会。"

查德的回答立即对斯特雷特的想象力产生了细腻而又深刻的影响，以至于一时间斯特雷特不知道该说什么，只是应声说了一句："永远不会？"

"永远不会。"查德既体贴又沉着地回答道。

听他这么说，斯特雷特又得寸进尺地问道："这么说，你不害怕？"

"害怕回去？"

斯特雷特又停了一下，说道："害怕留下。"

年轻人立刻表现得很诧异。"你现在要我'留下'？"

"如果我不立刻动身，波科克一家不久就要来这里。"斯特雷特说，"这就是为什么我说你母亲发了最后通牒的原因。"

尽管查德仍表现得很感兴趣，但多少有些吃惊。"她把萨拉和吉姆都动员起来了？"

斯特雷特立刻顺着他的话说道："哦，你肯定知道还有玛米吧。她才是你母亲要动用的。"

这一层查德也看到了——他哈哈大笑起来。"玛米——来诱惑我？"

"啊哈！"斯特雷特说，"她真的很迷人。"

"你已经不止一次跟我讲过了。我倒是想见见她。"

他说话时那种既从容又高兴的样子，尤其是发自内心的那种神色，再一次让斯特雷特清楚地看到了，他为人处事的态度是多么随和，他的整个心态是多么让人羡慕。"既然如此，你无论如何也要见见她。"斯特雷特说道，"还可以考虑一下，让你姐姐来看你，对她实在是大有好处。让她在巴黎待上两个月。如果我没有记错的话，结婚以后她就没来过巴黎，所以我相信肯定希望能有借口来巴黎看看。"

查德虽然听得很认真，但对世事有自己的看法。"这些年来，这种借口她一直有，但她从没利用过。"

"你是说你？"斯特雷特马上追问道。

"那还用说？孤独的游子。你说的是谁？"查德说。

"哦，我说的是我。我就是她的借口。也就是说，我是你母亲的借口——反正是一回事。"

"照你这么说，母亲为什么不亲自来呢？"查德问道。

斯特雷特看了他许久。"你真的想让她来？"见查德不说话，斯特雷特又接着说，"你完全可以发电报请她来。"

查德还在琢磨。"我发电报，她会来吗？"

"很有可能。不过，试一试，你就知道了。"

"为什么你不发呢？"查德犹豫了片刻，问道。

"因为我不想。"

查德想了想。"不想在巴黎见到她？"

面对查德的问题，斯特雷特并没有退缩，回答的口气反而更强硬了。"好孩子，别跟我装蒜了。"

"哦……我懂你的意思了。我知道你做事很讲礼数，但你并不想见到她。所以，我就不再跟你耍把戏啦。"

"哎呀！"斯特雷特说，"我可不认为这是耍把戏。你完全有权利，也完全是光明正大的。"他又换了种口气，接着说道，"再说，你还可以让她见一见德维奥内夫人，让她了解你们之间非常有趣的关系。"

斯特雷特提出这个建议后，他们俩仍注视着对方的眼睛，但查德的目光是那么和蔼可亲，那么大胆无畏，丝毫没有退缩的意思。最后，他站起身来，说了一句让斯特雷特感到诧异的话。"母亲不会理解她的，不过没什么关系。德维奥内夫人倒是想见见她。她希望用自己的魅力征服母亲。她相信自己可以办得到。"

听了这话，斯特雷特想了想，但最后扭过脸去，说道："她办不到！"

"你这么肯定？"查德问道。

"嗯，不信的话你可以试试看！"

斯特雷特泰然说完这句话，便提议到户外走走，但查德仍站在那里一动不动。"你回电报了吗？"

"没有，我什么都没做。"

"你是在等着见我？"

"不，不是因为这个。"

"是在等着，"说到这里，查德冲他微微一笑，"见戈斯雷小姐？"

"不……也不是戈斯雷小姐。我不是在等着见谁。迄今为止，我只是等着拿主意——独自一个人躲起来拿定主意。正因为我一定要告诉你这个消息，所以我正准备出门把差不多已经拿定的主意告诉你呢。所以，请你稍加体谅。"斯特雷特接着说，"别忘了，你当初就是这么要求我的。你瞧！我已经有耐心了，结果你也看到了。先别回去，再跟我待一段时间吧。"

查德面色凝重起来。"再待多久？"

"这个嘛，到时候我会告诉你的。要知道，不管结局是好还是坏，我都不可能永远待下去。让波科克一家来吧！"斯特雷特把自己的建议又重复一遍。

"因为这会为你赢得时间？"

"没错，会为我赢得时间。"

查德似乎仍是一头雾水，片刻之后，说道："你不愿意回到母亲身边？"

"现在还不想。我还没打算走。"

"你觉得这里的生活很有魅力？"查德用他特有的口气问道。

"非常有魅力。"斯特雷特直言不讳地说，"你帮了我这么大的忙，让我感受了这里的魅力，所以我有这种感觉，你应该不觉得惊讶吧。"

"不，我不觉得惊讶，我很高兴。不过，老伙计，"查德充满好奇地问道，"这一切又能给你带来什么好处呢？"

这个问题问得非常怪，表明他们的关系和地位已经发生了变化，以至于话一出口，查德自己都忍不住先笑了起来，然后斯特雷特也跟着笑了起来。"呃，可以确信的是，我的自信是经过考验的——接受过火的洗礼。不过呢，"他又说道，"如果在我刚到这里的头一个月里你就愿意跟我走的话……"

看到他若有所思地打住不说了，查德问道："怎么样？"

"那样的话，我们现在已经在大洋彼岸了。"

"不过，你也就享受不到乐趣啦！"

"那样的话，我会享受一个月的乐趣。"斯特雷特接着说，"如果你想知道的话，我现在享受的乐趣，已经足够我下半辈子用了。"

查德被逗乐了，显得饶有兴趣，但又有点不太明白，部分原因可能是斯特雷特对"乐趣"的理解从一开始他就没搞明白。"如果我扔下你，那应该不行吧？"

"扔下我？"斯特雷特茫然不解。

"就一两个月，来回路上花费的时间。"查德笑着说，"在这期间，德维奥内夫人可以照顾你。"

"你自己回去，我一个人留在这里？"他们再次看着对方，片刻之后，斯特雷特说，"太荒唐了！"

"可我想见见母亲，"查德立刻回答道，"别忘了，我很久没见她了。"

"确实是很久了，这正是我最初急着要把你带走的原因。你以前不是在我们面前表现得就算不见她也能过得很潇洒吗？"

"哎呀！"查德油嘴滑舌地说道，"我现在不是已经学乖了嘛。"

他的话中带着一丝轻松和胜利的喜悦，斯特雷特忍不住又笑了起来。"哦，如果你表现得比以前还要差，我倒是知道该怎么对付你了。我会把你五花大绑，堵上你的嘴，任凭你怎么反抗，也会把你抬上船。你想见你母亲的心有多急切？"斯特雷特问。

"有多急切？"其实，查德似乎觉得很难回答。

"有多急切。"

"像你希望的那么急切。只要能见到她，让我干什么都行。"查德接着说道，"是你让我知道了，她是多么想见我。"

斯特雷特想了想。"如果你真的这么想，那就搭法国的轮船，明天就启程。当然，要怎么做随你。既然你已经待不下去了，我只好放你走了。"

"那我马上就走，"查德说，"你留在这儿。"

"我留在这儿，等下一班船，跟在你后面。"

"你管这叫……"查德说道，"放我走？"

"一点儿没错——我只能这么说。所以，想让我留在这儿的唯一办法，"斯特雷特解释说，"就是你自己也留下来。"

查德彻底明白了。"这么说，是我把你害了，对吗？"

"害了我？"斯特雷特尽量不动声色地附和道。

"哎呀！如果她派波科克一家来，那就表示她不信任你了。如果她不信任你，就会影响到……呃，你知道的。"

过了一会儿，斯特雷特断定自己确实知道是什么，于是说道："这么说，你心里明白，你欠我的了。"

"那我该怎么报答你呢？"

"不要扔下我，跟我站在一起。"

"唉，听我说！"不过，在两个人下楼时，查德用一只手使劲儿在他肩上拍了一下，算是对他的承诺。两人慢慢下了楼，在旅店的院子里又聊了一会儿便分手了。查德·纽瑟姆离开以后，斯特雷特独自一人心不在焉地四下张望，去找韦马什。但韦马什好像还没有下楼，于是斯特雷特就没有等他，径直走出了旅店。

三

下午四点钟，斯特雷特仍然没有见到韦马什，不过他正在和戈斯雷小姐谈论他，也算是对没有见到他的一种补偿吧。斯特雷特一整天都没回旅店，而是在大街上闲逛，想自己的心事。他时而心神不宁，时而全神贯注，最后在马伯夫区受到热情的款待，将这一天推向了高潮。听戈斯雷小姐问起韦马什，斯特雷特说道："我认为韦马什'背着'我，一直在跟伍勒特通信。结果，昨天晚上，我接到了最强硬的指示，催我回去。"

"你是说，有信来招你回去？"

"不是信，是电报，现在就在我口袋里，上面写着：'即刻乘船返回'。"

听了斯特雷特的话，戈斯雷小姐几乎大惊失色。幸亏她及时缓过神来，才勉强保持了平静。也许正因如此，她才模棱两可地说："这么说，你要……"

"谁让你丢下我不管呢？真是活该！"

她摇了摇头，那样子好像是说她在与不在并不是问题的关键。"我不在，恰恰帮了你大忙——我一眼就看出来了。我以前就是这么推测的，事实证明，我做得没错。你已经不是以前的你了。"她微微一笑，"关键是，就算我不在，你照样可以应付自如。"

"可时至今日，我觉得还是离不开你。"他泰然说道。

她又仔细打量了他一番。"那么，我答应你，不再丢下你，不过，我只能跟在你后面。你已经迈开脚步，虽然有些摇摇摆摆，但已经可以独立行走了。"

他心领神会地接受了她的建议。"没错，我想我可以摇摇摆摆地往前走了。事实上，正是因为看到这一点，韦马什才感到烦恼。看我能够独自行走，他再也忍受不下去了。这只是因为他的最初感受达到顶点。他想让我放手，他肯定是给伍勒特写信说，我眼看就要给毁了。"

"啊，天哪！"她小声说，"不过，这只是你的猜测？"

"这是我推测出来的——这不明摆着嘛。"

"这么说，他不承认？或者说，你干脆就没有问过他？"

"我还没来得及问他，"斯特雷特说，"昨晚，我把所有的细节前前后后仔细想了一遍，才想出来的。自此之后我还没跟他见过面。"

"因为你太气愤了？你怕压不住火？"她问道。

他把眼镜架在鼻梁上。"我像怒气冲天的样子吗？"

"你的脸色还好！"

"没有什么好生气的，"他接着说，"相反，他倒是帮了我一个忙。"

她明白了他的意思。"逼着这事情最后摊牌？"

"你理解得很对！"他近乎是咬牙切齿地说，"不管怎么说，我要是去问韦马什，他肯定既不会否认，也不会狡辩。他的所作所为完全是本着内心最深处的强烈信念，发自天地良心，而且是经过许多彻夜不眠的思考才做出来的。他会承认这事是他干的，而且还会认为这事他干得很漂亮。所以，如果我们两个能坐下来好好谈一谈，就能在把我们完全隔开的暗河上架起一座桥，让我们重新走到一起。他这样做的后果是让我们终于找到了我们之间能够谈得拢的话题。"

她沉默了片刻。"你真是大人大量！不过，你一直与人为善。"

他也沉默了片刻，然后打起精神，坦诚以待。"非常正确。眼下，我真的与人为善。事实上，我敢说自己已经到胸怀坦荡的地步了。而且就算说我已经气疯了，我也一点儿都不惊讶。"

"那就告诉我呀！"她一脸认真地说道，但他并没有马上回答她的话，只是用跟她一样的眼神看着她。看到他这副样子，她换了个便于回答的问题。"韦马什先生到底做了什么？"

"就写了封信。一封就够了。他告诉她们，该有人管管我了。"

"真是这样吗？"对这个问题，她倒是颇感兴趣。

"千真万确。一定会有人来管我的。"

"你是说，你不会让步？"

"不会让步。"

"你发电报了吗？"

"没有，我叫查德去发。"

"说你不肯回去？"

"说他不肯回去。今天早上，我们为这事谈了很久，我把他说服了。我还没下楼，他就来了，跟我说他准备好了——我是说，准备回去。他跟我谈了十分钟就走了，去告诉她们，他不回去了。"

戈斯雷小姐聚精会神地听着。"这么说，你挡住了他？"

斯特雷特又坐回到椅子上。"我挡住了他，不过只是暂时的。"然后更明确地对她说道，"这就是我现在的态度。"

"我懂了，我懂了。可是，纽瑟姆先生的态度呢？"她问道，"他准备要走？"

"已经准备好了。"

"发自内心——相信你也准备好了？"

"我觉得肯定是这样。所以，当他看到我拉他回去的手突然了改变方向，变成把他拖在这里的工具时，非常惊讶。"

这个情况戈斯雷小姐倒是要掂量掂量。"他觉得你的这种转变太突然了？"

"这个嘛，"斯特雷特说，"我不太清楚他的想法。他的事我都没太大把握，只知道跟他打交道的次数越多，就越觉得他并不像我原来想的那样。他让人琢磨不透，所以我才等。"

她感到纳闷。"可是，等什么呢？"

"等家里给他回电报。"

"他在电报上说了些什么？"

"我不知道，"斯特雷特答道，"我们分手时，说好让他自己看着办的。我只对他说：'我想留下来，但留下来的唯一办法是你也留下来。'我这么一说，似乎打动了他，所以，他就去照我说的办了。"

戈斯雷小姐琢磨着他的话。"这么说，他自己也想留下来。"

"两种想法都有。也就是说，一半想留，一半想走。这表示我最初来这儿的请求对他发挥了作用。不过，"斯特雷特接着说，"他是不会走的。最起码只要我还在这里，他就不会走。"

"可是，"戈斯雷小姐提醒他说道，"你不可能在这里永远待下去呀。我倒是希望你待下去。"

"绝不可能。不过，我还要再看他一看。他根本不是我原先想象的那种人，他完全是另一种类型。正是如此，我才对他感兴趣。"斯特雷特说起话来，像是在向自己解释似的，从容不迫，慢条斯理，"我不想丢下他不管。"

戈斯雷小姐一心想帮他理清思路，但她必须旁敲侧击，说得婉转得体才行。"丢下不管，你是说……呃……丢给他母亲？"

"哎呀！我现在考虑的并不是他母亲。我是在想那个派我来当说客的计划。我们一见面，我就把计划原原本本地告诉了他，但最初在制定计划时，并不知道这么长时间里他都经历了什么。计划根本没有考虑到我来这儿之后随即在他身上得到的许多印象——我相信，我将获得的印象还远不止这些。"

戈斯雷小姐的微笑中透出一丝最善意的批评。"所以，你的意思是——或多或少——你是出于好奇才留下来的？"

"你爱怎么说都行！我不在乎怎么说它……"

"只要你留下就行？当然不用管啦。不过，我管它叫作巨大的乐趣，"玛丽亚·戈斯雷说道，"看你怎么解开这道难题，也是我人生中的一大快事。很显然，你可以独自一人摇摇晃晃地往前走！"

听到这种溢美之词，他并没有表现得很得意。"波科克一家来了之后，我就不是孤军奋战了。"

她眉毛一抬，问道："波科克一家要来？"

"我是说，只要查德的电报一发，他们就会马上上船，一刻也不会耽误。萨拉来就是来代表她母亲说话的，这跟我稀里糊涂做事大不一样。"

戈斯雷小姐神情更加严肃地问道："这么说，她要把他带走？"

"很有可能，等着瞧吧。不管怎么说，她肯定会这样，再说她母亲可能已经将事情交给她来全权处理了。"

"你希望那样吗？"

"当然，"斯特雷特说，"我希望那样，我希望事情办得公正合理。"

但她一时间没能跟上他的思路。"如果事情交给波科克一家去办了，那你为什么还要留下呢？"

"就是要看看我做事公正合理——当然，多少也有点儿想看到他们做事同样公正合理。"斯特雷特的话表现出从没有过的睿智。"我出来以后才发现自己面临的全是新的事实，这些事实让我越来越觉得不能用旧的思路去解读。问题非常简单。我们需要新思路，与实际情况相符的新思路。关于这一点，我已经在第一时间明确告诉了我们在伍勒特的朋友——查德的和我的朋友。如果有什么思路，波科克夫人会拿出来的，她会提出一堆新的思路。"他苦笑着又补了一句，"这些思路就是你所说的'乐趣'的一部分。"

她现在已经完全投入进来，并和他站到了一起。"照你这么说，他们的王牌是玛米。"说完之后，戈斯雷小姐看到他若有所思地沉默不语，好像认可了她的看法，于是又继续说道："我真替她难过。"

"我也替她难过！"斯特雷特一跃而起，来回踱起步来。在这个过程中，她的眼睛一直没有离开他。"可我们无能为力啊。"

"你是说她这次来是迫不得已？"

他又踱了一圈后，才向她说明了自己的想法。"不让她来的唯一办法，就是我回去——我相信，如果我在场，我可以阻止她来。但问题是，如果我真的回家……"

"我懂了，我懂了。"她立即明白了他的意思，"纽瑟姆先生也会跟你回去，"她呵呵笑了起来，"但这连想都别想。"

斯特雷特并没有笑，脸上只是一副沉着冷静的表情，这种表情似乎在说，他不在乎招人耻笑。"很怪吧？"

两个人虽然都非常在意，但到现在都没有提到一个人的名字，不过，此时此刻短暂的沉默无异于提到了。斯特雷特的问题充分表明，在戈斯雷小姐不在的这段时间里，这个名字在他心目中的分量大大增加了。正因如此，他觉得戈斯雷小姐哪怕是做出一个简单的手势，都是一个明确的回答。但片刻之后，她便给出了一个更加明确的回答。"纽瑟姆先生会把他姐姐介绍给……"

"德维奥内夫人？"斯特雷特终于说出了这个名字，"他不介绍才怪呢。"

她似乎在瞪大眼睛看着那种场面。"你是说，你已经想到了这一点，而且做好了心理准备？"

"我已经想到了这一点，也做好了心理准备。"

不过，此时此刻，她考虑的是斯特雷特。"好①！你真的很了不起！"

"唉！"说完，他停顿了一下，但仍站在她面前没动，然后略带倦意地说道，"唉！这正是我希望在我碌碌无为的一生中哪怕只有一次能到达的境界啊！"

两天后，他从查德处获悉，伍勒特家里回复了他们那份决定命运的电报，电报是发给查德的，说萨拉、吉姆和玛米即刻启程来法国。与此同时，斯特雷特在见过戈斯雷小姐之后，自己也发了一封电报。跟往常一样，在与她深谈之后，他感觉自己思路清晰了许多，对许多问题也有了自己的主张。他给纽瑟姆夫人的回电内容如下："再住一月为宜，蒙增援，不胜感激。"他还附了一句，说他会写信回去，当然，他本来就没有停止过写信。奇怪的是，写信一直让他聊以自慰，比做任何事更能让他觉得自己是在做事。所以，他经常在想，经过了这段时间的紧张，自己是不是学会了一种虚伪的把戏，一种华而不实、自欺欺人的手段。就凭他通过美国邮局来来往往寄送的那些信件，谁敢说他比不上一个夸夸其谈的新闻记者，一个舞文弄墨、鸡蛋里挑骨头的了不起的新自然学科的大师呢？他写信不就是为了消磨时间，主要表达他的好意吗？——因为他已经养成习惯，不愿意把自己写好的东西翻来覆去地读个没完。他在字里行间虽然仍能故作大方，但充其量不过是在黑暗中吹口哨——给自己壮胆罢了。毫无疑问，他被黑夜围困的感觉越来越强烈了——所以他的口哨还应该吹得再响一些，再欢快一些。于是，电报发出后，他便开始使劲地吹，拼命地吹。在从查德那里得到消息之后，他更是一而再，再而三地吹。在两

---

① 原文为法语：bon。

个星期的时间里，他就是这样来给自己壮胆的。萨拉·波科克见到他会说些什么，他没有太大的把握，但他脑子里还是有些模糊的预感。她应该不会说他怠慢了她母亲——不管在什么场合，这种话谁都说不出口。之前，他写的信可能比较频繁，但从没有写得这么内容丰富。要是在伍勒特，他会坦率地解释说，他是想填补一下萨拉启程赴法而造成的空虚。

正因为他没有收到家里的回音，他的黑夜才越来越暗，他的口哨才吹得越来越快。此前他就发现写给他的信越来越少了，而此时他的表现显然让纽瑟姆夫人的来信顺理成章地停止了。他已经有许多天没有收到信了，虽然他后来会找到许多证据，不过现在根本不需要任何证据他就心知肚明，在收到让她决定发那封电报的暗示之后，她不会再给他写信了。她不会再给他写信，等着萨拉去见他，向他当面说明吧。这件事很奇怪，但伍勒特家里的人认为他的所作所为更奇怪。不管怎么说，这件事关系重大，尤其值得注意的是，纽瑟姆夫人向他这样示威，更让他感受到她的性格和做事风格。说心里话，他觉得他从来没有像她保持沉默的这段时间这样与她心灵相通。她的沉默是一种神圣的肃静，一种更细腻、更清晰的手段，使她的个性彰显无疑。他曾与她同行同坐，一同驾车外出，一同面对面用餐——他也许无法用"一辈子"以外的字眼儿去形容他那种难得的待遇。虽说他从没有见她如此沉默过，但他也从没有感受过她如此傲骄、如此严苛的个性：纯真，说得俗一点儿就是"冷酷"，但又那么深沉、忠诚、细腻、体贴、高尚。在目前的特殊情况下，她的这种特质在他看来越来越鲜明，鲜明到几乎让他痴迷的程度。这种痴迷虽然让他心跳加速、兴奋不已，但他有时为了松弛一下紧张的神经，也会设法忘记她的这一点。他知道，自己偏偏在巴黎（而不是其他地方）发现，纽瑟姆夫人的影子对他来说比其他任何幽灵都更纠缠不清，这实在是最不可思议的奇遇了。这种事也只能让他兰伯特·斯特雷特碰上。

他之所以去找玛丽亚·戈斯雷，就是为了换一换心情。但他的心情并没有因此而改变，因为这几天他总是在她面前大谈纽瑟姆夫人，而以前他从来没有这样做过。迄今为止，在纽瑟姆夫人的问题上，他一直都很谨慎，一直恪守着一条原则。不过，现在他可以抛开所有顾忌，因为他面对的各种关系已经发生变化。他觉得关系并没有发生实质性的变化，因为，即便纽瑟姆夫人已不再信任他，但这并不等于说他不会再赢得她的信任。现在，他的想法是要千方百计地再去争取获得她的信任。其实，如果他现在对玛丽亚讲以前他从未对她讲过的纽瑟姆夫人的事，那多半是因为这么做可以提醒自己，能得到纽瑟姆夫人的尊重是一件多么光荣的事。奇怪的是，他与戈斯雷小姐的关系也发生了很大变化。这个变化虽然没有引起他多大的不安，但在两人再次见面时就能看得出来。这个变化全都体现在她当时差不多立即就对他说的话里，她只用了十分钟就把话说完了，而他对她的话也没有提出异议。他可以一个人东倒西歪、跌跌撞撞地往前走，这其中表现出的差异是非常大的。接下来两人的谈话很快就证实了这种差异，剩下的事便由他对纽瑟姆夫人表现出的更大信心来完成了。他如饥似渴地把小空杯伸向戈斯雷小姐那壶源泉的日子似乎已经变得很遥远了。现在他已经很少碰到她那壶源泉，因为别处的泉水已经在为他涌动，而她已不过是他众多源泉中的一条支流而已。面对这种改变了的现实，戈斯雷小姐只能坦然接受，其中有一种莫名的甜蜜，一种令人伤感的温情，让他为之动容。

这让他感觉到了时光的飞逝，起码让他看到了自己经历的许多事。想到这里，他心中不由得产生了一丝满足、一丝自嘲、一丝遗憾。仿佛就在前天，他还拜倒在戈斯雷小姐的脚边，拽着她的衣角，需要她亲手喂他。现在改变的只不过是这种场景的比例，从哲学的角度去解释，比例恰恰是感知的前提，是思想的条件。就好像她已经退居二线，而且心甘情愿、机智圆滑地接受这种地位的降低，因为她有自己的夹层小楼，在那里她仍大有可为。再说，她私交甚广，总有安排不完的活动，总有应付不完的应酬。她的生活不但多姿多彩、有滋有味，而且各种事情占用了她绝大部分时间，而他对她的了解只不过是些皮毛而已。她总是这么机智圆滑，其程度从一开始就超出了他的想象。这种机智圆滑始终把他挡在一定距离之外，挡在她的"门店"（她是这么称呼泛泛之交的）之外，让双方的交往尽可能只像在家里——而非像在"门店"里——一样静悄悄地进行，就好像她再没有其他什么顾客似的。最初，他觉得她非常出色，当时早上醒来一睁开眼，想到的就是她的夹层小楼。可现在，在他眼里，她大多数情况下只不过是他那盘根错节的全盘计划中的一部分而已——当然，他对她始终是心怀感激的。他再也碰不到这么宅心仁厚的人了。她把他打扮起来，去参与应酬，但起码到现在为止，他看不出她对他有什么诉求。对他的事，她只是表现出好奇，问一些问题，然后仔细听他说，最后恭恭敬敬地帮他梳理。她一再表示他已经远远超过了她，她必须做好失去他的心理准备。对她来说，剩下的机会只有那么一点儿了。

情况往往是每次她提起这事，他的反应都千篇一律——他就好这一口。"要是我吃亏了呢？"

"那好，我会帮你弥补。"

"哦，如果我真的受到打击了，如果真有那么一天，那就用不着补了。"

"不过，你不会是说，一旦受到打击了，就要了你的命吧。"

"当然不是——比要命还糟。那会让我衰老。"

"哦，没那回事！你最与众不同的地方就在于现在你就是年轻人。"然后，她还总是加上一句，而且说的时候再也用不着半推半就、故作客气。她的话虽然直率，但斯特雷特听到耳朵里，也用不着感到难为情。她让他相信她说的话，所以她的话也变成了不带任何个人色彩的真理。"这正是你独特的魅力。"

他的回答也总是相同的。"我当然年轻——是欧洲之行让我年轻了。在切斯特，我一见到你就开始变年轻了，起码是开始尝到了年轻的甜头，从那以后，我一直都在享受年轻带来的好处。在我年轻的时候，从来没尝过年轻的甜头，也就是说，我根本不知道年轻的滋味。现在，我正在享受年轻带来的好处。那天我对查德说'等一等'的时候，我就已经体验到了。等萨拉·波科克来到的时候，我还会再一次体验年轻的好处。在许多人眼里，年轻是不值得炫耀的。老实说，我不知道除了你和我之外，还有谁能懂得我的感受。我从不酗酒，我从不追女人，我从不乱花钱，我甚至从不吟诗作赋来冒充风雅。我只不过是在找回早年缺失的东西。我是在用自己微不足道的方法来培养我微不足道的优势。这种优势比我这辈子见过的任何东西更让我快乐。随别人说去吧——这就是我对青春的屈服，这就是我对青春的礼赞。一个人要随时随地去体验青春的魔力——哪怕青春是来自别的地方，来自别人的生活、别人的境遇、别人的感情。查德就让我体验到了青春的感觉，他的头发虽然已经斑白，但灰发只能让他的青春显得更坚实、更可靠、更宁静。她也一样，虽然她的岁数比他大，虽然她有一个已达婚龄的女儿，虽然她有一个分居的丈夫，虽然她有一段不光彩的历史。虽然我的这对朋友还很年轻，但我并不是说他们还正当青春年华，这跟青春毫不相干。问题的关键在于他们属于我。没错，他们就是我的青春，因为在我应该拥抱青春的时候，却一无所有。所以我现在要说的是，如果他们辜负了我的期望，那么青春就会消失得无影无踪，还没等完成自己的使命就消失得无影无踪。"

听他这么说，戈斯雷小姐又刨根问底地问道："你所说的'使命'到底是指什么？"

"哎呀！帮我走完全程呀。"

"可是，走完什么全程呢？"她总喜欢刨根问底。

"哎呀！走完这段经历的全程呀。"他斩钉截铁地说道。

不过，她最后总是有话要说。"你难道忘了，在我们刚见面的那段时间里，要陪你走完的人是我吗？"

"怎么会忘呢？我记得深、记得切着呢！"对这样的问题，他总会迫不及待地回答，"你不就是在扮演自己的角色，让我对你再唠叨一遍嘛！"

"嗨！不要把我说得无关紧要似的。不管别的什么让你失望……"

"你永远、永远、永远都不会？"他接过她的话说，"哦，对不起，你肯定会，你一定会。我是说，你的情况，容不得我为你做什么事。"

"我明白你的意思，更不要说我已经老态龙钟了。我是老了。不过，有一件事你可能做得到，我想我还是会考虑的。"

"是什么？"

但这个她是永远不会告诉他的。"只有你被碰得头破血流之后，我才会告诉你。既然你不可能碰得头破血流，我也就没有必要说了。"至于这一点，斯特雷特因为自身的原因，也就不再深究了。

既然他已经公开接受了他不可能被碰得头破血流这样的看法（这是轻而易举可以做到的），那么，接下来再去讨论碰得头破血流之后的事就没有什么意义了。日子就这样一天一天过去了，他对波科克一家的到来也越发重视。他甚至有一种羞耻的感觉，觉得自己等待他们的心情一点儿也不真诚，态度一点儿也不端正。他责怪自己装腔作势地以为萨拉的到来以及她的印象和她的判断，会简化和化解问题。他责怪自己诚惶诚恐地担心，他们会做些什么，以至于让他借助徒劳无益的怒气来发泄自己，回避问题。他在家里已经看惯了他们的所作所为，所以，现在他这么做不是一点儿道理都没有。他清醒地认识到，他最想知道的是她能不能详详细细、一五一十地告诉他纽瑟姆夫人目前的精神状况。同时，他还清楚地意识到，他希望自己能说服自己，他并不担心直面自己的所作所为。如果他一定要为自己的所作所为付出代价，那他真的急于知道这个代价是什么，他已经做好了分期还款的心理准备。要还的第一笔款恰恰就是款待萨拉。再说，通过款待她，他还能更多地了解自己下一步该如何自处。

第八部

一

　　这几天，斯特雷特独自一人到处闲逛。上周发生的事，让他与韦马什之间剪不断理还乱的关系在一定程度上简化了。两个人都没提及纽瑟姆夫人召他回去的事，不过有一次，斯特雷特向韦马什提到过纽瑟姆夫人派出的新使团已经上船，希望他能借此承认暗地里多管自己的闲事，但韦马什压根儿就没有承认。虽然这在一定程度上让斯特雷特的猜想落了空，但也让斯特雷特高兴地发现，这个老好人最初的鲁莽行为完全是出于同样发自内心的良知。想到这里，斯特雷特对他的这位朋友多了几分包容，也欣然发现他明显长胖了。他觉得自己的假期过得是那么奔放、那么自由，所以才对被槛笼幽禁①的人未免产生了一丝悲悯。对韦马什这样被槛笼幽禁的灵魂，他本能的反应是蹑手蹑脚地绕过他，免得吵醒他，让他为此刻已无法挽回的损失去痛哭流涕。他知道，这样做非常可笑。正像他自己时常说的，其差别不过是呆子和傻子的问题——所谓的解放只不过是相对的，就像门口的擦脚垫和擦鞋器，性质是一样的。不过，眼下的这场风波并非一无是处，因为米罗斯来的这位朝圣客此时比以往任何时候都自以为是。

　　斯特雷特觉得，当韦马什听说波科克一家要来时，他内心里不但有一股胜利的冲动，更有一股怜悯的冲动。正因如此，韦马什看他的眼神中才多少有了些节制和收敛。以前他的目光总是咄咄逼人，那样子就好像要充满深情地表现出对老朋友——五十五岁的老朋友——的轻薄居然如此暴露在世人面前而感到难过，但又不去点明，而是留给老朋友自己去领会错在哪里一样。最近一段时间，他一直秉持这种态度作为自己的挡箭牌，两个人不再争论，而是严肃而又可悲地彼此敷

---

① 此处原文为 cabined and confined，系作者根据莎士比亚名剧《麦克白》第三幕第四场中麦克白对凶手讲的话"但是如今我被槛笼幽禁，与疑惧为伍了"（梁实秋译）改编。

衍。斯特雷特觉察得到他那种矜持严肃、忧心忡忡的神色，以至于巴拉丝小姐打趣他说，她准备在客厅里专门划出一角来，让他去想自己的心事，就好像他知道自己鬼鬼祟祟的举动已经被人猜中，而他又错失了解释其动机纯正的良机。不过，剥夺其解释的机会恰恰是对他的小小惩罚。在斯特雷特看来，即便韦马什有那么一点儿不快，他也不会觉得有什么不妥。如果斯特雷特去质问他、责怪他，说他多管闲事，或以别的方式训斥他，那他会用自己的方式去证明自己如何言行一致，如何诚实守信。如果对他的所作所为明确表达不满，只会给他说话的机会，让他大呼小叫地拍桌子，一再表明自己问心无愧。此时此刻，斯特雷特不愿意看到的不正是大呼小叫拍桌子的场面吗？不正是不愿意面对韦马什那种讨人嫌的丑态吗？但不管原因是什么，这场风波还是露出一点儿蛛丝马迹，那就是韦马什故意装出一副漠不关心的样子，就好像他替天行道的行为让他朋友受到无情的打击，而现在他却要去讨好朋友，所以才故意装出一副视而不见的样子，不去装模作样地跟在他身边，忍气吞声地不受待见。所以，他这才将一双大手百无聊赖地扣在一起，一只大脚六神无主地晃荡着，一双眼睛事不关己地东张西望。

韦马什的这种表现，反而让斯特雷特更放得开了。平心而论，从他来到巴黎的那一刻起，他还从来没有像现在这样自由过。初夏的笔在巴黎的画卷上抹过之后，除了眼前的场景以外，一切似乎都蒙上了朦胧的色彩，营造出一种无垠、温馨、芬芳四溢的氛围，画卷上的各种元素水乳交融，怡然和谐，欣然的享受近在眼前，而痛苦的报应早已退到九霄云外去了。查德又出门去了，自从斯特雷特见到他后，这还是第一次。他解释说，此次出门实属无奈，但没有详细说明原因，而且在说明时也没有流露出尴尬的表情，这足以表明年轻人在日常生活中交游甚广。斯特雷特倒是不关心他是不是交游甚广的问题，只是把查德的出门看成交游甚广的证据——这让年轻人在他心目中的形象更加丰满，更富有层次，因此让他感到非常欣慰。让他感到欣慰的还有查德态度的钟摆，自从上次突然摆向伍勒特，被他亲手拽住以后，又往相反的方向摆动了。他得意地认为，如果说他当时暂时止住了钟摆，那也是为了让它为下一次的摆动积蓄动力。他自己也做过以前从没做过的事，有两三次独自一人一整天外出游玩，还有两三次是带着戈斯雷小姐一起去的，两三次是带着小比尔汉姆去的。他去了一趟沙特尔，在大教堂前一身轻松地接受了一次全面的赐福；他还去了一趟枫丹白露宫，在那里他想象自己正奔跑在前往意大利的路上；他还背着一个小手提包去了一趟鲁昂①，居然心血来潮在那里住了一夜。

一天下午，他做了一件非同寻常的事。那天他无意中来到塞纳河对岸一座漂亮的旧宅附近，于是穿过旧宅高大的拱门，来到门房，说要见德维奥内夫人。他已经不止一次琢磨过这种可能，而且也知道，这种可能性在他假装闲庭信步的过程中不仅一直存在，只需他走几步路而已。只是自从那天早晨在圣母院见到她以后，他一直恪守自己一贯的立场，没有让这种可能性变成现实。他曾想过，圣母院的偶遇并非他有意为之，所以他再一次坚守住了自己的立场，那就是他不能从中渔利。从那一刻起，他便开始积极去追求那次奇遇中魅力四射的伴侣；从那一刻起，他的立场开始发生动摇，因为他的所作所为都是在利益的驱使下进行的。直到最近几天，他才为自己设定了一个底线，他暗下决心，在萨拉到来前他必须坚守自己的一贯立场。萨拉到来之后，他理应拿回行动自由的权利，这再合理不过了。到那时，如果别人硬要干涉他的自由，那他就是一个做事谨小慎微的十足傻瓜。既然得不到别人的信任，他起码可以不受拘束。如果有人非要管他的闲事，他就会冒昧地去尝试他现有的立场所赋予他的东西。当然，理想的做法是他或许应该等波科克夫妇表明态度之后再去尝试，他本来是暗下决心要严格按照理想的做法行事的。

但今天他突然感到一种恐惧，这种恐惧摧毁了一切。他突然发现他对自己产生了恐惧，不过这跟他与德维奥内夫人再多待一小时对他

---

① 沙特尔（Chartres）位于巴黎西南大约50英里，以其雄伟的哥特式天主教堂为著称；枫丹白露宫（Fontainebleau）位于巴黎东南大约35英里，建筑风格为文艺复兴时期的意大利风格；鲁昂（Rouen）位于巴黎西北大约80英里，也有一座哥特式天主教堂。

的情感会产生什么影响没有关系。让他害怕的是他跟萨拉·波科克只待了一小时就造成了这么大的影响，因为在她看望过他以后，他已经有几个晚上辗转难眠，而且常常从噩梦中惊醒。在梦中，萨拉模糊的身影要比现实中的萨拉高大许多，而且她越是靠近他，她的身影就越高大。他的想象力一旦开启，便一发不可收。在他的想象中，她在用异样的目光盯着他，径直朝他走来。他好像听到了她的指责，所以才表现得羞愧难当，两颊发烫，而且已经答应她，自己会改过自新。他看到自己就像少年犯被送进少管所一样，在萨拉的监督下被送回伍勒特。当然，伍勒特并不是少管所，但他早就知道，萨拉所住酒店的沙龙就像是少管所。不管怎么说，在这种惶恐不安的情绪中，照此推理，他的危险在于自己会做出某种让步，而这就意味着他会突然跟现实脱节。因此，如果他要坐等脱离现实，就完全可能错失良机。而眼前真真切切的德维奥内夫人就是机会，总之，这就是他不能再等下去的原因。他突然觉得他必须抢在波科克夫人到来前采取行动。所以，当女门房告诉他，他要见的夫人不在巴黎时，他大失所望。她到乡下去已经好几天了。这桩小事再平常不过了，却让可怜的斯特雷特丧气透了。突然间就好像他再也见不到她了，而且就好像之所以会有这样的结果，是因为他对她不够好。

斯特雷特任由自己的想象迷失在暗淡的前景之中，不过，这样做也有好处，正是由于这种想象的反作用，自从伍勒特的使团踏上站台的那一刻起，前景还真的开始变得光明起来。从伍勒特来的使团从纽约乘船到勒阿弗尔①，再从勒阿弗尔乘车直接到了巴黎。由于一路顺利，一行人提早上了岸，结果使得原定去码头迎接他们的查德·纽瑟姆没能赶上。就在查德准备乘火车去勒阿弗尔时，接到他们打来的电报，说他们马上就到，所以查德只好在巴黎等他们了。为此，他匆匆忙忙赶到旅店，接上斯特雷特一同前往，甚至还诙谐地提议请韦马什也一同前去——就在查德乘坐的计程马车吱吱嘎嘎在旅店门前停下来

---

① 勒阿弗尔（Havre）：位于塞纳河北岸、濒临英吉利海峡，是法国跨大西洋人员往来的主要港口。

的当儿，韦马什正在斯特雷特的瞩目之下，在那熟悉的庭院里迈着方步徘徊呢。此前，查德已经派人送信儿给斯特雷特，斯特雷特又告诉了韦马什，波科克一家马上就要到了。在得知这个消息后，韦马什虽然照例拉着脸对斯特雷特吹胡子瞪眼，但那表情要表明的态度现在有点模棱两可了。斯特雷特的眼光现在已经非常老练，一看韦马什的表情，就知道他吃不准该如何应付眼前的局面了。他表达自信的唯一手段就是大呼小叫——但在不了解具体情况的时候，他的这种手段根本施展不开。波科克一家的水究竟有多深，现在还不得而知，再说是他把他们招来的，所以，从某种意义上说，他想躲也躲不开。他很想理直气壮地去面对，但一时之间只能找到一种朦胧的感觉。"你瞧！我全指望你帮我应付他们了。"斯特雷特这样对他说。斯特雷特很清楚这句话，以及其他诸如此类的话对内心晦暗的韦马什会产生什么影响。斯特雷特一再对韦马什说，他肯定会非常喜欢波科克夫人——是人都相信他会。在所有问题上，他会都跟她的意见绝对一致，而她也会跟他息息相通。总之，巴拉丝小姐的鼻子这回可要碰扁了。

　　两个人在院子里等查德的时候，斯特雷特编织了这张快乐的网。他坐在那里抽烟，让自己保持安静，而韦马什犹如困在笼中的雄狮，在他面前走来走去。查德·纽瑟姆来到后，无疑对他们俩在这个节骨眼儿明显对着干感到很惊讶。他过后回忆起这个场面时，一定忘不了韦马什跟着他和斯特雷特走出旅店，站在大街上，脸上挂着一副既期许又懊悔的表情。在马车上，查德和斯特雷特把话题扯到韦马什身上，斯特雷特还把近来让他自己不安的事大体上告诉了查德。几天前他就跟查德说过，他认为是韦马什在背后捣鬼。听他这么说，查德觉得既好奇又好玩。此外，斯特雷特还发现，这种小动作的影响还不止于此。也就是说，他看出了对韦马什扮演决定性角色所产生的影响，查德持何种态度，而这种态度刚才再一次得到了印证。这件事严重影响了查德对自己家人的看法。正因为两人认为韦马什是伍勒特企图控制他们的一枚棋子，所以斯特雷特才觉得，在半小时后，很可能像韦马什说的那样，在萨拉·波科克的眼里，他已经铁定了心，站在查德

"一边"了。近来,斯特雷特有些忘乎所以了,这一点无可否认。他之所以这么做,可能是孤注一掷,也可能是信心十足。他应该把自己最近学会的光明磊落展示给新来的专使。

他把自己在院子里跟韦马什说过的话,又跟查德说了一遍:他姐姐肯定会跟韦马什志趣相投,两个人只要一接触,肯定会联起手来。两人的关系肯定会亲密无间,斯特雷特之所以这样说,是因为他想起了在刚到巴黎后不久跟韦马什谈过一次话,当时他就注意到此君与纽瑟姆夫人有许多相似之处。"有一天,他问起你母亲,我便对他说,她这个人,如果他了解她,他一定会喜欢她的。这跟我们现在的看法是一致的,波科克夫人肯定会把他拉上她的船,因为她划的那条正是你母亲的船。"

"哎呀!"查德说,"母亲能顶五十个萨莉!"

"一千个。不过,等一会儿你接到她,你接的可是你母亲的代表,我也一样。"斯特雷特说,"我感觉自己就像即将卸任的专使,要恭恭敬敬地去迎接继任者。"话一出口,斯特雷特就发现自己无意中当着纽瑟姆夫人儿子的面诋毁了她。查德刚才的争辩也明显反映了他的这种印象。最近,查德的态度和脾性让他有些捉摸不透了,他只知道即使查德遇到最坏的情况,也很少表现出忧心忡忡的样子。此时,在这种关键时刻,他又用全新的目光审视起查德来。查德完全履行了自己两周前的承诺——二话没说便答应了斯特雷特求他暂时不要回去的要求。他是在高高兴兴、大大方方地等待,但在这背后也不乏某种深不可测的东西,他所具有的教养中原本夹杂着一丝冷酷,而现在这种冷酷没准儿又加深了一层。他既不激动,也不消沉,他为人随和、反应机敏、处事审慎。他既不匆忙,又不慌张,也不着急,充其量只是比平时少了些风趣而已。斯特雷特觉得,面对自己的荒唐情绪,查德比以往任何时候都更有理由泰然处之。此刻跟查德同坐在一辆马车里,他比任何时候都清楚,查德能有现在的表现,不会有其他原因,只能是他过去修为的结果。他的经历让他变成了今天的样子,这并非易事。他耗费了时光,饱受了折磨,关键是他付出了代价。不管结果如何，今天都要展示给萨莉看，而在那一刻来临时，斯特雷特倒是很高兴自己能够亲临现场。但这样的结果，她能察觉到、感受到吗？如果能，她会喜欢吗？斯特雷特挠了挠下巴，琢磨着如果她问起他——他认为她肯定会问——他该怎么说呢？嗨！这种事还是让她自己去判断吧！既然她自己要来看，那就让她看，然后去接受。她自以为很能干，所以才到这里来，不过，斯特雷特心里有数，她根本看不出来。

查德随后说了一句话，表明他已经很敏锐地猜到了斯特雷特的这个想法。"他们就是些长不大的孩子。他们就是在游戏人生而已！"这句话虽然意味深长，但斯特雷特听得心里热乎乎的。这意味着他并没有因斯特雷特的情绪而做出背叛纽瑟姆夫人的样子来。这倒让斯特雷特接下来可以问他，他是不是想让波科克夫人跟德维奥内夫人见个面。"哎呀！她出来不就是要看看我交的是什么朋友吗？"听他这么说，特雷特更深切地感受到了查德的坦荡胸怀。

"没错，恐怕是这样。"斯特雷特无防备地随口说道。

"恐怕？为什么是恐怕？"查德立即做出反应，斯特雷特这才发现自己失了言。

"哦！因为我觉得我自己负有一定的责任。我觉得，正是我写回去的信引起了波科克夫人的好奇心。也许你从一开始就知道，在信里我是无话不说的。在信中，我确实讲了一点儿德维奥内夫人的事。"

在查德看来，这是顺理成章的事。"没错，不过你说的可都是好话呀！"

"我从来没有替一个女人说过这么多好话。但正因为我说话的那种语气……"

"是你信中的语气把她招来的？有可能，"查德说，"但我不怨你。德维奥内夫人也不会怨你。事到如今，你还不知道她多么喜欢你吗？"

"哦！"斯特雷特咕哝了一声，这一声咕哝说明了他真的感到很难过，"瞧我为她做的都是些什么呀！"

"啊，你已经为她做了很多。"

查德的温文尔雅让斯特雷特感到很惭愧。他已经迫不及待地想看到萨拉·波科克在没有充分精神准备的情况下（虽然他早就告诫过她），面对她弟弟这种温文尔雅的风度（他是这么说的）时，该是什么脸色。"我所做的就是这些啊！"

"可是，这没什么不好呀！"查德心平气和说，"她喜欢别人喜欢她。"

听他这么说，斯特雷特思考了片刻。"她相信波科克夫人会……"

"不，我说的是你。她喜欢你喜欢她。这就很好。"查德笑着说，"不过，对萨拉，她也不会没有信心。她已经做好了充分的思想准备。"

"以示尊重？"

"是的，不单是尊重，而是全方位的。她会和蔼友善、热情殷勤地欢迎萨拉。"查德又笑了，"她已经做好准备啦！"

斯特雷特听在心里，紧接着他似乎听到了巴拉丝小姐的声音自空中传来："她真的很了不起！"

"你还不知道她究竟怎么个了不起呢！"

从这句话中，斯特雷特体会到了一个人占有一件奢侈品才有的那种感觉——几乎是无意识流露出来的那种以主人自居的傲视群雄之感。但此时他没有工夫去仔细推敲这种一闪而过的感觉：他这么得体而又大方的自信背后，肯定还有实质性的东西。实际上，这是新的召唤，而且立竿见影，马上就得到了回应。"这么说，我以后可以多去看她了。我尽可能多去看她——我这么说，你别介意啊！迄今为止，我还没有这么干过呢。"

"那只能怪你自己啦！"查德虽然嘴上这么说，但并没有责怪他的意思，"我一直在撮合你们俩，而她，我亲爱的朋友啊——我还从来没有看见她对哪个男人这么施展过魔力呢。可你总是有一堆让人意想不到的奇怪想法。"

"没错，我确实是这样。"斯特雷特嘟嚷着说。他在想，这些奇怪的想法曾经左右过他，但现在早就无影无踪了。他根本搞不清为什么会发生这种变化，但这全是因为波科克夫人，而波科克夫人可能又是因为纽瑟姆夫人，不过，这一点还说不准。现在他满脑子的想法都是觉得自己以前太愚蠢了，居然没能抓住宝贵的时机。他本来有机会多去见她，但他把好时光都给白白浪费了。他痛下决心，不能再继续浪费时间，就在他坐在查德身边朝车站走的时候，他居然突发奇想，觉得都是因为萨拉的到来才让他意识到要抓紧时机的。她此次前来办事，在其他方面会有什么斩获现在还不得而知，但有一点是很清楚的，那就是她的到来无疑会把两个真诚的人拉到一起。他现在只要听听查德怎么说，就能感受到这一点，因为查德正告诉他说，他们——他本人和另一位真诚的人——全仰仗着他的支持和鼓励。听查德说话的意思，他们想到的妙计是让波科克一家陶醉于这次的巴黎之行。斯特雷特觉得这主意非常妙。不，如果德维奥内夫人能提出这样的妙计，提出让波科克一家陶醉于巴黎之行，那她就太高深莫测了。假如这个计划能成功，那就太妙了，但问题是能不能收买萨拉。依据斯特雷特自己的先例，去考虑能不能收买萨拉也许没有什么用，因为很显然，萨拉的性格跟别人不一样。他自己会被人收买，只能说明他与萨拉不同，而且这一点也得到了证明。只要跟兰伯特·斯特雷特有关的事，他总是往最坏处想，而现在他想到的似乎是自己不仅可以被人收买，而且已经被人收买了。现在唯一的问题，是他说不清收买自己的究竟是什么，就好像他出卖了自己，却没有拿到钱。但他天生就是这副德性，所以做这种赔本的买卖也就不足为怪了。他一边胡思乱想，一边提醒查德不要忘记这样的事实：虽然萨拉可能对新事物很感兴趣，但她这次出来的目的可是十分明确、无法动摇的。"要知道，她这次来，可不是让人忽悠的。我们都可能会陶醉于巴黎之行——对我们来说，这再容易不过，但她这次来不是为了自我陶醉的。她来的目的再简单不过，那就是带你回家。"

"既然这样，我跟她走就是了，"查德和气地说，"这样你总能接受吧。"看到斯特雷特一时间没有反应，他又问道，"你是不是以为，我见到她以后就不想回去了？"看到斯特雷特还是没有反应，他接着又说，"无论如何，我的意思是，先让他们在这里度过最快乐的时光。"

听他这么说，斯特雷特开口说话了。"嗯！你说得没错！我觉得如果你真想走……"

"怎么样？"查德追问道。

"那你就不用为我们的美好时光费心，也别管我们是不是快乐啦。"

无论多么巧妙的建议，查德总能用世界上最从容的方式去接受。"我明白。可我能不管吗？这是最起码的礼数嘛。"

"没错，你太讲礼数了！"斯特雷特长叹了一口气。此时，他觉得这似乎就是他这次使命的荒诞结局。

听他这么说，查德沉默了片刻。但就在马车快要到火车站时，他又说话了。"你准备把她引见给戈斯雷小姐吗？"

对这个问题，斯特雷特早有心理准备。"不会。"

"你不是告诉过我，她们知道她吗？"

"我想我对你说过，你母亲知道。"

"她就不会告诉萨莉？"

"这正是我想弄清楚的。"

"假如你发现她已经……"

"你是说，如果你母亲已经告诉了萨拉，我会不会让她们见面？"

"对，"查德马上欣然说道，"让她看看，你跟戈斯雷小姐并没有什么。"

斯特雷特迟疑了片刻。"其实，我并不太在乎她怎么看我们的关系。"

"如果她的态度就是母亲的态度，你也不在乎？"

"哦，你母亲会怎么想？"他的口气听上去有些困惑。

但就这时，两人的马车正好到了车站，他的这个问题没准儿很快就会有人帮着解答。"我的朋友啊，这不正是我们两个马上就要弄清楚的吗？"

二

半小时后，斯特雷特陪着另一个人离开了火车站。查德负责把萨拉、玛米、女佣和行李，全部妥妥当当地送到酒店。看着一行四人乘马车离去，斯特雷特这才跟吉姆上了另一辆计程马车。斯特雷特产生了一种异样的感觉，让他的情绪也随之振作起来，就好像来找他茬儿的人下车时并没有像他担心的那样，不过，他原来也没有担心马上就会爆发冲突。他认为他的这种感觉是再自然不过的，但他紧张的神经还是慢慢放松了下来。特别奇怪的是，让精神放松下来的原因，就像此前说过的，居然要归功于他看见了多年来已经让他看腻了的面孔，听见了已经听腻了的声音。他现在才明白此前自己是多么焦躁不安，直到此刻他精神放松下来之后，才意识到这一点。而且，这种情绪的变化是在一瞬间发生的，是他看见萨拉透过车窗冲他们微笑时发生的。当时，他和查德正站在站台上热情地跟她打招呼，她透过车窗朝他们微笑，不一会儿便衣裙窸窣作响地下了车。在凉爽的六月，穿越这片魅力四射的土地之后，她显得神清气爽、精神焕发。这只不过是一个信号，但已经足够了。她会做到宽容谦和，不会胡乱猜忌。她会更光明正大地做事，这一点在她和查德拥抱之后，转身直接向她全家人的挚友打招呼时就更显而易见了。

当时斯特雷特仍然是她全家人的挚友，所以他还可以继续以挚友的身份自居。但他的反应表明——就连他自己都是这么认为的——他是多么希望继续扮演这个角色。在他眼里，萨拉向来宽容谦和、彬彬有礼——事实上，他很少见过她表现得腼腆羞怯或者冷漠无情。她那别具一格的薄嘴唇，微笑起来就像火柴一样一擦就着，虽然不算灿烂，但不乏热情。她的下巴明显要长，而且向前凸出，这要是搁在别人的脸上，多半就是争强斗狠、目空一切的样子，在她脸上却成了热情好客、彬彬有礼的符号。她的嗓音具有很强的穿透力，她对人一般也都是以鼓励和赞许为主，这一切都是他以往跟她打交道时再熟悉不过的了，但今天，她在他眼里好像变成了一个刚认识的人。第一眼看到她，他顿时觉得她跟她母亲像极了，火车进站时两人目光相遇的那一刹那，他差一点儿就把她当成了纽瑟姆夫人，但这种印象很快就烟消云散了。纽瑟姆夫人的体态更端庄秀美，萨拉则已经开始发胖，而她母亲，虽然上了年纪，却仍有着一副少女般的蜂腰。此外，纽瑟姆夫人的下巴比较短，不像萨拉那么长。她的笑容——哦！谢天谢地！——似有若无，也远比萨拉笑得仁慈、含蓄！斯特雷特曾见识过纽瑟姆夫人态度冷傲，也曾见识过她沉默寡言，但从来没见过她让人扫兴的时候。至于波科克夫人，虽然斯特雷特觉得她多数时间都是平易近人的，但她让人扫兴的时刻他也是见识过的。毫无疑问，她平易近人的方式可谓是花样繁多，比如她给人印象最深刻的莫过于她对吉姆表现出来的那种平易近人了。

总之，火车进站时她从车窗往外看的那一瞬间，斯特雷特看到的是她那轮廓分明的前额，不知为什么，她的朋友们总是把她的额头叫作"脑门子"。她那极具穿透力的目光，此时穿透的方式让他莫名其妙地想到了韦马什的目光。她那光泽异常的黑发，照她母亲的样子精心梳妆起来，再戴上帽子，让人觉得一点儿都不夸张。在伍勒特，人们总是把她们的这种打扮称之为"母女俩专属的"打扮。尽管斯特雷特对母女俩所做的类比在她踏上站台的那一刻便告消失，但足以让他充分感觉如释重负。那个远在家乡的女人，他深深眷恋的女人，在他眼前虽然只是一闪而过，但已足以让他再一次感受到一丝悲凉，说心里话，实际上是一丝羞愧，彼此不得不承认两人已经产生了"裂痕"。他独自一人冥思苦想时曾有过这种感受，但随着萨拉的到来，这种灾难性的结局，在短短几秒钟的时间里似乎显得前所未有地可怕，或者更准确地说，这种结局已经完全超乎了他的想象。因此，在他发现萨拉对他的态度像往常一样从容随和时，便立刻重塑了他旧日的忠诚。他突然探到了整件事的深度，一想到自己可能会失去的东西，他不由得倒吸了一口冷气。

现在，就在他们在车站滞留的一刻钟里，他可以殷勤地在几位来宾周围跑前跑后，仿佛一行人直接向他传递了一个信号，他什么也没有失去。他这样做是希望萨拉在当晚写给母亲的信里会说他没有任何变化，也没有变成陌生人。一个月来，他经常觉得自己好像全变了，变成了陌生人，但这是他自己的事。起码他心里明白，这不关别人的事。但无论如何，就眼前的情形而言，仅凭萨拉自己的观察力根本不可能看透。即便她这次比平时更留心去观察，只要他一直和和气气，她就不会有多大的发现。他希望自己自始至终能够和和气气，哪怕这样做仅仅是因为他找不到别的态度也罢。但是，这种变化发生在他内心的深处，究竟是什么样的态度才能说明他发生了变化，变成了陌生人，就连他自己也说不清楚。玛丽亚·戈斯雷曾经见识过几次，可现在即便是他想这样做，他又怎能从心窝子里把它掏出来给波科克夫人看呢？当时，他就是心存这样的想法才在他们身边跑前跑后的。他很快发现玛米是个名副其实的美女，这让他本已经放松的心情又平添了几分悸动。此前，在心情烦躁、思绪万千时，他曾隐隐约约地怀疑，玛米是不是真像伍勒特那边说得那么漂亮。现在再次看到她本人，方才相信在这个问题上伍勒特的看法不虚，同时也让他的想象力驰骋起来。足足有五分钟的时间，玛米所代表的伍勒特在他的脑海里占据了上风。伍勒特方面肯定也是抱着同样的信念，所以才会充满自信地派她出来，十分自豪地将她公开示人，信心十足地指望她马到成功，因为伍勒特方面知道，玛米没有满足不了的要求，没有解决不了的问题。

斯特雷特不动声色，转而高兴地心想：哎呀！这样做也没什么错嘛！如果一个二十二岁的姑娘完全可以代表一个地方，那么玛米完全可以充当这个角色，仿佛她对这样的角色早就习以为常，她的音容笑貌，她的穿着打扮，都适合扮演这样的角色。他不知道在巴黎冷艳、强烈、有时甚至是阴险的聚光灯下，她会不会表现得过分在意这些东西。但他转眼又想，她的脑子里毕竟还是空荡荡的，她太单纯，而非太复杂，应付她的最好办法不是从她的脑子里挖掘出很多东西，而是尽可能多地把东西装进去。想到这一层，他心里踏实了许多。她身材适中，活力四射。肤色虽然略显苍白，但平易近人的态度和姣好可人的模样，仍然让人感受到她的青春活力。所到之处，她都像是在代表伍特勒"待人接物"。她的态度、她的语调、她的举止、她那双漂亮的碧眼、她那口整齐的皓齿，还有她那个小得可怜的鼻子（不是一般的小），让耽于奇思妙想的人立刻会把她置于一个温馨敞亮的房间里，站在两扇窗户之间，等着人声鼎沸的宾客列队"晋见"。对这个问题，斯特雷特更新后的想象勾勒出了这样的看法：形形色色的宾客是来朝贺的。玛米就像一个快乐的新娘，一个刚在教堂举行完婚礼、正准备离开的新娘。她已经不再是未出阁的姑娘，不过，也只是刚跨过婚姻的门槛而已。她还处在春风得意的欢宴阶段。唉！但愿她永远如此！

正因如此，斯特雷特才为查德高兴。查德此时不仅自己尽心尽力地去照顾他刚到的亲友，还安排了自己的用人来帮忙。两位女士都光彩照人，而玛米无论在什么时候、走到什么地方，都表现得让人赏心悦目。要是他带她到处走走的话，她看上去简直就像他的娇妻——一个正在度蜜月的娇妻。不过，那是他自己的事，没准儿也是她的事。不管怎么说，这种事不是她自己能做主的。斯特雷特还记得在格洛里亚尼的花园里看见他带着让娜·德维奥内走到他跟前的情景，还记得看到那样的情景后自己的所思所想——他当时的想法，由于后来又掺杂了其他许多想法，现在已经变得模糊不清了。此时此景，这种回忆是唯一让他感到不安的东西。他经常不由自主地想，跟让娜在一起，查德十有八九已经不再受无火情焰的煎熬，女孩子多半也已经坠入情网，不能自拔。斯特雷特不愿意去想这种可能性，因为当前的局面本就已经很复杂了，这种想法只能让现在的局面更加复杂。再说，玛米身上有一种用语言无法形容的东西：他的想象力直接赋予她的东西，赋予她价值、赋予她热情和意志——一种让她成为竞争对手的东西。总之，关于这种可能性的种种念头，犹如星星之火，在他心中燃烧起来。其实，小让娜根本不在考虑之列——她怎么可能在呢？不过，自从波科克小姐在站台上拉了拉自己的裙子，扶了扶帽子上巨大的蝴蝶结，拽了拽肩上烫金摩洛哥山羊皮挎包带子的那一刻起，小让娜就已经有了对手。

跟吉姆坐在马车上，斯特雷特脑海中各种各样的想法纷至沓来。这时，他最奇怪的感觉是，面对跟他多年生活在一起的人，他居然产生了一种久违的感觉。他们以这种方式来见他，就像是他回到美国去见他们，而吉姆马上做出的滑稽反应，让他想起了自己初到巴黎时的情形。眼前几个人之间发生的故事，不管是不是对别人的胃口，但起码是对吉姆的胃口。他立刻——毫不掩饰、心血来潮地——发现，这种情况对他意味着什么，这让斯特雷特欣喜万分。就在迷人的街道充填着他那强健胃口的时候，他脱口说道："要知道，这很对我的胃口，要不是你……"紧接着，他又意味深长地用胳膊肘捣了捣斯特雷特，接着又拍了拍他的膝盖说："哎呀！你，你——还是你有办法啊！"言语间充满了弦外之音。斯特雷特虽然听出了他话中表达的敬佩之意，但他的心思根本不在这里，所以就没有接话。此时此刻，他在问自己，姐弟俩既然已经见了面，萨拉·波科克会怎么评价自己的弟弟呢？在车站分别搭乘计程马车时，年轻人瞄了他一眼，那一眼所传达的信息却不止一条。不管萨拉怎么评价自己的弟弟，查德对姐姐和姐夫的看法，还有对姐夫的妹妹的看法，起码他是有机会听到的，因为查德信任他。斯特雷特能够感受到这种信任，同时觉得，两个人交换眼神就是在交换信息，而他向查德传递的信息则比较模糊。但此类交换看法的事情，我们可以留待以后再说。现在他最关心的是查德会给来客留下什么印象。关于这一点，不管是萨拉，还是玛米，在车站时虽然有足够的时间，但都没做任何表示。所以，两个人一上车，斯特雷特便想从吉姆身上套出点儿什么来。

斯特雷特没有想到自己和查德居然会有这种无声的交流。跟年轻人针对他家人的这种默默交流，居然当着来客的面进行，而且交换的信息还是对来客不利的，这倒是颇具讽刺意味——而这又进一步向他充分证明了，他已经走过了多少阶段。不过，虽然他跨过了很多阶段，但最后一个阶段只是在转瞬间完成的。在此之前，他不止一次反思，自己是不是也跟查德一样变了。不过，查德取得的进步是显而易见的，而他自己的那一点儿变化，他不知道该怎么说，实在是微乎其微的。他必须先看看这么点儿变化对自己会有什么效果。至于他跟年轻人之间心照不宣的眼神交流，并不比年轻人当着三位来客的面表现出来的那股高兴劲儿更让人惊讶。这让斯特雷特当时就喜欢上了他，他从来没有这么喜欢过他。这件事对他的影响犹如某件让人愉悦的完美艺术品对他的影响。他甚至在心里嘀咕，他们是否真的值得查德这么殷勤，在心安理得接受这份殷勤的同时，他们是否能够体谅查德的苦心。他甚至想，如果在行李房中等着提行李时，萨拉拽起他的袖子把他拉到一旁，对他说："你没有错。我和母亲之前没搞懂你的意思。不过现在懂了，查德很出色，我们还能奢望什么呢？既然如此……"说完之后，没准儿他们会相互拥抱，然后开始一起合作。

　　但实际情况是，萨拉虽看似聪明，实则悟性平平，她什么也看不出来。既然如此，姐弟俩会有多少合作的可能呢？斯特雷特明白，自己的想法根本不切实际。他认为这都是自己紧张惹的祸：在短短一刻钟的时间里，一个人根本不可能注意到所有细节，也不可能把所有的话都说出来。当然，他也可能高估了查德的表现。在马车上坐了五分钟，吉姆·波科克还是什么都不说——也就是说，虽然吉姆唠叨个没完，但没有一句是斯特雷特想听的。这时，斯特雷特才幡然醒悟，波科克夫妇要么是愚不可及，要么就是装聋作哑。但总的来说，愚不可及的可能性更大，这就是故作聪明的毛病。没错！他们可以趾高气扬、故作聪明，他们可以尽量享受眼前的一切，但他们的洞察力失灵了。既然根本没有洞察力，那他们也就什么也不懂了。如果连这点儿聪明都没有，那他们来干什么呢？难道是他自己在自欺欺人？在查德的进步问题上，难道是他自己异想天开，偏离了事实？他自己难道是生活在一个虚幻的世界里，一个专门为迎合他的口味而编织的世界里？这时他的愠怒——尤其是面对吉姆的沉默而产生的愠怒——只是现实戳破他幻想的警告吗？波科克一家此次的使命就是要揭露这种现实吗？他们这次前来就是为了让他此前所做的观察土崩瓦解，然后把查德贬为凡人，就连思想淳朴的人都可以跟他打交道吗？总而言之，他们这次前来就不就是要自证头脑清醒，而让斯特雷特不得不承认自己昏了头吗？

这种可能性在他脑海里一闪而过，随即便消失得无影无踪了。因为他突然意识到，如果真是这样的话，跟他一样昏了头的还有玛丽亚·戈斯雷和小比尔汉姆，以及德维奥内夫人和小让娜，当然还有他兰伯特·斯特雷特，而且更重要的是还有查德·纽瑟姆本人。这么说来，和这些人一起昏头，岂不是比跟萨拉和吉姆一起头脑清醒，更贴近现实吗？其实他心里已经打定主意，吉姆不应该算在内。吉姆根本不在乎。吉姆这次来既不是为了查德，也不是为了他。总之，吉姆已经把道德问题甩给了萨莉处理。实际上，他现在已经把所有的事都甩给了萨莉，而自己只顾着享乐去了。跟萨莉比，他根本不值得一提，这倒不是因为萨莉的脾气比他大、意志比他坚决，而是因为萨莉各方面的能力都比他强，处事也比他老辣。在跟斯特雷特坐在马车里的时候，吉姆心平气和地坦承，他认为他这种人只能远远地跟在妻子后面，跟他妹妹相比，就落得更远了。她们属于受人追捧的那种女人，这一点他心知肚明，而他这位伍勒特首屈一指的生意人，在社交方面，甚至在办实业方面，充其量也只能指望挤到这种富丽堂皇的良辰美景中，凑个热闹、捧个场而已。

他留给斯特雷特的印象是斯特雷特人生道路上出现的一个路标而已。这种印象很奇怪，尤其是这种印象来得很快。照斯特雷特的估计，吉姆在二十分钟里就给他留下了这种印象，这让他觉得，这起码是这位生意人长年累月待在伍勒特的结果。虽然并不完全情愿，但正常情况下，波科克会很知趣地置身事外。尽管他很正常，尽管他总是乐呵呵的，尽管他是伍勒特首屈一指的生意人，但他根本不值一提。在斯特雷特眼里，他命中注定就是个彻彻底底的凡人，在其他任何问题上很显然也都是如此。他似乎在说，在日常生活中，伍勒特首屈一指的生意人身份不值一提，也完全是再正常不过的。对此，吉姆没有多说，斯特雷特也不想更多地过问吉姆的破事。只是斯特雷特又像往常一样想象力活跃，他问自己，对于那些认为这就是生活一部分的人而言，这部分生活是不是与婚姻有关。如果十年前他结了婚，他自己在这个问题上是不是也跟波科克一样？如果他几个月以后结婚，他也会一样吗？吉姆隐隐约约地知道，在吉姆夫人眼里自己不值一提。他是不是也曾意识到自己和吉姆一样，在纽瑟姆夫人眼里其实不值一提呢？

想到这一层，他心里其实还是比较踏实的。他跟波科克不同，他以不同的方式维护自己的存在，而且更受人尊重。但此时他清醒地认识到，从本质上说，大洋对面的那个社会，以萨拉和玛米——而且更明显地以纽瑟姆夫人本人——为代表的那个社会，是女人的社会，可怜的吉姆压根儿就不在其中。从某种程度上说，他本人，兰伯特·斯特雷特，还算是其中的一员。对一个男人来说，这种处境已经非比寻常了。但他脑子里有个怪念头总是挥之不去，那就是也许他迟早会发现，如果他要结婚，那他付出的代价就是他的社会地位。不管他的想法有什么意义，眼下还不应该把吉姆排除在外，因为吉姆正沉浸在此次旅行带给他的美妙感受之中。他身材短小，体态臃肿，面色淡黄，浑身上下全无引人注目之处，而且还总喜欢在不合时宜的场合开个玩笑什么的。要不是他总是喜欢穿浅灰色衣服，喜欢戴白色帽子，喜欢抽大雪茄，喜欢讲些道听途说的笑话，由此塑造了自己的形象，就全无有别于他人之处。他总是鞍前马后地在为别人付出，但在这方面，他身上并不是没有可圈可点的地方（虽然都不是很明显），其中主要的原因也许正是他每次的付出都是失败的。他就是在用这种方式，而不是用自己的疲劳或消瘦在为别人跑前跑后，当然，有时他会根据不同的场合和人际关系稍微施展一下他的幽默感，因为这种伎俩是他驾轻就熟的。

当他们乘坐的马车在欢乐的大街上行驶之时，吉姆高兴地有说有笑。他说这次旅行对他来说照例是天上掉馅饼，他还急不可耐地说，他这次来什么都不会放过。他不明白萨莉来干什么，但他是来享受美

好时光的。斯特雷特任凭他絮叨个没完，他甚至在想，萨莉要她弟弟
回去，是不是也要他变成她丈夫这样的人。他认为一行三人这次来的
目的就是要痛痛快快地享受美好时光的，所以，当吉姆事不关己、毫
无责任心地提议——他的行李放在另外一辆马车上，随其他几个人拉
走了——他们先去兜一圈再去酒店时，斯特雷特欣然同意了。处理查
德的问题不关他的事——那是萨莉的事。他觉得照她的脾气当场就
会发火，所以他们推迟一会儿到，给她腾出些时间来，也没有什么不
好。斯特雷特也想给她些时间，所以就陪着吉姆在大街小巷中慢悠悠
地逛，想从吉姆本就少得可怜的信息中，挖出些许有助于窥见自己在
这场灾难中的结局的东西。他很快发现，吉姆·波科克既不愿意拿主
意，也不愿意去操心，完全将自己置身事外，把问题全都推给了两个
女人，而他只是偶尔小心翼翼地说些冷嘲热讽的话罢了。这种冷嘲热
讽（此前已经初露端倪）虽然来得有点晚，但还是来了："哼！换了
我，打死都不肯！"

"你是说，要是你处在查德的位置，你也不会……"

"放弃这里，回去管什么广告！"可怜的吉姆，双臂抱在胸前，两
支小短腿伸展在敞篷马车的车座前，尽情享受着巴黎正午灿烂的阳
光，两眼不时地看着两边的街景。"哎呀！我也想出来，到这边来生
活。既然到了这里，我也要享受生活。不应该来搅扰查德。这一点我
跟你看法一样。哦，老兄，你太棒了。这下我懂了！我不想害他，凭
良心我也不会害他。不管怎么说，多亏了你，我才能来这里，我打心
眼儿里不胜感激。你们俩真好。"

斯特雷特暂时不想去理会他话里的意思。"那么，难道你认为广
告生意不应该有人好好管吗？"他接着说道，"论能力，查德肯定能
管好。"

"这种能力他在哪儿学的？"吉姆问，"在这儿？"

"他并不是在这儿学的，但好就好在，在这儿他肯定没有丧失这
种能力。他天生就是做生意的料，有一副过人的头脑。"斯特雷特解
释说，"平心而论，他的这种能力是与生俱来的。可以说是'有其父

必有其子'，也可以说'有其母必有其子'，因为他母亲也很懂生意经。不仅如此，他还有别的嗜好，别的志趣。但在他懂生意经这一点上，纽瑟姆夫人和你太太都没有看错。他确实很出色。"

"噢！我猜他也是！"吉姆·波科克舒缓地叹了口气，"可是，既然你觉得他能把我们的生意做得风生水起，那你为什么拖这么长时间不跟他谈呢？你难道不知道我们有多着急吗？"

这些问题虽然是随口提出来的，但斯特雷特明白，他必须做出选择，必须有一个态度。"因为……你瞧，我很喜欢这里，我喜欢巴黎。说心里话，我太喜欢巴黎了。"

"哦！可怜的人呀！"吉姆放肆地说道。

"不过，现在还不能下结论，"斯特雷特继续说道，"问题比伍勒特那边想象的要复杂得多。"

"呵！在伍勒特看来，问题已经够糟的了！"吉姆说。

"我写了那么多信，还是这样？"

吉姆思考了片刻。"不就是因为你的那些信，纽瑟姆夫人才打发我们来的吗？起码是因为你的那些信，再加上查德又不露面。"

听了这话，斯特雷特也陷入了沉思。"我懂了。毫无疑问，她肯定会采取措施。这么说，你太太这次来，肯定要有所作为了。"

"呃，没错，要有所作为。"吉姆表示同意，"不过，萨莉每次外出，都会有所作为。"他清楚地补充道，"她不出来则已，出来就会有所作为。再说，这次她是代表她母亲采取行动，这肯定就是铁板钉钉的了。"说完，他又全神贯注地欣赏巴黎的美景去了。"在伍勒特，我们上哪儿去找这样的美景呀！"

斯特雷特在继续思考着。"不得不承认，我认为你们一家来到巴黎后的心态倒是非常温和、理性，并没有表现得张牙舞爪。我刚才还觉得，波科克夫人一点儿都没有发威的意思，也并没有让人望而生畏的样子。"他接着又说，"我真是个大傻瓜，原以为她会很凶呢。"

"哦！你还不了解她吗？"波科克说道，"你难道不知道她跟她母亲一样从来都是不露声色的吗？她们不露出凶相，为的就是让你走近些呀。她们是反穿皮衣的，光滑的一面穿在外边，温和的一面在里边。你知道她们是什么人吗？"吉姆一面说，一面环顾四周，这让斯特雷特觉得，他说话时根本就是心不在焉。"你知道她们是什么人吗？只要还有一口气儿，她们就不会罢手。"

"没错，"斯特雷特连忙附和道，"只要还有一口气儿，她们就不会罢手。"

"她们从来不像老虎一样在笼子里左冲右突，拼命咆哮，"吉姆对自己的这个比喻非常得意，"捕食的时候正是她们最安静的时候。可是，她们总能得手。"

"确实如此，她们总能得手！"斯特雷特苦笑着回答道，他的笑等于承认了自己的紧张。他不愿意敞开心扉跟吉姆谈论纽瑟姆夫人，他大可虚情假意地去应付他。但有些东西他很想知道，这是因为纽瑟姆夫人最近不再给他来信而导致的，同时也是由于他从一开始就付出了那么多（现在这种感觉比任何时候都强烈），得到的却是那么少所造成的。就好像吉姆的比喻揭示了一个异乎寻常的真相，现在突然被他发现了。在捕食的时候，她确实很安静。他最近一直源源不断地给她写信，信中的描述既生动活泼，又畅快淋漓，既富有创作天赋，而且文采斐然，但她一直在他的这只大碗中闷着头品味，萨拉也跟她一起品味，而她的回信却在不断减少。而此时的吉姆，一旦不再从做丈夫的亲身体会来说话，便又恢复了他那肤浅的本性。

"当然，现在查德的优势，是占了她的先机。如果他不充分利用这一点……"他突然对自己的小舅子可能不会耍手腕而表示惋惜，"他已经在你身上试过，很不错，嗯？"紧接着，他话题一转，操着浓重的美国口音，问起杂耍剧场 ① 在演什么新节目。于是，他们开始谈起杂耍剧场。斯特雷特承认自己对杂耍剧场略知一二，但他话中有

① 杂耍剧场（Theatre de Varieties）：位于蒙马特大道 7 号，专门从事歌舞杂耍、滑稽剧和轻歌剧表演。在 1876 年冬的"巴黎岁月"（*The Parisian Stage*）中，詹姆斯曾以贬抑的口吻说，杂耍剧场在上演讽刺时事的滑稽剧方面可谓是技高一筹，"当年上演的那种乏味、肤浅的滑稽剧，简直就是众多烂笑话和脱衣舞的集大成者"。

话，听在波科克的耳朵里，就像童谣一样不痛不痒，又像有人用胳膊肘捣他的肋骨一样咄咄逼人。最后两个人便在轻松闲聊之中走完了剩下的路程。斯特雷特一直在等吉姆表态，说他觉得查德跟以前不一样了，但等到最后，也没有等来他的一句话。至于为什么吉姆在查德问题上不表态，让他会这么失望，他自己也说不清楚。既然他守定了一种立场，那么这个问题就是他的立足点。但如果他们全都视而不见，那就只能说明他在白白浪费时间。直到最后一刻，直到已经看到了酒店，斯特雷特一直在耐心地给波科克机会，但可悲的波科克一路上只顾得兴高采烈、神采飞扬，不是对他表示羡慕嫉妒恨，就是拿他寻开心，这时斯特雷特开始觉得他简直令人恶心，觉得他庸俗不堪了。如果他们全都视而不见！斯特雷特再次想起这个问题时，突然明白了，他是在让吉姆告诉他，纽瑟姆夫人也会视而不见。看到吉姆原来这么庸俗，他不愿再跟他谈纽瑟姆夫人的事。可是，就在马车即将停下的时候，他突然意识到自己是多么想知道伍勒特那边的真实情况呀！

"纽瑟姆夫人有松动的意思吗？"

"松动？"吉姆应声回了一句，语气中透出嘲笑他长期以来的感觉似的。

"我是说，希望一次又一次地落空，不但一次又一次地失望，而且一次比一次强烈，在经历了这一切之后，她的态度会不会有所松动。"

"哦，你是在问，她是不是认输了？"这样的话他早就准备好了，"哦，没错，她是认输了，萨莉也是。不过，要知道，即便是认输，她们仍然表现得士气高昂。"

"啊！这么说，萨拉也认输了？"斯特雷特态度暧昧地嘟囔了一句。

"她们认输的时候，正是她们最警觉的时候。"

"这么说，纽瑟姆夫人现在也警觉起来了？"

"她警觉得整夜睡不着啊，老兄——都是因为你！"说完，吉姆不怀好意地哈哈大笑，使劲儿推了斯特雷特一把，从而缓和了尴尬的局面。不过，斯特雷特总算得到了他想要的东西。他当时就觉得，这就是伍勒特的真实情况。吉姆下车时，又说了一句："所以，你可不能回去！"斯特雷特任由吉姆慷慨地付了车费，而他自己仍旧坐在车上，陷入沉思。他在想，吉姆这句话会不会也是伍勒特的真实消息。

三

第二天，离正午还有一段时间，用人帮他推开波科克夫人客厅的门，正当他准备进门时，听到里面传来一阵悦耳的声音，便停下了脚步。德维奥内夫人已经上场了，她的上场让剧情的发展比他想象得加快了——不过，他的悬念也增加了。他觉得仅凭他的一己之力，这无论如何也是办不到的。虽然前一天他跟所有的老朋友在一起待了一个晚上，但他们这次来对他的处境究竟会产生什么影响，他仍是一头雾水。让他觉得奇怪的是，他万万没想到会在这里看到她，这让他顿时觉得德维奥内夫人也成了影响他处境的一个因素，而她以前却不是。他意识到自己在假设她肯定是单独和萨拉在一起，而这里面无疑有一种他左右不了的东西，跟自己的命运息息相关的东西。不过，她只是在随便说些无关痛痒的话——作为查德的好朋友，她是专门来说这些话的。"真的没什么事吗？我非常乐意效劳。"

他走进客厅，看到里面的场景，马上明白德维奥内夫人受到怎样的待遇了。就在萨拉站起来跟他寒暄时，他从她那微微发红的脸上，就找到了答案。他还发现她们并不像他刚才猜想的那样是单独在一起，他马上就认出了离门口最远的窗前站着的那个高大背影是谁。他今天还没有见过韦马什，只知道韦马什在他出来之前就已经离开了旅店。头一天晚上，波科克夫人举办了一场气氛随和而友好的宴会，韦马什也应查德传达的盛情邀请参加了，而今天他居然也像德维奥内夫人一样抢在了斯特雷特的前面。此时此刻，韦马什两手插在裤兜里，注视着窗外的瑞弗里大街 ①，完全是一副事不关己的样子，就连斯特雷特走进来，他都没有转过身。斯特雷特从客厅里的气氛就能感觉到——韦马什留心周围事物的方式可谓是耳听八方——对我们上面提到的德维奥内夫人跟女主人说的话，他好像根本没有听见。很显然，他虽然处事刻板，但也有圆通世故的一面，所以他才让波科克夫人独自一人去应酬。他可以等到客人离开。毫无疑问，他可以等。过去几个月来，他不是一直在等待时机吗？因此，她应该知道，他可以做她的后备军。至于萨拉会从他那里得到什么样的支持，我们就不得而知了。虽然她机敏伶俐，但现在也只能出于礼貌，暂时态度暧昧地红着脸去应酬。她没有料想到这么早就跟对手过招，但她最在意的是自己要表明一个态度，那就是对她发动突然袭击是没有用的。斯特雷特进门时，正好赶上她在表明这种态度。"哦，您太客气了。不过我并不觉得自己很无助。有我弟弟在，还有这么多美国来的朋友。再说，您也知道，我以前来过巴黎，所以巴黎我还是很熟悉的。"萨莉·波科克说话的口气让斯特雷特感到浑身冷飕飕的。

"呃，不过，在这样一个世事无常的破地方，一个女人，一个充满善意的女人，总是会去帮助别的女人的。"德维奥内夫人脱口说道，"我相信您'熟悉'巴黎，但也许我们熟悉的东西不一样。"看得出，她也不想出错，不过，她担心的是另一种东西，一种藏而不露的东西。她冲着斯特雷特微微一笑，算是打个招呼，但她打招呼的方式要比波科克夫人更不拘小节，因为她把手伸给斯特雷特时，并没有站起来。很奇怪，斯特雷特马上意识到——对，一点儿没错——她这是存心要把他拉下水。她虽然表面上和蔼体贴、轻松自然，但还是情不自禁地要把他拉下水。她仪态万方，单凭这一点，萨拉就会从他模棱两可的话中品出许多意思来。她怎么能知道德维奥内夫人此时对他的伤害有多深呢？德维奥内夫人只想表现得单纯、谦卑，又不失魅力，但

---

① 瑞弗里大街（Rue de Rivoli）有许多酒店，有学者认为，波科克一家应该住在瑞弗里大街 228—230 号的莫里斯酒店（Hotel Meurice）。

正因如此，让他显得好像站在她那一边似的。她的穿着打扮让他觉得她是有备而来，目的就是赢得萨拉的好感。她审时度势，一大早就登门拜访，而且表现得极其大方。她乐意向他们推荐好裁缝、好商店，愿意竭诚为查德的亲人效劳。斯特雷特注意到了她放在桌上的名片，上面印着她的冠冕和"伯爵夫人"字样。此时此刻，他在想，看到名片，萨拉心里肯定嘀咕半天。他敢肯定萨拉从来没有跟"伯爵夫人"在一起坐过，而眼前的这位"伯爵夫人"就是他与之交往的那个阶层的代表，来让她见识见识。她之所以远渡重洋，为的就是看她一眼。但他从德维奥内夫人的眼神中发现，萨拉的这份好奇心并没有完全得到满足，所以她现在不得不寻求他的支持。她的模样跟那天早上他在巴黎圣母院看到的一样，事实上，他注意到就连她现在素淡的衣着都跟那天有几分相似之处。她似乎在通过这样的打扮告诉波科克夫人——或许为时过早，或者太过含蓄——她会帮她去购物。此外，波科克夫人对她的态度让他深切感受到，他幸亏让戈斯雷小姐逃过了这一劫，真是先见之明。幸好他谨慎从事，没有把玛丽亚当作巴黎的楷模和向导介绍给萨拉，想到这一层，他不寒而栗。但到目前为止，他似乎看到了萨拉的底线，这又让他略微放宽了心。她"熟悉巴黎"。听萨拉这么说，德维奥内夫人便高兴地顺着说下去："这么说，您天生就有这方面的能力，贵府上的人都这样。我必须承认，令弟已经华丽转型，成了我们中的一分子，不过，这与他长时间生活在巴黎不无关系。"她转身看了看斯特雷特，似乎在向他求证，这是一个女人在轻松自如地转换话题时惯用的手法。查德说起话来时那种把巴黎当成自己家的样子，不是也给他留下过深刻印象吗？年轻人对巴黎了如指掌，他不也是从中受益良多吗？

斯特雷特觉得她这么爽快就表明自己的心机，起码是勇气可嘉。但他转念又想，从她登场的那一刻起，她还能有别的心思要表露吗？她只能凭借显而易见的东西来会一会波科克夫人，但就查德来说，还有别的能比他为自己营造的新环境更显而易见吗？除非她完全躲起来，否则她只能以其中一种姿态出现，以表明他现在已经完全安居下来。从她妖媚动人的目光中可以看出，对这一切她心知肚明，所以才公然把他拉上自己的船，不过就在这一刻，那种眼神让他心里感到一阵不安，以至于他事后都责怪自己是胆小鬼。"噢！不要用这么妖媚动人的目光看着我！因为这样会让人觉得我们的关系很亲密。既然我一直小心谨慎，只不过见过你五六次，我们之间能有什么呢？"他再一次看到了他那多舛的命运中永远也摆脱不掉的那条反常法则：他居然让波科克夫人和韦马什误认为他跟她有什么关系，但事实上什么关系也没有。不管碰到什么事，他总是如此。此时此刻，正是因为她用这种口气跟他说话，才让他们误以为——他们只会这么想——他已经名副其实地深陷其中。其实，他所能做的只不过是拼命抓住峭壁的边缘，连脚趾都不敢伸到水里去。但我们必须补充一句，他那丝恐惧的火花并没有燃烧起来，那丝火花只是往上蹿了蹿，便偃旗息鼓，彻底熄灭了。在萨拉慧眼的注目下，他只要对德维奥内夫人的魔咒做出回应，便足以让他踏上了她的危船。在她拜访萨拉的剩余时间里，他感觉到自己在一步步照章操作，免得让她的危船沉没。虽然这艘危船在他脚下颠簸，但他还是坐到自己的位置上，拿起桨来。既然大家都认为他在帮她划船，他便索性划了起来。

"如果真这样，我们就会有机会见面，那就更好了。"听到波科克夫人说她了解巴黎，德维奥内夫人便接过话头说。不过，紧接着她又说，有斯特雷特先生随时照料，波科克夫人不会需要她帮什么忙的。"据我所知，以前还没有谁能像他那样，在这么短的时间里从自己的视角认识巴黎，而且还喜欢上巴黎。说实话，有他和令弟在，您还需要什么好向导呢？"她莞尔一笑，"斯特雷特先生可以告诉您，关键就是要放松自己。"

"噢，我还没有怎么放松自我呢，"斯特雷特赶忙说道，那样子就好像他必须提醒波科克夫人，巴黎人都很会说话似的，"我只是担心，别人会以为我放松得还不够。我花了很多时间，但我给人的印象仍然是在原地踏步走。"他看了看萨拉，就好像他觉得她可能会认为他的话很中肯似的。紧接着，他可以说是在德维奥内夫人的保护下，第一次表达了自己的看法。"其实，我一直在做我这次出来该做的事。"

可是，听他这么说，德维奥内夫人马上接过话头。"你重新了解了你的朋友——你再一次学会了认识他。"她说话时带有很乐意帮腔的味道，让人觉得两人是为了一个共同的目标，一同来访，而且发誓共进退似的。

听德维奥内夫人这么说，韦马什似乎觉得是在说他，于是立刻从窗前转过身来。"没错，伯爵夫人，他重新了解了我。我猜想，他还了解了我的一些事，不过，我不知道他是不是喜欢他了解到的东西。斯特雷特认为自己做得对不对，该由他自己说。"

"哦，不过，"伯爵夫人欣然说道，"他这次来压根儿就不是为了你呀。斯特雷特，你是为他来的吗？再说，我压根儿就没有想到你。我一直想着的是纽瑟姆先生，我们大家脑子里想的都是他，正是因为他，波科克夫人这次才有机会和弟弟重叙旧情。这对你们两位都是好事！"德维奥内夫人眼睛盯着萨拉，大胆地说道。

对她的话，波科克夫人的应付也很自如，但斯特雷特很快发现，她不愿听由任何人对她的行动和计划评头论足。她不需要庇护，她不需要支持，因为那只不过是地位不稳的代名词。她会以自己的方式表明态度，而她用冷冰冰的神色表达了这一点，这让斯特雷特想起了某年冬天一个晴朗的早晨在伍勒特发生的一幕。"我从来就用不着找机会来看自己的弟弟。在家里，我们有很多事要操心，有很多重要的事务要劳神，再说，我们家并不是待不下去了。"萨拉略显尖锐地说，"不管做什么事，我们都有充分的理由。"总之，她说话滴水不漏。她又用平淡无味却息事宁人的口气接着说道，"我之所以来，是因为……呃，是因为我们就这么来了。"

"啊！那太好了！"德维奥内夫人暗自长叹了一口气。五分钟后，她准备告辞，于是两个人站了起来，又一团和气地站着说了几句话。只有韦马什故意摆出一副一边认真思考，一边本能地或小心翼翼地放轻脚步，要回到打开的窗前欣赏巴黎街景的样子。这间朝南的房间金碧辉煌，墙面是红色花缎，配以镀金饰件，墙上挂着镜子和挂钟，飘窗上的百叶窗遮挡了夏天的阳光，但借助百叶窗的缝隙，仍能看到窗外的杜伊勒里宫花园以及花园后面的远景。清新、朦胧和迷人的巴黎从这里延伸出去，熠熠生辉的镀金栅栏，马车在砾石路面上驶过的"辘辘"声，马蹄发出清脆的"嘚嘚"声，车夫甩鞭发生响亮的"啪啪"声，这一切都让人不由得联想到马戏团游行的场面。"我在想，我会有机会到我弟弟的住处去看看。"波科克夫人说，"我相信他的住处肯定会让人舒心。"她这话像是对斯特雷特说的，不过她那张满面春风的脸却转向了德维奥内夫人。就在她面对着德维奥内夫人的那一瞬间，斯特雷特以为她会接着说："承蒙您的邀请，我不胜感激。"足足有五秒钟的时间，他觉得这句话马上就要说出口了，他明明已经清楚地听到了这句话，就好像她已经说出口一样。但他很快就明白了，这句话并没有说出口——从德维奥内夫人机敏的一瞥中，他得知这句话并没有说出口。德维奥内夫人的那一瞥告诉他，她也感觉到这句话马上就要说出口，不过，幸好没有用值得注意的方式说出口，正因为没有说出口，所以她只需要对波科克夫人说出口的话做出回应就可以了。

"我们可以都到马勒塞尔布大街去，我觉得我们在那里见面比较合适。"

"噢！您真是太好了，我会来看您的。"波科克夫人盯着入侵者的眼睛。到目前为止，萨拉脸颊上的红晕已经褪成腮上的一点儿微红，但仍很扎眼。她高昂着头，不禁让斯特雷特觉得此刻她们中间倒是萨拉更像一位伯爵夫人。但他心里明白，她肯定不会对德维奥内夫人失礼，在向伍勒特通报进展之前，她最起码要搞到些实质性的东西，而不是像现在这样囊中空空。

"我真的想让我女儿来见您。"德维奥内夫人接着说，"要不是需先征得您的同意，我就带她一起来了。我原希望能见到波科克小姐，纽瑟姆先生告诉我，她是跟您一起来的。我真想让我女儿认识认识她。如果我有幸见到，并承您允许，我想恳请她多多关照让娜。斯特雷特先生会告诉您，"她巧言说道，"我那可怜的女儿天生温柔乖巧，只不过多少有些孤单。他们两人，他和她，已经是好朋友了。我相信他喜欢她，让娜也喜欢他。我知道，不管走到哪里，他都很讨人喜欢。"她说这些话时，那样子就好像她已经得到了他的准许，或者说，就好像她认为——轻松而又愉快地、带着一丝亲密地认为，这样的准许是顺理成章的事，而他也知道，如果现在半路抛弃她，不配合她，就等于卑鄙下流地出卖了她。没错，他是站在她那边的，只要是跟她作对的，他都会铁了心地去反对，尽管反对的方式现在还是偷偷摸摸、缺少把握的。他知道自己跟她的关系已经多么密切，这让他感到莫名，感到惶恐，感到兴奋，也感到欢欣鼓舞。就好像他在焦急地等着她有所表示，好让他奋勇前进，向她表示他会如何迎接挑战。其实，她在临别前稍作停留时说的那几句话，已经充分表达了这个意思。"您瞧！既然他自己根本不会提起自己的成功，那我就冒昧地替他说了。你知道，我说这些话完全是出于好心。"她转身对斯特雷特说，"不过，您的成功并没有给我带来多少直接的好处。何时才能再见到您呢？我在家等啊等，等得都人老珠黄了。"她最后说，"不过，波科克夫人，起码您让我见识了这位难得一见的先生，也算是帮了我大忙了。"

"照您这么说，如果我剥夺了本来属于您的东西，我肯定会非常抱歉。我跟斯特雷特先生虽然是老朋友，"萨拉说道，"不过，我不与任何人争宠。"

"可是，亲爱的萨拉，"斯特雷特直接插话道，"听你这么说，我觉得你忽视了一个重要事实，那就是：我多大程度上本来属于你，又在多大程度上属于我。我倒是更喜欢看到，"他笑着说，"为了我，你跟别人争宠。"

听他这么说，萨拉顿时愕然。他立刻意识到她之所以愕然，可能是因为她从来没有想到他会这样信口调笑。他之所以这么说——他这是故意中伤她——是因为他既不想怕德维奥内夫人，也不想怕她（真该死！）。当然，在家里时他只称呼她萨拉。虽然他可能从来没有公然称呼过她"亲爱的"，部分原因是到目前为止他还从来没有像现在这样结结实实地掉进坑里。但此刻有个声音似乎在告诫他，现在为时已晚（除非有人说还为时尚早），同时还警告他说，不管怎样，他的这一举动让波科克夫人再高兴不过了。"哎呀，斯特雷特先生！"她含糊而又不失严厉地小声说道，随即脸上的红晕烧得更红了。他意识到，此刻她的反应也就只能如此了。但德维奥内夫人已经来为他助阵了，而这个时候，韦马什又转身向他们走来，似乎想重新加入他们的谈话。说心里话，德维奥内夫人助阵的动机确实可疑。她的助阵是在乘机告诉对方，不管他说跟她在一起待过多久，不管她怎么埋怨她并没有从他们的交往中受到什么益处，但她话的意思至少表示他们俩已经谈论过许多话题。

"要知道，事实真相是你为了心爱的玛丽亚，狠心地牺牲了别人。她是容不得在你生活中还有任何人的。"她问波科克夫人道，"您知道吗？最糟糕的是戈斯雷小姐确实是一个神奇的女子。"

"哦，那还用说，"斯特雷特替她回答道，"波科克夫人知道戈斯雷小姐的事。萨拉，你母亲肯定对你说过，你母亲全知道。"他毅然说道，"说句心里话，"他鼓起勇气故作轻松地接着说，"她是你喜欢的那种奇女子。"

"噢！亲爱的斯特雷特先生，'喜欢'掺和这种事的可不是我！"萨拉·波科克立刻顶了回去，"再说，不管是从我母亲那里，还是从别的什么人那里，我压根儿就没搞懂你们说的是谁。"

"哎呀！要知道，他是不会让您见她的，"德维奥内夫人用同情的口气插话道，"就连我，他都不让见——虽然我们是老朋友，我是说，我和玛丽亚是老朋友。他把他最美好的时光都留给了她，独自一人把她吞了，只给我们其他人留下一点儿残羹剩饭而已。"

"呃，伯爵夫人，我也尝到了一点儿残羹剩饭呢。"韦马什睁大眼睛看着她，一本正经地说。这副表情让她没等他把话说完，就把话头抢了过去。

"这么说①，他是在与你一起分享她咯？"她故作惊愕地嚷道，"那

---

① 原文为法语：Comment donc。

你可要小心啦！再这么发展下去，你周围的美女就多得应接不暇啦！"

　　但他还是郑重地接着往下说。"波科克夫人，关于这位女士的事，如果你想听的话我可以告诉你。我见过她好几次，其实，他们认识时我也在场。从那以后我就一直在关注她，不过，依我看她不会对任何人构成伤害。"

　　"伤害？"德维奥内夫人赶忙应声说道，"哎呀！她可是所有既聪明又可爱的女人中最聪明、最可爱的！"

　　"得啦！伯爵夫人，您比她一点儿也不差。"韦马什当仁不让地说，"不过，毫无疑问，她做什么事都很聪明。她对欧洲很熟悉。最重要的是，她确实喜欢斯特雷特。"

　　"哦！不过，我们都一样呀——我们都喜欢斯特雷特。这有什么稀奇的！"德维奥内夫人笑着说道，言语中还是问心无愧地坚持自己的看法，斯特雷特对她的这种表现感到很诧异，不过，看到她那极富表现力的目光时，他又相信过后她会向他解释的。

　　但她这种口气所造成的主要后果——其实，他已经用凄然自嘲的眼神告诉了她——只能让他觉得，如果一个女人当着众人的面对一个男人说这种话，那她肯定是把他当成九十岁的老头了。他心里清楚，听她提到玛丽亚·戈斯雷时自己尴尬得脸都红了。正因为萨拉·波科克在场——尤其是她的身份又很特殊——他才不可避免地脸红，再加上他本身又不愿意让外人知道这档子事，所以脸就更红了。他确实觉得自己窘态毕露，这让他不自在到近乎痛苦的地步——尤其是他居然还当着韦马什的面脸红。但奇怪的是韦马什看他的那种眼神，似乎在说他有话要说。就在这复杂的一瞬间，两人完成了一次心灵的交流，这种交流是建立在两人日久见真情的友谊之上的。在所有奇谈怪论的背后，他隐约感觉到一丝赤诚。韦马什单调乏味的幽默感，既然非要人洗耳恭听不可，那就免不了要从阴暗的角落里爬出来，准备粉墨登场了。"听我说，如果你要说巴拉丝小姐，那我也许还有机会。"他的话等于他勉强点头承认自己泄露了心中的秘密，但又赶紧补充说这只是为他好。这种幽默感对斯特雷特傲然凝视，似乎在说："为你好，可怜的老兄，为了挽救你。你虽然不自重，我也要挽救你。"但正是这种交流，让斯特雷特表现得比以往任何时候都显得茫然。韦马什的这种幽默感带来的第二个结果是让斯特雷特第一次看到他的这位朋友和萨拉所代表的利益之间已经形成了一种态势。现在已经毫无疑问，没错，韦马什和纽瑟姆夫人已在暗中串通一气——这一切全在他的脸色上表现了出来。"没错，你现在感觉到我的存在了吧！"他像是在说，"但这只不过是我在这个该死的旧世界 ① 中得到的一点点收获，那就是在这个旧世界将你分崩离析之后，由我来收拾残局。"总之，这就像斯特雷特在刹那间不仅直接从他那里获得这种认识，而且一下子把这个问题搞清楚了。斯特雷特明白这一点，也认可这一点，换了别的场合，他们是不会谈起这事的，对此他心知肚明。这就够了，而且在他眼里，这是一种明智的宅心仁厚。这么说，从早上十点，韦马什便开始跟严肃坚定的萨拉——严肃坚定而又不失优雅风度的萨拉——一起来挽救他。唉！可怜的好人，但愿他仅凭一腔可怜的好心肠能办得到！这些纷至沓来的想法让斯特雷特痛下决心，不到万不得已决不能做任何表态。片刻之后，他尽可能简明扼要地——简明扼要到让我们只能看到他脑子里一闪而过的画面——对波科克夫人说："哦，他们爱怎么说就怎么说吧！除了我，别人根本沾不到戈斯雷小姐的边儿——门儿都没有。她只属于我一个人。"

"您能这么告诉我，真得谢谢您。"萨拉看也不看他一眼就回答道。她的眼神告诉他，她一时间被他的这种偏爱弄糊涂了。她两眼望着德维奥内夫人，似乎在向她告急。"不过，我希望用不了多久就能见到她。"

德维奥内夫人立即抖擞精神，投入战斗。"要知道——也许有人会想——这根本不是他羞于让她见人的问题。从某种程度上说，她确实长得很漂亮。"

---

① 旧世界（Old World）：一般来说，西方人眼中的"旧世界"是指美洲和大洋洲以外的亚、非、欧等洲。此处指欧洲。

"呵！确实！"斯特雷特哈哈大笑起来，这种强加给他的奇怪角色让他很诧异。

德维奥内夫人接下来的一言一笑，都让他很诧异。"唉，听我说，我倒是希望你能把我也多给你自己留一点儿。你能跟我约个日子，约个时间吗？越快越好。你认为什么时候合适，我都在家等着。你瞧，这样很公平了吧。"

斯特雷特思考了片刻，同时觉得韦马什和波科克夫人都站在那里，全神贯注地准备倾听下文呢。"我最近确实去看过你，就在上周——查德出外的时候。"

"没错——碰巧我也不在家。你倒是很会挑时候。不过，下次不要等我不在家的时候来啊。"德维奥内夫人说，"波科克夫人在巴黎期间，我不会再出门。"

"幸好您用不着长时间遵守这样的承诺，"萨拉又恢复了她本来的和蔼态度，"我这次在巴黎待的时间很短。我还打算到别的国家去转转，去见一些迷人的朋友。"她说话的语气让人觉得她似乎在玩味"迷人的朋友"这样的说法。

"这么说，"德维奥内夫人高兴地说道，"理由就更充分了！比方说，明天？或者后天？"她接着对斯特雷特说，"周二对我最合适。"

"那就周二吧。"

"五点半……六点？"

真是滑天下之大稽！不过，他觉得波科克夫人和韦马什显然都在等他回答。这简直就像是事先排练好的一出戏，他和在场的人在上演一出叫"欧洲"的节目。既然如此，那就演下去吧。"五点三刻，不见不散。"

"五点三刻，好。"现在，德维奥内夫人终于要告辞了，但她又为自己加演了一段，"我真的希望能见到波科克小姐。我还能见到她吗？"

萨拉迟疑了一会儿，但也不甘示弱。"她会跟我一起去回访您。她现在跟波科克先生和我弟弟出去了。"

"我明白了。当然，纽瑟姆先生可以带他们到处转转。他常跟我聊起她。我最大的心愿就是让我女儿有机会认识认识她。我一直在给她找这样的机会。我今天没带她来，只是因为事先必须征得您的同意才行。"说完，这位迷人的女人又大胆提出了一个迫切的要求，"您能不能也定一个较近的时间，好让我们不至于落空？"这回该轮到斯特雷特等着看热闹了，因为萨拉同样也不得不演下去。这一下子提醒了他，她到巴黎后的第一个早上，就一个人待在酒店里，而查德却带着另外两个人出去了。哦！她正忙得焦头烂额呢！她之所以一个人待在酒店，是因为他们在头一天晚上约好了，让韦马什单独来见她。刚到巴黎后的第一天就这样，真是开局良好啊！没准儿事态可能会变得更有意思。不过，德维奥内夫人的诚挚也确实十分巧妙。"您可能觉得我太冒昧，但我真的想让我的让娜认识一位真正讨人喜欢的美国姑娘。全仰仗您发发慈悲啦！"

她说这话的架势让斯特雷特觉得其中有一种他此前尚未领教过的深意，她说话的样子让他胆战心惊，所以他赶紧去揣摩背后的原因是什么。尽管如此，萨拉仍在支支吾吾，这倒给了他时间去对德维奥内夫人表示同情。"亲爱的夫人，我要说一句话来支持你的请求。玛米小姐是最讨人喜欢的那种姑娘，是佳人中的佳人。"

就连在这个问题上更有发言权的韦马什，此时也迫不及待地上场了。"没错，伯爵夫人，你们国家起码要允许我们说，美国的女孩子是最值得我们炫耀的了。不过，只有懂得如何欣赏，才能领略到她全部的美。"

"啊！这么说，"德维奥内夫人微笑着说，"我倒是要领略领略。我相信，她会让我们大开眼界。"

这话说得太妙了，但同样妙的是斯特雷特突然发现听了这话之后他自己也有话要说。"哦，那是当然！不过，要我说，也不要把您自己美丽的女儿说得好像不是十全十美似的。至少我不会答应。"他一本正经地跟波科克夫人解释说，"德维奥内小姐确实十全十美。德维奥内小姐确实十分漂亮。"

　　这话说得可能有些过了，不过萨拉还是回了一声："噢?"

　　在德维奥内小姐问题上，韦马什显然觉得有必要多做些说明，于是他微微转向萨拉说道："让讷小姐①确实很漂亮——完全是法国式的美。"

　　听了这话，斯特雷特和德维奥内夫人都忍不住笑出声来。与此同时，他在萨拉投向韦马什的一瞥中，捕捉到一个既模糊而又明白无误的"你也这样认为?"这让韦马什有意识地将目光移向她头顶的上方，但德维奥内夫人同时也用自己的方式表达了看法。"我真希望我能让我那可怜的孩子成为诸位面前一道靓丽的风景线! 那样的话，我的事就好办了。她的确是好孩子，但她也与众不同，问题是，照现在的发展趋势看，她是不是太与众不同了。我是说，她跟人们一直都认为的你们国家里那种出类拔萃的女孩子相比，差距太大。当然咯，纽瑟姆先生对这一点很清楚，他既是大好人，又是好朋友，已经在尽自己所能去帮助我那羞怯的小东西，让我们不至于太过愚昧无知。"这时，波科克夫人虽然语气仍有些生硬，但已经闪烁其词地小声表示，她会跟她的那位姑娘说说。听她这么说，德维奥内夫人最后说道："这样的话，我们，我的孩子和我，会在家里等着恭候你们的大驾光临啦。"但她最后话锋一转，对斯特雷特说道："在谈起我们时，一定……"

　　"一定要有个结果? 哦，一定会有结果的! 我一定放在心上!"他郑重其事地说。说完，为了证明他的"一定"，他便陪她下楼，把她送上了马车。

---

① 此处原文是 Jane，此叫法表明韦马什对德维奥内夫人的女儿让娜（Jeanne）叫什么并不是太清楚。

第九部

一

两天后，斯特雷特对德维奥内夫人说："问题是，我虽然可以让她们对查德的进步感到惊讶，但无法让她们做出哪怕一丁点儿的表示，表明现在的查德已不再是三年来他们一直从大洋彼岸怒目而视的那个查德。她们全都藏而不露。你知道，这是她们的招数——你们管它叫先入之见①，一种深藏不露的把戏——这一招实在是高。"

这一招实在是高，以至于斯特雷特想到这里时，便在德维奥内夫人面前站起身来。他只坐了十分钟就站起身来，像在玛丽亚家里一样，在她跟前踱起步来，那样子就好像要缓解一下内心的烦躁似的。他准时赴约，但心里又焦躁万分、无所适从，一方面觉得自己有许多话要对她说，一方面又觉得根本无话可说。在这短短的一两天里，面对目前复杂的局面，他萌生了许多想法（读者朋友千万注意！），他已经毫不保留地，甚至可以说是公开地把这种复杂局面看成他们俩共同面对的事了。如果说德维奥内夫人在萨拉的眼皮子底下把斯特雷特拖上了她的那艘危船，那么，毫无疑问，他现在已经待在船上了，而且在过去这段时间里，他心里最清楚的一点就是这艘危船一直在风雨中飘摇。此时此刻，他们是在同舟共济，这是前所未有的事，非但如此，就连一句提醒或警示的话都没有。在酒店里他本想提醒她，但最后还是没能说出口。相对于她给他造成的这种尴尬境地，他有其他更重要的事要对她讲，因为这种处境演变得如此之快，以至于让他觉得这种处境不但无法回避，而且让他感到兴奋甚至回味无穷。这是他来到巴黎之后给她的第一个警告，但考虑到警告的时机欠妥，其效果连他预想的一半都没有。她宽容地回答说他过于心急了，同时又安抚他说，如果她懂得如何有耐心，那他就应该有耐心。他当时就觉得跟

---

① 原文为法语：parti pris。

她在一起感受她说话的口气和她的一切，都有助于他保持耐心。于是，当他们说话时，他似乎明显地放松下来，这或许足以证明她对他还是有影响的。等斯特雷特向德维奥内夫人解释完为什么他虽然萌生了许多想法但仍困惑不解之后，他感觉自己已经滔滔不绝地讲了好几个小时。让他困惑的原因是萨拉——哎呀！萨拉深不可测，她以前从来没有表现得这么深不可测。他并不是说，这部分是因为如果把萨拉比作一口井，那么她的井口是直接伸到她母亲那里的，不过考虑到纽瑟姆夫人深藏不露的性格，萨拉这口井的深度就可想而知了。虽然只好听天由命，但他并不是没有一种无奈的忧虑：既然母女俩之间的信任这么紧密，那么要不了多久他很可能就会知道跟萨拉打交道有时候就像直接在跟纽瑟姆夫人打交道。而萨拉也肯定会意识到他的这种感觉——倘若如此，她就更会变着法子折磨他一样。一旦她知道她可以折磨折磨他——！

"可是你为什么让她折磨呢？"他用了"折磨"二字，这让德维奥内夫人很惊讶。

"因为我天生就是这样的人——什么事我都放不下。"

"哎呀！千万别这样，"她笑着说，"一个人千万别想那么多。"

"这么说，"他说，"一个人一定要知道该尽量别去想什么。但我的意思是，因为我的话言辞激烈，她处于某个观察我的地位。对我来说，一颗心一直悬着，她却可以看着我挣扎。"他接着又说，"不过，我挣扎算不了什么。我可以忍受。再说，我最终是可以挣扎出来的。"

不管怎么说，他想以诚相待，这让她非常感动。"我知道，一个男人对一个女人再怎么好，也找不到比你对我这么好的了。"

哦！对她好正是他想做的，不过，就在她那双充满女人味的眼睛注视他的时候，他也不乏坦诚的幽默感。他笑着说道："要知道我之所以说一颗心一直在悬着，意思是我自己的问题也悬而未决呢！"

"哦，没错——也有你自己的问题！"他的话虽然让他的豁达形象大打折扣，但她注视他的目光却更温柔了。

"不过，"斯特雷特接着说，"我并不想跟你说这些。这只是我个人的小事。我刚才之所以提到它，只是想说明波科克夫人的一些优势而已。"不说，不说。尽管他现在有一种异常的冲动很想说，尽管他悬而未决的问题触手可及到连坐立不安都会让他觉得是放松，但他还是不能跟她说纽瑟姆夫人的事，不能把萨拉故意不提纽瑟姆夫人给他带来的焦虑宣泄到她身上。奇极妙绝之处在于萨拉给人的印象是她代表她母亲，却只字不提她母亲。她没有给他带任何口信，也没有提任何问题，对他的问候也只是出于礼貌，回答也是敷衍了事。她早就想好了一套应付他问候的路数，就好像他不过是只需敷衍一下的八竿子都打不着的穷亲戚，这让他觉得自己的那些问候显得既荒唐又可笑。而且他自己又不能多问，因为问多了就像是自己暴露了他最近没有收到纽瑟姆夫人的信一样。对此，萨拉使出的高招就是佯装不知。这一切，尽管让他坐立不安，但他不能对德维奥内夫人吐露半个字。有些话他没有说——有些话她也没有说，因为她也有自己崇高的行为原则——这让他越来越觉得，在这短短的十分钟里自己正怀着一种前所未有的亲近感陪着她，目的就是挽救她。其实，两个人都有所保留的结果就是尽管各自都明显感觉到对方有所保留，彼此反而相处甚欢。他原本想听听她对波科克夫人的看法，但他又不愿跨越他自认为为人正派的准则一步，所以就连波科克夫人给她留下什么印象也没问。关于这个问题，他根本用不着问也能知道答案。她闭口不谈的一个主要问题是，萨拉的条件这么优越，怎么可能仍然缺少魅力，这让她百思不得其解。斯特雷特本来很想听听她对这些优越条件——毫无疑问，有些优越条件确实存在，只不过需要根据自己的品位去体会罢了——的高见，但他连享受这点乐趣的机会都没有给自己。德维奥内夫人今天对他产生的影响，本身就是善用禀赋的典范。一个女人，如果是通过完全不同的路子为自己赢得了魅力，怎么会觉得萨拉有魅力呢？当然，话说回来，萨拉也不一定需要这种魅力。但不知怎么搞的，他总觉得德维奥内夫人一定需要。还有一个重要的问题就是查德对他姐姐怎么看，当然，这自然又是由萨拉怎么看待查德衍生出来的。这个问题两个人可以谈，而且既然在其他问题上都小心翼翼，那么在这个问题上两人倒是可以畅所欲言。但现在的困难在于对这个问题他们所能谈的也就只是一些猜测。这两天,查德跟萨拉一样,没有给他们提供更多的信息,德维奥内夫人也说,自从他姐姐到了之后,她就没有见过查德。

"这让你觉得度日如年?"

听他这么说,她也开诚布公地说道:"呃,我不会装着不想他。有时候,我天天见到他。我们的交情就是这样。你爱怎么想就怎么想吧!"她诡异地微微一笑。她时常露出这种诡异的笑,让他不止一次揣摩他该如何理解她的这种笑。"不过,他做得一点儿不错,"她赶忙又说道,"在现在这个节骨眼儿上,我不愿意看到他有什么闪失。我宁可三个月不见他。我请他好好招待他们,这一点他自己也完全认同。"

她真是集纯真与神秘于一身的怪人,突然想到这一点之后,斯特雷特把脸转了过去。有时候,她完全符合他对她最美好的看法;有时候,她似乎又把他的这种看法吹到九霄云外去了。有时她说起话来就好比她的处世之道就是纯真,有时又像是她的纯真就是以不变应万变的处世之道。"哦,他现在是全心全意地招待他们,而且也愿意好人做到底。既然他们已经远道而来,他怎能不给他们留一个完整的印象呢?要知道,他们对他的印象比对你我的印象要重要得多。"斯特雷特一边转过身来,一边说道,"不过,他这只是刚开始而已,他是要认真进入最佳状态的。说心里话,他真的很不错。"

"唉!"她轻声说道,"这话你跟谁说呢?"紧接着又更轻声地说,"他样样都好。"

斯特雷特完全同意她的看法。"嗯,他很优秀。"他又说道,"我越来越喜欢看到他和他们在一起了。"但就在他们俩说话的当儿,他越来越明显地感觉到两人之间说话的语气有些怪。这种语气似乎要他们承认,年轻人是她关心的结果,是她聪明才智的产物;这种语气认可了她为打造这位奇才做出了巨大贡献,才让这位奇才成为出类拔萃的人物;这种语气差一点儿让他开口去问她,比以前更详细地询问她打造这位奇才的详细经过。此时此景，他差一点儿就要问她是怎么办到的，以及从她独一无二的近距离看，这样的奇迹是怎么出现的。但时机已经失去，话题已经转到眼下要考虑的问题上，他也只好继续对让人开心的事表示赞赏。"想到我们可以这么信任他，真让人感到欣慰。"看她没有马上回应——在她眼里，信任似乎也有一定的限度——他又说道，"我是说，在他们面前，他肯定会有出色的表现。"

"没错，"她若有所思地说，"可是，如果他们视而不见，那该怎么办？"

斯特雷特也思考了片刻。"呃，也许没什么关系吧！"

"你是说，他虽然按照他们的意思做，但压根儿就不喜欢他们？"

"哦，'按照他们的意思做'！他们也不会做什么大不了的事，尤其是如果萨拉拿不出到目前为止我们能看到的更多东西的话。"

德维奥内夫人琢磨了一会儿。"啊！她真的很有风度！"听到她这么说，两个人对视了一下。斯特雷特虽然没有表示反对，但又像是心照不宣地把她的话当成玩笑了。"她可能会对他循循善诱，她可能会对他施以爱抚，她可能会对他巧言令色，她可能会紧紧抓住他不放。"她最后说道，"哎呀，这是你我力所不能及的。"

"没错，她可能会，"这时，斯特雷特笑了，"但他每天总是跟吉姆在一起，还在陪着吉姆到处转呢。"

她显然感到纳闷。"吉姆这人怎么样？"

斯特雷特走了一圈，然后回答道："他没有跟你说起过吉姆吗？他以前没有跟你聊过他？"他有些茫然，"他什么都不告诉你？"

她迟疑了片刻。"没有，"两个人再次对视了一眼，"他不像你。不管怎么说，你让我见到了他们，起码让我对他们有了个印象。再说，我也没有多问，"她又说，"最近我不想招他心烦。"

"啊！说到这一层，我也是这个态度。"他带着赞许的口吻说道。就这样——她似乎有问必答——两人之间起码聊起来了，这让他又想起了另一个问题。他又转了一圈，不过，随即停下脚步，面露喜色说道："要知道，吉姆确实不错！我觉得最后能成事的就是吉姆。"

她不解地问道："抓住他不放？"

"不——正相反。抵消萨拉的魔咒。"此刻，斯特雷特已经向她说明他想得有多远了，"吉姆就是个玩世不恭的家伙。"

"哦，可爱的吉姆！"德维奥内夫人嫣然一笑。

"没错，千真万确——可爱的吉姆！他可爱到了极点！他想做的——但愿苍天能宽恕他——就是帮我们。"

"你是说，"她迫不及待地问，"帮我？"

"呃，首先是帮我和查德。不过，虽然他没什么机会见到你，也已经把你也算在内了。不过，就目前来看——请别介意！——他把你想得很糟。"

"很糟？"她倒想听听怎么个糟法。

"彻头彻尾的坏女人——当然，是手段非常高明的那种。令人敬畏、讨人喜欢，又极具诱惑力。"

"哦，可爱的吉姆！我倒想认识认识他。我必须见他。"

"那是理所当然的。可是，见他有什么用呢？"斯特雷特说，"要知道，你可能会让他失望的。"

听他这么说，她表现得既诙谐又谦恭。"我还是想试试。"她又说，"不过，听你这么说，在他眼里，我的邪恶正是我的投名状喽？"

"在他眼里，你的邪恶和你与生俱来的美艳是分不开的。要知道，他的看法简单明了，那就是：我和查德的最大愿望是尽情享乐。他根本不会相信，凭我的为人，我，跟查德一样，根本不会趁着还年轻跑到这儿来及时行乐。他没有想到我会这样；但在伍勒特，经常可以看到像我这个岁数的人，尤其是那些平时看起来最不可能的人，会突然做出些出格的事，人到晚年却空怀幻想，去追求什么奇遇。人一辈子住在伍勒特，往往就会这样。我只是告诉你，这是吉姆的看法，是非曲直，你自己去判断吧。"斯特雷特继续说道，"现在，他妻子和岳母碍于面子问题，对这种事当然不能容忍，不管是老的还是小的。这反而把吉姆推向了反面，跟家里人对立起来。"他又说，"再说，我觉得他未必真想让查德回去。假如查德不回去……"

"他就更可以为所欲为了？"德维奥内夫人明白了其中的奥妙。

"嗯，查德比他强多了。"

"所以，他现在才做手脚，使绊子 ①，不让查德说话？"

"不——他压根儿不会'做手脚'，也绝对不会'使绊子'。他这个人很要面子，绝不会出卖自己人。不过，他会因发现了我们的这种两面派做法而暗地里沾沾自喜，他会一天到晚尽情去享受他心目中的巴黎。至于别的，尤其是查德，他就是他！"

她仔细想了想，说道："一个警告？"

听她这么说，他高兴得差一点儿叫了起来。"怪不得大家都说你神奇呢！"然后接着说道，"吉姆刚到巴黎的头一个小时，我就陪他坐马车在巴黎兜了一圈。你猜他在我面前——完全是下意识的——说得最多的是什么？那就是他们认为现在改变查德的现状，让他真正痛改前非，可能还为时不晚。事情的本质正是如此。"听他这么说，她既表现出担心的样子，又好像在鼓起勇气去面对现实，但她还是强忍着让他把话说完。"不过，实际上为时已晚。这都多亏了你。"

他的话又招来她一句模棱两可的回应。"噢，最后又是我！"

他站在她面前，自己的一番表演让他非常得意，以至于忍不住想调侃一下。"凡事都是相对的。你的好还不止这些呢。"

她随口回了一句。"谁能跟你比呀！"但她又想起一件事，"波科克夫人会来看我吗？"

"哦，没错，她会来。只要我朋友韦马什——现在是她的朋友了——给她留出空来。"

她饶有兴趣地问道："他跟她已经发展到朋友的地步了？"

"怎么，在酒店里那一幕你没全看在眼里吗？"

"哦，"她觉得有趣，"说'全看在眼里'未免太过分了。我不知道……我记不得了。我当时只顾着应付她了。"

"你当时的表现非常出色，"斯特雷特说，"但说'全看在眼里'

---

① 原文为法语：en dessous。下同。

其实一点儿也不过分，而且只是窥见一斑而已。不过，到现在为止，他们的友谊还是很迷人的。她需要一个男人为自己所用嘛。"

"她不是有你吗？"

"从她看我的眼神——甚至看你的眼神——你觉得像吗？"斯特雷特轻而易举地把她的挖苦给打发了，"要知道，在她眼里每个人肯定都需要有一个人。你有查德，查德也有你。"

"我懂了，"她顺着说下去，"你有玛丽亚。"

好吧！他暂且接受她的这种说法。"我有玛丽亚，玛丽亚也有我。如此这般。"

"可是，吉姆先生呢？他有谁？"

"哦，他有整个巴黎，表面上是这样。"

"可是，说到韦马什先生，"她想起来了，"巴拉丝小姐不是已经捷足先登了吗？"

他摇了摇头。"巴拉丝小姐是个格调高雅 ① 的女人，她的消遣不会因波科克夫人而打折扣，反而会有所增加，尤其是假如萨拉赢了，她非要来看热闹的话。"

听他这么说，德维奥内夫人叹了口气，坦言道："你太了解我们了！"

"不，我认为我了解的是我们。我了解萨拉，也许正因如此，我的脚跟才站得稳。查德陪吉姆逛的时候，韦马什会带她四处去逛。说心里话，我真为他们俩高兴。萨拉会得到她想要的东西，她会为自己的理想纳贡称臣，韦马什差不多也是如此。在巴黎，到处迷弥漫着理想，一个人怎么能不去试试呢？如果萨拉非要表什么态的话，那就是她这次出来绝不是来当一个目光狭隘的女人。这一点我们起码能觉察到。"

"唉！"她叹了口气，"我们能'觉察到'的东西可真多啊！可照你这样说，那个姑娘会怎么样？"

---

① 原文为法语：raffinée。

"我们都各得其所了，你是问玛米会怎么样？这个嘛，"斯特雷特说，"你相信查德就行了。"

"你是说他会善待她？"

"等他先把吉姆打发了，他会腾出全部精力来关照她的。虽然我已经全告诉他了，但他还是想弄清楚吉姆能给他什么、不能给他什么。总之，他想自己去印证，而且他会如愿以偿。等他自己弄清楚了，玛米就不会受冷落了。"

"呃，玛米一定不能受冷落！"德维奥内夫人的话虽然很温和，语气却不失强硬。

但斯特雷特可以打消她的疑虑。"别担心。等他打发了吉姆，吉姆就会来找我。到那时，你再看吧。"

此时此刻，她好像已经看到了，不过，她还在等。接着，她问道："她真的很有魅力吗？"

话刚说完，他就站了起来，拿起帽子和手套。"我不知道。我还在观察。这个问题我还在琢磨，以后肯定告诉你。"

她不解地问道："这算个'问题'？"

"没错——我认为是。无论如何，我会弄明白的。"

"可你以前不是认识她吗？"

"认识，"他微微一笑，"不过，在家里是另一回事儿。现在她已经变成'问题'了。"他像是在跟自己做解释一样，接着又说了一句，"在这儿，她已经变成了'问题'。"

"有这么快吗？"

他琢磨了一下，呵呵笑着说道："比我快不了哪儿去。"

"这么说，你也成了一个……"

"非常非常快。在我到的那天。"

她那双聪明的眼睛告诉了他她是怎么想的。"不过，你到的当天就遇到了玛丽亚。波科克小姐遇到谁了？"

他又寻思了片刻，还是说了出来："她不是遇到查德了吗？"

"没错——可这不是第一次呀。他是老朋友了。"听她这么说，斯特雷特慢慢地、意味深长地摇了摇头，像是觉得她的话很好笑。于是，她接着说道："你是说，起码在她眼里，他已经完全是另一个人——她觉得他跟以前不一样了？"

"她觉得他跟以前不一样了。"

"那么，她是怎么看他的呢？"

斯特雷特没有直接回答她的问题。"谁能说得清一个深藏不露的姑娘是如何看一个深藏不露的小伙子呢？"

"所有人都深藏不露？她也是这样吗？"

"她给我的感觉是比我原来想的还要深藏不露。不过，稍微等一等，我们会弄清楚的。到时候，你再自己去判断吧。"

此刻，德维奥内夫人看样子很想探个究竟。"这么说，她会跟她一起来？我是说，玛米会跟波科克夫人一起来？"

"肯定会。别的不说，单凭她的好奇心，她也会来。不过，这种事就交给查德去办吧。"

"唉！"德维奥内夫人叹了口气，有点儿不耐烦地转过脸去，"交给查德去办的事多着呢！"

听到她说话的语气，他善意地看了她一眼，借此表示他能理解她的担心。但他还是决定相信查德。"哎呀！你就相信他吧！什么事都交给他去办好了。"但话一出口，他便觉得自己说话的声音听起来会让人以为他的看法发生了奇怪的变化，于是，他忍不住笑了笑，便立刻打住了。他还是更像为她出谋划策一样地说："他们要是真来了，就让让娜多露面。让玛米好好看看她。"

刹那间，她似乎看到了两个姑娘面对面相见的情景。"让玛米恨她吗？"

他又摇了摇头，说道："玛米不会。相信她们吧。"

她瞪了他一眼，然后，像是她总会要说到这一点似的："我相信的人是你。"她又说，"不过，我在酒店里说的是真心话。我当时的确想、现在仍然想让我女儿……"

"怎么样？"看她吞吞吐吐不知道该如何说是好，他恭恭敬敬地等着。

"呃，为我做些力所能及的事。"

听她这么说，斯特雷特正视了一会儿她的眼睛，然后说了一句让她备感意外的话。"可怜的小乖乖！"

她的应声回答也让他十分意外。"可怜的小乖乖！不过，"她说，"是她自己很想见见查德的堂妹。"

"她以为她是他堂妹？"

"我们是这样称呼这位小姐的。"

他又沉吟了片刻，然后笑着说道："呃，你女儿会帮上你的。"

此刻，他终于要告辞了，其实在五分钟前他就想告辞了。但是她陪他走了一段，陪他走出房间，又走进了另一个房间，再走进又一个房间。她这古老而又华贵的公寓有一连串三个房间，前面一进门的两间虽然比最后一间要小，但都透着一种古色古香、富丽堂皇的气派，凸显了会客室的庄严华贵，给访客一种登堂入室之感。斯特雷特打心眼儿里喜欢这两个房间，此时此刻，跟她一起慢慢穿过这两个房间，他脑海里再一次浮现出第一次看到这两个房间时的景象。他停下脚步，回头看了看，整个一连串的房间形成一幅壮丽的画卷，让他感到既忧伤又甜蜜。他仿佛再一次看到了历史的痕迹，隐约听到了这个昔日伟大帝国①大炮的轰鸣声。毫无疑问，这多半是他的想象力在作怪，但置身于打了蜡的古旧拼花地板、褪了色的粉绿色遮阳帘，以及仿古枝形烛台的包围中，他的想象力不可能不起作用。周围的一切很容易让他想入非非。查德与女主人之间诡异、新奇、充满诗意——他不知道该如何形容——的关系再一次向他展现了富有浪漫色彩的一面。"要知道，她们应该来看看。她们必须来看看！"

"波科克一家？"她不以为然地环顾四周，那样子就好像房间的摆设有很多缺陷而他没有发现似的。

---

① 此处应该指 1804 年至 1815 年间拿破仑建立的法兰西第一帝国，本土包括今天的法国、比利时、卢森堡、德国莱茵河左岸、意大利部分领土，鼎盛时期影响范围占据大半个欧洲。

"玛米和萨拉——尤其是玛米。"

"我这个破地方？可是，她们的家产……！"

"呃，她们的家产！你刚才不是说能帮上你的东西……"

"所以你觉得，"没等他说完，她就接过话头，"我这个破地方能帮得上我？"她可怜兮兮地小声说，"噢，那我真是病急乱投医了！"

"你知道我希望什么吗？"他接着说，"我希望纽瑟姆夫人亲自来看看。"

她一时没有跟得上他的思路，两眼直勾勾地盯着他。"那有什么意义吗？"

看她说话这么认真的样子，他一边继续环顾四周，一边笑了起来。"没准儿有！"

"可是，你跟我说过，你已经告诉过她……"

"你所有的事？没错，讲了你一大堆好话。但有些东西是无法用语言来形容的，只有身临其境才能看到。"

"谢谢你！"她微微一笑，笑得既凄婉又动人。

"我在这里能感受到一切，"他自然地接着说，"纽瑟姆夫人的感受力可是很强的。"

但她好像凡事总要怀疑一番才行。"谁的感受力也没你强。没有——任何人都没有！"

"那对大家来说，就更糟了。其实，这再简单不过了。"

说着说着，两个人已经来到前厅，她没有摇铃召唤用人，所以厅里还是只有他们俩。前厅又高又方，既庄严又含蓄，即便是在夏天，也能让人感觉到一丝阴冷。墙壁上挂着几张旧版画，斯特雷特猜想这些画肯定很珍贵。他站在前厅中央，徘徊踱步，茫然四望，而她则把脸轻轻地贴在门柱上的凹陷处，身体倚在门柱上。"你本来是可以做朋友的。"

"我？"他有些吃惊。

"因为你说的原因。你并不傻。"紧接着，就像找到理由似的，她突然进出一句，"我们准备把让娜嫁出去了。"

他顿时觉得这就好比是棋局中的一步棋，但即便如此，他觉得让娜也不应该这样随随便便就嫁人。听到这个消息，他脑子一下子蒙了，不过他很快表示了自己的关心。"'你们'？你和……呃……不是查德吧？"当然，"我们"指的是孩子的父亲，可是说到孩子的父亲，他可要花点儿工夫才能想得到。他随即又想，德维奥内先生不是跟这事根本没关系吗？还好！接下来，她说她确实是指查德，还说查德在整件事上再好心不过了。

"那我就把底儿都抖给你吧！是他自己把我们送上了这条路。我是说，是他给了我们这次机会，就我现在能看到的，这是我们做梦都想不到的机会。这都是德维奥内先生不辞劳苦的结果！"这是她第一次跟他提起自己的丈夫，这让他突然感到他真说不清自己现在跟她的关系有多亲密了。其实，这种亲密根本算不上什么——因为她话里还有话，他们的关系远不止于此。但就在他们这么随随便便地身处这个古老而又阴冷的房间里的时候，这句轻描淡写的话似乎证明了她对他信任的程度。"这么说，我们的朋友还没有告诉你？"她问道。

"他什么都没说。"

"哦，这件事来得很快，只有几天的工夫。再说，婚事还没有定，还不到公开的时候。我只告诉你一个人——就只你一个人。我想让你知道。"自从他登上欧洲大陆的那一刻起，他时常有种越"陷"越深的感觉，此刻这种感觉再一次刺痛了他。不过，她让他越陷越深的方式虽然奇妙，但其中仍不乏冷酷的成分。"该接受的，德维奥内先生必须接受。他提出过五六个建议，而且一个比一个不靠谱。即使他活到一百岁，也找不到这样的机会，"她神采奕奕的脸上泛起了一丝红晕，然后又充满自信地说道，"查德却不动声色地找到了。也许应该说是机会找到他们上的——所有的东西都是自己找到他们上的。我是说，找对了他的门。你可能会认为我们的做事方式很奇怪，可是人到了我这个年纪，"她微微一笑，"就必须面对现实。小伙子的家人已经见过让娜了。他的一个姐姐，一个很有魅力的女人——他们家的人我们都很了解——在什么地方看过让娜跟我在一起。她回去又跟她的弟弟说，把他说动了。后来，在我们——我和可怜的让娜——毫不知情的情况下，他们家里人又看了一次。那是刚入冬时候的事，断断续续的观察持续了一段时间。就连我们不在巴黎的那段时间，也没有中断过。我们回来后又重新谈起这事，现在看来一切还好。年轻人曾见过查德，还托一个朋友去跟查德说，对我们很有诚意。纽瑟姆先生对这事思虑再三，非常巧妙地不做任何表态，直到他自己完全满意了才跟我们说。过去一段时间，我们一直在忙这事。看样子这事能成，真真实实能如大家所愿。现在只剩下两三个问题还没有解决——就看她父亲的了。不过，这一次我觉得我们没什么问题了。"

斯特雷特愕然张着嘴，认真听她说话。"我打心眼儿里希望能这样，"接着，他斗胆地问了句，"难道一点儿也不由她做主吗？"

"啊！那当然。一切都由她做主。不过，她照例 ① 是非常满意。她一直完全自由，而他——我们的年轻朋友——实在是样样都好。我真是喜欢他。"

斯特雷特想弄清楚。"你是说你未来的女婿？"

"如果我们都去促成这门婚事的话，就是未来的女婿啦。"

斯特雷特很有分寸地说："那好吧！我衷心希望你们能成功。"虽然她的这一番话让他觉得很不对劲儿，但他似乎不想再说别的了。他隐约感到一种惶惑的不安，觉得自己好像卷入了一桩深不可测而又是非难辨的悬案。他曾想过这里面水会很深，但没想到会这么深，就好像现在浮出水面的都是他一手造成的，这让他产生了一种既压抑又荒唐的感觉。这里面自有其成规定则，这才是在他眼中货真价实的东西。总之，尽管他说不清德维奥内夫人为什么向他透露这个消息，但这个消息还是让他感到非常震惊，而他感受到的压抑则是他无论如何必须马上摆脱掉的精神负担。这里面缺少的环节很多，容不得他别有所图。为了查德，他准备忍受内心自责的痛苦，甚至准备为德维奥内夫人忍受痛苦，但他不愿为这个小姑娘忍受痛苦。所以，此时此景，

---

① 原文为法语：comme tout。

既然该说的都已经说了，他便准备告辞。但就在这时，她又问了个问题，把他给拖住了。

"在你眼里，我是不是很讨人嫌？"

"讨人嫌？为什么这么说？"不过，甚至在说话的当儿，他心里已经在嘀咕，这是他有史以来最心口不一的一次了。

"我们的计划和你的完全不同。"

"我的？"哦，他可以连这个也一起赖掉！"我可没有什么计划。"

"那你就听我的，不管怎么说，我的计划非常好，是按照古老的智慧 ① 来进行的。如果不出什么差错，你还会看到和听到更多的东西。相信我，一切你都会喜欢。别担心，你会称心如意的。"就这样，她可以跟他谈论她内心世界的东西——因为话题最终还是要涉及那个世界——那些他必须"听"的东西；就这样，她可以用不同寻常的口气说话，好像在这种事上他满不满意至关重要似的——这真是莫名其妙，而且把整个问题都放大了。在酒店里，当着萨拉和韦马什的面，他就已经感觉到自己上了她的危船；但此时他又身在何处？这个问题在他脑海里一直挥之不去，直到她提出下一个问题才消失。"你觉得他——他这么爱她——会做出什么鲁莽或者无情的事来吗？"

他不知道他指的是谁。"你是说你的那个年轻人？"

"我指的是你的年轻人。我指的是纽瑟姆先生。"在斯特雷特看来，她的话就像闪过一道亮光，而在她继续说下去的当儿，这道亮光越来越亮了。"谢天谢地！他对她再真心实意、柔情蜜意不过了。"

这道亮光的确越来越亮了。"噢！那还用说！"

"你刚才说要相信他，"她又说，"从这一点上，你可以看到我是怎么相信他的了。"

他迟疑了片刻——恍然大悟。"我懂了……我懂了。"他觉得自己确实明白了。

"他肯定不会伤害她，也不会——如果她真结婚的话——做出有

---

① 原文为法语：vieille sagesse。

悖于幸福的事来。再说，他也绝不会伤害我——起码他不会故意那么做。"

她的面部表情，以及他迄今为止已经从中心领神会的意思，都在告诉他她的话中有话。无论里面是不是藏着什么，无论他是不是看得比较清楚，但她的整个风流史——起码他现在是这么认为的——开始展现在他的眼前。她说积极主动的人是查德，这让他茅塞顿开，这种感觉犹如一道亮光、一条线索，突然出现在他的眼前。他再一次想带着这种印象脱身了。但这一次的脱身要容易多了，因为一个用人听到前厅里有人说话，便走上前来，正好帮了他的忙。就在用人拉开门、恭立敬候的时候，斯特雷特最后说了一句话，把自己感受到的一切包含在里面了。"你知道，我不觉得查德会告诉我任何事情。"

"是的，也许还不到时候。"

"这么说，我也没到跟他谈的时候。"

"啊！那就按你想的去做。你自己决定吧。"

她终于向他伸出手来，他紧握了片刻。"由我决定的事儿多着呢！"

"所有的事。"德维奥内夫人说道。临走时给他印象最深的就是这句话——还有她脸上那种精心伪装和压抑的激情。

二

一个星期快过去了，在跟斯特雷特直接打交道时，萨拉总是一副客客气气、爱搭不理的样子，这让他对她的社交手腕另眼相看，也让他想起那句老话：女人总是不可思议的。唯一能让斯特雷特稍感心安的是他觉得几天里她肯定也在吊查德的胃口。不过，话说回来，由于查德给他们安排了许多活动让她高高兴兴地去玩，所以他至少还可以聊以自慰。但在萨拉面前，可怜的斯特雷特一筹莫展，离开了她，他能做的也就只有去找玛丽亚聊天了。当然，跟平时相比，他到玛丽亚那里去的次数明显减少了。但有一次，在忙忙碌碌地花了不少钱却一无所获的一天即将结束时，他的同伴似乎有意放过他，让他自己去打发剩下的时光。于是，在剩下的半小时里，他终于得到了特别的补偿。上午他一直跟几位同伴在一起，下午又去看望波科克一家，结果发现一家人全都各忙各的去了。这情节要是说给戈斯雷小姐听，她一定会觉得很好笑。他再一次感到难过，同时又感到欣慰，当初把他领进这个圈子的她，现在居然能置身事外。不过，幸好她一直喜欢听新闻。在她那塞满奇珍异宝的洞天府地里，她那种事不关己的洁净火焰犹如照耀着拜占庭穹顶的明灯在熊熊燃烧。事到如今，以她那样敏锐的洞察力，现在正是可以近距离观察的时候。在整整三天的时间里，他要向她汇报的情况似乎出现了平衡的迹象，他在旅店里看到的那一幕也证实了这一点。但愿这种平衡能够维持下去！萨拉跟韦马什一起出去了，玛米跟查德一起出去了，吉姆则独自一人出去了。本来他跟吉姆约好，晚些时候陪他一起去杂耍剧场的——斯特雷特在说"杂耍剧场"这个词时刻意学了吉姆的口音。

戈斯雷小姐听得津津有味。"其他人今晚都干什么去了？"

"呃，都已经安排妥了。韦马什带萨拉去比尼翁①吃饭了。"

她又好奇地接着问道："然后又干什么去了？总不能直接回酒店吧。"

"不，不会直接回酒店——起码萨拉不会。这就是他们俩的事了，不过，我觉得我能猜得着。"看到她正等下文，他便把话说完，"去看马戏。"

听他这么说，她又盯着他看了一会儿，然后才放声大笑起来。"再没有像你们这样的了！"

"像我？"他一时没明白她的意思。

"像你们所有人——就好比像我们所有人一样：伍勒特、米罗斯，

---

① 比尼翁酒家（Bignon's）：位于意大利人大街（Boulevard des Italiens）16号的富豪酒家（Café Riche）。随后韦马什带萨拉去的马戏团可能是位于圣多诺黑大街（Rue St Honore）251号的新马戏团。

还有这些地方的产物！我们都无可救药了！不过，但愿我们永远如此！"她接着说道，"这么说，纽瑟姆先生陪着波科克小姐？"

"完全正确，去了法兰西 ①，去看你陪我和韦马什看过的雅俗共赏的节目。"

"噢！但愿查德先生能像我一样心甘情愿地鞍前马后！"但她从中还看出了许多门道，"你们的年轻人，都像他们那样晚上经常单独在一起吗？"

"哎呀！他们是年轻人不假，但都是老相识啦。"

"我懂，我懂。那他们会不会不落俗套，到布雷邦 ② 吃饭呢？"

"哦，他们到哪儿去吃饭也是他们自己的事。不过，我觉得他们一定会找个非常安静的地方，比方说查德自己的住处。"

"她会一个人到他家里去吗？"

两个人对视了片刻。"他从小就认识她。再说，"斯特雷特用强调的口气说，"玛米非常出色，非常优秀。"

她不解地问道："你是说，她想把这桩亲事做成？"

"把他牢牢抓在手里？不，我觉得不会。"

"她不是真心想跟他？还是对自己没有信心？"见他没有回答，她接着又问道，"她发现自己不喜欢他？"

"不，我觉得她发现自己喜欢他。不过这是我的看法。我是说，如果她喜欢查德，那就说明她非常优秀。"他最后又说了句，"不过，我们还是看她的表现吧。"

"她如何下手，你好像给我讲得很清楚了！"戈斯雷小姐笑着说，"不过，她那位儿时的老相识会随随便便跟她打情骂俏吗？"她问道。

"不，那倒不会。查德也很优秀。两个人都很优秀！"他突然用一种惆怅而又羡慕的奇怪语气说道，"起码他们都很快乐。"

"快乐？"鉴于两个人各有难言之隐，他的话似乎让她有些惊讶。

---

① 此处指前文提到的法兰西剧院。

② 布雷邦饭庄（Brébant's）：一家名气很响的酒馆，位于塞纳河右岸普瓦索尼大街 32 号。

"唉！夹在他们两个中间，我好像是唯一不快乐的人。"

她不以为然地说道："你凡事都这么追求完美，怎么会快乐呢？"

听她这么说，他一笑置之，但片刻之后又继续说明了自己的想法。"我是说，他们在生活，而且忙得不可开交。我这辈子已经忙过去了。所以，我现在是等待。"

她带着鼓励的口吻说："可是，你不是在和我一起等吗？"

他善解人意地看了她一眼。"没错——如果不是那样的话！"

"还有你在帮助我等嘛。"她接着说，"我告诉你一个确切的消息，可以帮你等。不过，等一会儿再说，我先问你一件事。我非常喜欢萨拉。"

"我也很喜欢。"他开心地叹了口气，"要不是那样的话……"

"呃，我从来没有见过像你这样靠女人帮忙的呢！你好像总是得力于我们女人。不过，据我观察，萨拉肯定很了不起。"

"她是很了不起！"斯特雷特完全赞同，"经过这些难忘的日子，将来无论结局如何，她都没有白过。"

戈斯雷小姐停顿了一下。"你是说她坠入爱河了？"

"我是说，她想知道自己是不是没有坠入爱河，不过，这完全取决于她的目的。"

玛丽亚呵呵笑着说："确实，这种情况以前在女人身上发生过。"

"没错——为了让步。不过，我不知道这种想法——算是一种想法——到现在能不能守得住。那就是她凡事都追求完美——我们每个人都在以自己的方式追求完美。这就是她的浪漫史，不过，在我看来，整体上似乎比我的要好。"他解释说，"再说，发生在巴黎这座不朽的城市，在这么充满渲染力的氛围之中，而且这么突然，这么强烈，哦，还超出了她的想象。总之，她不得不接受真正的两情相悦——周围的一切都让这份情缘更富有戏剧性。"

戈斯雷小姐听懂了他的意思。"比如吉姆？"

"吉姆！吉姆起了推波助澜的作用。吉姆天生就是推波助澜的料。还有韦马什夫人。这是点睛之笔，给这份情缘增光添彩。这样一来，他可以积极主动地去分居了。"

"但遗憾的是，她自己并未分居，这也给这份情缘增加了戏份。"戈斯雷小姐完全明白，但是，"他也坠入爱河了吗？"

斯特雷特久久盯着她看，又环顾了一下房间，之后朝她走近了一点儿。"你能一辈子不告诉别人吗？"

"绝对不会。"回答得太妙了。

"他觉得，萨拉真的坠入了爱河，"斯特雷特急忙补充道，"不过，他也不怕。"

"不怕她受影响？"

"不怕他自己受影响。他喜欢她这样，但他知道她能挺过去。他也在帮她，他在实心实意地帮她渡过难关。"

玛丽亚想了想，不乏幽默地说："把她浸泡在香槟酒中？在全巴黎都争先恐后去醉生梦死的时候，在这个……呃，就是人们常说的这个寻欢作乐的伟大殿堂里，实心实意地跟她面对面一起吃饭？"

"正是如此，两个人都是，绝对纯洁。"斯特雷特坚持自己的看法，"在巴黎这样的地方，在狂热的兴头上，面前摆上价值上百法郎的佳肴和美酒，两个人却几乎不碰一下。这一切都是那位老好人韦马什追求浪漫的独特方式，一种用法郎来算非常昂贵的方式，但说到法郎，他兜里有的是。接着再去看马戏——当然看马戏花不了几个钱，但他会绞尽脑汁、想方设法让看马戏看上去会花很多钱——这同样是他追求完美的方式。他那套把戏确实派得上用场。他会帮她渡过难关。他们顶多说说你和我的坏话而已。"

"呵，谢天谢地！我们都坏到让他们心神不宁啦！"她笑道，"韦马什先生反正就是一个可恶的老骚胡子。"随即她话锋一转，"你好像还不知道让娜已经订婚了。亲事已经定了，她要嫁给年轻的德蒙布兰先生。"

他的脸微微一红。"这么说——如果连你都知道了——这事就已经公开了？"

"有些事虽然没有公开，我不是往往也知道吗？然而，"她说，"这事明天就会公开。不过，我现在发现我太轻率地以为你可能不知道这事。没想到这次你比我占了先，我原以为你听到这消息后会大吃一惊的。"

她的洞察力让他叹服。"什么事都瞒不过你！我的确吃了一惊。我刚听到这个消息时，是吓了一跳。"

"你既然知道了，那为什么不一进门就告诉我呢？"

"因为她不让我说出去。"

戈斯雷小姐感到很纳闷。"德维奥内夫人亲口告诉你的？"

"她只说这门亲事可能会成，但还没有说定。查德一直在促成这桩美事。所以，我还在等着看结果呢。"

"你不用再等着看结果了，"她回答说，"消息昨天就传到我耳朵里了，是别人偶然告诉我的。他是从小伙子的家人那里听到这个消息的，说亲事已经定了。我可是只告诉你一个啊。"

"你以为查德不会告诉我？"

她迟疑了片刻。"呃，如果他没有……"

"他没有。不过，这件事好像是他一手操办的。你瞧，我们还蒙在鼓里呢。"

"我们还蒙在鼓里呢！"玛丽亚坦然附和道。

"这就是吓我一跳的原因。"他解释说，"我之所以吓了一跳，是因为这门亲事意味着把女儿打发了，就再没绊脚石了，只剩下他和那位母亲了。"

"没错，这样事情就简单了。"

"事情就简单了，"他完全认同，"但这正是问题的关键。这说明他的关系已经到了一个阶段。这是他在向纽瑟姆夫人示威的一种态度。"

"你是说，这是最糟糕的态度？"玛丽亚问。

"最糟糕的。"

"可是，这也是他想让萨拉知道的他最糟糕的态度吗？"

"他才没把萨拉放在眼里呢。"

听他这么说，戈斯雷小姐扬了扬眉。"你是说，她已经认输了？"

斯特雷特在房间里来回踱起步来。此前他已经不止一次地反复思考过这个问题，但每次想象到的情景都越来越复杂。"他想让自己的好朋友了解最好的东西，我是指他迷恋的程度。她让他表态，他就想到了这一手。事情就是这样。"

"对她妒忌的一种让步？"

他停下脚步。"没错，可以这么说。不妨说得离谱一点儿，因为这样会让我的问题更丰富多彩。"

"当然，让我们想得离谱一点儿——我非常赞同你的观点，我们希望我们的问题不会枯燥无味。但我们也要把问题理清楚。既然他这么投入去打理这门亲事，等他打理完后，他还会在乎让娜吗？我是说，他还能像单身年轻人那样在意她吗？"

哎呀！这个问题斯特雷特早就想到了。"我觉得他可能会认为如果他能够在意她，那就再好不过了。"

"比跟玛丽捆在一起要好？"

"没错——比铤而走险迷恋一个人但全无与之结婚的希望而引起的痛苦要好。他做得对，"斯特雷特说，"当然，本来应该比这更好。即便一件事已经做得很好，但总会有别的方法可以做得更好，或者我们猜想别的方法是不是更好。但他的问题到头来只不过是一场梦。他不能用这种方式钟情于一个人。他压根儿就是跟玛丽绑在一起的。这种关系太特殊，而且已经陷得太深了。这才是问题的根本，他最近这么积极地帮让娜寻找归宿，就是最后要向德维奥内夫人传达一个明确的信号，承认自己已经不再折腾。不过，我觉得，"他继续说道，"萨拉压根儿就没有向他发起过正面进攻。"

戈斯雷小姐思索着。"可是，他就不想向她表明自己的情况还不错吗？哪怕只是为了让自己满意呢？"

"不，他会留给我来处理，他会把一切都交给我处理。我有一种感觉，"他在想自己该怎么说，"所有的事都会落到我头上。没错，全部落到我头上。我会成为被利用的工具！"想到这里，斯特雷特陷入了沉思。接着，他又信口开河地说了句，"直到流尽最后一滴血！"

玛丽亚马上提出严正抗议。"哟！千万给我留一滴呀！我还要用呢！"但她没有再说下去，而是把话题转到了另一个问题，"对自己的弟弟，波科克夫人只施展她的一般魅力吗？"

"好像是这样。"

"这种魅力没能起作用？"

对此，斯特雷特有自己的说法。"她大唱家庭的高调，不过，她也只能这样。"

"只能对德维奥内夫人这样？"

"对家庭本身来说，只能这样。自然的家，健全的家。"

"如果一个家败了，还能说健全吗？"玛丽亚问。

斯特雷特停顿了片刻。"症结在吉姆。吉姆就是家的注脚。"

她不以为然。"唉，那肯定不是纽瑟姆夫人的注脚。"

不过，对此他早有准备。"纽瑟姆夫人想让吉姆做那个家的注脚，生意之家的注脚，可吉姆却又开两条短腿站在那里，挡在这个家的门口。说句实话，吉姆特别讨厌。"

玛丽亚瞪大眼睛。"而你这个可怜的人，却耗了一整晚要陪他？"

"呃，他对我还可以！"斯特雷特笑着说，"甭管谁，对我都挺好。不过，萨拉不该带他来。她根本不理解他。"

戈斯雷小姐被他的话逗笑了。"你是说，她不知道他有多坏？"

斯特雷特断然摇了摇头。"并不全知道。"

她觉得很好奇。"这么说，纽瑟姆夫人呢？"

他又断然摇了摇头。"呃，既然你问我，那我就告诉你，她也不知道。"

玛丽亚非要刨根问底。"也不全知道？"

"根本不知道。相反，她还很看好这个女婿呢。"说完，他又马上补充道，"呃，在某些方面，他还是不错的。这要看你让他干什么。"

但戈斯雷小姐可不愿意要看你让他干什么——她既不愿意要看他去干什么，也不愿意要他去干什么。她说："他这么不堪，才对我的胃口。"她又凭想象加上一句，"要是纽瑟姆夫人不知道他这么不堪，那才更对我的胃口呢"。

斯特雷特听她把话说完，但他自有话要说。"让我告诉你，真正了解他的人是谁。"

"韦马什先生？绝对不会！"

"确实不会。我并没有凡事总惦记着韦马什先生。其实，我现在根本没有想到他。"随后，他郑重其事说出那个人的名字来，"玛米。"

"他自己的妹妹？"尽管觉得很诧异，但她还是很失望，"那有什么用呢？"

"也许没用。不过，还是那句老话，我们还蒙在鼓里呢！"

三

两天又过去了，两人照旧被蒙在鼓里。这天，斯特雷特来到波科克夫人入住的酒店，用人把带他到波科克夫人的客厅，他还以为是那位替他通报后便退出的用人搞错了呢。主人还没有进来，客厅里空无一人。只有在爽朗的午后，巴黎的房间才会给人这样的感觉：外面隐约传来的大都市的喧嚣弥漫在室内零零落落的摆设中间，犹如夏天的气息笼罩着孤寂的花园。斯特雷特驻足环视，从堆放着买来的各种东西和其他物品的桌子上发现，萨拉——虽然没有靠他的帮助——居然弄到了橙红色封面的最近一期的《评论》。他还发现，玛米似乎收到了查德送的一份礼物，弗罗芒坦的《古典绘画大师》①，因为他在封面上写上了她的名字。最后，他的目光停留在一封厚厚的信上，信封上的笔迹是他再熟悉不过的。这封信是由银行转寄、在波科克夫人外出时送来的。信就放在非常显眼的位置，还没有拆阅，这就更赋予了它神奇的力量，让写信人的影响力显得更强大。这封信真的很厚，这

---

① 尤金·弗罗芒坦（Eugene Fromentin，1820—1876）：法国画家、作家，以其唯一一部小说《多米尼克》（*Dominique*）著称。詹姆斯称《多米尼克》为"细腻而又完美的作品"，但作为送给玛米的礼物，很显然弗罗芒坦的《古典绘画大师》（*Maitres d'Autrefois*）要更合适。《古典绘画大师》是 1876 年出版的一本评论荷兰和佛兰德画家的杂文集，詹姆斯曾对该文集写过赞誉有加的评论。

让他充分认识到纽瑟姆夫人一边在关他的禁闭，一边在洋洋洒洒地写信给自己的女儿。这封信对他的打击很大，让他一动不动地站在那儿足足有几分钟，大气都不敢喘。在他自己住的旅店房间里，他有几十封塞得鼓鼓囊囊的信，信封上名址的笔迹跟这封一样。此刻在这里再一次看到久违的笔迹，他不由自主地想起了经常问自己的一个问题：他的使命是不是已经被剥夺，且不容申辩。他此前从未认真考虑过，她写起字来那种明显往下拉的笔画有什么含义，但不知为什么，在眼下的危机中，这种笔画可能代表着写信人在发号施令时某种不可抗拒的意志。总之，他看了一眼萨拉的姓名地址，仿佛在恶狠狠地瞪着她母亲的面孔，但那张面孔似乎根本没有放松下来的意思，于是，他只好把目光移开。但纽瑟姆夫人仿佛就在客厅里，而她仿佛也觉察到——敏锐而又强烈地觉察到——他在客厅里，所以才让他觉得自己既无法脱身又不敢说话，最起码是被叫来等着听候发落的。所以，他只好待在房间里，听候发落——只好蹑手蹑脚、百无聊赖地在客厅里走来走去，等萨拉进来。只要他耐心等，她就一定会进来。现在他比任何时候都更清醒地认识到她已经成功地让他饱受惶恐不安的折磨。毋庸置疑的是，从伍勒特人的眼光来看，她具备一种值得称道的本能，懂得如何让他受她的指使。当然，他可以说自己根本不在乎——随她的便，她爱什么时候打破僵局就打破僵局，如果不愿意打破，那就维持现状好了，反正他没有什么要坦白的。他日复一日呼吸的压抑空气，急需要澄清，有时候他巴不得这一刻能快些到来。他相信只要她肯屈尊，此时就会打他个措手不及，突然出现在他的面前。倘若如此，在震惊之余，他便有了澄清的机会。

揣着这样的幻想，斯特雷特忍气吞声地在客厅里来回踱步，突然，他停下脚步。客厅里通往阳台的两扇窗户都开着，但直到这时他才在一扇推开的玻璃窗中看到一个人影，马上认出那是女人衣裙的颜色。阳台上原来有人，但这个人刚好站在两扇窗户的中间，他看不清是谁。而大街上嘈杂的声音又淹没了他进门和在客厅里来回走动的声音。如果这个人是萨拉，那就正中他的下怀了。他只需往前走两步，便能招她来了断他徒劳无益的紧张情绪。即便别无所得，他起码也可以捅破头上的天窗，得到一丝慰藉。好在周围没人发现——这可是事关他勇气的问题——虽然已经完全想通了，但他还是站在那里犹豫不决。他本来一直在等萨拉，等着聆听她的圣谕。但在此之前，他必须重整旗鼓——他既不前进，也不后退，而是躲在两扇窗户之间的墙后面，为的就是重整旗鼓。很显然，他要等萨拉再过来一点，才能听候她的吩咐。但实际情况是，她真的走过来一点儿，只不过，在最后关头，他庆幸地发现站在阳台的人根本不是萨拉，而是另外一个人。那迷人的背影稍微改变了一下位置，他定睛一看，原来是青春靓丽的玛米。玛米根本没有意识到房间里有客人来——一个人待在旅店里，用她自己天真的方式打发时间。玛米虽然受到不应有的冷落，但表现得既自得其乐，又惹人爱怜。她两臂搭在栏杆上，正聚精会神地盯着楼下的街景，而没有转过身来。不过，这倒是给了斯特雷特仔细观察她的机会，同时也给了他考虑一些事情的机会。

　　但奇怪的是，就在他这样仔细观察、思索的过程中，他并没有利用有利时机，而是退回到客厅里。他又来回走了几分钟，好像有什么新情况需要考虑，又好像他此前关于萨拉的种种想法已经失去了现实意义。坦率地讲，看到玛米一个人孤零零在酒店里待着，意义确实非同寻常。这里面有某种他事先没有料到的东西戳中了他，在轻柔而又迫切地向他倾诉，而且在他每次走近阳台稍作停留、看到她仍毫无察觉时，这种东西就更加迫切地向他倾诉。很显然，其他人都各自外出去了。萨拉可能和韦马什到什么地方去了，查德也可能和吉姆到什么地方去了。斯特雷特觉得查德根本不可能跟他的"好朋友"在一起。他尽量把自己的"好朋友"往好的方面去想。如果他万不得已向某个人——比如说，玛丽亚——描述他们的话，他可以轻而易举地用些更高雅的字眼儿。随即他又想，在这种天气把玛米一个人丢在酒店，也许过于高雅了。不过，她完全可以在瑞弗里大街魅力的熏陶下，暂时为自己想象一个充满神奇和梦幻的小巴黎。不管怎么说，斯特雷特现在发现——他仿佛还发现，纽瑟姆夫人那副冷傲旁观的样子，突然间随着一声深沉的叹息变得既稀薄又模糊起来——随着时间的推移，他已经感觉到玛米身上有一种与众不同、难以捉摸的东西。不过，现在他终于从中品出一些味道来了。这个谜团以前充其量只是萦绕在心头的一种意念（哦，一种令人惬意的意念），但现在好像触动了弹簧，让这种意念刚好卡到卡口上。这种意念告诉他，他们完全可以沟通一下，而这种沟通又阴差阳错地耽搁了下来——两人之间甚至存在某种关系，只不过这种关系没有得到确认而已。

当然，两人之前的关系始终是存在的，那是在伍勒特日久年深的结果，但那种关系——这是最奇怪的一点——跟眼下他感受到的关系完全不同。在家乡那些几乎永远敞开着的门庭里，玛米最初只是一个孩子，一颗"蓓蕾"，再后来长成一朵怒放的鲜花，在他面前自由自在地绽放。他还记得，最初她凡事总能冲到别的孩子前面，但后来变得羞涩腼腆起来——有一段时间，他曾坐在纽瑟姆夫人的客厅里（哦，想想他跟纽瑟姆夫人的交往过程吧！），一边喝茶一边大谈英国文学，接受她的考验——而最后她再一次鹤立鸡群。但在他的记忆中，他跟她并没有多少交集，因为在伍勒特的社交圈子里，人们是不会把最鲜嫩的蓓蕾跟冬季最蔫瘪的苹果放在一个篮子里的。玛米给他带来的最强烈感受就是光阴似箭。回想起他曾被她的铁环玩具绊倒过，那一幕仿佛只不过是前天的事，而凭他平时应付那些出类拔萃女性的经验（这种经验似乎命中注定是与日俱增的），他今天下午又要大显身手，打起精神去应付她了。总之，她有许多话要对他讲，他做梦也想不到眼前这位俏佳人会有这么多话要对他讲。眼下的情况足以证明，毫无疑问，这些话她不可能跟别人讲。这些话，她既不可能跟自己的哥哥和嫂子讲，也不可能跟查德讲。不过，他可以想象如果她还在伍勒特家里，出于对年龄、威望和见识的敬重，她有可能会向纽瑟姆夫人倾诉。再说，这些话还事关他们所有人。事实上正是因为事关所有人，她才这么小心谨慎。足足有五分钟的时间，斯特雷特把这一切都看在眼里，心想，可怜的孩子，现在只能通过谨言慎行来自娱自乐了。想到这里，他顿时觉得，对一个身处巴黎的美艳女子来说，这种处境未免太可怜了。于是，在这种印象的驱动下，他故意装出一副步履轻盈的样子（他心里很清楚）朝她走了过去，就好像他刚刚走进房间似的。听到他的脚步声，她吓了一跳，立刻转过身来。虽然她刚才心里想的可能是他，表现出来的样子却是有些失望。"哦，我还以为是比尔汉姆先生呢！"

她话一出口，斯特雷特感到很意外，也让他内心的思绪顿时陷入了混乱。不过，我们不妨再补充一句：斯特雷特很快就沉住了气，与此同时，脑海里许多想象的鲜花顿时怒放起来。看样子小比尔汉姆——她居然在等小比尔汉姆，貌似没道理嘛！——迟到了，不过，斯特雷特倒是可以钻个空子。两个人在阳台上聊了几句，便回到房间里。就这样，趁其他人不在，在这金碧辉煌的客厅里，斯特雷特消磨了四十分钟之久，而就当时理不清的整个关系看来，对斯特雷特来说这四十分钟绝非悠闲自在、无所事事的四十分钟。没错，既然他那天完全接受了玛丽亚关于离奇情缘往往更加多彩的观点的启发，那么对他的问题而言这里就有些启发，那就是他的问题不但没有减少，反而像突如其来的怒潮一样向他汹涌而来。当然，他要在事后仔细回想时才会理清楚他当时的想法都是些什么，但就在他跟这位迷人的女子同坐一室的时候，他仍觉得彼此之间的信任大大增加了。虽然她的举止多少有些随便，讲起话来也有些喋喋不休，但说心里话，她确实很迷人。他心里很清楚，要不是他觉得她很迷人，他可能会用"滑稽可笑"之类的字眼儿来形容她。没错，她，令人不可思议的玛米，是滑稽可笑的，而她自己却全然不知。她生性温和、温和得像个新娘——很可惜身边看不到新郎，起码他是没看到。她长得端庄秀丽，体态丰腴，随和大方，十分健谈。她待人温和、亲切，亲切得直让人招架不住。如果我们非要挑刺儿的话，那就是她的穿着打扮不像是青春美少女，倒像个老妇人——如果斯特雷特能够想象得出有这么爱打扮的老妇人的话。再加上她的发型过于复杂，让她缺少年轻人应有的洒脱不羁。她那双修剪得异常整洁的手，始终板板正正地扣在一起放在身前，身体总是微微前倾，摆出一副成熟女人才有的赞许和嘉奖别人的姿势。这一切给人的印象是她身上始终罩着一个"接见来宾"的光环，仿佛别人刻意把她安排在两扇窗户之间，在"叮当"作响的冰激凌匙碟声中，听下人逐一通报来宾的姓名，什么布鲁克斯先生啦，什么斯努克斯先生啦，全是交际场上的那路货色，而她全都乐意"接见"。

但是，如果说这就是她滑稽可笑之处，如果说她最滑稽可笑之处莫过于她总是摆出一副雍容华贵而又纡尊降贵的派头——就连这一长串佶屈聱牙的形容词都会让人把她想象成将近中年的乏味女人——与她说起话来略显单调的声音形成明显的对照——因为她说话的声音完全是一个十五岁少女才有的那种自然而不做作的声音，那么，十分钟后斯特雷特从她身上仍然能感受到一种安静的尊严，正是这种尊严让她身上的各种特质完美地结合了起来。如果说依靠这种几乎像主妇一样穿着过于宽松肥大的盛装营造出来的安静的尊严是她刻意追求的，那么，一个人一旦跟她混熟了，对她这种刻意营造的效果还是会有好感的。此时此刻，让斯特雷特最为得意的是他已经跟她混熟了，正因如此，这短暂而信息量又极大的一小时才显得极不寻常。正是基于这种关系，他很快发现在所有的人当中她可以说是站在纽瑟姆夫人最初派来的专使一边的。她是站在他这一边的，而不是站在萨拉那一边的。在过去几天里，让他一直觉得她所表示的正是这种迹象。在巴黎，她终于亲临其境，直面事件的主角——斯特雷特所指的主角，当然是查德，不可能是别人——但她自己做梦都没想到自己会改换了阵营。她的内心深处早已悄然发生了变化，但当她认识到自己已经彻底发生变化时，斯特雷特也已觉察到了她内心里上演的这出小把戏。总之，她很清楚自己的处境，斯特雷特现在也看出来了，而且看得更清楚。但对他自己的处境，两个人在谈话中只字未提。在他们俩坐下来聊天的时候，他最初还在琢磨她会不会捅破天窗，问起他所担负的主要任务呢。通向这个问题的大门始终令人费解地半掩着，因为他已经有了些心理准备，等着她——管他什么人呢！——随时会闯进来。然而，她的态度非常友好、亲热，待人接物非常老练，谈吐也十分机智，始终狡猾地躲在门外，就好像她无论如何都要向他表明，她完全可以对付得了他，不会让他觉得她——怎么说呢——无足轻重。

他们无话不谈，但对查德只字未提。这充分说明，玛米跟萨拉不同，跟吉姆也不同，对查德的现状她一清二楚，对他的变化也一目了然，而且她要让斯特雷特知道，她会把查德的这种变化当成秘密去保守。他们还聊起了伍勒特的情况，好像到现在他们还没有机会聊似的。这个话题实际上起到了让他们更保守秘密的效果。这一小时让斯特雷特逐渐产生了一种奇特而又忧伤的甜蜜感。就好像他现在后悔先前对玛米有失偏颇，而现在玛米对他大行善举，表明她还是大有用处的，这让斯特雷特的态度来了个一百八十度的大转弯。她让他仿佛在轻柔西风的吹拂之下，产生了某种思乡之情，又忽生烦恼。此时此景，他真的觉得自己跟她仿佛经历了一场离奇的海难，在征兆不祥的风平浪静之中，流落到遥远的海岸，相依为命。彼此短暂的交流就像是在珊瑚礁上举行的野餐，面带忧伤的微笑和意味深长的表情，分享着从沉船中抢出来的一点淡水。与此同时，斯特雷特强烈地感觉到，正如我们前面暗示过的那样，玛米对自己的身份一清二楚。她的身份非常特殊，只是这一点她绝不会告诉他。这该由他自己去琢磨。这也是他希望的，因为如果不这样，他对这位女子的兴趣就不完整。同样，如果不这样，她理应得到的赞许也不会完整。他坚信自己越是观察她的表现，就越应该能看到她的自尊。而她自己则看得一清二楚。但她心里很清楚自己不想要什么，正是这一点帮了她的忙。她不想要的是什么呢？她的这位老朋友斯特雷特还无从得知，所以感到若有所失，假如能够瞅一眼，无疑会让他兴奋不已。她彬彬有礼、和蔼可亲地不让他知道答案，同时又好像在用其他方式安抚他、哄骗他，以此作为补偿。她谈到了她对德维奥内夫人的印象——德维奥内夫人的事，她"听到的太多了"。她谈到了她对让娜的印象——她一直"渴望见到"让娜。她泰然自若地谈起下午早些时候的事，斯特雷特真的是聚精会神地去听。当天下午，她和萨拉因为这样那样的事情——主要是、永生永世都是为了买衣服，可惜衣服自己不知道该如何永生永世！——耽误了许多时间之后，去了碧蕾哈斯路。

听到母女俩的名字，斯特雷特觉得自己没有先行提出，不免有些脸红，但又说不出自己为什么这么神经质。既然他自己没有说出口，那么玛米就轻松道来，不过，她为此付出的代价要比他为此付出的努力高许多。她在提到母女俩的名字时，是把她们当成查德的朋友对待的，查德的朋友都是与众不同、地位显赫、楚楚动人、令人仰慕的。她还很巧妙地说，虽然她以前听说过她们——不过，她没有说是从哪里听说，也没有说怎么听说的，她说话一向如此——但她还是发现她们超出了她的想象。她用伍勒特特有的方式对她们大加赞赏，这让斯特雷特重新觉得伍勒特特有的方式又变得可爱起来。他这位像鲜花一样怒放的伙伴，对碧蕾哈斯路的母女俩赞不绝口，说年长的夫人魅力无穷，简直难以形容，说年轻的小姐堪称完美，简直就是一个娇媚的小妖精，这倒让斯特雷特第一次感受到了伍勒特方式的真正内涵。谈到让娜时，她说道："她千万别摊上什么事儿。她现在就十全十美。碰一下都会破坏她的美，所以千万不要去碰她。"

"哦！可在巴黎这种地方，"斯特雷特说，"小姑娘偏偏常会摊上事儿。"考虑到现在的场合，他又开玩笑地说，"你自己没有发现吗？"

"摊上什么事儿？哦，可我不是小姑娘呀。我是个又粗又胖、邋里邋遢的大姑娘。"她笑着说道，"我可不在乎摊上什么事儿。"

斯特雷特寻思了片刻，心想自己该不该告诉她，他认为她比他想象的要好，让她高兴高兴，但转眼又想，即便这么说可能会让她高兴，她大概也已经猜到了。于是他大胆问了一个问题，但话一出口，他马上意识到自己的问题似乎是接着她的话头问的。"不过，德维奥内小姐就要结婚了。你大概已经听到这个消息了吧？"

随即他便发现自己完全是在瞎操心！"当然知道。我们去的时候，那位先生就在座。德蒙布兰先生，德维奥内夫人把他介绍给我们了。"

"他人好吗？"

玛米又像鲜花一样灿烂起来，摆出她那副最会"接见"的架势。"坠入爱河的男人哪有不好的！"

斯特雷特哈哈大笑起来。"可是，德蒙布兰先生已经坠入了……你的爱河？"

"哦，千万别！还是让他坠入她的爱河吧。谢天谢地，我幸亏及时看到了这一幕。他已经完全被她迷住了。不过，要是不那样的话，我都会为她鸣不平。她太讨人喜欢了。"

斯特雷特犹豫了一下。"就因为她也坠入了爱河？"

玛米听后微笑着，这让他觉得她不愧是令人叹服的女孩，自有她巧妙的答案。"她还不知道自己是不是坠入爱河了呢。"

听她这么说，他又哈哈大笑起来。"哦，不过你知道呀！"

这话她倒是乐意接受。"哦，没错，我无所不知。"她坐在那里，摩挲着自己柔滑的双手，顾盼生姿，只是两肘貌似向前伸得稍微远了一点，这一瞬间让斯特雷特觉得不管是谁，在事关自己的时候似乎都是愚蠢的。

"你知道可怜的小让娜并不明白自己是怎么回事？"

这句话算是离她很可能爱上查德的这个意思最近的了，但对斯特雷特所要达到的目的，已经足够了。他的目的就是想方设法去证实，不管她是不是爱上了查德，但在他面前，她必须展示自己宽宏大量的一面。对一个三十岁的人来说，玛米可能有些胖，甚至显得太胖了，但在眼下这种节骨眼儿上，她总是能表现得无私而和善。"如果我能多见她几次，希望如此，我想她会喜欢我的——因为今天她似乎就喜欢我——会希望我告诉她。"

"你会吗？"

"肯定会。我会告诉她，她的问题在于凡事过分循规蹈矩。"玛米说，"在她眼里，循规蹈矩当然是取悦别人。"

"你是说，取悦她母亲？"

"首先是她母亲。"

斯特雷特耐心等着下文。"然后呢？"

"呃，然后嘛……纽瑟姆先生。"

提到这个名字时，她居然这么沉着，让他顿时肃然起敬。"最后才是德蒙布兰先生？"

"最后才是。"她心平气和地说道。

斯特雷特想了想，说道："所以，最后皆大欢喜？"

她少有地迟疑了一下，但只是短暂的一瞬间。接着她说了一句在整个谈话过程中在他看来是最诚恳的话。"我想，我可以表明自己的态度。我倒是乐见这样的结果。"

她的这句话表达了多层意思，首先说明了她很乐意帮助他。至少，她已经向他郑重承诺，任凭他去处置，以达到他自己的目的。虽然他的目的跟她毫无关系，但她倒是想充满耐心和信任地作壁上观。她的话充分向他传达了这样的信息，而他只能本着同样的精神，最后诚恳地报之以赞赏。赞赏本身多少带有挖苦的嫌疑，但除此以外，他没有任何办法向她表明他有多么心领神会了。他一边伸手向她告别，一边连声说："好极了，好极了，好极了！"说完他就走了，留下她一个人待在这金碧辉煌的世界里，身着盛装等小比尔汉姆。

第十部

一

在跟玛米·波科克聊过之后的第三天晚上，斯特雷特在他第一次到马勒塞尔布大街见德维奥内母女时坐过的那张深软长沙发上，在小比尔汉姆身边坐了下来。他的坐姿再一次证明了这样的姿势有助于彼此轻松愉快地聊天。今晚稍有不同，因为访客较多，所以需要聊的内容自然也就更多。另一方面，这样的场合也有一个明显的特点，那就是当在场的人在聊到特定话题时，总会找自己特定的圈子。不管怎么说，今晚要聊什么两人都心知肚明，所以斯特雷特一开始就让小比尔汉姆紧扣主题。查德的客人中，只有少数留下来参加了晚宴——十五或二十人，与中午十一点看到的宾客盈门的场面相比，实在是小巫见大巫。但无论是数量和规模、质与量，还是灯光、香气、声音，还是热情洋溢的殷勤款待和客套逢迎，从一开始就对斯特雷特产生了强烈的冲击，让他强烈地感受到在这场他平生所参加过的最富节日气氛的场合中，自己不知不觉地成了核心人物。在七月四日①和家乡学校举行的毕业典礼上，他也许见过更多的人会聚一堂，但他从来没有在这么狭小的居室里见过这么多人，也从没有见过貌似经过精挑细选而又是如此混杂的一群人。宾客虽然人数众多，但仍经过精挑细选。不过，最让斯特雷特感到稀奇的是，虽然问题不在自己，但他仍搞不懂其中的秘诀。他没有去问，而是转头忽略了，但查德向他提出了两个问题，正是这两个问题帮他找到了解开秘密的钥匙。他没有回答查德的问题，只是说这是年轻人自己的事。其实，他心里很清楚年轻人早就拿定了主意。

查德征求他的意见，只是表示他自己知道该怎样办。他选择这个时候向他姐姐介绍他整个社交圈里的人，更显示了他自己知道该怎

---

① 7月4日是美国的国庆节。

办。这一点从萨拉到达时他想展示的情趣和精气神中就看得出来。在火车站，他就坚定地采取了一条路线，沿着这条路线，他就能把波科克一家带到他们——虽然有些眼花缭乱，也可能会让人提心吊胆、茫然不知所措——肯定认为是愉快之旅的终点。他的这条路线执行得非常到位，他们过得非常愉快，非常充实。不过，在斯特雷特看来，最后的结果却是，他们虽然走完了全程，却没有发现这条路根本走不通。这是一条美妙的死胡同，根本就走不过去，除非他们赶紧停下脚步，否则就只好在众目睽睽之下倒回去了——那可就尴尬了。今晚他们就会走到尽头，因为整个场面就是这条死胡同 ① 的终点。只要有一只手妥善把控——这只幕后操纵的手动作娴熟的程度，让这位年长者斯特雷特都越来越惊叹不已——事情就能办成。斯特雷特觉得自己肩负责任，不过也觉得自己已大功告成，因为眼下发生的一切完全印证了他在一个半月前提出的观点：他们应该等着，看朋友们会怎么说。他让查德等，他让查德等着看，所以他根本不去斤斤计较等着看会耗费多少时间。现在时间过去了两周，专门为萨拉营造但她并没反对的这个局面已经形成，她积极地去适应自己的冒险，就像积极地去适应一个过分喧闹、"节奏"过快的狂欢派对一样。如果说她弟弟有什么可以批评的地方，那可能是他把酒调得太浓，杯子倒得太满。查德坦然驾驭有亲属在场的这整个局面，把它当成了消遣娱乐的机会。毫无疑问，他认为这样做也就自然不会给他们做其他事的机会。他提出五花八门的建议，创造各种各样的新玩法，但始终用最轻松、最愉悦的方式去驾驭整个局面。在这几周里，斯特雷特觉得自己对巴黎已经有了认识，但还是怀揣全新的感情，从全新的视角，用向同伴传经送宝的方式重新去观察巴黎。

在观察过程中，以前从未说出口的千头万绪一齐涌进脑海。其中他想得最多的一个问题就是，萨拉可能根本不知道自己在漂向何方。处在她的位置上，她不能不作出姿态，希望查德盛情款待她。但她给

① 原文为法语：cul-de-sac。

斯特雷特留下的印象是，每当她看不出这种巨大的细微差异时，她暗地里就会更加固执。简单地说，这种巨大的细微差异就是：她弟弟当然必须盛情款待她（她可不想看到他这么做），但盛情款待并不是最重要的（盛情款待也于事无补[①]）。况且她有时感觉到他们那位可敬的母亲尽管人不在巴黎，但她那双犀利的眼睛一直在背后紧盯着她。斯特雷特按照自己的习惯，冷眼旁观，深入思考，有时觉得她确实很可怜——这种时候的她，给他的感觉就像一个人坐在一辆失控的车上，正在反复考虑能不能跳车的问题。她会跳吗？她能跳吗？跳车的地方安全吗？当她面色变得苍白时，嘴唇紧闭时，两眼露出在意的神色时，这些问题便浮现在他的脑海里。但又回到问题的关键上来了，她最后能摆平吗？他认为她大概会往下跳，但在这个问题上，他的想法一直在变，这恰恰说明他内心里是多么忐忑不安。不过有一点他坚信不疑——今晚的场面给他留下的印象更证明了他的这种想法——那就是万一她撩起裙摆，双眼一闭，从失控的车上跳下去，那他马上就清楚了。她肯定会从飞奔的车上径直往他身上跳，那样的话，他就不得不去承受她跳下来的全部重量。就连在查德举办的这场令人眼花缭乱的派对上，他最终注定要承受她跳下来的全部重量的种种苗头似乎也越来越明显了。一想到这一点，他就忐忑不安。多半是出于这个原因，他才把在场的人都丢在其他两个房间，丢下熟客和一大群光彩夺目、语言不同的男女生客，希望跟小比尔汉姆清静地聊上一会儿。他总觉得小比尔汉姆能让他放松，甚至能给他一些启发，再说，他确实有重要的话专门要跟他说。

要是放在从前——好像已经是很久以前的事了——如果发现自己跟一个比自己年轻许多的人聊天，而且还能从聊天中学会如何让自己放宽心，他会觉得很丢脸。但他现在已经习以为常了——不管是不是因为这种丢脸与其他让他丢脸的事混杂在一起，让这种丢脸已经不那

---

① 此处原文为：treating her handsomely buttered no parsnips，系仿英谚：Fair words butter no parsnips（花言巧语于事无补），故有此译。

么显眼了，也不管是不是因为他直接把小比尔汉姆当作自己的榜样：只满足于做一个寂寂无名而又机敏聪慧的小比尔汉姆。斯特雷特似乎看出小比尔汉姆成功地做到了这一点。一想到自己这么多年仍在寻求放宽心的办法，斯特雷特私下里忍不住露出惨然的笑。但如我们所说，找一个远离众人的僻静处，此刻正合两人的意。营造这个僻静处的环境是客厅里让人如痴如醉的音乐，此外还有两三位歌手在唱歌，所以躲在这个角落静静地聆听，也是一种难得的享受。有这些艺人参加，查德的派对更显得与众不同。说实在的，要估量这些人对萨拉的影响，既充满了趣味，也着实让人痛苦。现在她肯定是独自一人，犹如乐曲的主旋律，身穿光彩照人但在斯特雷特眼里却俗不可耐的绯红色衣裙，坐在听众的最前面，目不转睛、神色凝重地听着。在隆重的晚宴上，斯特雷特一次也没看见她那双眼睛，因为他开诚布公地（也许是有点胆怯）征求查德的意见，让他跟她坐在餐桌的同一边。但现在，如果他能做到万无一失，就没有必要跟小比尔汉姆搞得这么亲密了。"你坐在看得到她的地方，她是怎么看待这一切的？我是说，她是什么态度？"

"哦，据我的判断，她的态度就是觉得他们家的要求和主张都是最正当的。"

"这么说，她对查德的表现不满意喽？"

"正相反，她对于他能够撑起这么大的场面感到非常满意——她已经很久没这么满意过了。不过，她希望他回到美国去大展雄才。他不应该把精力浪费在我们这种人身上。"

斯特雷特不解地问道："她想让他把这套把戏一点儿不落地搬到美国去？"

"一点儿不落，但有一个重要的例外。他'学到'的一切——以及他已经掌握的学习方法。她认为这么做并不难。这出戏由她亲自执导，她还堂而皇之地说，总体而言这出戏并非不适合伍勒特，而是更适合在伍勒特上演。伍勒特的人跟这里的人一样出色。"

"跟你和这里的其他人一样好吗？嗯，有可能。不过不管怎说，这样的场合，”斯特雷特说道，“问题不在人，而在于能让人参与进来的能力。”

“你瞧，”小比尔汉姆说道，“我没说错吧。我来说说我的浅见吧。波科克夫人已经看明白了，所以她今晚才坐在那儿。如果你瞅一眼她的脸色，你就明白我的意思了。她已经打定主意——去享受花费不菲的音乐了。”

斯特雷特完全听信了他的话。“哦，这么说，我会听到她的消息喽。”

“我不想吓唬你，不过，我觉得很有可能。但是，”小比尔汉姆接着说道，“如果你需要，我愿意尽绵薄之力！”

“你何止是绵薄之力呀！”斯特雷特一边赞赏地把一只手放在他身上，一边说道，“没有哪个人只有绵薄之力的。”说完，为了表示自己如何甘于听天由命，他轻轻拍了拍小比尔汉姆的膝盖。“我必须独自面对命运的挑战，我会……呃，你会看到的！不过，”他停顿了一下，然后说道，“你也可以帮我。”随后又说，“你对我说过，你觉得查德应该结婚。我当时还不太明白，现在才知道，你的意思是说他应该娶波科克小姐。你现在还认为他应该结婚吗？”他继续说道，“因为，如果你认为他应该结婚，那我要你立刻改变看法。这样你就是在帮我了。”

“认为他不该结婚就是帮你？”

“无论如何都不能娶玛米。”

“那娶谁呢？”

“呃，”斯特雷特回答道，“这个我不能说。不过，我认为如果可能的话，跟德维奥内夫人结婚。”

“这个嘛！”小比尔汉姆的话听上去有些认真了。

“一点儿没错！可是，他根本不用结婚——反正用不着我去考虑。不过，关于你的事，我倒觉得我必须考虑。”

他的话一下子把小比尔汉姆逗乐了。“必须考虑我的婚事？”

“没错——谁让我帮了你这么多忙呢！”

年轻人揣摩着他这话的意思。"你帮了我很多忙?"

"是啊!"听他这么说,斯特雷特回答道,"当然,我不会忘记你也帮了我很多忙。我们就扯平了吧。"接着又说,"不过,话虽这么说,我还是打心眼儿里希望你跟玛米·波科克结婚。"

小比尔汉姆哈哈大笑起来。"喂!就在前几天,也是在这儿,你还劝我跟另一个女孩子结婚呢。"

"德维奥内小姐?"斯特雷特不慌不忙地说,"我承认,那只是瞎扯。这次是说真的。我想为你们两个做点儿好事——我真心希望你们都好。你很快就会发现,一次性把你们都打发了,会减少我很多麻烦。你知道,她喜欢你。你能给她安慰。再说,她很优秀。"

小比尔汉姆瞪起双眼,那样子就好像一个胃口不好的人眼睛盯着一大盘饭菜。"我能给她什么安慰?"

听他这么说,斯特雷特有些不耐烦了。"嘿,得了吧!你心里很清楚!"

"你说她喜欢我,凭什么?"

"哎呀!凭事实嘛!三天前,我偶然发现,在那么晴好的下午,她居然一个人待在旅店里,盼望着你去找她。她一个人站在阳台上,巴望着你能打车过来。我真搞不懂你还想要什么。"

寻思了片刻,小比尔汉姆想到了他想要的东西。"我只想知道你凭什么说我喜欢她。"

"哎呀!如果听了我刚才的话,你还无动于衷,那你就是个铁石心肠的小恶魔。"斯特雷特任凭自己的想象力驰骋起来,"再说,你让她等,你故意让她等,看看她是不是很在乎你,这就说明你还是倾心于她的。"

小比尔汉姆停顿了片刻,很佩服他的想象力。"我没让她等。我是准时到的。我怎么可能让她等呢!"年轻人理直气壮地说。

"那更好,这不就得了!"斯特雷特心里窃喜,于是步步紧逼,接着说道,"即便是你对她不是完全有意,我也要让你马上回心转意。我很想促成这桩好姻缘。"斯特雷特怀着强烈而又真诚的希望说,"我起码要把这一件事办好吧。"

"让我结婚——而且是在我一文不名的情况下？"

"得了吧！我没几年活头了。我现在就向你发誓，我死后把钱全留给你。很可惜我没多少钱，但全都给你。我觉得波科克小姐有点儿钱。"斯特雷特接着说，"我起码要为你做点儿贡献，哪怕算作赎罪也好。多年来，我一直在祀奉陌生的神灵，但现在不知怎么搞的，我觉得虽然我的基本信仰并没有改变，但我应该实实在在地把自己的赤诚放在我们自己身上。我感觉自己的双手好像沾满了可恶的异教神坛——完全是另一种信仰——的鲜血。这下可以一了百了啦。"接着又说道，"我之所以一直有这种想法，是因为把她从查德身边弄开，有助于我施展拳脚。"

听他这么说，小比尔汉姆一下子跳转过身来。就这样，两人面面相觑，都觉得很好笑。"你让我结婚，就是为了给查德提供方便？"

"不是，"斯特雷特说，"他才不在乎你结不结婚呢。这样做只是为了方便我为他实施我自己的计划。"

"只是！"小比尔汉姆重复着这两个字，言语中带着批评的味道。"谢谢你。不过，我以为，"他继续说道，"你压根儿就没有为他而制定的计划。"

"那就权当是为我自己打算吧——照你这么说，为我自己的打算也可能没有了。难道你还不明白？他现在的情况已经简单得不能再简单了。玛米不想跟他，他也不想要玛米。最近几天，这一点已经很清楚了。这事就像是一根线，我们可以绕成团，把它收起来。"

但小比尔汉姆还有问题要问。"你可以，因为你好像很想这么做。可我为什么要蹚这个浑水呢？"

可怜的斯特雷特仔细想了想，当然不得不承认自己的游说表面上看是失败了。"老实说，没有理由。这是我的事，我必须自己一个人去面对。我只是不切实际地想给药多加些剂量而已。"

小比尔汉姆不解地问："你所谓的剂量是什么呢？"

"哦！是我必须吞下去的。我可不想求别人饶恕。"

他的话表面上听起来只是在没话找话，不过，话里其实隐藏着深刻的道理，此时此景对小比尔汉姆不可能没有影响。小比尔汉姆两眼直勾勾地看了他一会儿，随后，突然像是茅塞顿开，哈哈大笑起来。他的笑声似乎在说，如果他假装喜欢玛米，试着去喜欢玛米，甚至希望能喜欢玛米，如果这么做有什么用的话，他一定会去做。"为了你，我豁出去了！"

"那好！"斯特雷特微笑着说，"我要的就是这句话。"他接着又说道，"当时，我在她毫不知情的情况下走进房里，发现她独自一人待在酒店，为她备受冷落而感到惋惜。她马上兴高采烈地跟我提到了下一位年轻人，一下子把我那高高堆起来的纸牌屋全推倒了。当时，你不知道我心里有多高兴。不管怎么说，这正是我想听到的音符——她待在家里等他。"

"当然，是查德让下一位年轻人——你这么称呼我，我很高兴！——去看她的。"小比尔汉姆说道。

"我猜也是这样。谢天谢地！这一切都是按照我们单纯而自然的方式进行的。可是，你知道吗？"斯特雷特问道，"查德是不是知道……"然后，斯特雷特似乎有些茫然地说，"呃，她的结局会怎么样？"

听他这么说，小比尔汉姆带着一副在意的表情看着他，仿佛这句话比以前的任何话都说得更透彻。"你自己知道吗？"

斯特雷特轻轻摇了摇头。"我不知道。呃，也许你会觉得奇怪，但有些事我确实不知道。我只是觉得她身上有种东西十分强烈，又十分深沉，但她深藏不露。就是说，我最初以为她深藏不露，但在跟她面对面交谈时，我很快发现，她原来很想把藏在心里的话跟人分享。我原以为她可能会告诉我，可后来发现，她对我只是半信半疑。她站在阳台上，我进去时她并没发现我，但当她转过身来跟我打招呼时，她告诉我她是在等你，所以见到我有点儿失望，我这才产生了自己的想法。半小时后，我完全相信了自己的想法。后来发生的事，你都知道了。"他两眼盯着小比尔汉姆——随后，心里更有底了。"你嘴上虽然那么说，但心里很清楚。你还有什么可说的呢！"

小比尔汉姆踌躇了片刻，半转过身来。"老实告诉你，她什么都没对我说。"

"她当然没有。你以为我觉得她拿你当什么人啦？不过，你每天都跟她在一起，你随时随地都能看到她，你打心眼儿里喜欢她——这一点，我仍然坚持——而且你已经尝到了甜头。你清楚她的经历和感受，你也清楚她参加了今晚的派对，顺便说一句，参加今天的派对肯定会给她更多的体验。"

听完这番狂轰滥炸，年轻人完全转过身来。"我压根儿就没说过她对我不好呀。可是她太傲慢了。"

"说得对。但还没傲慢到那种份儿上。"

"正是她的傲慢让她变成现在这个样子的。"小比尔汉姆诚恳地说道，"查德对她已经够好的了。对一个男人来说，如果有女孩子爱上他，本来就是件很尴尬的事。"

"啊！不过，她现在已经不爱他了。"

小比尔汉姆坐在那里，两眼目视前方，然后突然站起来，就好像听完斯特雷特一再重复的深度分析后他一下子紧张起来。"没错，她现在是不爱他了，但这根本就不是查德的错。"他接着说，"查德根本没错。我是说，查德本来是愿意的，但她是带着许多鬼主意来的，这些鬼主意在她没来之前就有了。她之所以随她哥哥和嫂子来巴黎，都是她的这些鬼主意在作怪。她来的目的就是想挽救查德。"

"啊，跟我这个老家伙一样？"斯特雷特也站了起来。

"没错，不过，她来得不是时候。她很快就会明白，他能让她开心，也能让她伤心。不幸的是，无论过去还是现在，他已经得救了。所以也就没她什么事了。"

"连爱他都不成吗？"

"她可能更爱她原来想象中的他。"

斯特雷特想了想说道："一个既有情史又讲排场的小伙子，在和一个姑娘邂逅时，当然会掂量一下她对他有什么想法。"

"这么说，毫无疑问，在这个姑娘眼里，情史和排场都是不可理喻的。在她看来，这样的情史和排场都是错误的，错误的就是难以理解的。她最后发现查德虽然为人正派、心地善良，但很难对自己的胃口。她虽然费尽心机做了准备，却发现自己面对的查德跟自己想象的查德完全相反。"

"可她最看重的，"斯特雷特在寻思，"不是要把他改造好，以及能把他改造好，让他得到救赎吗？"

小比尔汉姆想了想，然后轻轻摇了摇头，无不惋惜地说："她来得太晚了。太晚了，不可能再创造奇迹。"

"没错，"斯特雷特看得很清楚，"不过，如果他已经坏到那种地步，对她来说不是有空子可钻吗？"

"哦，她可不想用那种直白的方式'钻空子'。她可不想钻另一个女人的空子——她要的是自己创造奇迹。正因如此，所以说，她来得太晚了。"

斯特雷特觉得他的话很有道理，但似乎少点儿什么。"要知道，我必须说，在这方面，她给人的印象是太挑剔——也就是你所说的难伺候①。"

小比尔汉姆把头一仰。"她确实是难伺候——甭管哪方面都是！我们国家像玛米这样的女孩子，货真价实、完美无缺的女孩子，不就是这个样子吗？"

"我懂！我懂！"斯特雷特连声说，对自己终于获得内容如此丰富、充满智慧的答案，佩服得五体投地。"玛米算得上是货真价实、完美无缺的女孩子。"

"一点儿不假。"

"这么说来，"斯特雷特接着说，"可怜的坏蛋查德，对她而言，实在是太好了。"

"啊！做个大好人本来就是他追求的目标嘛！不过，她原以为由

---

① 原文为法语：difficile。下同。

她自己，只有她自己，才能把他改造得这么好。"

这话完全符合逻辑，但还有个漏洞。"如果最后他能改弦更张，她对他岂不是仍大有可为吗？"

"摆脱他现在受到的影响？"哦，对这个问题，小比尔汉姆可谓是一语道破。"既然他已经被宠坏，不管从哪方面讲，她怎么可能'大有可为'呢？"

对这个问题，斯特雷特只有被动接受的份儿。"哎呀！谢天谢地！你还没有被宠坏！你还可以让她去挽救。既然已经说得这么精彩圆满，这么详尽透彻，那我再回到刚才提到的观点：你身上的种种迹象都表明她已经开始动手了。"

就在小比尔汉姆转身离去的时候，斯特雷特只能自我安慰，他的这番努力暂时没有再遭到拒绝。小比尔汉姆在返回响彻音乐的客厅途中，只是像淋湿了的小狗一样摇了摇头，与此同时，斯特雷特又重新回到了几天来最让他舒心的那种感觉：不管什么事情，只要能让他忙个不停，他都信以为真。他确实有这种意识忙个不停的躁动，他暂时会沉溺于嘲讽，沉溺于幻想，还时不时本能地摘取观察的玫瑰，因为他觉得这朵玫瑰的香气越来越浓，色彩越来越艳，他可以纵情地埋头狂嗅。在这个问题上，最后一朵玫瑰随即呈现在他的面前，那就是他的一种清晰感觉：他看到，就在房间的门口，小比尔汉姆正要出去，而俏女郎巴拉丝小姐正要走进来，两个人碰了个正着。她显然问了他一句什么话，而他则转身指了指刚才跟他聊天的斯特雷特。生性温柔的巴拉丝小姐从来没有像现在这样让斯特雷特联想到那幅古老的法国画像，那幅历史上有名的肖像画。此时此刻，她用她那副眼镜（这副眼镜，跟她身上的其他饰品一样，看上去既奇特又古老）指了指斯特雷特，算是又问了个问题，然后径直朝斯特雷特走来，斯特雷特也立刻作出了反应。她不用开口，他就知道她的第一句话是什么，而且也明白在她走过来时肯定会说这句话。两人没有比在眼下这种场合下见面更"神奇"的了。就像在大多数场合下那样，她所到之处总能引起某种特殊的感觉，而且她总能做到兼收并蓄。眼下的场合已经完全满足了她的这种感觉，所以她才离开了另一个房间，把音乐抛在脑后，放弃了逢场作戏，换句话说，抛弃了社交舞台。这样她就可以跟斯特雷特一起，在幕后站立片刻，就像占卜大师站在神龛背后，对龛外之人的一举一动做出回应一样。此时，巴拉丝小姐已经坐到小比尔汉姆刚才坐过的位置上，这本身就对很多问题给出了回答。他刚说了一句"你们女士对我真是太好了"（他希望自己说的不是昏话），她便开口了。

她转动着眼镜的长柄，来转移她四下张望的目光。她随即发现房间里没别人，正是他们随便聊天的好机会。"我们怎会不好呢？不过，这不正让你左右为难吗？'我们女士'——哦，我们都很好，你没准儿是受够我们女人了！要知道，我也是女人，我可不敢恭维我们女人。不过，戈斯雷小姐起码今晚没来打扰你吧？"话一说完，她又四下张望，好像玛丽亚可能会躲在房间里的什么地方似的。

"噢，没错，"斯特雷特说，"她就坐在家里等我。"他的话引得巴拉丝小姐高兴地"哈，哈，哈"大笑起来。于是，他赶忙解释说，他的意思是她坐在家里焦急祷告，等他的消息呢。"我们觉得今晚她还是不来的好。当然，不管她来不来，她都会非常担心。"他明显感觉到自己身上具有吸引女性的魅力，而女人们可能会认为他的这种魅力正是源于他的谦逊或自尊。"不过，她相信我能挺得过去。"

"噢！我也相信你能挺得过去！"巴拉丝小姐可不甘落后，于是笑着说，"现在唯一的问题是挺到什么程度，对不对？"她高兴地接着说，"但不管挺到什么程度，现在看来路还很漫长，对不对？为我们女人说句公道话，我觉得，"她笑着说道，"我们女人倒是希望你挺得越久越好。"她又用她那种滑稽的方式连珠炮似的说道，"没错，没错。我们倒是希望你挺得越久越好！"说完，她很想知道他为什么认为玛丽亚不来会更好。

"呃，"他回答说，"其实，这是她自己的意思。我倒是希望她能来。可是，她怕惹事。"

"对她来说，这不是新鲜事吗？"

"新鲜事？那肯定是……那肯定是。不过，她太神经过敏了。"

巴拉丝小姐盯着他看了一会儿。"与她利害攸关的东西太多了。"然后又放松口气说，"庆幸的是，我的神经还挺得住。"

"我也很庆幸，"斯特雷特说道，"我的神经没那么坚强，我要惹事的欲望也没那么强，所以，我并没有感觉到这次派对的基本原则就是'人越多，越开心'。如果我们都很开心，那也是因为查德懂得如何让我们开心。"

"他的确很懂。"巴拉丝小姐说。

"太棒了！"斯特雷特抢在她前面说道。

"太棒了！"她加重语气说道，之后，两个人面对面开怀大笑起来。但她接着又说："哦，我懂得这个原则。如果谁连这点都不懂，那他就会找不到北。不过，一旦掌握了这个原则，那就……"

"简单得跟二加二等于四一样了！一旦明白了这个道理，他就不会无动于衷……"

"一帮人聚在一起，"她立刻打断他的话头，"是唯一的办法吗？确切地说，确切地说，喧哗嘈杂，"她笑着说道，"或者说一无所有。波科克夫人被挤在人群之中，或者被挤在人群之外，随你怎么说，反正她被挤得死死的，被挤得动弹不得。她处于被明显孤立的境地。"巴拉丝小姐借题发挥地说道。

斯特雷特接过话头，但说话还是非常客观。"不过，在场的每个人都先后介绍给她认识了。"

"太好了！不过，正因如此，才把她给挤了出去。她被堵在外面，给活埋了！"

顷刻间，斯特雷特似乎看到了萨拉被活埋的场面，但这样的场面只让他发出了一声叹息。"哦，不，她并没有死！要她的命可没那么容易。"

也许是为了表示怜惜，巴拉丝小姐也停顿了片刻。"没错。我不敢说我认为她完了，或者说，只有今天一个晚上还不足以让她玩完。"她仍然显得很忧郁，好像同样觉得良心不安似的，"现在刚埋到了她的下巴颏。"接着，她又开玩笑地说，"她现在还能喘气。"

"现在还能喘气！"斯特雷特以同样的口气附和说道，"你知道，整个晚上的美妙旋律、欢声笑语、狂欢喧嚣，还有你的妙语连珠，给我带来的真正感受是什么吗？我敢说，波科克夫人的呼吸声淹没了其他一切声音。其实，我能听到的，就是她的呼吸声。"

她把链子碰得叮当作响，以吸引他的注意力。"呃……"她轻声轻语地说。

"怎么啦？"

"她下巴以上还能活动呢，"她想了想，"不过，对她来说，已经够了。"

"对我来说，也够了！"斯特雷特苦笑着说道，"韦马什真的带她去见过你了？"

"没错，不过真是糟透了。我没能帮上你。但我已经尽力了。"

斯特雷特很想知道。"你是怎么尽力的呢？"

"哦，我没有说起你。"

"我懂了。那倒是比较好。"

"那么比这更糟的是什么呢？"她轻声叹道，"说还是不说，我只好'恶语中伤'啦。除了你，别人从来没有让我这样过。"

"这说明，"他大度地说，"问题不在你，而在别人。那是我的错。"

她沉默了片刻。"不，都怪韦马什先生，都怪他带她去见我。"

"嗯！"斯特雷特和蔼地说，"那他为什么带她去见你呢？"

"他也是被逼无奈吧。"

"呃，你是战利品？可是，既然如此，既然你'恶语中伤'……"

"难道我没有损他吗？我的确损过他，"巴拉丝小姐微笑着说，"我尽力去损他。但对韦马什先生来说，这样做还不够致命。考虑到他跟波科克夫人的关系那么微妙，这样做反而对他有利。"看到他仍有些不解，她接着说，"那个成功博取我欢心的男人，你不明白吗？在她眼里，把他从我手里抢过去，让她觉得更刺激。"

斯特雷特明白了，但前面的路上似乎还有很多让他吃惊的东西。"这么说，她是从你手中把他抢走的了？"

他一时的糊涂，让她觉得很好笑。"你可以想象我是怎么奋起反击的！她自以为她赢了。我觉得这就是让她兴高采烈的一个原因。"

"哦，她兴高采烈！"斯特雷特半信半疑地嘟囔了一句。

"是呀！她自以为一切都能如了她的意。今晚除了被奉若神明之外，她又得到什么了呢？不过，她的衣裙确实不错。"

"不错得可以穿着上天堂？"斯特雷特接着说，"因为真正被奉若神明之后，就只有上天堂的份儿了。对萨拉来说，只有明天。"

"你是说，她根本不明白，明天就是天堂吗？"

"呃，我是说我有种感觉，对她来说，今晚好得太不真实。今晚她已经得到了蛋糕，现在正在享用自己的蛋糕，狼吞虎咽地吃着那块最大、最甜的呢。不过，不会再有蛋糕留给她了。我肯定不会给她，充其量只有查德能给她。"仿佛是为了博得两人一笑，他接着说道，"他可能会留一手，但我觉得，如果他当初……"

"他就不会这样大张旗鼓？"她很明白，"我敢说他肯定不愿意这样。再大一点儿胆子说，我倒是希望他再也不要招惹这样的麻烦了。"接着又说，"当然，我不会装着看不出现在的问题是什么。"

"哦，大家现在大概都明白了，"可怜的斯特雷特若有所思地说，"想到现在的情况，大家都心知肚明，而且都在等着看热闹，既觉得很奇怪，又觉得很有趣。"

"没错——可不是很有趣吗？"巴拉丝小姐马上接过话头说，"我们巴黎人就是这样。"一看到什么新鲜的怪事，她总是兴高采烈，"太神奇了！不过，要知道，"她郑重其事地说，"这要看你怎么看了。我可不想拿刀戳你的软肋。不过你刚说我们女人全骑在你头上，自然就是这个意思喽。我们都知道，你才是这出戏的主角，大家聚在这里，就是想看你怎么表演。"

斯特雷特盯着她看了一会儿，但目光有些黯然。"这大概就是主角躲在这阴暗角落里的原因吧。他怕当英雄——他不敢扮演自己的角色。"

"不过，话虽这么说，我们都认为他会演下去。"巴拉丝小姐亲切地说道，"正因为这样，我们才把注意力放在你身上。我们觉得你肯定会痛下决心。"看到他好像没什么反应，她接着又说，"不要让他那么做。"

"不让查德走？"

"没错，抓住他别放手。看看这一切，"她指的是人们普遍的赞许，"他做得已经足够了。我们想让他留在巴黎——他很有魅力。"

"只要你们想把问题简化，你们就能做到，真是太棒了。"斯特雷特说道。

但她立即回敬了一句："如果你想让它简化，它自然就简化了。"

听她这么说，他皱了皱眉头，就好像听到了预言似的，这让他沉默了片刻。他们的谈话顿时陷入了冷场，但就在她准备丢下他一人离开时，他又把她挽留住。"今晚根本看不到男主角。男主角畏缩逃避；男主角自惭形秽。所以，你瞧，我认为你们真正应该注意的是女主角。"

巴拉丝小姐想了想，问道："女主角？"

"女主角。"斯特雷特说，"我对待她根本就不像个男主角。"他叹了一口气，"唉，我演得不好！"

她安抚他说道："你已经尽力了。"她又犹豫了片刻，"我觉得她很满意。"

但他仍深感内疚。"我没有在她身边，也没有看她一眼。"

"哦，那你的损失太大了！"

他表示自己明白这一点。"她比以往更神奇吗？"

"更神奇。跟波科克先生在一起。"

斯特雷特不解地问道："德维奥内夫人……跟吉姆？"

"德维奥内夫人——跟吉姆。"巴拉丝小姐实事求是地说道。

"她跟他在一起干什么？"

"哦，这你得去问他！"

想到这一点，斯特雷特脸上露出喜色。"去问他一定会很有趣。"

但他仍然感到不解，"不过，她肯定在打什么主意。"

"当然啦，她主意可多着呢。"巴拉丝小姐一边摇着玳瑁柄眼镜，一边说，"她首先是完成自己的任务。她的任务就是帮你。"

现在看来，好像什么结果都没有。许多联系脱了节，许多关节尚待梳理，但突然间，他们两个人似乎成了话题的中心。"没错。"斯特雷特认真思考了一番说道，"她给我的帮助，要比我给她的帮助多得多！"他似乎深切体会到，美貌、优雅，以及如他所说他不愿意去碰触的那种强烈而又做作的精神，都近在咫尺。"她勇气可嘉。"

"哦，她是勇气可嘉！"巴拉丝小姐深表赞同。刹那间，两人似乎都在对方的脸上看见了这份勇气究竟有多么强烈。

其实，整件事都摆在眼前。"她肯定很在乎！"

"嗯，一点儿没错。她确实很在乎。"巴拉丝小姐很体贴地接着说，"不过，这一点你好像怀疑过，对吧？"

斯特雷特好像突然希望自己从来没有怀疑过。"嗯，当然，这是整个问题的关键所在。"

"正是这样①！"巴拉丝小姐微笑着说。

"这正是有人出来的原因，"斯特雷特接着说，"这正是有人在这里待这么久的原因。"他没完没了起来，"这也正是有人回家的原因。这正是，这正是……"

"这正是一切的一切的原因！"她附和道，"这正是她今晚——从她的一言一行、一举一动看，从你朋友吉姆的一言一行、一举一动看——像是只有二十岁的原因。这是她的另一个主意。为了他而表现得像小姑娘一样，又年轻，又无忧无虑、妩媚动人。"

斯特雷特不温不火地敲着边鼓。"为了他？为了查德？"

"某种意义上说是为了查德，当然最终还是为了查德。不过，今天晚上却是专门为了波科克先生。"看到斯特雷特仍然不解地瞪着双眼，她接着说，"没错，这确实需要勇气！不过，她所具备的是高度

_____

① 原文为法语：voilà。

的责任感。"这一点两个人都看得很清楚。"就在纽瑟姆先生手忙脚乱地去应付他姐姐的时候——"

"她抢走了他姐姐的丈夫,"斯特雷特接过话头,"不是小菜一碟吗? 当然——小菜一碟。所以,她抢走了他。"

"她抢走了他。"这正是巴拉丝小姐的意思。不过,这已经够了。

"这一定很有趣。"

"哦,确实有趣。"当然,问题的关键就在这里。

但这又让他们回到了原来的话题。"这么说,她肯定很在乎!"听他这么说,巴拉丝小姐发出了一声含义无穷的"嗯!",其中的含义可能包括对他费了这么大功夫才有所领悟表示些许的不耐烦。因为对这种事她自己早就司空见惯了。

二

在此后一周内的一天早晨,斯特雷特发现整件事终于快要水落石出了,马上感到如释重负。这天早晨,他知道会出事——从韦马什出现他面前的举动,他就能猜得出来。当时,他正在地板滑溜溜的小餐厅①里,一边喝咖啡、吃面包,一边独坐沉思。近来,斯特雷特经常独自一人在餐厅里魂不守舍地吃饭。虽然六月将尽,但他仍感到一丝凉意,仍感到令人战栗的空气中一如既往地掺杂着餐厅特有的味道,正是在这样的氛围中,他的种种想法居然一反常态地成熟起来。同时,因为他是一个人独坐,所以餐厅又给了他新的启发。此时他坐在那儿,想象着韦马什忙得不可开交的情景,一边心不在焉地从咖啡壶里倒咖啡,一边轻轻地唉声叹气。用一般的标准去衡量,他真正的成功就体现在率领他的这位朋友不断继续前进。斯特雷特还记得,最初他要想

---

① 原文为法语:salle-à-manger。

连哄带骗地带韦马什走进一个供人休闲的地方几乎是不可能的，但到头来，实际结果却是只要一看到有这样的地方，韦马什就会急不可耐地冲进去，他想拦都拦不住。斯特雷特能够十分形象、栩栩如生地想象在他继续这样急不可耐地往前冲的过程中，一路都由萨拉陪着，也许还制造了所有这些谜团，其中充分体现了他自己的处事原则（不管是好是坏），以及决定斯特雷特命运的原则。到头来，结果只可能是他们会齐心协力地来挽救他，而对韦马什来说，挽救他一定是行动的出发点。想到这里，斯特雷特打心眼儿里感到高兴，因为他需要挽救的地方还真不少，而且避开光天化日的强光，躲在阴暗角落里从某个角度去窥视，倒是一件难得的美差。有时候他会认真地去思考，韦马什会不会看在他们俩老交情的分上，适当迁就他一下，把他跟他自己一视同仁，替他说句好话。当然，两人说好话的方法是不可能一样的，但至少有一点好处，那就是他自己可以不用去说了。

斯特雷特早上从不睡懒觉，但今天起床后他发现韦马什已经从外面回来了。韦马什朝幽暗的餐厅里瞅了一眼，便走了进来。他今天的穿着打扮不像平常那样宽松、随便。透过朝向院子的玻璃窗，韦马什已经看到餐厅里别无他人。此时，整个餐厅似乎都洋溢着他的风采。韦马什穿着一身夏装，除了他的白背心鼓鼓囊囊、略显多余以外，整套行头都跟他的一言一行相得益彰。再说，穿着这身行头也决定了他的一言一行。他戴着一顶草帽，这样的草帽斯特雷特在巴黎还真没见过。从衣服上的扣眼看得出，刚才肯定别过一朵鲜艳的玫瑰。从他的这身打扮，斯特雷特一眼就看出他今天早晨干什么去了：提前一小时起床，在巴黎如此宜人的季节，沐浴着晨露，意气风发、兴致勃勃，肯定是和波科克夫人一起去逛花鸟市场①了。斯特雷特看着他的样子，心里有一种近乎嫉妒的喜悦。看着他站在那儿，他们原有的地位好像正好颠倒了。由于时过境迁，此刻这位伍勒特朝圣客的心情非常沉重。伍勒特朝圣客感到纳闷，当初在韦马什眼里，他是否像现在

① 花鸟市场（Marché aux Fleurs）：位于巴黎圣母院附近的西堤岛。

站在他面前的韦马什那样，英姿飒爽，志得意满。他还记得早在切斯特时，韦马什就曾对他讲过，他并不像他自己说的那样神情疲惫，但毫无疑问，没有任何人能像韦马什一样不在意衰老的威胁。不管怎么说，斯特雷特从来都不像繁荣时代的南方农场主，而韦马什黝黑的面孔与宽大的草帽给人的印象恰恰是南方农场主的形象。更让他饶有兴致地去猜想的是，在韦马什眼里这种人正是萨拉中意的对象。他深信她的品位正好与买这顶草帽的念头不谋而合，那朵玫瑰肯定也是她那纤细的手所赐。就像怪事总会发生一样，在这一阵胡思乱想之中，他突然想到他从来没有天不亮就爬起来，陪一个风姿绰约的女人去逛花鸟市场。无论是跟戈斯雷小姐，还是跟德维奥内夫人，他都不可能干出这种事来，他压根儿就不会一大早爬起来去猎艳。其实，他突然意识到这才是他的常态：因为天性如此，所以总是坐失良机，而别人因为天性与他相反，所以总是抓住良机。别人做事看上去都能抱着一颗平常心，而他却患得患失；别人赴宴主要是开怀大吃，而最后买单的却是他。没错，他甚至会为自己不熟悉的人上断头台。想到这里，他似乎觉得自己此刻已经站在断头台上，而且心里还很享受。他之所以这样，是因为此时此景让他巴不得上断头台；他之所以这样，是因为韦马什看到他这副样子后，居然表现得十分得意。迄今为止，他已经获得的成功就是为了修养身心和换换环境而做的这次旅行。这正是斯特雷特希望看到的，而且是进行过周密计划、不遗余力促成的，这一点已经通过韦马什的言辞得到充分证明。韦马什的话中洋溢着仁心厚意，像是积极锻炼之后呼出的热气，又略带气喘吁吁的呼吸声。

"一刻钟前，我离开波科克夫人的酒店时，她让我告诉你，一小时后她来找你。她想见你，她有话要说——我估计她可能认为你可能有话要说。所以我就问她，为什么她不马上来。她说她还没有来过这儿——看看我们住的地方。于是，我便擅自做主，对她说我相信你一定会欢迎她来。所以，你瞧！你最好留在旅店等她。"

根据韦马什以往说话的习惯，他的这段话虽然说得有些严肃，倒也非常客气。不过，斯特雷特马上觉察到，虽然韦马什表面上装出一副轻描淡写的样子，但话中有话。韦马什的话是帮助他提高认识的第一步，他的话让他心跳加速，他的话最后只有一个意思，那就是如果他不识时务，那只能怪他自己。这时，斯特雷特已经吃完了早饭，于是便推开餐具，站起身来。虽然他觉得这里面更多的是惊讶，但疑问只有一个。"你也待在这儿一起等她吗？"因为韦马什的态度有些模棱两可，所以他才这么问。

但是，听到斯特雷特这么问，韦马什的态度便不再模糊了。斯特雷特的理解力可能从来没有像此后的五分钟里所表现出来的那样敏锐。韦马什似乎并不愿意帮他接待波科克夫人。波科克夫人亲自登门的目的他心知肚明，但韦马什与她此次登门的关系可能仅限于——呃，正像他说的——他略施小计，促成此事而已。他原以为——而且也告诉了她——斯特雷特可能会以为她早就该来。不管怎么说，事实证明，她自己早就想来了。"我跟她说，"韦马什说，"如果她早点儿来就更好了。"

"那她为什么不早点儿来呢？她每天都能见到我，只要说个时间就妥了。我等了又等。"斯特雷特说话的声音非常洪亮，简直到了震耳欲聋的程度。

"呃，我告诉她你一直在等。她也在等。"他说这话时的语调出奇的诡异，这表明韦马什已经变成了用和颜悦色和花言巧语去忽悠别人的人。这个韦马什已经接受了一种与他此前背叛过的任何观念完全不同的观念，正是这样的观念让他变得近乎曲意逢迎起来。现在他只是没工夫好好规劝斯特雷特罢了，其中的原因斯特雷特不久就明白了。但与此同时，斯特雷特发现他正在宣布波科克夫人要走的相当宅心仁厚的一步棋，这样，他就可以大张旗鼓地去反对一个尖锐的问题。其实，他自己的最高目标就是消解尖锐的问题。他直勾勾地盯着老朋友斯特雷特的眼睛，从来没有以如此沉默的方式向他传递如此深厚的信赖和如此善意的忠告。两人的深情厚谊又一次全部写在了他脸上，不过，这种表情是经过加工成熟，而后束之高阁，最后才拿出来示人的。"不管怎么样，"他补充说道，"她现在要来了。"

由于许多碎片需要拼凑才能看清全貌，斯特雷特在脑海里很快就拼凑完成了。他马上看到了已经发生过的事，还有接下来可能会发生的事，而整个过程可谓是妙趣横生。也许正是由于他这种天马行空的想象，才让他得意忘形起来。"她来干什么？要我的命？"

"她来是为了向你表示她非常非常的友善。我一定要说的是，我真心希望你对她也同样友善。"

说这话时，韦马什的态度明显非常严肃。斯特雷特站在那儿心想，他只能采取欣然接受礼物的态度。这份礼物就是老朋友韦马什自以为自己已经看到却不能独自占有而略感心痛的机会。所以，他就把这份礼物放在小银餐盘上，小心翼翼而又不拘礼节、毫不过分张扬地捧过来送给他，而他只能笑容可掬地去接受，只能接受和使用这份礼物，而且还必须对他心存感激，但好在没有人要求他置自己的尊严于不顾去奴颜婢膝。难怪这位老男孩的这套把戏虽然要得很一般，但他仍然扬扬自得。斯特雷特顿时觉得萨拉似乎就在门外走来走去。难道她就这样等在马车通道里，让韦马什这么草率地为她鸣金开道吗？如果斯特雷特忍气吞声地去见她，那一切就再好不过了。与其说他明白任何人的意思，倒不如说鉴于目前这种情况，他明白纽瑟姆夫人的所作所为。所有这一切都由萨拉的母亲传给萨拉，萨拉再传给韦马什，一路不间断地传给了他。"出了什么事，"过了一会儿，他问道，"让她这么突然下定决心了呢？她从家里收到什么意想不到的消息了吗？"

韦马什听到这话后，比以往任何时候都严肃地看了斯特雷特一眼。"意想不到？"他迟疑了片刻，紧接着坚定地说道，"我们准备离开巴黎。"

"离开？这倒是很突然嘛。"

韦马什表达了不同的看法。"没有什么突然的。波科克夫人来的目的，就是要向你解释，其实这根本不突然。"

斯特雷特不知道自己是不是真的有什么优势（任何可以算得上是优势的东西），但他平生第一次感觉到自己占了上风。他在想——很有意思——自己的这种感觉是不是太厚颜无耻了。"我向你保证，我乐于倾听任何解释。我会欢迎萨拉来访。"

韦马什刚才还严肃而又得意的眼神现在黯淡了，但渐渐黯淡的方式给斯特雷特留下了深刻的印象。这里面太多地夹杂着另一种意识——可以说，这种意识完全被鲜花掩盖住了。此时此刻，他真的为那副可怜、严肃而又得意的眼神感到惋惜！随着渐渐失色的眼神一起消逝的，还有某种直白而又单纯的东西，某种沉甸甸而又空荡荡的东西，某种他借以深知他这位朋友的东西。韦马什如果不偶尔发泄一下自己的圣怒，那就不是他的朋友了，但从某种程度上说，这种发泄圣怒的权利（在斯特雷特眼里是弥足珍贵的），经过波科克夫人的点拨，他似乎已经放弃了。斯特雷特还记得就在他们刚在这儿住下不久，也是在这个地方，韦马什曾向他诚恳地发出过警告："别来这一套！"对那一幕，他仍然记忆犹新，以至于现在差一点儿说出同样的话来。韦马什一直玩得很开心（正是这一点才让他难堪），他当时在美国玩得就很开心，在欧洲他玩得也很开心，在这种他虽然根本不认可但又受其保护的环境中玩得很开心。所有这一切都让他的处境非常尴尬，让他无路可寻——起码是不能大张旗鼓地去寻找出路。他只能用普通人的方式（而不是斯特雷特的方式），力求辩解，推卸责任。"我不准备直接回美国。波科克夫妇，还有玛米小姐，想在回国前再走走看看。过去几天，我们一直在商量结伴同行的事。我们决定结伴同行，下月底坐船回国。不过，我们明天就动身去瑞士。波科克夫人想游览一下欧洲的风光，很多地方她都没去过。"

韦马什勇气可嘉，居然毫无保留地把所有事情和盘托出，让斯特雷特自己去理清来龙去脉。"纽瑟姆夫人给女儿拍电报，是叫她立刻放手吗？"

听他这么问，韦马什略显庄重地回答："我不知道纽瑟姆夫人拍电报的事。"

两个人的目光相遇，互相看了几秒钟，就在这时发生了一件与这么短促的时间根本不成比例的事。斯特雷特虽然眼睛盯着韦马什，但并不相信他的话。正因如此，又发生了一件事。没错，韦马什的确知道纽瑟姆夫人拍来电报的事，否则，他们为什么要到比尼翁一起吃饭呢？斯特雷特几乎马上意识到那顿饭是专门来招待纽瑟姆夫人本人的。想到这里，他感觉到，这事儿她一定一清二楚，而且跟他想象的一样，她在为这事儿全神贯注地保驾护航。每日往来的电报、各种疑问和回复，以及种种信号，在他眼前依稀掠过，让他清楚地看到，家里的那位夫人一激动起来是不在乎花多少钱的。同样让他历历在目的是，经过对她长时间的观察，他发现每逢这种紧张的时刻，纽瑟姆夫人都会孤注一掷。现在，她显然已经紧张到了极点。尽管韦马什自以为自己在唱独角戏，正扯着他那优美的破嗓子引吭高歌，其实只不过是个过分紧张的伴唱而已。这整个差事似乎让斯特雷特觉得，时至今日他仍然在她的掌握之中，谁也无法阻止她给予他特别的眷顾。他问道："你难道不知道家里是不是指示萨拉来试探我，看我愿不愿意也去瑞士？"

"她的私事我不知道，"韦马什毅然说道，"不过，我相信她的所作所为与我尊崇备至的东西是一致的。"话说得虽然很有男人味，但仍然不是真话——因为要传达如此令人难过的消息，他只能口是心非。斯特雷特越来越觉得韦马什其实什么都知道，所以才这样抵赖。这样一来，他受到的小小惩罚只能是再一次撒个小谎。像他这样报复心极强的人，还能怎么把别人推到更糟糕的地步呢？三个月前，他被死死地卡在过道里，但现在终于挤出来了。"波科克夫人很可能会回答你向她提出的任何问题。不过，"他接着说，"不过……"说到这里，他支吾起来。

"不过什么？不要问她太多的问题？"

韦马什虽然表现得很大度，但对朋友的伤害已经既成事实，所以脸未免红了起来。"别做让自己后悔的事。"

斯特雷特心想，他还有什么话已经到了嘴边，却突然转为单刀直入，所以话听起来很诚恳。他转为哀求的口气，这对斯特雷特产生了立竿见影的效果，让他立刻恢复了原来的心境。两个人又像萨拉到达后的第一天早晨在萨拉的客厅里当着萨拉和德维奥内夫人的面那样，心灵相通起来，进而最终认识到彼此之间的深情厚谊。只不过韦马什当时认为理所当然的反应程度现在增加了十倍。这一点从他的这句"当然，我不用说你也知道，我希望你跟我们一起走"中便得到了充分的说明。但在斯特雷特眼里，他的言外之意和期望表达得过于直白，实在可怜。

斯特雷特一边拍了拍韦马什的肩膀，一边向他表示感谢，但对是否愿意随波科克一家同行却避而不答。他表示很高兴看到韦马什再一次如此无拘无束，勇往直前。其实，斯特雷特差一点儿当场就向他告别。"虽然在你动身前我们还会见面，不过，你把这么周到的安排都告诉了我，我真的非常感谢。我要到院子里散会儿步，过去两个月来，无论是高兴还是失望，无论是退缩还是前进，我们都会在这个古色古香的院子里散步。请你转告萨拉，我会留在这里，既忐忑又兴奋地恭候她的大驾。"他笑着说道，"别担心，把她交给我。我向你保证，我不会伤害她。我觉得她也不会伤害我。就我目前的处境，我早就不计较什么伤害了。再说，这也不是你该担心的——不过，不要……不要做任何解释！我们各得其所，这意味着我们每个人之前执行的使命成功与否。看样子，我们之前并没有各得其所。总之，事情很快就要过去了。希望你们在阿尔卑斯山玩得愉快。"

韦马什抬头看了他一眼，仿佛是从阿尔卑斯山脚下向上仰望一样。"我不知道自己是不是真的该去。"

他这是在用米罗斯的声音倾诉米罗斯的良知，只可惜这份良知既脆弱又乏味！突然间，斯特雷特为他感到羞愧，于是鼓起勇气说道："恰恰相反，行随心动吧！想去哪儿就去哪儿。时光弥足珍贵，在我们这种年纪，时光是不可能再来的。不要等到冬天回到米罗斯后，才埋怨自己没勇气去爬阿尔卑斯山。"看到韦马什奇怪地瞪大眼睛，他又说："不要让波科克夫人失望。"

"不要让她失望？"

"你可是她的好帮手。"

话虽然不假，韦马什听上去却很刺耳，似乎充满了讥讽的味道。

"这么说，比你有用。"

"这恰恰是你的机会和优势啊。"斯特雷特说，"再说，我也有我的贡献。我清楚自己该干什么。"

韦马什头上一直戴着那顶巴拿马草帽。因为是站在门口，在帽檐的遮掩下，他最后投来的目光再一次黯然起来，而且多少带有警告的意味。"听好了，斯特雷特，我也清楚自己该干什么！"

"我知道你想说什么。'别来这一套'吧？"

"别来这一套！"但他的话已经没有了往日的那种严厉，一点儿影子都没有了。说完，他转身走了。

三

很奇怪，大约一小时后，斯特雷特突然发现自己当着萨拉的面所做的第一件事，便是心直口快地谈论起他们的朋友韦马什居然丢掉了表面上迥异于别人的特质。他指的当然是韦马什的趾高气扬，就好像这位老好人为了捞取其他好处，牺牲了他的这种特质。当然，是不是这样只能由韦马什自己去掂量了。很可能只是他的健康状况比他刚来时好多了，不过，这倒是没什么稀奇的，虽然令人愉快，却也十分粗俗。说到这一点，好在他健康状况的改善确实比他丧失的趾高气扬要重要得多。"亲爱的萨拉，"斯特雷特试探着说，"我觉得在过去三周里你一个人给他带来的福气，堪比他在其他时间里得到的所有福气呀。"

之所以说是试探，是因为此时此景他所指的东西有些"难以理喻"。此外，由于萨拉的态度，由于在她到来后情况已明显发生了变化，让这些东西显得更难以理喻。事实上，她的到来确实比其他任何事都更难以理喻——她一到他就感觉到了她的气场，跟她在旅店的阅览室里一坐下，他心里的阴霾立刻烟消云散了。在过去几个周的大部分时间里，正是在这间阅览室里，他初来时与韦马什之间的激烈讨论后来逐渐减少了。他虽然已经有了相当明确的认识，但在他眼里，她的到来仍然是一件大事，而且是一件了不起的大事。他一丝不苟地履行了他向韦马什许下的诺言——在旅店的庭院里不停地踱步、徘徊，等她的到来。在徘徊踱步的过程中，他似乎萌生了一些想法，让他眼前豁然开朗。她之所以采取这样的步骤，是为了给他时间去琢磨，以便将来可以对她母亲说她甚至委曲求全，替他开脱。问题是他会不会觉得她并没有替他开脱——再说，这番训诫很可能源自韦马什事不关己的超然态度。不管怎么说，韦马什肯定已经尽了力，肯定强调过不要让斯特雷特蒙受委屈，而她也没有辜负他的这个请求。此时此刻，她纹丝不动地坐在那里，手臂直伸，紧握遮阳伞的长柄，像是在地上插了根旗杆似的，小心翼翼地避免流露出紧张的情绪，同时摆出一副既咄咄逼人又泰然自若的架势，静待他开口。她之所以这么做，就是要摆出这种高姿态，不过在这些表象背后，她心里一直在精打细算。斯特雷特一眼就看出她此次前来根本没有什么提议可言，她心里想的只不过是表明她是来受降的。看到这一幕，他的疑虑顿时打消了。她是来受降的，而且韦马什会明确告诉他，不达目的，她决不会收兵。借着这样的天时，斯特雷特看到了许许多多的东西，但看得最清楚的就是他们那位焦躁不安的朋友韦马什迄今还没有掌控他的手腕。但是，韦马什曾要求过他，见到她，态度应当温和一些。在她到来以前，在院子里徘徊时，他曾满腔热情地反复考虑该如何表现得态度温和。困难在于，如果他态度温和，那么，在她眼里，他就变成神志不清的了。如果她希望他神志清醒（因为她不管做什么事都要求神志清醒），那她就必须不惜工本，让他知道该保持清醒。在他自己看来，他在太多的问题上都能保持头脑清醒，所以，她必须选择她需要了解的那一个。

　　但是，这事最后还是提了出来，而且一经提及，两人便深入到问题的本质。就这样，事情被一件一件地提了出来。斯特雷特提到韦马什准备离开巴黎之后，接着又提到了波科克一家也有此意，于是，一切立刻变得明朗起来。之后，光线又变得异常明亮，在这异常耀眼的光线之下，斯特雷特无疑只能依稀辨别出问题是由两件事中的哪一件引起的。两个人虽然身处这样一个狭小的阅览室里，相隔的距离却是如此之大，仿佛有什么东西突然摔碎后，里面的液体洒了一地。招降他的方式便是要他保证在二十四小时内自证清白。"只要你发话，他马上就会走——他向我打包票，他肯定会照你说的去做。"既然东西已经摔碎了，关于查德的事，这句话说得既在理又不在理。就在斯特雷特觉得自己比原来想象的要坚定得多的时候，这句话一再提起，但他沉吟了片刻，告诉她，她弟弟这样说，让他非常吃惊。最后看来，她非但不是难以理喻，实则还是通情达理的。他轻而易举地就感觉到她在哪方面更坚强——为她自己而坚强。但他还没有充分认识到她俨然具有半官方的身份。虽然她能够表现出巴黎人特有的沉着冷静，但她代表的利益比她那可怜的个人利益要伟大得多、明了得多。由此，他意识到，她母亲施加的精神压力仍然在起作用。她母亲会支持她，在背后为她撑腰，他根本用不着为她操心。如果他想弄清楚，他会再一次清楚地看到：纽瑟姆夫人是最主要的精神压力，这种压力几乎等同于她亲临现场。他也许觉得他并不是在直接应付纽瑟姆夫人，而是她一直在直接对付他。她通过她那伸长的精神手臂与他接触，所以他必须考虑她的情况，但他不与她接触，不想让她抓住他。他只能接触萨拉，而萨拉似乎对他束手无策。"很显然，你跟查德已经聊过了，"他说道，"我想我总该多知道些情况吧。他把责任都推给我了？"他笑道。

"您这次来欧洲，就是为了把责任都推给查德吗？"她反问道。

听她这么说，斯特雷特并没有马上回答，过了一会儿他才说道："哦，没关系。我是说，不管查德跟你说了什么都没关系。他推给我的，我全接受。只是我再次见你之前，我一定要见他一面。"

她迟疑了一下，但还是说出了口："您再次见我，有这个必要吗？"

"当然有必要。万一我有什么事要向你表明自己的看法呢！"

"这么说，您的意思是我还要再见您，让自己再一次受辱？"她顶了回来。

他盯着她看了良久。"是纽瑟姆夫人向你发号施令，让你不惜跟我一刀两断吗？"

"不好意思！纽瑟姆夫人向我发号施令是我自己的事。您自己得到的什么指示，您心里一清二楚，而且您自己可以去判断您把她的指示执行得怎么样。不管怎么说，我只能说我不希望自己蒙羞，更不希望让她蒙羞，这一点您很清楚。"她没有料想到自己会说这么多。虽然她就此打住，但她的神情告诉他，这些话他早晚会听到。此时此刻，他切实感受到，听到这些话有多么重要。"您的所作所为，"她似乎想做解释，"您的所作所为，不就是要羞辱我们这样的女人吗？我是说，您的所作所为告诉我们，在我们和另外那个女人之间，对他的责任感是值得怀疑的喽？"

他思考了片刻，一下子要处理这么多问题，不单是她提出的这个问题，还有问题背后所揭示出来的令人心酸的深渊。"这两种责任根本就不能混为一谈。"

"您能说他对另外那个女人有什么责任感吗？"

"你是说德维奥内夫人？"他之所以说出名字，并不是要冒犯她，而是为了再一次争取时间——他需要时间来思考另一个比她刚才提到的问题更重要的问题。他并没有马上看出她的挑衅中所包含的所有问题，但一经看出，他只好极力忍住喉咙里即将发出的、近乎咆哮的声音。波科克夫人没有说她看到查德有什么变化，造成这一失败的原因，在他看来就像是裹成一团的大包袱，借着她的这番话扔到了他脸上。这一打击让他一时间透不过气来，不过他随后恢复了镇定。"呃，如果一个女人既这么迷人，又这么和善……"

"为了她，你居然毫不脸红地让母亲和姐姐忍受屈辱，让她们远渡重洋，专门来加深感受，而且还从你这儿得到更直接的感受。你怎么能做得出来呢？"

没错，她就这样咄咄逼人地指责他，但他努力挣脱，不受她所制。"我觉得我并没有像你所说的那样是精心谋划地做这些事。事物之间的关系是很难理清楚的。你出来跟我在你之前出来是密切相关的，而我之所以出来，要归咎于我们总体的一个心态。我们之所以有这种心态，要归咎于我们异乎寻常的无知、我们异乎寻常的谬见和惶惑，而后，一股无情的强光似乎把我们送进没准儿是更奇怪的认知中去了。"他接着说，"难道你不喜欢你弟弟现在这个样子吗？难道你没有把这里的一切明明白白地汇报给你母亲吗？"

毫无疑问，他说话的口气也向她传达了很多的东西，要不是他最后那两句质问直接帮了她的忙，情况起码是这样。事情发展到现在这个地步，任何东西都能给她提供直接的帮助，因为任何东西都暴露了他脑子里这样一个基本意图。他发现——真是怪事！——只要他稍微发点儿脾气，她就不会认为他是那么荒诞不经。让他饱受指责的正是他那一套沉默寡言的故伎，让他饱受指责的正是他对得罪人的事总是念念不忘。但面对萨拉的指责，他根本不想发火。对她的无端指责，他最后只能暂时迁就。她的怒气超出了他的意料。如果他知道她跟查德之间发生了什么，他会更加理解她发火的原因。她认为他特别阴险，看到自己伸出的援手他居然拒绝接受，因此明显表现得非常诧异。诸如此类的表象，在没有更好地理解她发火的原因之前，他看在眼里肯定觉得太过分了。"我让你自鸣得意地以为你所说的都是些你干过的漂亮事。"她回敬道，"如果一件事已经用这种漂亮话去描述……"她突然打住，但她批评他那些漂亮话的声音仍然回响在他的耳边，"你觉得应该像对正派女人一样向她道歉吗？"

啊！终于说出心里话了！她的话比他自己为达目的的不得已而为之的事更加露骨，但本质上是一样的。这件事这么大——这么重要，但她，这位可怜的夫人，却把它看得这么无足轻重。他忍不住凄然一笑，随即便用巴拉丝小姐的口吻说道："从一开始，她给我的印象就很好。再说，我一直觉得她甚至可能在你面前也会展现出非常新奇、非常美好的一面。"

但他的话只是给了波科克夫人一个对他大肆嘲弄一番的机会而

已。"非常新奇？我倒是打心眼儿里希望这样！"

"我是说，"他解释道，"她本来可以在你面前展现她极其温柔和顺的那一面。在我看来，那才是她真实的一面，品德高尚，样样都很出色。"

在说这些话时，他故意装出一副"卖关子"的样子。他必须如此，否则就无法让她了解实情，再说，现在他已经将一切都置之度外了。他显然没有达到目的，因为她开始对他的措辞吹毛求疵起来。"展现？对我？我来见这种女人，就是为了看她'展现'的吗？你居然跟我谈什么'出色'——你，你有这个权利吗？世界上最出色的女人什么样子，你我都会见识到。可是，你这种不靠谱的比较，却让世界上最出色的女人坐冷板凳、蒙受奇耻大辱！"

斯特雷特努力避免分心，但忍不住四下张望了一下。"是你母亲亲口说她在那儿坐冷板凳、蒙受奇耻大辱吗？"

萨拉的回答可谓是直言不讳、"驾轻就熟"，他马上意识到她的话是从哪里来的了。"她让我决定和斟酌该如何表达她个人对一切的态度，该如何主张她个人的尊严。"

这正是伍勒特那位夫人说的话，他能够想象到，在她女儿临别时，这样的话那位夫人肯定嘱咐了不下千遍。事到如今，波科克夫人自然只是照本宣科而已，这让他大为吃惊。"如果她的态度真像你说的那样，那就非常、非常可怕了。"他接着说道，"别人会以为，我已经充分证明了我对纽瑟姆夫人深深的敬意。"

"请问，别人会认为什么样的证明是你称之为充分的？认为巴黎的这个女人要比她高明得多，这就是你充分证明的吗？"

他又有些蒙了，于是缓了口气才说道："唉！亲爱的萨拉，在我面前，你就不要再提巴黎的这个女人了吧！"

为了表明他是如何一反常态地坚守他那一丝理性的，他不想用粗俗的语言去反驳她，而是用近乎悲恸的语气，轻声发出乞求。但他知道这或许是他有生以来最发自内心的乞求，从萨拉的反应就可以看出这个乞求有多么重要了。"我也是这个意思。天知道，我们根本不需要她！如果我再问起他们生活的点点滴滴，"她提高了嗓门说道，"你就不要说话好了。如果你还以为她有什么事值得说道说道，那我可真要佩服你的品位了！"

她所指的生活，当然是查德和德维奥内夫人的生活，她把两人混为一谈，虽然听上去有些刺耳，但他只能耐着性子去摸清她的全部意图。不过，让他觉得很不合理的是，几个周来他自己一直在津津有味地观察这个优秀女人的一举一动，但此刻不得不听由别人对他的这种行为指手画脚，这未免让人感到痛苦。"我认为她真的不错，不过，我好像觉得她的'生活'跟我一点儿关系也没有。只有让查德的生活受到影响的，才是我要关心的。实际情况是，她对查德生活的影响是那么美好，难道你没看出来吗？布丁好不好，要吃了才知道嘛！"他想用一点诙谐来缓和气氛，但并没有成功，她只任由他说下去，就像是让他一直往下沉到底一样。他接着说下去，尤其是在没有重新征得别人意见的前提下，说得还不赖。他觉得在没有跟查德重新交换看法之前，他实在不应该再坚守到底了。不过，他总能找到理由为这个女人说好话，因为他明确答应过要"挽救"她。但现在不是挽救她的时候，不过，鉴于眼下的局面大有愈演愈冷之势，最差的结局不就是跟她一起同归于尽吗？这是最简单不过的，也是最基本的：不，不能丢下她不管。"我发现她身上有很多优点，你大概没有什么耐心听我去细数。你这样说她，你知道我会怎么想吗？"他问道，"这就像是你为了自己的私心，故意不承认她为你弟弟所做的一切，所以才对事物的两面视而不见。不管我提到哪一面，你都会连另一面一起丢掉。你必须让我说完，我真不明白你怎么能这么坦然地丢掉离你最近的那一面呢？"

"离我近……那种东西？"萨拉把头往后一扬，仿佛要把任何企图靠近她的东西拒之千里之外似的。

这让斯特雷特只能对她敬而远之。他沉默了片刻，然后又最后一次努力去说服她，"你老实说，你难道不希望看到查德有可喜的发展？"

"可喜?"她应声问道。其实,对这样的态度,她早有准备:"要我说,这样的发展是可怕的。"

几分钟前她就准备要走了。此刻,她已经站在通往庭院的门口,在准备跨越门槛时,她下了这个定论。她的话说得非常响亮,一时间周围的一切都悄无声息了。受她这话的影响,斯特雷特连大气都不敢喘,他只能接受,而且是被动接受。"呃!如果你这样想……"

"那一切就完了?那倒好了。我就是这样想的!"她一边说一边跨过门槛走了出去,径直穿过庭院,她从酒店搭乘来的马车正在院子对面的停车门廊下静候,她毅然决然地朝马车走去。她那种决裂的方式、她那种干脆的答复,一时间让斯特雷特不知所措。就好像她拉开强弩向他射了一箭,片刻之后,他才从被射穿的感觉中回过神来。留给他去处理的事已经明白无误地摆在他面前,这并没有让他感到吃惊,而是更加肯定了。总之,她走了,昂首阔步、傲然自得地甩他而去。没等他追上她,她已经登上马车,车轮已经滚动了。他中途停下脚步,站在院子里,眼睁睁地看着她离去,发现她连头都没有回。这时,他心想,这回很可能真的完了。在果断决裂时,她的一举一动都一再坐实了他的这个看法。在阳光明媚的街道上,萨拉从他的视线中消失了,他一动不动地站在这暗淡无光的院子里,注视着前方。很可能全完了!

第十一部

一

当天晚上，斯特雷特很晚才去马勒塞尔布大街，因为他总觉得去早了也没用。白天，他不止一次问过门房，查德还没有回来，也没有留下什么话。斯特雷特觉得，在这种节骨眼儿上他肯定是有什么要紧事，才会这么久出不归。斯特雷特曾到瑞弗里大街的酒店去问过一次，但得到的消息是所有人都出去了。斯特雷特心想，他总会回来睡觉的吧。于是，他便上楼来到查德的房间，但查德还没有回来。几分钟后，斯特雷特在阳台上听到房间里的自鸣钟敲了十一下。直到这时，查德的用人才告诉斯特雷特，查德曾经回来过，但回来后匆匆换上晚礼服又出去了。斯特雷特等了他一个小时，在这一个小时里，他满脑子都是些稀奇古怪的猜想、分析和否定。这是在他的这番奇思妙想快结束时，他能够回忆起来的特别重要的几个小时之一。最体贴入微的用人巴普蒂斯特替他找了把最舒适的椅子，放在灯光最柔和的地方，然后又帮他找来一本书页半裁的小说。小说已经泛黄，而且纸张很脆，里面还插着一柄象牙刀，犹如意大利农妇发髻上别着的刀饰。巴普蒂斯特说，如果先生没有什么吩咐，他要告罪回去睡觉了。听他这么说，斯特雷特总觉得不知怎么的，眼前温馨的环境更温馨了。晚上又闷又热，有一盏灯就足够了。璀璨的城市灯火一直照到很高、很远的地方。马勒塞尔布大街上的万家灯火，射进一长排房间里，照得室内的场景与摆设依稀可辨，更显气派。此时此刻，斯特雷特感觉到一种从未有过的享受。斯特雷特曾独自一人在这里待过，在这里翻过书，看过相册，在查德不在时感受过这里的灵魂，但从来没有半夜三更在这里待过，也从来没有这样近乎痛苦地尽情享受过。

斯特雷特在阳台上逗留了很长时间。他先是伏在栏杆上，就像第一次来时看到小比尔汉姆伏在栏杆上一样，也像他看到玛米那天伏在自己阳台的栏杆上为的就是让小比尔汉姆在下面看到她那样。然后，他又走回房间——有三个房间的套房，三个房间又有宽大的门相通。他在室内走来走去，不时地坐下来稍作休息，同时努力去回忆三个月前这些房间给他留下的印象，努力去倾听这些房间当时似乎在向他倾诉的声音。但此时他注意到，那种声音他再也听不见了，所以他觉得这是他自己已经彻底改变的最好证据。他以前听见的只是当时所能听见的。他现在所能做的就是把三个月前当成遥远过去的一个时间点来看而已。所有的声音已经变得更沉重，也更意味深长了。就在他徘徊走动时，各种声音纷至沓来、产生共鸣，让他心绪不宁。很奇怪，他此刻感到很难过，就好像他到这里来是做错了什么事，同时又莫名地感到兴奋，就好像他到这里来是为了寻找自由。但此时此景，最重要的是自由，正是这种自由把他再一次带回到自己久已失去的青春岁月。时至今日，他既说不清楚他为什么失去了青春，也说不清楚多年后自己为什么会对失去的青春这么在意。每件东西都独具魅力，主要原因无非是它代表着他所失去的东西的本质，让它恍如就在眼前、触手可及，使它以前所未有的程度成为可感知的东西。这就是他在这个深更半夜感觉到的东西，他久已失去的青春——很奇怪，他久已失去的青春就在眼前，充满了神秘，充满了真实，他可以去摸、去尝、去闻，甚至能听到它深沉的呼吸。他的青春不仅存在于室内的空气中、存在于户外的空气中，也存在于从夏夜阳台上遥望巴黎的夜生活之中。看着下面街道上点着车灯的小马车一辆接着一辆匆匆地、轻轻地辚辚驶过，他想起了自己从前在蒙特卡洛① 看到赌客们拥向赌桌的情景。正当他回忆起那番景象时，突然发现查德已经来到自己的身后。

"她告诉我，你把责任全都推给我了。"他一来，张口便提到了这个消息，这说明年轻人似乎愿意看到这样的结果。因为可以彻夜畅谈，两个人便聊起了其他许多事；也因为可以彻夜畅谈，他们的谈话才产生了一种奇怪的结果，那就是两人的谈话非但不急不躁，而且是斯特雷特在这次游历中时间最长、最散漫、最轻松的一次畅谈。他从

---

① 蒙特卡洛（Monte Carlo）：摩纳哥城市，位于地中海沿岸，毗邻法国东南部，以博彩业闻名。

一大早就找查德，到现在才见到他。不过，两人现在能这样格外亲切
地畅谈，尽管见面的时间晚了些，但还是值得的。当然，他们在不同
场合下经常见面，自从那天晚上在剧院第一次见面以来，两人不止一
次面对面谈过他们的问题，但还从没有像现在这样真正单独在一起，
两人的谈话也从没有像现在这样仅限于他们自己。如果说两人谈了很
多事，那可以说，让斯特雷特感受最深的是他时常注意到的查德身上
反映出来的一个明显事实：他的一切都归因于他懂得如何生活。斯
特雷特在阳台上转身相迎时，从查德脸上的微笑中——笑得恰到好
处——就能看出这一点。其实，斯特雷特马上就感觉到两人的这次
见面就足以证明他具备这种能力，所以他对如此公认的能力佩服得五
体投地。如果不能让别人心悦诚服，这种能力还有什么意义呢？幸亏
他不想干涉查德的生活，不过心里也很清楚，他即便是想干涉，下场
也只能是粉身碎骨。事实上，他之所以活得心安理得，正是因为他能
让自己的生活从属于眼前这个年轻人的生活。查德完全具备这种能力
的主要特点，尤其是具备这种能力的迹象，就是一个人不仅以应有的
快乐心态，而且以发自本能的狂热冲动投入自己的生活洪流之中。因
此，他们谈了还不到三分钟，斯特雷特便感到一种期待已久的兴奋。
当他觉察到查德对他的这种兴奋做出些许回应时，他兴奋的洪流便抑
制不住地四处漫溢了。这正是查德让人觉得痛快的一面。他"释放"
兴奋或与兴奋相关的情绪，就像家里洗好的衣物要送出去熨烫，居家
过日子既要整齐又要整洁一样。总之，斯特雷特觉得这跟洗衣妇把熨
烫好的衣服带回家的喜悦心情有异曲同工之处。

　　听到斯特雷特详细问起萨拉来访的事，查德开诚布公地做了回
答。"我主动跟她提起你，请她务必要见你一面。这是昨天晚上的事，
一共只有十分钟的时间。这是我们第一次闲聊，也是她第一次真正跟
我过招儿。她知道我也很清楚她对你的态度，也清楚你没有为难她。
所以，我便直接帮你说了好话，让她知道你愿意听她的，我也愿意听
她的。"年轻人继续说道，"我还告诉她，她随时可以找到我。不过，
让她为难的只是她找不到她认为合适的时间。"

"让她为难的只是她发现自己怕你。"斯特雷特答道，"萨拉不怕我，一点儿都不怕。正因为她看出我在专心思考现状时可能会坐立不安，所以才觉得最好的办法就是尽量搞得我浑身不舒服。我觉得你把责任都推给我，她会打心眼儿里高兴。"

"可是，亲爱的朋友，我究竟做了什么，会让萨拉怕我呢?"查德不以为然地反问道。

"就像我们这些可怜兮兮地在台下看戏的人所说的，你'棒极了、棒极了'。就这一点，她就怕你。更让她害怕的是她发现你并不是故意这么做——我是说，故意让她害怕。"

查德高兴地回想起他自己的初衷。"我当初只不过是想表示善意和友好，表达体贴和关心而已。直到现在我仍然是这么想的。"

对查德这种让人舒畅的坦荡胸怀，斯特雷特报以微笑。"哎呀! 最好的办法当然是由我来担责。这样可以减少你们的摩擦，免得你得罪人。"

但正因为对他的这份友情理解得更透彻，查德可不愿意这样做! 两个人一直待在阳台上，初夏白天的潴热过后，阳台上的夜风让人神清气爽。两个人轮流背靠在阳台的女儿墙上，椅子、花盆、香烟和星光，与周围的一切共同组成了一幅和谐的画面。"其实，责任不在你。再说，我们说好的，一起等，一起决定。我就是这样答复萨拉的。"查德接着说，"无论过去还是现在，我们两个一起决定。"

"我倒是不怕担责。"斯特雷特说道，"我到这里来，根本不是要你替我担责。我觉得我到这里来，就好像骆驼屈下前膝，好让自己的背接近地面，让主人骑上去一样。不过，我总觉得你对人对事都有自己的判断，所以我也就没有过问你的事。我只希望先从你这里了解你的决定。我只想知道这么多，所以随时准备洗耳恭听。"

查德抬头仰望夜空，慢慢吐出一口烟。"哦! 我懂你的意思了。"

斯特雷特停顿了片刻。"我自始至终都让你一个人决定。我想我可以说，自从刚开始的一两个小时，我只劝你忍耐一时之后，我就没再跟你说过一句话。"

“嗯！你对我真是太好了！”

“那么说，我们两个都不错——我们都光明正大。我们给了她们最大限度的自由。”

“啊！”查德说道，“最大限度的自由！完全听由她们决定，听由她们决定。”他一边抽烟一边仰望星空，似乎在琢磨什么，又似乎在静静观察她们的星座。但斯特雷特一脸困惑，不知道听由她们决定什么，最后，查德把答案告诉了他。“只要让我一个人待着，随她们怎么着都行。如果她们真想了解我，让我按照我自己的方式去生活，一切任由她们决定。”

这时，斯特雷特完全明白了，而且完全同意他的这种说法。查德所说的她们，显然是指纽瑟姆夫人和萨拉，而不是玛米和吉姆，这更让斯特雷特觉得查德很有自己的见解。“可她们已经做出了相反的决定，认为你不能再照你现在的样子生活下去了。”

“没错，”查德接着说道，“她们肯定不会同意。”

斯特雷特也一边吸烟一边琢磨。她们站在高处，就好像站在道德的高地上，可以居高临下地观察他们最近的所作所为。“你知道，要想让她们同意，门儿都没有。”

“肯定门儿都没有！不过，只要她们愿意考虑还是有……”

“她们不会考虑的。”斯特雷特已经和盘托出答案，“她们来欧洲不是为了你，而是为了我。她们想亲眼看的不是你在干什么，而是我在干什么。由于我该死的拖拉，所以才让她们的好奇心从第一个目标转移到了第二个目标。我这么说，请不要介意！令人讨厌的是，她们现在专门盯住的是第二个目标。换句话说，萨拉之所以漂洋过海大老远跑来，目的就是捉拿我。”

查德聚精会神地听着。“看来真是麻烦——都怪我把你扯了进来！”

斯特雷特又停顿了片刻，其后的回答好像要彻底消除查德的这种内疚心理似的。如果不消除这种心理，只要他们俩一见面，查德就会一如既往地感到内疚。“你找到我时，就已经把我‘扯了进来’。”

“呵！不过，是你找到我的呀。”年轻人呵呵笑着说。

"我只是把你找出来而已。是你把我扯进来的。不管怎么说，反正她们觉得自己应该来。再说，她们来了以后还很开心。"斯特雷特说道。

"是呀！我已经尽量让她们开心了。"查德说。

听他这么说，斯特雷特马上也自吹自擂起来。"我也是。就在今天早上，波科克夫人跟我在一起时，我还想法让她开心呢。比方说，就像我说的，她几乎像享受别的一样，对她自己不用怕我而感到非常得意。所以，从这种意义上说，我觉得我也帮了她一个大忙。"

查德顿时来了兴致。"她态度非常非常恶劣吗？"

斯特雷特倒是不以为然。"呃，她可是分量最重的人物——她做事可是一点儿都不含糊。不过，最后她还是看明白了，所以我一点儿都不感到内疚。我就知道她们肯定会来。"

"哦，是我自己想见她们，所以，如果只是为了那个……"查德自己也没有感到内疚。

斯特雷特想要的似乎就是这样的结果。"她们这次之所以成行，不就是因为是你自己想见她们吗？"

查德似乎觉得斯特雷特能这么说真是太好了。"你不觉得自己被害了吗？老伙计，你是不是被害了？"

他的话听起来好像是在问他是不是着了凉，或者扭了脚。足足有一分钟的时间，斯特雷特只是一味地抽烟。"我想再见她一次。我必须见她。"

"那是必须的。"查德突然犹豫起来，"你是说，见……呃……我母亲？"

"哦，你母亲……那要看情况。"

他说话的样子就好像他已经把纽瑟姆夫人抛到九霄云外去了。尽管如此，查德还是要尽力向九霄云外靠拢。"你是说看什么情况？"

斯特雷特没有回答，而是意味深长地看了他一眼。"我说的是萨拉。虽然她把我一脚踢开，但我一定要再见她一面。我不能就这样跟她闹掰了。"

"这么说，她真的讨人嫌？"

斯特雷特又吐了一口烟。"她只能如此。我是说，自从她们觉得不高兴的那一刻起，她们就只能……呃……只能像我说的那样。"接着又说，"我们给过让她们高兴的机会，她们也走上前来，认真打量过，却不肯接受。"

"牛不想喝水，你强按头也没用嘛！"查德说道。

"一点儿不错。今天早上萨拉就是一脸不高兴的样子。用你的话说，她不想喝水，就让我们束手无策。"

查德停顿了片刻，然后带着安慰的口气说道："当然，我们压根儿就没有指望她们会高兴。"

斯特雷特想了想说："是啊！我也没搞懂，所以才兜了这么个大圈子。但是，"他摇了摇头，"毫无疑问，我的做法太可笑了。"

"在我看来，"查德说，"有时候，你好得让人难以置信。"接着又说，"不过，如果你真的那么好，我也就心满意足了。"

"我是真的，但也难以置信。我异想天开、滑稽可笑——就连我自己都说不清楚。"斯特雷特说道，"她们又怎么可能理解我呢？所以我不跟她们一般见识。"

"这我懂。她们可跟我们一般见识。"查德带着安慰的口吻说。斯特雷特再一次感受到了这种安慰，但年轻人已经接着说下去了。"按理说，如果我再不对你直说，我就很惭愧了。你真的应该好好考虑考虑。我是说，趁着还没有彻底放弃……"说到这里，他好像有什么顾忌似的，不再说下去了。

哎呀！斯特雷特却想听下文。"接着说，接着说。"

"呃，到了你这把年纪——既然该说的都说了，该做的也做了——母亲会做你希望的那种人，也会是你希望的那种人。"

查德自然有所顾忌，所以，话虽然说了出来，但也只能说到这种程度。不一会儿，斯特雷特接过了话头。"我对未来没什么信心。我没什么能力照顾自己。所以，她肯定会照顾我，照顾得好好的。她有钱，人又善良，还有她过去一直对我这么好。当然，当然，"他最后说道，"这些都是明摆着的。"

在他说话的当儿，查德在想另外一件事。"你真的不在乎？"

斯特雷特慢慢转过身来，问道："你要回去吗？"

"如果你现在觉得我应该回去，我就回去。"他接着说，"要知道，六周前我就想走了。"

"噢！"斯特雷特说，"当时你还不知道我不想走！现在你想走，是因为你现在知道了我不想走。"

"也许吧！"查德回答道，"不过，我还是要实话实说。你说你要承担一切责任，可是，你如果觉得是我让你做出了牺牲，那你把我当成什么人了？"两个人一起靠在栏杆上，斯特雷特轻轻拍了拍他的臂膀，那样子似乎要他放心，他还是颇有些家私的。但正是在这种买与卖的问题上，年轻人仍然坚持自己的公平正义。"请原谅我这么说，其实，你最后的结果就是放弃钱，还可能是一大笔钱。"

"噢！"斯特雷特哈哈笑了起来，"即便只是一点儿小钱，你也完全可以这么说。不过，我也要告诉你，你也会放弃钱，而且不仅是可能，大概还是一大笔钱呢。"

"没错！不过，我已经有不少钱了。"片刻之后，查德说道，"可是你呢，老伙计，你……"

听他这么说，斯特雷特说道："我并不像别人说得那样，肯定有或者肯定没有'不少钱'？没错。不过，我还不至于挨饿吧。"

"哦，你肯定不会挨饿！"查德心平气和地说道。就这样，两个人在轻松愉快的气氛中继续聊。聊天过程中，尽管年轻人略停片刻，似乎在考虑他在这种场合下仅仅为了体谅斯特雷特而答应他万一在他挨饿时会替他筹措防范是否妥当。不过他大概觉得还是不提为好。就这样，不到一分钟的工夫，他们俩已经完全转移了话题。随后，斯特雷特又提及查德与萨拉的会面，问他们在谈话中有没有发生过"争吵"之类的事。查德的回答是恰恰相反，姐弟俩始终都以礼相待，接着又说，萨拉根本就做不出失礼的事。他一语道破了玄机："要知道，她被困住了手脚。从一开始，我就把她束缚住了。"

"你是说，她从你这里已得到了许多？"

"哦！照理我当然不能不好好招待。我觉得只是她没有想到我会这么好好招待她。在不知不觉之中，她也就接受了。"

"她一接受，"斯特雷特说，"就喜欢上了！"

"没错，她喜欢，也出乎了她自己的意料。"查德接着又说，"但她不喜欢我。其实，她恨我。"

听他这么说，斯特雷特来了兴致。"那她为什么还要你回家呢？"

"因为，如果恨一个人，你就想战胜他。如果她能把我舒舒服服地关在家里，也就战胜了我。"

斯特雷特一边琢磨，一边接着话头。"当然，从某种程度上可以这么说。不过，这样的胜利不值得，因为如果她时不时厌恶你，就很可能感觉到你也在厌恶她，这种厌恶感一旦纠缠在一起，你就可能当场对她不客气。"

"噢！"查德说道，"对我，她还是能包容的——起码在家里是这样。只要我在家里，就是她的胜利。她讨厌我待在巴黎。"

"换句话说，她讨厌……"

"没错，就是这样！"查德马上明白了他的意思，两人差一点儿就指名道姓地说出德维奥内夫人的名字来。话虽没有挑明，但并不妨碍彼此间的心领神会：波科克夫人讨厌的就是这位夫人。此外，这种心领神会也进一步加深了两个人已有的共识，那就是查德与她的关系不是一般的亲密。查德说他自己被困在萨拉在伍勒特营造的情绪之中，从而抽走了罩在他跟德维奥内夫人关系之上的最后一层轻柔面纱。"我还要告诉你，还有谁恨我。"他接着说道。

斯特雷特马上明白他指的是谁了，于是立刻不以为然地说道："哦，不！玛米不恨……呃，"他适时打住，"任何人。玛米很漂亮。"

查德摇了摇头。"这正是我介的原因。她肯定不喜欢我。"

"你介意到什么程度？你愿意为她做什么？"

"呃，她要是喜欢我，我也会喜欢她。真的，真的！"查德说道。

听他这么说，斯特雷特停顿了片刻。"你刚才问我，我是不是像你说的那样，不'在意'某个人。那我现在也要问你同样的问题。你就不在意另外一个人吗？"

查德借着从窗户透过来的灯光，瞪了他一眼。"差别在于，我根本不想去在意另一个人。"

斯特雷特感到很诧异。"不想在意？"

"尽量不想，也就是说，我已经试过，已经尽了力。"年轻人坦然说道，"你不该感到惊讶，是你教我这么做的。说心里话，我之前做过一些尝试，是你让我加倍努力去尝试的。"他又补充了一句，"六个星期前，我以为自己已经走出来了。"

斯特雷特明白他的意思。"可你并没有走出来！"

"我不知道，这正是我想弄清楚的。"查德说，"如果我自己真想回去，我想我可能已经找到法子了。"

"可能吧！"斯特雷特想了想说道，"可是，你能做的，也就只是想要去想！"接着又说，"即便想要去想，也只是我们美国的朋友来了以后的事。你现在还在想要去想吗？"查德一边双手掩面，心浮气躁地搓了一阵，一边发出了一种哭笑不得、模棱两可的声音，那样子就好像要避而不答似的。紧接着，斯特雷特一针见血地问道："你想吗？"

这种姿势查德只坚持了片刻，最后他抬起头来，突然说道："吉姆就是一颗老鼠屎！"

"哦，我并没有叫你辱骂亲戚，也没有让你告诉我他们长什么样，或者对他们评头论足。我只是再问你一次，你现在想好了没有。你说你已经'明白了'。你明白的就是你抗拒不了吗？"

查德冲他诡异地笑了笑——就是最接近苦笑的那种笑。"你就不能让我不去抗拒吗？"

"结果是，"斯特雷特好像根本没听到他在说什么，而是一脸认真地继续说道，"结果是她为你做得更多。我从来没有见过一个人为另一个人做这么多过——也许有人试过，但从没这么成功过。"

"哦，当然很多，"查德坦承道，"这里面也有你的功劳。"

斯特雷特仍然没有去听他在说什么，还是接着说道："不过，我们那边的朋友却不领情。"

"对，她们根本不领情。"

"她们要你做的，可以说是负心绝情、忘恩负义。"斯特雷特接着说，"而我的问题在于我不知道该如何帮你做到负心绝情。"

对他的这番话，查德倒是很欣赏。"既然你不知道如何帮我，自然也就不知道我该怎么办了。问题就在这里。"说完，他又突然提出了一个尖锐的问题。"现在你敢说她不恨我吗？"

斯特雷特这下犹豫了。"她？"

"是的，母亲。虽然我们说的是萨拉，其实是一样的。"

"呃，"斯特雷特则不以为然，"跟萨拉恨你是不一样的。"

听了这话，查德迟疑了片刻，然后巧妙地回答道："如果她们恨我的好朋友，那就一样了。"他的话已经说得很明白，斯特雷特觉得已经足够了，再也没有其他所求了。年轻人真心说到他的"好朋友"，是他从来没有这么直接说过的，坦承两人之间的关系是如此密切，以至于他很想摆脱这种关系，但在特定时刻他会被旋涡吸进去，又摆脱不了一样。就在这时，查德继续说道："再说她们也恨你，这也有很大关系。"

"哦，"斯特雷特说，"你母亲不会。"

但查德还是诚恳地——当然是对斯特雷特诚恳了——坚持自己的看法。"如果你不小心点儿，她也会恨你。"

"嗯！我确实小心。我时时刻刻都在小心。"斯特雷特解释说，"正因为这样，我才要再见她一次。"

听他这么说，查德又旧话重提。"见母亲？"

"眼下是见萨拉。"

"哎呀！何苦来呢！我真搞不懂，"查德无可奈何而又疑惑不解地说道，"去见萨拉，对你有什么好处呢？"

斯特雷特觉得实在是一言难尽！"那是因为我打心眼儿里觉得，你缺乏想象力。你什么都好，就是没有想象力。你就看不出来吗？"

"那还用说？我看出来了。"对这个说法，查德倒是颇感兴趣，"不过，你自己的想象力是不是也太丰富了？"

"哦，很丰富！"就这样，一来是因为受了批评，二来像是终于找到了应该逃避的问题，片刻之后，斯特雷特便起身告辞了。

二

那天下午，波科克夫人到访后，斯特雷特便坐立不安。快到吃晚饭的时候，他便去找玛丽亚·戈斯雷聊了一小时。最近他虽然一直在重点关注其他事，但从来没有冷落她。第二天，他又在同一时间跑到她那里，同样下意识地向她倾诉衷肠，这也说明他没有冷落她。无论他怎么绞尽脑汁地去兜圈子，但最后总要绕回到她忠实地等着去听的话题上。但话说回来，他绕圈子的那些话题，都没有他此刻准备向她汇报的两件事那么有意思，这是他上次来过后没多久发生的事。前天深夜，他见过查德·纽瑟姆。跟查德谈过之后，昨天早上，他又第二次跟萨拉见了面。"不过，他们最后都是要走的。"他说。

她一时间没有摸着头脑。"都走？纽瑟姆先生跟他们一起走？"

"哦，还没有！萨拉、吉姆，还有玛米。不过，韦马什跟他们一起走——为了萨拉。太好了！"斯特雷特接着说道，"我简直抑制不住——别提有多高兴了。不过，还有一件让人高兴的事。"他接着说，"唔，你猜怎么着？小比尔汉姆也走。当然，他走是为了玛米。"

戈斯雷小姐不解地问道："为了她？你是说他们已经订婚了？"

"呃，"斯特雷特说，"那么就说是为了我吧。为了我，他什么都肯做。当然，为了他我也什么都肯做。或者说为了玛米吧。为了我，她也是什么都肯做的。"

戈斯雷小姐长叹了一口气。"你真能叫人听你的！"

"那样当然好了，但我没办法让人听我的，所以也就扯平了。自从昨天起，我就没能叫萨拉听我的。不过，我还是顺利地又见了她一面。这事我等会儿告诉你。不过，其他人确实没问题。按照我们那里的好规矩，玛米确实应该有个年轻的男人。"

"可是，可怜的比尔汉姆先生应该有什么呢？你的意思是说，他们是为了你才结婚的？"

"我是说，按照该死的规矩，如果他们不结婚也没什么关系。我根本没有必要去操这个心。"

她像往常一样懂得他的意思。"吉姆先生呢？谁又是为他走的呢？"

"哦，"斯特雷特不得不承认，"这我就管不了啦。他还是一如既往地四处游历。用他的话说，既然他的奇遇很多，看来这个世界对他还是不错的。用他的话说，'在这里'，他有幸见识了世界。"接着又说，"他最大的奇遇自然是过去几天见识过的东西了。"

戈斯雷小姐已经知道他要说什么了，于是立刻联系起来。"他又去见玛丽·德维奥内夫人了？"

"我没跟你讲吗？在查德举行晚宴的第二天，他就去了，一个人去的，去跟她喝茶。是她请他去的，只请了他一个人。"

"跟你倒很像嘛！"玛丽亚微笑着说道。

"哦，他可比我对她好多了！"看到戈斯雷小姐对他的话深信不疑，斯特雷特又凭借对这位神奇女人的旧日记忆，添油加醋地说道："我一直很想让她也去的。"

"跟一行人去瑞士？"

"为了吉姆——也为了成双成对嘛！如果能去半个月的话，她就去了。"紧接着，他又表达了对她的新看法，"她什么事都愿意做。"

听他这么说，戈斯雷小姐想了想，附和着说："她真是无可挑剔！"

"我觉得，"他接着说，"她今晚会去车站。"

"送他？"

"跟查德一起去——非常高明——算是博取大家的眼球吧。"他眼前仿佛出现了她为他们送行的画面,"她送行时所表现出来的那种轻松、从容的风姿,那种无拘无束、随心所欲的高兴劲儿,肯定会把波科克先生弄糊涂了。"

就这样,他想象着她为他们送行的场面,立即招来戈斯雷小姐善意的批评。"总之,既然她的出场能把头脑比较清醒的人都弄糊涂了,"玛丽亚单刀直入地问道,"你真的爱上她了?"

"我糊不糊涂并不重要,"他回答道,"其实,这跟我们俩没啥关系,或者干脆说,根本没关系。"

"反正,照我的理解,"玛丽亚继续笑道,"他们五个人都走了,只留下你和德维奥内夫人。"

"哦,还有查德。"斯特雷特又加上一句,"还有你。"

"啊!我!"她不耐烦地轻叹了一声,其中似乎突然暴露了某种不以为然的情绪,"看样子,我留下来已经没什么用了。你跟我说了这么多事,让我感觉自己错失了很多东西嘛。"

斯特雷特犹豫了一下。"不过,你错失很多东西、你置身事外,是你心甘情愿的,对不对?"

"啊,没错。这是必须的。就是说,我这样做对你比较好。我没别的意思,只不过想说我好像再也不能帮你了。"

"你怎么这么说呢?"他说道,"你不知道你对我的帮助有多大。如果你不再……"

"那又怎样?"看到他欲言又止,她追问道。

"呃!我会告诉你的。到时候再说吧。"

她寻思了片刻。"这么说,你一定要我留下咯?"

"你看我对你的态度,你还不明白吗?"

"你对我当然非常好啦!不过,"玛丽亚说道,"那是为我自己着想。要知道,巴黎的好日子快要过去了,这儿的天气会比较热,尘土也会比较多。人们都避暑去了,别的地方的人要我过去。不过,如果你要我留下来……"

她说话的口气让斯特雷特觉得她愿意听他的话，但他突然又强烈地感觉到他本来是不愿意放她走的。"我想让你留下来。"

她的态度就像是她等的就是这句话，就好像他的话弥补了她的损失。"谢谢你！"她只是轻描淡写地回了一句。紧接着，看到他目不转睛地看着她，她又说了一遍："非常感谢。"

一时间，两个人的谈话突然中断了。过了一会儿，他才说道："呃，两个月——管它多久呢——以前，你为什么突然不辞而别呢？你不辞而别了三个星期，事后给我的理由并不是实话。"

她回想起来。"我从来没觉得你会当真。不过，"她继续说道，"其中的缘由你没猜到，倒是帮了你大忙啦。"

听她这么说，他把目光移开，然后在房间里慢慢走了一大圈。"我经常琢磨这件事，但怎么也捉摸不透。到现在才问你，可见我对你多么体谅了。"

"那你为什么现在才问呢？"

"告诉你，你不在的时候我是多么想你，还有你不在对我影响有多大呀！"

她哈哈大笑起来。"好像没什么影响嘛！不过，"接着又说道，"如果你真的没有猜到，那我可以告诉你。"

"真的没猜到。"斯特雷特一脸认真地说道。

"真的？"

"真的。"

"呃！那我告诉你，就像你说的，我之所以不辞而别，是因为万一玛丽·德维奥内在你面前说我的坏话，我可以不在场，免得难堪。"

他还是有些半信半疑。"就算这样，你回来后，还不是照样会难堪吗？"

"哦，如果我觉得她把我说得太不堪，我就会跟你一刀两断。"

"这么说，"他接着说道，"你之所以敢回来，就是觉得她已经口下积德了？"

玛丽亚带着总结的口吻说道："我得感谢她。不管她的目的是什么，她并没有分离我们。"接着又说道，"这也是我敬佩她的一个原因。"

"这也是我佩服她的一个原因吧！"斯特雷特说道，"可是，她能有什么邪念呢？"

"女人的邪念会是什么呢？"

他思考起来，不过，当然用不着想太久就找到了答案。"男人？"

"有了这种邪念，她就会将你占为己有。不过，她后来发现，没有这种邪念，她照样可以将你占为己有。"

"噢！将我'占为己有'！"斯特雷特态度暧昧地轻轻叹了一口气，然后不慌不忙地说道，"你本来可以动用自己的想法，把我占为己有呀！"

"哦，把你占为己有！"她也附和着说道，"可是，"她揶揄道，"只要你表达一次这样的愿望，我确实会把你占为己有。"

他含情脉脉地在她面前停下脚步。"那我就要表达五十次。"

听他这么说，她又轻轻叹了一口气，不过，叹息声似乎与他们的话题没有什么关系。"得！又来了！"

就这样，在余下的时间里，就好像要向她表示她仍可以帮他一样，他又说到了波科克一家离开的事情，绘声绘色、眉飞色舞地讲起他那天早上的经历。绘声绘色、眉飞色舞的程度，根本不是本书所能尽录的。在萨拉入住的酒店，他跟她谈了十分钟。他已经向戈斯雷小姐描述过，萨拉在他住的旅店跟他见面后，曾恶狠狠地对他说永远跟他决裂。这可是自那以后，在他的强烈要求下，她迫不得已才见他的十分钟。他未经通报就闯了进去，看到她正在客厅里跟一个裁缝和一个针线女工在仔细算账。没多久，裁缝和女工就离开了。然后，他跟她解释说，头天晚上很晚他已经照她说的见过查德了。"我跟她说，所有的责任我都愿意担着。"

"你都担着？"

"对，如果他不回去的话。"

玛丽亚停了片刻，然后轻轻冷笑着问道："如果他回去，那责任由谁来承担呢？"

"呃！"斯特雷特说，"我觉得不管回不回，都由我来承担吧。"

"你的意思大概是，"片刻之后，玛丽亚说，"你很清楚，你现在什么都没了。"

他又在她面前停下脚步。"也许是吧。不过，查德现在既然已经看明白了，真的不希望出现这样的结果。"

这一点她倒是相信，但她还是一如既往地刨根问底。"可是，他到底看明白了什么？"

"她们要求他做的。这就够了。"

"你是说，与德维奥内夫人的要求相比，她们的要求更过分？"

"差别大着呢。全方位的、巨大的差别。"

"没准儿主要是跟你想要的不一样？"

"啊！"斯特雷特说，"我想要的我已经不再计较，甚至不想弄明白了。"

可是，戈斯雷小姐仍继续问道："纽瑟姆夫人这样对你，你还想要她吗？"

他们俩谈话的格调一直很高，过去他们谈论起纽瑟姆夫人来，从来没有像今天一样直白，但他停顿了片刻，似乎并不全是因为这种直白。"不管怎么说，她大概只能这样想吧。"

"所以，你还想要她？"

"我已经让她非常失望了。"斯特雷特觉得这一点值得提一提。

"你当然让她失望了，这不是明摆着的嘛！我们早就看明白了。"玛丽亚接着说道，"不过，你还有直接补救的办法，这不也是很明白吗？真的把查德拉走，我相信你能办到，你就不用再怕她失望了。"

"呵！"他呵呵笑着说，"那样的话，我不是要让你失望了吗？"

听他这么说了后，她并没有为之所动。"那你还有什么好担心的呢？要我说，你落到这步田地，并不是为了讨好我呀！"

"哦，"他仍坚持自己的看法，"要知道，这也是其中一部分原因。

这是一个整体，我分不开。我说过，这也许正是我搞不懂的原因。"但他要再度重申，这毫无关系，尤其是像他说的，他还没有真正"走出来"。"到了紧要关头，她最后还是大发慈悲，又给了我一次机会。你知道，她们还要再过五六个星期才乘船回去。她也坦承她们没指望查德会跟她们一起走。不过，他仍然可以在最后时刻从利物浦上船，跟她们一起回去。"

戈斯雷小姐想了想。"除非你帮他开路，否则，他怎么'可以'呢？如果他深陷在这里，他又怎能在利物浦上船，跟她们一起回去呢？"

"就像我告诉你她昨天对我说的那样，查德答应她，会照我说的办。"

玛丽亚瞪着眼睛问道："可是，如果你不发话呢！"

听她这么说，他又徘徊起来。"今天早上，我确实发了话。我答应她，听到他的承诺后就给她回话。别忘了，她昨天想要我当场保证，一定要让他发誓。"

"这么说，"戈斯雷小姐问道，"你去见她就是要婉言拒绝？"

"不是。你可能觉得很奇怪，我去见她就是要她再等一等。"

"哎呀！那太软弱了！"

"一点儿没错！"她的话很不耐烦，但至少在这个问题上，他还是有自知之明的，"如果我软弱，那我就要找出软弱的原因。如果找不到，那我心里会很踏实，甚至有点儿自豪地认为自己很强硬。"

"我觉得，"她回答道，"你的踏实也就到此为止吧！"

"不管怎么说，"他说，"还有一个月。就像你说的，巴黎会一天比一天热，而且满是灰尘，但还有更热和更脏的时日。我不怕留下来。巴黎的夏天如果不是平凡乏味的，那就一定有狂放的有趣之处。这里的夏天会比任何时候更别致。我觉得我会喜欢它的。再说，"他亲切地冲她微微一笑，"不是还有你嘛。"

"哦，"她不以为然地说道，"我留下来可不是为了成为别致的一部分的，在你身边我再平凡不过了。"接着又说道，"要知道，不管怎么说，你身边可能不会再有别的人了。德维奥内夫人很可能会走，对不对？纽瑟姆先生可能也会走，除非他们确实向你保证过，说他们不走。"她煞有介事地说道，"所以，如果你留下是为了她们，那你可能会竹篮打水一场空。当然，如果他们的确能留下，"接着又说，"他们就会成为别致的一部分。如若不然，你不妨跟他们一起到别处去吧。"

斯特雷特似乎认为这个主意很不错，但紧接着，他一脸严肃地问道："你是说，他们会一起走吗？"

她想了想，说道："我觉得，如果他们一起走，那对你就太没有礼貌了。"接着又说，"不过，现在还很难说，对你礼貌到什么程度才比较合适。"

"当然，"斯特雷特说道，"我对他们的态度就很不一般嘛。"

"正是如此，这样可以让人去扪心自问，自己应该采取什么态度才能与之匹配。他们应该采取什么样的态度才能跟你对他们的态度相匹配，当然要由他们自己去想了。"她随即又说，"对他们来说，高明的做法也许是先退避三舍，然后请君入瓮。"听她这么说，他两眼直勾勾地看着她，那样子就好像因为她突然为他着想而生出许多烦恼似的。其实，她接下来的话也基本上说明了这一点。"不要怕告诉我，你现在满心里想着的是一番温馨宜人的景象：全城空寂，绿荫下到处都是空椅，各种各样的冷饮，人烟稀少的博物馆，傍晚驱车到森林公园 ①，我们那位奇女子专门陪着你一个人。"她继续尽情发挥，"说起来，最漂亮的事，我敢说，莫过于查德先生自己离开巴黎一段时间。由此看来，"她最后说道，"他不去看他母亲，真是可惜。趁他不在的这段时间，你起码有事可做。"说到这里，她停顿了片刻，"他为什么不去看他母亲呢？在这样的大好时节，哪怕一个星期也行啊。"

"我亲爱的小姐，"斯特雷特回答道——他早就知道该怎么回答了，自己都觉得奇怪，"我亲爱的小姐，他母亲已经来看过他了。这

---

① 此处指巴黎西郊的布洛涅森林公园（Bois de Boulogne）。布洛涅森林公园既有皇家风范，又沾染了脂粉俗气，既浪漫优雅，又有暧昧淫荡之称。司汤达小说《红与黑》、巴尔扎克小说《交际花盛衰记》、莫泊桑小说《我们的心》、左拉小说《娜娜》，还有梵·高、马奈等著名画家的油画中，都描绘过布洛涅森林。

个月，纽瑟姆夫人一直跟他在一起，而且对他关怀备至，我相信他肯定已经感受到了。他热情地接待她，而她也对他表示感谢。你说，他还用得着再回去感受更多的关怀吗？"

她揣摩了一会儿，才把这个想法丢开。"我懂了。这是你不会建议做的事，你也没有建议过。你心里很清楚。"

他宽和地说道："亲爱的，如果你见过她，你也会的。"

"见过纽瑟姆夫人？"

"不，见过萨拉。对我和查德来说，不管干什么，萨拉都能帮得上。"

她思索着回答道："帮忙的方式真是太奇特了。"

"呃，要知道，"他半带解释地说道，"实际情况是萨拉满脑子全是冷冰冰的想法，她会把这些想法原封不动地告诉我们。所以，她对我们是什么看法，我们也就一清二楚了。"

玛丽亚听懂了他的意思，但还有一个问题。"说到这儿，有一点我一直没搞清楚，就是你自己是怎么看她的？说到底，你就一点儿也不在乎吗？"

他立刻回答道："连查德自己昨晚也问过我这个问题。他问我担不担心失去什么——失去一种衣食无忧的未来。"紧接着又补充了一句，"这样的问题再自然不过了。"

"话虽这么说，不过，请注意，"戈斯雷小姐说道，"我可没有问过你这个问题啊。我冒昧问的是，你抱无所谓态度的是不是纽瑟姆夫人？"

"根本不是，"他干净利索地回答道，"恰恰相反。从一开始我就一直在考虑，对每件事她可能会怎么想，所以常常忧心忡忡、饱受折磨。我只求她能看到我看到的。就像她认为我顽固不化，所以对我深感失望一样，我对她拒不肯看也深感失望。"

"你是说，你让她感到震惊，她也让你感到震惊？"

斯特雷特琢磨了一下。"我大概不会像她那样大惊小怪。不过，为了迁就她，我已经做得够多的了。可是，她寸步不让。"

"所以，你最后走到了反过来指责她的痛苦阶段。"玛丽亚一语道破了天机。

"那倒不是，我只是对你说说而已。在萨拉面前，我就像一只羔羊。只是我已经退到墙根，不能再退了。一个人如果被人猛地推到墙根，自然就站不稳了。"

她盯着他看了一会儿。"摔跟头了？"

"哎呀！既然我感觉到自己已经在什么地方跌倒了，那肯定是摔跟头了。"

她琢磨了一会儿，但并不是为了跟他一唱一和，而是希望把事情弄清楚。"问题是，我认为你一直令人失望……"

"从我刚到的时候起就令人失望？我承认，连我自己都觉得我让人惊讶。"

"当然，"玛丽亚接着说道，"这跟我有很大关系。"

"你是说我让人惊讶？"

"算了，"她呵呵笑着说，"如果你体贴我，你就不会说我很让人惊讶了！"接着又说道，"当然，你到这里来多多少少是为了那些让人惊讶的东西嘛。"

"那当然！"他觉得她提醒得很对。

"不过，这些让人惊讶的东西都是为你准备的，"她继续说道，"没有一样是针对她的。"

他又在她面前停下了脚步，似乎她触及了问题的实质。"这正是她的毛病——拒不承认让人惊讶的东西。我认为这个事实恰恰说明了她，表现了她，也完全符合我跟你说过的：她满脑子都是缜密的冷冰冰的想法。她早就按照自己的想法，把整个问题算计清楚了，既为我，也为她，算计清楚了。要知道，她一旦算计清楚了，那就没有改变的余地了。她的脑子已经堆满、塞紧，如果你想拿出或放进什么新的或异样的东西……"

"你必须把这个女人彻底改造过来？"

"所以，"斯特雷特说，"必须从精神上、从理智上将她抛弃。"

"好像你就是这么干的嘛！"玛丽亚答道。

但是，斯特雷特把头往后一仰。"我就没有碰到她。她是不会让人碰的。我现在算是看清楚了。她有她自己独善其身的方法，这让人觉得她的性格哪怕有一丝变化，都是一种错误。"他接着又说道，"不管怎么说，萨拉让我决定是取还是舍的，就是你所说的这个女人，就是她切实存在的道德和理智，或者说是障碍。"

他的话让戈斯雷小姐陷入沉思。"居然要在刺刀威逼下去接受切实存在的道德和理智，或者说是障碍！"

"其实，"斯特雷特说道，"在家里时我已经这么做了，只不过那时还不太了解。"

戈斯雷小姐深表认同。"在这种情况下，一个人大概根本不会事先意识到你所说的障碍有多大。这种障碍一点儿一点儿暴露在你眼前，直到最后你才能看清全貌。"

"我看清了全貌，"他心不在焉地附和道，但眼睛仿佛一直在注视着冰冷的碧蓝色北海上一座特大冰山，然后莫名其妙地叫了一声，"太壮观了！"

但戈斯雷小姐对斯特雷特这种前言不搭后语的毛病早就司空见惯了，所以仍紧扣主题不放。"让别人感觉自己没有什么想象力——谈不上壮观吧！"

听她这么说，他才回过神来。"哦，你说得没错！我昨晚就是这么跟查德说的。我是说，他自己一点儿想象力都没有。"

"这么说，"玛丽亚含沙射影地说，"他跟他母亲倒是有相似之处嘛！"

"相似之处是，就像你说的，他总让人琢磨他的'感觉'。不过，"这个问题好像很有趣似的，他接着又补充了一句，"即便一个人有很多特点，也免不了去琢磨别人的感觉。"

戈斯雷小姐含沙射影地问道："德维奥内夫人？"

"她有很多特点！"

"当然，她以前有很多。但让人琢磨她的感觉的方式也不少啊。"

"没错，那还用说。要知道……"

他还想接着讲，但她不愿意听。"哦，我就不会让别人琢磨我的感觉。我可不愿意看到别人对我的特点评头论足。不过，"她说，"你的就太多了。从来没有人有这么多过。"

他听后为之动容。"查德也是这么看的。"

"怎么样？让我说准了吧。不过他不应该抱怨！"

"哦，他可没抱怨！"斯特雷特说。

"他缺的就是这个！"玛丽亚接着说道，"可是，这个问题是怎么提出来的？"

"呃，是他问我会得到什么好处的时候。"

她停了一下。"这么说，既然我也问过你，我的问题也就解决了。"她又说，"哦，你的想象力真是太丰富了。"

但他立刻转移了话题。"不过，别忘了，纽瑟姆夫人过去确曾想象过，而且显然仍在想象我看到的东西有多么糟糕。她的想象特别强烈，认为我肯定会看到什么。可我没有看到，也没能看到，她明显感觉到我也不愿意去看。就像她们说的，我显然没能'合'她的拍。这是她无法忍受的。也正因如此，她才倍感失望。"

"你是说，你本该发现查德很糟糕才对？"

"我本该发现这个女人。"

"糟糕？"

"发现她像纽瑟姆夫人所想象的那样。"话说了一半，斯特雷特停了下来，就好像自己的表述对刻画那个形象起不到什么作用似的。

与此同时，玛丽亚也在思考。"她的想象很愚蠢，所以，结果没什么两样。"

"愚蠢？噢！"斯特雷特说。

可是，她还是坚持自己的看法。"她的想象太小家子气。"

但他说得要好听一些。"她只不过是无知罢了。"

"哼，固执而且无知，还有比这更糟的吗？"

这个问题可能把他难住了，所以只好避而不答。"萨拉现在可不能说是无知了，可她仍坚持她那套凡事都糟糕的老脑筋。"

"哎呀！不过，她这么固执，有时也会出事。不管怎么说，在这件事上，既然否认玛丽十分迷人是行不通的，那么否认她起什么好作用起码是行得通的。"

"我说的是，她对查德起好作用。"

"但你没有说，"她似乎很喜欢把问题弄个水落石出，"她对你起好作用。"

但他仍然置之不理，继续说道："这就是我要她们来欧洲的理由，要她们亲自来看一看，她对查德是不是有害。"

"可是看过之后，她们仍不肯承认她起了什么好作用？"

"她们确实觉得，"斯特雷特随即承认，"总的说来，她对我也是有害的。不过，她们的态度当然是一贯的，因为在什么东西对我们两个人起好作用这个问题上，她们的看法很明确。"

玛丽亚非常敏感，于是暂时撇开其他问题不谈。"对你，首先是从你的生活中——如有可能，从你的记忆中——把我这个在她们看来令人讨厌、可怕而又狡猾的女人抹去，因为，抹掉我甚至比抹掉那个更显眼、但不那么可怕的恶魔更重要，那个恶魔就是心甘情愿与你同流合污的人。但这样做比较简单，到万不得已的时候，你完全可以轻而易举地把我甩掉。"

"到万不得已的时候，我完全可以轻而易举地把你甩掉。"这显然是反话，千万别认真，"到万不得已的时候，我完全可以轻而易举地把你忘掉。"

"这倒是能办到。但查德要忘掉的东西就太多啦，他怎能做得到呢？"

"哎呀！就是这样！这正是我让他做的事，正是我跟他一起做或者帮助他做的事。"

她默然沉思，深入推敲，仿佛对这些事实了如指掌似的。突然，她想起了一件事。"你还记得在切斯特和伦敦时，我们经常谈起我如何帮你渡过难关的事吗？"她像是在谈论遥远的往事，又像是谈论他们曾在她提到的切斯特和伦敦度过几个星期似的。

"你现在就在帮我渡难关呀。"

"呃，因为你留下了这么大的空当，所以很可能还会有更糟的事。你可能会一败涂地。"

"没错，我可能会一败涂地。不过，你能帮我……"

他欲言又止，她在等着。"帮你？"

"只要我能挺得住。"

她还在掂量。"我们刚才说过，纽瑟姆先生和德维奥内夫人可能要离开巴黎。没有他们，你觉得你还能挺多久？"

斯特雷特避而不答，而是提出了另一个问题。"你是说，他们是要弃我而去？"

她的回答很干脆。"如果我说我认为他们就是这样想的，你可别觉得我无礼！"

他再一次盯着她，刹那间内心里的思维活动似乎在加速，让他脸色大变。但他还是微笑着说道："你是说，虽然他们对我那么好，但仍会弃我而去？"

"虽然她对你那么好。"

听她这么说，他哈哈大笑起来，随即又恢复了常态。"不过，她还没有行动呢！"

三

几天后，他随便在一个火车站上了车，又随便在一个车站下了车。不管结果如何，反正这种日子所剩无几了。完全是一时心血来潮（动机肯定是单纯的），他花了一整天的工夫去乡下一览法国的田园风光，欣赏它的清凉碧野。他以前只在画框中领略过法国的田园风光。对他来说，法国的田园风光多半仍在他想象中的某些地方——小说的故事背景、艺术的表现媒介、文学的营养沃土——但实际上，这种风光犹如希腊一样遥远，而他也近乎视之为神圣。在斯特雷特的意识中，构成田园风光的元素虽然平淡无奇，却可以编织成浪漫的画卷。一想到最近"经历"了一番折腾之后，能有机会找个地方一览田园风光，让他回想起多年前在波士顿一家书画店里看到的朗比内 ① 的一小幅画作，他就感到些许兴奋。想当年，他一看到朗比内的那幅画，就着了迷，而且可笑的是，至今难以忘怀。他还记得书画店的老板当时告诉他，老板报的价格是所有朗比内作品中最低的，但说来惭愧，即便是这么低的价格，也是他做梦都不敢想的。他做梦都想买那幅画——在那里翻来覆去地权衡了一个小时。说起购买艺术品，那是他平生唯一的一次经历。那次经历虽然没什么大不了的，但留下的记忆，却因为偶然的联想莫名其妙地变得甜蜜起来。就这样，朗比内的那幅作品在他心念中成了他一生自恨未能获得的珍品，让他一时间出卖了他质朴的天性。他心里很清楚，如果他再见到那幅画，他很可能会非常震惊，但他万万没有想到，时间的年轮又把那幅画转到他面前，而且跟他在波士顿特里蒙特大街上那个带天窗的酱紫色书画店里看到的一模一样。但是，如果能够看到记忆中的那幅画还原到构成它的本来面目，帮助那份昔日的记忆——波士顿尘土飞扬的日子、菲奇堡车站、酱紫色书画室、碧绿的美景、离谱的价格、白杨、垂柳、灯芯草、小河、银白色的晴空、天边的林木——回归自然，那又另当别论了。

　　说到他乘坐的那班火车，他只知道在驶离巴黎市郊之后，火车应该停几次才对。既然这一天心情大好，他也就随兴地决定在哪儿下车了。对这次短途旅行，他的想法是火车在驶离巴黎一小时后，只要看到符合他胃口的美景，他可以随时下车。火车行驶了大约八十分钟后，天气、空气、光线、美景，还有他的心情，全都彰显出正对他胃口的特质。火车也正好在他心里期待的地方停了下来，于是他不慌

---

① 朗比内（Emile-Charles Lambinet, 1815—1877）：法国浪漫主义风景画家。

不忙地下了车，就好像专程去赴约似的。既然去赴约只是为了去见证
过去在波士顿书画店见过的那种田园风光，读者可能会觉得像他这把
年纪的人，完全可以拿一些微不足道的小事来自娱自乐。没有走多
远，他马上对这次的旅行充满信心。波士顿书画店里那个长方形描
金画框的四边不见了；白杨和垂柳，苇草和小河——他不知道这条
河叫什么，也不想知道——自成一体，构图异常巧妙；银白和蔚蓝
的天空被描摹得极富色泽感；左边是白色的村庄，右边是灰色的教
堂。总之，他想要的全在这儿了。这里就是特里蒙特大街；这里就是
法国；这里就是朗比内的画作。再说，他还可以在画里尽情畅游一
番。他漫游了一个小时，朝着林木茂密的天际走去，深深沉醉在记忆
和悠闲之中，以至于又一次突破记忆和悠闲的边际，直抵那绛红色的
墙。不用说，用不了多久，他就能体验到悠闲的甜蜜滋味，真可谓是
妙事一件。其实，这种甜蜜是他花了几天的时间挣来的，自从波科克
一家走后，他就已经尝到了甜蜜的滋味。他走啊走，好像要证明自己
现在无事可做似的。既然无事可做，他便离开林中小道，朝一个山
坡走去，后来干脆在山坡上躺下来，聆听白杨发出的沙沙声。就这
样，他消磨了一个下午的时光，因为口袋里有本书，这个下午就显得
更加充实了。在山坡上，他可以对周围的景色一览无余，进而挑一家
不错的乡村酒肆，去品尝真正的农家晚饭。九点二十分有一班火车返
回巴黎。他想象着，在这一天行将结束时，在粗糙白桌布和铺沙地面
的陪衬下，自己吃着煎炸得恰到好处的食物、品着地道的葡萄酒、洗
却一路风尘的情景。然后，他可能随兴踏着黄昏的薄暮走回车站，或
者干脆搭乘一辆小马车，顺便跟车夫聊聊天。当然，车夫会无一例外
地穿着浆硬洁净的短衫，戴着编织的睡帽，同时还具备应答自如的天
分。总之，车夫会坐在车辕上，告诉他法国人民是怎么想的，而且还
会像这一整天的经历一样，让他突然想起莫泊桑。与眼前的景象步调
一致的是，斯特雷特第一次听见自己的嘴唇，在法国的空气中发出富
有表现意义而又不怕同伴听到的声音。他害怕查德，害怕玛丽亚，也
害怕德维奥内夫人，但他最害怕的还是韦马什。在城里，只要他们聚

在一起，当着韦马什的面说话时，他总免不了因为自己的用词或口音受罚。韦马什对他的惩罚通常是他只要一张嘴，就立刻招来韦马什的白眼。

在他离开林中小路朝山坡走去时，他无拘无束地尽情遐想，而白杨茂密的山坡也诚心诚意、笑容可掬地在等着他，让他在叶声沙沙的两三个小时里，感觉到自己的遐想是多么畅快。他感觉到成功地找到这一片如画的净土，周围的一切是那么祥和，那么如意。最重要的是，他躺在草地上，想到萨拉确确实实已经走了，他紧张的神经也确确实实得到了放松。掺杂在这种遐想之中的内心平静可能只是虚幻的，但此刻已跟他形影不离，以至于让他小睡了半个小时。他拉下草帽——头一天，他想起韦马什有顶草帽，才买了这顶草帽——盖住眼睛，又去神游朗比内的世界了。他似乎觉得非常疲倦——不是因为长距离漫步而疲倦，而是过去三个月来他的神经一直绷得很紧，几乎从未消停过的缘故。就这样，他们一走，他便放松下来，而且现在一松到底了。他悠然保持内心的平静，因放松到底后的所思所想而备感欣慰。这大概就是他对玛丽亚·戈斯雷说他愿意留下来的原因吧。巴黎的夏日，时而晴空烈日，时而阴霾笼罩，人们都跑到外面去了，他再也感受不到巨柱飞檐带给他的压抑，取而代之的是宽如街边的凉棚下的阴凉和清爽的空气。这种感觉萦绕在心间，让他挥之不去。于是就在说完这番话后的第二天，为求证自己的自由自在，他下午就去看了德维奥内夫人。又隔了一天，他又去看她。两次见面的结果是与她共度两小时后的感觉，不但让他心满意足，而且让他想常去看她。想常去看她的这种大胆念头自从他发现伍勒特方面在对他无端猜忌后就已经有了，而且越演越烈，只不过仅仅是空想而没有付诸行动而已。他躺在白杨树下思考的一个问题就是让他仍然谨小慎微、担惊受怕的原因究竟是什么。不用说，他现在已经摆脱了这种胆怯。但如果这种胆怯，准确地说，在这周内还摆脱不掉，结果又会怎么样呢？

事实上，此时此刻，他明显感觉到如果他时至今日还是谨小慎微，那肯定是有理由的。说心里话，他担心的是自己的所作所为会失信于人。如果过于喜欢这样的女人会冒很大风险，那最好的办法就是起码要等到自己有权利喜欢她的那一天。从最近几天的情形看，这种风险已经非常明显，不过，幸好他的这种权利也同时具备了。斯特雷特似乎觉得他每一次都充分利用了他的这种权利：不管怎么说，他在问自己，他是如何既充分利用这种权利，同时又不马上让她知道——如果她不反对，他不愿谈论令人生厌的事呢？他这辈子从来没有像在那句话中那样牺牲过那么多的重大利益，也从来没有像说话时要迎合德维奥内夫人的睿智那样，为毫无价值的闲聊做什么准备。只是到了后来他才想起，如果除了愉快的事情，其他一概不谈的话，那他们迄今谈过的话题几乎都可以免谈了。只是到了后来他才想起，由于说话的情调变了味，就连查德的名字他们都没有提到。躺在山坡上，他心中一直挥之不去的是，跟这样的女人在一起，他能够心情愉悦地营造出一种全新的情调。躺在山坡上，他想到如果有人撩拨她，她就会营造出的各种各样的情调来，而且你大可相信，她总是知道什么样的场合该营造什么样的情调。他曾想让她觉得既然他现在抱着一颗平常心，那么她自己也应该如此，而她的表现告诉他，她感觉到了他的意思。于是，他便千恩万谢，那样子就好像他是第一次前来拜访似的。两人还见过几次面（不过，都无关痛痒），那架势就好像两人如果早知道他们之间确有这么多共同语言，早就该撇开许多无聊透顶的话题不谈了。哎呀！现在他们确实是不谈了，就连起码的感谢，起码的"就别提这个啦！"也不谈了。可是，让人搞不懂的是如果不谈他们之间的事，又谈什么呢？细加分析，他们很可能只谈些毫不相干的莎士比亚或玻璃琴 ① 之类的，就能达到他的目的，那样子就像是对她说："如果是喜欢我的问题，那就不要因为她们说的我为你'做过'什么明显而又笨拙的事而喜欢我。呃，该死！还是因为你心甘情愿的

---

① 莎士比亚和玻璃琴：喻指哥尔德斯密斯小说《威克菲牧师传》中的一个情节，伦敦来客只谈论上流社会及其生活，以及与时尚有关的话题，如绘画、审美情趣、莎士比亚和玻璃琴等。

其他什么理由喜欢我吧，也不要把我当成因为我跟查德的别扭关系才认识的人。如果那样，那就更别扭了。请用你全部的高超眼力及信任，把我看成不管我在你面前表现得怎么样，都是乐于想到你的人。"这是一个很难满足的高要求，但如果说她没能满足这个要求，那她又做了些什么呢？两个人共度的时光又怎会如此顺顺当当，如此舒而不缓，让他如此快乐、如此优哉地去想入非非呢？另一方面，他还发现，此前在他深受种种约束的情况下，谨小慎微地时刻提防自己失信于人，并不是没有理由的。

在这一天剩下的时间里，他仍流连在那幅田园画中——在他自己看来，那就是他的归宿。所以，快到六点时，他仍陶醉在这种漫游之中，而且陶醉感越来越强。这时，他不知不觉来到在这幅画中最大的村子里的一家小客栈①门前，跟一个头戴白帽、身材矮胖的大嗓门女人和颜悦色地闲聊起来。在他眼里，这个村庄看上去就像在铜绿色背景衬托下一片弯弯曲曲的白色和蓝色，村前和村后都有河水流过，根本分不清哪里是村前，哪里是村后。尤其是在小客栈花园的尽头，更分不清前后了。此前，他已经有过各种奇遇；曾经在小睡醒来之后，在山顶上漫步；曾经仰慕——简直就是垂涎——另一座古老的小教堂，从外面看去，教堂的外墙是灰色，还有高耸的尖塔，而教堂里面雪白的石灰墙上，贴满了纸花；曾经迷过路，后来又找到了路；曾经跟一些乡下人闲聊，觉得这些乡下人比他想象的要见多识广；曾经一下子坦然无惧地讲起法语来；曾经在日落西山时，在那个最远但不是最大的村庄一家咖啡馆里，喝过一杯颜色很淡、风味地道的巴黎黑啤。但不管曾经做过什么，他都没有跨出那个长方形的描金画框一步。画框已经随他所愿地尽量放大，但这不过是他运气好罢了。最后，他又下山回到山谷中，为了不离开火车站太远，朝他出发的地方走去，一直走到白马酒庄，跟老板娘聊了起来。老板娘待人接物犹如木屐踏在石板路上"啪嗒啪嗒"走过一样豪爽、粗犷。在她的推荐

---

① 原文为法语：auberge。

下，他同意吃一份酢草酱烤牛排 ①，然后再搭车走。他已经走了很多路，可并不觉得累。他心里很清楚，自己很高兴，虽然他一整天都在独来独往，但他从来没有觉得自己像现在这样在他的这一出戏中与别人交谈过。他的这一出戏可以结束了，只不过等待他的是一个悲惨的结局，而经过他这样更加充分地幻想之后，又栩栩如生、惟妙惟肖地浮现在他的眼前。奇怪的是，只有等到他从戏中走出来之后，才能感觉到戏还远没有结束。

说到底，这就是在这一整天里这幅画面的魅力。其实，就是一场戏、一个舞台，而全剧的氛围就在于垂柳的摇曳和晴空的色调。直到现在他才知道，这场戏，还有剧中的人物，已经把他的舞台塞得满满当当。此时此景，剧中的人物以必然的姿态主动出场，似乎颇令人高兴。剧中的场景似乎让这些人物不仅不可避免地出场，而且更得体、更贴近自然，起码可以更容易接受而不至于遭排斥。在白马酒庄的小院里，他跟老板娘调侃到兴头上时，感受到的环境与伍勒特的环境明显不同。这里的环境虽然单调、简陋，却正中他的下怀。这里的环境甚至比德维奥内夫人那个貌似有帝国幽灵存在的古老而又高级的客厅更让人惬意。"正中他下怀"的东西指的是他必须应付的那类东西中的其他许多东西，听上去虽然有些怪，但事实就是如此——其意义至此业已完备。他的全部想法都汇集其中，就连清凉的晚风也成了剧本中的词句。简明扼要地说，这个剧本只不过是在说：这样的东西就在这些地方，一个人如果打定主意在这些地方活动，那他就必须考虑自己的落脚点在哪里。至于村庄，看上去的确就像在铜绿色背景衬托下一片弯弯曲曲的白色和蓝色，不过，这已经足够了。说起来，白马酒庄的一面外墙，粉刷的颜色分外奇特，格外耀眼。这就是有趣的地方——就像要表示这种玩笑无伤大雅似的。而且，在人还不错的老板娘对他说她的饭菜准会让他胃口大开时，这样的场面和他的这出戏似乎已经巧妙地融为一体了。总之，他觉得非常舒心，这种感觉尽管是

① 原文为法语：côtelette de veau à l'oseille。

整体上的感觉，不过他要的就是这种感觉。就连在老板娘提到她刚为另两位客人布好餐桌时，他一点儿也没感到诧异，因为她说，那两位客人和先生不同，他们是从河上自己划船来的。半小时前，那两位客人问她这里有什么吃的，然后又继续划船往前面去了，用不了多久就会回来。老板娘还对他说，如果先生乐意，不妨到简陋的花园去，那里有桌子，也有凳子，如果餐前想喝点什么，她可以为他倒杯苦啤酒，还可以告诉他能否找到马车送他去车站，最起码他可以在园子里欣赏一下河景 ①。

可以毫不犹豫地说，在接下来的二十分钟里，先生可以饱览一切，去欣赏欣赏园边临水的小巧、古朴的凉亭。亭子虽然有些破，但正说明去亭子欣赏风景的人多。与其说是个凉亭，倒不如说是略高于地面的一块平台，亭子有一道护栏，还有一个高高的亭顶，亭子里摆了两三张板凳和一张桌子。不过，在亭子上可以俯视整个灰蓝色的河面。这条河在前面不远处转了个弯，消失在视野之中，但在远处又折回到视野中来。这地方显然是周日和其他节假日游人常来玩的地方。斯特雷特在凉亭上坐下来，虽然肚子饿得咕咕叫，但心情倒也十分舒畅。河水轻轻拍打着堤岸，河面上泛起阵阵涟漪，对岸的芦苇荡沙沙作响，四周弥漫着丝丝凉意，不远处一个简陋的码头上，泊着两三条小船，在轻轻摇荡，这一切让他已经累积起来的信心骤然大增。对岸的河谷是珍珠色晴空下一片翠绿的平地。晴空之下，罩着大地的是一片修剪得十分平整的树木，远远看去犹如一座座树棚。村庄的其余部分稀稀疏疏地向四周延伸，不过，近处看上去很空旷，未免让人联想到泊在河边上的一叶扁舟。在这样的河上，还没等你拿起船桨，小舟已经随波逐流，即便是轻划浅棹，也不过是为了凑个数，满足一下划船的感觉而已。这种感觉是如此深刻，让他不由得站起身来，但这个动作马上让他感觉到自己已神疲力倦。就在他倚在亭柱上继续远眺时，河面有样东西，立刻吸引了他的注意力。

---

① 原文为法语：agrément，原意为"乐趣、消遣"。

四

　　他看见的正是极其应景的东西：一叶扁舟，从河湾处荡来。扁舟上一个男子划桨，一个女子手撑粉红色遮阳伞坐在船尾。就好像这幅画中就差这两个人物或类似的形象，又好像一整天就差这两个人物，突然间，随着缓缓的流水，小船荡入视野，有意给这幅画点上完美之笔。两个人悠悠荡来，显然是朝着离斯特雷特不远的码头而来，这时他才恍然大悟，他们就是老板娘已经预备好晚饭的那两个人。这个画面马上让斯特雷特觉得那两人非常幸福：一个穿着衬衫的青年男子，一个惬意的美貌女子，划着船不知从什么地方乘兴而来。他们显然对附近很熟悉，知道这僻静通幽之处能让他们享乐其中。随着扁舟慢慢靠近，整个画面也越来越清晰地表明：两人可是游玩的老手，熟悉周围的环境，而且经常来——这肯定不是第一次。他隐约感觉到这两个人懂得如何享受，而这又赋予他们更多的诗情画意。但就在他产生这种想法的时候，划桨之人似乎在任由扁舟随波荡漾，小船似乎开始向码头外漂去。尽管如此，小船还是近了许多，近到足以让斯特雷特想象坐在船尾的女子不知不觉已经注意到他坐在凉亭上看他们。她警觉地跟男子说有人在盯着他们看，但男子根本没有回头看。其实，斯特雷特觉得好像就是她叫他不要动似的。她发现了什么，让他们荡舟的路线发生了偏移，就在他们划离岸边时，扁舟仍在摇摆不定。情况发生得太突然、太快，快得就连斯特雷特感觉到后都吃了一惊。他自己随即也发觉到什么，他发现自己认识船上的女子，女子手中撑的伞轻轻动了一下，似乎在遮挡自己的脸。在美景之中，伞变成了一抹粉红。真是太巧了！这种可能性只有百万分之一。但如果他认识船上的女子，那么无巧不成书的是眼前这首田园诗中未穿外套的男主角，船上那位仍背对着他、故作回避的先生，那位对她的吃惊做出反应的先生，不是别人，正是查德。

　　原来，跟斯特雷特一样，查德和德维奥内夫人这一天也到乡下来逍遥了。他们游览的田园风光居然刚好是他游览的地方，这事儿怪得像是虚构的小说，像闹剧。是她隔着河面第一个认出斯特雷特，也是第一个因他们奇妙的邂逅感到震惊的——看样子确实很震惊。斯特雷特这才意识到是怎么回事儿——她认出他，这让船上的两个人深感惊异，她当即做出的反应是不动声色，于是她立刻与查德激烈讨论暴露身份所带来的危险性。斯特雷特心里明白，如果他们俩认为他没有认出他们，那他们就可以不露面，就这样，他还有片刻的时间进行考虑。这就像是在梦中突然碰上一场离奇的危险，只需几秒钟就会让他惊恐万分。就这样，双方都在考验对方，都在寻找理由，像无缘无故发出刺耳的音符一样，去打破沉默。此时此景，他似乎又觉得自己已别无选择，只好用某种又惊又喜的举动，来消除三个人共同面临的尴尬。于是，他开始大张旗鼓，大造声势，挥舞帽子和手杖，高声喊叫——这场表演在得到回应之后，他顿时感到如释重负。可是在河流中间的扁舟还是顺流向外漂去。与此同时，查德半起半坐地转过身来，而他的密友德维奥内夫人先是表现得有些茫然和惊讶，紧接着便兴高采烈地挥舞起遮阳伞来。查德又坐下来，开始划起桨来，扁舟调转船头，空气中也洋溢起惊讶和欢乐。于是，如斯特雷特所愿，如释重负取代了单纯的无礼冒犯。怀揣着避免了一场无礼冒犯这种莫名的想法，斯特雷特走到了水边——这种无礼冒犯导致的结果很可能是他们会装作他没有认出他们，故意对他"视而不见"，躲进远处的大自然里。虽然他知道自己脸上的表情难掩内心的想法，但还是站在河边等他们，心想如果他也像他们那样"视而不见"，他们就会继续划下去，给他来个小鬼不见面，不来吃晚饭。如果那样，饭店的老板娘恐怕就大失所望了。不管怎么说，他当时心里还是略感不快。最后，两人的小舟碰到了码头，他帮他们上了岸。于是，奇迹般的邂逅把其他一切全抛到了脑后。

　　最后，双方都把这次邂逅当成机缘巧合，眼前的情形既然无需多做解释，因此也就极富弹性了。除了奇怪之外，眼下的气氛为什么会如此凝重，自然是不能问的。其实，这样的问题只能在事后由斯特雷特自己去破解。事后他私下里认识到，做出解释的主要是他，因为相比之下，由他解释不会有什么困难。不管怎么说，他心里很担心：他们没准儿会以为这次邂逅是他预先设好的套，故意让这次邂逅看上去像是偶然发生的一样。当然，他们不可能去怪罪他，但很显然，整件事不管怎么应对都非常尴尬，因为他很难不去解释他为什么会出现在这里。否认自己别有所图，未免有失圆滑，就像他出现在这里一样尴尬。让双方最幸免于尴尬的是那一刻他幸亏没有采取回避的态度。从表面和弦外之音来看，根本不存在回避的问题。无论是表面还是弦外之音，都表明双方的运气实在太好，好得有些滑稽可笑；都表明这样的事一般是不太可能发生的；都表明这种巧合太过诱人。巧合的是他们两个人在路过时预订了饭菜，巧合的是他自己还没有吃，巧合的是他们的计划、他们的时间安排、他们回程的火车班次，都跟他完全一致，他可以跟他们一起回巴黎。不过，最妙不可言的巧合，让德维奥内夫人最清楚、最高兴地说出"真巧啊！"[1]的巧合是三人在餐桌旁坐定后，老板娘告诉斯特雷特，他去火车站的马车已经安排好了。这也解决了他两位朋友的问题。运气真是太好了！他们也可以搭他的车一起去车站。但最让人高兴的是他能让他们知道该乘哪一班火车，因为他听德维奥内夫人说他们对于该乘哪班火车还不大清楚（这似乎有些不正常），具体细节尚待落实。但斯特雷特事后想起来，查德当时矢口否认，笑德维奥内夫人随口乱说，说跟她出来郊游虽然让他有些忘乎所以，但还不至于把回去的事忘得一干二净。

斯特雷特事后还会记得这似乎是查德唯一一次插嘴说话。而且事后回想起来，他还会意识到许多事似乎都能吻合。比方说，其中一件是这位神奇的女子全用法语来表达自己的惊喜之情，给他留下的印象是她对法语俗语掌握得可谓是谙熟之极。用他的话说，让他有些跟不

———————
① 原文为法语：Comme cela se trouve。

上，因为她时不时妙语连珠，搞得他有些措手不及。至于他自己的法语问题，他们是根本没有考虑的。这是她绝对不允许考虑的问题，对一个见多识广的人来说，这样的话题只能令人生厌。不过，现在的结果却很奇怪，用法语说话基本上掩盖了她的真面目，让她回到了一个只会饶舌的阶级或种族，听得他大有深受其害的感觉。她讲英语时虽然略带外国口音，但听上去很优美。她讲的英语是他最为熟悉的，让他觉得她似乎在芸芸众生中独自享有自己的语言，独自拥有一种特殊意味的语言，这种语言对她来说既轻松又优美，其音色和节奏独一无二、不可仿效。三个人在小店雅座坐定后，她又恢复了这种音色和节奏，好像知道这样的音色和节奏会带来什么结果似的。当然，为三人奇迹般的相逢而发出的大呼小叫也就慢慢烟消云散了。此时此刻，他的印象更加深刻了——这种印象只能趋于深刻、趋于完整。他们俩的表情告诉他，他们在掩饰什么，在想方设法去弥补，但这种弥补只有她才能做得滴水不漏。当然，他心里很清楚他们在掩饰什么。两人的友谊，两人的关系，需要费尽口舌去解释。如果斯特雷特以前不知道该怎么解释，那么，自从他与波科克夫人谈了二十分钟后，就应该知道了。不过，据我们所知，他的想法是这种事与他毫不相干，如果非要说他与这种事有什么相干，那就是这种事本质上是美的。斯特雷特的这种想法已经让他做好了心理准备，既能去面对一切，又让他能够抵御蒙蔽。但那天晚上回到家之后，他才知道，其实他自己既没有做好准备，也没有能力去抵御蒙蔽。既然我们已经谈到了斯特雷特回去后将要回想起和要解读的事，那么有件事不妨马上说一说，经过几小时身临其境的思考和解读，终于在天明时分的上床之前，他才迟迟形成了自己的想法，而这种想法让我们看到了与我们的目的最合拍的那一面。

　　当时斯特雷特只是明白了一部分，后来他才明白他受了多大的影响。甚至在三人坐定后（这一点我们刚才已经说过），影响他的东西还有很多。在整个过程中，他的感觉虽然被蒙蔽，但他时不时也有非常敏锐的时候，这显然表明他已经掉进了既天真随和、又放荡不羁的波希米亚式生活之中。之后，三人将胳膊肘支在桌子上，为他们那两三道菜吃得太快而深感惋惜，于是又叫了一瓶酒来助兴。与此同时，查德时不时跟老板娘打趣说笑。结果必然让人感觉到整个谈话的氛围中充斥着虚假和谎言。这样说并不是仅仅为了用优美的文学语言打比方，而是几个人谈话的结果。两人采取彻底回避的态度，其实根本没有必要。不过话又说回来，如果他们不回避，斯特雷特也不知道他们还能做什么。甚至在半夜一两点，回到旅店房间后，斯特雷特没有点灯，也没有脱衣服，而是坐在沙发上，眼睛直勾勾地盯着前方，想了很长时间，也没想出个所以然来。当时他神志非常清醒，完全自控，所以想尽量把一切梳理清楚。他总觉得这件风流韵事中一定有人在撒谎，果如此，他现在独自一人去从容思考，一定能找出是谁在撒谎。就这样，三个人在谎言的伴奏下吃饭、喝酒、聊天、嬉笑，颇不耐烦地等马车来，然后上了车，很识趣地默然坐下，在越来越暗的夏夜中，驾车走了只有三四英里的回程路。吃饭和喝酒本就是消遣，已经发挥了应有的作用，谈话和嬉笑也不例外。正是在去车站时略感乏味的途中，在车站上等火车、加之火车晚点让他们深感疲劳的过程中，之后又在逢站必停的火车上静坐在昏暗车厢里的过程中，他才准备让自己好好思考一下。德维奥内夫人的言谈举止就是一场表演，这种表演到最后虽然有些收敛——那样子就好像她经过扪心自问，自己都觉得再演下去已经没有什么意义，或者查德找了个机会私下问她，这种表演到底有什么用——但还是相当精彩的。结论是继续演下去总比中途退场要容易得多。

冷眼旁观，她的表演堪称精彩。精彩之处在于驾轻就熟，在于赏心悦目的自信，在于她根本不用思考，根本不用跟查德商量，当场就能做出决定的样子。两人商量的唯一机会可能是在扁舟上，是在他们承认认出岸上的旁观者之前的那会儿工夫，因为从那以后他们没有时间单独在一起，只能通过眼神暗通消息了。给斯特雷特留下深刻印象、又让他饶有兴味的是他们居然能通过眼神暗通消息——尤其是查德居然能让她心领神会，这种场面交由她去应付。斯特雷特很清楚，他向来都是把事情交给别人去打理的。其实，在这种沉思默想中，斯特雷特还想到，这正是查德懂得如何享受生活的铁证。这就像是他纵容到任由她说谎而不去加以纠正的程度，又像是他真的会等到第二天早上再来跟斯特雷特当面解释似的。当然，他不可能来。在这种情况下，不管女人说什么，随她怎么荒诞呢，男人只有听着的份儿。如果她突然心血来潮（话是这么说的），故意大惊小怪地说，两人当天早上离开巴黎，原本打算当天去当天回——如果她估量着（用伍勒特的话说）必须这样做，那么，采用什么样的方法，她肯定是心知肚明的。不过，话又说回来，有些事不能睁一只眼闭一只眼，因为这会让人觉得她的办法很诡异。比方说，一个再明显不过的事实是，她这一天出门时的穿着打扮，不会像她在小船上那样，穿那样的衣服和鞋子，戴那样的帽子，就连那把粉红色的遮阳伞，恐怕都不会是一样的。为什么气氛越来越紧张，她的自信反而越来越低落呢？她的这种略难理解的伶俐劲儿是从哪里来的呢？不就是因为就连她自己都发现，夜幕降临时她连条添加的披肩都拿不出来，进而跟自己的说法不相吻合吗？她自己也承认她觉得冷，但只责怪自己太粗心，而查德在一旁任凭她随便怎么说。她的披肩、查德的大衣，还有她的其他衣服，还有两人头一天穿的衣服，都放在了他们心照不宣的某个地方——不用说，是个非常清静的隐蔽之处。在那个地方，两人一起待了二十四小时，原打算那天傍晚再回到那里去，也是从那里他们鬼使神差地划进了斯特雷特的视线 ①。对此，她心知肚明，但就是不提那个地方是哪里，这才是她这出喜剧的精华所在。斯特雷特发现她很快就意识到在他的眼皮子底下两人是不可能再回到那个地方去了。不过，说实话，他在对这事深加推敲之后，对她突然产生这种顾虑感到有些惊讶，查德大概也会惊讶。他甚至猜得出她有这样的顾虑与其说是为她自己，不如说是为了查德，因为年轻人没有机会提醒她，她就不得

---

① 划进了斯特雷特的视线（swum into Strether's ken）：此处模仿的是济慈《初读查普曼译荷马有感》中的诗句"我就如同有了观星者的感应 / 一个新的星体划进了我的视线"。

不演下去。再说，他也误会了她这么做的动机。

　　不管怎么说，实际情况是几个人并没有在白马酒庄就此分手，而他也用不着因两人要返回河边隐蔽之处而向他们道晚安，所以他心里还是很高兴的。其实，他也不得不违心地装腔作势。不过，在他看来，跟另外一件事需要他装腔作势相比，他的这种装腔作势实在是微不足道。准确地说，他能直面另一件事吗？跟他们在一起，他能够尽量处理好吗？这正是他此时此刻努力要做的。不过，由于有更多的时间去仔细考虑这事，他的这种感觉大部分也已经被除了核心事实以外他不得不忍气吞声的感觉抵消掉了。最不对他精神胃口的是需要装腔作势的场景太多了，而且还要演得很逼真才行。但是，他从装腔作势的场景，又转而想到了这出戏的另一个特点上，那就是这出戏暴露出两人关系的亲密程度是深之又深。这就是在他彻夜未眠、枉费心机地沉思中一再想到的问题：关系发展到这种阶段，亲密就是这样的，你还能指望亲密会是别的样子吗？让他备感扼腕的是，两人的亲密关系非常假。虽然是在黑暗中，但他仍觉得脸红，因为他把这种可能性以模糊不清为由掩饰起来，就像一个小女孩给自己的玩偶穿上衣服。这并不是他们的错，因为是他要他们暂时为了他，把这种可能性跟模糊不清分开的。由此来看，既然他们已经摆出了轻描淡写的架势，难道他就不能接受吗？不妨再加一句：正是这个问题让他感到非常孤独、非常悲凉。这种事虽然让大家都很难堪，但查德和德维奥内夫人倒是心安理得，因为他们起码可以在一起商量。这种事斯特雷特又能跟谁商量呢？除非去跟玛丽亚商量，不管什么时候，他几乎总是可以去找玛丽亚商量的。他料想戈斯雷小姐第二天肯定会来问他，但有一点是不能否认的，那就是他真的有点儿怕她问："我很想知道，你当时究竟是怎么想的？"他终于发现他真的始终是什么都没想。他的努力确确实实是白费了。他突然发现自己想的都是数不胜数而又妙不可言的事。

第十二部

一

斯特雷特不可能会说，在此前几个小时里他一直在等消息，但后来，就在那天早上——不会超过十点钟——他出门时，服务员见他走过来，便拿出了一个蓝色小信封①，信是服务员把他的信件送上楼后才收到的。他马上意识到这是结局即将来临的第一个征兆。紧接着，他想起了，他确实曾认为自己很可能会从查德那里得到表明结局即将来临的某种表示，这大概就是了。他心想，一定是这样。于是他站在原地，站在凉风习习的大门口，当即拆开了小信封——他只是很好奇，想看看年轻人在这个节骨眼儿上会说些什么，但实际情况绝非仅仅满足他的好奇心问题。他在拆信时没有注意到寄信人的地址，原来信根本不是查德寄来的，而是他马上觉得更值得去关注的人寄来的。不管值不值得关注，他好像生怕耽搁了什么似的，转身径直朝最近的马勒塞尔布大街邮电局②走去。他可能会想，如果等他冷静思考后再去，那他也许根本就会不去了。不管怎么说，他把手放在晨礼服下方的口袋里，从容地握着那封信，小心而非粗暴地把信弄皱。他在马勒塞尔布大街邮电局写了回信，也是快信。鉴于当时的情形，他很快就写好了，跟德维奥内夫人的来信一样，信只有寥寥数语。在来信中，她问他在当晚九点半能否屈尊去看她。他回信说，此事易如反掌，他会准时到达。在信中她还加了句附言，大意是如果他愿意，她也可以照他指定的时间和地点去见他。不过，他并没有理会这句话，因为他认为如果他去见她，那么充其量是到过去见过她的地方去见她。在他写好了回信还没有投进信箱之前，他心想，他可能压根儿就不会去见她。他可能压根儿不再见任何人，他可能就此彻底收场，任由事态顺其自

①　原文为法语：petit bleu。参阅第三部中"蓝色快信"脚注。
②　邮电局（Poste et Telegraphes）：位于马勒塞尔布大街6号。

然地发展（因为他心里很清楚，事态根本不会有什么改观），然后趁着还有家可回，赶紧打道回府。这两个选项让他掂量了好几分钟，但最后还是把信投进了信箱。他之所以这样做，也许是因为邮电局这个地方本身吧。

　　但是，站在"邮电局"几个红字下带给人的那种无处不在的紧迫感——这种紧迫感是这种地方特有的——是斯特雷特再熟悉不过的。这个城市中浩瀚而又奇异的生活所产生的悸动，发报员拍发电文时打字声的影响；小巧玲珑、手脚麻利的巴黎女人——天知道她们在装神弄鬼地鼓捣些什么——用骇人的尖头公用钢笔，在骇人的、到处都是砂屑的公用桌上拼命写着什么。这些道具，在凡事总喜欢找出个所以然来的斯特雷特眼里，象征着这里的人们在规矩上更严格、道德上更险恶、国民生活中更狂热的东西。把信投进信箱之后，他自己也就跟严格、险恶、狂热同流合污了。一想到这一层，他就觉得好玩。他能穿越这个大都市跟人保持通信，这正是邮电局存在的最基本理由。他之所以接受这一事实，原因似乎在于他的情况与邻里们的日常活动是一致的。他已经完全融入典型的巴黎生活中去了，这些可怜的人也是一样，他们又有什么办法呢？总而言之，他们并不比他糟，他也不比他们糟——奇怪的是，也并不比他们好。不管怎么说，他那一大堆乱七八糟的事都已经处理完，所以他走出去，从此开始了一天的等待。在他看来，他做出的重大决定就是在她最佳状态下去见她。这是巴黎典型生活的一部分，在他眼里也是最意味深长的一部分。他喜欢她住的地方，她身处的整个环境宽敞、干净，与她非常般配，每一次看见它，都让他感受到不同程度的愉悦。不过，此时此刻，他究竟希望得到什么程度的愉悦呢？他为什么不既正当又合理地让她认识到，眼下的形势可能会给她带来损失和惩罚呢？他本来可以像对待萨拉一样，提议在他自己住的旅店的阅览室里礼节性地接待她。此时，他似乎仍能感觉得到在阅览室里礼节性接待萨拉来访的那种气氛，但愉悦的影子已经渐渐消失了。他本来可以提议坐在满是灰尘的杜伊勒里花园的石凳上，或者坐在香榭丽舍大道尽头公园里廉价出租的椅子上跟她见面。在这些地方见面虽然有些不近人情，但单是不近人情算不上有恶意吧。他的本能告诉他，两个人见面可能招来某种程度的惩罚——他们会面临某种程度的尴尬、某种危险，起码是某种严重的不便。这让他产生了一种感觉（这种感觉是精神上必需的，如果没有这种感觉，精神上就会感到痛苦和惋惜）：有人在某个地方，以某种方式，接受某种惩罚，最起码两人没有在免受惩罚的银色河面上同舟共济。但即便不是这样，在深更半夜去看她，也像是……呃……也像是他跟别人一样在河上漂流，但在河上漂流还算不得什么惩罚。

　　不过他觉得即便没有这种反差，实际的差别也不大。事情已经过去了很久，他的这种感觉也已经被冲淡。如果他时时刻刻继续这样与险恶为伍，那么这件事最后的结果要比事先料想的容易得多。他回想起他的老传统，他是在老传统中长大的，虽然时隔多年，但老传统基本上没有改变，那就是失足之人面临的境遇，或者起码说失足之人要想获得幸福和快乐，所面临的困难必然是异乎寻常的。可现在给他的感觉却是失足之人倒非常从容——实际上，应该没有比这更从容的了。这种从容正是他在这一天余下的时间里体验到的那种从容。这种从容让他随心所欲，他根本用不着去把这种从容当成困难去掩饰，根本用不着去看玛丽亚（因为从某种意义上说，去看玛丽亚就是为了掩饰），只是逍遥自在，随意闲逛，吸烟，闲坐在树荫下，喝柠檬水，吃冰块。这一天，天气突然热了起来，最后居然听到了雷鸣声。中间他好几次返回旅店，发现查德并没有来。自从离开伍勒特以后，他虽然有好几次觉得自己很清闲，但从来没有像现在这样逍遥过。现在的他比以往任何时候都清闲，既不考虑也不关心将来会怎么样。他甚至纳闷，自己是不是让人觉得他垂头丧气、有失体面。就在他坐在那儿抽烟的当儿，他恍惚觉得波科克一家像是碰巧又像是特意回来了，一行人从马勒塞尔布大街上走过。看到他现在的这副样子，他们自然会有各种各样的理由对他说三道四。不过，命运并没有对他施以如此严厉的惩罚。波科克一家根本没有从马勒塞尔布大街上走过，查德也音信全无。与此同时，斯特雷特故意把去见戈斯雷小姐的时间推迟到了明天。就这样，到了晚上，他那种不愿担当的态度，他那种免遭惩罚的心态，他那种悠闲放纵的行为——再也找不到别的词表达了——已经到了无以复加的地步。

最后，在九点到十点钟之间，在这种高大而又爽朗的画卷——最近几天，他像是在画廊里游走一样，一幅接着一幅地欣赏精美的画卷——中，他深深吸了一口气。这幅画卷从一开始就呈现在他面前，让他觉得他的那份闲情逸致不会被打乱。也就是说，他用不着去担责——她请他去，很显然就是要让他清楚这一点的。这样一来，他就可以仍然怀揣着安逸的心态（他已经抱定了这种心态，不是吗？）去对待自己经受的折磨（萨拉在巴黎的那几周以及他们之间关系最紧张时他所经受的折磨），认为这种折磨已经过去，已然被抛在脑后。难道她不是希望能让他相信，此时此刻她完全理解、完全清楚吗？难道她不是希望能让他相信，他再也用不着担心，只需安于现状，继续对她慷慨相助吗？她那漂亮的大客厅，虽然光线昏暗，却与客厅里的摆设一样恰到好处。晚上天气太热，不宜点灯，但壁炉架上，一对蜡烛犹如祭坛上的高烛，在幽幽地发光。窗户全开着，完全多余的窗帘在轻轻摇曳，他再一次听到空旷的庭院里喷泉流水的飞溅声。从喷泉溅水声的后面，好像是从远处——从庭院的后面，从庭院对面大楼 ① 的后面——隐约传来热闹不已而又令人激动的大都市嘈杂声。对这种事，斯特雷特常常会突发奇想，会突然联想起沧桑的历史，毫无根据而又非常大胆地去揣测、去幻想。如此这般，在重大历史日子——剧变的日日夜夜——的前夕，有声音传来，这是一种征兆，表明剧变已经开始。这是剧变的气息，是民众情绪的气息——或许干脆是流血的气息。

此时此刻，奇怪得难以用语言（他会冒昧地说"非常微妙"）来形容的是，这样的想法居然不断地浮现在他的脑海中。但毫无疑问，这是空中一整天雷鸣不断却一滴雨都没下而造成的。女主人的穿着似

---

① 原文为法语：corps de logis。

乎是专门考虑到了这种雷雨天，正好契合我们刚才描写过的他的那种想象：她应该穿那种式样很旧、最朴素、最清凉的白色衣裙。如果他没有记错，罗兰夫人①上断头台时穿的肯定就是这样的衣裙。这种穿着的效果又因她胸前围着一条小巧的黑纱巾而更加突出，纱巾像是点睛之笔，凑成跟罗兰夫人很像的一幅凄婉、典雅的肖像画。这个魅力四射的女人接待了他，用她那驾轻就熟的手腕，让他立即感受到亲切而隆重的欢迎，在她那宽大的客厅里走来走去，夏天挪走地毯后光滑明亮的地板映照着她的身影。这时，可怜的斯特雷特其实并没有搞清楚，他想起了与之相似的何种景象。此时此景又让他浮想联翩，在幽暗的烛光下，玻璃、金漆和镶木地板幽然发亮，再加上她本人的那种娴雅占据了中心地位——所有这一切最初就像幽灵一样显得那么精巧纤弱，让他立刻觉得不管自己来这里的目的是什么，反正绝不是为了寻找他以前没有过的印象。这种想法从一开始就占据了他的大脑，就好像是专门向他证明，周围的景物不但会帮助他，也切切实实会帮助他们两个人。不，他可能再也见不到这些景物，很可能这是最后一次。他肯定再也见不到与这些景物有任何相似之处的东西了。他不久就要到没有这些景物的地方去，在那种压抑的环境中，如果能有一个纪念品聊以回忆和想象，也算是小小的慰藉吧。他早就知道，他肯定会回想起这种最深刻的感受，就像看到自己亲手触摸过的、要多古老有多古老的东西一样。他还知道，即便他把她当成另类中的另类，他也不可能不想起她、念起她。不管她怎么算计，这是她绝对算计不到的，因为历时弥久的往事——历史上的暴政、具有代表性的史实、画家们眼中表现的价值——都在为她助力，给予她千载难逢的机会，极少数快乐之人、真正奢侈之人才有的机会，在大场面中仍表现得自然而又单纯的机会。跟他在一起，她从来没有像现在这样自然、单纯过，如果说这一切全是她装出来的，那谁也无法证明她的做作——结

---

① 罗兰夫人（Marie-Jeanne Phlippon，1754—1793），法国大革命时期的吉伦特党著名政治家，被雅各宾派推上了断头台。小说中，詹姆斯把她的第一个名字进行拆分，分别冠到德维奥内夫人和她女儿的头上，主要借此喻指德维奥内夫人有着罗兰夫人式的婚外情。

果肯定是这样。

　　真正神奇的是虽然她时不时会变，却无损于她的单纯。他相信，在她眼里变化无常是最糟糕的行为。但对她的这个判断有利于跟她更安全地交流，比他在过去各种应酬中不得不考虑的东西更重要。如果说她此时表现出来的姿态，跟她头一天晚上出现在他面前的姿态截然不同，那么，这种变化根本就不唐突，而完全是和谐的、理性的。这种和谐与理性展现在他面前的是一个娴雅而又深邃的女人，而在与此次见面有直接关系的那个场合中，他看到的却是一个心浮气躁、停留在表面上的女人。但她表现出来的这两种姿态显然是与当时的场合相吻合的。正因如此，他此刻认为一切都应该听从她去安排。现在唯一的问题是，如果一切任由她去摆布，那她为什么要叫他来呢？对这个问题，他事先曾隐约有过自己的解释，觉得她有可能会澄清什么事，会用某种方式处理她最近认为他易于轻信而欺骗他的问题。她是准备继续欺骗他，还是要消除欺骗造成的阴影呢？她是会多多少少加以掩饰，还是干脆漠然置之呢？起码他很快就会明白，不管她多么理智，她都不会像俗人那样感到难为情。因此，他马上意识到他们的"弥天大谎"——她和查德的谎言，只不过是故作风雅的必然流露，而他也无力不准他们这样做。与他们分手后，在夜不能寐时，一想到他们居然会要这么多滑稽的把戏，他就有些发怵。但现在他只能扪心自问，如果她要把这一套把戏收回，他会接受吗？他根本不会接受，不过，他倒是可以再相信她一次，就一次。也就是说，他相信她把欺骗做成好事。不管什么事，一旦从她嘴里说出来，丑陋的东西——天晓得为什么——就没了踪影。她自有妙术，根本用不着碰，这样的东西就能表达出来。总之，她根本没有理会这件事——仍然把它留在二十四小时前的那个地方。她似乎只是恭恭敬敬、小心翼翼、近乎虔诚地旁敲侧击，与此同时，扯起了另一个话题。

　　她心里清楚，自己根本骗不了他。这一点在昨晚分手前双方心里都已经心知肚明了。她请他来，是想弄清楚这件事对他会产生多大影响。所以，两人谈了不到五分钟，他就明白她是在试探他了。斯特雷特跟他们分手后，她和查德商定，为了她自己，她要弄清楚这件事会有多大影响，而查德也照例任由她去处理。查德只要觉得事情多少对自己有利，总是放任她自行其是。而实际情况是，事情也总是多少对他有利。很奇怪，面对这些事实，斯特雷特觉得自己还是心甘情愿地做个顺水人情为好。所以，他们又一次让斯特雷特觉得，如此引他注目的这一对，关系十分亲密，他的干预只能让两人更亲密，最后他还得承担由此而产生的后果。正是他的想法和误判、他的迁就和矜持，在他们眼里，他自己已经变成了一个集勇敢与胆怯、睿智与天真于一身的滑稽可笑的怪人，差不多完全成了增强两人关系的纽带，成了两人相聚的最佳借口。在她比较直接地提到某件事时，他似乎听出了他们的这种口气。她突然将话题一转："要知道，你上两次到我这里来的时候，我没有问过你。"此前，两人只是拿腔作调地聊起了昨天的畅游，以及饱览的乡村美景，但这是徒劳的，因为她请他来不是为了谈这个的。她突然提到，在萨拉走后他来看她时，他们是不是该谈的都谈过了。她当时没有问他，他是在什么时间、什么地方、用什么方式支持她的。她只听查德向她转述，他跟查德两人在马勒塞尔布大街聊了大半夜的情形。正因为她想起了那两次她宅心仁厚地置身事外，没有去麻烦他，所以现在她才提起了她想知道的话题。说心里话，今天晚上她确实准备麻烦他，恳请他允许她冒昧地麻烦他。如果她麻烦他一点点，他是不会在意的，因为她的一举一动都非常非常得体——不是吗？

二

"哦，没事儿！没事儿！"他近乎不耐烦地说道。他之所以不耐烦，不是因为她强人所难的口气，而是因为她表现出来的那种顾忌。他越来越明显地看出她和查德想摆平此事的迫切心情，越来越明显地感觉到让她一直惴惴不安的是他究竟能"容忍"到什么程度。没错，他能不能"容忍"在河边看到的那一幕还是个问题。虽然查德说斯特雷特肯定会回过味来的，但她最后的态度大概是她要亲眼看到他回过味来才会放心。肯定没错，就是这样，她的确是在看。在这种时候，对斯特雷特来说，他能够容忍到什么程度还是个未知数。在充分认识到这一点之后，斯特雷特心想，自己必须适当打起精神来才行。他尽量想表现得他会尽量去容忍，眼下的情形也要求他，既然有这种想法，就不能表现得手足无措。既然她做好了充分的准备，那他也应该做好充分的准备。也就是说，两人相比之下，在这个问题上他准备得更充分，因为她虽然聪明能干，可无法当面说明——这倒是很令人惊讶——自己采取这种基调的动机。他的优势在于，他在说了句她"没事儿"之后，便占据了发问的先机。"你叫我来，有什么特别的话要吩咐吗？"他说这话时的样子，就好像她已经看出他在等她开口——这并不是因为局促，而是自然流露出的兴趣使然。结果，他发现她有些吃惊，自己居然忽视了这个细节（唯一的细节），这甚至让她都觉得奇怪，因为她原以为他会知道、会看出端倪、会对某些事避而不谈。但她看了他一眼，似乎在告诉他：如果他要知道一切！

　　"自私、庸俗——在你眼里，我肯定是这样的人。你什么都帮我，可我好像根本不知足。"她接着说，"但这并不是因为我害怕。可话又说回来了，处在我这种地位的女人，我当然会感到害怕。我是说，这并不是因为我生活在恐惧之中——一个人之所以自私，并不是因为生活在恐惧之中。今晚我想要告诉你，我根本不在乎，我不在乎可能会发生什么，也不在乎自己可能失去什么。我不会再求你向我伸出援手，甚至不想跟你提起以前我们谈过的，不管是我的危险也好，我的安全也罢，或者是他母亲、他姐姐、他可能会娶的那个姑娘、他会得到或丧失的财产，还有他可能会做的什么好事和坏事。一个人在得到你的帮助后，如果还不能自己去处理，或者干脆三缄其口，那他就不应该再有资格去要求别人予以关照。正因为我确实在乎这件事，所以才仍抓住你不放。你对我的看法，我怎么能不在乎呢？"看到他没有马上做出反应，她接着说道，"呃，你要走，真的必须走吗？你就不能留下来——免得我们见不到你吗？"

"你是说，我能不能别回家，在这儿跟你们住在一起？"

"如果你不愿意的话，可以不'跟'我们住在一起，而是住在离我们不远的什么地方，"她十分动人地说道，"这样的话，如果我们想见你，就可以去看你。我们肯定时不时想见你的。"接着又说，"最近几个星期，我时不时想见你，可是又见不到。一想到你这一去就不再回来了，我怎么能不惦记你呢？"他万万没有想到她会如此坦率，这让他一时间摸不着头脑了。见此情景，她接着说道："再说，你现在'家'在哪里呢？家里又是什么样子呢？我已经改变了你的生活，这一点我很清楚。我已经搅乱了你的思想，搅乱了——该怎么说呢？——你对正派与各种可能性的看法。这让我有些厌恶……"她突然打住不说了。

但他还想听下文。"厌恶什么呢？"

"厌恶一切——厌恶生活。"

"啊！那太言过其实了吧，"他哈哈大笑起来，"或是太轻描淡写了！"

"准确地说，是太轻描淡写了，"她马上接过话头说道，"一想到一个人为了自己快乐，从别人的生活中拿走了那么多东西，而自己却仍不快乐，我就恨我自己。一个人之所以这样做，就是为了欺骗自己，堵住自己的嘴，但这样做得到的东西仍然很少。一个人总是可怜巴巴的，总是会有新的焦虑。结果，得到的并不是快乐，不但得不到快乐，连快乐的影子都看不到。唯一靠得住的就是付出。付出根本不会欺骗你。"这番话从她嘴里说出来，尽管听上去既婉转又动听，而且特别诚恳，但她还是让他困惑不解、心烦意乱——她的恬静居然会有如此强大的震撼力。他感受到过去跟她在一起时所感受到的那种东西：在她恬静的外表背后隐藏着更多的东西，而在这些东西背后还有更多的东西。"最起码，"她又说，"一个人对自己的处境，应该很清楚才对！"

"这么说，你确实应该知道，因为让我们如此交厚的不正是你一直在付出吗？"斯特雷特说道，"我已经对你充分说明了我的感觉，你给予我的是我从来没有见过的最珍贵礼物。如果你对自己的表现还不满意，那你肯定是天生自虐。"他最后说道，"不过，你应该放松一点儿才对。"

"而且，我肯定不会再麻烦你，不会强迫你去接受我的所做所为带来的奇迹妙事，只让你把我们的事当成已经了结的事，已经彻底了结，让你怀着跟我一样的平静心情离去？当然，当然，当然，"她紧张地连声说道，"而且，我也相信，你自己做过的事，不可能再去做。我还认为你不会觉得自己吃了亏，因为这就是你的生活之道。再说，我们都觉得这也是最好的生活之道。"片刻之后，她又说道，"你说得没错，我应该放松一点儿，做好自己的事就心满意足了。你瞧！我现在不就是这样嘛。我真的很放松。这也算是给你留下的最后印象吧。"她马上改变了话题，问道，"你说你什么时候动身？"

他并没有立刻回答，此刻，他最后的印象越来越混乱了，这让他有些失望，这种失望比昨天晚上的失意更加低落。如果说他已经付出了这么多努力，那么，这种努力的结果并没有让他觉得犹如获得大团圆的理想结局那样高兴。女人们总是这样无休无止地吸收，跟女人打交道简直就是在水上行走①。不管她说得如何天花乱坠，也不管她如何推诿掩饰，她内心深处关心的只有查德一个人。一再让她担惊受怕的还是查德。让她充满激情的神奇力量正是让她担惊受怕的力量。她之所以缠着他，兰伯特·斯特雷特，就是把他当成了可靠的安全港。不管她显得多么优雅大方、坦诚以待，不管她多么赏心悦目，她还是惧怕他近在咫尺的这种关系。这种前所未有的清醒认识，犹如空中袭来的一股刺骨寒风，让他觉得非常可怕：这么好的人居然在某种神秘力量的左右下，变成了一个就这样被人利用的工具。因为，归根到底，他们确实很神秘：她只是把查德打造成了现在的样子，又怎能指望她

---

① 在水上行走（to walk on water）：《圣经·新约·马太福音》中说，耶稣创造了在水上行走的奇迹。

已经让他永远保持住了现在的样子呢？她已经让他变得更好，她已经让他变得最好，她已经让他变得不能更好了，但很奇怪，在斯特雷特看来查德还是那个查德，仅此而已。斯特雷特觉得查德变成现在的样子，也有他的一点儿功劳。他之所以对她大加赞赏，只不过是对她所做的努力表示敬重罢了。她的努力虽然令人敬佩，但严格说来，仍不过是人付出的努力。总之，因为同病相怜而结伴享受尘世的欢娱，分享彼此的慰藉，品味越轨（不管把它叫作什么）的滋味，居然受到如此超凡脱俗的褒奖，真是不可思议。这可能像我们有时发现了别人的秘密后产生的那种感觉一样，会让斯特雷特感到愤怒或羞愧。但此刻他却被某种非常残酷的东西困在那儿，不得脱身。这并不是昨天晚上的那种心烦意乱，心烦意乱只是小事一桩，已经成为过去。真正让他感到胁迫的是看到一个人居然受到这种难以言表的推崇。又来了——又是女人，又是女人。如果跟女人打交道就是在水上行走，那么，水面上涨又有什么奇怪呢？再说，即便水面上涨，那也绝对不会高过这个女人身边的水面。这时，他突然发现她正目不转睛地看着他，于是他便道出了自己所有的想法："你在担心自己日后的生活！"

　　听他这么说，她目不转睛地看了他很长时间，他马上发现了其中的缘由。她的脸一阵抽搐，已经抑制不住的泪水，先是无声地倾泻，然后像小孩子突然大哭一样，转为急速的哽咽、抽泣。她坐在那里，双手掩面，已经完全顾不上体面。"你说得对！你说得对！"她努力克制住自己的情绪，说道，"我担心的就是这个，我不得不承认我担心的就是这个。当然，这无关紧要。"起初，她的情绪非常激动，说话全无伦次，他站在那里不知如何是好。他知道自己说的虽然是心里话，但毕竟是他的话才引得她伤心的。他只好默默地听她哭诉，并不想马上去安慰她。此时此景，在他眼里，尽管她浑身仍隐约透出一种高贵典雅，但也着实可怜。他像往常一样，同情她的这种感受。面对这种幸福与苦痛自然流露的场面，他隐约察觉到发自内心里的一种讽刺。他不能说这并非无关紧要，因为他知道，自己现在无论如何都要帮她帮到底——就好像他对她的看法与帮不帮她一点儿关系都没有似的。其实，除此以外，就好像他想到的根本就不是她，就好像他能想到的只是她身上体现出的那种既成熟、深沉又可怜的激情，以及她无意中透露出来的种种可能的结局。她今晚显得老多了，看来她也逃不过岁月的摧残。但她仍然是他这辈子见过的最优秀、最聪明的尤物，最幸福的精灵。不过他看得出，她此时伤心得实在有点庸俗，庸俗得就像一个女佣在哭诉自己的男友。不同的是她对自己的判断是女佣做不到的。这种智慧上的弱点，这种判断上的丑态，似乎让她更伤心了。不过，她的这种精神崩溃只不过是一瞬间的事，还没等他开口说话，她就已经在一定程度上恢复了理性。"我当然为我的生活担心，但这算不上什么，原因不在这里。"

他又沉默了一会儿，好像在想她说的原因会是什么。"我在想，有件事我倒是还能做。"

但最后，她突然甩了一下悲伤的头，擦干了眼泪，把他还能做的事一下子丢在一边。"我不在乎那个。当然，我说过，你在用自己巧妙的行为方式为自己开脱。可你的事已不再是我的事，就像是远在天边的事，与我无关——不过，我可能会愚蠢地伸出不洁的手去碰它。很多次你本来是可以冷落我的，但你没有冷落我，正因为这样……正是因为你这么有耐心，才让我失了态。不过，虽然你很有耐心，"她继续说道，"虽然你完全做得到，但你还是不愿留在这儿，跟我们在一起。你什么都能为我们做，就是不愿意跟我们搅和在一起。你会说：'说那些根本不可能做到的事又有什么用呢？'这样的话你可以轻而易举地说出口，而且不会失礼。当然，有什么用呢？这不过是我一时的任性而已。如果你心里饱受煎熬，你也会说出来的。我现在并不是说他。哦，因为他……"在斯特雷特眼里，她似乎莫名其妙、痛苦不堪地断然把"他"暂时撇开了。"你不在乎我对你的看法，我却在乎你对我的看法。"接着又说，"在乎你可能抱持的看法，甚至是你已经有的看法。"

他延迟了一会儿才说道："我已经有的？"

"以前想过的，在这之前。你以前就没想过？"

但他已经打断了她的话。"我以前什么都没想过。不是我分内的事，我从来不去想。"

"我觉得你是在违心地说话，"她反驳道，"你肯定不会去想那些太龌龊的事，或者，要我说——免得你反对——太美好的事。不管怎么说，就算是真的，我们把许多现象摆在你面前，你就不得不看、不得不去思考。龌龊也好，美好也罢——不管我们称之为什么——你照例一如既往，不为所动，这正是我们的可恨之处。我们招你烦——就是这么回事儿。这是我们活该——我们已经让你失去了这么多。你现在能做的，就是根本不要去想。我本来一直想让你觉得我……呃……十分尊贵！"

过了片刻，他只能用巴拉丝小姐的那句话来回应她。"你真是了不起！"

"我又老，又丑，又龌龊，"她根本没有听他讲，而是接着说，"特别是卑鄙。或者特别是老了。一个人老了就更糟糕了。我不在乎会成什么样子，听天由命吧！还能怎么样呢？这就是命，这一点我很清楚，这一点我比你清楚。该来的挡也挡不住。"说完，她又扯回跟他面对面时中断的那个话题，"当然，即便有可能，你无论如何也是不愿意待在我们身边的。可是，想想我，想想我！"她冲着上苍说道。

听她这么说，他只好把刚才说过但她根本没听的话又说了一遍。"有件事我认为我还能做。"他伸出手来向她告别。

她仍然没听他在说什么，而是固执地说下去。"你这样做帮不了你。什么也帮不了你。"

"哎呀！没准儿能帮你呀！"他说。

她摇了摇头。"我将来怎么样，我一点儿都说不准。唯一有把握的是到头来肯定是一败涂地。"

她没有跟他握手，而是陪他走到门口。他笑着说道："对有恩于你的人，这倒是件让人高兴的事儿！"

"对我来说，令人高兴的是，我们——你和我——本来可以成为朋友的。没错，就是这样。就像我说的，你现在也看到了，我什么都想要。我也想要你。"

"可你已经得到我了呀！"他站在门口，用强调的语气结束了两人的谈话。

三

斯特雷特原打算第二天去看查德，而且准备一早就去，因为到马勒塞尔布大街去找他，从来都不必拘礼。当然，由于他住的小旅店实在太简陋，一般都是他去看查德，而不是查德来找他。但就在此刻，十一点钟，斯特雷特突然心血来潮，想现在就去，看看能不能碰上查德。他突然想起，就像韦马什说的那样（韦马什好像很久没见踪影了），根据查德的习惯，用不了多久，查德肯定会"来"找他。他之所以头一天没来，是因为斯特雷特跟德维奥内夫人有言在先：由德维奥内夫人先去见查德。既然她已经去过了，那就轮到他出场了，再说，这样做也不会让查德等太久。斯特雷特知道，据此推测，与这个安排有利害关系的两人肯定早就见过面了，而两人中利害关系更重要的那位——毕竟是她最关切——肯定已经将自己的诉求告诉了另一位。查德已经及时了解到他母亲的专使曾经跟她见过面。虽然很难想象她当时是怎么跟他说的，但她起码已经完全说服了查德，让他觉得他没有必要改变初衷。但是，一天过去了，从早到晚，查德连句话都没有。所以，斯特雷特觉得两人的交往已经发生了实质性的变化。得出这样的结论也许为时过早，或许只是——他该怎么说呢？——他袒护的这美妙的一对又结伴去继续那次被他意外打乱的郊游了。两人可能又去了乡下，在长吁了一口气之后，又放心大胆地回到乡下。查德心里肯定觉得，德维奥内夫人要求跟斯特雷特见面，并没有受到责难。二十四小时过去了，四十八小时过去了，仍然没有音信。所以，为了消磨时间，斯特雷特就像他往常一样去见戈斯雷小姐了。

他向她提议出去玩，在提议出去找乐子这个问题上，他觉得自己已经很在行了。就这样，他一连几天带她逛巴黎，乘马车到布洛涅森林兜风，同她一起乘廉价游船，尽情享受塞纳河上的清风，自己感觉就像慈眉善目的叔叔带着从乡下来的聪明侄女游览首都一样。他甚至带她到她不知道或者假装不知道的商店去，而她表现得就像乡下姑娘，既心存感激，又谦恭顺从，甚至还模仿乡下姑娘的质朴，偶尔流露出疲乏和茫然的神色。斯特雷特对自己、同时也对她，讲述游玩的大体过程，把这当成助兴的小曲儿，借此表示两人此时不想再谈他们已经谈腻了的话题。他一开始就暗示他已经谈腻了，而对这种暗示她也很快心领神会。不管是在这个问题上，还是在所有其他问题上，她都完全像一个聪明和顺的侄女。对最近的那番奇遇，他对她还只字未提，因为他已把它当成奇遇封存在脑海里了。他把整件事暂时丢在一边，而她也欣然同意，这让他备感惬意。她过去一向问这问那，但此时却把问题完全抛在脑后，完全去迎合他的心情，因为她认为温柔的沉默似乎足以表达她的看法了。她知道，他对自己的处境已经有了更深刻的认识——这一点他心知肚明。但对他来说，既然陪她出来玩，不管自己有什么心事，都应该抛在脑后。对事不关己的人来说，这算不了什么，但这无疑是让人兴趣倍增的重要话题，她肯定会以全新的态度直接做出反应，而且在默然接受中随时加以权衡。她以前经常让他深受感动，这一次又让他深受感动了。尤其是，虽然对自己情绪的来龙去脉一清二楚，但他不可能知道她情绪的来龙去脉。从某种意义上说，他隐隐约约、顺理成章地知道自己肚子里在谋划什么，但对他称之为玛丽亚的小九九，他只能去大胆揣摩。他想要的只是她会因两人在做的事而喜欢他，即便两人在一起做更多的事，仍然喜欢他，愿意跟他一起做。这种清澈的关系如此简单，犹如冲一个冷水澡，冲掉其他关系所造成的酸痛。此时此刻，在他眼里其他关系都太过复杂，而且长满了尖刺，这些刺不但事先根本想象不到，扎在身上还会出血。但与他眼前的这位朋友乘一小时的游船[1]，或者坐在香榭丽舍大道午后的树荫下乘凉一小时所得到的质朴乐趣，犹如把玩光滑润泽的象牙。他与查德的个人关系——自从他有了自己的看法起——曾经是最单纯的，但在等了三四天仍杳无音信之后，他又突然觉得他跟查德的关系有些让人不寒而栗。但这种感觉带给他的焦虑最后还是偃旗息鼓了。第五天，还是音信全无，他便听天由命，再也不管不问了。

此时，他们，他和戈斯雷小姐，完全由他任意想象，觉得两人就像"林中的孩子"[2]，指望天公作美，让他们继续逍遥。他知道自己拖延的本领已经很高了，但他只要再拖一拖，就能感觉到拖延的魅力了。他沾沾自喜地在心里嘀咕：他像是快要死了——心甘情愿地死去。在他看来，眼前的情景充满了临死前的那种沉寂，充满了忧郁悲伤的魅力。这就意味着要把其他的全都放下，让生命静静地流逝，特别是拖延即将到来的清算，除非即将到来的清算与灰飞烟灭是一回事。这种清算正藏身于他所经历的许多事情的背后盯着他。毫无疑问，一个人早晚要穿过忽必烈汗的无底洞[3]，最后漂到清算的彼岸。这种清算确实藏在每件事的背后，还没有跟他做过的事合流。他对自己做过的事的最后评价——当场所作的评价——必将会让这种清算更加凸显。如此引起关注的地方当然是伍勒特，不过，他充其量会看到，在他眼里已经发生彻底变化的伍勒特会是什么样子。可是，答案一旦揭晓，不就等于他的事业已经宣告终结了吗？得啦！等到夏天过去了，就什么都知道啦！同时，他这种悬在心头的焦虑恰恰蕴藏着徒劳拖延给他带来的那种甜蜜。我们必须交待一句，除了玛丽亚的陪伴，他还有其他自娱自乐的方式。许多次独自的沉思默想，除了一点

---

[1] 原文为法语 · bateau-mouche。

[2] 源自英国民间传说《林中的孩子》(*Babes in the Wood*)。传说讲的是诺福克郡韦兰庄园主临终时把一儿一女托付给孩子的舅舅照管。孩子的舅舅为了争夺遗产，雇了两个恶徒，要把两个年幼无知的孩子带进森林中杀死。其中一个恶徒动了恻隐之心，把同伙杀死，丢下孩子而去。当晚，两个孩子也死于林中，知更鸟用树叶掩埋了孩子的尸体。在英语中，人们常用 babe in the woods 来比喻"天真无知的人"。

[3] 忽必烈汗的无底洞 (caverns of Kubla Khan)：源自英国诗人柯勒律治 (S. T. Coleridge) 著名诗篇《忽必烈汗》(1798) 的开篇诗句："忽必烈汗在上都曾经／下令造一座堂皇的安乐殿堂：／这地方有圣河亚佛流奔，／穿过深不可测的洞穴，／直流入不见阳光的海洋。"(屠岸　译)

之外，都让他享乐其中。他已经渡过重洋，驶入海港，只等着上岸。但倚在船舷上休息时，他时不时想起一个问题，他之所以花这么长时间跟戈斯雷小姐厮混，也多少是想消除萦绕在心头的这种思绪。这个问题虽然关乎他自己，但必须再一次见到查德后才能找到答案，这也正是他想见查德的原因。见到查德之后就无关紧要了，这是几句话就能轻而易举解决的问题。只不过年轻人必须亲耳听到这几句话才行。这几句话说完后，他就再没有什么问题了，也就是说，再没有跟这事有瓜葛的问题了。他现在可能会因为自己的损失而说不该说的话，但到那时，就算对他自己，也无关紧要了。这就是他最大的顾虑——他不愿意考虑自己的损失。他不愿因失去其他东西，因痛心、遗憾或穷困，因受到亏待或绝望而去做任何事。他之所以什么事都愿意做，是因为他头脑清醒、处事冷静，就像他过去面对所有重要的事务一样。因此，就在他徘徊着等查德时，心里默默说道："老家伙，你已经被人甩了，不过，这又有什么关系呢？"哪怕有怀恨在心的念头，都会让他觉得恶心。

毫无疑问，情绪上的这种变化都是因为他无所事事造成的，但现在又因为玛丽亚给他带来的新曙光而消失得无影无踪。这一周还没有过去，她便有了一个新情况要告诉他，于是在一天晚上趁他来看她，便马上告诉了他。他在白天没有去看她，而是准备到时候去请她一道外出，找个带花园的餐馆（巴黎的夏天到处都能找到这样的餐馆），坐在凉台上一起吃饭。可是，临出门前，突然下起雨来，所以，仓促间他只好改变主意，独自一人待在旅店里，郁郁寡欢、百无聊赖地吃了饭，等着以后再去见她，以弥补损失。一见到她，他马上觉得有了什么新情况。单凭她那间小巧客厅的氛围，他就能感觉到，根本用不着明说。客厅里光线柔和，整体色调和情趣浑然融为一体，让人顿时感到神清气爽，这让斯特雷特不由得站在那里凝视了片刻，就好像他发现最近有什么人来过，而女主人也猜到他已经发现有人来过。她马上说道："没错，她来过了。这一次我接待了她。"过了一会儿，才又说道，"据我对你的了解，现在没有理由……"

"你没有拒绝的理由？"

"没有——如果该做的你都做了。"

"我肯定做了，"斯特雷特说道，"所以你没有必要担心后果会怎么样，或者好像是夹在我们中间似的。除了我们自己的那点儿事外，我们之间现在什么都没有，根本没有什么缝隙可以容纳别的东西。所以，你只要像往常一样跟我们好好相处就可以了，既然她已经跟你谈过，现在就更要多和我们在一起，而不是躲躲藏藏。"他又说，"她来就是要跟你谈一谈。"

"是跟我谈了。"玛丽亚回了一句。听她这么说，斯特雷特心里更清楚，自己没有告诉过她的事她差不多已经全知道了。他甚至看得出，自己不能告诉她的事她也知道了。因为她此时的表情完全说明了这一点，而这种表情中所表现出来的忧伤说明了她已经没有任何疑问了。他更加清醒地意识到，她从一开始就知道她认为他不知道的情况，而且心里很清楚，如果他知道这些情况，结果可能会大不一样。不难想象，这种结果可能会影响他的独立、改变他的态度——换句话说，让他重新回到按照伍勒特准则行事的轨道上去。其实，她已经预见到，在受到严重打击之后他可能会重新回到纽瑟姆夫人的身边。诚然，一周又一周过去了，她仍然没有看到他受到严重打击的迹象，但这种可能性还是存在的。因此，玛丽亚此刻必须弄明白的是这种打击已经降临，但他还没有回到纽瑟姆夫人的身边。突然间，他明显表现出，他早就倾心于她自己了，所以才没有重新回到纽瑟姆夫人身边去。德维奥内夫人的来访，明确无误地表明了这一事实，此时从可怜的玛丽亚的脸上，仍能依稀看到她们两个人见面的那一幕。就像我们提示过的那样，如果那一幕搞得人不愉快，即便斯特雷特天生质朴，看问题有些糊涂，但也许仍能看出其中的缘由。几个月来，戈斯雷小姐一直努力克制自己，即便是有机会，也没有插手干预——有些机会非常宝贵，她完全可以为自己着想去插手干预。纽瑟姆夫人跟他关系破裂，斯特雷特失去一切（婚约和关系破裂到无可挽回的地步），这些对她可能都有利，但她连想都不愿意去想。为了不火上浇油，她私下里虽然很难坚守立场，但仍严格坚守立场，抱着一颗平常心去对待这件事。因此她不禁觉得，虽然相关的事实最后都已经得到了证实，但她仍然没有充分的理由为自己或者为不妨称之为的利害关系沾沾自喜。斯特雷特可能已经轻易地发现，在她刚才独坐静思的几个小时里她一直在问自己，是不是还有或者根本就没有她仍然吃不准的什么事。但我们必须赶紧补充一句：在这种场合下，他最初心知肚明的，也是他最初就不愿意透露给别人的。他只是问了句，德维奥内夫人究竟来干什么。对这个问题，玛丽亚小姐早有准备。

"她想知道纽瑟姆先生的消息，她好像有几天没见到他了。"

"这么说，她没再跟他出去？"

"她好像觉得，"玛丽亚答道，"他跟你一起出去了。"

"你告诉她我压根儿就不知道他的消息了？"

她使劲儿摇了摇头。"我根本不知道你所知道的情况，所以我只能跟她说，我可以问问你。"

"我有一周没见到他了——当然，我一直不解。"他此时的不解更强烈了，但随即接着说道，"不过，我敢说我能找到他。"他又问道，"你觉得她很着急吗？"

"她总是很着急。"

"我帮她出了这么多力，她还这么着急？"他忍不住淡淡一笑，"想想看，我出来就是为了阻止这种事的！"

她明白他的意思，于是问道："这么说，你觉得他不可靠？"

"我正要问你呢。在这方面，你觉得德维奥内夫人怎么样？"

她看了他一眼。"有哪个女人是可靠的呢？她告诉我，"她似乎要戳破那层关系，接着说道，"你们在乡下鬼使神差地相遇了。这之后，还谈什么可靠不可靠 ① 呢？"

"那只是个意外，完全有可能发生，也完全可能不会发生，"斯特雷特说道，"确实不可思议。可是还是，可是还是……"

———————————

① 原文为法语：à quoi se fier。

"可是她还是不在乎？"

"她什么都不在乎。"

"这么说，既然你也不在乎，那我们都可以去洗洗睡了！"

他似乎认可她的看法，但还是有所保留。"对于查德的避而不见，我确实很在乎。"

"呃！他会回来的。"她说道，"不过，你现在知道我为什么去芒通了。"他已经让她清楚地知道，他现在已经全明白了，但她的天性总是想把问题搞得更清楚，"我本不想让你问我。"

"问你？"

"一周前，你自己最后就快要看出来的问题。我不愿替她撒谎。对我来说，我认为那样做太过分了。当然，男人撒谎总是有情可原——我说的是为女人撒谎。但一个女人不会为另一个女人撒谎，除非可能是为了间接保护自己，才去针锋相对。我不需要保护，所以我可以随便'躲开'你，目的就是避开你的考验。对我来说，这份责任太重了。我争得了时间，等我回来之后，已经用不着再考验了。"

斯特雷特冷静地掂量着她的这番话。"没错。你回来后，小比尔汉姆已向我证明了一个正人君子应该怎么做。小比尔汉姆撒起谎来就像个正人君子。"

"像你想象中的正人君子？"

"呃！"斯特雷特说道，"这只是技术层面上的撒谎，他称之为纯真的恋情。这种观点倒是很有说道，我觉得这种纯真倒是非常伟大。当然，这样的纯真美德还有很多，我见得多了。不过，你也知道，这种纯真美德我身上还有呢。"

"我过去和现在看到的是，"玛丽亚说，"你连美德都大肆渲染。我以前曾敬告过你，你很了不起，你很出色。不过，如果你真想知道，"她难为地说道，"我从来就没搞清楚你到底是什么样的人。"她解释道，"有时候你让我觉得你完全是玩世不恭，但有时候你又让我觉得你很糊涂。"

斯特雷特想了想说道："我有时会闹情绪，有时会异想天开。"

"没错，但凡事总应该有个缘由吧！"

"在我看来，她的美就是缘由。"

"她的外在美？"

"呃！她全方位的美。她留给人的印象。她虽然表现得很善变，但又恰到好处。"

听了他的这番话，她对他报以极大的宽容，这种宽容与她心里窝着的一肚子火完全不能成正比。"你真高明。"

"你总是太个人意气，"他心平气和地说道，"不过，这正是我搞不懂的。"

"如果你是说，"她继续说道，"你从一开始就认为她是世界上最迷人的女人，那就再简单不过了。不过，这个理由总是让人觉得很奇怪嘛。"

"我为什么拿这当理由呢？"

"因为你没有其他理由呀！"

"哦，那可说不准。无论过去还是现在，我觉得有很多地方都很奇怪。她的年纪比他大，她的身世、传统和社交圈也不一样，她还有其他的机会、责任、准则。"

玛丽亚小姐恭恭敬敬地听他列举完两人的差异，随后便把它们一笔勾销了。"如果一个女人为情所困，这些东西都不值一提。太糟糕了。她完全为情所困了。"

斯特雷特非常赞同她的说法。"哦！我当然知道她已经为情所困。我们忙于应付的正是她的为情所困。她为情所困就是我们的大事。但不管怎么说，我总不至于认为她倒地不起了吧。再说，还是我们的小查德把她推倒的！"

"'你的'小查德不就是你的奇迹吗？"

对此斯特雷特并没有否认。"当然，我身边全都是奇迹，全都是幻影。但依我看，一个重要的事实是大部分奇迹都跟我没什么关系。现在跟我就更没关系了。"

听他这么说，戈斯雷小姐转过头去，可是转眼又生怕他的那套理论并不会给她自己带来什么好处。"真希望她能听到你的这番言论！"

"纽瑟姆夫人？"

"不，不是纽瑟姆夫人。我明白你的意思，纽瑟姆夫人即使听到什么，也无关紧要了。她不是什么都听到了吗？"

"基本上——是的。"他想了想，又接着说，"你巴不得德维奥内夫人能听到我说的话？"

"德维奥内夫人，"她转过身来，面对着他说，"她的想法跟你说的正相反。她认为你对她已经有了定论。"

斯特雷特在想象这两个女人为了他聚在一起会是什么样的情景。"她没准儿知道……"

"没准儿知道你没有下定论？"看他欲言又止，戈斯雷小姐问道，"她起初的确以为你会批评她。"见他沉默不语，她又接着说，"至少处于她那种位置的女人，都会有那种看法。不过，后来她的看法改变了，她觉得你会以为……"

"什么？"他很想知道下文。

"呃！认为她十分尊贵。我的理解是，她一直是这么认为的，直到那天的事让你大开眼界，看到了真相。"玛丽亚说道，"那件事的确让你大开眼界——"

他打断了她的话。"她还在耿耿于怀？没错，"他想了想，"她大概还在想那件事。"

"这么说，你的眼睛还没睁开喽？我说得没错吧！但是，如果你认为她是世界上最迷人的女人，眼睛睁不睁开都一样。如果你想让我告诉她，你仍是这么看她——"总之，戈斯雷小姐自告奋勇地说，自己愿意效劳到底。

对戈斯雷小姐的这个提议，他先是想同意，但最后还是铁定了心。"我对她的看法，她一清二楚。"

"她对我说，你不太愿意再见到她。她告诉我，你已经跟她彻底道别了，还说你跟她已经没有瓜葛了。"

"没错。"

　　玛丽亚停顿了一下，然后像是出于良心上的考虑，说道："她本来不想跟你断绝关系。她觉得自己已经失去了你，不过，从你的角度考虑她本来可以表现得更好一点儿。"

　　"哦！她已经够好的了！"斯特雷特哈哈笑着说道。

　　"她觉得你跟她起码可以做朋友。"

　　"当然可以啦。"他继续哈哈笑着说，"正因为这样我才要走啊。"

　　听他这么说，玛丽亚好像终于觉得自己已经为双方都尽力了，但她还有一个想法。"我要不要把这话告诉她呢？"

　　"别。什么也别说。"

　　"那好。"戈斯雷小姐紧接着说道，"好可怜啊！"

　　斯特雷特一时不解，于是扬了扬眉问道："我？"

　　"哦，不。玛丽·德维奥内。"

　　话虽入耳，但他仍然不解。"你真为她那样感到惋惜吗？"

　　他的话让她思考了片刻，甚至让她说话时都带着微笑。不过，她并没有改口。"我为我们所有人惋惜！"

四

　　他不能再拖下去了，必须再跟查德取得联系。我们刚才已经看到，他把自己的这个想法告诉了戈斯雷小姐，结果戈斯雷小姐说查德不在巴黎。斯特雷特之所以马上要找到查德，不仅是因为他已经得知查德确实不在巴黎，而且是因为他这么做还有另外一个目的，那就是他跟她说的，他现在特别想走。如果他走是因为留下来会招惹是非，那么他继续留下来同时又对这种是非漠然视之，就显得有点儿迂腐了。两件事他都得做，必须见到查德，但也必须走。他越是想必须见到查德，就越觉得自己必须走。他离开玛丽亚的夹层小楼后，坐在一家清净的小咖啡店前面，仔细权衡这两点。没能让他如期与她外出吃饭的那场雨已经停了。虽然不一定是因为那场雨，但他仍然觉得这一晚上就这样给糟蹋了。他离开咖啡店时，虽然天色已晚，但还不算太晚，反正也不能直接回去睡觉，于是在回旅店的路上便绕一个大圈子，走到马勒塞尔布大街上。此时此刻，在他脑海里一直挥之不去的是最初对他产生重大影响的那个小情况，那就是在他第一次来访时，小比尔汉姆神秘地出现在三楼的阳台上，以及那一幕对他当时思考摆在他面前的是什么的影响。他回想起他当时如何观察、如何耐心等待，回想起当时阳台上陌生的年轻人看到他，顿时引得他马上上了楼——这一切为他向前迈出第一步铺平了道路。从那以后，他曾几次经过这里，但都没有进去。不过在每次经过时，都能感觉到这栋房子当时留给他的印象。所以，今晚走近这里时，他突然停下脚步，仿佛他的最后一天莫名其妙地跟他第一天到访时的情形完全雷同。查德公寓的窗户向阳台开着，其中有两扇亮着灯，一个身影从里面走了出来，那样子很像小比尔汉姆。他能够看到那人的烟头发出的火光，看到那人倚在栏杆上俯视着他。但这并不能说明小比尔汉姆再次现身，在这并不太黑的夜晚，他很快发现那个身影就是体型更加魁梧的查德。所以，当他走到街中招呼他时，便轻而易举地引起了查德的注意。夜空中马上传来近乎兴高采烈的声音，而这正是查德招呼他上楼的声音。

不管怎么说，在斯特雷特看来，就像玛丽亚·戈斯雷说的那样，此时此景，查德以这种姿态现身，表明他的确曾悄无声息地外出过。这个时间电梯已经停开了，斯特雷特每爬一段楼梯，便停下一边喘口气一边琢磨眼前的情景究竟意味着什么。查德已经离开了整整一周，独自一人跑到很远的地方，但他比以往任何时候都更急着回来。从他对斯特雷特这次突然造访的态度来看，他这次回来已经不仅仅是回来，而是幡然醒悟后的投降。一小时前他刚从伦敦、卢塞恩、洪堡 ①

---

① 卢塞恩（Lucerne）是瑞士中部的城市；洪堡（Homburg）是瑞士北部的城市。

或者什么地方回来——不过，走在楼梯上，斯特雷特尽情发挥想象，想搞清楚他去了什么地方。他先是泡了个澡，跟巴普蒂斯特聊了一会儿，然后吃了一顿精制的法国冷餐（灯光下仍然可见吃剩的巴黎风味十足的美食），再然后走到阳台上来抽烟，就在这时，斯特雷特走了过来。就这样，我们不妨说，他的生活便重新开启了。他的生活，他的生活！——在最后一段楼梯上，斯特雷特又停下脚步，一边最后一次喘口气，一边心想，查德的生活与他母亲派来的专使有什么关系呢？居然弄得他在深更半夜上气不接下气地爬上阔人家的楼梯，弄得他在这样的大热天迟迟不能睡觉，弄得他这辈子原本简简单单、精打细算、整齐划一的生活面目全非。查德舒舒服服地吃完了沙拉，舒舒服服地在阳台上抽烟，舒舒服服地感觉到自己与众不同的生活条件令人心满意足地自行确立，通过跟别人比较又重新找回了自信，因而觉得精神倍增，可这跟他斯特雷特有什么关系呢？这样的问题根本找不到答案，可他仍在苦苦找寻——过去他可能从来没有过这么深刻的认识。这让他觉得自己已经老了，他准备明天去买火车票——当然，明天会觉得自己更老。不过，就在此刻，为了查德的生活，虽然没有电梯可乘，但他已经在深更半夜爬上了连夹层算在内的四段楼梯。查德已经打发巴普蒂斯特睡觉去了，此刻听到斯特雷特上楼的脚步声后，便站在门口迎候。就这样，斯特雷特完全面对面看到了查德，正是因为他，斯特雷特才气喘吁吁地爬上三楼的。

查德一如既往地对他表示了欢迎，这种欢迎既热情又有礼（有礼便是恭敬），二者可谓相得益彰。在查德表示希望斯特雷特今晚可以住在他这里之后，斯特雷特才完全弄清楚了最近发生的事的关键。如果他刚才觉得自己已经老了，那么在他眼里，查德觉得他更老，他之所以留斯特雷特在这里过夜，正是因为他既年迈又疲倦。我们千万不能说租住在这里的房客对他不好，主人如果真的想把他留住，可能会留得更坚决。其实，查德让斯特雷特觉得只要稍加怂恿，查德就会请他长住在这里。这种印象与他自己认为的一种可能性貌似一拍即合。德维奥内夫人曾希望他留下来——哎呀！这不就是一唱一和吗？他可以住在查德的*客房* ① 里度过剩下的几天，而且还可以就这么拖着住下去，让查德替他买单。为此，他感动得脸上露出更顺理成章的神色。奇怪的是，只有短短的一分钟，他突然意识到查德是在逢场作戏，正因为他只能逢场作戏，他才表现得前后不一。他恪守的定力是一贯的，这就说明，既然没有什么其他事可做，他就应该以一己之力努力促成这桩美事。这是他最初几分钟里的想法，但在他提到他此次来访的目的之后，这种想法便立刻被抛到九霄云外去了。他是来告别的，但这只是他来看查德的一个目的。所以，从查德接受他的道别那一刻起，就已经从确定无疑的问题转移到其他问题上了。他接着谈起了接下来要办的事。"要知道，如果抛弃她，你就是个畜生，就会犯下最不可饶恕的罪行。"

在这个夜深人静的时刻，在这个到处弥漫着她的影子的地方说这番话，就是他接下来要办的事。听到自己说出这番话以后，他觉得这样的话从他嘴里说出来，还是第一次。这立刻让他此次的来访变得理直气壮，结果就是让他能够利用我们前面所说的关键。查德根本没有流露出尴尬的神态，自从他们在乡下邂逅之后，一直在为斯特雷特担心，生怕他心里不痛快。查德好像只是因为他而烦心，所以才走出家门，完全是想减轻他的烦恼，而不是让他更加紧张。此时，看到他略显倦态，查德便像往常那样满面春风地出来迎接他，斯特雷特立刻明白了，自己会一直对他充满信心。这就是斯特雷特来看查德时两个人之间的情景，所以斯特雷特发现根本无需旧事重提，无论他说什么查德都表现出一副言听计从的样子。看样子，说他是畜生，一点都不过分。"呃，那当然！——如果我干出这种事，我就是畜生。希望你相信我说的是真心话。"

"我希望，"斯特雷特说，"这是我最后要对你说的话。要知道我不能再多说了。再说，该做的我都做了，我不知道自己还能做什么。"

在查德眼里，这样的话几乎是拙劣的直接暗示。"你见过她了？"

---

① 原文为法语：chambre d'ami。

"哦，没错——去道别。如果我怀疑我对你说过的话是不是真心话……"

"她打消了你的怀疑？"查德"当然"再一次明白了他的意思！沉默了片刻，他接着又说，"她堪称神奇吧。"

"的确如此！"斯特雷特坦承道，但这话实际上谈的是上周的邂逅引发的情况。

两个人像是要回顾一下那件事，因为查德接下来说的话表现得非常明显。"我不知道你心里是怎么想的。我以前根本搞不懂——因为事情到了你那里，似乎什么都可能会发生。不过，当然……当然……"他欲言又止，不是因为一时语塞，而是因为考虑对方的感受。"反正你明白。我原先对你说的是不得不说的。这种事只有一种说法，对不对？可是，"他微微一笑，最后道出了他的想法，"我觉得这样挺好的。"

两个人四目以对，斯特雷特心里思绪万千。究竟是什么让他在旅途归来之后，在这样的深夜，仍显得如此英姿勃发，如此充满活力呢？斯特雷特很快明白是什么了——这又是因为他比德维奥内夫人年轻。他没有立刻说出自己的想法，而是把话题扯到完全不相关的事上。"你真的出远门了？"

"我去了一趟英国，"查德爽快地说道，但没有继续说下去，只说了句，"有时候，一个人应该出去走走。"

斯特雷特并不想刨根问底，他只想为自己的问题寻找答案。"当然，你可以做自己想做的事。不过，我倒是希望你这次出去走走并不是因为我。"

"我不是因为给你添了太多的麻烦感到自惭形秽吗？"查德哈哈大笑起来，"老伙计，我有什么事不肯为你做呢？"

听他这么说，斯特雷特便马上回答说，他这次来正是要麻烦他的。"你知道，我就是想麻烦你，也要有一个明确的理由啊。"

这话查德心里明白。"呃，没错，为了让我们尽可能留下一个更好的印象。"他站在那里，欣然把自己的心思全吐露了出来。"一想到你认为我们已经大功告成，我就高兴。"

他的话夹杂着揶揄的味道，但斯特雷特只顾着心有所思、心无旁骛，所以根本没有理会。"当时如果我能感觉到我还需要余下的时间——她们仍留在这边的时间，"他继续解释道，"那我现在才搞明白我为什么需要了。"

他就像站在黑板前上课的老师，神情严肃，说话一板一眼，而查德仍像个聪明伶俐的学生，面对着他。"你原本是希望看到事情有个了断。"

斯特雷特又不说话了。他移开目光，透过窗户茫然望着窗外黑暗的夜空。"我会问一下这里的银行，现在给她们的信是转到哪里的，这样我早上的信，她们很快就会收到。这是我最后的一封信，她们会把它看成是我的最后通牒。"他再一次转过脸来面对查德的时候，他的表情充分说明，他使用"她们"这两个字的含义。他换了副表情，自言自语似的接着说道，"当然，我首先要证明我要做的是正确的。"

"你已经充分证明了！"查德说道。

"这不是劝你别走的问题，"斯特雷特说，"而是，如果有可能，让你连想都不要想走的问题。因此，我要以你视为神圣的一切名义，向你提出请求。"

查德露出一脸的惊讶。"你怎么能认为我会……"

"你不但会成为我所说的畜生，"斯特雷特接着说道，"还会成为罪孽深重的罪人。"

查德用更加犀利的目光看着斯特雷特，那样子就好像是在揣度自己遭受质疑的可能性有多大。"我不知道你为什么会认为我对她已经产生了厌倦。"

其实，斯特雷特也说不清楚，对他这种想象力丰富的人来说，这种印象太精微难察，太飘忽不定，根本不可能当场说出理由。但就在查德含沙射影地说出一种可以想见的动机时，他从中嗅到了一丝不祥的预感。"我觉得她还可以为你做很多事，但还没做。留在她身边，起码等她做完。"

"到那时再弃她而去。"

查德一直面带微笑，但在斯特雷特看来，这种笑未免有些牵强。"在她没有做完之前，不要离开她。我并不是说等你得到能够得到的一切，"他不失严肃地接着说道，"就可以把她甩了。不过，对你来说，从这样一个女人那里总有可以得到的东西，所以我这么说并不是对不住她。"查德听凭他继续往下说，而他自己则表现出一副言听计从的样子，对他这种更强烈的口气也许还表现出一副坦然的好奇心。"要知道，我还记得你从前的样子。"

"十足的傻瓜，对吗？"

查德的反应如此之快，就好像他按了一下弹簧，弹簧回弹的力量是那么大，让他有些措手不及。所以，过了片刻，斯特雷特才回答道："以前的你肯定不值得让我像现在这样费力。你进步很大。你的价值已经提升了好几倍啦。"

"这么说，这还不够？"

查德是带着开玩笑的口吻说这句话的，但斯特雷特却毫不领情。"够？"

"万一一个人想靠积蓄过日子呢？"但话一出口，查德发现斯特雷特对这种玩笑似乎没什么反应，随即便把它丢开。"当然，我永远都不会忘记我欠她的。我的一切多亏了她。我用自己的名誉担保，"他坦率地说，"我根本没有对她产生厌倦。"听他这么说，斯特雷特只是眼睁睁地看着他，心想：年轻人表达自己的方式，真是叹为观止啊！虽然他大有可能去作恶，但他并没有恶意，但他说"厌倦"她时的样子，简直就像是在说晚饭时厌倦了吃烤羊排一样。"我从来没有哪怕是片刻对她感到厌倦，也从来不像有些聪明的女人那样有时会有失方寸。有些女人有时会夸自己多么机智圆滑，但她从来不说，不过她总表现得机智圆滑。"他聪明地点明了正题，"她从来没有像最近这样表现得那么机智圆滑。"然后，他又小心翼翼地补充了一句，"她从来都不是我所说的那种累赘。"

斯特雷特沉默了片刻，然后用冷漠的口吻，一本正经地说道：

"呃，万一你对不起她……"

"我就是畜生，嗯？"

斯特雷特不想浪费时间说他会是什么，因为那样的话，话题显然就扯远了。倘若除了重复说过的话之外已经无话可说，那重复说过的话也没什么错。"你的一切都多亏了她，比她欠你的多得多。换句话说，你对她负有责任，最实实在在的那种责任。虽然你还肩负着其他责任，但我认为你对她的这种责任必须凌驾于其他责任之上。"

查德微笑着看了他一眼。"你当然知道其他的责任是什么，嗯？因为指出其他那些责任的正是你自己。"

"大部分——没错，而且是尽我所能指出的。但不是全部——自从你姐姐取代我以后。"

"她没有取代你，"查德回答道，"萨拉虽然插了一杠子，但从一开始我心里就明白，她绝对取代不了你。在我们心目中没有人能取代你，也根本不可能取代你。"

"哦，当然，"斯特雷特叹了口气，"这我知道。我相信你说得没错。我在想，世界上再没有人像我严肃得这么盛气凌人的了。但我就是这样，"他又叹了一口气，就好像他的这副样子已经让他身感疲惫似的，"我天生就是这样。"

查德似乎在考虑他为什么天生就是这样，所以上下打量了斯特雷特一番，想看看"天生就是这样"的原因在哪里，结果得出的结论是他的确"天生就是这样"，于是说道："你从来就不需要任何人改造你，因为没有人比你好。没有人能比你好。"

斯特雷特犹豫了一下。"不好意思。还真有人呢。"

查德饶有兴致地问道："是谁？"

斯特雷特冲他——只是微微地——一笑。"也是女人。"

"两个？"查德瞪着他，哈哈大笑起来，"哎呀！我真不敢相信，做这种事，只要有一个就够了！这么说，你真是太厉害了。"他接着说道，"不管怎么说，最糟糕的就是失去你。"

斯特雷特正准备告辞，但听他这么说，便又略待片刻。"你怕吗？"

“怕？”

“怕干坏事。我是说不在我跟前的时候。”没等查德开口，他又哈哈笑着说道，“当然，我的话确实有些出人意料了。”

“没错，我们干出蠢事都是你给宠的！”查德的回答说得可能有些过火了，不过，他的话显然是在安慰斯特雷特，而且还表达了打消他的疑虑和主动兑现承诺的愿望。他在门廊拿起一顶帽子，同斯特雷特一起出门，热情地挽着他的胳膊，扶着他下楼，那样子就好像要帮他带路一样，对待他如果不像对待一个行动不便的老人，那也像对待一个应该细心照顾的尊贵的怪人，一直陪着他走过一个又一个街口。“你用不着提醒我，你用不着提醒我！”就在两个人继续往前走时，他再一次希望斯特雷特能感觉到他的这个态度。此时此刻，在最后欣然分手之际，斯特雷特不用提醒他的正是他想知道的东西。他心里一清二楚——查德确实是这么想的。他明白、领悟，而且牢记下了他的誓言。就这样，两个人就像第一次见面的那个晚上慢慢走到斯特雷特的旅店那样，一边不慌不忙往前走，一边闲聊。现在斯特雷特已经得到了他能得到的，能给的他都已经倾其所有，就好像他已经花掉了最后一个苏①，已身无分文。但在两人分手前，查德似乎觉得还有一件事需要探讨一下。用他的话说，斯特雷特不用提醒他，但他不妨自己提出来，他一直在关注与广告艺术有关的信息。他突然提起广告，让斯特雷特感到很纳闷，不知道他突然跑到伦敦去，是不是因为他对广告的兴趣又死灰复燃了。不管怎么说，查德好像一直在深入研究广告问题，而且已经有了收获。事实证明，广告业如果能够科学经营，就会成为一个巨大的新生力。“要知道，这确实能成事。”

两个人就像第一次见面的那个晚上一样，面对面站在街灯下。毫无疑问，斯特雷特脸上毫无表情。“你是说，影响广告商品的销售？”

“是的，大有影响；远超一个人的想象。当然，我的意思是必须把广告做得像在我们这个躁动的时代能做成的样子。我已经了解了一

———————————

① 苏（sou）：旧时法国的一种铜币。

些，不过，跟你第一个晚上向我非常生动地描述过的差不多。广告是一种艺术，跟所有艺术一样，无穷无尽、无边无际。"他像是在说笑，又像是斯特雷特的脸色让他觉得很好笑。"当然，广告必须由行家里手去打理，"他接着说道，"必须由合适的人去掌控。有了合适的人，那就可以搞个地覆天翻①了。"

斯特雷特注视着他，仿佛查德无缘无故地在人行道上手舞足蹈起来。"在你心目中，你觉得自己就是那个合适的人？"

查德解开轻便上衣，两手的拇指勾住马甲的袖孔，其余的手指上下拨弄着。"嗨，除了你刚来巴黎时认识的那个我之外，我还能是什么样子呢？"

斯特雷特感觉有点儿发晕，但还是强迫自己集中注意力。"哦，没错。不过，以你的禀赋，现在的你跟当时的你还是有很大差别的。在当下，广告显然成了做生意的秘诀。你如果能全身心投入，完全可以大有一番作为。你母亲之所以要你全身心投入，这也正是她的理由。"

查德继续拨弄着手指，但多少有些沮丧。"唉，我母亲的事情我们已经谈过了！"

"没错。那你为什么要提这事呢？"

"原因只有一个，那就是我们最初曾讨论过这个问题。从哪里开始，我们就在哪里结束嘛。不过，我的兴趣是纯柏拉图式的。反正，事实——凡事皆有可能的事实——就是这样。我是说，广告能赚钱。"

"哼！去他的赚钱吧！"斯特雷特说，看到年轻人脸上原本僵硬的笑容似乎更奇怪了，于是又说，"你会因为广告能赚钱就抛弃朋友吗？"

查德脸上挂着他那怪模怪样的笑容，但态度却没有变。"你这么'一本正经'，有失厚道嘛！我不是已经跟你说得很清楚，我多么看重你吗？无论过去还是现在，我的所作所为不就是为了死守着她吗？"

---

① 原文为法语：c'est un monde。

他心平气和地解释道，"现在唯一的问题是要守就必须守到死。不要害怕。"他接着说道，"别人收买你的东西，你要想把它踢出门，就得掂量一下它的大小，倒也是一件愉快的事。"

"哦，那你要找准可以下脚踢的东西才行，收买的诱惑可大得很呢。"

"好。那我就给它一脚！"查德猛地一脚，把那个想象中的东西给踢飞了。于是，两个人就像再一次丢开这个话题，可以回到真正与他有关的问题上来一样。"我明天肯定会去看你。"

但斯特雷特根本没有留心去听他的这个建议。在他的脑海里，查德仍然在无关痛痒地跳角笛舞和吉格舞①，他的这种印象并没有因他的那一踢而稍减。"你心里烦躁不安。"

"唉，"临分手时，查德说了句，"都是因为你令人激动啊。"

五

但是，两天不到，他还要再告一次别。他先给玛丽亚·戈斯雷写了一封短信，问他可不可以去她那儿吃早饭。结果到了中午，她已经在她那小巧的荷兰式餐厅里的阴凉僻处等他。这个僻处位于房子的后面，从这里可以看到还没有被现代文明糟蹋的一片古旧花园。虽然他曾不止一次坐在这里的那张铮亮的小桌旁，享受主人的盛情款待，但这地方从来没有像这次这样让他感觉到神圣得让人赏心悦目，让人零距离感受它的魅力，感受古色古香的摆设，感受近乎一尘不染的整洁。就像他以前对女主人说的，坐在这里就像在一尘不染的锡镴器皿上看到反射出来的生活，既充满生活情趣，也能提升生活品质，既让人赏心悦目，又让人备感舒心。此时此刻，特别是因为这也许是最

① 角笛舞（hornpipe）和吉格舞（jig）：流行于英伦三岛的舞蹈。

后一次坐在这里，面对着没有铺桌布的净几、小巧的古旧瓷器和银刀叉，再加上餐室里布置合理的大件摆设，营造出一种令人如痴如醉的氛围，斯特雷特心里感到畅快淋漓。尤其是那几件栩栩如生的代尔夫 ① 釉面陶器，大有家族人物雕塑的气派。置身于这样的氛围之中，斯特雷特只能言为心声，说起话来既有哲理又十分幽默。"没有什么要等的了。我一整天的事基本上都做完了。我跟他们都交代清楚了。我见到了查德，他去了趟伦敦，刚回来。他对我说，我'让人激动'，我好像确实把大家搅得心神不宁嘛。不管怎么说，我确实弄得他很兴奋。他的确是焦躁不安。"

"你也使得我很心动，"戈斯雷小姐微笑说，"我也确实是焦躁不安。"

"哦，我们初次见面时，你就是这样。我倒是觉得是我让你摆脱了烦恼。"他朝四周看了一眼，说道，"这不是老祖宗讲的心如止水，还能是什么？"

"我衷心希望，"她回答道，"我能让你把这种心境当成安息之乡。"说完，两个人隔着桌子看着对方，就好像没有说出口的话仍在空中萦绕似的。

斯特雷特再一次开口讲话时，似乎有所领悟了。"毫无疑问，现在的问题是这种心境不可能把它仍能给予你的东西给予我。"他一边解释，身体一边往后靠在椅背上，但眼睛一直盯着一个熟透了的小圆瓜，"我无法真正融入身边的环境，而你可以。我太较真儿，你却不然。到头来，我成了傻瓜。"紧接着，他又跑题了，"他在伦敦干什么呢？"

"哎呀！一个人想去伦敦就去呗！"玛丽亚呵呵笑着说，"要知道，我也去过。"

是的——他明白她的意思。"可是你把我带了回来。"他若有所思地坐在她对面，但脸上一点儿也不显得郁闷。"查德带谁回来了？他

---

① 代尔夫（Delf），今为"代尔夫特"（Delft），荷兰著名的旅游城市。

带回了满脑子的想法。"他又说,"我今天早上做的第一件事就是写信给萨拉。所以,我的事都清了。我已经为她们做好了准备。"

他的这番话,有些地方她并没有认真去听,但对其中的一部分内容却很感兴趣。"那天玛丽告诉我,她觉得他是一个做大商人的料。"

"一点儿没错。有其父必有其子嘛。"

"可是,这样的父亲!"

"哦,在这方面完全合格!"斯特雷特又说,"不过,让我心烦的倒不是他像他父亲。"

"那是什么呢?"他又埋头去吃,吃她给他切的一大片瓜。吃完之后,他才开始应付她的问题,但只说他等一会儿再回答。她目不转睛地看着他,耐心地等着,伺候他开开心心地吃,也许正是为了让他开心,她紧接着才提醒他,说他从来没有告诉过她伍勒特到底生产什么呢。"你还记得我们在伦敦曾聊起过——看戏的那个晚上?"但还没等他回答"记得",她又扯到别的问题上去了。他还记得他们刚开始在一起时的点点滴滴吗?他还记得每件事,甚至诙谐地提起一些她说记不得的事,一些她坚决否认的事,还特别提到了刚开始时两人最感兴趣的事,提到了两人都很好奇的问题,那就是他将从哪儿"走出"困境的问题。两人认为一定会在一个神奇的地方——两人认为一定会在非常遥远的地方。毫无疑问,那地方还是一切如旧,因为他就是从那里走出来的。事实上,他从极其遥远的地方走出来,所以现在必须考虑再回到那里去。他马上想到了他最近经历的那番景象。他就像伯尔尼钟楼上的小人 ①,一到钟点就会从一边出来,在众目睽睽之下沿着固定的路线轻快地跳着吉格舞前行,最后从另一边进去。他也跳着吉格舞走完了自己短暂的旅程,也有一个小小的隐居之处等着他。此时此景,如果她真想知道,他就会告诉她伍勒特生产的伟大产品是什么。他的答案将是对所有东西的一个高度概括。但就在此时,她让他别说

---

① 位于瑞士伯尔尼市中心的钟楼是伯尔尼最古老的建筑物,在每一整点前的 4 分钟,塔中的小人会旋转着从钟塔中出来报时,吸引游人驻足。

了，她不想知道，根本就不愿意知道。她不稀罕伍勒特生产什么，因为那些东西对她一点儿好处都没有。她再也不想听到什么产品，她还说，据她所知德维奥内夫人也不知道他津津乐道的这些东西，照样活得好好的。她从来就不愿意听这种东西，不过，万不得已，倒是想从波科克夫人那里听到。但对这种事波科克夫人似乎无话可说，也没有说起过。不过，现在已经没有什么关系了。很显然，对玛丽亚·戈斯雷来说现在一切都失去了意义，不过只有突出的一点，她及时提了出来。"我不知道你发现这种可能性了没有：如果让他自己决定，查德先生最后可能会回去。听你刚才这么说，我觉得，你多少还是看到了这种可能性。"

斯特雷特含情脉脉、聚精会神地看着她，仿佛已经预料到接下来她想说什么了。"我觉得不可能是为了钱。"看到她仍心存疑惑，又说道，"我是说，我相信他不会为钱弃她而去。"

"这么说，他准备弃她而去咯？"

斯特雷特从容地等了一会儿，他在故意放慢节奏，把最后这段充满温情的时间拖长一点儿，用各种暗示和不言自明的方式，恳请她多些耐心，多些谅解。"你刚才要问我什么？"

"他能帮你和解吗？"

"跟纽瑟姆夫人？"

她似乎不愿意听到这个名字，所以只通过脸上的表情来表示认同，但她又加了一句："没准儿他会让她试试？"

"跟我和解？"说完，他最后摇了摇头，算是做了回答。"谁都帮不上，一切都已经结束了。在我们两个人眼里，都已经结束了。"

玛丽亚感到很纳闷，似乎还是有些怀疑。"对她的态度，你就这么肯定？"

"哦，没错，现在非常肯定。发生的事太多了。在她眼里，我已经变了。"

听他这么说，她深吸了一口气。"我明白了。在你眼里，她也变……"

"哦，不过，"他打断了她的话，"她没有变。"看到戈斯雷小姐又感到纳闷，他又说道，"她始终不渝 ①。她永远都是如此。不过，我做了件之前没有做过的事——我把她看透了。"

他说话的样子很认真，似乎负有责任的应该是他，他不得不说出来，这让两人之间气氛稍稍变得严肃了，所以她只说了声"哦！"但在内心得到满足之后，她心里充满了感激之情，她认可他的看法的那种态度全都在下面的一句话中得到了体现。"那你还回去干什么？"

他把餐盘推开了一点儿，想着问题的另一面，陷入沉思，心里深受感动，随即站起身来。他事先就受到他认为她可能会说的话的影响，本来是想阻止并且温和地去面对的，但当在听到这句话时，他更想果断、坚决地阻止，但要尽可能地温和才行。他暂时没有理会她提出的问题，而是跟她讲了查德的许多事。"昨天晚上我跟查德说，不守着她就是无耻。听到这话，没有比查德回答得再漂亮的了。"

"无耻？你是这么对他说的？"

"哦，那当然！我向他详细说明了，如果他抛弃她，他就成了卑劣无耻之徒，他也同意我的看法。"

"这么说，你好像真的把他钉死了？"

"好像确实是……我告诉他，那样的话，我还会骂他。"

"呵！"她微微一笑，"你已经骂了！"她想了想，接着说道，"这样一来，你就不能再向……"说到这里，她看了看他的脸色。

"再向纽瑟姆夫人求婚？"

她又犹豫了一下，还是把话说出来了。"要知道，我从来就不相信你真的向她求过婚。我一直认为求婚的其实是她，这一点我倒是能够理解。"她解释道，"我是说，既然有了这种志气，这种开骂的志气，你们的关系也就无法挽回了。她只要知道你对查德的所作所为，就绝不会再有什么表示了。"

---

① 斯特雷特一直把纽瑟姆夫人比作伊丽莎白一世，所以此处引用了伊丽莎白一世的座右铭"始终不渝"。

"能做的我都做了，"斯特雷特说，"我还能怎么样呢？他表示要忠心耿耿、矢志不渝。可我不敢说我已经挽救了他，他承诺的话太多了。他还反问我，我怎么会想到他会厌倦她呢？但摆在他面前的可是他的一辈子啊！"

玛丽亚明白他的意思。"他已经被打造成万人迷了。"

"把他打造成万人迷的正是我们的朋友啊。"很奇怪，斯特雷特觉得自己的话里有一种讽刺意味。

"所以事到如今，不能说是他的错！"

"不管怎么说，这是他危险的地方。"斯特雷特说，"我是说，是她危险的地方。不过，这一点她也知道。"

"没错，她知道。"戈斯雷小姐问道，"你认为他在伦敦还有别的女人？"

"对。不，我是说我不知道。我害怕她们。我已经跟她们没有关系了。"他向她伸出手来，"再见。"

听他这么说，她又提出了那个没有得到答复的问题。"你回家干什么呢？"

"不知道。总该有事做吧。"

"来次脱胎换骨。"她握着他的手说道。

"来次脱胎换骨——那还用说！不过，我要看看自己能做什么。"

"什么你都能做得这么好？"但话刚一出口，她似乎想起了纽瑟姆夫人的所作所为，便打住不说了。

他很清楚她想说什么。"像此时此地一样好？像你把你所接触到的每样东西都做得那样好？"过了片刻，他才说，她的提议，那个能让他在余生得到很好的服侍和开心的照顾的提议，说心里话，对他实在是太有诱惑力了。她的这个提议让他周围一切变得既舒畅又温馨，而且是实实在在地建立在自愿选择的基础之上的。决定选择的是美丽和见识。如果连这样的东西都不去珍视，那就太愚笨、太麻木了。不过，这虽然是他的机会，但只是转瞬即逝的机会而已。再说，她也能理解——她总是善解人意的。

　　话虽如此，但她还是继续说道："要知道，我什么事都肯为你做。"

　　"哦，没错，这我知道。"

　　"世界上就没有我不愿意为你做的事。"她又说了一遍。

　　"我知道，我知道。可我还是要走。"他终于想起该怎样说了，"做个正人君子。"

　　"做个正人君子？"

　　她附和了一句，言语中隐约带有不屑之意，但他觉得她已经明白他的意思了。"你瞧，这就是我做出这种选择的唯一理由。绝不从中为自己捞取任何好处。"

　　她想了一想："可是，你已经得到了很好的印象，你会得到很多好处。"

　　"很多，"这一点他同意，"可是什么好处都比不上你。你会让我做出出格的事来！"

　　虽然她是个诚实、善良的人，不过她不可能假装一点都看不到，她还是要装装样子。"可你为什么非要做什么正人君子呢？"

　　"如果我非要走，你自己就是第一个要我做正人君子的人。再说，我也别无选择。"

　　事到如今，她不得不接受他的这种选择，但仍心有不甘地说："倒不是你要做'正人君子'，而是你的目光敏锐得可怕，这才让你做出这种选择。"

　　"呵，你自己也好不到哪里去啊！如果我说出来，你也会无言以对的。"

　　最后，她很诙谐、很凄凉地叹了一口气，说道："我的确无言以对。"

　　"这不就得了嘛！"斯特雷特说道。

后 记

◎李和庆

经过四年多的努力，这套"亨利·詹姆斯小说系列"终于付梓，与读者朋友们见面了。借此后记，一是想感谢读者朋友的厚爱，二是希望读者朋友了解和理解译事的艰辛。

二○一五年初，我向九久读书人交付拙译《美妙的新世界》稿件后，跟著名翻译家、上海海事大学教授吴建国先生和九久读书人副总编邱小群女士喝下午茶时，邱女士说九久读书人有意组织翻译亨利·詹姆斯的作品，问我有没有兴趣和勇气做这件事。说心里话，我当时眼睛一亮，一方面是因为长期以来她给予我的信任着实让我感动，另一方面是为自己能得到一次攀译事高峰的机会感到高兴，但同时，我心里也有些忐忑。众所周知，詹姆斯的作品难译，自己是否有足够的能力去承担如此重任？我虽然此前曾囫囵吞枣地看过詹姆斯的《一位女士的画像》和《黛西·米勒》，但对他和他的作品一直缺少深入的了解和认识。回家后，我便利用现代化的网络拼命补课，结果发现，国内乃至整个华人世界对亨利·詹姆斯作品的译介让人大失所望，中文读者几乎没有机会去全面领略詹姆斯在小说创作领域的艺术成就。三个月后，在吴教授和邱女士的"怂恿"下，我横下心来决定要去啃一啃外国文学界和翻译界公认的"硬骨头"。

无可否认，亨利·詹姆斯是十九世纪末至二十世纪初美国继霍桑、梅尔维尔之后最伟大的小说家，也是美国乃至世界文学史上举足轻重的艺术大师，被誉为西方心理现代主义小说的先驱，"在小说史上的地位，便如同莎士比亚在诗歌史上的地位一般独一无二"（格雷厄姆·格林语）。詹姆斯是一位多产作家，一生共创作长篇小说二十二部、中短篇小说一百一十二篇、剧本十二部。此外，他还写了近十部游记、文学评论和传记等非文学创作类作品。面对这样一位艺术成就如此之高、作品如此庞杂而又内涵丰富的作家，要想完整呈现他的艺术成就，无疑是一项浩大而又艰巨的系统工程。要将这样一位作家呈献给中文读者，选题便成了相当棘手的问题。此后近一年的时间里，经过与吴教授和邱女士反复讨论，后经九久读书人和人民文学出版社领导审批立项，选题最终由我们最初准备推出的亨利·詹姆斯小说作品全集，逐渐浓缩为亨利·詹姆斯小说作品精选集。

说到确定选题的艰难历程，有必要先梳理一下詹姆斯小说作品在我国的译介情况。国内（包括港台地区）对詹姆斯的译介始于二十世纪八十年代，现今我们看到的詹姆斯作品的译本以中篇小说居多，其中包括《黛西·米勒》(赵萝蕤，1981；聂振雄，1983；张霞，1998；高兴、邹海仑，1999；张启渊，2000；贺爱军、杜明业，2010)、《螺丝在拧紧》(袁德成，2001；高兴、邹海仑，2004；刘勃、彭萍，2004；黄昱宁，2014；戴光年，2014)、《阿斯彭文稿》(主万，1983)、《德莫福夫人》(聂华苓，1980)、《地毯上的图案》(巫宁坤，1985)和《丛林猛兽》(赵萝蕤，1981)；长篇小说有《华盛顿广场》(侯维瑞，1982)、《一位女士的画像》(项星耀，1984；唐楷，1991；洪增流、尚晓进，1996；吴可，2001)、《使节》(袁德成、敖凡、曾令富，1998)、《金钵记》(姚小虹，2014)、《波士顿人》(代显梅，2016)和《鸽翼》(萧绪津，2018)。此外，新华出版社于一九八三年出版过一部《亨利·詹姆斯小说选》(陈健译)，其中包括《国际风波》《黛西·米勒》和《阿斯帕恩的信》[1]三个中篇小说；湖南文艺出版社于一九九八年出版过一部《詹姆斯短篇小说选》(戴茵、杨红波译)，其中包括《四次会面》《黛西·米拉》[2]《学生》《格瑞维尔·芬》《真品》《螺丝一拧》[3]和《丛林怪兽》七个中短篇小说[4]。纵观上述译本，

---

[1] 即《阿斯彭文稿》(*The Aspern Papers*)。

[2] 一般译为《黛西·米勒》。

[3] 一般译为《螺丝在拧紧》。

[4] 此译本虽然命名为"短篇小说选"，但学界一般认为，《黛西·米拉》《螺丝一拧》和《丛林怪兽》均为中篇。

我们发现，国内翻译界对詹姆斯中长篇小说的译介基本是零散的，缺少系统性，短篇作品则大多无人问津。

鉴于此，选题组在反复研究詹姆斯国内译介作品的基础上，决定首先精选詹姆斯各个时期的代表性作品，最终确定了首批詹姆斯译介的精选书目，共涵盖了六部长篇小说：《美国人》(1877)、《华盛顿广场》(1880)、《一位女士的画像》(1881)、《鸽翼》(1902)、《专使》(1903)和《金钵记》(1904)，四部中篇小说：《黛西·米勒》(1878)、《伦敦围城》(1883)、《螺丝在拧紧》(1898)和《在笼中》(1898)，以及各个时期的短篇小说十八篇。读者朋友从选题书目上可以看出，此次选题虽然覆盖了詹姆斯各个时期的作品，但主要还是将目光放在了詹姆斯创作前期和后期的作品上，尤其是他赖以入选一九九八年美国"现代文库""二十世纪百部最佳英语小说"榜单、代表其最高艺术成就的三部长篇小说《鸽翼》《专使》和《金钵记》。詹姆斯的其他重要作品此次虽然没有收入，但我们相信，这套选集应该足以展示詹姆斯各创作时期的写作风格。此外，这套选集中的长篇小说《美国人》、中篇小说《在笼中》《伦敦围城》以及绝大多数短篇小说均属国内首译，以期弥补此前国内詹姆斯作品译介的空白，让中文读者能更好地认识这位与莎士比亚比肩的文学大师。

选题确定后，接下来的任务便是组建译者队伍。我们首先确定了组建译者队伍的基本原则：译者必须是语言功力深厚、贯通中西文化、治学严谨、勇于挑战的"攻坚派"。本着这样的原则，我们诚邀海峡两岸颇有影响的专家、学者，最后组建了现在的译者队伍，其中既有大名鼎鼎的职业翻译家，也有上海交通大学、华东理工大学、上海海事大学、上海电机学院等国内高校的专家、教授。他们不仅在日常的教学科研工作中治学严谨、成绩斐然，而且在翻译实践领域也是秉节持重、著作颇丰，在广大读者中都有自己忠实的拥趸。

说起亨利·詹姆斯，外国文学界和翻译界有一种不言自明的共识，那就是：詹姆斯的作品"难译"。究其原因，詹姆斯作品的艺术风格与酷爱乡土口语的马克·吐温截然不同。詹姆斯开创了心理分析小说的先河，是二十世纪小说意识流写作技巧的先驱。他的小说大多以普通人迷宫般的心理活动为主，语句冗长晦涩，用词歧义频生，比喻俯拾皆是，人物对话过分精雕，意思往往含混不清。正因如此，他在世时钟情于他的美国读者为数不多，他的作品一度饱受争议，直到第二次世界大战前美国出现"第二次文艺复兴"时，作为小说家和批评家的詹姆斯才受到充分的重视。

面对这样一位作家和他业已历经百年的作品，译者该如何向生活在一个世纪之后的现代读者再现詹姆斯的艺术成就，便成了译者共同面对的问题。翻译任务派发后，各位译者先是阅读和研究原著，之后又通过各种方式和渠道，多次探讨译著该如何再现原著风格的问题。虽然译者年龄不同，阅历不同，研究方向不同，学术造诣不同，对原著文本的把握也有差异，但大家最后取得的共识是：恪守原著风格的原则不能变。我曾在一次读者见面会上见到出版界的老前辈章祖德先生，并就翻译詹姆斯作品的种种困难以及如何克服等问题虔心向章老请教。章老表示，虽然詹姆斯的作品晦涩难懂、歧义频现，现代读者可能很难静下心来去阅读，但翻译的任务就是要再现原作的风采，不然，詹姆斯就成了通俗小说家欧文·华莱士和丹·布朗了。在翻译詹姆斯作品的过程中，章老的教诲我时刻铭记在心，丝毫不敢苟且。

说起做翻译，胡适先生曾说过："译书第一要对原作者负责，求不失原意；第二要对读者负责，求他们能懂；第三要对自己负责，求不致自欺欺人。"胡适先生的观点，也是此次参与詹姆斯小说作品译介项目的译者们的共识。

翻译詹姆斯的作品，能做到胡适先生提出的前两重责任已经是非常困难的了。胡适先生提出的"求不失原意"，其实就是严复的"信"和鲁迅先生的"忠实"。对译者来说，恪守这一点是译者理应秉持的态度，但问题是译者应该如何克服与作者间存在的巨大时空差距，做到"对原作者负责"。詹姆斯的作品大都语句烦琐冗长，用词模棱两可，语义晦暗不明，译者要想厘清"原意"，需挖空心思、绞尽脑汁、字斟句酌、反复推敲。在很多时候，为了准确理解一句话，译者需要前后反复映衬，甚至通篇关照。为了"不失原意"，译者必须走进作品，进入角色的内心世界，既做"导演"又做"演员"，根据作品的文本语境和时空语境，去深入体味作品中每个人物角色的心理活动，根据角色的性别、性格、年龄、身份、地位和受教育水平，去梳理作家通过这些角色意欲向读者传达的意图和意义。

胡适先生提出的"对读者负责"，其实就是严复的"达"和鲁迅先生的"通顺"的要求，用当代学术语言说，就是译文的接受性问题。詹姆斯的作品创作于十九世纪七十年代到二十世纪初，其小说当然是以那个时代欧美社会的物质生活和精神生活为背景的，小说的语言风格也是维多利亚时代的文风。一百多年过去了，在物质生活已经极其丰富、生活方式已经发生质变、意识形态和伦理道德均已大异其趣的今天去翻译他的作品，该如何吸引生活在当今数字化、信息化时代的读者去读詹姆斯的作品，而且让读者"能懂"作者的意图，是译者面临的巨大挑战。对此，译者们的态度是，在"不失原意"、恪守原作风格的前提下，在文本处理上，适当关照当代读者的阅读感受。比如，詹姆斯的作品中往往大量使用人称代词和替代，在很多情况下，为了厘清原著中的指代关系，读者往往需要返回上文，但更多的则是要到下文中很远的地方去寻找，这种"上蹿下跳"式的阅读方式无疑会严重影响读者的阅读体验。为此，在翻译过程中，译者根据上下文所指，采取明晰化补充的处理方式，目的就是照顾中文读者的阅读感受，省却"上蹿下跳"的阅读努力。本质上说，这种处理方式也是恪守译文必须"达"和"通顺"的要求，而"达即所以为信"。

就翻译而言，译者如能恪守前两重责任，似乎已经足够了，可胡适先生为什么还要提出第三重责任呢？这一点胡适先生没有详述，但对一个久事翻译的人来说，无论是从事文学翻译，还是非文学翻译，都必须具有高度的职业责任感和历史使命感，对译事必须"不忘初心"，始终如一地怀有敬畏之心。换句话说，在翻译过程中，译者自始至终都要用心、动情，不可苟且。只有"用心"，译者拿出来的译文才能经得起时间的考验。"用心"是译者"对原作者负责"和"对读者负责"的前提，也是当下物欲蔽心、人事浮躁的大环境下，对一个优秀译者的基本要求，也是最根本的要求。

培根说过，"书有可浅尝者，有可吞食者，少数则须咀嚼消化"。詹姆斯的作品概属"须咀嚼"方能"消化"的，对译者而言如此，对读者朋友来说何尝不是这样呢？培根还说，"读书足以怡情，足以博彩，足以长才"（王佐良译）。"怡情"也好，"博彩"、"长才"也罢，相信读者朋友读詹姆斯的作品自会各有心得。

在结束这篇后记之前，我要借此机会感谢以各种方式为这套选集翻译出版做出重大贡献的同志们。首先，感谢九久读书人和人民文学出版社的领导，是他们慧眼识金，使得这套选集能呈现在读者朋友面前。其次，感谢吴建国教授和邱小群副总编，是他们取之不尽、用之不竭的智慧，使得这套译著有望成为真正意义上的"精选"。再次，感谢这套译著的所有编辑和译审，对他们一丝不苟、"吹毛求疵"的敬业精神和"为人作嫁衣"的无私奉献，我表示由衷的感谢。此外，还要感谢所有译者几年来夜以继日、不避艰难的笔耕，以及他们的家人所给予的莫大支持。最后，要衷心感谢作为读者的您，如蒙不辞辛劳、不避讳言地批评指正，译者会备感荣幸。

2020 年 6 月于滴水湖畔